CHILDSHAIR

Blick ins Buch

Wie aus dem Nichts steht ein junger Mann in Josi's Wohnung. Doch statt um Hilfe zu schreien, lässt sie sich ohne nachzudenken auf ihn ein. Eine folgenschwere Entscheidung, wie sie schnell feststellen muss. Ab diesem Tag passieren die seltsamsten Dinge. Sie wird belästigt, beobachtete und überfallen, und immer wieder führt alles zu ihrem blonden Unbekannten.

Collin kennt die Hintergründe und Verursacher der Intrigen und weiß, um sein verhasstes Erbe. Mit Hilfe seines Bruders versucht er seine geliebte ‚Amy' zu schützen. Doch aus Angst, sie könnte ihn im Stich lassen, weiht er sie nur langsam in seine Geheimnisse ein. Er trifft die Entscheidung, sich seiner Vergangenheit zu stellen und befördert damit nicht nur sich selbst ins Visier seiner Gegner.

Als Josi die Wahrheit über ihren mystischen Unbekannten erfährt, steckt sie bereits in den schlimmsten Verstrickungen eines europaweit agierenden Geheimbundes. Wie skrupellos innerhalb dieses Männer-Bündnisses Entscheidungen getroffen werden, erfährt Josi auf die härteste Tour.   Sie pokert um ihr eigenes Leben!

Autor:

Diana Hausmann wurde 1972 in der Pfalz geboren. Sie stammt aus Esthal, einem kleinen Ort unweit von Neustadt an der Weinstraße. Seit mehr als 25 Jahre lebt sie mit ihrem Mann und dem gemeinsamen Sohn in der Metropol-Region Mannheim.

Diana Hausmann

Childshair

Information zum Inhalt und der Story des Buches:

Sämtliche Personen und Handlungen sind frei erfunden. Jegliche Ähnlichkeit mit lebenden oder existierenden Persönlichkeiten sowie Örtlichkeiten, wären rein zufällig und beruhen auf keinerlei Grundlage

Bibliografische Information der Deutschen Nationalbibliothek:

Die Deutsche Nationalbibliothek verzeichnet diese Publikation in der Deutschen Nationalbibliografie; detaillierte bibliografische Daten sind im Internet über http://dnb.dnb.de abrufbar.

2. Auflage 2024

© 2024

Verlag:

BoD · Books on Demand GmbH, In de Tarpen 42,

22848 Norderstedt

Druck:

Libri Plureos GmbH, Friedensallee 273, 22763 Hamburg

Covergestaltung: Daniela Osietzki / Idee: Sebastian Müller

ISBN: 978-3-7597-6999-2

PROLOG

Die Wände um mich kommen näher und die Schmerzen, die mich am Atmen hindern, werden mit jedem Atemzug stärker.

Ich versuche zu schreien, lauter - noch lauter! Meine Kehle ist völlig zugeschnürt. Mit den Fingern kratze ich an den eisigen Wänden und spüre, wie mein Blut fließt.

1

„Hey, aufwachen!"

Die sachte Stimme weckt mich aus meinem Albtraum und der Schmerz lässt nach.

„Ist alles okay mit dir?"

Ich spüre eine Berührung an meinem Arm und ich blinzle gegen die Helligkeit an. Allmählich komme ich zu mir. Eine unangenehme Geräuschkulisse dringt mir in die Ohren. Musik und Stimmen, die sich wegen der laut hämmernden Beats fast schreiend unterhalten.

Stöhnend stütze ich mich auf die Ellenbogen. Ich muss auf der Couch eingeschlafen sein, auf dem Bauch, mit dem Gesicht in meinem Buch. Es liegt noch aufgeschlagen unter mir. Wahrscheinlich zeichnen sich jetzt einige unschöne Falten auf meiner Wange ab. Wieso zum Teufel ist die Musik so laut? Und woher kommen die Stimmen? Noch leicht benommen schaue ich mich um. Die Balkontür steht offen. Daher also das lärmende Partygrölen. Mein neuer Nachbar ist mal wieder in Feierlaune. Aber ... - diese Stimme? Zögernd wandert mein Blick weiter. Es ist jemand im Zimmer - direkt neben mir! Die Hand auf meinem Arm zieht sich langsam zurück, als ich ihn sehe. Ein junger Mann sitzt unmittelbar neben mir in der Hocke.

„Bist du okay?", erkundigt er sich noch einmal. Seine Stimme ist leise, nahezu scheu. „Du hast geträumt." Mit weit offenen Augen mustert er mich, dabei huscht sein Blick unruhig über mein Gesicht.

„Geträumt?", stammle ich verwirrt. Bei seinem Anblick entspanne ich mich etwas, da er nicht den Anschein erweckt, als wolle er im nächsten Augenblick über mich herfallen. „Ein Traum, ähm ... ja, es ist immer der gleiche."

Sein Kopf neigt sich zur Seite und sein Blick verändert sich. Er schaut mich neugierig und durchdringend an. Wow, – diese Augen! Groß und ... stahlblau. Wahrscheinlich schmachte ich ihn gerade völlig blöd an, aber aus irgendeinem Grund halten mich diese Augen so fest wie ein Magnet. Langsam und ohne mich seinem Blick entziehen zu können, setze ich mich auf. Er hockt so nah bei mir, dass ich ihn riechen kann - angenehm herb. Sachte weicht er ein Stück zur Seite, hebt die Faust vor den Mund und räuspert sich, dabei zittert seine Hand. Ist er womöglich genauso verlegen wie ich gerade? Eilig schaue ich ihn mir genauer an. Er trägt Jeans, ein weißes T-Shirt und eine Baseball-Mütze. Mehr ist auf die Schnelle nicht zu erkennen. Durch sein kurzes Umschauen rutscht eine Haarsträhne unter dem Schild seines Caps hervor, direkt in die Augen. Hellblond! Seine Frisur muss ziemlich kurz sein, da sonst nichts unter den Rändern der Baseball-Kappe hervorlugt. Ohne nachzudenken fasse ich hin und streiche die Strähne zur Seite. In diesem Moment weicht er erschrocken zurück und ich reiße die Augen auf. Es hatte sich angefühlt, als hätte ich einem Kleinkind über den Haarflaum gefasst. Ein merkwürdiger Gedanke.

Mir fallen oft die seltsamsten Dinge auf - Kleinigkeiten, auf die sonst keiner achtet. Meiner Vermutung nach rührt diese Eigenschaft von einer schweren Kehlkopferkrankung in meiner Kindheit, bei der ich viele Wochen ohne Stimme auskommen musste. In dieser Zeit hatte ich dieses ‚scharfe Auge' genutzt, um meine Mitmenschen nicht permanent mit Fragen auf nervenden kleinen Zetteln zu belästigen. Meine Schwester ist anderer Meinung. Sie behauptet, diese Gabe – so nennt sie es immer – äußere sich in einer sehr speziellen Art und Weise. Angeblich wirke meine Ausstrahlung auf andere Menschen wie ein angenehmes Gefühl, das jeden zum Sprechen bringt. Eine grauenhafte Vorstellung für eine introvertierte und eher schüchterne Person wie mich.

Auf den hübschen Fremden in meinem Wohnzimmer wirkt diese Ausstrahlung offenbar nicht. Wir mustern uns gegenseitig, dazu scheint ihn die betretene Stille nicht im Geringsten zu stören. Mich übrigens auch nicht. Warum kann ich nur meinen Blick nicht von ihm lassen? Ich klebe regelrecht an seinen Augen. Sachte schleicht sich ein Lächeln auf seine Lippen, während ich nach etwas suche, das mir zu einem halbwegs normalen Satz verhelfen könnte.

„Schöne Kette!", bemerke ich schließlich.

Er trägt tatsächlich eine schöne Kette. Zumindest das, was ich davon sehen kann, ist sehr schön und außergewöhnlich. Am liebsten hätte ich sie mir genauer angesehen. Doch der Blick, den er mir bei meiner Feststellung entgegenbringt, hält mich davon ab. Seine Brauen verengen sich. Außerdem greift er sich ans T-Shirt, an die Stelle, an der er seine Kette vermutet. Erleichtert und überrascht stellt er fest, dass sie unter seinem T-Shirt hängt.

„Sie, äh ... hat sich unter dem Shirt abgezeichnet", erkläre ich wahrheitsgemäß, aber leicht verlegen.

Plötzlich wird eine Stimme laut, die alle anderen übertönt. Was gerufen wird, ist nicht zu verstehen, doch mein Besucher richtet sich unmittelbar auf. Erst jetzt kommt mir die Balkontür wieder in den Sinn. Hatte ich sie wirklich offen gelassen? Mit weit aufgerissenen Augen spritze ich von der Couch auf und starre von der Balkontür zu dem Fremden hin. Doch irgendetwas an ihm hält mich davon ab, um Hilfe zu schreien.

„Wie ... wie bist du hereingekommen?", bringe ich es endlich über die Lippen.

Er ist mindestens einen halben Kopf größer als ich und so dicht, wie er jetzt vor mir steht, wirkt er riesig. Schüchtern blinzelnd sehe ich zu ihm auf.

„Ich stand an der Brüstung nebenan und habe ein Wimmern gehört. Es kam von hier drin." Er presst die Lippen zusammen und deutet mit einem entschuldigenden Schulterzucken Richtung Balkon. „Ein Satz reichte aus, um an der Trennwand vorbeizukommen. Und deine Tür war nur angelehnt, da dachte ich ...!" Sein Schmunzeln wird breiter und ein schelmisches Grinsen kommt zum Vorschein.

Ich nicke kurz. Zu einer anderen Reaktion bin ich nicht fähig. Einen Moment später wendet er sich ab und geht auf den Balkon hinaus. Als ich registriere, dass er wieder auf die andere Seite entschwinden will, nehme ich meinen ganzen Mut zusammen und rufe ihm „Das nächste Mal darfst du gern die Tür benutzen" hinterher.

Ein freches Augenzwinkern kommt zurück, dann ist er verschwunden. Mit gespitzten Ohren bleibe ich an der Balkontür stehen. Bei seiner Rückkehr wird das Stimmengemurmel lauter. Doch die Bruchstücke, die ich trotz der lauten Musik verstehen kann, erschrecken mich. Kaum jemand scheint erfreut über seine Rückkehr zu sein. Stattdessen wird gehetzt und gelästert.

2

Was tut eine zugezogene junge Wahl-Münchnerin, die es nicht gerade in Perfektion versteht, auf Fremde zuzugehen und im Handumdrehen neue Freunde zu finden? Richtig! Sie arbeitet viel, trifft sich gelegentlich mit einer Kollegin zum Kaffee, und an einem besonderen Abend lässt sie sich sogar zu einem Discobesuch überreden. Ansonsten sitzt sie zu Hause, liest Bücher, surft im Internet und kämpft gegen das von Zeit zu Zeit aufkommende Heimweh. Eine durchaus treffende Beschreibung meines momentanen Lebens. Klingt übler als es ist. Immerhin nenne ich einen kleinen, bescheidenen Freundeskreis mein Eigen. Hierzu zählt eindeutig meine Nachbarin Tanja. Mit etwas Wohlwollen auch Lisa, eine Kollegin aus dem Büro. Damit ist meine Clique auch schon komplett. Zu mehr habe ich es binnen der letzten drei Jahre nicht gebracht. So lange wohne ich nämlich schon hier. Im Grunde völlig untypisch für mich, denn zu Hause war dies nicht so. *Zu Hause* bedeutet für mich die Stadt, in der ich geboren und aufgewachsen bin. Meine alte Heimat sozusagen. Ich stamme aus Garmisch-Partenkirchen. Weggezogen bin ich aus zwei Gründen: Zum einen wollte ich mich beruflich verändern. Zum anderen lief ich der altbackenen Einstellung meiner Mutter davon. Zurückgelassen habe ich mehr als nur zwei Dinge: meine heiß und innig geliebte Schwester, meine bis dato ebenso gemochte Arbeit und den Dreh- und Angelpunkt meiner absoluten Leidenschaft, das Snowboarden sowie den kompletten Skizirkus rund um die Zugspitze. Wobei mich diese Leidenschaft im Winter fast jedes Wochenende nach Hause zurücktreibt, um den Sehnsuchts-Vorrat für die schneefreie Zeit aufzufüllen. Mittlerweile gestehe ich mir ein, dass es noch einen weiteren Punkt gibt, der mit meinem Umzug auf der Strecke zurückblieb: meine offene und draufgängerische Art. Hier in München gehöre ich zu den ruhigen und scheuen Personen. Leider sehe ich mich viel zu häufig dem Vorurteil des sogenannten Landeis gegenüber. In Garmisch hingegen war ich weder auf den Mund gefallen noch hätte ich einen herablassenden Spruch unkommentiert hingenommen. Meine Schwester und ich waren ein unzertrennliches und perfekt eingespieltes Team. Um mich mit ihr zu verständigen, reichte ein einziger Blickkontakt.

Die nächsten Tage verlaufen wie gewohnt. Bei der täglichen Arbeit kommt mir der fremde Besucher fast wie eine Fata Morgana vor. Das Einzige, was mich immer wieder an ihn erinnert, sind die ständig auftretenden und lautstarken Krawalle, die mir regelmäßig von meinem neuen Nachbarn durch die Wand entgegenhallen. Der Neue von nebenan, laut Klingelschild ein gewisser Herr Nomes, zog vor knapp sechs Wochen ein. Seither wohnen wir Tür an Tür. Leider teilen wir uns auch eine viel zu dünne und kaum schallgedämpfte Wand. Mehrmals wöchentlich hämmert mir seine ohrenbetäubende Musik durch die Mauer entgegen. Überdies ist es Mitte Juli und die Temperaturen sind herrlich warm. Doch die letzten Sonnenstrahlen des Tages auf meinem Balkon zu genießen, ist schlichtweg unmöglich. Dies werde ich nicht länger dulden. Ich muss mit Herrn Nomes reden, sobald ich im Haus persönlich auf ihn treffe. Eine freundliche Anmerkung, mit der Bitte um Rücksicht, würde bestimmt Wirkung zeigen.

Diese erste Begegnung ergibt sich drei Wochen später, an einem Freitagabend. Ein dicklich wirkender, mittelgroßer Mann, vielleicht Mitte 30, unrasiert, mit fettigen Haaren und einer stinkenden Alkoholfahne. So begegnet mir Herr Nomes im Treppenhaus. Außerdem ist er bepackt mit Bierkästen und in

Begleitung zweier leicht schwankender und kichernder Damen. Dieser Anblick reicht mir. Am liebsten würde ich mich in Luft auflösen, und außer einem eingeschüchterten „Guten Abend" kommt nichts über meine Lippen. Wie ein verschrecktes Tier presse ich mich an die Wand und erdulde, wie mich die drei Gestalten mit einem abschätzenden Blick taxieren und die Stufen nach unten verschwinden. Enttäuscht über mich selbst, schleppe ich mich in den dritten Stock.

„Hast du den Neuen schon gesehen?"

Vor meiner Wohnungstür passt mich Tanja ab. Sie bewohnt das Apartment gegenüber.

„Ja, gerade eben", seufze ich leise. „Sonst höre ich ihn immer nur. Oder besser, seine Musik und die Leute, die auf seinen Partys rumhängen."

„Ich hatte die letzten Wochenenden Nachtdienst im Krankenhaus", schwatzt sie aufgeregt los. Tanja liebt es, mir ihre Krankenhausanekdoten bis ins kleinste Detail zu erzählen. „Du wirst es nicht glauben! Jedes Wochenende landet einer seiner Saufkumpel in unserer Notaufnahme. Freitag, Samstag und Sonntag! Jede Nacht ein anderer, und der Neue ist immer dabei, um sie abzuliefern. Keine unserer Krankenschwestern ist vor denen sicher. Jede wird mit anrüchigen Sprüchen angemacht und angesäuselt. Echt eklig sind die!" Angewidert verzieht sie das Gesicht und schüttelt sich.

„Dafür kann ich jedes einzelne Lied mitsingen, das auf seinen Partys läuft." Prompt fange ich an zu gähnen, da ich wegen der Lärmbelästigung kaum noch Schlaf bekomme.

Nach einem bedauernden Schulterklopfen von Tanja verabschiede ich mich in mein gemütliches Zwei-Zimmer-Appartement und drücke die Wohnungstür hinter mir zu. Mit geschlossenen Augen lehne ich mit dem Rücken an der Tür und genieße einen Moment die Ruhe.

Tanja bezog ihre Wohnung zur gleichen Zeit wie ich. Aus den anfänglichen Treppenhausgesprächen ergaben sich einige nette Abende und die Feststellung, dass wir eine Leidenschaft teilen. Wir lieben alles, was mit Italien zu tun hat: die Sprache, das Land, die Leute und ganz besonders das Essen! Schon unzählige Male haben wir zusammen gekocht und uns mit Wein oder Martini den herrlichen Köstlichkeiten der italienischen Küche hingegeben. Überdies hat Tanja, ebenso wie ich, keinen Anhang in München. Ihre Familie wohnt in der Nähe von Freiburg. Ergo, ein weiteres Landei!

Ich verstaue gerade Schuhe und Handtasche an den gewohnten Platz meiner Minigarderobe, da klingelt es an der Wohnungstür.

„Ach Tanja, bitte, nicht noch mehr Tratsch aus dem Krankenhaus. Nicht heute!" Leise stöhnend drehe ich mich zum Eingang um.

Während ich die Tür öffne, setze ich ein hoffentlich annehmbares und einladendes Lächeln auf, um ... da schaue ich direkt auf ein bunt bedrucktes Sweatshirt, etwa Brusthöhe. Perplex beginne ich zu blinzeln und hebe langsam den Blick. Die Person steht so dicht vor mir, dass ich den Kopf in den Nacken legen muss, um aufzusehen. Da sind sie wieder! Die großen stahlblauen Augen meines unbekannten Balkonbesuchers, der schmunzelnd auf mich herunterschaut.

„Oh, äh ...", stammle ich. „Hi!"

Sein Lächeln verschwindet, dafür schaut er sich rasch um. Gerade so, als wolle er sich vergewissern, dass uns niemand beobachtet. Und seltsamerweise tue ich es ihm gleich!

„Darf ich heute durch die Tür rein?", erkundigt er sich und sein strahlendes Grinsen ist zurück. „Oder muss ich erneut den Balkon benutzen?"

„Nein! Äh ... doch, ja!" Wirr schüttle ich den Kopf. „Ich meine, ja, komm rein und nein, du musst nicht den Balkon benutzen."

Mit klopfendem Herzen und weichen Knien trete ich zur Seite und lasse ihn herein. Hoffentlich fühlt sich mein Gesicht nur heiß an und ist nicht so puterrot angelaufen, wie ich befürchte.

„Ist dir eigentlich aufgefallen, dass wir im dritten Stock sind?", platzt es aus mir heraus, sobald die Tür zu ist. „Du hättest dir beim letzten Mal den Hals brechen können!"

Sein Grinsen wird breiter, dazu antwortet er lediglich mit einem Schulterzucken.

„Hättest du vielleicht einen Kaffee oder Espresso für mich?", erkundigt er sich stattdessen mit sanfter Stimme. „Ein Koffein-Kick käme mir gerade sehr entgegen."

Erneut steht er ganz dicht vor mir.

„Kaffee? Ja, klar!" Widerwillig drehe ich mich um und deute ihm an, mir zu folgen.

Die Küche ist mein liebstes Zimmer in der Wohnung: hell und geräumig. Dazu mein persönliches Highlight: ein von der Arbeitsplatte erhöhter Tresen, der in den Raum ragt und umringt ist mit vier Barhockern. Außerdem besitzt dieser Raum auf der rechten Seite eine große Fensterfront mit breitem Sims, von dem aus man die komplette Straße überblicken kann. Mein Lieblingsplatz! Hier sitze ich abends oft, surfe im Internet, schaue dem Treiben auf der Gasse zu oder beobachte den Sonnenuntergang.

Geschäftig hantiere ich an der Jura herum. Dabei sehe ich im Augenwinkel, wie sich mein Besucher auf einen der Barhocker schiebt und mich mustert. Ich spüre seine Augen regelrecht auf mir, doch ausnahmsweise stört es mich nicht. Im Gegenteil, es schmeichelt mir.

„Ich heiße übrigens Josi!" Lächelnd drehe ich mich zu ihm um und stelle ihm einen doppelten Espresso hin.

„Hmm, ich weiß!", brummt er und nickt. „Danke!"

Da er keinerlei Anstalten macht, selbst seinen Namen zu nennen oder sonst etwas zu sagen, gestatte ich mir nun ebenfalls, ihn ungeniert zu betrachten. Seine kurzen blonden Haare stehen struppig ab und die nur wenig längeren Ponyfransen sind etwas zur Seite geschoben. Seine Augen strahlen mich an wie leuchtende Saphire. Und dies, obwohl der Rest von ihm eher matt und müde wirkt.

„Du siehst aus, als bräuchtest du, außer einem Koffein-Kick, dringend eine Mütze voll Schlaf", bemerke ich schonungslos. Mein vorlautes Mundwerk hat mal wieder schneller reagiert als mein Verstand. „Ist alles in Ordnung?", erkundige ich mich kleinlaut.

„Alles okay", versichert er mit einem knappen Nicken und einem hinreisend verschmitzten Grinsen. „Der kleine Schwarze hilft mir schon weiter. Die letzten Tage habe ich wenig geschlafen."

Er seufzt leise und während er die Tasse anhebt und an seinem Espresso nippt, fällt mein Blick auf seine Hand. Die Fingerknöchel sind übersät mit Abschürfungen und Kratzern, die offensichtlich schon einige Tage alt sind.

„Wohl schwer gearbeitet." Möglichst beiläufig deute ich auf seine Finger.

Im Grunde erwecken seine Hände und die schmalen, langen Finger nicht gerade den Eindruck, als schufte er auf einer Baustelle - eher in einem Büro. Auf meine Anspielung reagiert er nicht, unternimmt aber auch keinen Versuch, die Schrammen zu verbergen. Daher entscheide ich, nicht näher nachzufragen. Wir sitzen uns eine ganze Weile schweigend gegenüber. Normalerweise sind mir solche Situationen unangenehm. In diesem Moment nicht Ich will auf keinen Fall etwas sagen, sondern nur in den Tiefen dieser stahlblauen Augen versinken. Er sitzt mir mit leicht geneigtem Kopf gegenüber und schaut mir unverhohlen ins Gesicht. Ruhig und durchdringend hält mich sein Blick fest. Bei seinem zweiten unterdrückten Gähnen lege ich ihm einen Finger unters Kinn und hebe es sachte an.

„Du weißt, wo die Couch steht. Wann soll ich dich wecken?"

Er seufzt leise und wirkt plötzlich wie ein großer Junge, den man bei einer Dummheit erwischt hat.

„Wäre neun Uhr verträglich?" Ohne eine Antwort abzuwarten, erhebt er sich und verschwindet im Wohnzimmer.

„Natürlich!", flüstere ich zu mir selbst.

Momentan zeigt die Küchenuhr fünf Minuten nach sechs an. In aller Ruhe räume ich die Tassen in den Geschirrspüler, dann folge ich ihm ins Wohnzimmer. Ich finde meinen großen Unbekannten, von dem ich noch immer keinen Namen weiß, bereits im Tiefschlaf auf meiner Couch vor. Er liegt auf dem Bauch und sein Gesicht ist fast vollständig in den Armen vergraben. Mein gemütliches XXL-Sofa ist gerade breit genug, dass er der Länge nach darauf passt. Er muss mindestens 1,85 Meter groß sein, eher mehr. Ich selbst bin 1,70 Meter, und wie ich bereits unschwer feststellen konnte, reiche ich ihm kaum bis zur Nase. Er hat seine Schuhe ausgezogen. Die schwarzen Sneakers stehen akkurat am unteren Ende der Couch. Ansonsten trägt er ausgewaschene Jeans und ein dünnes buntbedrucktes Sweatshirt. Darunter zeichnet sich eine schlanke, sportliche Figur mit breiten Schultern ab. Nach ein paar Minuten, in denen ich ihn nur still angesehen habe, kommt mir ein lustiger Gedanke in den Sinn: Da liegt ein Fremder, von dem du nicht das Geringste weißt, auf deiner Couch und schläft. Nur gut, dass dies deine Mutter nicht weiß! Kopfschüttelnd greife ich zu meinem Plaid und breite es sachte über seinem

Rücken aus. Trotz Anfang August entschied sich das Wetter heute für einen trüben Tag mit kühlen Temperaturen.

Kurz vor neun setze ich mich neben meinem schlafenden Gast in die Hocke. Erneut gleitet mein Blick über ihn. Er hat sich die letzten drei Stunden kaum bewegt. Seine auffällig hellblonde Mähne fasziniert mich. Sie sind wirklich ziemlich kurz, und die Erinnerung an die ungewöhnlich weiche Struktur treibt mich dazu, die Hand zu heben und sachte darüberzustreichen.

„Arg!"

Keuchend fährt er hoch und schlägt meinen Arm zur Seite. Einen Augenblick lang starrt er mich entsetzt, fast hasserfüllt an. Es erschreckt mich so, dass ich zusammenzucke und nach hinten wegkippe. Schwer atmend und verwirrt schaut er sich im Zimmer um, dabei fasst er sich mit verkrampften Fingern in die Haare. Schließlich sieht er mich auf dem Boden und mit einem erleichterten Durchatmen scheint er sich zu beruhigen.

„Es ... es tut mir leid!", stammelt er. „Ich ... äh ... wie spät ist es?"

Mit einem Satz ist er auf den Füßen, beugt sich zu mir vor und hält mir mit ausgestrecktem Arm die Hand entgegen. Verdattert greife ich danach und lasse mir aufhelfen.

„Drei Minuten vor neun", antworte ich kleinlaut. „Bitte entschuldige, ich wollte dich nicht erschrecken. Ist alles okay mit dir?"

„Ja, alles bestens", behauptet er steif. „Sorry, aber ich muss jetzt los." In Windeseile schlüpft er in seine Schuhe und rauscht zur Tür. Seine Hand liegt bereits auf der Türklinke, da dreht er sich noch einmal um. „Vielen Dank für den Koffein-Kick und das Kräftetanken." Er zwinkert, zeigt sein verschmitztes Lächeln, dann ist er weg.

„Keine Ursache, Mr. Unbekannt", versichere ich meiner Wohnungstür und beginne zu kichern. „Und wenn du mir beim nächsten Mal nicht deinen Namen nennst, kommst du erst gar nicht mehr rein!"

3

Am Montagmorgen hetze ich in letzter Minute ins Büro und stecke keuchend die Karte in die Stechuhr. Durch erneute Lärmbelästigung meines schmierigen Nachbarn war ich gestern Abend mit dem Kopf unter dem Kopfkissen eingeschlafen, obendrein hatte ich vergessen meinen Wecker in Aktion zu nehmen. Gerade mal 15 Minuten blieben mir am Morgen, vom ersten Blick auf die Uhr bis zum Spurt an die U-Bahn-Station. Im Normalfall völlig unmöglich. Als bekennender Morgenmuffel ist ein Verlassen der Wohnung, ohne ausgiebig heiße Dusche, mindestens zwei Tassen schwarzen Kaffee und dreimaligem Kleiderwechsel vorm Schlafzimmerspiegel sonst nicht drin. Ein echt bescheidener Start in die neue Woche. Kaum zeigt sich der PC zur Arbeit bereit, steht Lisa vor meinem Schreibtisch und gafft mir in die müden Augen. Lisa ist meine Kollegin, obendrein eine Klatschzeitung in Menschengestalt. Schon bei unserem ersten Aufeinandertreffen in der Firma, was nach wenigen Minuten meines ersten Arbeitstages der Fall war, informierte sie mich über alles und jeden im Haus. Seither tut sie dies täglich. Lisa ist lustig und unterhaltsam. Für meine Verhältnisse jedoch eindeutig zu neugierig. Dennoch mag ich ihre frische und ungeschminkte Art, und wir treffen uns gelegentlich auch privat.

„Meine liebste Josi!", tadelt sie mich, wie eine Schullehrerin mit erhobenem Zeigefinger. „Du willst mir doch nicht erzählen, dass du seit den letzten drei Jahren, die du hier arbeitest, heute das erste Mal verschlafen hast? Offensichtlich steckt doch noch etwas anderes in dir als die brave und pflichtbewusste Tochter deiner Mutter. Pfui, schäm dich!", schmettert sie mir übertrieben theatralisch entgegen und wir fangen prompt an zu lachen.

Meine Mittagspause verbringe ich mit Lisa und zwei weiteren Kolleginnen meist im benachbarten Café unseres Lieblingsbäckers. Sobald wir heute dort ankommen, stößt mich Lisa sachte an.

„Ist dir der Typ da drüben schon aufgefallen?", tuschelt sie mir ins Ohr. „Letzte Woche stand er mindestens drei Mal dort."

Möglichst unauffällig schaue ich auf die andere Straßenseite. Ich sehe den Mann, allerdings ist es niemand den ich kenne. Lisa hingegen schwört, dass der Kerl immer an dem Platz steht, wenn ich mit in der Pause bin. Letzte Woche hatte ich zwei Tage durchgearbeitet. An diesen Tagen sei er auch hier gewesen. Er hätte Lisa und die anderen kurz beobachtet, wäre anschließend aber wieder verschwunden. Außerdem sei er ihr am Abend vorm Firmeneingang aufgefallen. Spätestens nach dieser Nachricht bin ich satt und mein Kaffee plötzlich viel zu bitter. Davon abgesehen spukt mir Lisas Mitteilung den ganzen Nachmittag im Kopf herum. Ein konzentriertes Arbeiten ist damit ausgeschlossen und für die Fertigstellung der öden Diktatbänder meines Chefs benötige ich fast doppelt so lange wie üblich. Folglich beende ich meinen heutigen Dienst gut eine Stunde später, dazu noch allein, da sämtliche Kollegen bereits den Heimweg angetreten haben. Beim Verlassen der Firma steht mir der Schweiß auf der Stirn. Ängstlich schaue ich mich um. Den seltsamen Mann vom Mittag entdecke ich aber nicht. Ein Blick auf die Uhr befördert mich in die Realität zurück. Mir bleiben genau drei Minuten, um die nächste U-Bahn zu erreichen. Die anschließende Verbindung geht erst eine halbe Stunde danach und auf Warten steht mir partout nicht der Sinn. Ich renne los. In letzter Sekunde erreiche ich die bereits vorgefahrene Bahn und sinke mit heftigem Seitenstechen auf einen freien Platz.

„Absolut außer Form!", rüge ich mich selbst.

Während des gesamten Heimweges begleitet mich das mulmige Gefühl, beobachtet zu werden. Erst zu Hause, hinter meiner verschlossenen Wohnungstür, schaffe ich es, durchzuatmen. Doch auch den Rest der Woche fühle ich mich wie ein gejagtes Kaninchen, trotz der Tatsache, dass niemand mehr zu sehen ist.

Am Samstagnachmittag läutet kurz nach der Mittagszeit mein Handy.

„Hallo Lisa", posaune ich unverblümt ins Telefon, da ich ihre Nummer erkenne. „Alles klar für heute Abend?"

„Nein, Josi", krächzt Lisa heiser, „ich muss leider absagen."

„Was ist los? Bist du krank?"

„Und wie!", quietscht sie und hustet kräftig. „Ich habe Fieber und kriege kaum noch einen Ton heraus. Und das, obwohl ich gestern nicht mal on tour war. Tut mir leid wegen unseres Dates. Aber das Essen heute Abend muss ausfallen."

„Okay, das ist schon in Ordnung", schwindle ich. „Brauchst du Hilfe, irgendetwas aus der Apotheke vielleicht?" Hoffentlich hört Lisa meine Enttäuschung nicht.

„Nein, ich habe alles", wehrt sie ab. „Unser Mädel-Essen wird nachgeholt. Fest versprochen!"

Nach kurzem Check meines Kühlschranks bleibt mir nun die Wahl zwischen Lieferservice oder einer zusätzlichen Fahrt zum Supermarkt. Kurzerhand schlüpfe ich in bequemere Jeans und ziehe hastig einen halbwegs ansehnlichen Pullover über. Ein prüfender Blick in den Geldbeutel, dann geht's ab in die Tiefgarage. Dies ist wirklich der einzige Luxus, den ich mir gönne. In einer Großstadt wie München zu wohnen und gleichzeitig ein Auto mit Garage zu besitzen, das man nicht einmal für den Arbeitsweg braucht, ist eigentlich die reinste Verschwendung. Zumal die U-Bahn billiger ist und schneller fährt und jede Parkplatzsuche zu einem Lotteriespiel ausartet.

Doch dieser kleine Luxus muss sein, zumindest für solche Momente wie jetzt gerade. Heute benötige ich für den Einkauf über eine Stunde bei einer Wegstrecke von nur drei Kilometern. Pure Idiotie. Wieder zu Hause angekommen verstaue ich leise summend meine Einkäufe im Kühlschrank. Dabei schaue ich beiläufig aus dem Küchenfenster, hinunter auf die Straße. Unmittelbar vor dem Haus ist ein Fahrzeug auf ein anderes aufgefahren. Die Fahrer stehen neben ihren Autos und schimpfen in verschiedenen Sprachen laut aufeinander ein. Mein Fenster ist gekippt und einige Worte, die scheinbar in jedem Land gleich sind, verstehe ich bis in den dritten Stock. Einige Passanten haben sich bereits um die Unfallstelle herum versammelt und amüsieren sich ebenso wie ich über die Szene auf der Gasse. Einen Moment bleibe ich hinter der Scheibe stehen und betrachte die schnell zunehmende Menge an Schaulustigen. Plötzlich stockt mir der Atem. Der Mann von der Bäckerei! Inmitten der Menge steht der Kerl, den Lisa mir am Montag in der Mittagspause gezeigt hat. Der, von dem sie überzeugt ist, dass er mich beobachtet. Mich überläuft eine Gänsehaut und ich weiche hastig einen Schritt zurück. Hat er hochgeschaut? Was, wenn er mir wirklich nachstellt und jetzt weiß, wo ich wohne? Gibt es denn keinen Ort mehr, an dem ich mich sicher fühlen kann? Langsam und vorsichtig gehe ich wieder näher ans Fenster. Er ist weg. Mit zusammengekniffenen Augen nehme ich jedes Gesicht in der Menschentraube ins Visier. Ganz sicher, er ist nicht mehr da.

„Du siehst Gespenster, Josi!", kritisiere ich mich halbherzig.

Als endlich alles seinen gewohnten Platz eingenommen hat, ist es bereits 18 Uhr, und mein Magen zeigt lautstarkes Interesse an den eingekauften Lebensmitteln. Meine Entscheidung fällt auf Tortellini a la Josi, mit extra viel Käse! Ich koche grundsätzlich mit eingeschaltetem Radio und strecke gerade den Finger zum Power-Knopf aus, da wird es plötzlich mächtig laut im Hausflur. Die blökende Stimme ist mir inzwischen wohl bekannt. Mein äußerst unverschämter Nachbar Herr Nomes, der ständig mit einem dummen Spruch behaftet ist und diesen bei jeder Gelegenheit kundtut. Zumindest mir gegenüber, wenn ich es nicht schaffe, mich im Treppenhaus rechtzeitig zu verdrücken. Mein letztes ungewolltes Aufeinandertreffen mit diesem nach billigem Weinbrand stinkenden Pöbel, war gestern Abend am Briefkasten. Er quetschte sich so dicht an mich, um mir ein schönes Wochenende zu wünschen, dass es fast an Belästigung grenzte. Der alles zum Überlaufen bringende Tropfen kam unmittelbar danach. Zum Abschied verpasste er mir einen mehr als leichten Klaps auf den Hintern.

„Finger weg von fremdem Eigentum, du Arsch!", hatte ich ihm wagemutig entgegengeschmettert.

Es war der erste Gedanke, den mein geschocktes Hirn hervorbrachte, und genau so kam er aus meinem Mund. Stolz darüber, endlich einen zurechtweisenden Konter aus meiner Kehle bekommen zu haben, strafte ich ihn gleich noch mit einem vernichtenden Blick. Eine schlechte Entscheidung, wie ich drei Sekunden später wusste. Nun stand er nämlich mit seinem dämlichen Grinsen genau zwei Zentimeter vor meinen Augen und hauchte mir seine Alkoholfahne in die Nase.

„Abwarten, Mäuschen, in wessen Eigentum DEIN Arsch noch wandert!", und verschwand mit einem ekelig spottenden Lachen aus dem Haus.

Nach einer gefühlten Ewigkeit bekam ich meinen Puls und meine weichen Knie wieder unter Kontrolle. Schwankend und eingeschüchtert kehrte ich in meine Wohnung zurück. Diese Begegnung hatte mir dermaßen zugesetzt, dass ich die halbe Nacht wach lag und mir den Kopf zerbrach, was ich unternehmen könnte.

Mit einem tiefen Seufzer verbanne ich die Erinnerung an das gestrige Erlebnis in einen entfernten Winkel meines Kopfes. Vergebens! Just in diesem Moment, in dem ich ein Stoßgebet gen Himmel schicke, Herrn Nomes Sippschaft möge heute eine andere Party-Location besuchen, wird der Lärmpegel in der Nachbarwohnung lauter. So viel zu meinem unfreiwilligen und gemütlichen Abend zu Hause. Trotz 25 Grad Außentemperatur beschließe ich die Balkontür zuzudrücken. Eilig gehe ich auf die Glastür zu, da werde ich Ohrenzeuge einer lautstarken und, wie ich vermute, auch handgreiflichen Auseinandersetzung aus der Nachbarwohnung. Es klingt nach einer Schlägerei! Minuten später wird das Ganze durch laute Stimmen unterbrochen. Jemand brüllt: „Es ist genug! Hört auf damit!" Diesen Moment nutze ich, schließe lautlos die Tür und schleiche auf Zehenspitzen in die Küche zurück.

Die Türklingel schreckt mich von meiner Lektüre auf.

„Ach, Tanja", seufze ich leise und schaue auf die Uhr. Es ist halb zehn. „Ich dachte, du hast Nachtdienst." Schwerfällig erhebe ich mich von der Couch. Was sie wohl heute alles zu erzählen hat? Egal, dann eben Gesellschaft von Tanja, auch gut!

Wehmütig schaue ich auf mein Buch und das angetrunkene Glas Martini, dabei begebe ich zum Eingang. Mit einem hoffentlich glaubwürdigen Lächeln ziehe ich schwungvoll die Wohnungstür auf und zucke erschrocken zusammen. Vor mir steht der blonde Unbekannte ohne Namen.

„Störe ich oder kann ich reinkommen?" Seine Stimme klingt eigenartig, dazu blickt er mich seltsam verhalten mit gesenktem Kopf an.

„Äh ... nein. Ich meine, ja!", stottere ich und fuchtle abwehrend mit der Hand herum. „Ja, komm rein! Nein, du störst nicht."

Zögernd und steif schiebt er sich an mir vorbei in die Wohnung. Nach Blickkontrolle den Flur entlang – warum tue ich das eigentlich? – schließe ich die Tür, drehe mich zu ihm um und reiße entsetzt die Augen auf.

„Himmel!", stoße ich aus. „Wie siehst du denn aus? Was ist passiert?" Entsetzt schnappe ich nach Luft und hebe rasch die Hand vor den Mund. Die Beleuchtung im Inneren offenbart schonungslos, weshalb er so verhalten klingt und den Kopf nicht richtig anhebt.

„Bitte habe keine Angst." Er spricht so leise, dass ich es beinahe überhöre.

Seine blauen Augen schauen mich flehend an. Sie leuchten wie bei den letzten Malen, doch von dem frechen Schmunzeln fehlt jede Spur. Mit hängenden Schultern und leicht in sich gesunken steht er vor mir. Mein Blick scannt immer wieder sein bleiches Gesicht, aber er rührt sich nicht. Stattdessen lässt er es ohne Scheu zu, dass ich ihn mustere und mir das Ausmaß seiner Verletzungen ansehe. Er ist übersät mit Kratzern, Schürfwunden und aufgeplatzten Stellen. Nach ein paar Sekunden, in denen mir der Puls lauter in den Ohren hämmert als die Musik vom Nachbarn, hebt er sachte den Kopf an und bringt mir ein gequältes Lächeln entgegen.

„Espresso, Fremder?", frage ich mit überraschend ruhiger Stimme und seine verkrampfte Haltung entspannt sich sichtlich.

„Ja, bitte. Gerne auch einen Doppelten."

Ich nicke und schenke ihm meinerseits ein Lächeln. Sachte greife ich nach einer unversehrten Stelle an seinem Arm und ziehe ihn behutsam hinter mir in die Küche. Eilig wende ich mich der Kaffeemaschine zu. Auch wenn ich es schaffe, ruhig zu reden, ein paar unbeobachtete Sekunden zum Durchatmen können uns jetzt nicht schaden. Einige verstohlene Blicke aus dem Augenwinkel kann ich mir jedoch nicht verkneifen. Ich sehe, wie er beim Versuch, tiefer durchzuatmen, schmerzverzerrt die Augen zukneift. Außerdem hält er einen Moment lang den Atem an, als er sich vorsichtig auf einen Barhocker schiebt. Wahrscheinlich hat er stärkere Schmerzen, als er mir gegenüber zeigen will. Bis unsere doppelten Espressi fertig sind, habe ich mich so weit gefasst, dass ich mich ohne zu zittern zu ihm umdrehen kann. Ich stelle ihm die Tasse direkt vor die rechte Hand. Auch sie ist verschrammt, dazu sind die Knöchel an Zeige- und Mittelfinger aufgeplatzt. Durch die Küchenbeleuchtung sind die Wunden deutlicher zu sehen. Wir stehen uns an der Theke gegenüber und abermals lässt er zu, dass ich mir seiner Verletzungen ansehe. In diesem Moment ist es mir gleich, ob ich neugierig wirke oder nicht. Er kam freiwillig, also muss er damit rechnen, dass ich ihn schonungslos angaffe. Die Situation ist fast schon komisch! Wir starren uns an, aber keiner verliert ein Wort darüber. Minutenlang hüllen wir uns in Schweigen und trinken unsere Espressi. Dann nehme ich wortlos einige Eiswürfel aus dem Froster, wickle sie in zwei Tücher und bedecke damit sachte eine Platzwunde an der Lippe und am rechten Auge. Zögernd greift er danach und hält sie fest. Anschließend verschwinde ich ins Bad und kehre mit meiner Hausapotheke zurück, die dank Nachbarin Tanja der Krankenschwester, bestens ausgestattet ist.

„Versuche stillzuhalten", bitte ich ihn. „Ich werde die Schrammen am Mund und am Auge säubern." Mit spitzen Fingern und gerunzelter Stirn suche ich die passenden Verbandmaterialien heraus. „Tut mir leid, aber um ein scheußliches Brennen wirst du nicht umhinkommen. Ich tu mein Bestes."

Nach einem matt zustimmenden Nicken meines Patienten mache ich mich an die Arbeit. An mehreren Stellen klebt

Schmutz im inzwischen angetrockneten Blut - Sand und kleine Steine. Er trägt eine moderne dünne Strickmütze, die seine blonden Haare komplett verbergen. Um die Platzwunde am Auge besser reinigen zu können, schiebe ich sie langsam und vorsichtig ein Stück höher.

„Was um alles in der Welt ist mit deinen Haaren passiert?", ächze ich und deute mit starrem Blick auf seinen Kopf.

Erschrocken schaut er auf und sieht mir durchdringend in die Augen, wahrscheinlich um zu sehen, ob ich in Ohnmacht falle.

„Angesengt", sagt er leise, dabei huschen seine Augen unruhig über mein Gesicht. Vielleicht rechnet er damit, dass ich kreischend das Weite suche oder doch neben ihm zu Boden gehe.

„Angesengt?" Verkrampft halte ich seine Mütze in den Händen und stiere mit weit aufgerissenen Augen auf seinen Haarschopf. „Du meinst ... mit Feuer? Jemand hat dich angesengt, mit Feuer?"

Langsam beginnt er zu nicken. In seinen blauen Augen zeigt sich der gleiche flehende Ausdruck wie zuvor an der Tür. Was hatte er geflüstert? ‚Bitte habe keine Angst!'. Mir ist übel. Dazu kostet es mich alle Kraft, nicht auf direktem Weg ins Bad zu stürmen und mich zu übergeben. Aber nein, ich habe keine Angst!

„Wer, um Himmels willen, tut so etwas? Und warum?"

Ich hatte es mehr zu mir selbst oder einfach aus Entsetzen ausgesprochen, denn irgendwie ist mir klar, dass ich auf meine Frage keine Antwort bekomme. Wie in Trance stehe ich da, spüre, wie mir die Eiseskälte über den Rücken läuft und mich erschauern lässt, weil ich nicht glauben kann, was ich vor mir sehe. Langsam beruhige ich mich etwas und mein Blick streift um seinen Kopf. Meine rechte Hand schwebt mit leichtem

Abstand über den Resten seiner hellen Mähne. Ihn anzufassen traue ich mich nicht. Erleichtert stelle ich fest, dass nur die Haarspitzen versengt sind. Glücklicherweise sind keine Verbrennungen oder Wunden an der Kopfhaut zu entdecke, obwohl einige Stellen ziemlich schlimm aussehen. Derjenige, der meinem geheimnisvollen Fremden dies angetan hat, wusste genau, was er tut. Hinter einer solch gezielten Verunstaltung kann nur Absicht stecken.

„Gott sei Dank", rede ich leise vor mich hin.

Wieder ein minimales Nicken. Sonst nichts.

Bevor ich ihn etwas fragen kann, klingelt es an der Wohnungstür. Nach kurzem Zögern verlasse ich die Küche. Dieses Mal öffne ich den Eingang nicht ganz so arglos, sondern luge erst misstrauisch durch den Spalt. Vor mir steht ein Mann mit breiten Schultern, der sicher ebenso groß ist wie mein angeschlagener Schönling in der Küche. Er trägt dunkelblaue Jeans, Shirt und eine dünne Sportjacke. Mit zusammen-gepressten Lippen neigt er den Kopf und schaut auf mich herab. Langsam mache ich die Tür ein Stück weiter auf, aber mehr als ein stirnrunzelndes „Ähm", bringe ich nicht zustande. Eine Reaktion, die dem Neuankömmling offensichtlich ausreicht. Er beginnt zu schmunzeln und zwinkert mir zu. Dann schiebt er mich vor sich in die Wohnung und drückt die Tür hinter sich ins Schloss.

„Ich habe ihm gesagt, dass er mich hier findet", höre ich es plötzlich leise hinter mir.

In dieser Sekunde spüre ich meinen mystischen Unbekannten dicht hinter meinem Rücken. Sanft legt mir eine Hand auf den Arm und es fühlt sich beruhigend an. Der Kerl vor mir versieht mich kurz mit einem breiten Grinsen, dann wandert sein Augenmerk höher. Schlagartig änderte sich seine Miene. Seine Stirn legt sich in Falten, dazu mustert er meinen

Patienten besorgt. Mehr noch! Einen Augenblick wirkt er schuldbewusst. Ebenso schnell ist es vorbei und sein gelassener, eher abschätzender Gesichtsausdruck ist zurück. Ich drehe mich etwas zur Seite und schaue zwischen den Männern hin und her. Sie reden nicht. Kein einziges Wort! Dennoch fühle ich mich wie ein Zuschauer. Gerade so, als verfolge ich eine Unterhaltung. Doch zu hören ist ... nichts! Ihre Augen scheinen das Einzige zu sein, was sie dafür brauchen. Wenige Sekunden, ein reiner Blickkontakt, dann ist es weg.

„Entschuldige bitte", mein angeschlagener Blondschopf räuspert sich verlegen. „Das ist Dirk." Er deutet kurz auf sein Gegenüber. „Er ... na ja, er ist für mich, was man bei Frauen wohl die beste und älteste Freundin nennt." Er steht nun direkt neben mir und strahlt mich mit einem breiten Grinsen an, soweit dies seine Platzwunden zulassen. „Also ... mein ältester Freund, Vermieter, gelegentlicher Seelsorger und so." Erneut wechseln die beiden einen schnellen Blick, und wieder schwingt eine wortlose Botschaft mit.

„Ich habe dabei, was du haben wolltest." Lautlos setzt Dirk die Sporttasche, die er die ganze Zeit in der Hand gehalten hat, neben sich auf dem Boden ab. „Scheint, als wirst du bestens versorgt", bemerkt er grinsend und zwinkert mir ein zweites Mal zu.

In diesem Moment kehrt die zuvor abgeflaute Party meines Nachbarn mit voller Lautstärke ins Leben zurück. Aufhorchend hebt Dirk den Kopf an, dann drehte er sich kurzerhand um. Er öffnet die Wohnungstür und tritt auf den Flur hinaus.

„Ich sorge dafür, dass ihr eure Ruhe habt", richtet er sich noch einmal an seinen Freund. „Anschließend verschwinde ich wieder. Bist du sicher, dass alles okay ist? Der Rest ist heil geblieben?" Besorgt wartet er ab, bis er ein beruhigendes Nicken als Antwort erhält.

„Danke für die Sachen. Ich melde mich später bei dir."

Kurz darauf verstummt der Radau in der Nebenwohnung. Überrascht drehe ich mich zu meinem Patienten um. Wir stehen noch immer hinter der Wohnungstür und zum ersten Mal an diesem Abend kommt mir sein jungenhaftes Grinsen entgegen. Dabei zuckt er unschuldig mit den Schultern.

„Hat er denen den Stecker gezogen, oder wie lief das eben?", erkundige ich mich staunend.

„Nein, das wohl kaum", lacht er. „Wahrscheinlich hat er sämtliche Frauen zu einem Abstecher in den House-Club eingeladen."

Der ‚House-Club' ist einer der angesagtesten Clubs, die München aktuell zu bieten hat. Jeder, der etwas auf sich hält, will am Wochenende hier gesehen werden. Super gelegen, direkt an der Isar, mit eigenem Privatstrand für den nächtlichen Chill-Out. So schreibt es zumindest die Presse. Einen Versuch, in den House-Club hineinzukommen, haben Lisa und ich bisher gar nicht erst gestartet, da die Einlassschlange vorm Haupteingang schon aus der Entfernung nicht mehr zu überschauen ist. Außerdem seien die Türsteher angeblich extrem wählerisch.

„Ach", beginne ich zu frotzeln, „und dein Kumpel schneit dort an einem Samstagabend zur Party-Rush-Hour einfach so rein, bringt ein paar zwielichtige Damen mit und geht womöglich noch durch den VIP-Eingang!" Ungläubig lege ich den Kopf schief und hebe kritisch eine Augenbraue.

„Ja, so in etwa", nickt er und grinst noch breiter. „Wenn man dort arbeitet, ist es meist kein Problem reinzukommen."

„Hm, klar. Nein, dann sicher nicht", gebe ich zerknirscht zu.

Auf dem Weg zurück in die Küche kommt mir die seltsam nonverbale Kommunikation meiner Besucher wieder in den Sinn. Abrupt drehe ich mich um und stoße frontal mit meinem Patienten zusammen.

„Arg!" Keuchend krümmt er sich nach vorne und schafft es gerade noch, sich am Türrahmen festzuhalten.

„Sorry! Verdammt, was denn noch?", quietsche ich und versuche, ihn möglichst behutsam zu stützen. „Oh Gott, bitte, jetzt bloß nicht umkippen!"

Mit schmerzverzerrtem Gesicht lässt er sich zur Couch begleiten. Dabei wage ich es kaum ihn zu berühren. Erst jetzt fällt mir der Zustand seiner Kleider auf. Pullover und Jeans sind dreckverschmiert, an einigen Stellen ist der Stoff aufgeschürft und mit Blut verkrustet. Durch das gedämpfte Licht an der Tür und die Aufregung über seine Verletzungen im Gesicht habe ich den Rest vollkommen übersehen!

„Es ... es tut mir leid, ich ..."

„Josi, bitte, es ist doch nicht deine Schuld, dass ...", er bricht ab. Stattdessen hält er eine Sekunde den Atem an, schließt die Augen und schüttelt kaum merklich den Kopf.

„Könntest du versuchen den Pullover auszuziehen?", gehe ich eilig darüber hinweg. „Dann werde ich nachsehen, ob meine bescheidenen medizinischen Hilfsmittel etwas ausrichten können."

Womöglich gibt es einen Grund für die Geschehnisse des heutigen Tages. Doch offenbar hat er entschieden, ihn für sich zu behalten. Nun, wie auch immer. Ich werde gewiss nicht nachfragen, selbst wenn mich die Neugier fast umbringt.

„Ich tue mein Bestes", haucht er und beißt schon bei der ersten Bewegung vor Schmerzen die Kiefer zusammen.

Vorsichtig helfe ich ihm aus den Ärmeln. Anschließend weite ich den Kragen so gut es geht, um die gerade versorgten Wunden im Gesicht nicht zu berühren. Dabei verheddert sich seine Kette mit dem Amulett. Während er es vom Stoff befreit, hängen meine Augen gebannt an diesem wunderschönen Anhänger. Ein rundes silberfarbenes Amulett. Entlang des Randes sind

Hieroglyphen eingearbeitet. Darin ein Quadrat mit weiteren Schriftzeichen und eine Raute. Es ist auffallend groß! Bestimmt sechs oder sieben Zentimeter im Durchmesser. Ob dieses außergewöhnliche Schmuckstück auch eine Bedeutung hat? Als er die Arme sinken lässt, trifft mich der nächste Hieb in die Magengegend. Der Anblick verschlägt mir augenblicklich die Sprache. An mehreren Stellen rund um den Brustkorb sind Schrammen, mit Schmutz verklebte Kratzer und was mich noch mehr verwirrt, bereits verblasste blaugelbe Blutergüsse. Außerdem entdecke ich einige kleine Narben, die zwar abgeheilt sind, aber auf alte Schnittverletzungen schließen lassen. Ich keuche, da meine Gedanken allmählich Eins und Eins zusammenaddieren. Der heutige Übergriff auf ihn war nicht der erste! Ich spüre, wie mir die Tränen in die Augen steigen und sein besorgter Blick verrät mir, dass es ihm nicht entgeht. Es ist mir egal. Das ist echt zu viel für einen Abend.

„Was ...?" Ich schlucke, um den Kloß in meiner Kehle zu lösen.

„Nein, bitte frag nicht!", seufzt er leise.

Zaghaft zieht er mich ein Stück näher zu sich heran. Mit dem Finger hebt er mein Kinn an, sodass ich hochschauen muss. Er nimmt mein Gesicht in beide Hände und streicht mir zärtlich die Tränen von den Wangen. Der Blick in seine geheimnisvollen Augen bringt mich zur Ruhe und auch er entspannt sich merklich.

„Könntest du mir die Tasche geben, die Dirk gebracht hat?"

Ich nicke mechanisch. Dann gehe ich zur Wohnungstür, kehre mit der Sporttasche zurück und reiche sie ihm. Er platziert sie neben sich auf der Couch, öffnet den Reißverschluss und befördert einige Kleider zutage.

„Warte einen Moment!" Ich sause in die Küche und hole die Überbleibsel meiner Hausapotheke. „Lass mich erst nachsehen, ob ich die Schrammen noch säubern kann." Meine Stimme klingt heiser und ich räuspere mich verlegen. „Ich meine, wenn das in Ordnung ist für dich."

„Hmm", brummt er und nickt.

Zehn Minuten später ist nahezu mein gesamter Vorrat an Verbandsmaterial auf seinem Körper verteilt und mein Patient mit neuem T-Shirt und Jeans bekleidet. Glücklicherweise brachten seine Beine nur kleinere Abschürfungen zutage. Beim Verstauen der verschmierten und aufgerissenen Kleider stockt er plötzlich. Dann greift er noch einmal gezielter in die Sporttasche.

„Danke, Bruder!", flüstert er, ohne den Blick zu heben. Lächelnd zieht er eine Whiskyflasche hervor und hält sie mir entgegen. „Hast du zwei Gläser für uns?"

Mit einem erfreuten Nicken nehme ich die Flasche entgegen. Beim Anblick des Etiketts schürze ich anerkennend die Lippen: Single Malt, 18 Jahre alt! Während ich in der Küche verschwinde, um zwei passende Gläser zu besorgen, registriere ich im Augenwinkel, dass sich mein Patient leise stöhnend von der Couch erhebt und mir folgt.

„An der Theke sitze ich angenehmer", erklärt er, auf meinen verwunderten Blick und schiebt sich sachte auf einen Barhocker.

Ich schenke uns ein, wir prosten uns wortlos zu und ich beobachte, wie er mit langsamen und genussvollen Schlucken den Whisky die Kehle hinunterrinnen lässt. Auch mir verleiht das rauchige Aroma des schottischen Goldes eine angenehme Wärme. Es vertreibt das flaue Gefühl im Magen. Wie zu Beginn des Abends stehen wir uns in der Küche gegenüber, in Gedanken versunken und nur auf den anderen fixiert. Mir kommt in den Sinn, dass er mich heute zum ersten Mal mit meinem Namen angesprochen hat. Seinen hingegen weiß ich noch immer nicht.

„Verrätst du mir heute eigentlich wie du heißt?", frage ich prompt. „Oder muss ich mir einen Namen einfallen lassen?"

„Nur, soll ich mir für dich auch einen aussuchen darf!" Er grinst schief, gleichzeitig hält er mir sein Glas zum Nachfüllen entgegen.

„Du weißt doch, wie ich heiße!", reagiere ich überrascht.

„Na und! Gleiches Recht für beide. Wie würdest du mich taufen?" Gespannt beugt er sich mir über die Theke entgegen und stützt seinen Kopf auf den Händen ab.

„Ich ... äh", mit gerunzelter Stirn und leisem Brummen täusche ich angestrengtes Grübeln vor. „Ich muss erst einmal überlegen, was zu dir passt!"

Langsam beuge ich mich näher zu ihm vor und sehe absichtlich forsch und tief in seine Augen: groß, stahlblau, mit dichten schwarzen Wimpern. Dann wandert mein Blick hoch zu seinen Haaren, die, trotz der Verunstaltung, noch immer ungewöhnlich hell glänzen. Anschließend kehrt mein Augenmerk zurück und unser Blick trifft sich erneut. Wenn ich das noch länger tue, dann ...! Rasch weiche ich ihm aus, schlucke kräftig und schaue verlegen auf meine Hände.

„Ich werde dich ... Detlef nennen!", verkünde ich theatralisch. Und obgleich es sicher das Blödeste ist, das mir eingefallen konnte, breche ich bei seiner Reaktion in schallendes Gelächter aus. Mit offenem Mund und entsetzt aufgerissenen Augen starrt er mich an. „Vielen Dank", glucke ich. „Deine Reaktion war es wert!"

„Okay, in Ordnung! Der Punkt geht an dich." Erleichtert stößt er die Luft aus, dabei verdreht er gespielt empört die Augen. „Aber ernsthaft, wie würdest du mich nennen?"

„Du willst wirklich, dass ich dir einen Namen gebe?"

Inzwischen hege ich den Verdacht, dass dies kein Spiel für ihn ist! Er lächelt sanft und seine Augen funkeln mich erwartungsvoll an.

„Also, Ironman oder Hero wären nach dem heutigen Abend sicher passend, aber nennen werde ich dich ... ich ... ähm, ich weiß es nicht!", jammere ich und versuche es mit Bettelblick und Schmollmund. „Bitte, sage mir doch einfach, wie du heißt!"

„Du findest, ich sei wie Ironman?" Er seufzt übertrieben. „Klingt irgendwie gefühlskalt."

„Nein! Nein, so meine ich das nicht. Im Gegenteil! Ich meine nur ...", unbeholfen fuchtle ich mit den Händen herum, „wegen heute! Ich meine, was du ertragen musstest." Meine Stimme wird immer leiser. „Heute, meine ich." Beklommen senke ich den Blick und drehe nervös mein Glas zwischen den Fingern.

„Wenn ich dir sage, wie ich heiße", er lugt unter meinen Ponyfransen hindurch, worauf ich beschämt den Kopf anhebe, „darf ich mir dann trotzdem einen Namen für dich aussuchen?"

„Findest du Josi oder Josephine, so heiße ich nämlich richtig, so schrecklich?" Meine Frage klingt hörbar angekratzt, was ihn nicht zu stören scheint.

„Nein, ganz und gar nicht! Doch ein ganz privater Kosename, nur von mir ...!" Seine Augen weiten sich, während er bittend den Kopf neigt.

Ich warte auf sein verschmitztes Grinsen, das jedoch ausbleibt. Es ist ihm absolut ernst!

„Welcher Name wäre es denn?", frage ich neugierig.

„Amy!"

„Oh! Ich, ähm ... der ist schön!"

Verlegen versuche ich seinem Blick auszuweichen, was nicht gelingt, da er mir sachte mein Kinn festhält. Seine wunderschönen Augen fixieren mich durchdringend, dann macht er langsam den Mund auf.

„Halt, warte!" Eilig hebe ich die Hand und lege sie kaum spürbar auf seine Lippen. „Ich weiß einen Namen für dich", behaupte ich und meine Hand sinkt wieder.

„Gut", murmelt er und wirkt erleichtert. „Welchen?"

„Ian!"

„Ian?"

„Ja. Eine Romanfigur, die dir der Beschreibung nach durchaus ähnelt", erkläre ich und lächle verschmitzt.

„Okay, Amy", grinst er und nickt. „Dann bin ich ab sofort Ian. Klingt gut."

Zum wiederholten Mal an diesem Abend sitzen wir uns schweigend gegenüber und schauen uns an. Ich präge mir jede Kleinigkeit seines Gesichts wie ein Bild ein. Ebenmäßige, kantige Gesichtszüge, geschwungene Lippen, eine schmale Nase und dichte Brauen, die seine leuchtend stahlblauen Augen noch mehr zur Geltung bringen. Sieht man von den Schrammen und der verstümmelten Frisur einmal ab, könnte dieses Gesicht durchaus bei einer Werbekampagne punkten. Ein Grund mehr, mich zu fragen, was diesen Schönling in meine Küche bringt? Leise schnaubend schiebe ich diesen Gedanken beiseite und kehre in die Realität zurück.

„Sicher hast du deine Gründe, weshalb du nicht über ...", ich deute wie zufällig auf seine Haare, „deinen Unfall sprechen willst. Das ist in Ordnung. Eine Bitte hätte ich aber!"

„Und welche?" Erwartungsvoll legt er den Kopf schief.

„Dass du dich umgehend von einem Arzt untersuchen lässt und mir versprichst, zukünftig besser aufzupassen. Klar soweit?"

Es kommt wie ein bettelndes Flehen über meine Lippen, dabei hätte es sachlich und nüchtern klingen sollen. Außerdem hatte ich, wie bei einer Strafpredigt mit dem erhobenen Zeigefinger herumgefuchtelt. Wie peinlich! Ian fängt prompt an zu lachen, was zur Folge hat, dass der Riss an seiner Lippe erneut anfängt zu bluten. Schnell hole ich aus dem Gefrierfach einen Eiswürfel und wickle ihn in das letzte saubere Tuch, das meine Hausapotheke noch hergibt.

„Ein Nicken hätte ausgereicht", seufze ich und bedecke die blutende Stelle vorsichtig mit dem kleinen Coolpack.

Er greift an den Verband und hält ihn mitsamt meiner Hand fest. Sein Grinsen ist weg. Dafür nickt er einmal. Das Telefon läutet. Widerwillig entziehe ich ihm meine Hand, schaue rasch zur Uhr und lange gleichzeitig zum Hörer, der am anderen Ende der Theke in der Ladestation steht.

„Hallo Süße!" Die Nummer meiner Schwester erkenne ich sofort. „Was verschafft mir die Ehre zu so später Stunde? Ist etwas passiert?"

Während ich telefoniere, nimmt Ian den Eispack von seiner Lippe, legt ihn vor sich auf die Theke und geht aus der Küche. Ich sehe ihm verträumt nach, wie er aus dem Zimmer verschwindet. Meine Gedanken sind voll und ganz mit der Verarbeitung des heutigen Abends beschäftigt, sodass ich der Stimme am anderen Ende der Leitung nur halbherzig folgen kann.

„Was? Wie? Sara, bitte, ich kriege gerade nicht alles mit", unterbreche ich den Informationsschwall meiner Schwester. „Vorschlag: Ich bin morgen spätestens um zehn Uhr bei euch. Da haben wir Zeit zum Reden. Einverstanden? – Gut, dann bis morgen, Süße."

Ich schicke Sara einen Kuss durch die Leitung, drücke den Anruf weg und stelle den Hörer in die Station zurück. Als ich mich anschließend zur Küchentür umdrehe, steht Ian wieder an der Theke. Außerdem liegt seine Sporttasche auf einem der Barhocker. Er nimmt eine Baseball-Mütze aus dem Seitenfach, setzt sie auf und zieht das Schild tief ins Gesicht. Somit verbirgt er einen Teil der Schrammen, obendrein verschwindet seine zerrupfte Mähne. Vor ihm liegt ein iPhone.

„Hattest du das vorhin schon dabei?" Ich kann mich nicht erinnern, dass er beim Umziehen etwas aus den Taschen seiner Kleider befördert hatte. Und beim Eintreffen hielt er auch nichts in Händen. Weder Schlüssel, Handy noch Portemonnaie.

„Nein. Dirk hat es mitgebracht", erklärt er und zeigt beiläufig auf sein Gesicht. „Meins ist hierbei zu Bruch gegangen."

„Ich hole meine Autoschlüssel und fahr dich nach Hause", entscheide ich schnell, da mir klar wird, dass er sich gleich verabschiedet und was sich plötzlich seltsam anfühlt.

„Danke, aber du hast heute schon genug für mich getan." Er lächelt und hält mich am Arm fest. „Meine Mitfahrgelegenheit ist schon auf dem Weg."

Sekunden später leuchtet das Handy auf. Er steckt es ein, greift sachte nach meiner Hand und ich folge ihm zur Wohnungstür. Dort bleibt er dicht vor mir stehen, hebt mein Kinn an und sieht mir sanften Blickes in die Augen.

„Danke für die Erste Hilfe", murmelt er und streicht mir zärtlich mit dem Daumen über die Wange. „Mach dir bitte keine Sorgen, Amy. Es ist alles in Ordnung!"

„So! Meinst du das wirklich?"

„Ja, das meine ich wirklich", versichert er ruhig, trotzdem er weiß, dass ich daran zweifle. „Amy, ich ... wir reden ein anderes Mal."

Ohne meinen Blick loszulassen, öffnet er die Tür und tritt auf den Flur hinaus. Zögernd wendet er sich ab und läuft zur Treppe, bleibt an der obersten Stufe aber noch einmal stehen und dreht sich um.

„Gute Fahrt und viel Spaß morgen", zwinkert und lächelt verschmitzt. Dann ist er weg.

4

Am Straßenrand parkt ein SUV, ein weißer Audi Q7. Nach raschem Umsehen verlässt Collin das Mehrfamilienhaus und hält direkt auf den Wagen zu. Am Steuer sitzt Dirk, der ihn bereits erwartet.

„Hey Kleiner, wie geht's dir inzwischen?", erkundigt er sich, als er zusieht, wie Collin sich unter leisem Stöhnen auf den Beifahrersitz gleiten lässt.

„Danke der Nachfrage, es geht schon." Seine versuchte Lässigkeit endet mit einem Ächzen, während er mit schmerzverzerrtem Gesicht eine möglichst annehmbare Sitzposition sucht. „Ich denke, dieses Mal ist nichts gebrochen."

„Soll ich dich ins Krankenhaus bringen?"

„Nein", seufzt Collin. „Fahre bitte nach Hause. Ich lege mich hin und versuche zu schlafen. Sonst schaffe ich morgen die restliche Arbeit für die kommende Woche nicht."

Dirk mustert seinen Beifahrer skeptisch. Schließlich startet er den Motor und fährt los. Wortlos sitzen sie nebeneinander im Wagen. Knapp zwanzig Minuten sind sie unterwegs, bis sie in die Garage zu Dirks Haus einbiegen.

„Ich hätte eine Bitte!", beginnt Collin, sobald der Wagen steht. „Wenn ich nächste Woche nicht da bin ..."

„Schon klar, Mann. Ich halte die Augen offen. Hat dich jemand gesehen oder weiß jemand, zu wem du gegangen bist?"

„Außer Nomes?" Collin verzieht angewidert das Gesicht. „Nein, ich bin mir ziemlich sicher, dass keiner etwas mitbekommen hat. Es wäre mir aber trotzdem lieber ..." Er zuckt vielsagend mit der Schulter.

„Nomes! Dieser Idiot!", spottet Dirk und grinst gehässig. „Mach dir um den keine Sorgen. Den hab ich ins Gebet genommen, als ich ihm die Ladys abgezogen habe."

„Fährst du in den Club zurück?", erkundigt sich Collin.

„Ich denke, ich sollte besser hierbleiben." Dirks Grinsen versiegt, während er sich etwas mehr über seinen Nebenmann beugt. Stattdessen wirkt er besorgt. „Du siehst ziemlich mitgenommen aus. Und das, obwohl die süße Josi gute Arbeit geleistet hat." Anerkennend hebt er die Brauen.

„Ja, stimmt." Collin lächelt, und Dirk entgeht nicht, dass er sogar verlegen wird. „AMY hat gute Arbeit geleistet."

„Soso, Amy!" Dirks Augen verengen sich und er schlägt einen seltsamen Ton an, als er vorsichtig nachhakt. „Hast du ihr deinen Namen genannt?"

Collin schüttelt zögernd den Kopf. „Aber ich hätte es getan, wenn sie nachgefragt hätte."

„Mensch, Kleiner, werde jetzt bloß nicht leichtsinnig!", ranzt Dirk ihn an. „Oder muss ich mir nun doch ernsthaft Sorgen um CHILDSHAIR machen?" Dirks absichtliche Erwähnung des Namens ‚Childshair' verfehlt seine Wirkung nicht.

„Nein!", reagiert Collin aufbrausend. Sein abruptes Hochfahren bekommt er unverzüglich mit einem stechenden Schmerz gedankt. „Nein, das musst du nicht. Ich bin vorsichtig", versichert er keuchend und sinkt langsam in den Sitz zurück. „Nur will ich mein Leben nicht wie zu Hause verbringen. Wir waren lange genug im goldenen Käfig meiner Familie eingesperrt." Collin stockt und wird leiser, als er Dirk ansieht. „Du weißt, dass ich dir für deine Freundschaft und deinen Schutz ewig dankbar bin." Einen Moment lang schauen sie sich nur an. Schließlich nickt Dirk minimal und Collins Miene hellt sich auf. „Übrigens: Collin heißt Ian!"

„Ian?" Dirk wirft ihm einen prüfenden Blick zu. „Du erwartest aber nicht, dass ich dich ebenfalls so nenne, oder?"

„Hm ..."

„Hör auf!", protestiert Dirk lachend. „Los, bewege deine geschundenen Knochen aus dem Wagen und lass uns endlich reingehen. Ich habe Hunger. Wie sieht es mit dir aus?"

Collin winkt ab.

„Danke für den Whisky. War passend, aber auch genug für meinen eingetretenen Magen."

Dirks Haus besteht aus einem großen alten Fabrikgebäude, das zu einem Loft umgebaut wurde. Darüber hinaus ist innerhalb des Baus ein kleines Maisonette-Apartment integriert, das mittels Durchgangstür direkt mit dem zentralen Bereich des Lofts verbunden ist. Diese 80m²-Wohnung, bestehend aus zwei Zimmern und Bad, bewohnt Collin. Der Dreh- und Angelpunkt des Hauses und der beiden Bewohner ist jedoch eine freistehende Küche, an der Collin nun kurz stehen bleibt.

„Hast du ein starkes Schmerzmittel für mich?"

„Klar", murmelt Dirk leise. „Leg dich hin, ich bring dir gleich etwas rüber."

Ein paar Minuten später hat sich Collin seiner Schuhe entledigt, umständlich von den Jeans befreit und ins Bett gelegt. Durch die Ruhe und das Abflauen des letzten Adrenalins spürt er die Schmerzen nun in vollem Ausmaß. Wie im Alkoholrausch beginnt die Zimmerdecke sich vor seinen Augen zu drehen. Ihm ist übel und in immer kürzeren Abständen krampft sich sein Magen zusammen. Als Dirk mit einem Glas ins Zimmer kommt, schafft Collin es gerade noch, sich über die Bettkante zu drehen und in die Schüssel zu übergeben, die er in weiser Voraussicht mit herüber genommen hat. Leise seufzend sinkt Dirk auf die Bettkante. Wie immer bleibt ihm nichts anderes übrig, als die stärksten Wellen abzuwarten, mit denen Collins Körper auf die ständigen Intrigen reagiert.

„Hier, trink das", brummt Dirk, sobald Collin in die Kissen zurücksinkt. „Versuche, es bei dir zu behalten, dann kannst du sicher ein paar Stunden schlafen. Morgen geht es dir besser." Besorgt legt er die Stirn in Falten und mustert Collin, während dieser das Glas leert. „Hast du jemanden erkannt?" Dirk hasst diese Litanei. Es ist stets die gleiche Frage, und er ahnt bereits, welche Antwort er hören wird.

„Nein!", keucht Collin und fängt an zu husten. „Dasselbe Spiel wie immer. Sie tauchen auf wie Geister, kommen von hinten und drücken mich mit dem Gesicht auf den Boden. Die einen halten mich fest, die anderen treten sofort zu. Keiner gibt einen Ton von sich. Dann haben sie mir die Haare angezündet und die Flammen mit einer Decke oder einem Tuch ausgedrückt. Wie sonst auch!" Collin dreht sich gequält zur Seite und hält verkrampft die Arme um den Oberkörper geschlungen. „Diese beschissenen Haa ...", weiter kommt er nicht.

Sobald die Krämpfe nachlassen, flößt Dirk seinem Schützling erneut eine Ration Schmerzmittel ein, das endlich den erwünschten Erfolg bringt. Einige Minuten später hat Collin sich beruhigt und ist eingeschlafen.

Kurz nach acht am Morgen schleppt sich Collin vom Schlafzimmer ins Bad. Verhalten weicht er seinem Spiegelbild aus, duscht und zieht sich an. Als er es endlich wagt, sich anzusehen, stellt er fest, dass seine Krankenschwester am vergangenen Abend gute Arbeit geleistet hat. Dank der Kühl-Paks und dem raschen Versorgen der Platzwunden sieht er dieses Mal bei Weiten nicht so entstellt aus wie schon einige Male zuvor. Nach genauerem Mustern stützt er sich mit den Händen aufs Waschbecken und beugt sich dicht vor den Spiegel.

„Wie lange hältst du das noch aus?", fragt er sich selbst mit ernstem Blick.

Unzählige Streitigkeiten mit seinem Vater hatten Collin dazu getrieben, die abgeschirmte und bewachte Welt seiner Familie zu verlassen. Dies liegt nun vier Jahre zurück. Dirk hatte zwei Jahre früher seine Koffer gepackt und war mit dem lapidaren Argument, in München bessere Studienmöglichkeiten zu haben, hierher umgezogen. Dass Collin ihm folgen würde, stand damals bereits fest. Seither unternimmt Dirk alles, was in seiner Macht steht, um Collin weitestgehend von seiner Vergangenheit abzuschirmen. Trotzdem häufen sich die Überfälle wieder und die zunehmende Brutalität treibt Collin an die Grenze des Erträglichen. Seit ihrer Geburt leben die beiden wie Brüder und vertrauen einander zu 100 Prozent. Ihre optische Ähnlichkeit und ihre starke innere Bindung vermitteln nichts anderes, obgleich sie tatsächlich nur Cousins sind.

„Familienblut lässt sich nicht wegwischen!", denkt Collin und stößt erleichtert die Luft aus.

Entschlossen, sich den aktuell anstehenden Aufgaben zu widmen, macht er sich auf den Weg ins Loft hinüber. Hier versorgt er sich in der Küche mit einem großen starken Kaffee. Collin bleibt noch eine Woche, bis in London sein letztes Examen beginnt. Höchste Zeit, sich wieder den Büchern zu widmen. Mit seiner Tasse in der Hand begibt er sich in sein Arbeitszimmer. Es ist der einzige Raum, der sich im oberen Bereich seines Maisonette-Apartments befindet. Ein sehr geräumiges Zimmer mit raumhohen Fenstern.

„Sieht in der Tat nicht so schlimm aus!" Dirk lehnt im Türrahmen zu Collins Arbeitszimmer und pfeift anerkennend durch die Zähne. „Mach Pause, du Workaholic! In zwei Minuten gibt es Frühstück." Ohne eine Antwort abzuwarten, dreht er sich um und verschwindet Richtung Loft.

Collin war die letzten Stunden so in seine Arbeit vertieft gewesen, dass er Dirks Erscheinen erst registrierte, als dieser mit Brötchentüte und Zeitung unterm Arm in der Tür stand. Dankbar für die angenehme Unterbrechung greift er nach seiner leeren Kaffeetasse und folgt ihm in die Küche hinüber.

„Ich habe gestern Nacht noch deine Schrottschüssel abholen lassen", erwähnt Dirk und deutet mit dem Kinn zum Sideboard, das unweit der Eingangstür steht. „Die Karre steht unten in der Garage. Da drüben liegt der Schlüssel."

Collin bedankt sich mit einem Nicken und lässt sich neben Dirk auf einem Barhocker nieder.

„Iss was!", fordert Dirk, da Collin nur reglos dasitzt. „Sonst fällst du noch vor deinem Examen vom Fleisch." Dabei fängt er an zu lachen und stößt Collin neckend in die Rippen.

„Und du hör auf, dich wie meine Mutter zu benehmen!", erwidert Collin und kontert mit einem spielerischen Hieb auf Dirks Schulter.

„Wann fliegst du?"

„Übermorgen", murmelt Collin und greift endlich zu einem Brötchen. „Dann bleibt mir noch Zeit für letzte Vorbereitungen vor Ort."

„Ich habe Melanie angerufen. Sie kommt morgen vorbei und wird dich wieder herrichten", bemerkt Dirk mit einem Fingerzeig auf Collins Haare. „Die Blessuren im Gesicht sollten bis zur Mündlichen überwiegend weg sein."

„Hm", nuschelt Collin mit vollem Mund, „hoffentlich."

„Ach, noch etwas", erwähnt Dirk absichtlich beiläufig. „Dein Vater hat sich gemeldet. Er erwartet heute noch deinen Rückruf!"

5

Die Strecke in meine alte Heimat schaffe ich sonntagmorgens meist binnen einer Stunde. Somit treffe ich trotz verspäteter Abfahrt pünktlich um zehn vorm Haus meiner Eltern ein. Seit der Trennung meiner Schwester von ihrem Verlobten, was nunmehr zwei Jahre her ist, wohnt sie mit ihrem Sohn Lukas in unserem Elternhaus - zusammen mit Mama. Eine Sache, die sicher nur bei Sara halbwegs harmonisch funktioniert. Mit mir gewiss nicht. Im Gegensatz zu mir scheint Sara einen Weg gefunden zu haben, mit den altbackenen und verstaubten Ansichten unserer Mutter klarzukommen. Allerdings mache ich mir seit Saras spätem Anruf am gestrigen Abend ernsthaft Sorgen. Sie klang so komisch! Völlig anders als sonst. Aus diesem Grund drücke ich heute mit einem flauen Gefühl im Magen den Klingelknopf.

„Josi Josi Josi! Ich warte schon ganz lange!"

Erschrocken zucke ich zusammen, da die Tür aufgerissen wird, bevor mein Finger den Klingelknopf wieder verlassen hat. Außerdem fällt mir mein Neffe mit lautem Begrüßungsschrei in die Arme.

„Mama, Oma, Josi ist da!", brüllt er in ohrenbetäubender Lautstärke hinter sich und saust ins Haus zurück.

„Hallo Süße!", kommt Saras Stimme vom oberen Stock die Treppe herunter. „Geh schon vor, ich bin gleich bei euch."

Gut, sie klingt fröhlich und normal. Also schließe ich die Haustür hinter mir und folge Lukas in Mamas Küche.

„Hallo Mama", zwitschere ich meine Begrüßung in einer hoffentlich nicht allzu übertrieben wirkenden Heiterkeit.

Mama sitzt mit ihrem Enkel auf der großen Eckbank. Auf dem Tisch sind Puzzleteile verstreut, die Lukas mithilfe seiner Oma zusammensetzt.

„Welch seltener Gast!" Eilig steht sie auf und drückt mich fest. Dann hält sie mich auf Armlänge von sich weg und begutachtet mich kritisch. „Geht's dir gut? Du hast dich seit über einer Woche nicht bei mir gemeldet!" Damit ernte ich die erste Rüge für den heutigen Tag. Mit energischem Griff hebt sie mein Kinn an und mustert mich abermals streng. „Tz!", zischt Mama missbilligend, lässt mich dann aber los und setzt sich zu Lukas an den Tisch zurück.

Wenigstens erspart sie sich einen Kommentar über meine müden und leicht geschwollenen Augen. Nach den Aufregungen des gestrigen Abends habe ich kaum geschlafen und dies, obwohl seitens meiner Nachbarwohnung während der verbleibenden Stunden der Nacht eine unfassbare Ruhe herrschte. Doch die leuchtenden Augen meines so grauenhaft zugerichteten blonden Engels gehen mir seither nicht mehr aus dem Sinn. Prompt fange ich an zu gähnen und höre Mamas unverständliches Aufstöhnen. Das Verhältnis zwischen mir und meiner Mutter konnte man schon immer als angespannt bezeichnen, und meine Entscheidung, nach München umzuziehen, hatte nicht gerade zur Besserung beigetragen. Hinzu kam, dass unser Pa vor circa zweieinhalb Jahren bei einem Autounfall ums Leben kam. Seither wirft mir Mama unentwegt vor, dass ich, ebenso wie Sara, wieder nach Hause kommen sollte. Für sie sind die etwas mehr als 100 Kilometer, die Garmisch-Partenkirchen von meiner Wohnung in München trennen, eine unakzeptable Distanz. Seit ich dort wohne, hatte sie es nur ein einziges Mal auf sich genommen, mich in meiner neuen Heimat zu besuchen. Und selbst dazu hatte Sara sie regelrecht zwingen müssen. In den Augen meiner Mutter gehört ein Mädchen zu ihrer Familie, und Argumente wie ‚bessere Jobaussichten' und ‚etwas anderes machen' zählen einfach nicht. Inzwischen handhabe ich unsere Beziehung nach dem

Minimalprinzip. Ich melde mich nur noch selten und rein zur Pflichterfüllung. Obendrein reduzieren sich meine Besuche außerhalb der Wintersaison immer mehr. Jedoch auch zu meinem eigenen Leidwesen, denn Sara und Lukas vermisse ich sehr.

„Hallo Süße!" Sara begrüßt mich mit einer stürmischen Umarmung und flüstert mir dabei sachte ins Ohr: „Sorry für den späten Anruf gestern. Wir reden nachher unter vier Augen."

Nach dem Mittagessen bleibt Lukas bei seiner Oma, während Sara verkündet, dass sie mit mir zusammen im Ferienhaus nach dem Rechten sehen müsse. Den Wink verstehe ich sofort. Pa hatte kurz vor seinem Unfall ein großes Berggrundstück verkauft, das die Käufer für den Skitourismus erschließen wollten. Das Geld für den Grundbesitz teilte er je zur Hälfte zwischen meiner Schwester und mir auf. Sara nutzte ihren Anteil, um einen großen Batzen der Hypothek ihres Neubaus zu tilgen. Mein eigener Anteil reichte gerade für den Kaufpreis meiner Wohnung und war somit die beste Voraussetzung, ohne extrem hohe Kosten im Rücken, mein neues Leben als Münchnerin zu starten. Kurz nach Pas Tod trennte sich Sara von ihrem damaligen Verlobten Peter. Sie entschied, mit Lukas ins obere Stockwerk unseres Elternhauses einzuziehen, das zu diesem Zeitpunkt ohnehin leer stand. Ihr eigenes Haus wurde zu einem Ferienhaus mit drei Apartments umfunktioniert und vermietet.

„So, raus mit der Sprache!", fordere ich, sobald wir die erste Straßenecke passieren. „Was gibt's so Dringendes?"

„Ich muss dir etwas sagen, obwohl Mama nicht will, dass ich mit dir darüber spreche", flüstert Sara, obwohl niemand in der Nähe ist.

„Jetzt rede endlich!"

„Sie will die Hütte verkaufen!"

„WAS?", brülle ich und bleibe abrupt stehen. „Unsere Berghütte?"

Sara presst die Lippen zusammen und nickt.

„Aber wieso? Sie ... sie weiß doch, wie sehr wir an dem Häuschen hängen." Verständnislos starre ich Sara an. „Ich tu doch alles, was notwendig ist. Spar mir die Gebühren zusammen und zahle den kompletten Unterhalt. Sie hat doch überhaupt keine Arbeit damit!" Ein Kloß breitet sich in meiner Kehle aus und Tränen steigen mir in die Augen. „Pa hat die Hütte für uns gebaut und ich versteh nicht ... wieso?"

„Keine Ahnung", seufzt Sara und zuckt mit den Schultern. „Ich hab sie dasselbe gefragt. Ihre Antwort war nur ein beleidigtes Gesicht und dass es ihre Angelegenheit sei."

„Dann werde ich sie eben noch mal fragen!"

„Nein, Josi, bitte nicht! Dann weiß sie doch, dass ich es dir gesagt habe."

„Soll sie doch!" Langsam kippt meine Enttäuschung in Wut, und ich reagiere wie ein trotziges Kind. „Das ist mir völlig egal!"

„Ach, dir ist es egal, ja?", motzt Sara mich an. „Natürlich! Schließlich fährst du heute Abend wieder nach München zurück. Und ich kann sehen, wie ich mit Mama wieder ins Reine komme. Glaubst du tatsächlich, es ist immer leicht, mit ihr unter einem Dach zu leben?"

Autsch – dieser Schlag sitzt. Ich schnappe nach Luft, um etwas zu erwidern, nur fehlt mir gerade das passende Argument. Ich weiß genau, dass Sara recht hat. Wäre ich nicht vor Pas Unfall nach München umgezogen, hätte ich spätestens nach der Beerdigung die Koffer gepackt. Sonst hätte ich Mama mit ihren verstaubten Ansichten wahrscheinlich schon vom Balkon gestoßen.

„Es ... ähm, es tut mir leid", nuschle ich kleinlaut. „Aber es ist doch unsere Hütte! Hast du einen Vorschlag, was ich tun kann, ohne dich in die Pfanne zu hauen?"

„Och, das ich einfach." Saras ironischer Ton lässt mich aufhorchen. „Lege dir einen soliden Mann zu, bringe ein paar Kinder auf die Welt und vegetiere den Rest deines Lebens zu Hause hinter dem Herd."

„Wie bitte? Soll das heißen ... du meinst, sie ... nein!" Ich keuche entsetzt und schüttle fassungslos den Kopf. „Das ist ein Witz, oder?"

„Nein, Süße, das ist mein voller Ernst!" Saras Augen funkeln vor Aufregung. „Genau darauf läuft es hinaus. Ihre Worte gestern waren unmissverständlich. Sie ist schlichtweg beleidigt, dass du ohne Rücksicht dein Leben lebst und nicht nach ihren Vorstellungen handelst, wie sich das für eine folgsame Tochter gehört, Punkt - aus! Und offenbar hat sie nun etwas gefunden, womit sich dich treffen kann."

Mir bleibt der Mund offen stehen. Entgeistert starre ich Sara an. Das kann und will ich einfach nicht glauben.

„Josi, versprich mir, es für dich zu behalten!", fleht Sara mich an. „Bis Ende des Jahres sind sämtliche Rechnungen für die Hütte bezahlt und sollte Mama tatsächlich einen Käufer finden, muss sie es uns ohnehin mitteilen. Ich wollte nur nicht, dass du ins kalte Wasser fällst, wenn sie aus heiterem Himmel damit ankommt."

Saras Argumente sind meistens stichhaltig und ich habe ihr selten etwas zu entgegen. So auch heute. Außerdem will ich nicht, dass sie und Lukas die Leidtragenden sind, wenn ich mal wieder mit Mama streite.

„Geht klar", verspreche ich zerknirscht und seufze schwer.

Gegen 16 Uhr besteige ich meinen kleinen VW Polo und trete den Heimweg an. Das mulmige Gefühl vom Vormittag hat sich in einen mächtigen Stein verwandelt, der schwer in meinem Magen liegt. Die komplette Rückfahrt und die halbe Nacht mache ich mir Gedanken und suche nach einem Weg, wie ich mit meiner Mutter ins Reine kommen könnte. Ich frage mich nur, warum? Was ist an meinem Lebensstil so Verwerfliches, dass meine Mutter eine derartige Aktion plant?

6

Ist es nicht töricht, zu glauben, auf einen verkorksten Sonntag könnte ein prima Start in die Woche folgen? Bereits beim Betreten der Firma am Montagmorgen werde ich eines Besseren belehrt. Die Notiz, die ich auf meinem Schreibtisch vorfinde, zeugt von Überstunden und doppeltem Arbeitspensum.

„Es wird wohl einige Zeit dauern, bis sie wieder genesen ist", erklärt mir mein Übergangschef, sobald ich meinen Vertretungsposten bei ihm antrete.

In den letzten Monaten hatte ich mehrmals die Urlaubsvertretung einer Kollegin in einer anderen Abteilung übernommen, jedoch nie länger als eine Woche am Stück. Hierbei handelt es sich um die Stelle einer unserer Vorstandsassistentinnen. Und gerade erhalte ich die Information, dass sie wegen eines Sportunfalls nun längerfristig ausfällt. Meine eigene Arbeit hingegen übernimmt niemand und stapelt sich derweil in Massen. Wenigstens ist mein vorübergehender Boss recht nett und weiß, dass mir einige Bereiche und Tätigkeiten nicht so geläufig sind.

Müde und geschafft krame ich in meiner Handtasche nach den Schlüsseln. Es ist Freitagabend halb acht und ich betrete allein den Hausflur des Mehrfamilienhauses, in dem sich im dritten Stock meine Wohnung befindet. Plötzlich steht Herr Nomes hinter mir. Er taucht wie aus dem Nichts auf und presst sich so fest an mich, dass ich bewegungslos zwischen den Briefkästen und seinem massigen Körper gefangen bin.

„Aufhören!", versuche ich es so entschieden wie möglich. „Das ist nicht witzig." Leider bringe ich es lediglich mit eingeschüchterter und krächzender Stimme hervor. Binnen einer Sekunde ist mir speiübel und ich zittere am ganzen Körper.

„Oh! Ich habe gar nicht die Absicht, witzig zu sein, Mäuschen", säuselt er mir ins Ohr, dabei schiebt er mir sein Knie zwischen die Beine und betatscht meinen Hintern. „Wie wär's, hättest du nicht Lust, auf eine meiner Privatpartys zu kommen, hm? Dann könnten wir uns ein bisschen besser kennenlernen. So als Nachbarn, meine ich."

„Nein!", schreie ich halb erstickt. „Hören Sie auf! Finger weg!"

Mit einem lauten Knacken entriegelt sich die Zugangstür zur Tiefgarage. Sofort lässt Nomes von mir ab und verschwindet direkt aus dem Haus. Keuchend drehe ich mich um und spüre noch immer den dicken Kloß im Hals, der mir jedes Mal die Stimme versagen lässt. Meine Rettung aus der Tiefgarage offenbart sich in der Gestalt von Tanja. Sie ist bepackt mit Einkaufstüten. Just in dem Moment, als sie mich an den Briefkästen entdeckt, reißt sie die Augen auf und bleibt wie angewurzelt stehen.

„Mädel, du siehst aus, als sei dir der Sensenmann höchstpersönlich begegnet." Eilig stellt sie ihre Taschen ab und saust auf mich zu. „Was ist denn passiert?"

Einige Minuten später sitze ich mit einer Kaffeetasse in der Hand auf Tanjas Sofa und erzähle ihr heulend von der Begegnung mit Nomes.

„Dieses ekelige Arschloch!", schimpft sie unentwegt. „Kann man denn nichts tun? Die Polizei einschalten, oder so etwas?"

„Was kann die schon ausrichten! Es ist ja nichts passiert." Ich fühle mich scheußlich und mein Magen rebelliert. „Trotzdem tausend Dank, dass du zum richtigen Zeitpunkt gekommen bist."

„Prima!", wettert Tanja weiter. „Das war doch reiner Zufall! Was, wenn ich nicht gekommen wäre?"

Eine scheußliche Vorstellung, die ich mir gar nicht erst ausmalen will.

„Keine Ahnung", seufze ich leise und zucke mit den Schultern. Wie zum Schutz schlinge ich mir die Arme um die Brust. „Hast du eigentlich noch Verbandszeug für mich? Mein Vorrat ist schusseligem und kopflosem Küchenhantieren zum Opfer gefallen." Ich lüge, ohne mit der Wimper zu zucken, dabei sehe ich das Bild der tatsächlichen Verwendung glasklar vor mir. „Ich habe mich die letzten Wochen dauernd geschnitten." Mein Ablenkungsmanöver gelingt, denn Tanja verschwindet augenblicklich in ihrem Schlafzimmer.

„Hier! Kannst du komplett haben." Sie kehrt mit einer Box in Schuhkartongröße zurück und drückt sie mir in die Hand.

Ich bedanke mich mit einem aufrichtigen Lächeln und gebe mich noch einige Minuten ihren Krankenhausanekdoten hin. Anschließend verabschiede ich mich mit der Kiste in meine eigenen vier Wände. Ab sofort werde ich die Tür auch verriegeln, wenn ich zu Hause bin. Und ohne Blick durch den Spion kommt hier zukünftig niemand so schnell rein. Das Zittern meiner Knie und die Tränen flammen erneut auf und ich sinke hinter der Wohnungstür auf den Boden. Die Szene im Hausflur treibt mir den Angstschweiß auf die Stirn.

„Oh Ian", murmle ich leise. „Wenn ich doch nur wüsste, ob es dir gut geht." Die Gedanken an ihn verfolgen mich ständig. Seit dem letzten Wochenende hat er sich nicht mehr blicken lassen und trotzdem lässt die Sorge um ihn nicht nach. Dabei habe ich genug eigene Probleme, auf die ich mich konzentrieren müsste.

Auch die kommende Woche wird bestimmt von Mehrarbeit und Überstunden. Unzählige Besprechungen, deren Inhalt und Ablauf mir völlig neu sind, erschweren das Ganze. Andererseits bringen sie Abwechslung und hindern mich am Grübeln. Am Freitag steht Lisa unerwartet vor meinem Schreibtisch. Da sie hierfür extra die Etage wechseln muss, ist klar, dass sie Neuigkeiten verbreiten will. Aufgeregt trippelt sie von einem Fuß auf den anderen und flötet in unangenehm schwärmerischem Ton ihr Wissen in den Raum. Chris, unser neuer Prokurist, hätte VIP-Karten für ein Event im House-Club bekommen und lade sie dazu ein. Leider muss sie deshalb unsere Ersatzverabredung zum Essen, die für den morgigen Samstag geplant ist, erneut absagen.

„Blöde Kuh!", denke ich bereits zum dritten Mal, als ich kurz nach sieben am Abend meinen Wagen in die Tiefgarage lenke. Um das dringend anstehende Lebensmittel-Shopping auf dem Nachhauseweg zu erledigen, hatte ich mich am Morgen für meinen Polo entschieden. Das Ende vom Lied: ein Strafzettel, wegen überzogener Parkzeit vor der Firma. Ein prima Start ins Wochenende.

7

Wie gewohnt sitzt Dirk in der Ankunfts-Lounge, als Collin mit seiner Tasche aus dem Flugzeug steigt.

„Hey, willkommen daheim!", posaunt er mit einem breiten Grinsen und schlägt Collin anerkennend auf die Schulter. „Wie fühlt man sich als Ex-Student?"

„Danke." Collin zuckt schmunzelnd mit der Schulter, als wäre das keiner Erwähnung wert. „War nicht so wild."

„Pah! Angeber!", spottet Dirk und nimmt seinem Cousin lachend die Sporttasche aus der Hand. Zu Collins Überraschung wendet er sich aber nicht zum Gehen, stattdessen hält er ihn am Arm fest. „Wieso kommst du heute erst?" Dirks Augen mustern Collin unruhig. „Du wolltest doch ursprünglich am Mittwoch zurückfliegen."

„Ja, das stimmt." Collin schluckt und schaut verlegen zur Seite. „Ich habe mich kurzfristig für zwei Trainingstage bei Toni entschieden", gibt er leise zu.

Toni zählt in London und Umgebung zu den besten Lehrern in Sachen Kampfsport und Selbstverteidigung. Außerdem hatte er Dirk und Collin schon mehrere Jahre unterrichtet, bevor sie nach München gingen.

„Soso, bei Toni!" Dirk seufzt erleichtert. Er lässt Collins Arm los und sie machen sich auf den Weg Richtung Ausgang. „Ich hatte die Befürchtung, dein Dad hätte dich eingefangen und erfolgreich bekehrt. Hast du ihn getroffen oder dich bei ihm gemeldet?"

Bei Dirks Frage gibt Collin ein verächtliches Schnauben von sich. „Ich habe ihn angerufen, als die Examen beendet waren. Das war mehr als genug."

„Und?"

„Nichts und! Das gleiche Gerede wie immer. Ob ich endlich zur Besinnung gekommen sei und nach Hause käme." Collin verdreht genervt die Augen, während er die Worte seines Vaters wiedergibt. „Inzwischen müsste ich doch begriffen haben, dass ich kein Leben wie jeder andere führen könnte, bla bla bla ... Ergo, das Gleiche wie immer!"

Derweil sind sie im Parkhaus angekommen und laufen die letzten Meter schweigend nebeneinander her. Während Collin in den Wagen steigt, verstaut Dirk das Gepäck im Kofferraum und setzt sich anschließend hinters Steuer. Er beobachtet Collin kritisch, dabei steckt er langsam den Schlüssel ins Zündschloss.

„Was jetzt?", erkundigt sich Dirk. Collins grübelnde Miene gefällt ihm nicht. „Ich gehe nicht davon aus, dass du dir Sorgen um deine Zukunft machst, oder?"

„Nein, eigentlich nicht", murmelt Collin. „Zumindest nicht in Sachen Job, aber ..."

„Was denn?", unterbricht ihn Dirk und stößt ihn unsanft an. „Wieso warst du bei Toni, ohne vorher Bescheid zu sagen? Was war noch in London? Ich hätte mitkommen sollen, so wie ich es vorhatte!" Dirks Besorgnis und seine Selbstvorwürfe sind nicht zu überhören.

„Nichts ist passiert. Es ist nur ... der letzte Überfall war irgendwie anders. Ich werde das Gefühl nicht los, ich hätte es abwehren können ... müssen ... irgendwie." Collin macht eine Pause und starrt ins Leere. Dann winkt er ab und seine Stimmung hellt sich auf. „Los, fahr schon! Ich will endlich unter die Dusche."

Gegen halb sieben kommt Collin im Apartment aus seinem Bad. In Jeans und mit noch nassen Haaren läuft er ins Schlafzimmer, schlüpft in Turnschuhe und nimmt sich einen Sweater aus dem Schrank.

„Hast du eine Flasche Dom im Kühlschrank?", ruft er zu Dirk in die Küche hinüber.

„Selbstverständlich!" Dirk grinst breit, als Collin zu ihm ins Loft kommt. „Ich köpfe gleich eine, Nachschub steht im Keller." Unverzüglich zieht er eine Flasche Champagner aus dem Kühlschrank. „Kommst du mit in den Club? Schließlich gibt es was zu feiern!"

„Nein!" Collin strahlt übers ganze Gesicht und nimmt Dirk augenzwinkernd die Flasche aus der Hand. „Und die wird erst später geöffnet, alles klar? Morgen Abend bin ich dabei, versprochen! Aber heute habe ich andere Pläne."

Auf dem Weg zum Hauseingang streift er sich eilig sein Sweatshirt über und angelt nach der Baseball-Mütze, die wie gewohnt auf dem Sideboard liegt. Plötzlich zögert er, dreht sich um und kehrt zu Dirk zurück.

„Sei nicht sauer, Bruder, aber ..."

„Blödsinn, niemand ist sauer!", unterbricht Dirk ihn und lacht. „Wenn ich dich nicht verstehe, wer dann?" Er zieht Collin an sich und klopft ihm beschwichtigend auf die Schulter. Anschließend hält er ihn mit der Hand im Nacken fest und fuchtelt drohend mit dem Zeigefinger vor Collins Nase herum. „Lass dir ja nicht einfallen, wieder mit diesem Schrotthaufen zu fahren!", raunt er in perfekter Schullehrermanier. „Der Wagen ist die reinste Schande! Der Landy ist nur noch für die Baustelle zu gebrauchen. Nimm dir im Büro einen anderen Schlüssel und parke in einer Seitenstraße, kapiert?"

Collin nickt gehorsam. Anschließend verfolgt Dirk, wie er in dem kleinen Raum neben dem Eingang verschwindet. Das Büro dient als Schalt- und Überwachungszimmer des Gebäudes, in dem auch sämtliche Schlüssel aufbewahrt werden.

„Sei vorsichtig, Kleiner", murmelt Dirk leise, sobald er sicher ist, dass Collin ihn nicht hören kann.

Als Collin wieder im Türrahmen erscheint, baumelt der Wagenschlüssel eines Audi TT an seinem Zeigefinger. Auf Dirks zustimmende Daumen-hoch-Geste reagiert Collin mit einem verächtlichen Augendrehen.

„Natürlich!", flötet er spitz. „Mister Macho fährt schließlich auch nur standesgemäß in den Club, wie?"

Dirk grinst süffisant, dabei hebt er unschuldig die Schultern.

„Wieso bist du ständig auf Beutejagd, Brüderchen?", brummt Collin und schüttelt verständnislos den Kopf.

„Weils Spaß macht!", lacht Dirk laut.

„Bye, Brüderchen." Collin verabschiedet sich mit einer huldvollen Verbeugung. „Bis morgen!" Damit dreht er sich um und verschwindet pfeifend aus dem Haus.

8

Die Klingel der Wohnungstür schreckt mich hoch. Da ich keinen Besuch erwarte, breitet sich unverzüglich ein mulmiges Gefühl in meiner Magengegend aus. Zögernd gehe ich zur Tür und luge durch den Spion. Niemand zu sehen. Vorsichtshalber lege ich die Kette vor, bevor ich die Tür einen Spaltbreit aufziehe und einen schüchternen Blick nach draußen wage.

„Darf ich reinkommen?" Zwei stahlblaue Augen blinzeln mir fragend durch den Schlitz entgegen. „Oder muss ich die alleine öffnen?" Er beginnt zu grinsen und lässt mit zwei Fingern eine Flasche vor der Öffnung baumeln.

„Oh, ähm ... hey!", stottere ich mal wieder, außerdem klingt meine Stimme heiser. „Warte eine Sekunde, ich mache die Tür auf."

Mit zitternden Händen hantiere ich an der Kette herum, dann ziehe ich die Eingangstür ganz auf. Als ich zu Ian aufsehe, steht er mit gerunzelter Stirn davor und mustert mich besorgt.

„Bist du okay, Amy?" Er sieht sich rasch um, schiebt mich vor sich in die Wohnung und drückt die Tür hinter sich ins Schloss. „Letztes Mal sah ich doch wohl schlimmer aus. Da hast du nicht gezögert, die Tür zu öffnen. Ist etwas passiert?" Er steht ganz dicht vor mir und betrachtet mich unruhig und mit fragendem Blick.

„Nein, alles bestens!" Ich räuspere mich und lächle ihn verlegen an.

Er erwidert zwar nichts, sein Ausdruck jedoch lässt meine Hoffnung, überzeugend geklungen zu haben, verpuffen. Langsam legt er den Kopf schief und duckt sich, um mir in meiner zusammengekauerten Haltung besser in die Augen schauen zu können. Ich gebe einen resignierten Seufzer von mir, drehe mich eilig um und gehe vor ihm in die Küche.

„Also, ehrlich gesagt habe ich mich die ganze Zeit gefragt, ob mit DIR alles in Ordnung ist!" Hinter der Küchentheke bleibe ich stehen und sehe zu, wie er die Flasche darauf abstellt. „Wow! Ein Dom Pérignon!", stelle ich bewundernd fest. „Gibt es etwas zu feiern?"

„Ja, das gibt es", verkündet er sichtlich stolz, dazu hellt sich seine Miene schlagartig auf. „Aus diesem Grund war ich die letzten beiden Wochen auch nicht in der Stadt. Ich hoffe, du magst Champagner."

Sein Strahlen steckt an, und ich nicke begeistert. Mit einem breiten Grinsen nehme ich zwei meiner schönsten Sektgläser aus dem Schrank. Derweil köpft Ian die Flasche mit einem lauten Plopp.

„Welchen Anlass begießen wir?"

Wir stoßen an und trinken den ersten Schluck. Ein herrlich prickelnder Tropfen!

„Hm", brummt Ian, nickt und schluckt schnell. „Stimmt, das weißt du ja noch gar nicht. Ich habe diese Woche mein letztes Examen bestanden und damit mein Studium beendet. Ich denke, das ist Grund genug für einen guten Tropfen."

„Hey, prima, ich gratuliere!" Ohne zu überlegen, sause ich zu ihm und drücke ihm einen Kuss auf die Wange, was ihn mindestens genauso überrascht wie mich selbst. „Und, ähm ...", hastig übergehe ich meinen euphorischen Gefühlsausbruch und versuche, die spürbar aufsteigende Röte zu ignorieren, „was hast du studiert? Oder besser, welches Examen hast du abgelegt?" Perfekt! Mit dieser Frage kann ich gleichzeitig meine Neugier befriedigen.

„Jura und Architektur."

Ich verschlucke mich und beginne zu husten. „Was?", keuche ich heiser. „Beides?"

Ian nippt an seinem Champagner. Dann nickt er und zuckt so gelangweilt mit der Schulter, als wäre ein solches Doppelstudium die normalste Sache der Welt.

„Du meist, du hast Jura und Architektur zusammen gewählt und durchgezogen? Gleichzeitig?" Für mich eine grauenhafte Vorstellung. „Wie geht das denn?"

„Och, das ging recht gut", murmelt er unbedarft, während ich ihn verblüfft anglotze. „An der London University musste ich nur einige bestimmte Vorlesungen und natürlich die Zwischen- und Schlussexamen vor Ort absolviert. Den Rest der Zeit konnte ich mir frei einteilen."

„Aha!" Mir bleibt der Mund offen stehen. „Du hast ein Fernstudium an der London University absolviert", wiederhole ich ungläubig.

Wieder dieses belanglose Nicken.

„Klar!", schnaube ich nun ebenso gelangweilt wie er. „Und wahrscheinlich erzählst du mir jetzt auch, du hättest nebenbei noch promoviert!"

Er grinst.

„Nein!" Meine Augenbrauen heben sich noch weiter. „Das ist ein Scherz, oder?"

Sein Grinsen wird breiter.

„Kein Scherz?"

Er presst den Mund fest zusammen, so sehr verkneift er sich sein Lachen. Dann antwortet er mit einem minimalen Kopfschütteln. Boa, dieses Fettnäpfchen hat das Ausmaß einer Badewanne! Ich beiße mir auf die Lippen, da ich mich für meine spitze Bemerkung schäme. Dabei hatte ich ihn nur necken wollen! Außerdem komme ich mir dumm vor, da ich nicht einmal das Abi beendet habe.

„Wow", hauche ich leise. „Jura und Architektur. Ian, also, ähm ... du hast meine absolute Hochachtung, aber ...", unbeholfen fuchtle ich mit der Hand herum. „Gibt es einen speziellen Beruf, für den man ausgerechnet diese Fächer-Kombination braucht?"

„Schon möglich", lacht Ian. Er genießt meine Verlegenheit sichtlich. „Ich aber nicht. Jura war die Pflichterfüllung für meinen Vater. Damit habe ich begonnen. Architektur hingegen war mein eigentlicher Wunsch. Also habe ich nach dem ersten Grundstudium aufgestockt, die von mir favorisierte Fachrichtung mit Spezialisierung durchgezogen und ...", er zuckt abermals grinsend mit der Schulter, „promoviert."

„Ah, ja! Na dann!" Mit einem entschuldigenden Lächeln proste ich ihm zu. „Noch einmal meinen herzlichen Glückwunsch!"

Eine sonderbare Stille entsteht. Nicht unangenehm, eher ... prickelnd! Verstohlen mustere ich ihn über den Rand meines Glases hinweg, dann raffe ich meinen Mut zusammen und erkundige mich nach den Verletzungen von vor zwei Wochen.

„Ist von den Schrammen noch viel übrig?" Mit einer Handbewegung deute ich auf seinen Oberkörper. „Im Gesicht ist glücklicherweise kaum noch etwas zu sehen." Ich hatte erleichtert festgestellt, dass selbst unter der Küchenbeleuchtung nur noch kleinere rote Stellen zu erkennen sind. Speziell am Auge und an der Lippe, da hier die Haut aufgeplatzt war.

„Danke der Nachfrage." Er beginnt zu lächeln und fasst mich sachte am Arm. „Meine Krankenschwester hat hervorragende Arbeit geleistet."

Ian stellt sein Glas auf der Theke ab und sinkt auf einen der Barhocker. Langsam zieht er mich heran, zwischen seine Beine, ganz nah vor sich. Da er sitzt, sind wir auf gleicher Höhe und ich schaue ihm geradewegs in die Augen. Sein Blick ist magisch und lässt mich nicht mehr los. Ich spüre, wie er mir seine Hände um die Taille legt und mein Herz klopft wie wild. Auch seine

Aufregung entgeht mir nicht, obgleich er nur abwartend dasitzt und mich ansieht. Langsam hebe ich eine Hand und fasse ihm mit zitternden Fingern ans Schild der Baseballmütze. Zögernd schiebe ich sie erst etwas zurück, dann nehme sie ganz ab. Ich keuche erleichtert, über das, was ich entdecke. Seine Augen zucken kurz, doch er regt sich nicht. Von den zerrupften und angesengten Haarbüscheln ist nichts mehr zu sehen. Seine hellblonden Haare sind sehr kurz, jedoch gleichmäßig geschnitten. Nichts deutet mehr auf den grausam entstellten Zustand hin. Vorsichtig streife ich mit den Fingern über seine Wuschelmähne und rechne damit, dass er zurückschreckt. Dabei versetzt mir die Erinnerung an mein neugieriges Herantasten, als er schlief, einen Stich.

„Als sei nichts geschehen", flüstere ich und lasse meine Hand wieder sinken.

Collin spürt, wie er durch Amys Nähe nervös wird. Ihre zärtliche Berührung verleiht ihm eine wohlige Gänsehaut. Sie steht ihm so nah und doch wagt er es nicht, sie ganz in die Arme zu ziehen. Einen Moment lang schließt er die Augen und merkt, dass er sich trotz ihrer Annäherung entspannt. Zum ersten Mal lässt er es einfach geschehen. Er genießt ihre Wärme, nimmt den herrlich frischen Duft ihres Parfums in sich auf und lässt zu, dass sie ihn mustert. Es gibt kaum einen Menschen, dem er dies sonst gestattet. Stets in der Angst, seine Herkunft zu verraten und dadurch jemanden in Gefahr zu bringen. Augenblicklich ist dieser Gedanke auch da. Stärker sogar als je zuvor. Doch irgendetwas in ihm weigert sich, auf Abstand zu gehen.

„Ich denke, ich bin dir eine Erklärung schuldig." Er räuspert sich, um seiner Stimme wieder mehr Festigkeit zu verleihen.

„Nein!"

„Nein?" Überrascht runzelt er die Stirn. „Warum nicht?"

„Zugegeben", beginne ich und lege ihm wie zufällig die Arme um den Hals, „mir ist schleierhaft, was vor zwei Wochen passiert ist. Da du aber entschieden hast, zu mir zu kommen, statt unverzüglich zur Polizei zu gehen, wird es seinen Grund haben. Wenn es etwas gibt, das du mir erzählen magst, ist das in Ordnung. Aber schuldig bist du mir nichts! Auch keine Erklärung. Außerdem ...", mit einer Handbewegung halte ich ihn von einem Einwand ab, „bin ich von Natur aus neugierig und werde fragen, wenn ich etwas wissen will. Dies gilt übrigens auch für dich!", verkünde ich ihm und zwinkere verschmitzt. „Du wirst fragen müssen, wenn dich etwas interessiert!"

Just in diesem Moment meldet sich mein Magen mit einem lautstarken Knurren zu Wort und Ian fängt an zu lachen.

„Einverstanden!" Sichtlich erleichtert geht er auf meinen Vorschlag ein. „Vielleicht sollten wir uns vorrangig Gedanken über etwas Essbares machen, bevor du mir vor Erschöpfung umkippst."

„Könnte ich dich mit frischem Fladenbrot und kleinen Leckereien wie Oliven, Schafskäse, gefüllten Weinblättern ..."

„Einpacken!", unterbricht er mich und steht auf.

„Einpacken?"

„Ja, einpacken!" Er grinst wieder wie ein Schuljunge. „Nimm eine Decke mit, wir fahren zum Picknick in den Olympiapark."

Knapp 30 Minuten später liegen wir mit unserem köstlichen Proviant unter dem dunkler werdenden Spätsommerhimmel. Wie immer bei diesem Wetter ist die Olympiawiese brechend voll. Doch das stört uns nicht, da wir einzig auf uns fixiert sind. Es ist Ende August, angenehm warm und die allmählich aufflammenden Lichter in der Umgebung, fügen alles zu einem perfekt passenden Bild zusammen. Während der Fahrt und beim Essen sprechen wir über alles und jedes. Von Filmen über Sport bis hin zu meiner zeitweisen Änderung im Job.

Anschließend legt sich Ian auf die Decke und zieht mich an seine Seite. Es ist nahezu dunkel. Genüsslich schmiege ich mich in seinen Arm und wir schauen einige Zeit nur in den Himmel.

„Amy", flüstert er plötzlich und ich merke, dass er unruhig wird. „Ich sollte dir dennoch einige Dinge erklären."

Seine ernste Stimme lässt mich aufhorchen und ich drehe mich ihm zu.

„Die Verletzungen beim letzten Mal waren nicht die ersten dieser Art, das ist dir nicht entgangen. Auch meine Haare wurden mir schon mehrfach auf diese Weise gestutzt." Er blinzelt nervös, dazu streicht er mir unentwegt mit der Hand über den Rücken. „Die Übergriffe werden zwar seltener in der letzten Zeit, dafür nehmen sie an Stärke zu." Ich liege unverändert in seinem Arm und spüre, wie sein Puls rast. „Das Ganze hängt mit meiner Familie zusammen. Mehr kann ich dir leider nicht sagen", stößt er hervor, scheinbar erleichtert, es über die Lippen gebracht zu haben. „Ich will nur, dass du verstehst, warum ich mit einigen Themen eher zurückhaltend umgehe."

„Wie erträgt man so etwas?" Dieser Gedanke verfolgt mich seit den letzten beiden Wochen unentwegt.

Als ich jetzt zu ihm aufschaue, sieht er mir direkt ins Gesicht.

„Nur durch Beistand und Hilfe des besten Verbündeten, den es gibt", antwortet Ian und atmet tief durch.

„Dirk?"

Sanft streicht er mir ein paar Haarfransen aus den Augen, dabei nickt er matt. Dann setzt er sich auf und beginnt nervös an seiner Uhr zu fingern.

„Dirk ist mein Cousin. Wir sind zusammen im selben Haus aufgewachsen, wie Geschwister. Außerdem hatte ich einen Bruder, der nur wenig älter war als er. Mein Bruder starb an den Folgen eines solchen Überfalls, wie du es bei mir zuletzt mitgekriegt hast. Das ist fünfzehn Jahre her. An diesem Tag hat Dirk die Stelle des großen Bruders für mich eingenommen und versprochen, auf mich aufzupassen - koste es, was es wolle. Damals war ich elf, Dirk und mein Bruder waren vierzehn." Mit einem tiefen Seufzer wird er ruhiger und wirkt, als sei eine Last von ihm abgefallen.

Ich bin wie geschockt, daher benötige ich einen Moment lang, um diese grauenhaften Mitteilungen zu verdauen. Es ist nicht zu übersehen, wie schwer es ihm fällt, darüber zu reden. Allein aus diesem Grund scheue ich mich nachbohren, doch eine Sache verwirrt mich.

„Kannst du mir bitte noch eine Frage beantworten?", erkundige ich mich verhalten. „Du sagst, es geht um deine Familie! Nur was hat das mit deinen Haaren zu tun?"

Er lacht ironisch auf, dabei schüttelt er resigniert den Kopf.

„Der typische Fluch unserer Familie. Meine Haare sind recht auffällig, das hast du selbst schon bemerkt. Ein Markenzeichen", bei dieser Erwähnung klingt er verächtlich, „das bisher fast jedem männlichen Nachkommen in die Wiege gelegt worden ist. Im Grunde geht es darum gar nicht. Es ist nur eine Art zusätzlicher Schmach oder eine gewollte Beleidigung."

„Puh! Echt harter Tobak!", keuche ich entsetzt.

„Ich könnte es dir nicht einmal verdenken, wenn du mir nicht glaubst", gesteht er kleinlaut.

„Von wegen!" Rasch schiebe ich die trüben Themen beiseite und zwicke ihm kichernd in die Seite. „Das hättest du wohl gerne."

Ian zuckt zusammen und grinst. Dann zieht er mich vor sich, sodass ich mit dem Rücken an seiner Brust lehne. Er streckt die langen Beine links und rechts neben mir aus und nimmt mich schützend in die Arme. Ich genieße es, mich bei ihm anzulehnen und die nächsten Minuten sitzen wir nur da. Zärtlich streicht er mir mit der Hand die Haare etwas zur Seite und haucht mir einen Kuss in den Nacken. Seine Berührung verleiht mir eine angenehme Gänsehaut, dazu prickelt es in meinem Bauch, wie die tausendfach beschriebenen Schmetterlinge.

„Würdest du bitte die Welt für mich anhalten!", flüstere ich und schließe die Augen.

„Hmmm", brummt er mir leise zustimmend ins Ohr und ich spüre, wie sich seine Lippen zu einem Lächeln verziehen.

Als wir eine halbe Stunde später zusammenräumen und uns auf den Weg zum Wagen aufmachen, meldet sich Ians Smartphone.

„Hey, was gibt's?", begrüßt er den Anrufer nach einem Blick aufs Display.

Aus dem Handy dringt grölendes Partygebrüll. Rasch presse ich die Lippen zusammen, um ein Kichern zu unterdrücken und schaue zur Seite.

„Wie? Nein, alles okay. Ich wünsch dir viel Spaß. Bye." Breit grinsend drückt Ian den Anruf weg. „Grüße von Dirk!", wendet er sich strahlend an mich und schiebt sein iPhone in die Hosentasche zurück.

Im Wagen steckt Ian den Schlüssel ins Zündschloss, beugt sich jedoch mit bettelndem Hundeblick zu mir hin.

„Kriege ich noch einen Espresso bei dir?"

„Gerne auch einen Doppelten", säusle ich zurück und versinke wieder einmal in den Tiefen seiner stahlblauen Augen.

Ian fährt los, macht aber keinerlei Anstalten, den direkten Weg zu meiner Wohnung zu nehmen. Stattdessen fahren wir kreuz und quer durch die Stadt. Über zwei Stunden cruisen wir durch die Nacht, reden, lachen und hören Musik.

Endlich in meiner Wohnung angekommen, machen wir es uns mit unseren Tassen auf der Couch gemütlich.

„Morgen findet im House-Club ein Live-Event statt. Hättest du Lust mich zu begleiten?", erkundigt sich Ian. „Ich habe Dirk versprochen, dort noch einmal auf meinen Abschluss anzustoßen."

„Danke für die Einladung. Klingt sehr reizvoll, nur leider kann ich nicht." Ich seufze leise und hoffe, nicht allzu enttäuscht zu klingen. „Ich fahre morgen nach Hause. Es gibt eine Sache, die mir schwer am Herzen liegt und die dringend geklärt werden muss. Vor Sonntagmittag werde ich wohl kaum zurück sein."

„Eine Sache, die dir am Herzen liegt?", hakt Ian neugierig nach. „Aber ich bin doch gar nicht dabei!"

Wie von selbst verziehen sich meine Lippen zu einem Lächeln und verlegen neige ich den Kopf zur Seite.

„Ich soll doch fragen, wenn ich etwas über dich erfahren will." Sachte hebt er mein Kinn an und schaut mir prüfend in die Augen. „Bitte, du bist an der Reihe, mir ein paar Geheimnisse über dich zu verraten."

„Okay! Doch im Grunde habe ich keine Geheimnisse, lediglich ein paar familiäre Probleme, oder eher Meinungsverschiedenheiten."

„Jetzt spann mich nicht länger auf die Folter und rede endlich!" Ian stupst mir leicht in die Seite, wie ich es im Park bei ihm getan habe.

Ohne Umschweife erzähle ich ihm von meinem letzten Besuch bei Sara und meiner Mutter, ebenso von dem etwas schwierigen Verhältnis zwischen Mama und mir. Anschließend spitzt Ian nachdenklich die Lippen und runzelt die Stirn.

„Was ist das für eine Berghütte?"

„Nur ein kleines Holzhaus, ohne Strom und Wasser. Sie ist weder für den Tourismus zugängig, noch könnte das Grundstück beim Verkauf irgendjemandem von Vorteil sein." Ich schlucke schwer, da sich ein dicker Kloß in einem Hals ausbreitet und meine Stimme hörbar bebt. „Sara und ich sind die Einzigen, denen etwas an der Hütte liegt. Daher verstehe ich es einfach nicht, weshalb meine Mutter ausgerechnet ..." Ich breche ab und drehe mich schnell zur Seite.

„Amy, lass den Kopf nicht hängen", raunt Ian und nimmt mich tröstend in den Arm. „Das kommt sicher in Ordnung."

Seltsamerweise empfinde ich in diesem Augenblick wirklich so etwas wie Hoffnung. Zum ersten Mal, seit ich in München lebe, fühle ich mich nicht völlig allein.

„Bitte sage Bescheid, wenn du Hilfe brauchst. Sofort, hörst du?", fordert er und ich nicke dankbar. „Oder soll ich mitkommen?" Sein freches Grinsen ist zurück und ich pruste los.

„Um Himmels willen!", entsetzt schüttle ich den Kopf. „Tu dir das bloß nicht an. Und mir auch nicht! Anschließend könnte ich mir zwei Jahre lang Moralpredigten über mein unzüchtiges Leben anhören."

Es ist vier Uhr morgens, als sich Ian auf den Heimweg macht.

„Hör zu Amy!" An der Wohnungstür bleibt er dicht vor mir stehen und sieht mich mit seltsam ernster Miene an. „Die Nummer, die ich dir gegeben habe, kannst du zu jeder Tages- und Nachtzeit anrufen. Falls ich nicht erreichbar bin, geht Dirk ran. Ihm kannst du vertrauen. Er weiß immer wo ich bin. Bitte versprich mir, dass du auf dich achtgibst!"

Seine Worte klingen besorgt, fast flehend, trotzdem habe ich keine Angst. Doch statt ihm zu antworten, lege ich meine Finger auf sein Amulett und nicke leicht. Ohne seinen Blick von meinen Augen abzuwenden, greift Ian nach meiner Hand und hält sie genau an dieser Stelle fest. Sekunden später hebt er sie an seine Lippen, küsst sie und umschließt erneut seine Kette mit unseren Händen. Dann lässt er los, haucht mir einen sanften Kuss auf die Wange und verlässt lautlos das Apartment.

Collin fährt mit gemischten Gefühlen nach Hause. Es scheint exakt das einzutreffen, wovor er sich immer schützen wollte. Magisch zieht es ihn zu Amy hin. Am liebsten würde er jede Minute mit ihr verbringen und ihr alles erzählen. Noch nie kostete es ihn so viel Kraft, seine Geheimnisse für sich zu behalten. Andererseits weiß er, dass er sie zwangsläufig in Gefahr brächte, würde er sie in seine Welt mitnehmen. Als Collin seinen Wagen in der Garage abstellt, erregt etwas anderes seine Aufmerksamkeit. Er schüttelt belustigt den Kopf. Dirks weißer Audi, mit dem er stets in den Club fährt, steht auf seinem gewohnten Platz. Eher ungewöhnlich für den Hausherrn, insbesondere zu dieser Uhrzeit. Gerade an den Wochenenden oder Event-Tagen bleibt Dirk meist bis zur Sperrstunde vor Ort und trifft selten vor sechs Uhr in der Früh zu Hause ein. Aus diesem Grund geht Collins Blick im Loft direkt nach oben zur Galerie. Seine Vermutung bestätigt sich: Dirks Schlafzimmertür ist zu.

„Alles klar!", grinst Collin. „Der Herr ist nicht allein." Lautlos wendet er sich ab und verschwindet durch die Verbindungstür in sein Apartment.

Am folgenden Morgen sitzen sich die beiden Männer mit verschlafenen Augen am Küchentresen gegenüber. Es ist kurz nach elf und jeder von ihnen hält eine Tasse starken schwarzen Kaffee in der Hand.

„Wieso bekomme ich nie eine deiner weiblichen Übernachtungsgäste zu Gesicht?", beschwert sich Collin gespielt empört, da Dirk vor einer Viertelstunde wie immer allein aus seinem Schlafzimmer geschlichen war.

„Weil sie morgens schon wieder weg sind!" Dirks aufgesetzte Unschuldsmiene wird durch leichtes Mundwinkelzucken gestört.

„Ach, als ob mir das nicht schon selbst aufgefallen wäre!" Collin grinst und formt mit den Händen ein imaginäres Werbebanner in die Luft. „Achtung, Ladys! Mr. Macho macht seinem Ruf wieder alle Ehre!"

Dirk verschluckt sich an seinem Kaffee und versetzt Collin hustend einen Hieb an die Schulter. „Lass den Scheiß, Kleiner!"

„Glaubst du vielleicht, aus deiner Trophäensammlung ergibt sich irgendwann einmal eine halbwegs gescheite Beziehung? Doch wohl kaum, wenn du jede in derselben Nacht wieder raus beförderst."

Collin wird es nicht müde, Dirk mit diesem Thema zu necken. Schließlich kennt er ihn besser und weiß, dass sein oft großspuriges Auftreten pure Fassade ist.

„Ich habe keine Zeit für eine Beziehung", brummt Dirk, sieht Collin jedoch merkwürdig an. „Weißt du noch, was die gute alte Nanny immer zu uns gesagt hat?"

„Wenn die Richtige kommt", beginnt Collin, „ist auf einmal alles anders!", stimmt Dirk mit ein und beide brechen in schallendes Gelächter aus.

„Wann hat es dich eigentlich in die heimischen Hallen zurückgetrieben?", erkundigt sich Dirk, während Collin die nächste Runde Kaffee macht.

„Gegen halb fünf", grinst Collin. „Und zu dieser Zeit war deine Tür auf jeden Fall zu."

„Echt? War sie das?" Dirk runzelt die Stirn, als müsse er überlegen. „Schon möglich." Gelangweilt zuckt er mit der Schulter und wechselt eilig das Thema. „Bringst du Josi heute Abend mit in den Club? Ich hinterlege euch Karten am Eingang."

„Nicht nötig. Amy ist in Garmisch und kommt erst morgen zurück. Also können wir gemeinsam in den Club fahren. Ich denke, heute verdiene ich eine schöpferische Pause, oder nicht?"

„Oho!", tönt Dirk und neigt huldvoll den Kopf. „Endlich gönnst du dir mal einen entspannten Abend. Prima, das wird eine spektakuläre Nacht. Stell dich auf ein sehenswertes Live-Event ein." Dirk nimmt den letzten Schluck aus seiner Tasse und steht auf. „Aber, verehrter Herr Geschäftspartner", mit belehrendem Zeigefinger fuchtelt er vor Collins Nase herum, „ruhen Sie sich nicht zu lange auf Ihren Lorbeeren aus. Auf Sie wartet Arbeit! Drei neue Großprojekte stehen an."

„Was?" Collin hatte gerade seine Tasse angesetzt und lässt sie bei Dirks Bemerkung direkt wieder sinken. „Kaum bin ich zwei Wochen in England, ziehst du drei neue Aufträge an Land?" Er runzelt die Stirn und starrt Dirk prüfend an. „Will ich tatsächlich wissen, wie du diese Zuschläge erhalten hast?"

„Hey, wow! Alles einwandfrei! Bei uns gibt es keine illegalen Machenschaften, das weißt du ganz genau!", erklärt Dirk und hebt abwehrend die Hände. „Ernsthaft, Collin, diese Aufträge darfst du dir selbst auf die Fahne schreiben. Ausnahmslos Empfehlungen nach deinen letzten Plänen für die Stadt. Die vertragliche Abwicklung war keine große Sache mehr. Nur stehen wir für das kommende Halbjahr ziemlich unter Zeitdruck, Herr Kollege." Dirk klopft Collin beschwichtigend auf die Schulter. Dann stellt er seine Tasse in die Spüle und verschwindet im Badezimmer. „War sonst noch etwas, gestern Abend?", erkundigt er sich durch die offene Tür.

„Ja, eine Sache noch." Da im Bad gerade die Dusche angeht, lehnt sich Collin in den Rahmen und redet extra lauter. „Du könntest etwas für mich nachprüfen. Es handelt sich um eine zum Verkauf stehende Hütte zwischen Garmisch und

Mittenwald. Den Namen der Verkäuferin lege ich dir auf deinen Schreibtisch."

„Geht klar! Ich kümmere mich am Montag darum."

9

Um wenigstens noch einige Stunden Schlaf nachzuholen, hatte ich mich heute erst kurz vor der Mittagszeit aus dem Bett geschält. Somit treffe ich nun gegen 15 Uhr vor meinem Elternhaus in Garmisch ein. Als ich aus dem Wagen steige und mein Gepäck für die Nacht aus dem Kofferraum hole, spüre ich wieder das gleiche mulmige Gefühl wie vor zwei Wochen. Mit der Tasche in der Hand stehe ich vor der Haustür und überlege noch, ob ich klingeln oder gleich meinen alten Schlüssel benutzen soll. Das Haus wirkt seltsam ruhig - fast gespenstisch. Für gewöhnlich entdeckt mich mein Neffe, noch bevor ich die Klingel erreiche und entsprechend stürmisch rauscht er mir entgegen. Heute ist weder jemand zu hören noch zu sehen. Nach kurzem Zögern läute ich und will gleichzeitig meinen Schlüssel aus der Handtasche nehmen, da wird die Tür aufgerissen.

„Süße, hey, da bist du ja endlich!" Sara fällt mir so heftig um den Hals, dass wir beinahe umkippen. „Wir haben früher mit dir gerechnet."

„Sind Mama und Lukas nicht da?" Erwartungsvoll schaue ich über Saras Schulter in den Hausflur. „Das Haus sah völlig verlassen aus, als ich vorgefahren bin."

„Nein", lacht Sara. „Beide ausgeflogen. Los, verstaue die Sachen in deinem alten Zimmer und komm zu mir in die Küche. Ich bin so happy, dass du endlich mal wieder über Nacht bleibst." Sara läuft vor, bleibt auf den ersten Stufen jedoch erneut stehen. Langsam dreht sie sich zu mir um, und ihre gerade noch euphorische Freude weicht einem traurigen Gesichtssaudruck. „Mir fehlt unser Kuschelgeschnatter von früher", gesteht sie leise. „Es ist so leer hier ohne dich. Und die wenigen Wochen im Winter reichen mir einfach nicht für den Rest des Jahres."

„Ich vermisse dich auch", seufze ich leise.

Eilig komme ich ihr entgegen und drücke sie tröstend an mich. Sara ahnt wahrscheinlich nicht, welch wunden Punkt sie gerade trifft. In den letzten Monaten war mein Heimweh kaum zu bändigen. Hinzu kommen der Ärger mit meinem neuen Nachbarn und das ständige Gefühl, beobachtet zu werden. Der einzige Punkt, der mich augenblicklich in meiner kleinen Stadtwohnung entspannen lässt, sind die gelegentlichen Besuche meines geheimnisvollen Ian.

Eine halbe Stunde später kehren Mama und Lukas von ihrem Spaziergang zurück. Während wir zusammen in Muttis guter Stube sitzen, wird die Stimmung immer bedrückender. Ich fühle mich, wie auf einem Pulverfass. Keiner verliert ein Wort über die Berghütte und doch hängt das Thema unsichtbar im Raum. Wir faseln über unwichtige Dinge, bis Lukas im Bett verschwindet. Ich spüre, wie mir der Puls rast, denn länger ertrage ich die Situation nicht mehr. Ich hoffe nur, die Sache so angehen zu können, dass ich Sara nicht ans Messer liefere.

„Wann waren wir eigentlich das letzte Mal oben in der Hütte?", wende ich mich wie nebensächlich an meine Schwester.

„Hmm..." brummt Sara und will gerade zur Antwort ansetzen.

„Apropos Berghütte!", poltert Mama dazwischen und setzt sich ruckartig in ihrem Sessel auf. „Ich habe eine gute und eine schlechte Nachricht. Welche wollt ihr zuerst hören?"

Hätte mich in diesem Augenblick jemand mit einer Nadel gepikt, wäre sicher kein einziger Blutstropfen geflossen. Ich bin so perplex, dass mir die Kinnlade aufklappt und Sara sieht kein Deut besser aus. Mama hingegen blinzelt vergnügt und scheint sich in unserer sprachlosen Überraschung regelrecht zu sonnen.

„Äh … was meinst du mit …", stammelt Sara, die ihre Stimme schneller wiedererlangt. „Erst die schlechte", entscheidet sie noch immer kopflos. „Nein! Nein, bitte doch erst die gute!"

„In Ordnung!" Mama strahlt und dreht sich ganz zu Sara um. „Die gute Nachricht betrifft dich. Du wirst bald das Haus ganz für dich allein haben und bewirtschaften können." Offensichtlich geraten unsere Mienen nun vollends außer Kontrolle, denn unsere Mutter schiebt gleich noch eine besänftigende Erklärung hinterher. „Nein, ich bin nicht krank und ich habe auch nicht vor, in Kürze das Zeitliche zu segnen!"

„Aber …, weshalb soll Sara dann das Haus allein bewirtschaften?", hake ich jetzt nach. „Willst du weg?"

„Ich gehe in ein Wohnheim!", antwortet Mama entschieden und unterstreicht ihre Aussage mit einem festen Kopfnicken. „Zusammen mit meiner Freundin Betti. Das ist bereits beschlossene Sache. Wir haben uns das Haus angesehen und ziehen noch vor Weihnachten dort ein!"

Damit überrollt uns die nächste Eisesstarre. Wir gaffen unsere Mutter fassungslos an und keine bekommt einen Ton über die Lippen.

„Die … schlechte Nachricht?", stottere ich irgendwann.

„Ganz einfach!", verkündet Mama ungerührt. „Meine Rente deckt die monatliche Miete des Pflegeheims und meine laufenden Kosten. Voraussetzung für eine Wohnung ist jedoch der Kauf sogenannter Anteile." Sie macht erst eine abwehrende Handbewegung, dann dreht sie sich leicht verlegen zu mir um. „Dafür habe ich die Berghütte verkauft."

„WAS?", kreischen Sara und ich gleichzeitig. „Die Hütte ist verkauft?"

„Nun ja, noch nicht ganz", murmelt Mama leise. „Ich habe den Verkauf in Auftrag gegeben und der Makler meint, es gäbe schon ein paar Kaufinteressenten."

Schlagartig herrscht Stille im Raum. Sara und ich starren Mama aus weit aufgerissenen Augen an, doch niemand äußert sich. Langsam kullern unserer Mutter die Tränen über die Wangen und sie schluckt heftig.

„Jetzt sagt endlich was!", fiept sie kleinlaut. „Irgendetwas! Alles ist besser, als angeschwiegen zu werden."

Sara und ich schnellen gleichzeitig hoch, flitzen zu Mama und drücken sie fest.

„Ach, Mama! Wieso hast du nicht früher mit uns geredet?" Ich seufze und hoffe, nicht auch noch vorwurfsvoll zu klingen.

„Ich wollte nicht, dass ihr mich bei meiner Entscheidung beeinflusst oder versucht, mich umzustimmen." Sie fingert in ihrer Schürze nach einem Taschentuch und wischt sich eilig die Tränen weg. „Sara, du brauchst dir keine Sorgen wegen des Kleinen zu machen! Ich bin weiterhin für ihn da, genauso wie bisher!"

Sara reibt ihr beruhigend über den Arm, runzelt aber kritisch die Stirn. „Hast du dir das auch gut überlegt?"

Auch ich kann mir nicht vorstellen, dass ihr Entschluss richtig ist. Mama hingegen antwortet unverzüglich mit einem heftigen Nicken.

„Aber ... wegen der Hütte", fasst Sara zögernd nach und ich bin dankbar, dass sie das Thema aufgreift. „Gibt es keine andere Möglichkeit für die Anzahlung? Wie hoch ist denn die Summe?"

Die nächsten drei Stunden verbringen wir damit, einen Weg zu finden, den benötigten Betrag auf anderem Wege zu beschaffen. Ich biete sogar den Verkauf meines Wagens an. Nüchtern betrachtet eine hirnverbrannte Idee, da es ohnehin nicht genug Geld erzielen würde. Als Sara und ich später in unseren Betten liegen, höre ich sie leise schniefen. Es fühlt sich an, als würde das letzte Erinnerungsstück unseres Vaters in der Versenkung verschwinden. Dieser Gedanke schmerzt so sehr, dass auch ich lautlos in mein Kissen schluchze. Um doch noch in den Schlaf zu finden, bedienen wir uns des liebsten Ablenkungsmanövers: Wir schwelgen in Erinnerungen über Begebenheiten, die wir gemeinsam in dem kleinen Holzhäuschen erlebt haben. So mischt sich wenigstens noch etwas Gekicher in die trostlose Dunkelheit.

Um das Wochenende letztendlich mit einem erfreulichen Gedanken abzurunden, lade ich Lukas und meine Schwester zu einem der bevorstehenden Oktoberfest-Wochenenden nach München ein. Ein Ausblick, den Lukas mit heller Begeisterung aufnimmt und mir mit einer fast erdrückenden Umarmung dankt. Anschließend packe ich meine Tasche zusammen und wappne mich für die Heimreise. Mit Sara telefoniere ich täglich. Sie wird mich über den Verkauf und den bevorstehenden Umzug unserer Mutter auf dem Laufenden halten. Die letzten Nächte waren ziemlich kurz, und mein Schlafdefizit macht sich bemerkbar. Daher verlasse ich meine alte Heimat noch vor Mittag und hoffe auf etwas Ruhe in meiner eigenen Wohnung.

10

Wie erwartet entwickelt sich der Samstagabend im House-Club zu einem gelungenen Spektakel. Das riesige Gebäude ist bereits brechend voll, als Collin und Dirk gegen 22 Uhr eintreffen. Daher betreten sie das Haus durch den Hintereingang, der nur vom Personal und der Firmenleitung benutzt wird.

„Hallo Boss, hey Collin!", kommt es gleich von mehreren Seiten, als die beiden die privaten Gänge entlanglaufen.

Sie gehen über eine Treppe nach oben und verschwinden in einem nach außen verspiegeltem Büro. Sobald sich die Tür hinter ihnen schließt, ist die Musik nur noch gedämpft zu hören. Hier würde ein Fremder kaum vermuten, sich inmitten einer riesigen Diskothek zu befinden.

Dirk eröffnete den House-Club vor knapp zwei Jahren. Seither boomt der Laden mit kontinuierlich steigendem Erfolg. Nicht zuletzt, weil er es als Geschäftsführer und Inhaber versteht, stets die richtigen Events zu veranstalten und natürlich die entsprechenden VIPs dazu einzuladen. Collin steuerte zu diesem Unternehmen ebenfalls einen großen Teil bei, gewissermaßen schuf er die Voraussetzung dafür. Er hatte das ehemals zum Abriss freigegebene Lagergebäude entdeckt und in nur einer Nacht den fertigen Plan zum Umbau für den House-Club entworfen. Letztendlich nutzte Collin dieses Konzept sogar für ein Zwischenexamen seines Architekturstudiums mit Schwerpunkt *Großprojekte & Event-Architektur*. Bereits zwei Jahre zuvor, noch während den Anfängen seines vom Vater auferlegten Jurastudiums, bewarb er sich mit einem Hausentwurf für das dann parallellaufende Zweitstudium. Dieses Projekt, das ebenfalls die Entkernung eines alten Fabrikgebäudes vorsah, ergab nach gerade mal neunmonatiger

Bauphase das Haus, in dem Collin und Dirk seither leben, sich sicher und wohl fühlen. Zwischenzeitlich wurde ihrem Unternehmen noch ein weiteres von Collin geplantes Gebäude hinzugefügt: ihr Firmen- und Verwaltungssitz, der sich in der Nähe des Münchner Olympiaparks befindet.

Collin zieht sich einen Clubsessel hinter die Glasscheibe und lässt sich darin nieder. Von dieser Position aus ist der zentrale Bereich der Diskothek zu überblicken, darunter die komplette Tanzfläche samt erhöhter DJ-Begrenzung und die Bar. Derweil überfliegt Dirk die bereitliegende Korrespondenz. Im Augenwinkel fällt ihm auf, dass Collin den Kopf neigt und unverkennbar zu grübeln beginnt.

„Was ist?", fordert Dirk, dabei mustert er ihn genauer.

„Hm ... vielleicht ..."

„Los, rede schon!", treibt Dirk ihn an. „Was schwirrt dir denn jetzt schon wieder durchs Hirn?"

„Ach, nicht so wild." Collin fuchtelt unschlüssig mit der Hand herum, dann winkt er ab. „Nur so eine Idee. Hast du Stift und Papier für mich?" Mit misslungener Unschuldsmiene schaut Collin sich zu seinem Cousin um.

„Nein! Heute nicht!", blafft Dirk zurück. „Heute bist du zum Feiern hier und nicht zum Arbeiten!" Entschieden schüttelt er den Kopf, hält Collins Hundeblick allerdings nicht lange stand. „Hier, als Anerkennung für die bestandene Prüfung." Dirk grinst übers ganze Gesicht, als er Collin ein nagelneues MacBook Pro vor die Nase hält. „Thorsten hat die Software für die 3D-Entwürfe aufgespielt, die du haben wolltest. Leider war unter den kaputten Resten deines letzten nichts Brauchbares mehr zu finden, tut mir leid."

„Wow! Klasse!" Collin springt begeistert auf und bedankt sich mit einem beherzten Schulterklopfen. „Danke, Brüderchen!"

„Keine Ursache, Firmeninvestition!" Während Collin sich seinem neuen technischen Spielzeug widmet und die CAD-Software unverzüglich einem ersten Test unterzieht, greift Dirk zum Hörer und ordert mittels Haustelefon Espresso und Wasser.

„Gib Bescheid, wenn ich etwas anderes bringen lassen soll", erwähnt er. Doch da Collin nur abwesend brummt, konzentriert er sich auf seine eigene Arbeit.

Eine gute Stunde vergeht. Schließlich begibt sich Dirk zum Fenster und betrachtet kritisch die Szene im House-Club. Beiläufig wirft er Collin einen Blick über die Schulter zu.

„Was machst du da eigentlich?" Schon ist sein Interesse geweckt und neugierig beugt er sich über ihn.

„Platz schaffen", murmelt Collin, „und den Innenraum aufpeppen."

„Hör auf! Wir haben keine Zeit für ...", Dirk stockt und schaut noch einmal genauer auf den Bildschirm. „Das sieht gut aus. Wie lange würde das dauern?"

„Grobe Schätzung, wenn wir voll durchziehen", Collin schürzt die Lippen, während er rechnet, „zwei Wochen Schließzeit. Eventuell noch kurzzeitig eingeschränkter Betrieb in einzelnen Bereichen. Mit dem bevorstehenden Oktoberfest nicht sonderlich ratsam."

„Nö, vorher auf keinen Fall", stimmt Dirk zu. „Aber darüber reden wir noch."

Dirks Aufmerksamkeit richtet sich wieder auf das abendliche Treiben und die weiterhin zunehmende Menge. Für den heutigen Abend wurden mehrere Bühnen im Gebäude aufgebaut und als sich Dirk und Collin nun unter die Gäste mischen, sind die Liveauftritte bereits voll im Gange. Während die Präsenz im Club zu Dirks angenehmem Tagesgeschäft gehört, steht Collin meist ein wenig geliebtes Pflichtprogramm bevor. Allein aus diesem Grund ist er nur sporadisch hier anzutreffen. Aus Eigenschutz geht er grundsätzlich misstrauisch auf fremde Menschen zu. Daher ist er erleichtert, in der Menge einige bekannte Gesichter zu entdecken, die regelmäßig in den Club kommen und inzwischen zu den Stammgästen zählen. Obwohl diese Gruppe am heutigen Abend größer ist und einige neue Besucher unter ihnen sind, lässt er sich entspannt nieder. Er findet schnell Gesprächsstoff und unterhält sich gut. Dirk gesellt sich erst nach seinem gewohnten Rundgang durch den Club zu ihnen, dicht gefolgt von einer Kollegin vom Service. Es ist Zeit, seine Ankündigung an Collin, auf das bestandene Examen anzustoßen, in die Tat umzusetzen. Und es wäre gegen Dirks Naturell, dies nicht in aller Öffentlichkeit und mit einer kompletten Champagner-Runde aufs Haus zu begießen.

Kurz vor drei in der Früh entschließt sich Collin, sich wieder in Dirks Büro zurückzuziehen. Um in den privaten Bereich zu gelangen, steuert er auf die Bar zu. Hinter der Theke befindet sich der Zugang, durch den man die Treppe nach oben erreicht. Mit einem aufgesetzten Lächeln schiebt er sich durch die feiernden Partygäste. Kurz bevor er den Bar-Tresen erreicht, spürt er plötzlich eine Hand auf seinem Rücken. Blitzschnell dreht er sich um und starrt direkt in die grinsende Fratze von Nomes, Josis unliebsamen Nachbarn.

„Hallo Childshair!", kommt es ihm mit stinkender Alkoholfahne entgegen.

Die dicht gedrängte Menge im Club presst die beiden regelrecht aneinander. Nomes ist mindestens fünfzehn Zentimeter kleiner als Collin und er reckt sich kräftig, um zu ihm aufzusehen.

„Hättest du nicht mal wieder Lust, auf einer meiner Privatpartys vorbeizuschauen? Ich könnte bestimmt auch meine süße kleine Nachbarin dazu überreden. Die hat einen echt knackigen Hintern, das kannst du mir glauben!", lallt er Collin angeberisch zu.

Mit einem Griff packt Collin ihn am Kragen und zieht ihn so weit zu sich hoch, dass Nomes mit den Zehenspitzen gerade noch den Boden berührt.

„Hör zu, du Arsch!", knurrt Collin mit vor Zorn gefletschten Zähnen. „Wenn du ihr zu nahekommst, wirst du dir wünschen, mir niemals begegnet zu sein!", zischt er ihm drohend ins Ohr. „Und wage es nie mehr, mich Childshair zu nennen, verstanden?" Angewidert stößt er Nomes ein Stück von sich und lässt widerstrebend die Hand sinken.

„Sie gehen jetzt besser!", mischt sich eine Stimme ein.

Als Collin aufblickt, steht Dirk mit einem Türsteher hinter Nomes. Collin wirkt wie ein Adler auf Beutezug. Mit gesenktem Kopf und hasserfüllten Augen fixiert er Nomes, während dieser unter Aufsicht zum Ausgang begleitet wird. Um nicht für noch mehr Aufsehen zu sorgen, schiebt Dirk Collin unverzüglich aus dem öffentlichen Bereich des Clubs.

„Bist du in Ordnung?", erkundigt Dirk sich, sobald er die Tür seines Büros hinter sich geschlossen hat.

„Ja, alles bestens", grollt Collin. Mit einem frustrierten Schnauben sinkt er in einen Sessel.

„Kleiner, du machst mir langsam echt Angst." Dirk grinst bereits, während er sich Collin gegenübersetzt. „Los, lass hören!"

„Woher kennt er den Namen Childshair?", brüllt Collin und verschafft seinem Frust mit einem festen Hieb auf die Armlehne Luft. „Außerdem belästigt er Josi mit dummen Sprüchen." Zornig kneift er die Brauen zusammen. „Dirk, wenn ich mitkriege, dass er handgreiflich wird, dann ..."

Dirk unterbricht ihn, indem er sich ruckartig zu Collin vorbeugt und mit warnendem Blick den Kopf schüttelt. Dann steht er auf und geht hinter seinen Schreibtisch.

„Okay. Falls Nomes sich morgen nach seinem Rausch noch an euren Wortwechsel erinnern kann, wird er Josi seine Niederlage ganz sicher spüren lassen. Es wäre gescheit, wenn du sie direkt darauf ansprichst. Notfalls wird es einen Grund geben, weshalb der Trunkenbold plötzlich umzieht."

Collins Wut verebbt langsam und er stimmt Dirks Vorschlag mit einem knappen Nicken zu. Der Gedanke an Amy versetzt ihm einen Stich in die Brust, dazu ist es nicht der erste an diesem Abend. Er vermisst sie, und gerade hier im Club fühlt er sich heute besonders einsam.

„Aber wieso nennt er mich Childshair?" Collin steht auf und läuft unruhig im Zimmer umher. „Ich dachte, diesen Mist hätte ich mit meinem Vater endlich hinter mir gelassen."

„Nichts bleibt ewig verborgen", murmelt Dirk leise. Collins hasserfüllter Gesichtsausdruck entgeht ihm nicht. „Vielleicht wäre es sinnvoll, sich mit deinem Vater endlich über das leidige Thema zu unterhalten. Schließlich kann es auch mit den Überfällen nicht so weitergehen. Ich könnte mir vorstellen, dass du für einige Herren inzwischen zu einer echten Bedrohung geworden bist. Und das nicht nur durch deinen Erfolg im Studium und im Geschäft!"

„Wo wäre ich ohne dich?", seufzt Collin und bleibt direkt vor Dirk stehen. „Doch sicher schon genauso unter der Erde wie Tommy."

„Du bist meine Familie, Collin. Ich würde mein Leben für dich geben", versichert Dirk ernst. „Das habe ich dir geschworen, und daran hat und wird sich nichts ändern!" Er packt Collin an den Schultern und schaut ihn forschend an. „Also ist es soweit?"

„Ja, Bruder", antwortet Collin mit eisiger Miene. „Es ist soweit!"

11

Am Sonntagabend sitze ich vor meinem Laptop. Abwesend überfliege ich die E-Mails der letzten Woche. Plötzlich klingelt es an der Wohnungstür Sturm und erschrocken fahre ich hoch. Mit einem tiefen Atemzug zwinge ich die aufsteigende Panik nieder und gehe langsam zum Eingang. Zögernd linse ich durch den Spion, sehe aber niemanden. Auf Zehenspitzen mache ich kehrt und will gerade wieder ins Wohnzimmer verschwinden, da klopft es und die Stimme von Ian dringt zu mir durch.

„Amy, ich bin's! Du kannst ruhig aufmachen."

Schnell drehe ich den Schlüssel um, hänge die Kette aus und öffne die Tür. Zu meiner Überraschung steht Ian nicht allein davor. Direkt neben ihm lehnt Dirk im Rahmen, der mich mit einem mindestens genauso skeptischen Blick mustert wie Ian gerade. Meine Gedanken an zu Hause, das permanent flaue Gefühl, wenn es unerwartet an der Tür klingelt und die euphorische Aufregung, sobald Ian vor mir steht, werfen mein Gefühlsleben augenblicklich ziemlich durcheinander. Daher brauche ich einen Moment, bis ich zu einer halbwegs passablen Reaktion fähig bin.

„Hi!", begrüße ich die beiden und versuche, möglichst fröhlich zu klingen. „Welch Glanz in meiner Bude."

Leider gebe ich anschließend ein viel zu erleichtertes Seufzen von mir, das alles wieder zunichtemacht. Und welche Antennen die beiden auch besitzen, sie funktionieren einwandfrei. Dirk verengt sofort kritisch die Augen und Ian hakt unverzüglich nach.

„Ist alles okay?", erkundigt er sich. „Kommen wir unpassend?"

„Nein, nicht doch!", wehre ich eilig ab. „Bitte, kommt rein."

Rasch drehe ich den Kopf zur Seite, in der Hoffnung, sie würden wenigstens meine geröteten Augen nicht bemerken. Die Männer werfen sich einen kurzen Blick zu, dann folgen sie mir in die Wohnung hinein.

Nach kurzem Umsehen verkündet Dirk „Ich kümmere mich um Kaffee", und biegt in die Küche ab.

Ian kommt mir ins Wohnzimmer nach und schließt mich von hinten in die Arme. Mit aller Gewalt versuche ich die Tränen zurückzuhalten, dabei zittere ich am ganzen Körper.

„Amy, was ist los?"

Seine leise Stimme ist tröstend, doch in der Sekunde, in der mich seine Arme einhüllen, zerspringt meine aufgebaute Schutzmauer. Hastig drehe ich mich ihm zu und vergrabe schluchzend mein Gesicht an seiner Brust. Ian wirft Dirk einen raschen Blick zu, der mit verschränkten Armen und besorgter Miene im Türrahmen zur Küche steht. Derweil streicht er mir zärtlich über die Haare und murmelt beruhigend auf mich ein. Sobald mein Weinkrampf nachlässt, nimmt er mein Gesicht in seine Hände, küsst mir erst auf die Stirn, dann auf beide Augen und zum Schluss ganz sachte auf den Mund. Mein Herz schlägt mir bis zum Hals und ich kralle die Finger begierig in seinen Pullover. Er lächelt, während er mir ein paar Haarsträhnen aus dem Gesicht streicht. Dann schaut er mich abwartend an.

„Dieser ... dieser ekelige Scheißkerl!", keuche ich und deute auf die Wand zur Nachbarwohnung. „Nicht genug, dass er mir ständig dumme Sprüche aufdrückt, wie zuletzt am Briefkasten. Nein! Jetzt kann er nicht mal mehr seine Finger bei sich lassen. Er ... er ..." Aufgelöst versuche ich die Worte herauszupressen, dabei spüre ich, wie Ians Muskeln sich ebenso verkrampfen wie meine. „In der Tiefgarage. Er stand plötzlich da, als ich ausgestiegen bin. - Ich habe nichts gemacht!", versuche ich mich zu verteidigen, da ich spüre, wie Ins Atem sich beschleunigt.

„Was ist passiert?", höre ich Dirk, der langsam näherkommt. Offenbar merkt Ian, dass ich mich schäme, weiterzureden. Er löst seine Umarmung, hält mich aber an beiden Armen fest. Kurz legt er den Kopf in den Nacken und atmet tief durch, dann sieht er mir direkt in die Augen.

„Amy, bitte, was ist passiert? Und wann?", fragt er noch einmal leise und mit etwas mehr Nachdruck.

„Er stand plötzlich hinter mir. Heute Mittag. Ich ... ich habe nicht gehört, wie er aufgetaucht ist. Ehrlich nicht!" Beschämt schüttle ich den Kopf. „Er hat mich nach vorne gegen den Wagen gedrückt und mir die Hände auf dem Rücken festgehalten." Nervös weiche ich Ians Blick aus, dabei reibe ich unentwegt die Finger aneinander. Meine Stimme klingt grell und die Worte schmerzen mir in der Kehle. „Ich ... ich habe versucht, mich umzudrehen und ... zu schreien! Aber das Einzige, was dabei rauskam, war ein ... ein ..." Erneut schüttle ich den Kopf und fasse mir an den Hals, um zu verdeutlichen, dass ich nicht mehr sprechen kann. Erst nach einigen keuchenden Atemzügen löst sich der Kloß in meiner Kehle und meine Stimme kehrt krächzend und rau zurück. „Jemand hat das Garagentor geöffnet und ... und er hat sich umgesehen. Da hab ich ihn getreten und bin losgerannt. Ich ...", wieder japse ich nach Luft, „ich bin gerannt, bis ich mich in der Wohnung eingeschlossen hatte."

Mir ist übel, dazu würde ich am liebsten vor Scham im Boden versinken. Warum nur fühle ich mich schuldig? Ein erbärmliches „Arg" kommt mir über die Lippen und rasch verberge ich mein Gesicht in den Händen.

„Amy, du brauchst keine Angst mehr zu haben", flüstert Ian sanft. „Das verspreche ich dir!"

Er hält mich fest umschlungen und seine Wärme wirkt tatsächlich tröstend auf mich. Gemeinsam gehen wir in die

Küche und Ian schiebt mich auf einen Barhocker. Während Dirk an der Kaffeemaschine hantiert und jedem von uns einen doppelten Espresso hinstellt, tauschen die beiden einige Blicke, dabei nickt Dirk Ian auffordernd zu.

„Es tut mir leid, Amy, aber wahrscheinlich bin ich der Grund, weshalb Nomes dich belästigt." Er seufzt leise, dann erzählt er von der unschönen Begebenheit des gestrigen Abends. „Ich schwöre, er wird dir nicht mehr zu nahekommen."

„Aber das geht doch schon länger!", gestehe ich kleinlaut. „Außerdem habe ich ständig das Gefühl, beobachtet zu werden."

„Hör zu, Josi", beginnt Dirk und grinst plötzlich. „Oder muss ich dich auch Amy nennen?"

„Frag ihn!", lächle ich und deute auf meinen Nebenmann.

„Nein! MEINE Amy!", lehnt Ian entschieden aber amüsiert ab. „Das sage nur ich!"

„Gut, Josi." Dirk zwinkert mir zu und ich bin dankbar über diese kurze heitere Unterbrechung. „Wir sorgen dafür, dass Nomes verschwindet. Umgehend! Er wird dir nicht mehr unter die Augen kommen. Bis es soweit ist, verlässt du die Wohnung, Arbeitsstelle oder wo du sonst noch hingehst, nur in Begleitung. Dein Wagen bleibt vorerst in der Tiefgarage. Wir schicken dir jemanden, der dich morgens abholt und zur Arbeit bringt. Bevor du Feierabend machst, gibst du Bescheid. Dann steht dein Fahrer wieder vor der Tür."

„Ähm, wie bitte?" Mit jedem Wort von Dirk wurden meine Augen größer. „Ihr wollt mir einen Bodyguard verpassen?" Skeptisch blinzle ich zwischen den beiden hin und her. „Was habt IHR auf dem Kerbholz, dass so etwas nötig ist?"

„Nichts!" Ians Reaktion kommt einen Tick zu schnell für meinen Geschmack, daher lege ich ungläubig den Kopf schief. „Nichts Illegales, falls du das meinst", erklärt er ernst. „Amy, wahrscheinlich geht es um mich. Unsere Familie hat Feinde.

Und da wir uns nähergekommen sind, habe ich dich leider mit ins Fadenkreuz ihrer Angriffe gezogen."

„Wir sind nicht davon ausgegangen, dass es sich in kürzester Zeit so zuspitzt", stimmt Dirk ihm zu.

„Glaube mir", bittet Ian eindringlich, „das wollte ich nicht."

„Klingt irgendwie nach Mafia", bemerke ich schmunzelnd. Erneut mustere ich die Männer, die unverzüglich mit einem grinsenden Kopfschütteln reagieren. „Ihr meint tatsächlich, ein solcher Aufwand sei notwendig?"

„Ja, unbedingt", versichert Dirk. „Näheres können wir dir nicht sagen. Noch nicht!" Er dreht sich um, stellt seine Tasse unter die Kaffeemaschine und drückt den Knopf für einen weiteren Espresso. „Ach, Josi!" Er runzelt die Stirn und scheint zu überlegen. „Kann es sein, dass deine Stimme immer dann versagt, wenn du Angst hast?"

Überrascht sehe ich ihn an, dann nicke ich zögernd.

„Hast du das schon immer?", bohrt Dirk weiter. „Oder ist etwas passiert?"

„Keine Ahnung. Meine Schwester behauptet Letzteres. Warum?"

„So etwas resultiert meistens aus einem Erlebnis oder einem Schock, der nicht verarbeitet wurde. Die Reaktion ist bei jedem weiteren Schreck eine wiederkehrende Lähmung, die dir die Stimme versagen lässt."

„Bist du Psychologe?", frage ich ungläubig.

„Nein, bin ich nicht."

Dirks Miene bleibt unverändert sachlich, was mich mehr alarmiert als meine eigene Vermutung zu diesem Thema. Ein kurzer Blickwechsel zwischen den Männern lenkt meine Aufmerksamkeit wieder auf die beiden. Ohne Zweifel beherrschen die zwei eine Kommunikation, die sonst niemand versteht.

„Mein Bruder regierte auch so stumm oder gelähmt", erklärt Ian plötzlich, ohne Dirks Blick loszulassen. „Wieso und wann es anfing, wissen wir nicht. Sobald er sich ängstigte oder erschrak, war er nicht mehr fähig, sich zu bewegen, geschweige denn, um Hilfe zu rufen. Bei einem Überfall, wie du es bei mir erlebt hast, erlitt er lebensbedrohliche Verletzungen. Er lag vor einem Schuppen, den Dirk und ich nach irgendwelchem Kram zum Spielen durchsucht haben. Tommy war nicht in der Lage, einen Ton von sich zu geben." Ian schluckt und senkt langsam den Kopf.

„Als wir aus dem Schuppen kamen und ihn fanden", redet Dirk mit versteinerter Miene weiter, „starb er wenige Sekunden später in meinen Armen."

Fassungslos stehe ich da und habe keine Ahnung, wie ich auf diese Mitteilung reagieren soll. Derweil scheint ihre Erinnerung zu schwinden und sie kehren ins Hier zurück. Jetzt, da ich sie beide zum ersten Mal direkt nebeneinander sehe, fällt mir auf, wie sehr sie sich ähneln. Wie Brüder! Die gleichen schlanken und markanten Gesichtszüge, große stahlblaue Augen mit dichten dunklen Wimpern und ein identisch geschwungener Mund. Selbst ihre Größe und der breitschultrige Körperbau gleichen einander. Der einzige, dafür aber gravierende Unterschied, scheint die Haarfarbe zu sein. Ians hellblonder Farbton und die weiche, zarte Beschaffenheit sind so ungewöhnlich, dass er wahrscheinlich in jeder Menschenmenge auffällt oder als blondiert durchgeht. Dirks Haar hingegen schimmert in einem hellen, warmen Braunton. Ihre Haut ist wieder annähernd gleich. Die leichte Sommerbräune lässt vermuten, dass sie einige Tage im Freien verbracht haben. Mehr aber auch nicht.

Mit der nächsten Espressorunde sind die kräftezehrenden Themen endlich abgehakt. Ich erzähle vom Besuch bei meiner

Mutter, Sara und Lukas sowie dem unumgänglichen Verkauf unserer geliebten Berghütte. Ian und Dirk plaudern über das erfolgreiche Live-Event vom gestrigen Abend. Dabei bemerkt Dirk leise stöhnend, dass die Veranstaltungen für die bevorstehenden Oktoberfesttage noch nicht unter Dach und Fach sind.

„Knappes Timing von deinem Boss", stelle ich fest und Ian brummt zustimmend.

Mir fällt auf, dass Dirk unentwegt auf ein Foto schaut, das mit einem Magnet an meinen Kühlschrank gepinnt ist.

„Das hing bei meinem letzten Besuch aber noch nicht da!", bemerkt Ian, da auch ihm das Bild nicht entgangen ist. „Wer ist das?"

Ich lächle, als ich mich zu der Ablichtung umdrehe.

„Meine Schwester! Wir haben gestern in alten Fotoalben gestöbert. Da habe ich es gefunden und mitgenommen. Die Aufnahme ist knapp zwei Jahre alt."

Die Fotografie zeigt eine Nahaufnahme von Sara und mir. Wir halten uns in den Armen und grinsen mit aneinandergeschmiegten Köpfen in die Kamera. Eine wunderschöne Erinnerung an einen perfekten Tag im Schnee.

„Unverkennbar Schwestern", bemerkt Dirk und legt musternd den Kopf schief. „Wer ist die Ältere von euch beiden?"

„Sara! Etwas mehr als eineinhalb Jahre." Erst jetzt wird mir bewusst, dass Dirk recht hat. Auf dem Foto sehen wir uns zum Verwechseln ähnlich.

Kurz nach elf bricht mein Besuch auf. Trotz meines Protestes beharren beide darauf, dass ich die Wohnung nicht ohne Begleitung verlassen soll. Morgen früh, pünktlich um Viertel nach sieben, wird ein Wagen vor der Tür stehen. Dirk meint, Thorsten sei ein Kollege und Freund, dem sie vertrauen. Er würde mich in die Firma fahren und am Nachmittag sicher wieder nach Hause begleiten. Sie reden so lange auf mich ein, bis ich einwillige, diese Vorsichtsmaßnahme zumindest bis nach Nomes Verschwinden in Anspruch zu nehmen. Wobei mir schleierhaft ist, wie sie meinen stinkenden Nachbarn zum Auszug bewegen wollen.

„Ich melde mich morgen Abend bei dir", raunt Ian mir zu und haucht mir zur Verabschiedung einen zarten Kuss auf die Lippen.

Ich schließe die Wohnungstür ab und bleibe mit einem schmachtenden Gesichtsausdruck dahinterstehen. Seufzend streiche ich mir über den Mund und versuche, seiner Berührung möglichst lange nachzuspüren. Es fühlt sich so gut an.

„Der Kunde in der Weststadt, richtig?", erkundigt sich Dirk und Collin nickt. Sie verlassen gerade das Mehrfamilienhaus und steuern auf ihren Wagen zu, der eine Ecke entfernt geparkt ist. „Du glaubst, das reicht aus?"

„Ich denke schon", Collin schmunzelt, als sie einsteigen. „Nomes´ Arbeitgeber schuldet mir noch einen Gefallen und an den werde ich ihn morgen erinnern. Ich könnte mir vorstellen, dass in seiner osteuropäischen Niederlassung dringend eine solch fähige Kraft wie Nomes gebraucht wird."

„Aber sicher doch", stimmt Dirk sarkastisch zu. „Fährst du mit in den Club?"

„Nein, bring mich erst ins Loft zurück. Ich will noch einige Unterlagen für den Termin morgen früh zusammenstellen."

„Morgen früh?" Dirk verzieht entsetzt das Gesicht. „Betrifft mich das auch?"

Im Gegensatz zu Collin ist Dirk ein notorischer Nachtmensch, der selbst unter der Woche bis spät in die Nacht im Club arbeitet. Aus diesem Grund legt er seine eigenen Geschäftstermine selten in die Vormittagsstunden.

„Keine Sorge!" Collin lacht und klopft ihm beruhigend auf die Schulter. „Es ist ein erster Besprechungstermin. Ich brauche die exakten Anforderungen und Wünsche unseres Kunden für einen Firmen-Showroom. Den Folgetermin zur Präsentation lege ich dir auf den Nachmittag."

12

Montagmorgens meine Beine aus dem Bett zu schwingen, fällt mir jedes Mal schwer. Geht diesem Montag ein solch turbulentes Wochenende mit extremem Schlafdefizit voraus, kann man dies durchaus als Quälerei bezeichnen. Meine letzte Tat am gestrigen Abend hatte mich dermaßen in Euphorie und Aufregung versetzt, dass ich die halbe Nacht hellwach und mit klopfendem Herz an die Decke gestarrt habe. Ians überdeutliche Erwähnung ‚MEINE Amy!' hatte meine Neugier geweckt. Vielleicht bedeutet ihm diese Bezeichnung ja etwas anderes als nur einen hübschen Kosenamen. Binnen einer Sekunde offenbarte meine Google-Recherche mehr, als ich erwartet habe:

Amy: Herkunft – Lateinisch / Bedeutung: Die geliebte Frau!

Glücklicherweise siegt mein Verstand stets über die Trägheit und ich befinde mich kurz nach sechs unter der Dusche. Somit bleibt mir eine Stunde für die heiße Brause, Anziehen und den ersten, sehr starken Schwarzen an diesem Tag. Viertel vor sieben stehe ich vor meinem Schlafzimmerspiegel und beäuge kritisch meine Kleidung. Ein neues anthrazitfarbenes Kostüm, bestehend aus Blazer und knielangem Stiftrock sowie perfekt sitzende weiße Bluse. Ein durchaus passendes Outfit, wenn man bedenkt, dass heute die Teilnahme an einer Vorstandssitzung auf meinem Tagesplan steht. Plötzlich klingelt es und erschrocken fahre ich zusammen.

„Eine halbe Stunde früher", murmle ich und schlucke gegen den spürbaren Kloß im Hals an. „Bitte lass das Thorsten sein."

Zögernd gehe ich zur Tür und will gerade durch den Spion schauen, da klopft es leise.

„Amy, ich bin es. Ian!"

Eilig öffne ich die Tür und mein Herz setzt einen kurzen Moment aus. Dieser Anblick ist atemberaubend. Ian in perfekt gestyltem Business-Look, mit schwarzem Anzug, weißem Hemd und Krawatte. In der einen Hand hält er ein MacBook, Handy und Autoschlüssel, die andere steckt lässig in der Hosentasche. Bisher hatten wir uns lediglich in Freizeitkleidern gegenübergestanden und selbst in Jeans und T-Shirt finde ich seine Optik schon reif für ein Werbeplakat. In diesem Aufzug wirkt Ian elegant und bedeutend souveräner, einfach ...

„Wow!" Mehr bringe ich nicht zustande.

„Danke! Selber wow." Er grinst und neigt abwartend den Kopf. „Darf ich reinkommen oder soll ich vor der Tür warten, bis du fertig bist?"

Ohne eine Antwort abzuwarten, schiebt er mich vor sich in die Wohnung. Während er mit dem Fuß die Tür zustößt, greift er mir mit seiner freien Hand in den Nacken und zieht mich sanft an sich. Er beugt sich über mich und ich komme ihm entgegen.

„Mmm" brummt er genüsslich, als er meine Lippen wieder freigibt. „Du riechst unverschämt gut."

Widerwillig löse ich mich aus seiner Umarmung und laufe mit einem strahlenden Lächeln ins Schlafzimmer zurück. Schließlich fehlen meine Schuhe noch!

„Was tust du hier?", frage ich, sobald ich mich zu ihm in die Küche geselle. „Bist du etwa selbst Thorsten?" Mir fällt ein, dass ich seinen richtigen Namen noch immer nicht kenne.

„Nein!" Lachend schüttelt er den Kopf. „Ich habe um halb neun einen Geschäftstermin im Büro. Genug Zeit, um dich zuvor bei deiner Firma abzusetzen. Also habe ich umdisponiert. Außerdem ...", seine blauen Augen werden größer und schauen mich durchdringend an, „brauche ich doch hoffentlich keinen Grund, um hier zu erscheinen, oder?"

„Sicher nicht", säusle ich keck. „Du selbst bist Grund genug!"
Die verbleibenden zwanzig Minuten verbringen wir damit, um zwischen unserem Knutschen an den Kaffeetassen zu nippen. Gezwungenermaßen verlassen wir Viertel nach sieben das Haus. Direkt vor der Tür parkt ein weißer Audi Q7, der mit großen Werbeschriftzügen des House-Clubs versehen ist. Ian registriert, dass ich stocke und vor Überraschung die Brauen hebe, übergeht es jedoch ungerührt. Stattdessen hält er mir die Beifahrertür auf und gibt mir seinen Laptop in die Hand.

„Kannst du den bitte während der Fahrt halten? Ich werde Dirk sagen müssen, dass er sich einen Wagen zulegen soll, in dem er nicht ständig irgendwo rumrutscht", moniert er beiläufig.

„Das ist nicht dein Ernst, oder?", frage ich ungläubig. „Das mit dem Auto, meine ich!"

„Warum nicht?"

Er zuckt so unschuldig mit den Achseln, dass ich mir nicht sicher bin, ob er tatsächlich scherzt! Kopfschüttelnd sehe ich zu, wie er das Fahrzeug umrundet und hinterm Steuer Platz nimmt. Ich erspare mir weitere Fragen und teile ihm die Adresse meiner Arbeitsstätte mit.

„Cool, zwei Straßen entfernt steht unser Firmengebäude", verkündet Ian, doch sein freches Grinsen verrät, dass er nicht wirklich überrascht ist.

Bestimmt habe ich es schon zigmal erwähnt und wieder vergessen - wäre typisch für mich.

„Für welches Unternehmen arbeitest du eigentlich?", erkundige ich mich, während Ian sich durch den Verkehr quält. Dabei gehe ich in Gedanken sämtliche mir bekannten Firmen durch, die in diesem Gebiet ansässig sind.

„In meiner!", bemerkt er trocken. Dann wirft er mir einen Seitenblick zu und grinst „Und von Dirk natürlich!"

„Natürlich!", wiederhole ich und verdrehe gespielt die Augen. „Doofe Frage."

Aus seinem Mund klingt es, als sei es das Natürlichste der Welt, ein eigenes Unternehmen samt Firmengebäude in einem der begehrtesten Gewerbegebiete Münchens zu besitzen. Verstohlen mustere ich ihn und bemerke zum ersten Mal so etwas wie Stolz in seinen Augen.

„Wie lange wird es wohl dauern, bis ich einen winzigen Teil von dir verstehe?", kommen mir meine Gedanken über die Lippen.

„Wir haben ewig Zeit. Und die wirst du brauchen!", spricht er ruhig und unverkennbar ernst.

An einer roten Ampel dreht Ian sich zu mir um. Unser Blick trifft sich und wir sehen uns einige Sekunden lang nur an. In diesem Moment offenbaren mir seine Augen so viel Geheimnisvolles und gleichzeitig unendlich vertraute Wärme, dass es mir augenblicklich egal ist, wovor er mich schützt oder was auch immer er versucht, von mir fernzuhalten.

Den ganzen Tag habe ich Mühe, mich auf die Arbeit zu konzentrieren. Immer wieder ertappe ich mich, wie ich gedankenverloren vor mich hinlächle. Ich streiche mir sogar manchmal über die Lippen. Die Mittagspause verbringe ich mit drei Kolleginnen in unserem Stammcafé. Dabei berichtet Lisa in allen Einzelheiten über ihren Besuch im House-Club.

„Ein absolut unvergesslicher Abend!", schwärmt sie in theatralischer Höchstleistung. „Der Laden war vollgestopft mit VIPs, und die Livebands waren der Hammer. Aber das Allerbeste - ihr werdet es nicht glauben", fügt sie triumphierend hinzu, „Chris, mein Begleiter, und seine Freunde zählen zu den Stammgästen. Und so ganz nebenbei sitzt plötzlich der Inhaber des Clubs mit seinem Bruder inmitten unserer Runde. Ich habe mich mindestens eine halbe Stunde mit dem Boss des Ladens unterhalten. Der Mann ist atemberaubend!" Sie seufzt entzückt und hebt arrogant die Nase in die Luft.

„Tatsächlich?", frage ich und hoffe, interessiert zu klingen.

„Und wie heißt er?"

„Also ... äh, ich bin mir nicht sicher. Es war so laut!"

„Ach ja?", säusle ich gelangweilt, ohne hinzuhören.

„Tja, Lisa, unserer Josi musst du so etwas wohl kaum erzählen", spottet Judith, die direkt neben mir steht. „Hast du nicht gesehen, mit welchem Wagen sie heute vorgefahren wurde?"

Lisa sieht verwirrt auf. „Nein, wieso? Du wurdest gebracht? Von wem denn?", will sie neugierig wissen.

Noch bevor ich mit einer Erklärung aufwarten kann, platzt Judith wieder dazwischen.

„Na mit einem dieser Werbefahrzeuge vom Club! Zumindest war dick der Schriftzug aufgedruckt. Und", zur Verdeutlichung hebt sie den Zeigefinger, „angeblich fahren diese Geländewagen nur die Leute vom House-Club selbst!"

„Wie bitte?", kommt es eindeutig beleidigt aus Lisas Richtung. „Ich dachte, du warst dort noch nie!"

„War ich auch nicht!", verteidige ich mich und frage mich prompt, warum ich das tue?

„So?", bohrt Lisa trotzig nach. „Und wer hat dich heute Morgen mit diesem Auto in die Firma gefahren?"

„Äh ... ein Freund. Er ... er ist öfter bei uns im Haus und ... er hat mich mitgenommen, da ich für die Bahn zu spät dran war."

Irgendetwas treibt mich dazu, Ian zu verheimlichen. Nur was? Und wieso eigentlich? Andere gehen mit ihren Freunden doch auch hausieren, präsentieren Handyaufnahmen und Selfies mit ihren Liebsten.

„Und weshalb fährt er einen Firmenwagen vom House-Club?"

Lisa lässt nicht locker. Wahrscheinlich sucht sie bereits nach der nächsten Möglichkeit, freien Zugang in den Laden zu bekommen. Außerdem platzt sie gerade vor Neugier.

„Keine Ahnung! Vielleicht arbeitet er dort. Am Wochenende, neben dem Studium oder so", gebe ich zum Besten und hoffe innig, das Verhör damit zu beenden. Gleichzeitig steht fest, dass ich heute ganz sicher später in den Feierabend gehe als Lisa und Judith.

Um 12.30 Uhr kommt Dirk zu Collin ins Büro und setzt sich ihm gegenüber an den Schreibtisch.

„Wie lief es heute Morgen?"

„Heute Morgen?", Collin stockt. Dann sieht er von seinen Unterlagen auf und schaut direkt in Dirks grinsendes Gesicht.

„Ja, die Besprechung meine ich!"

„Oh, die! Bestens, alles erledigt."

Dirk steht auf und stützt sich dicht vor Collin auf den Schreibtisch. „Los, wir gehen essen."

„Wohin?", erkundigt sich Collin.

„Nach Hause. Nimm deinen Mac mit. Du kannst anschließend in deinem Büro im Apartment weiterschuften."

Dirks Wink ist unmissverständlich und fünf Minuten später sitzen die beiden im Wagen.

„Es stehen einige Telefonate an, schon vergessen?", frischt Dirk Collins Erinnerung auf.

„Nein, habe ich nicht", brummt Collin. „Übrigens, Nomes ist bereits auf dem Weg zu seiner neuen Arbeitsstelle. Dafür habe ich jetzt einen öden und stink langweiligen, winzigen Umbau zu planen!" Genervt verzieht er das Gesicht. „Aber na ja. Die

Wohnung neben Amy bleibt vorerst unbewohnt, darauf habe ich bestanden."

„Gut, eine Sorge weniger", murmelt Dirk und sieht nachdenklich zur Seite. „Collin, ich muss wissen, wie ernst es dir mit Josi ist. Du warst noch nie so besorgt, wenn du ein Mädchen angeschleppt hast. Überlege dir bitte, wie viel du Josi erzählst und versuche herauszufinden, ob sie bereit ist, mit ins Boot zu steigen."

Collin nickt leicht, doch bevor er antworten kann, läutet Dirks Geschäftshandy und die private Unterhaltung ist vorerst beendet. Erst als sie den Wohnbereich in Dirks Loft erreichen, kommen sie auf das Thema zurück. Collin lässt sich auf die Couch fallen und reibt sich mit den Händen übers Gesicht. Derweil durchsucht Dirk den Kühlschrank nach etwas Essbarem. Anschließend gesellt er sich mit Butter, Brioche und Espresso für beide zu Collin auf die Wohnlandschaft.

„Es fühlt sich so gut an", seufzt Collin. Er liegt ausgestreckt auf dem Rücken und schaut versonnen zur Decke hoch. „Völlig anders! Ich habe Mühe, mich auf die Arbeit zu konzentrieren. Das ist mir noch nie passiert. Klingt das komisch für dich?" In Erwartung einer frotzelnden Bemerkung dreht Collin sich Dirk zu, der Spott bleibt jedoch aus.

„Hm, nein, tut es nicht", nuschelt Dirk stattdessen mit vollem Mund. Er zuckt unbedarft mit der Schulter und grinst. „Keine Ahnung, ist mir noch nie passiert." Er überlegt kurz, während er seinen letzten Bissen hinunterschluckt. „Jetzt hoffe ich nur, dass es Josi ebenso geht. Obwohl ich keinen Zweifel daran habe, so wie sie sich dir gegenüber verhält. - Ach, übrigens: Ich habe morgen einen Termin in Garmisch-Partenkirchen. Wegen der Berghütte! Willst du mitkommen?"

Collin schüttelt den Kopf. „Nein, erledige du das. Ich versinke in Arbeit und genau dieser werde ich mich jetzt wieder widmen."

Er steht auf, schnappt seine mitgebrachten Unterlagen samt Mac und läuft auf den Durchgang zum Apartment zu.

„Eins noch!", ruft Dirk ihm hinterher. „Meldest du dich bei deinem Vater, oder soll ich das tun?"

Collin bleibt stehen und dreht sich zögernd um. „Ich mache das", entscheidet er schließlich, verharrt jedoch einen Moment nachdenklich. „Aber dieses Mal bestehe ich darauf, dass er zu uns kommt. Dieses Mal nutzten WIR unseren Heimvorteil!" Er wartet, bis Dirk seinem Entschluss mit einem Nicken zustimmt. Dann verschwindet er wortlos in seinem Arbeitszimmer.

13

Um zwei Uhr am Mittag steigt Dirk in Garmisch-Partenkirchen aus seinem Wagen. Er parkt direkt vor der Eingangstür des Maklerbüros, in dem er verabredet ist. Während er sein Auto verriegelt, streift sein Blick über das nebenstehende Fahrzeug. Ein alter, leicht lädierter Kombi mit hiesiger Tourismuswerbung. Pünktlich auf die Minute betritt er das Büro des Maklers und wird bereits von zwei Personen erwartet.

„Sie müssen Herr Christensen sein!" Damit eilt ein kleiner beleibter Mann Mitte 40 auf ihn zu und streckt ihm die Hand entgegen. Nach knapper Begrüßung bittet er Dirk, ihm zu folgen. „Darf ich vorstellen: Das ist Frau Rausch!", tönt der Makler schon, bevor sie in dessen Büro eintreten. „Sie ist eine der Töchter der Immobilienbesitzerin. Außerdem trägt sie einen großen Teil zur Sport- und Veranstaltungsplanung unserer Stadt bei."

Sobald die Männer ins Zimmer kommen, erhebt sich die junge Frau und dreht sich zur Tür um.

„Guten Tag!" Sara empfängt Dirk mit einem schüchternen Lächeln, da ihr die Vorstellung des Immobilien-Typen viel zu übertrieben und unangenehm ist.

„Frau Rausch!" Dirk nickt und lächelt. „Schön Sie kennenzulernen."

Er begrüßt Sara mit einem tiefen Blick in ihre großen dunklen Augen. Etwas zu tief und zu lang für einen Geschäftstermin, wie er sich selbst eingesteht. Allerdings hatte er mit ihrer Anwesenheit nicht gerechnet. Im Grunde ist es Dirk gleich, ob er sich unvorhergesehen einem oder zehn Geschäftspartnern gegenübersieht. Er ist professionell genug, dass ihn eine solche Kleinigkeit nicht aus dem Konzept bringt.

Umso mehr überrascht es ihn, dass er ausgerechnet in dieser Sekunde ins Stocken gerät und ihm schon bei der Begrüßung die passenden Worte fehlen. Da Sara sich nun wieder dem Makler zuwendet, erhält er die Gelegenheit, sie einen Moment unbemerkt zu betrachten. Die Fotografie von Josis Kühlschrank fällt ihm ein. ‚Ähnlich, ja. Aber doch nur ähnlich!", denkt er und erneut schleicht sich ein Schmunzeln auf seine Lippen. Sara reicht Dirk etwa bis zu den Augenbrauen. Wobei er sich bei ihrer tatsächlichen Größe nicht sicher sein kann, da nur ein kleiner Teil ihrer schmalen Pumps unter der schwarzen Hose auszumachen ist. Dazu trägt sie einen passenden Blazer sowie eine zartgestreifte Bluse. Ihre blonden Haare sind im Nacken zu einem strengen Zopf gebändigt, der ihr bis weit den Rücken hinunter reicht. Eine Aufmachung, die vermuten lässt, dass sie von der Arbeit kommt, ebenso wie er selbst. Immobilien- und Grundstücksverhandlungen gehören zu Dirks Tagesgeschäft. Ein beträchtlicher Anteil der von Collin geplanten Gebäude wird zwischenzeitlich von einer eigenen Baufirma realisiert und anschließend durch Dirk gewinnbringend vermarktet. So schufen sich die beiden in den vergangenen Jahren ein durchaus respektables Unternehmen. Der Club war ursprünglich rein zu Werbezwecken für Gebäude im Bereich der Eventbranche gedacht. Von Dirks Party-Löwen-Liebhaberei einmal abgesehen, nutzt er diesen Firmenzweig inzwischen ebenfalls, um geschäftliche Kontakte zu knüpfen. Nach kurzer Besprechung im Büro des Maklers steht die Besichtigung der Berghütte und des zugehörigen Grundstücks bevor. Wie Dirk nun erfährt, kann der Vermittler diesen Termin aus Zeitgründen nicht selbst wahrnehmen. Daher ist Sara anwesend.

„Darf ich Sie einladen, bei mir mitzufahren?", erkundigt sich Dirk. Ihm ist bewusst, welchen Hundeblick er gerade auflegt.

„Oh, ähm ... danke", lächelt Sara verlegen, wedelt aber abwehrend mit der Hand. „Ich muss auf dem Rückweg meinen Sohn abholen, daher ..."

„Kein Problem! Sie können ihn auch gerne mitnehmen!", kontert Dirk ungerührt, da er von Josi über deren Neffen und sein Alter Bescheid weiß. „Ich bringe Sie anschließend wieder in die Stadt zurück. Es wäre doch unsinnig, mit zwei Fahrzeugen die gleiche Strecke zu fahren!" Er unterstreicht sein Angebot mit einem weiteren durchdringenden Blick und stellt erfreut fest, dass sie errötet.

„Nun, ähm ... gut!", stimmt Sara sichtlich verlegen zu. „Ich parke meinen Wagen vorm Kindergarten. Von dort aus lotse ich Sie zur Berghütte. Die Strecke wird knapp zwanzig Minuten in Anspruch nehmen."

Dirk sieht zu, wie Sara in den Kombi steigt, der ihm bei seinem Eintreffen schon aufgefallen war. Innerlich schüttelt er den Kopf, über sein unprofessionelles Verhalten ebenso, wie über seine anmaßende Einstellung, eine solche Frau gehöre in ein anderes Fahrzeug. Minuten später parkt Sara den Wagen vor dem Kita-Gebäude. Sie reicht Dirk den Kindersitz und eine kleine Tasche, dann läuft sie eilig ins Haus. Lukas quietscht vor Begeisterung, als er hört, dass er mit zur Berghütte hinaufdarf. Er ist kaum noch zu bremsen, schlüpft in Windeseile in seine Schuhe und stürmt Richtung Ausgangstür.

„Warte, Lukas!", ruft Sara ihm nach. „Wir werden chauffiert."

Gefolgt von Sara rennt Lukas Richtung Parkplatz. Dort bleibt er abrupt vor einem großen Mann stehen, der lächelnd in die Hocke geht.

„Bist du der Chauffeur?", erkundigt sich der Kleine geradeheraus.

Dirk entgeht nicht, dass Sara dahinter scharf die Luft einzieht und erneut rote Wangen bekommt.

„Ja", antwortet Dirk amüsiert. „Heute bin ich euer Chauffeur. Ich heiße Dirk. Und du?"

„Lukas! Und meine Mama heißt Sara!" Stolz zeigt Lukas erst auf sich und anschließend auf seine Mutter.

„Na dann los, bitte einsteigen!" Dirk hebt den Jungen an und setzt ihn in den Kindersitz, der inzwischen im Fond seiner silbernen BMW-Limousine befestigt ist. Augenblicklich ist er froh, sich am Morgen gegen das Werbefahrzeug vom House-Club entschieden zu haben. Was, wenn Josi ihrer Schwester einige Dinge erzählt hat?

In ihrem Bekanntenkreis und unter Geschäftspartnern gilt Dirk als Kindernarr, obgleich das abgeschirmte Leben der beiden Männer für eine eher bescheidene Anzahl guter Freunde sorgt. Doch sobald ein Pärchen mit Nachwuchs unter ihnen ist, sind für Dirk alle anderen Themen nebensächlich. ‚Du bist ausgestattet mit einer Engelsgeduld und dem Spieltrieb eines Kleinkindes', hört er es dann meist von den Eltern. Allein aus diesem Grund fällt es ihm schwer, mit Lukas im Fond, nicht permanent in den Rückspiegel zu schauen. Lukas selbst unterzog den großen Wagen schon während des Anschnallens einer optischen Prüfung. Diese scheint zu seiner Zufriedenheit ausgefallen zu sein. Denn nach wenigen Minuten beschäftigt er sich wieder mit seinen eigenen kleinen Autos, die er wohl aus der Hosentasche gefischt hat. Sara erklärt in groben Zügen den Weg zur Berghütte und während der Fahrt fällt Dirk ein, was der Makler über ihre Arbeit gesagt hatte.

„Verraten Sie mir noch einmal, in welchem Bereich Sie tätig sind?", erkundigt er sich nicht ohne Hintergedanken.

„Oh, das klang aufregender, als es ist", gibt Sara ehrlich zu. „Ich arbeite unter anderem bei der Stadt, im Bereich Tourismus und Veranstaltungsplanung. Genauer heißt das, ich kümmere mich um die Tourismusanfragen und bin bei der Planung angesetzter Sportevents behilflich. Dazu ist es die Anlaufstelle der einzelnen Veranstalter, sobald die Bekanntmachungen durch Werbeträger, Ausrichter und wer noch so dazugehört beginnt. Allerdings tue ich das nicht alleine."

„Kurz gesagt, wenn ich beim nächsten Vierschanzen-Springen meine Werbung im Fernsehen sehen will, muss ich mich an Sie wenden", fasst Dirk zusammen.

„Käme das für Ihre Firma infrage?", kontert Sara, während sie nickt.

„Vielleicht! Und was meinen Sie mit ‚unter anderem'?"

„Nun, nebenbei bewirtschafte ich ein Ferienhaus mit drei Apartments und dazwischen bin ich alleinerziehende Mutter", vollendet Sara das Ganze.

„Wow!" Dirk lächelt und macht große Augen. „Hört sich nach einem 24-Stunden-Tag an. Und ich dachte, ich hätte Stress."

„Halb so wild." Sara tut es mit einer übergehenden Geste ab. „Wie gesagt, ich bin nicht allein im Büro. Außerdem werden die meisten Anfragen und Buchungen online erledigt. So habe ich die Möglichkeit, einen Teil am Abend von zu Hause zu erledigen, wenn Lukas schläft. Und wenn's in der Hauptsaison überquillt, greife ich als Joker auf meine Schwester in München zurück. Sie kennt die Branche und liebt besonders die ausgefallenen Wünsche." Sara beendet ihre Ausführungen und schaut sich kurz zu Lukas um. „Bitte die nächste Straße rechts rein", erklärt sie und sinkt in den Sitz zurück. „Gleich geht es steil bergauf. Am Ende ist dann ein großer Parkplatz."

„Wenn es Ihnen recht ist, können wir gern auf die Förmlichkeiten verzichten", macht Dirk mit bittender Miene den Vorschlag. Er nutzt jeden Moment, um sie zu mustern. „Dirk und du reichen völlig aus!"

„Ja gerne, einfach Sara!" Sie blinzelt verlegen. In Gedanken hofft sie, nicht zu euphorisch geklungen zu haben.

„Und Lukas!", ertönt es da plötzlich vom Rücksitz und schallendes Gelächter bricht aus.

Am Parkplatz angekommen zieht Sara ein paar Sneaker aus der Tasche, die sie zuvor aus ihrem Auto mitgenommen hat. Eilig schlüpft sie aus ihren Pumps, tauscht sie gegen das flache Paar und schlägt ihre Hose um. Als sie anschließend vor Dirk steht, schätzt er sie annähernd auf die Größe ihrer Schwester, etwa 1,70 Meter.

„Es sind lediglich zwei bis drei Minuten zu Fuß, dann haben wir die Hütte erreicht", bemerkt Sara. Kurz vor 16 Uhr verlassen sie den Wagen am Beginn eines breiten Waldweges.

„Mama, ich mag nicht laufen!", jammert Lukas schon nach den ersten Metern.

Bevor Sara reagieren kann, dreht Dirk sich um, strubbelt dem Kleinen über den Kopf und setzt ihn mit einem Schwung auf seine Schulter.

„Ist das okay für dich?", erkundigt er sich strahlend bei Sara. Eine Antwort erhält er allerdings von Lukas, der sich mit einem lauten „Hui" und einem Kuss auf Dirks Kopf bedankt.

Nach der nächsten Biegung öffnet sich der Waldweg zu einer riesigen Lichtung, von der aus sich den Wanderern ein atemberaubender Blick über die Häuser von Garmisch-Partenkirchen darbietet. Dahinter erheben sich die Alpen und die Berggipfel glänzen in der Nachmittagssonne. Kaum zwanzig Meter weiter steht eine Berghütte, die nicht im Geringsten dem entspricht, was Dirk sich vorgestellt hat. Josis Erzählungen zufolge dachte er, es handle sich um eine Art Verschlag, wie sie in den Bergen manchmal als Notunterkunft für Wanderer oder Jäger zu finden ist. Dies hier würde er eher als kleines Holzhaus bezeichnen.

„Am besten gehen wir gleich hinein. Solange die Sonne scheint, brauchen wir drinnen kein Licht", erklärt Sara und ist bereits auf dem Weg zur Eingangstür.

Perplex steht Dirk da und starrt hinter ihr her. Da tippt es sachte auf seinen Kopf.

„Drinnen ist's echt schön!", flüstert Lukas und nickt eifrig. „Besonders wenn Feuer brennt."

Die Hütte wirkt, als würde sie gegenwärtig auf eintreffende Gäste warten, die zum Einkehren vorbeikommen. Ein kompletter Holzbau mit Terrasse davor, einem oberen Stock samt tiefer Dachschräge und einem Balkon an der Vorderseite. Im Erdgeschoss zählt Dirk vier Fenster, allein zur Hangseite hin, im Dach weitere zwei als Gauben verbaut. Vor der Hütte steht eine für die Alpen typische Holzsitzgruppe, bestehend aus einer großen Eckbank, einem wuchtigen Tisch und einer freistehenden Bank. In Dirks Gedanken spinnt sich gerade eine rundum gelungene Après-Ski-Party zusammen. Dafür wäre dieses Blockhaus perfekt.

„Ich will runter!"

Lukas ungeduldiges Zappeln reißt Dirk aus seinen Gedanken. Er hebt den Jungen von seinen Schultern und stellt ihn auf den Boden. Der Kleine grapscht nach seiner Hand und zieht Dirk kichernd Richtung Hütte. Einige Meter vor der Tür lässt er los und flitzt zu seiner Mutter ins Haus. Sara öffnet gerade die schweren Fensterläden. Anschließend taucht sie mit fragendem Gesichtsausdruck wieder am Eingang auf.

„Ist alles in Ordnung mit dir?", erkundigt sie sich skeptisch.

„Wie?" Dirk schüttelt verwirrt den Kopf. „Ja, alles bestens."

Himmel, wenn dies gerade seine alltäglichen Geschäftsabwicklungen beträfe, würde er sein Unternehmen in den Ruin treiben. Was war heute nur mit ihm los?

„Was hast du denn erwartet?" Sara beginnt zu schmunzeln, als sie Dirks Verwirrung bemerkt. „Die Bilder der Hütte waren doch auf der Webseite des Maklers hinterlegt!"

„Keine Ahnung", gibt er achselzuckend zu und positioniert sich unmittelbar vor ihr. „Ich habe nicht nachgesehen."

„Ach ja?" Sara runzelt die Stirn. Dann beginnt sie zu kichern und schaut mit hochgezogenen Augenbrauen zu ihm auf. „Schon komisch, diese Städter!"

„Ja, mag sein. Manchmal aber auch sehr nett", kontert Dirk und genießt es geradezu, dass Sara abermals die Röte ins Gesicht steigt.

„Also ..." verlegen weicht Sara seinen leuchtenden Augen aus, „kurze Beschreibung: Im oberen Stock sind Betten für bis zu sechs Personen. Hier unten befinden sich die Wohnküche mit Kamin und ein kleiner Abstellraum. Wie man sieht, alles voll eingerichtet. Wir haben hier schon viele Feste gefeiert! Was es nicht gibt, ist Strom und fließend Wasser. Ein paar Meter hinter der Hütte rinnt das ganze Jahr über ein kleiner Bach und für abends sind Kerzen und Petroleumlampen in der Kammer. Und noch was", Sara deutet zur Rückseite der Hütte, „dahinter ist die Toilette."

Zehn Minuten später sitzen Sara und Dirk vor der Tür auf der Bank und genießen die Sonne. Scheinbar verbirgt jede ordentliche Berghütte irgendwo einen Schnaps, zumindest stehen nun zwei kleine Gläser und eine Flasche vor ihnen.

„Bis wann fällt die Entscheidung?", fragt Sara kleinlaut nach.

„Schon geschehen", erklärt Dirk, ohne zu zögern. Dabei registriert er, dass Sara bei seiner Antwort leicht zuckt. „Allerdings gibt es noch zwei Dinge zu klären!" Er blinzelt noch einmal genüsslich in die Sonne, dann wendet er sich ihr zu. „Wer hat die Hütte bisher betreut und instandgehalten?"

„Meine Schwester und ich. Wir fuhren meist herauf, wenn Josi zu Besuch kam. In der Zwischenzeit schaute einer unserer Bauern hier in der Nachbarschaft regelmäßig nach dem Rechten."

„Käme es euch entgegen, wenn dies so bliebe?" Während seiner Frage schaut Dirk Sara genau in die Augen. Sie ist irritiert und wird zunehmend unruhiger.

„Was meinst du mit ,wenn dies so bliebe'?" Verdattert runzelt Sara die Stirn. „Ich glaube, ich verstehe nicht recht."

„Ganz einfach: Für dich und deine Schwester bleibt alles beim Alten. Nur der Besitz geht an uns über. Ihr könntet die Hütte weiter benutzen und wir müssten niemanden beauftragen, der sie betreut."

„Wer ist UNS?", platzt Sara heraus. „Ich dachte, du kaufst im Auftrag einer Firma aus München!"

„Das tue ich auch", versichert er ruhig. „Allerdings gehört diese Firma meinem Bruder und mir."

„Oh, nun also ... geht so etwas denn überhaupt?" Sara ist plötzlich verunsichert. „Ähm ... das muss ich mit meiner Schwester klären, aber eigentlich ... Könnte ich mich dazu noch telefonisch melden?"

„Ja, natürlich!" Dirk unterdrückt ein Lachen. Saras Verlegenheit schmeichelt ihm. Außerdem hilft es, seine eigene Aufregung zu überspielen. „Wir müssen ohnehin noch einen Termin für den Notar abstimmen. Ich gebe dir meine Handy-Nummer. Wäre dir ein Notar hier in Garmisch oder in München lieber? Wenn deine Schwester ohnehin ..."

„Nein, nein", unterbricht ihn Sara und winkt ab. „Die offizielle Besitzerin ist unsere Mutter. Daher wäre es am besten, die Angelegenheit hier zu regeln." Allmählich beruhigt sie sich und beginnt zu strahlen. „Es wird sich wohl nicht vermeiden lassen, dass du noch einmal hierherkommst!"

Es ist bereits halb sechs, als die drei wieder am Auto ankommen. Lukas hatte erneut darauf bestanden, den Weg auf Dirks Schultern bestreiten zu müssen, da er inzwischen unendlich müde sei. Anschließend bringt Dirk die beiden in die Stadt zurück. Nachdem der Kindersitz wieder in Saras Kombi umgebettet ist, schlingt Lukas seine kleinen Arme fest um Dirks Hals.

„Wann kommst du wieder?", will er wissen und verabschiedet sich mit einem dicken Kuss.

„Schon bald", flüstert Dirk dem Kleinen ins Ohr. „Fest versprochen!"

Sobald Dirk sich auf dem Rückweg nach München befindet, ruft er Collin an.

„Hey Mann, wo steckst du so lange? Falls es dir entgangen sein sollte, es ist die falsche Jahreszeit zum Skifahren!" Trotz der lustigen Anspielung klingt Collins Stimme besorgt.

„Alles in Ordnung, Kleiner. Ich bin in einer knappen Stunde zurück. Was ist mit dir? Bist du im Büro?"

„Gerade raus", erklärt Collin. „Ich hole Josi von der Arbeit ab. Treffen wir uns später zu Hause oder fährst du direkt in den Club?"

„Eigentlich wollte ich mich zu Hause noch umziehen. Aber ich kann wohl nicht damit rechnen, dass du Josi nur zu Hause absetzt, oder?", beginnt Dirk zu necken.

„Nein, das war nicht meine Absicht!", brummt Collin spitz.

„Ich schlage vor, wir treffen uns morgen zum Frühstück im Loft. Du bringst die Brötchen! Und jetzt sag endlich: Sind wir die stolzen Besitzer einer kleinen Blockhütte in den Bergen oder nicht?"

„Einer Hütte schon, ja!" Dirk schnaubt zynisch. „Aber mit der Bezeichnung *klein*, wäre ich vorsichtig. Allerdings weiß ich jetzt, wo wir dieses Jahr Silvester feiern. Du wirst dich wundern. Bye,

Kleiner, bis morgen." Mit einem Schmunzeln im Gesicht beendet Dirk den Anruf.

Ian parkt den Wagen unmittelbar vorm Haupteingang der Firma, bei der ich arbeite. Und dies, trotzdem ich ihn gebeten hatte, es nicht zu tun. Dazu sehe ich mich beim Einsteigen einem solch unschuldig dreinschauenden Gesicht gegenüber, dass sich meine Einwände direkt in Luft auflösen. Stattdessen fange ich an zu lachen.

„Oh, Ian", seufze ich, während ich die Beifahrertür hinter mir schließe. „Musste das sein?"

„Natürlich!", beharrt er grinsend. „Und ohne eine ordentliche Begrüßung, werde ich auch nicht losfahren. Ganz gleich, wer noch das Gebäude ver..." Weiter kommt er nicht. „Hmm, schon besser", brummt er, sobald ich seine Lippen wieder freigebe.

„Fahr jetzt bitte, Ian", bettle ich, und er startet den Motor.

„Es gibt eine gute und eine schlechte Nachricht", bemerkt er auf dem Weg zu mir nach Hause.

Ich schlucke, da mir sofort die Hiobsbotschaft meiner Mutter einfällt.

„Die schlechte zuerst bitte, dann hab ich's hinter mir", murmle ich und sehe ihn skeptisch von der Seite her an.

„Gut!" Seine Augen sind stur auf den Verkehr gerichtet. „Der Bodyguard-Service ist offiziell beendet. Tja, Pech für mich, aber du kannst wieder selbst mit deinem Wagen zur Arbeit fahren." Jetzt grinst er schief. „Vorausgesetzt, du greifst nicht weiterhin auf meine Fahrdienste zurück! Womit wir gleich zur guten Nachricht kommen: Der ach so nette Nomes wurde ins Ausland versetzt und ist bereits vor Ort." Das freche Gesicht versiegt, dafür wirft er mir rasch einen prüfenden Blick zu. „Vor ihm bist du sicher!", behauptet er ruhig.

„Danke, Ian." Ich seufze und sehe verlegen aus dem Seitenfenster.

Seit dem vergangenen Wochenende grüble ich unentwegt und die Sorge um meinen geheimnisvollen Blondschopf nimmt immer mehr zu. Dies ist nun die erste positive Nachricht seit Wochen, also fasse ich meinen ganzen Mut zusammen und versuche, das Durcheinander in meinem Kopf etwas zu entwirren.

„Würdest du mir in der nächsten Zeit einige Fragen beantworten, über dich?", wende ich mich leise an Ian.

Er sieht unbeirrt aus der Frontscheibe. Dabei ist ihm anzusehen, dass er überlegt, was er mir antworten soll.

„Das werde ich", erklärt er schließlich. „Ganz sicher. Nur heute nicht. Ich muss noch einige Dinge klären, sonst ...", er bricht ab. Mit einem hektischen Blick in den Rückspiegel zieht er das Steuer herum, stoppt rechts am Fahrbahnrand und beugt sich im Sitz zu mir herüber. „Amy, ich muss sicher wissen, wie es mit uns weitergeht. Sonst bringe ich dich womöglich erneut in Gefahr." Er greift nach meiner Hand und streicht nervös mit dem Daumen darüber. „Es tut mir leid, aber ich kann dir zum jetzigen Zeitpunkt nur sagen, dass ..." Wieder stockt er, und seine Augen huschen unruhig über mein Gesicht. „Amy, ich liebe dich!", keucht er leise.

„Ich liebe dich auch, Ian", erwidere ich, noch bevor meine Gedanken begreifen, was vor sich geht. „Ich liebe dich. Wer auch immer du bist!" Ich komme ihm entgegen und sein inniger Kuss verbannt alles um uns meilenweit entfernt.

Bis zu meiner Wohnung sind es noch zehn Minuten Fahrzeit. Kaum schließt sich die Wohnungstür hinter uns, landen unsere Sachen ungeachtet auf dem Boden und wir fallen uns in die Arme. Unter leidenschaftlichen Küssen hebt Ian mich hoch, trägt mich in die Küche und setzt mich auf der Theke ab. Er steht direkt zwischen meinen Beinen und sieht mit drängendem Blick zu mir auf. Mein Herz klopft wie wild und ich keuche, als sei ich gerade alle drei Stockwerke die Stufen hochgerannt.

„Hilf mir", bettle ich leise, ohne seinen Blick loszulassen. Während ich ihm sein Hemd aus der Hose ziehe, öffnet Ian meine Bluse. Er drückt mich sachte nach hinten und küsst zärtlich meinen Hals. Langsam gleitet er abwärts, küsst mich zwischen die Brüste, geht tiefer, bis zu meinem Bauchnabel.

„Oh Ian", stöhne ich, da mir seine Lippen mit jeder Berührung einen wohligen Schauer bescheren. In diesem Augenblick ertönen die Klingeltöne unserer Handys - beide zugleich.

Unsere Körper versteinern, als hätte jemand die Pause-Taste gedrückt. Eine eiskalte Dusche hätte sicher den gleichen Effekt gehabt. Nach einer gefühlten Ewigkeit schließt Ian die Augen und vergräbt seinen Kopf mit einem leisen „Urg!" auf meinem Bauch. Ich gebe ein jammerndes „Nein, nicht jetzt!", von mir, sacke das letzte Stück nach hinten und bleibe flach auf dem Rücken liegen. Es hört nicht auf! Keiner von uns ist gewillt, sich zu bewegen, aber es hörte nicht auf. Permanentes Leuten auf beiden Nummern! Schließlich erbarmt sich Ian, hebt den Kopf an und verlässt mit einem gemurmelten „Ich bring dich eigenhändig um!" die Küche. Ich höre, wie er in der Diele nach seinem Smartphone gräbt und rangeht. Endlich erstirbt das quälende Klingeln.

„Ganz schlechter Zeitpunkt!", knurrt Ian.

Mit dem Handy am Ohr kehrt er in die Küche zurück. Ich sitze inzwischen im Schneidersitz auf der Theke und schaue ihn erwartungsvoll an.

„Mann, was ist so wichtig, dass du uns gleich beide anläutest?", nörgelt er weiter, erwidert jedoch mein Lächeln und stellt auf Lautsprecher um. „Leg los, wir sind ganz Ohr!"

„Hey, tut mir echt leid", kommt es kichernd von Dirk, der unverkennbar aus dem Auto anruft. „Es ist dringen - wirklich! Sonst hätte ich euch sicher nicht gestört. Collin, hör zu!" Dirk wird sachlich und ich grinse verstohlen. „Wir müssen in zwei Stunden am Flughafen sein. Mit dem kompletten Konzept für die Spanier. Empfang vor Ort ist morgen früh, zehn Uhr Ortszeit. Unsere Präsentation und die Schlusskalkulation müssen stehen. Das heißt, letzte Kontrolle und Endschliff im Flieger. Leider hänge ich noch im Stau fest. Daher muss ich dich bitten, sämtliche Unterlagen aus der Firma zu holen. Laut Navi sollte ich in 25 Minuten im Haus sein."

„Okay", brummt mein Gegenüber mit gerunzelter Stirn. „Wann kommen wir zurück?"

„Donnerstag oder Freitag. Das ergibt sich erst vor Ort. Ach, Josi", richtet sich Dirk nun an mich, „soll ich dir weiterhin einen Wagen schicken?"

„Hallo Dirk! Nein, ist nicht nötig. Ich fahre lieber wieder selbst."

„Alles klar, dann bis gleich. Bye, Josi." Es klickt und der Anruf ist weg.

Während des Telefonats hatte ich meinen atemberaubenden Schönling nicht aus den Augen gelassen. Nun mustere ich ihn mit geneigtem Kopf. Er weiß genau, was jetzt kommt, denn er grinst bereits, als er sein Handy zur Seite legt und langsam zu mir aufschaut.

„Soso", schmunzle ich, dabei wollte ich ernst bleiben. „Collin also!"

„Ganz wie du willst", haucht er betörend. Er kommt mir entgegen mit seinem mystischen Blick, und ich versinke restlos im Ozean seiner blauen Augen. „Aber *ich* werde dich weiterhin AMY nennen!" Mit einem sinnesraubenden Kuss vollendet er die für ihn eigentliche Bedeutung des Namens ‚Amy'.

„Okay, Collin", säusle ich anschließend. „Keine Sorge, ich werde Ian für passende Momente im Hinterkopf behalten." Ich rutsche langsam von der Theke und hebe sein Hemd vom Boden auf.

„Oh, ich verstehe!" Er legt mir eine Hand in den Nacken und zieht mich fest an sich. „Vielleicht für solche Momente, wie dieser hätte werden können?" Erneut küsst er mich voller Leidenschaft und mein Körper steht unverzüglich in Brand.

„Ganz richtig, Ian", hauche ich halb erstickt.

Auf dem Weg zur Tür gibt mir Collin eine Telefonnummer. Falls ich während ihrer Abwesenheit etwas bräuchte oder irgendetwas nicht in Ordnung sei, solle ich diese Nummer anrufen.

„Es ist ein Freund, der für uns arbeitet. Egal was, bei ihm bekommst du Hilfe, solange wir weg sind."

Am liebsten hätte ich gelacht und gefragt, wer mir schon etwas antun sollte? Doch in gleicher Sekunde kommen mir Nomes und der seltsame Mann von der Straße in den Sinn. Also nicke ich und verabschiede mich mit einem hoffentlich nicht zu trostlos wirkenden Lächeln. Niedergeschlagen und sehnsüchtig schmachtend sehe ich ihm nach, wie er die Tür hinter sich schließt.

14

Mit Sara telefoniere ich allabendlich, meistens zur selben Uhrzeit. Somit muss ich nicht erst aufs Display schauen, um zu wissen, dass sie anruft. Wie immer klingelt es pünktlich um halb neun.

„Hallo Süße", trällere ich zur Begrüßung. „Erzähl, wie war der Termin beim Makler!" Aufgeregt rutsche ich auf meiner Couch herum.

Sara hatte mir am Vorabend berichtet, dass sich kurzfristig ein Käufer für die Berghütte gemeldet hätte.

„Hm ...", sie seufzt leise.

Bei diesem Ton sehe ich sie regelrecht vor mir: mit einem verlegenen Lächeln und leicht errötet. Geschäftlich ist Sara eine Powerfrau mit unerschöpflicher Energie. Doch sobald sie etwas persönlich und emotional trifft, steht ihr augenblicklich die Röte im Gesicht. Permanent flucht sie darüber, dass man ihr jede Gefühlsregung ansieht.

„Nun rede endlich! Wie lief's beim Makler?", hake ich ungeduldig nach.

„Der Termin war in Ordnung - rasch das Formelle. Anschließend bin ich mit ihm zur Hütte hochgefahren. Also ... den Käufer meine ich, nicht der Makler."

Sara erzählt kurz und bündig, dass die Berghütte nun wohl zu einem äußerst guten Preis verkauft sei. Obgleich ... als sie stockt, werde ich hellhörig. Da gäbe es noch eine Angelegenheit zu klären.

„Welche Angelegenheit?"

„Er hat gefragt, ob wir uns weiterhin um die Hütte kümmern könnten, so wie bisher! Als Gegenleistung dürften wir sie nutzen, wie gehabt. Ohne Kosten!", klärt sie mich auf. „Was meinst du, wäre das nicht eine prima Idee?"

„Also ... das klingt schon gut", gebe ich zu. „Aber mal ehrlich, irgendwie ist das komisch. Findest du nicht?"

„Überlege es dir, Süße. Ich habe ihm gesagt, dass ich mich bis zum Wochenende wegen des Notartermins melde. Bis dahin können wir alles noch einmal überschlafen."

„S-a-r-a?", raune ich gedehnt. „War noch was?"

Sie kichert leise. „Er war super nett! Und Lukas hat ihn auch gleich in sein Herz geschlossen."

„Was meinst du mit ‚in sein Herz geschlossen'? Sag nicht, du hast dich in den Käufer unserer Berghütte verguckt. Und wieso Lukas? War der dabei?"

„Du weißt doch, dass Lukas auf Männer grundsätzlich argwöhnisch reagiert", rückt sie zögernd heraus. „Geradeso, als wollte man mich ihm wegnehmen. Heute nicht! Er hat sich von ihm sofort hochnehmen lassen und war happy, als er die letzten Meter vom Parkplatz zur Hütte auf seinen Schultern reiten durfte. Zum Abschied hat er ihm sogar einen Kuss gegeben. Ich dachte, ich sehe nicht richtig!"

„Lukas auf den Schultern eines Unbekannten? Eigentlich kaum vorstellbar", brumme ich ungläubig. „Wohl tatsächlich ein netter Mensch, wenn er der harten Kritik meines Lieblingsneffen standhält!" Die Skepsis in meiner Stimme ist kaum zu überhören. „Davon abgesehen, wäre es natürlich schön, noch ab und an in die Hütte zu können."

Im Flugzeug steht Collin und Dirk ein großes Stück Arbeit bevor. Eine Reaktion der spanischen Kunden war für Anfang Oktober angekündigt und nicht in der ersten Septemberwoche! Die Baupläne für das gewünschte Gebäude stehen natürlich, ebenso die Kostenkalkulation. Die Präsentation allerdings, wie sie die Zwei haben wollen, muss nun in den letzten Stunden erstellt werden. Kein leichtes Unterfangen in dieser kurzen Zeit, da die beiden stets auf höchstem Lever agieren und die Ansprüche an ihre eigene Arbeit extrem hoch liegen. Andererseits ist ihnen bewusst, dass durch diese Methode der geschäftliche Erfolg selten ausbleibt. Ihre momentane Vertragsquote liegt über 90%, so hatte Collin es kurz vor Beendigung seiner gewünschten Qualifikation errechnet. Eine gute Ausgangssituation für jemanden, der seit Abschluss seines letzten Examens innerhalb seiner Branche zu den Besten zählt, und das mit gerade mal 26 Jahren. Dirk hatte einige Jahre zuvor ebenfalls mit Jura begonnen, sattelte aber schnell auf die klassische Businessschiene um. Seinen Abschluss machte er in Wirtschaft sowie Marketing und Management. Davon abgesehen verfolgt Dirk von jeher seine Karriereziele nicht minder zielstrebig wie Collin. Für ihn stand außer Frage, dass er spätestens mit Beenden des Studiums seine eigene Firma gründen würde. Er setzte sämtliche rechtlichen Hebel in Bewegung, um die Gründung ihres Unternehmens, trotzdem Collin noch studierte, zu erreichen.

Ihr Flug dauert knapp drei Stunden. Etwa 30 Minuten vor der Landung packt Collin den Laptop und die Unterlagen weg. Nun fällt ihm auf, dass Dirk etwas in der Hand hält und ununterbrochen daran herumfingert.

„Was ist das?", erkundigt sich Collin und deutet auf Dirks Finger.

„Das? Eine Leihgabe, die ich heute Nachmittag bekommen habe." Er öffnet die linke Hand und zum Vorschein kommt ein kleines silbernes Spielzeugauto.

Dirk betrachtet den Gegenstand mit seltsam verträumten Blick. Erst als Collin ihn an der Schulter anstößt und noch einmal fragend auf das Spielzeug deutet, schließt er die Hand wieder und verstaut das Auto in seiner Hosentasche.

„Komm schon", lacht Collin. „Klär mich gefälligst auf! Short and sweet: Was ist heute Mittag passiert?"

Unter kurz und bündig versteht Dirk so viel, dass sich die Berghütte als bedeutend größer entpuppte, wie sie vermutet hatten. Außerdem sei man sich einig geworden und es ginge nur noch um den Notartermin. Das Zusammentreffen mit Sara und dem kleinen Lukas, der ihm zum Abschied sein Spielzeug zugesteckt hatte, erwähnt er mit keiner Silbe.

„Glaubst du tatsächlich, du könntest mir den Rest verheimlichen?" Collin fängt erneut an zu lachen. „Du hast noch eine Viertelstunde bis zur Landung. Also spuck es endlich aus!"

„Das Auto gehört Lukas", gibt Dirk schließlich zu.

„Wie bitte?", reagiert Collin mit großen Augen.

„So ist es!", grinst Dirk. „Und mehr wirst du nicht erfahren - zumindest noch nicht."

15

Die nächsten beiden Tage sind die reinste Folter. Im Gegensatz zu den Abenden, die außer den Telefonaten mit meiner Schwester keinerlei Abwechslung bieten, schiebe ich noch mehr Überstunden und erhöhe mein Pluskonto damit bis zum Anschlag. Im Büro bin ich abgelenkt, da ich mehr Arbeit als Zeit zur Verfügung habe, was mir gegenwärtig durchaus entgegenkommt. Erstens muss ich mich sehr auf meine Tätigkeit konzentrieren und denke somit nicht ständig an Collin. Zweitens habe ich die Zusage meines Chefs, die geleistete Mehrarbeit im Winter als zusätzlichen Urlaub abfeiern zu dürfen. Eine perfekte Lösung, da ich Sara versprochen habe, in der kommenden Saison wieder häufiger als Ski- und Snowboard-Lehrerin zur Verfügung zu stehen.

Freitags verabschieden sich fast alle Kollegen pünktlich um halb fünf ins Wochenende. Hierzu gehören sämtliche Angestellten meiner momentanen Abteilung und heute sogar mein Übergangsboss. Somit entscheide ich mich für eine kleine Belohnung und verlasse ebenfalls zeitig die Firma. Außerdem muss ich die Mehrarbeit der letzten Wochen unbedingt mit einer Shoppingrunde in der Münchner Altstadt abrunden. Ursprünglich sollte Lisa dabei sein. Aber wie so oft hatte sie erst begeistert zugesagt, um in letzter Minute wieder abzusagen. Also quäle ich mich allein durch die Münchner Rushhour, biege in das erste Parkhaus mit freien Plätzen und begebe mich Richtung Marienplatz. Von diesem Ausgangspunkt startet mein Schaufensterbummel. Natürlich quillt der Platz bei diesem Wetter vor Menschenmassen über, aber genau dies suche ich. Ich brauche Rummel und muss dringend unter Leute. Mich mit einem Kaffee in der Hand in die Menge mischen, danach ist mir. Nur seltsamerweise fühle ich mich hier noch einsamer als zu

Hause. Ich ertappe mich dabei, wie ich mich immer wieder umsehe. Mein flauer Magen erhält Verstärkung durch meine innere Stimme, und beide sind der Ansicht: Dich verfolgt jemand! Zehn Minuten später ist mir so unwohl, dass ich kehrtmache und direkt auf das Parkhaus zusteuere, in dem mein Polo steht. Ich will schnellstmöglich in meine schützende Wohnung. Im Stechschritt halte ich auf meinen Wagen zu, doch sobald ich ihn erreiche, trifft mich buchstäblich der Schlag.

Ich greife an die Fahrertür, da fällt mein Blick auf eine Stelle direkt unter dem Türschloss. Jemand hat sich mit einem spitzen Gegenstand am Lack zu schaffen gemacht. Mir ist übel und immer wieder sehe ich mich ängstlich um. Was, wenn der oder die Mistkerle noch in der Nähe sind? Vielleicht habe ich ihn gestört und er beobachtet mich! Mir bricht der Angstschweiß aus und jedes einzelne Härchen auf meiner Haut richtet sich auf. Es ist niemand zu sehen. Und trotzdem glaube ich, nicht allein zu sein! Langsam und mit zitternden Knien gehe ich neben der Fahrertür in die Hocke. Hier stehen unzählige schicke Wagen. Warum wird ausgerechnet meiner aufgebrochen? Es liegt nicht einmal etwas drin! Doch bei näherem Hinsehen erkenne ich, was es wirklich ist. Das Schloss ist unbeschädigt, nur der Lack ist zerkratzt. Es wurde ein Zeichen in der Größe von etwa zehn Zentimetern im Durchmesser direkt unter das Türschloss gekratzt. Irgendein Symbol, das mir bekannt vorkommt. Es sieht aus wie ...

„Collins Amulett!", entfährt es mir und ich schlage entsetzt die Hand vor den Mund. Das Gewicht eines mittleren Steinbrockens macht sich in meinem Magen breit. „Oh Gott, nein! Collin, was soll das?", hauche ich leise zu mir selbst.

Eilig erhebe ich mich und schaue mich abermals um. Niemand da. Was jetzt? Soll ich die Polizei rufen? Aber ... dann würde ich doch sagen müssen, dass ich das Zeichen kenne! Nein, ich ... was weiß ich denn schon darüber? Nichts!

Nein, keine Polizei!, entscheide ich. Die nächste halbe Stunde versuche ich, mich krampfhaft auf den Verkehr zu konzentrieren. Ich will nur nach Hause, die Tür hinter mir abschließen und ... und ... keine Ahnung was.

Als ich endlich die Wohnungstür hinter mir ins Schloss drücke, sinke ich unmittelbar dahinter auf den Boden. Verwirrt schließe ich die Augen und schüttle den Kopf. Plötzlich spüre ich, wie mich die Panik überrollt. Rasch verberge ich mein Gesicht in den Armen und gebe mich machtlos meinen Tränen hin. Zwei Fragen rauschen mir unentwegt durch den Sinn: Ist Collin in Sicherheit? Oder kommt das etwa von ihm?

Meinem Gefühl nach, sitze ich ewig lang auf dem Boden. Sobald ich mich halbwegs wieder im Griff habe, rapple ich mich auf, tappe ins Bad und wasche mir das verheulte Gesicht. Im Zeitlupentempo schlurfe ich in die Küche und nehme den Kaffeeautomaten in Betrieb. Den ersten Espresso stürze ich in einem Schluck hinunter. Dann stelle ich das Mahlwerk auf die doppelte Menge und brühe den nächsten Schwarzen auf. Mit der Tasse in der Hand laufe ich unruhig in der Küche umher. Nach einer Weile bemerke ich, dass ich stehengeblieben bin und aus dem Fenster starre. Ich schüttle mich, um wieder klarer denken zu können. Plötzlich fallen mir die beiden Telefonnummern ein, die Collin in mein Handy eingespeichert hat. Eine Nummer, unter der ich entweder ihn oder Dirk erreichen würde, die zweite von einem ihrer Freunde, an den ich mich im Notfall wenden könnte, solange sie sich auf Geschäftsreise befinden. Mein Kopf hat längst entschieden, dass dies eindeutig in die Sparte Notfall gehört. Also greife ich zu meiner Handtasche und suche mit zitternden Fingern nach dem Handy. Zuerst rufe ich Collins Nummer auf. Vielleicht habe ich Glück und sie sind nicht gerade in einer Besprechung oder im Flugzeug oder ... oder ... sonst wo und nicht erreichbar. Völlig konfus wähle ich die Nummer und erneut rinnen mir die Tränen übers Gesicht.

„Bitte, bitte, geh ran! Oh bitte, Collin, geh ran!", bettle ich mit geschlossenen Augen ins Handy.

„Josi?", höre ich plötzlich Dirks überraschte Stimme. „Was gibt's? Ist alles in Ordnung?"

„Nein!", belle ich ins Telefon. „Dirk, bitte gib mir Collin. Ist er da?"

„Josi, was ist passiert? Collin ist vor knapp einer Stunde losgefahren. Er wollte zu dir!" Dirks Stimme klingt besorgt und es hört sich an, als ob er rennt. „Josi, wo bist du?"

„Ich bin zu Hause. Aber Collin ist und war auch nicht da! Dirk, wo ist er?", quäle ich es heiser hervor.

Mein Hals brennt, daher versuche ich mich zu beruhigen, indem ich so tief wie möglich atme. Jetzt darf nicht auch noch meine Stimme versagen. „Dirk!", krächze ich weiter. „Jemand hat das Amulett in meine Autotür gekratzt. Hörst du? Collins Kette!" Eine Wagentür knallt und ein Motor startet. „Dirk, bitte sag, dass das nicht von euch ist!" Meine Stimme ist kaum mehr als ein Wimmern.

„Nein, Josi, nicht VON uns - aber WEGEN uns!", erklärt er aufgebracht. Einige Sekunden herrscht Stille in der Leitung und ich höre nur ein Wagengeräusch. „Bleib, wo du bist, Josi!", fordert Dirk plötzlich. „Bleib in deiner Wohnung! Ich werde Collin finden, dann kommen wir zu dir."

Der Anruf ist beendet. Unfähig, mich zu bewegen, stehe ich mit dem Handy am Ohr da und starre ins Leere. Die Sorge in Dirks Stimme war nicht zu überhören. Was um alles in der Welt ist passiert, dass er so reagiert? Wie in Trance lege ich mein Telefon auf den Wohnzimmertisch und sehe auf die Uhr. Inzwischen ist es nach acht. Mein Hals brennt noch immer wie

Feuer und ich zwinge mich, in der Küche ein Glas Wasser zu trinken. Anschließend kehre ich ins Wohnzimmer zurück und setze mich mit geschlossenen Augen auf die Couch. Ich konzentriere mich ganz auf meinen Atem. Eine andere Möglichkeit, meine Stimme wiederzuerlangen, bleibt mir nicht. Der Versuch, einen vernünftigen Gedanken zu fassen, ist sowieso ausgeschlossen. Alle paar Minuten schaue ich auf die Uhr und habe das Gefühl, die Zeit sei im Slow-Motion-Modus hängengeblieben.

Über eine Stunde vergeht, bis es endlich an meiner Tür läutet. Ich schieße hoch, renne so schnell ich kann zum Eingang und reiße ihn auf. Keine Ahnung, was ich erwartet habe, aber auf diesen Anblick bin ich nicht gefasst. Vor meiner Tür steht Dirk, der Collin mehr trägt als stützt. Beide sind blutverschmiert. Collin kann sich kaum auf den Beinen halten und ein leise keuchendes Husten kommt ihm über die Lippen. Eilig schlinge ich mir seinen freien Arm um die Schultern, um Dirk zu helfen, ihn in mein Schlafzimmer zu bringen und aufs Bett zu legen.

„Kümmere dich um ihn!", fordert Dirk schwer atmend. „Er will um keinen Preis in ein Krankenhaus. Ich bin in einer halben Stunde zurück." Eilig schnappt er sich meine Schlüssel und ist verschwunden, noch bevor ich zu einer Frage fähig bin.

Es dauert einige Sekunden lang, bis ich begreife, was Dirk gesagt hat. Einen Moment scheine ich meinen eigenen Bewegungen zuzusehen, wie ein Zuschauer, doch mein Kopf handelt automatisch. Ich darf Collin auf keinen Fall länger aus den Augen lassen. Also rase ich ins Bad, zerre meine Hausapotheke aus dem Schrank und kehre in Windeseile wieder ins Schlafzimmer zurück. Mit der Box in der Hand stehe ich neben dem Bett und ziehe zwei Mal tief die Luft ein, um meinen Puls in eine ruhigere Bahn zu lenken. Anschließend versuche ich, einen groben Überblick von Collins Verletzungen zu bekommen. Er stöhnt immer wieder leise, liegt zusammengekauert und mit schmerzverzerrtem Gesicht vor mir. Nach erster Einschätzung offenbaren sich mir weniger Schrammen und Wunden als das letzte Mal. Bei seinem Anblick kann dies nichts Gutes bedeuten. Plötzlich krampft sich Collin zusammen und reagiert nicht mehr, was mich fast in Panik ausbrechen lässt. Ein Schock, schießt es mir durch den Kopf.

Als mein Vater noch lebte, war er Mitglied in der Bergrettung gewesen. Jedes Jahr wurde er viele Male zu verunglückten Kletterern, Wanderern oder Skifahrern gerufen. Bei einigen Einsätzen in den Jahren, bevor ich nach München ging, hatte ich ihn begleitet. Seltsamerweise tauchen alle Bilder und Erfahrungen, die ich in dieser Zeit sammeln konnte, augenblicklich vor meinem inneren Auge auf. Vorsichtig bringe ich Collin in eine stabile Seitenlage. Dann suche ich seinen ganzen Körper nach Verletzungen ab. Als ich vorsichtig seine dünne Jacke im Bereich der linken Brust anhebe, kommt mir ein Geruch entgegen, der mir die Luft aus den Lungen zieht. Es stinkt verbrannt. Verbrannte Haut! Und dem durchgeweichten Fleck nach zu urteilen, muss hier die Ursache dafür sein. Ich zittere am ganzen Körper und kämpfe gegen ein Würgen, wobei ich nicht weiß, ob wegen des Geruchs oder der grauenhaften Tatsache, was man ihm angetan hat. In diesem Moment steht Dirk in der Tür. Direkt hinter ihm kommt ein weiterer Mann ins Zimmer, der sich zu meiner Erleichterung als Arzt vorstellt. Ohne ein Wort macht er sich an die Arbeit und ich weiche ein kleines Stück zurück. Nach einer gründlichen Untersuchung nimmt er sich Collins Verbrennung an. Dabei assistiere ich so gut ich kann. Während Dirk steif und mit verbissenem Ausdruck am Fußende steht, verfolge ich angestrengt jede Handbewegung des Mediziners. So fällt es mir leichter, Ruhe zu bewahren.

Nachdem alles Mögliche für Collin getan ist, bringt Dirk den Mann zur Tür. Im Augenwinkel sehe ich mit an, dass er ihm etwas in die Tasche steckt und ein paar Worte ins Ohr flüstert. Dann ist der Kerl verschwunden, ohne auch nur eine einzige Frage gestellt zu haben. Dirks Blick ist ausdruckslos und seine Miene versteinert, als er ins Schlafzimmer zurückkehrt und sich neben mich stellt. Ich sitze auf dem Bett und halte Collins Hand. Augenblicklich bleibt uns nichts anderes übrig, als abzuwarten. Vorsichtig stehe ich auf, schnappe Dirk am Arm und ziehe ihn hinter mir in die Küche. Die Whiskyflasche, die er beim letzten Mal in Collins Tasche gesteckt hatte, steht seither unberührt neben meiner Kaffeemaschine. Ich nehme sie und schenke uns beiden einen kräftigen Schluck ein. Dirk sinkt auf einen Barhocker, trinkt sein Glas mit einem Zug aus und hält es mir mit einem auffordernden Nicken erneut hin.

„Was ist passiert?", fordere ich eine Erklärung. Meine Hand zittert, als ich ihm nachschenke.

Dirk runzelt die Stirn und schüttelt abwehrend den Kopf.

„Das weiß ich leider noch nicht genau", keucht er und räuspert sich. „Ich habe Collins Wagen in einer Seitenstraße gefunden." Seine Stimme klingt nun etwas ruhiger und nach der mir bekannt maskulinen Tonlage. „Collin lag nicht weit von hier, in einer etwas versteckten Hofeinfahrt, zusammengerollt auf der Seite. Ich habe ihn auf den Rücken gedreht und angesprochen und in diesem Moment die Verbrennung auf seiner Brust gesehen." Zögernd greift Dirk in seine Hosentasche und legt eine verkohlte, mit Blut und Dreck verschmierte Kette vor mir auf die Theke.

„Collins Kette!", schnaube ich entsetzt. „Sein Amulett."

Während der Arzt die Verletzung versorgt hat, war die Wunde bereits geschwollen und blutverkrustet. Daher war nicht zu erkennen, womit man Collin verbrannt hat. Scheu nehme ich die Kette in die Hand und drehe sie so vorsichtig zwischen den Fingern, als könnte ich mich selbst daran verletzen. Anschließend schiebe ich sie zu Dirk zurück, der sie unverzüglich wieder einsteckt.

„Wer war das und *warum*?", schreie ich ihn hysterisch an. „Was zum Teufel stimmt mit euch beiden nicht? Ständig ist jemand in Gefahr und keiner sagt mir etwas! Seit Tagen habe ich das Gefühl, beobachtet zu werden, und wenn ich mich umschaue, ist niemand da!" Mit tränenerstickter Stimme breche ich ab.

Dirk nimmt meinen Ausbruch reglos hin. Er streicht mir tröstend über den Arm, dann lässt er einen tiefen Seufzer hören, nickt und fängt zu reden an.

„Josi, bitte", er sieht sich zur Tür um, als wolle er sich vergewissern, dass wir allein sind. „Ich verspreche, dir alles zu erklären, sobald ich Genaueres weiß! Bisher hatten wir nur eine Vermutung, aus welcher Richtung die ständigen Überfälle kommen. Da du dieses Mal aber auch betroffen bist, bestätigt das einiges. Bitte, Josi, ich erzähle dir gewiss nicht irgendeinen Stuss. Du wirst alles erfahren, sobald ich es sicher weiß!" Damit erhebt er sich, kommt um die Theke und gibt mir einen brüderlichen Kuss auf die Stirn. „Collin ist bei dir sicher. Ich muss etwas erledigen, bin aber spätestens um sechs morgen früh wieder hier." An der Tür bleibt er stehen und dreht sich noch einmal um. „Du weißt, wie du mich erreichen kannst?"

Ich nicke und weg ist er – lautlos, wie eine Katze.

Über Nacht bekommt Collin Fieber. In regelmäßigen Abständen messe ich die Temperatur, um es notfalls mit kalten Umschlägen unter Kontrolle zu halten. Seit er bei mir ist, ist er nicht ansprechbar. Inzwischen nimmt meine Sorge um ihn mit jeder Stunde zu. Dirk war kurz vor elf gegangen. Inzwischen ist es halb fünf am Morgen. Der Wechsel zwischen Schüttelfrost und Fieberschub bleibt inzwischen aus und seit über einer Stunde liegt seine Temperatur knapp unter 39 Grad, dazu schwankt sie kaum noch. Die meiste Angst bereitet mir allerdings, dass Collin nicht zu sich kommt. In der Nacht hatte er leise gesprochen und fantasiert, zusammenhanglos und kaum verständlich. Doch auch dies hatte sich mit Rückgang des Fiebers gelegt. Der Arzt hatte ihm etwas zur Beruhigung verabreicht und ich hoffe, dass er deshalb die Augen nicht öffnet. Ich sitze ganz dicht bei ihm und harre aus. Mein Lieblingsbuch, mit dem ich mich etwas ablenken wollte, liegt unberührt auf dem Nachttisch. Stattdessen streiche ich ihm unentwegt über die Stirn und halte vorsichtig seine Hand. Gegen halb sechs kehrt Dirk zurück.

„Wachablöse", verkündet er. Sein Lächeln wirkt gequält und aufgesetzt. „Wie geht's unserem Patienten?"

Nach grober Zusammenfassung der vergangenen Nacht besteht Dirk darauf, dass ich selbst etwas schlafen soll. Ich lege mich im Wohnzimmer auf die Couch und rolle mich unter einer Decke zusammen. Derweil versorgt sich Dirk in der Küche mit Kaffee. Mit dem Pott in der Hand folgt er mir ins Wohnzimmer und lässt sich mir gegenüber auf dem Boden nieder.

„Kannst du mir ein wenig von eurer Geschäftsreise erzählen, oder geht das auch nicht?", erkundige ich mich. Es interessiert mich zwar wirklich, doch gegenwärtig hoffe ich mehr auf Ablenkung.

„Ach die! Im Grunde lief alles ganz gut." Er zuckt erst mit der Schulter, als wäre das ganz unwichtig gewesen, verzieht dann aber kritisch das Gesicht. „Zugegeben, wir waren selten so schlecht vorbereitet wie dieses Mal. Und meine Präsentation empfand ich zum Davonlaufen!" Er stockt kurz, aber diesmal ist sein Lächeln echt. „Außerdem hatte jeder von uns andere

Gedanken im Kopf." Mit verträumtem Blick winkt er ab. „Egal, wir haben den Zuschlag erhalten. Sobald die schriftliche Auftragserteilung vorliegt, beginnt die Feinarbeit."

„Und was genau macht ihr dabei?" Ich bin entschlossen, zumindest die Kleinigkeiten zu erfahren, die nicht unter ‚Geheimhaltung' fallen.

„Kurz gesagt: Ideen ausarbeiten, planen und entwerfen, umsetzen, und falls vom Auftraggeber gewünscht, wieder vermarkten. Alles aus einer Hand. Wobei wir überwiegend Großprojekte realisieren." Dirk mustert mich schief und hakt dann selbst nach. „Was machst du eigentlich? Wenn du mal keinen Patienten zu pflegen hast?" Dabei deutet er mit dem Kopf Richtung Schlafzimmer.

„Och, ist nicht so aufregend", tue ich es mit einem resignierten Seufzer ab. „Ursprünglich komme ich aus dem Stadtmarketing. Zumindest war das meine Arbeit, als ich noch zu Hause in Garmisch war. Je ausgefallener die zu planende Veranstaltung, desto mehr Spaß hatte ich im Job. Dazu kam, dass ich mit meiner Schwester im selben Büro schuften konnte." Bei diesem Gedanken komme ich ins Schwärmen und spüre, wie ich strahle.

„Und wie bist du in München gelandet?", fragt Dirk nach einer kurzen Pause.

„Der eigentliche Antrieb war wohl meine Mutter." Ich presse kurz die Lippen zusammen und brumme, während ich überlege. „Wobei ich schon immer Erfahrungen in einer Großstadt sammeln wollte. Ich glaube, die Besessenheit meiner Mutter, eine brave Hausfrau aus mir zu machen, war nur der berühmte Tropfen, der das Fass zum Überlaufen gebracht hat." Dirk prustet bei der Erwähnung der braven Hausfrau und wir schütteln lachend die Köpfe. „Über eine öffentliche Stellenausschreibung kam ich an meinen jetzigen Posten hier in

München. Daraufhin habe ich zu Hause meine Koffer gepackt."
Ich seufze leise und schaue verlegen auf den Boden. „Es hat zwei
bis drei Monate gedauert, bis ich festgestellt habe, dass es ein
Fehler war." Zum ersten Mal spreche ich diese reumütige
Erkenntnis aus.

„Wieso Fehler?", wundert sich Dirk. „Was stimmt denn nicht
mit deinem Job?"

„Genau genommen stimmt gar nichts mit diesem Job.
Zumindest ist es nicht das, was ich tun wollte! Ich gehöre zwar
der Abteilung für Stadtmarketing an, habe jedoch mit dem
Gebiet überhaupt nichts zu tun. In Garmisch war ich gewohnt,
eigenständig einen Teil der touristischen Aktivitäten zu
koordinieren. Der Skizirkus mit Buchungen, Saisonplanung
usw. fiel ebenfalls in meinen Bereich." Die Begeisterung an
meiner alten Arbeit lässt mich meine momentane Position noch
kritischer beurteilen. „Das, was ich jetzt mache, ist im Gegensatz
dazu als Sachbearbeiter-Tätigkeit anzusehen. Erst seit ich eine
kranke Kollegin vertrete und zeitweise als Vorstandssekretärin
aushelfe, ist es etwas abwechslungsreicher geworden. Aber das
ist natürlich nicht von Dauer."

Einige Sekunden lang hängen wir beide unseren Gedanken
nach, dann räuspert sich Dirk leise.

„Ist das Grund genug für dich, München wieder den Rücken
zu kehren?"

„Nein, ganz sicher nicht!" Ich kichere und schüttle heftig den
Kopf. „Hättest du mich Anfang des Sommers danach gefragt,
wäre meine Antwort vielleicht nicht ganz so eindeutig
ausgefallen. Zu diesem Zeitpunkt hatte es auch noch niemand
gewagt, im dritten Stock über den Balkon zu klettern und bei mir
einzusteigen." Alle kurz aufgeflammten Zweifel sind wie
weggeblasen.

„Schön, das zu hören", kommt es plötzlich leise aus einer anderen Ecke meiner Wohnung.

In einer Sekunde bin ich auf den Beinen und renne zu Collin hin, der im Türrahmen zum Schlafzimmer lehnt. Er nimmt mein Gesicht in seine Hände und küsst mich sacht. In diesem Augenblick schwindet der Kloß in meinem Hals und lässt mich beruhigter durchatmen.

„Wie lange stehst du schon da?" Sichtlich erleichtert steht Dirk vom Boden auf und kommt zu uns.

„Ein paar Minuten. Und ja, ich fühle mich scheiße. Danke der Nachfrage!", schmunzelt Collin und schließt Dirk einen Moment brüderlich in die Arme.

Collin besteht darauf, sich zu uns zu setzen und einen Espresso zu trinken, anstatt sich von mir wieder ins Bett stecken zu lassen. Wenigstens lässt er die kurze Tortur des Fiebermessens über sich ergehen. Inzwischen ist seine Temperatur unter 38 Grad gefallen, und der kalte Schweißfilm, den er die ganze Nacht über hatte, ist ebenfalls weg. Ich verschwinde in der Küche und kehre mit drei Tassen Espresso und der Tüte zurück, die Dirk am Morgen unterm Arm gehabt hat. Sobald ich die frischen Croissants darin entdecke, reagiert mein Magen prompt mit einem lautstarken Knurren.

„Dachte ich's mir doch!", tadelt Dirk mich scherzhaft. „Du bist die ganze Nacht keinen Zentimeter von Collins Seite gewichen, geschweige hast du etwas gegessen."

Die nächsten Minuten sitzen wir schweigend zusammen und genießen unser Frühstück.

„Mann, du hast mir vielleicht einen Schrecken eingejagt", unterbricht Dirk die Stille, nachdem er seine Tasse geleert hat. „Kannst du dich noch an etwas erinnern?"

„Nicht viel", murmelt Collin und runzelt die Stirn. „Es muss jemand im Wagen gewesen sein. Ich stand schon und der Motor war aus, aber ich saß noch am Steuer. Plötzlich kriege ich von hinten etwas über die Augen gezogen. Gleichzeitig ging die Fahrertür auf und ich wurde auf die Straße gerissen." Collin starrt vor sich ins Leere und wir sehen mit an, wie die Szene vor seinem inneren Auge erneut abläuft. „Ich habe jemanden zu fassen gekriegt. Der sollte jetzt mindestens eine gebrochene Rippe haben. Zwei Schläge von der Seite haben mich dann zu Boden geschickt. Es waren mehr als sonst." Er stockt und zieht scharf die Luft ein. „Einer hat sich auf meine Arme gekniet und mir das T-Shirt hochgerissen. Dann weiß ich nur noch, dass es gebrannt hat wie die Hölle." Collins Blick senkt sich auf den Boden. Er überlegt und setzt mehrmals an, bevor er weiterredet. „Ich habe mitbekommen, dass du mich aufgehoben hast", beginnt er erneut, ohne Dirk anzusehen. „Anschließend folgt Filmriss, bis eben." Langsam hebt er den Kopf und deutete zu meinem Schlafzimmer hin. „Ich habe euch reden hören, als ich wach wurde." Nun sieht er Dirk fragend an. „Unser Amulett?"

Dirk nickt. „Nur warum ist die Stelle eine andere? Außer einer Person haben wir das Brandmahl alle auf dem Oberarm ..."

„HALT, stopp!", brülle ich dazwischen. „Jetzt reicht es mir aber!" Ich fixiere die beiden, wie eine Löwin, der man die Beute klauen will. „Wenn ihr mir nicht sofort eine Erklärung liefert, warum hier Menschen mit Brandmalen versehen werden, schmeiß ich euch im hohen Bogen vom Balkon!"

Immerhin habe ich es über die Lippen gebracht, bevor sich meine Stimme wieder in ein heiseres Kratzen verwandelt, dabei rast mein Puls vor Aufregung. Collin und Dirk sehen einander an und Collins Miene verändern sich einen kurzen Moment. Sein Blick wird weicher und er seufzt leise.

„In Ordnung", stimmt Dirk zu. „Aber nur so viel, dass du die gestrigen Umstände verstehst. Alles Weitere hat Zeit."

„Ich bin ganz Ohr!", zische ich grimmig.

„Dirk trägt das gleiche Brandmal", erklärt Collin ruhig. „Seit Beendigung seines Examens, also über drei Jahre. Allerdings hat er es auf dem rechten Oberarm, wie alle anderen auch, die unserem Bund angehören."

Dirk schiebt mit eiserner Miene sein Shirt ein Stück höher, wodurch am rechten Oberarm ein Teil der Brandnarbe zum Vorschein kommt. Ich schnappe nach Luft, doch Collin legt mir sachte die Finger auf die Lippen.

„Alle Zugehörigen tragen auch die Kette mit dem Amulett", spricht er ungerührt weiter. „Es war also absehbar, dass ich in naher Zukunft damit gezeichnet werde. Schließlich wurde sehr schnell bekannt, dass ich vor Kurzem meine letzten Prüfungen absolviert habe." Erneut folgt ein rascher Blickwechsel zwischen den Männern. „Allerdings gibt es ein paar gravierende Unterschiede, was mich betrifft. Keines der Mitglieder wurde je überfallen oder bekam die Haare verbrannt. Daher unsere Geheimhaltung und unsere Vorsichtsmaßnahmen."

„Außerdem geschieht eine Zeichnung NIEMALS in der Öffentlichkeit!", führt Dirk weiter aus. „Geschweige denn werden Außenstehende mit hineingezogen." Er deutet kurz auf mich und klingt, als entschuldige er sich. „Die entscheidendste Abweichung ist jedoch die Position der Zeichnung! Bisher gab es nur eine einzige Person, die das Brandmal statt auf dem Arm, auf der Brust hatte: Collins Großvater."

„Und deiner nehme ich an?", frage ich, im Versuch den Überblick zu behalten.

„Nein, das nicht. Unsere Mütter waren Schwestern. Hier geht es um die väterliche Seite."

„Mehr können wir dir augenblicklich nicht sagen", beendet Collin ihren Bericht.

„Eins noch!", hake ich rasch nach. „Was ist das für ein Bund?" Erwartungsvoll schaue ich zwischen den beiden hin und her, worauf Dirk zu grinsen beginnt und Collin schmunzelnd verneint.

Ein paar Minuten später verabschiedet sich Dirk mit den Worten „Pflege ihn noch ein bisschen", aus meiner Wohnung, und Collin und ich sitzen allein im Wohnzimmer.

„Amy, vertraust du mir?" Collin hebt mein Kinn an, sodass ich ihn direkt ansehen muss. Sein Blick ist ernst und durchdringend, dennoch wirkt er unruhig.

„Ja, das tue ich!", antworte ich, ohne zu zögern und wundere mich selbst über meine Entschlossenheit. „Und du, Collin? Vertraust du mir?"

„Absolut!", gesteht er ebenso schnell. „Sonst wäre ich nicht hier." Er scheint erleichtert zu sein, da er sich entspannter auf der Couch zurücklehnt.

„Und wie geht es jetzt weiter?", erkundige ich mich und deute mit spitzem Zeigefinger auf seine verarztete Brandwunde.

„Demnächst soll ein Treffen stattfinden, von dem wir hoffen, ein paar Antworten zu erhalten. Hierbei wird sich zeigen ..." Collin beendet den Satz nicht. Stattdessen runzelt er die Stirn und zuckt bedauernd mit der Schulter.

Ich entscheide nicht nachzubohren. Mein Innerstes verdaut noch die Mitteilungen der letzten Minuten und wird damit auch sicher noch eine Weile beschäftigt sein. Also erhebe ich mich und Collin hilft mir, das Geschirr in die Küche zu räumen. Im Vorbeigehen gleiten seine Finger über die Theke und er zwinkert mir schelmisch zu. Scheinbar entsinnt er sich gerade unserer letzten ‚Unterredung', die Anfang der Woche, gerade an dieser Stelle, so abrupt beendet wurde. Mir jedenfalls ist sie noch spürbar in Erinnerung. Ich positioniere mich hinter ihm und lege meine Arme um seine Taille.

„Wie fit bist du eigentlich wieder, IAN?", hauche ich ihm verführerisch ins Ohr.

Er brummt genüsslich und dreht sich langsam zu mir um.

„Ian, wie? Dem geht's prima!"

Ein anzügliches Schmunzeln kommt zum Vorschein und der Blick von ihm zieht mich augenblicklich in den Bann. Seine Hände gleiten zärtlich meinen Rücken hinunter und ein wohliger Schauer überläuft mich. Er streicht tiefer, bis unter meinen Hintern, hebt mich an und setzt mich auf der Theke ab. Frech grinsend wendet er sich zur Tür um und schiebt sie zu.

„Jetzt kann die Welt untergehen, es ist egal!", verkündet er und kehrt zu mir zurück.

Seine Verletzung hemmt mich etwas und ich suche nach einer Stelle, an der ich ihn bedenkenlos berühren kann. Für ihn scheint es plötzlich nebensächlich zu sein. Er platziert sich zwischen meine Beine und zieht mich dich an sich heran. Ohne den Blick voneinander zu nehmen, streifen wir uns gegenseitig die Shirts über die Köpfe und lassen sie zu Boden fallen. Seine Finger streichen zärtlich über meine Haut und ich erschauere erneut. Wir küssen uns, erst sanft und leidenschaftlich, dann immer begieriger. Sachte drückt er mich zurück, sodass ich mich auf den Ellenbogen abstützen muss. Mit der Hand greift er mir im Nacken in die Haare und zieht meinen Kopf leicht nach hinten. Dabei beugt er sich über mich, küsst mir die Kehle und haucht quälend langsam tiefer. Ich schließe die Augen und spüre, wie mein Blut zu kochen beginnt. Während seine Finger meine Wirbelsäule nachzeichnen, presse ich die Handflächen fest auf die Theke. Sachte öffnet er meinen BH und streift ihn ab. Ich keuche vor Erregung, als sein Mund nacheinander meine Brüste umschließen. Eine berauschende Liebkosung mit den Lippen ebenso wie mit der Zunge. Mein Körper glüht und scheint in seinen Händen zu zerfließen. Sein Mund wandert tiefer, bis er den Bund meiner Hose erreicht. Dann hebt er schwer atmend den Kopf an. Er schlingt mir die Arme um die

Taille und zieht mich von der Theke. Fest an sich gedrückt trägt er mich ins Schlafzimmer und setzt mich behutsam auf dem Bett ab. Ich sehe zu ihm auf und halte seinen Blick mit den Augen fest, während ich seine Hose öffne und sie ihm von den Beinen streife. Anschließend fahre ich mit den Fingernägeln ganz sachte Knie aufwärts.

„Nein, tu das nicht!", keucht er und greift nach meinen Fingern.

„Hmm", brumme ich sinnlich, „und warum nicht?"

„Sonst kommst du zu kurz", wispert er heiser und sein begieriger Blick kehr zu mir zurück.

Er drückt mich nach hinten aufs Bett und beugt sich über mich. Unsere Küsse werden immer fordernder, während er meine Hose öffnet und sie samt Slip nach unten schiebt. Ich trete sie weg und schnappe nach Luft, als er erneut an meinen Hals sinkt. Mit einem kaum merklichen Hauch bläst er von meiner Kehle bis zum Ansatz meines Schamhügels.

„Bitte, Ian, ich kann nicht mehr!" Ich winde mich und versuche, ihn über mich zu ziehen.

„Oh doch, das kannst du!" Sein befriedigtes Lächeln spüre ich auf meinem Bauch.

Sachte schiebt er meine Beine auseinander und beginnt mich mit dem Mund und der Zunge zu erkunden, derweil hält er mich entschieden unter sich. Wie ein Lauffeuer breitet sich die Hitze in meinem Körper aus und laut stöhnend bäume ich mich auf, als mich der Höhepunkt wie ein Stromstoß durchfährt. Mit einem erneuten Hauch kehrt er zu meinen Lippen zurück, nimmt meine Hände, küsst sie und umschließt sie über meinem Kopf. Seine Augen leuchten wie glänzende Saphire, als er sein Becken zwischen meine Beine schiebt. Wir keuchen gemeinsam auf, als er ganz langsam in mich eindringt. Seine Bewegungen werden immer drängender und ich fühle, wie sich abermals alles in mir zusammenzieht. Kurz darauf zerspringe ich erneut.

„Oh Amy", wispert er erstickt in mein Ohr. „Ich kann nicht länger ...", lächelnd schüttelt er den Kopf, dann lässt er seinem Körper freien Lauf.

Schwer atmend sinkt er auf mich. Eng umschlungen liegen wir da, während sich unsere Körper allmählich beruhigen. Erschöpft und befriedigt schließen wir die Augen und die Müdigkeit fordert ihren Preis.

Ich erwache gegen vier Uhr am Nachmittag. Wir liegen unverändert beieinander. Vorsichtig drehe ich mich Collin zu und blicke direkt in seine großen Augen, die mich klar und ruhig betrachten.

„Hey, gut geschlafen?", erkundigt er sich mit sanfter Stimme.

Ich seufze genüsslich und nicke sacht. „Du auch?"

„Ja, sehr", antwortet er mit einem Lächeln. „Dazu ist das Fieber weg."

„Kaum zu glauben!" Ich tue erstaunt, kichere dann aber doch los. „Auf welche Art und Weise sich Fieber senken lässt! Das muss ich mir merken."

Collin grinst und stimmt nickend zu. Dann rollt er sich leise stöhnend auf den Rücken.

„Hast du starke Schmerzen?" Ich setze mich neben ihm auf und sehe ihn besorgt an.

„Es lässt sich aushalten." Beiläufig streicht er sich durch die blonde Mähne und schnaubt verächtlich. „Wenigsten haben sie diesmal meine Haare verschont. Das sollte ich wohl als positiv verbuchen."

„Das ist nicht lustig!", regiere ich betroffen. „Ich finde beides grauenhaft."

„Amy, ich liebe dich", lächelt er, nimmt meine Hand und zieht mich zu sich.

„Ich liebe dich auch, Collin!", hauche ich und gebe mich seinem berauschenden Kuss hin.

Eine halbe Stunde später klingelt es an der Wohnungstür. Ich komme gerade aus der Dusche, als Collin die Tür öffnet. Neugierig luge ich aus dem Badezimmer und sehe Dirk mit einer Aktentasche unterm Arm hereinkommen.

„Hey, hast du meinen Schlüssel verloren? Du klingelst doch sonst nicht!"

„Ich wollte euch nur nicht zwei Mal in einer Woche stören." Dirk grinst frech, worauf er von Collin einen neckenden Seitenhieb in die Rippen kassiert. „Oh, gut", lacht Dirk, während er geschickt zurückweicht. „Es geht dir besser!"

Er läuft an uns vorbei ins Wohnzimmer. Dort schiebt er den Hocker und die kleine Truhe, die ich als Tisch benutze, ein Stück zur Seite. Anschließend sinkt er an Ort und Stelle auf den Boden. Als nächstes öffnet er die Aktentasche und zieht nacheinander einen Laptop, ein MacBook und diverse Papiere daraus hervor.

„Genug Zeit verloren. Wir haben einiges zu erledigen", verkündet er und wirft Collin zielsicher den Mac in die Hände. „Übrigens, ich habe nächsten Donnerstag einen Notartermin. Du weißt schon ...!" Vielsagend fuchtelt er mit der Hand herum. „Wegen der Besichtigung vom letzten Dienstag."

Collin versteht ihn scheinbar, da er mit einem gelassenen Nicken reagiert.

„Josi, wenn du augenblicklich nichts Besseres vorhast, könnte ich deine Unterstützung gebrauchen." Dirk zitiert mich zu sich, indem er neben sich auf den Boden tippt.

Neugierig richte ich meinen Blick auf den Desktop seines Rechners. Das unverkennbare Logo des House-Club ziert den Hintergrund. Sofort fällt mir der weiße Audi ein und ich deute auf den Bildschirm.

„Wieso habt ihr eigentlich ein Werbefahrzeug vom House-Club? Angeblich fahren diese Autos nur Angestellte des Clubs oder etwa nicht?"

„Doch ... schon!" Dirk wirft Collin einen raschen Seitenblick zu. „Allerdings kennen wir die Besitzer recht gut und ... gelegentlich helfe ich bei Vorbereitungen oder am Wochenende aus." Er macht eine abtuende Handbewegung und Collin nickt zustimmend. „Hilfst du mir jetzt?" Auffordernd stößt Dirk mich an und zeigt auf den Laptop.

„Klar, wenn ich kann!" Interessiert rutsche ich näher.

„So spät wie dieses Mal lief noch keine Planung an. Ausgerechnet für die Oktoberfesttage! Und das nur, weil ständig etwas dazwischenkommt", gibt er mir mit einem Wink in Collins Richtung zu verstehen.

Collins Konter landet in Form eines meiner Couch-Kissen auf Dirks Rücken. Die beiden necken sich wie zwei Schuljungen, und ich lasse mich liebend gern in die ausgelassene Stimmung hineinziehen. Diese unbeschwerte Atmosphäre fehlt mir, seit ich in München wohne. Ebenso schnell kehren sie zum Geschäftlichen zurück. Doch diese spaßige Einlage war ausreichend, um die bange Sorge der letzten Stunden endgültig zu vertreiben. Dirk schildert in groben Zügen die geplanten Veranstaltungen für die Oktoberfestwochen. Das Programm selbst steht bereits. Nur ging bisher weder die vorbereitete Werbekampagne an die Medien raus noch sind die Deko- und themenbezogenen Caterings organisiert. Binnen einer Sekunde bin ich Feuer und Flamme.

„Kann ich mir das näher ansehen?" Begeistert sause ich hoch und ohne eine Antwort abzuwarten, hole ich meinen eigenen Laptop aus der Küche. „Dass wir nicht ständig zwischen den Programmen switchen müssen", erkläre ich auf Dirks überraschtes Gesicht hin, während ich mich wieder neben ihm auf dem Boden niederlasse.

Innerhalb weniger Minuten verschaffe ich mir einen Überblick über die angesetzten Events und die Live-Gäste, dabei kommen mir einige Ideen zur Verbesserung. Um mich bei einigen Punkten näher bei Dirk zu erkundigen, drehe mich zu ihm um. Da stelle ich fest, dass er ausgestreckt neben mir liegt und schläft. Collin sitzt mit seinem Mac auf der Couch. Gemütlich angelehnt und in seine eigene Arbeit vertieft. Ich schaue zu ihm hoch und deute mit unterdrücktem Kichern auf meinen Nebenmann.

„Ich wette, er hat seit unserer Spanienrückkehr kein Auge mehr zugetan", bemerkt Collin, ohne aufzusehen. „Mach du mal! Er sagt dir dann schon, ob es ihm in den Kram passt oder nicht." Collin gähnt ebenfalls, scheint sich aber voll auf seine Arbeit zu konzentrieren.

Auch gut! Was kann schon schief gehen? Offensichtlich sind beide der Ansicht, ich würde nicht gleich den kompletten Club in den Ruin treiben. Also starte ich die Sache im Alleingang. Voller Eifer mache ich mich an die Arbeit. Bei einigen Details zögere ich etwas, daher entscheide ich, die komplett ausgearbeiteten Kontakte und Firmen-Anfragen als E-Mail-Anhang zu speichern. So kann ich später alles direkt auf Dirks Rechner senden. Beim Thema Werbung und Medien sehe ich mich um. Inzwischen liegen beide Männer im Tiefschlaf. Nach einem Kontrollblick zur Uhr, derweil ist es halb sieben am Abend, greife ich zum Telefon und wähle Saras Nummer.

„Hallo Süße!", tönt die bekannte Begrüßung schon nach dem ersten Klingelton.

„Hi Schwesterchen, ich muss dich sofort um etwas bitten! Näheres folgt morgen", quassle ich eilig los. „Dann telefonieren wir länger."

„Alles klar, schieß los!"

Grob verkürzt erkläre ich Sara, was genau zu erledigen ist und welche Informationen ich dafür benötige.

„Juhu, endlich kann ich dir auch mal helfen", jubelt sie erfreut. „In fünf Minuten hast du alles in deinem E-Mail-Eingang. Fühl dich geküsst, Süße. Und ruf mich morgen gleich um acht an!"

Sara steht stets zu ihrem Wort. Bereits vor Verstreichen von fünf Minuten liegt alles Benötigte vor. Ich kontrolliere die Kontakte, bereite Anfragen zur Veröffentlichung vor und lege alles entsprechend ab, sodass es direkt verwendet werden kann. Mit einem letzten Check hake ich alle Punkte ab und bin mit meiner Arbeit ganz zufrieden. Lautlos stehe ich auf, gehe zu Collin hinüber und streiche ihm sacht über die Haare. Es ist beruhigend, zu sehen, dass sein Gesicht inzwischen wieder eine gesündere Farbe angenommen hat und ein erneuter Fieberschub blieb ebenfalls aus. Ich genieße den Anblick der schlafenden Männer und hefte mir diese ruhige Szene fest auf meine imaginäre Pinnwand. Ein solcher Moment gehört sicher in die Sparte Seltenheit, selbst im Leben dieser beiden. Laut knurrend macht sich mein Magen bemerkbar. Es ist an der Zeit, ein halbwegs normales Essen auf den Tisch zu bringen. Meine Entscheidung fällt auf Spaghetti und ich verschwinde gut gelaunt in der Küche.

Leise ächzend setzt Dirk sich auf.

„Na, alter Mann, tun dir die Knochen weh?" Collin hat einige Sekunden zuvor die Augen geöffnet und grinst Dirk breit an.

„Dir gebe ich ‚alter Mann'! Lege du dich mal zwei Stunden auf den Boden, dann tun deine Knochen auch ohne Prügel weh", brummt Dirk zu seiner Verteidigung. „Bist du auch eingeschlafen?"

„Nachholbedarf", nickt Collin. „Doch im Gegensatz zu dir habe ich vorher gearbeitet. Das ist typisch für dich: erst die Arbeit verteilen und anschließend verabschieden!" Sein gespielter Tadel verpufft kläglich. Wenigstens gelingt ihm ein strenger Blick, wenn auch nur kurz. Schließlich deutet er mit dem Zeigefinger Richtung Laptop. „Raus mit der Sprache! Was wolltest du damit bezwecken? Ich weiß genau, dass die Vorbereitungen längst unter Dach und Fach sind."

„Nun ja", murmelt Dirk und zuckt matt mit der Schulter. Er setzt sich aufrechter hin, zieht die Knie an und beginnt aufzuzählen: „Erstens war ich zum wiederholten Mal mit den Ergebnissen unserer Marketingabteilung nicht zufrieden. Zweitens will ich wissen, wie selbstständig und einfallsreich Josi arbeitet. Und drittens, wer mit solch einem Workaholic wie dir länger zusammen sein will, braucht eine Tätigkeit, die Spaß macht!", gibt er wahrheitsgemäß zu. „Oder wäre es dir recht, wenn ständig jemand an dir herumnörgelt, weil du geschäftlich unterwegs bist?"

„Ach!" Collin reißt überrascht die Augen auf. „Ausgerechnet DU spielst den Beziehungsexperten? Dass ich nicht lache! In deinen Federn verweilt doch keine Frau länger als ein paar Stunden!" Er fixiert Dirk scharf, erspart sich weitere Andeutungen jedoch, da dieser zum ersten Mal nicht auf seine Spitzen einsteigt. Stattdessen räuspert er sich und übergeht das Thema. „Dann lass mal sehen, was bei deinem Test rausgekommen ist. Wenn mich meine Nase nicht trügt, ist Amy in der Küche."

Dirk setzt sich mit seinem Laptop neben Collin auf die Couch und stellt mit Verwunderung fest, dass nichts zu finden ist!

„Versuch es an meinem", erkläre ich, da ich in diesem Moment im Türrahmen zur Küche stehe. „Oder nenne mir deine

E-Mail-Adresse. Dann sende ich dir die kompletten Kontaktdaten und Anhänge zu.“

Dirk sieht mich verwirrt an. „Was meinst du mit: *den kompletten Kontaktdaten und Anhänge?*“

Ich laufe zu meinem Rechner, der unverändert auf dem Boden steht, hebe ihn auf und gebe ihn Dirk in die Hand.

„Hier, die E-Mail, die noch offen zur Versendung steht. Jeder einzelne Kontakt mit zugehörigem Anfrageschreiben oder Bestellorder hängt an. Ebenso die Medienpräsentation mit den Infoschreiben für die Sender und Pressestellen. Maile sie dir zu. Dann kannst du die Anhänge öffnen und gesondert weiterleiten. Wenn die Schreiben in Ordnung sind, musst du lediglich kontrollieren, ob ich Kontakte ausgesucht habe, die in euer Konzept passen.“ Ohne seine Reaktion abzuwarten mache ich kehrt. „Hat jemand Hunger? Es gibt Pasta“, rufe ich den beiden über die Schulter zu und verschwinde wieder in der Küche.

Collin folgt mir direkt und kuschelt sich von hinten an meinen Rücken. Dabei schlingt er die Arme um mich und gibt mir einen Kuss in den Nacken.

„Riecht lecker.“

„Schmeckt auch so!“, strahle ich. „Schau mal im Kühlschrank, ob noch etwas Passendes zu trinken da ist.“

Wir sitzen gerade vor gefüllten Tellern, als Dirk sich mit gerunzelter Stirn zu uns gesellt.

„Was?“, frage ich und sehe ihn prüfend an. „Deinem Gesicht nach zu urteilen, habe ich voll danebengehauen.“ Um mein beklommenes Gefühl zu überspielen, stehe ich auf und versorge Dirk ebenfalls mit einem Teller Pasta.

„Von wegen danebengehauen. Diese E-Mail hätte ich zwei Wochen früher haben müssen!“ Dirk und Collin wechseln einen raschen Blick. „Verrate mir eins: Du sagst selbst, du arbeitest derzeit nicht in diesem Bereich. Woher hast du die Adressen zu den Pressestellen und Sendern? Zufällig weiß ich, dass man diese Kontakte nicht ohne Weiteres im Internet raussuchen kann."

„Ich hatte Hilfe." Reumütig senke ich den Kopf, kann mir ein Grinsen aber nicht verkneifen. „Oder besser, ich habe ein paar Beziehungen genutzt." Mein ausgestreckter Finger zeigt zur Kühlschranktür, an der das Bild meiner Schwester und mir hängt. „Sara macht Pressearbeit, hab ich das nicht erzählt? Ein Telefonat war ausreichend."

Collin verschluckt sich und keucht eine Mischung aus Husten und Lachanfall hervor.

„So viel zu Workaholic, wie?", raunt er in Dirks Richtung und erntet prompt eine Grimasse.

Nach einem entspannten Essen und weiteren zwei Stunden witziger Unterhaltung an meiner Küchentheke gebe ich Collin einen Kuss, klopfe Dirk freundschaftlich auf die Schulter und verabschiede mich.

„Was auch immer ihr noch vorhabt, ich gehe jetzt ins Bett!", verkünde ich und unterdrücke ein Gähnen. „Und da morgen Sonntag ist, werde ich endlich mein Sportprogramm wieder aufnehmen und im Schwimmbad meine Bahnen ziehen. Gute Nacht, die Herren!"

Ein paar Minuten später erscheint Collin im Schlafzimmer und setzt sich neben mir auf die Bettkante.

„Ist es okay, wenn ich dich alleine lasse? Ich muss mit Dirk einige Aufträge durchgehen, außerdem brauche ich dringend frische Kleider."

„Natürlich", nuschle ich müde.

Er küsst mich sanft auf die Lippen und ich komme ihm sehnsüchtig entgegen. Während er sich erhebt, streicht er mir kaum spürbar mit dem Daumen über die Wange.

„Ich melde mich morgen Nachmittag. Gute Nacht."

Ich höre noch, wie die Wohnungstür klickend ins Schloss fällt, dann schlafe ein.

„Fährst du nicht mehr weg?", erkundigt sich Collin. Dirk parkt den Wagen direkt in der Garage, was eher ungewöhnlich ist, wenn er am späteren Abend noch in den Club fährt.

„Nein, heute nicht", wehrt er ab. Collins veränderter Ton lässt Dirk aufhorchen. „Ich telefoniere mit Niki, und falls nichts Wichtiges ansteht, bleibe ich hier. Morgen bin ich ohnehin die ganze Nacht im Club, das sollte reichen. Warum fragst du?"

„Ich will meinen Vater anrufen. Er soll sich mit uns treffen und endlich ein paar Antworten liefern."

„Gut", stimmt Dirk zu. „Das ist längst überfällig."

Eine halbe Stunde später stehen sie nebeneinander auf der Galerie. Mit finsterer Miene legt Collin das Telefon beiseite und lehnt sich leise seufzend ans Geländer.

„Er ist von Donnerstag bis Samstag in Berlin und kommt anschließend nach München. Bis 16 Uhr wird er da sein", berichtet er und blickt nervös auf seine Finger. „Wenn ich doch nur halbwegs eine Ahnung hätte, was uns erwartet!", zischt er leise. Um seinem Frust Luft zu machen, schlägt er mit der flachen Hand auf das kalte Metall des Handlaufs.

„Collin, hör zu!" Dirk legt ihm beruhigend die Hand auf den Rücken. „Dein Vater hat es schon immer verstanden, dich aus der Reserve zu locken. Egal was du erfährst, versuche, alles ruhig zu überdenken! Dieses Mal kann eine unüberlegte Entscheidung dein restliches Leben beeinflussen."

„Aber DEINS auch!", faucht Collin gereizt.

16

Ich genieße den Sonntagvormittag im Schwimmbad in vollen Zügen. Außer meiner üblichen Anzahl an Bahnen gönne ich mir heute zwei ausgedehnte Saunagänge mit langer Ruhephase dazwischen. Es ist bereits nach drei Uhr am Nachmittag, als ich meinen Wagen in die Tiefgarage lenke und auf seinem gewohnten Platz abstelle. Im Radio läuft mein aktueller Lieblings-Gute-Laune-Song und ich summe den ‚Jungle Drum' von Emiliana Torrini noch, während ich aussteige und ums Auto laufe. Ich öffne die Heckklappe, um meine Sporttasche herauszunehmen, dabei beuge ich mich leicht in den Kofferraum hinein. Nach dem Schwimmen habe ich meine Haare zu einem lockeren Zopf zusammengefasst und in diesem Moment spüre ich etwas genau an der Stelle. Plötzlich packt mich jemand im Genick. Ich will mich umdrehen, schimpfen und mich wehren, aber ich bin starr vor Schreck und mehr als ein Krächzen bringe ich nicht hervor. Ein brutaler Ruck zerrt mich nach hinten und mein Kopf schlägt krachend gegen die Heckklappe. Mir wird schwindlig und Blitze durchzucken mein Sichtfeld. Da trifft mich ein Hieb in die Rippen. Ich keuche, taumle und japse nach Luft. Ein höllisches Stechen breitet sich in mir aus. Meine Knie geben nach und wie in Trance gehe ich zu Boden. Jemand beugt sich über mich, doch die Gestalt versinkt im Nebel. Der Schmerz hindert mich am Atmen und das Dröhnen in meinem Schädel weicht der Dunkelheit.

„Sie wird wach!" Die Stimme klingt dumpf, aber beruhigend vertraut.

Tränen steigen mir in die Augen, dazu ist das Hämmern im Kopf fast unerträglich. Ich spüre immer stärker werdende Schmerzen in meiner linken Seite. Die kleinste Bewegung sticht mir messerscharf in die Rippen und zwingt mich, flach zu atmen. Vorsichtig blinzelnd versuche ich, die Augen zu öffnen. Ich liege auf dem Boden. Aber wieso? Wie lange schon? Dann hebt mich jemand an und hält mich fest. Ganz langsam gewöhnen sich meine Augen an die Beleuchtung und ich erkenne meinen Wagen neben mir. Ich bin in der Garage. Stöhnend hebe ich den Kopf an und hoffe mich nicht zu übergeben.

„Los, sie muss hier raus!", höre ich Dirk neben mir. „Wir bringen sie erst einmal nach oben."

Allmählich klart mein Blickfeld auf. Ich sehe Collin. Er nimmt mich vom Boden auf und trägt mich behutsam in seinen Armen. Noch immer wage ich keinen tieferen Atemzug, geschweige denn bringe ich ein Wort hervor. Daher schaue ich ihm kurz in sein besorgtes Gesicht und sinke dankbar an seine Brust. Wortlos bringen sie mich in meine Wohnung und Collin legt mich vorsichtig auf mein Bett.

„Wie fühlst du dich?", erkundigt er sich flüsternd.

Sachte sinkt er neben mir aufs Bett und beäugt mich kritisch. Sein schneller Atem verrät, dass es ihm schwerfällt, Ruhe zu bewahren. Er hält meine Hand und ich spüre wie sein Puls rast. Verwirrt schaue ich mich zu Dirk um, der hinter Collin steht und blicke direkt in das zweite besorgte Gesicht.

„Was ... was ist passiert?", quäle ich es krächzend aus meiner Kehle.

„Ich hoffe, dass du uns das sagen kannst", entgegnet Dirk. „Wir haben deinen Hilferuf gekriegt und dich dann bewusstlos hinter deinem Wagen gefunden."

„Hilferuf?", wispere ich und stöhne leise auf. „Was denn für einen Hilferuf?" Schon das leichteste Kopfschütteln beschert mir höllische Schmerzen.

Collin zieht sein Smartphone hervor und zeigt mir eine SMS mit der Nachricht: ‚HILFE'. Mehr steht nicht da. Die übermittelte Nummer stammt jedoch eindeutig von meinem Handy.

„Das ist nicht von mir!", presse ich hervor. „Zumindest weiß ich nichts ..." Der Rest versinkt in einem tonlosen Wimmern, da meine Stimme versagt.

Ich schlinge mir die Arme um den Brustkorb, in der Hoffnung, so die stechenden Schmerzen in der linken Seite leichter zu ertragen. Collin beugt sich über mich und streicht mir ein paar Haarsträhnen aus dem Gesicht.

„Es tut mir leid, Amy", flüstert er mir entschuldigend ins Ohr. „Bitte glaube mir, es tut mir so leid!"

Seine Miene wirkt betroffen, doch in seinen sonst so strahlenden Augen lässt sich die Wut erkennen, gegen die er unverkennbar ankämpft. Allmählich beruhige ich mich und setze mich mühsam auf. Während ich abwechselnd meine Retter ansehe, versuche ich einige tiefere Atemzüge. Irgendwie muss ich meine Stimme zurückerlangen. Schließlich räuspere ich mich und erzähle den beiden alles, was mir von dem grässlichen Übergriff in der Tiefgarage in Erinnerung ist. Als ich ihnen mitteile, dass mich jemand an den Haaren gepackt hat, fasse ich mir mechanisch in den Nacken, wo eigentlich mein Zopf hätte ...

„Oh!" Ich stocke mitten in der Bewegung und schlucke kräftig.

Während mir an den Seiten die Haare noch knapp bis zum Kinn reichen, sind im Nacken nur noch Stoppeln zu spüren. Dirks Augenbrauen wandern immer höher. Wahrscheinlich erwartet er einen hysterischen Anfall oder Ähnliches. Collins Miene hingegen ist versteinert. Meinem Blick weicht er jedoch nicht aus. Seine Schuldgefühle fressen ihn förmlich auf, so viel steht fest. Ganz langsam lehne ich mich zu ihm vor und strecke meine Hand nach seiner Baseballmütze aus.

„Darf ich mir die ausleihen, bis ich beim Friseur war?", frage ich mit einem aufgesetzten Lächeln, was bei Collin unverzüglich Wirkung zeigt.

„Natürlich!" Er seufzt erleichtert und nickt, während ich mir die vorderen Haarsträhnen hinter die Ohren streife und mir die Kappe aufsetze.

„Wie geht's dir sonst so?", erkundigt sich Dirk, dessen Gesicht allmählich wieder einen natürlicheren Farbton annimmt. „Ich schlage vor, wir bringen dich zur Untersuchung ins Krankenhaus." Damit meldet sich seine nüchterne Kontrollfunktion zurück.

„Nein, nicht notwendig", wehre ich ab. „Oder wollt ihr riskieren, dass jemand die Polizei ruft?"

„Zerbrich dir darüber nicht den Kopf!", entgegnet Collin entschieden. „Wir bringen dich zum Arzt und keine Widerrede!"

Eine Stunde später verlassen wir die Notaufnahme eines Krankenhauses, in einer Gegend von München, die ich zuvor noch nie betreten habe. Im Grunde ist es mir egal, denn sicher gibt es in dieser Stadt unzählige Ecken, die ich auch in den nächsten zehn Jahren nicht besuchen werde. Die Untersuchung, inklusive Röntgen meiner Rippen, blieb erfreulicherweise ohne Befund. Nach dem eindringlichen Rat, mich umgehend wegen einer Krankmeldung bei meinem Hausarzt vorzustellen, bedanke ich mich und weiß jetzt schon, wo ich morgen nicht hingehe. Ich hasse Arztbesuche! Im Wagen beuge ich mich durch die Mittelkonsole zu meinen Chauffeuren nach vorne und frage unverblümt in die Runde:

„Will ich wissen, warum wir in einer solchen Klinik ohne Wartezeit sofort drangekommen sind? Und warum ich nicht einmal meine Versicherungskarte vorzeigen musste?"

„Nö", meint Collin und Dirk schüttelt grinsend den Kopf.

„Woher ist eigentlich die Narbe an deinem rechten Bein?", fragt Dirk stattdessen nach.

„Sportverletzung auf der Skipiste", lautet meine knappe Auskunft.

„Und wann kommt das Eisen wieder raus? Es drückt schon gegen die Haut. Muss doch übel wehtun!"

„Dir entgeht wohl gar nichts, oder?" Ich funkele ihn mit zusammengekniffenen Augen über den Rückspiegel an.

„Erstens: nein! Und zweitens kam die Anmerkung von dem netten Kollegen in Weiß, gerade eben!"

„Hm, ach so", nuschle ich zerknirscht. Dirks Retourkutsche sitzt und ich fühle mich irgendwie ertappt. „Das muss warten, bis die nächste Wintersaison vorüber ist." Mit einer Handbewegung tue ich das Thema ab und hoffe, die Sache so zu beenden. Dabei entgeht mir nicht, dass Collin und Dirk gerade einen ihrer speziellen Blicke tauschen.

Zurück in meiner Wohnung trinken wir gemeinsam noch einen Espresso, bevor die beiden sich wieder auf den Weg in die Firma aufmachen. Als mein seltsamer Hilferuf bei ihnen einging, wollten sie vor Ort einige Unterlagen für die kommende Woche vorbereiten. Collin beharrt darauf, dass ich mich wieder hinlegen soll. Außerdem nimmt er mir das Versprechen ab, mich am Abend ein weiteres Mal telefonisch zu melden.

„Amy, es tut mir wirklich leid. Ich will nicht, dass du in meine Angelegenheiten hineingezogen wirst!" Verlegen zupft er an einer Haarsträhne herum, die unter dem Cap hervorlugt.

„Hör auf damit, Collin! Ich verstehe es zwar nicht, aber wenn es der einzige Weg ist, mit dir zusammen zu sein …", ich presse die Lippen aufeinander und zucke mit der Schulter. „Vielleicht klärt sich ja alles."

17

„Donnerstag, zehn Uhr!", stöhnt Dirk sein Spiegelbild an. „Wem ist nur eine solch unchristliche Zeit für einen Notartermin eingefallen?" Bei dem Gedanken an Sara hellt sich seine mürrische Laune allerdings auf.

Wie gewohnt hatte er den größten Teil der Nacht im Club verbracht und war erst gegen fünf Uhr am Morgen ins Bett gekommen. Doch um den Termin in Garmisch-Partenkirchen pünktlich zu erreichen, muss er mindestens eineinhalb Stunden Fahrzeit einplanen und obendrein hoffen, nicht in einen Stau zu geraten. Also quält er sich um halb acht aus den Federn und unter die Dusche. Nach zwanzig Minuten im Bad kommt er in schwarzem Anzug und weißem Hemd über die Wendeltreppe der Galerie nach unten. Auf eine Krawatte verzichtet er heute absichtlich. Collin sitzt ebenfalls im Businessdress im Loft. Mit einer Kaffeetasse in der Hand hockt er halb auf einem Barhocker und blättert in der Zeitung.

„Bist du aus dem Bett gefallen?", wunderte sich Collin, ohne aufzusehen.

„Sehr komisch! Ich habe den Termin in Garmisch, schon vergessen?"

„Oh Mann, Sara muss dich echt verhext haben!", bemerkt Collin amüsiert. „Sonst kriegt bei dir doch niemand einen Termin vor zwölf Uhr am Mittag - erst recht nicht außerhalb Münchens!" Für seinen Spott kassiert er einen leichten Schlag ins Genick.

„Und du? Ist dein Wecker kaputt? Normalerweise bist du doch längst im Büro!"

„Na und!" Collin reagiert angemessen und verpasst Dirk im Vorbeigehen einen leichten Hieb in die Rippen. „Wenigstens einer, der regelmäßigen Arbeitszeiten nachgeht." Er faltet die

Zeitung zusammen und erhebt sich. „Außerdem bin ich schon weg."

Sie genehmigen sich schnell noch einen Espresso, dann machen sich beide in bester Laune auf den Weg zu ihren Fahrzeugen.

Dirk trifft zehn Minuten vor dem vereinbarten Termin in der Kanzlei des Notars ein. Seine Augen scannen schnell den Parkplatz, doch von Saras Kombi ist weit und breit nichts zu sehen. „Gut so", denkt er und geht hinein.

„Guten Morgen." In gewohnt geschäftsmäßigem Ton richtet er sich an die Dame am Empfang. „Mein Name ist Christensen. Bitte händigen sie diesen Umschlag unverzüglich Herrn Münch aus. Er soll ihn vor unserem Termin durchlesen. Der Inhalt muss berücksichtigt werden!" Damit überreicht er der Dame ein A4 großes Kuvert.

Zwei Minuten später kommt Sara zur Tür herein.

„Hallo, schön, dich zu sehen." Sie begrüßt ihn mit einem strahlenden Lächeln.

Dirk schluckt und ein seltsam angenehmes Gefühl durchläuft ihn, noch bevor er zu einer Antwort fähig ist. Sara sieht umwerfend aus. Sie trägt ein knielanges schwarzes Etuikleid, darüber eine kurze rote Jacke und hohe Pumps. Wie bei ihrem ersten Treffen sind ihre blonden langen Haare im Nacken zu einem dicken Zopf zusammengenommen. Die Farbe ihres Lippenstifts passt perfekt zur Jacke und Dirks übliche Schlagfertigkeit verabschiedet sich mit jeder Sekunde mehr, die er sie ansieht.

„Guten Morgen." Er räuspert sich und beugt sich Sara für einen begrüßenden Kuss auf die Wange entgegen. „Du siehst fantastisch aus."

„Danke!" Sie schaut eine Sekunde lang an sich herunter und lächelt, bevor sie ihm verlegen in die Augen blickt. „Das Kompliment kann ich nur erwidern."

Erfreut stellte Dirk fest, dass ihre Wangen erröten.

Während der eilig heruntergelesenen Formalitäten des Notars ertappt er sich mehrfach, dass er Sara verstohlen ansieht und dem eigentlichen Geschehen kaum Aufmerksamkeit schenkt. Erst durch die Aufforderung, als einer der Geschäftsführer ihrer Firma zu unterschreiben, gibt er sich einen Ruck und widmet sich dem Geschäftlichen. Schließlich folgt der Hauptteil noch! Sara ist stellvertretend für ihre und Josis Mutter anwesend. Seitens Frau Rausch wurden die Formulare bereits unterzeichnet. Somit ist die Angelegenheit rasch erledigt. Sara greift zu ihrer Handtasche und will sich gerade erheben, als der Notar mitteilt, dass die zweite Urkunde auf Wunsch des Käufers gleich mit verlesen wird.

„Es dauert nicht lange", versichert Dirk leise. Er genießt Saras Verwirrung und lächelt zufrieden.

Feierlich öffnet der Notar den Brief, den Dirk bei seiner Ankunft nachgereicht hat. Er räuspert sich und unter Dirks aufmerksamem Blick verliest der Notar eine Schenkungsurkunde. Das soeben erworbene Grundstück, mit allen sich darauf befindlichen Immobilien, geht unentgeltlich und ohne Auflagen, zu gleichen Teilen an Sara und Josephine Rausch.

„Wie bitte?", quietscht Sara. Verwirrt reißt sie die Augen auf und blinzelt hektisch. „Aber ... aber das geht doch gar nicht!"

„Oh doch, Frau Rausch", versichert der Notar sachlich und übergibt ihr die Urkunde. „Ich muss Sie nur bitten, den Empfang mit Ihrer Unterschrift zu bestätigen, dann ist alles erledigt."

Sara hockt steif auf ihrem Stuhl und starrt entgeistert zwischen dem Notar und Dirk hin und her. Schließlich erhebt sie sich mechanisch, tritt an den Schreibtisch des Juristen und unterzeichnet den Empfang der Schenkungsurkunde.

„Die kompletten Unterlagen gehen Ihnen selbstverständlich nach Abschluss aller Formalitäten schriftlich zu", endet der Notar förmlich und schließt die Akte.

Nach schnell gemurmelter Verabschiedung hakt Dirk Sara unter und begleitet sie nach draußen. Vor der Tür baut er sich vor ihr auf, hält sie jedoch zur Sicherheit an den Schultern fest. Sara ist kreidebleich und ihre Hände sind eiskalt.

„Geht es dir gut?" Dirk legt den Kopf schief und schaut sie besorgt an.

„Wie? Nein, äh, ich ... ich glaube nicht", stammelt sie und starrt ihn mit gerunzelter Stirn an. Dann schüttelt sie sich und verpasst Dirk einen Klaps auf den Oberarm.

„Hey!", beschwert er sich grinsend. „Wofür war der jetzt?"

„Das geht so nicht! Du, oder ihr, oder wer auch immer hinter eurer Firma steckt, könnt doch nicht einfach ..." Mit einer abwehrenden Geste scheint sie die wirren Gedanken vertreiben zu wollen. „Wieso kauft ihr etwas, um es anschließend wieder zurück zu schenken? Wenn ihr mit eurem Geld nichts Besseres anzufangen wisst, dann... - Es gibt doch sinnvollere Methoden, es loszuwerden! Oder etwa nicht?"

„Schon, ja", pflichtet Dirk ihr mit geschürzten Lippen bei. „Aber darum geht es nicht "

„Ach", Sara stockt, „und um was geht es dann?"

„Nun mal ganz langsam." Dirk schmunzelt und legt Sara sachte einen Arm um die Schultern. „Könnten wir irgendwo einen Kaffee trinken und reden, ohne dass die ganze Stadt zuhört? Das wäre mir lieber als hier auf der Straße."

„Ja, natürlich", seufzt Sara. „Bitte entschuldige, aber mir ...
ich ... ich bin es nicht gewöhnt, mit Geschenken überrascht zu
werden. Erst recht nicht in dieser Größenordnung", gesteht sie
leise. „Dafür können wir uns doch nie bedanken!" Sara schnaubt
frustriert und schaut beschämt zu ihm auf. „Wäre es okay, den
Kaffee in meiner Wohnung trinken? Mir steht augenblicklich
nicht der Sinn danach, permanent bekannten Gesichtern zu
begegnen."

Statt zu antworten, deutet Dirk auffordernd auf seinen
Wagen.

Nach wenigen Minuten haben sie Saras Haus erreicht und
laufen die Stufen zum oberen Stock des Gebäudes hinauf.

„Ist Lukas nicht da?", erkundigt Dirk, dabei schaut er sich
suchend um.

„Er ist bis zum Nachmittag im Kindergarten. Meine Mutter
ist ebenfalls unterwegs und bringt ihn anschließend mit nach
Hause", erklärt Sara, während sie vor Dirk in ihre geräumige
Wohnküche eintritt.

Der Raum wird durch zwei große Dachfenster hell erleuchtet,
die als Gauben eingelassen sind und durch die momentan die
Mittagssonne scheint. Der zentrale Punkt des Raumes ist ein
großer, urig wirkender Holztisch von etwa zwei Metern Länge.
Auf einer Seite stehen moderne Stühle, auf der anderen eine
Holzbank.

„Bitte, setz dich! Trinkst du Milch und Zucker im Kaffee?",
erkundigt sich Sara und wirft ihre Jacke auf einen der Stühle.

„Stark und schwarz wie die Nacht!"

Dirk entledigt sich seines Jacketts und lässt sich auf der Bank
nieder. Er mustert Sara unentwegt. Er kann einfach nicht die
Augen von ihr lassen. Wieder bemerkt er dieses seltsam
unsichere und gleichzeitig angenehme Gefühl, das er letzte
Woche schon in ihrer Gegenwart hatte. Es bringt ihn völlig aus

dem Konzept! Im House-Club steht er jede Woche unzähligen Frauen gegenüber, nach denen sich die meisten Männer die Finger lecken würden. Er hingegen pickt sich stets nur die Rosinen heraus, um mit ihnen ein paar schöne Stunden zu verbringen. Jede, die sich mit ihm einlässt, weiß das. Und an etwas anderem war er bisher nicht interessiert. Nun bemerkt er zum ersten Mal, wie er bei einer Frau verlegen wird. Schlimmer noch! Sein sonst so kühler Kopf, der alles im Voraus plant und einkalkuliert, verweigert ihm gerade seinen Dienst. Er fühlt sich unsicher wie ein Teenager bei seinem ersten Date. Schmunzelnd denkt er an Collins Worte, der sich mit Josi im Sinn kaum auf seine Arbeit konzentrieren kann. Etwas kommt Dirk zugute: Er arbeitet im Augenblick nicht!

Sara kommt mit zwei Kaffeetassen an den Tisch und setzt sich neben Dirk auf die Bank. Sie nippt wortlos, stellt ihren Pot ab und sieht ihn erwartungsvoll aus ihren großen dunkelbraunen Augen an. Keiner von beiden spricht etwas, wodurch die Stille allmählich bedrückend wird. Dirk atmet hörbar durch und dreht sich Sara dann so zu, dass er rittlings auf der Bank sitzt. Er zieht sie ein kleines Stück näher an sich heran, neigt den Kopf zur Seite und legt einen flehenden Bettelblick auf.

„Darf ich an Silvester trotzdem mit in die Hütte?"

„Ich bestehe darauf!", antwortet Sara sofort. Sie versucht besonders streng zu klingen, worauf beide anfangen zu lachen.

Die Luft knistert spürbar und um zu verhindern, dass erneut alles in einem unangenehmen Schweigen versinkt, nimmt Sara ihren ganzen Mut zusammen. Ihre Hände zittern, als sie sie hebt und sachte Dirks Gesicht umfasst.

„Tausend Dank", flüstert sie, kommt ihm entgegen und küsst ihn.

Wie selbstverständlich legt Dirk die Arme um Sara und erwidert ihre zarte Liebkosung.

„Warum das mit der Schenkung?" Sie sitzen unverändert am Tisch und Sara genießt es, dass er sie weiterhin festhält.

„Diese Frage wirst du dir noch etwas aufheben müssen." Dirk lächelt geheimnisvoll, womit er klarstellt, dass er sich zu keiner weiteren Auskunft mehr bewegen lässt.

Kurz nach fünf macht er sich auf den Weg zurück nach München. Nicht, ohne zuvor seine ‚Leihgabe' in Lukas´ Obhut zurückzugeben. Binnen einer Sekunde, nachdem Lukas Dirk zu Hause entdeckt hat, war er mit einem Freudenschrei in dessen Arme gesprungen und hatte ihn für die nächste halbe Stunde in sein Zimmer entführt. Erst als Sara ins Kinderzimmer kam und darauf bestand, dass Lukas noch ein paar Minuten bei Oma auf sie warten solle, trabte er mit beleidigter Miene ab.

„Weißt du, ich hab ganz bald Geburtstag!", verkündet Lukas mit vor Stolz gereckter Brust und nickt heftig. „Noch neun Mal schlafen, dann bin ich vier!" Er hebt eine Hand und drückt mit der anderen etwas umständlich den Daumen zurück, dass vier Finger übrig bleiben. Dann steigt er summend die Treppe zur Wohnung seiner Oma hinunter.

Als Dirk sich bei Sara verabschieden will, sitzt sie auf der Stufe vor der Haustür und starrt grübelnd ins Leere.

„Irgendetwas musst du an dir haben", stellt sie mit gerunzelter Stirn fest. „Wegen Lukas, meine ich."

„Wieso? Was ist mit ihm?"

„Die letzten beiden Jahre ließ er keinen Mann, den er nicht mindestens mehrere Monate kannte, näher als fünf Meter an sich heran. Sonst nahm er Reißaus." Verwirrt schüttelt sie den Kopf, erhebt sich und richtet sich direkt vor Dirk auf. „Als wir letzte Woche zur Hütte hochgefahren sind, hat er nicht einmal mit der Wimper gezuckt, als du ihn, ohne zu fragen, auf deine

Schultern gesetzt hast. Stattdessen durftest du bis zum nächsten Besuch sein Lieblingsauto bewachen. Ist das normal?"

Dirk zuckt mit den Achseln, strahlt dabei aber übers ganze Gesicht.

„Ich finde Kinder wunderbar! Niemand ist so ehrlich und aufrichtig wie sie." Entschieden zieht er Sara in die Arme und gibt ihr einen langen Kuss. Anschließend zwinkert er ihr zu und steigt in den BMW.

Einige Minuten fährt Dirk gedankenversunken und lässt die Ereignisse des Tages Revue passieren. Nach den ersten Kilometern auf der Autobahn nimmt er sein Handy in Betrieb. Er hatte es absichtlich in seinem Wagen liegen lassen, um nicht permanent gestört zu werden. Schlagartig befördert es ihn in sein Tagesgeschäft zurück. Angezeigt werden diverse Anrufe in Abwesenheit, dazu unzählige Mitteilungen, binnen der letzten fünf Stunden!

„Leute, ihr seid echt bekloppt", stöhnt er genervt.

Nach grobem Überfliegen, welche seiner Kunden oder Mitarbeiter mit ihm sprechen wollten, drückt er Collins Kurzwahltaste.

„Na, schon auf dem Heimweg?", kommt es zur Begrüßung aus der Freisprecheinrichtung. Collin scheint bester Laune zu sein.

„Ha, ha", brummt Dirk gedehnt. „Aber danke, dass du heute der Einzige warst, der mich nicht angerufen hat."

„Ich ging nicht davon aus, dass du dein Handy anlässt, oder?"

Collins spitze Bemerkung hellt Dirks Stimmung auf. „Nö, diese Fehler machen andere", foppt er zurück. „Los, bring mich auf den aktuellen Stand des Tages. Wo bist du gerade?" Beiläufig sieht er auf die Uhr. Inzwischen ist es Viertel vor sechs, was für Dirk eher zum frühen Nachmittag gehört.

„Ich bin im Büro und versuche, meine Vorstellungen eines modernen Fitness-Wellness-Centers an die Wünsche des Kunden anzupassen."

„Schön zu hören, dass du unseren Kunden noch Freiraum für eigene Wünsche lässt, Kleiner!", stichelt Dirk.

„Ein beschissener Auftrag", beklagt sich Collin. „Für die Vorgaben des Kunden müsste das Areal doppelt so groß sein. Aber aus Kostengründen darf ich weder in die Tiefe graben noch zusätzliche Stockwerke aufsetzen."

„Tja, nicht jeder hat ein unbegrenztes Budget zur Verfügung. Dir fällt sicher etwas ein, daran habe ich keine Zweifel. Wie lange bleibst du noch? Ich bin in einer halben Stunde in München."

„Ja, komm rein", seufzt Collin. „Ich sitze hier noch eine Weile. Wie war es bei dir?"

„Erzähle ich dir nachher. Aber trage mir bitte einen Termin ein: höchste Priorität! Samstag in einer Woche ist Lukas' Geburtstag!"

„Wird erledigt." Leises Tippen ist zu hören. „Cool, Kindergeburtstag im House-Club", Collin kichert und klingt dabei selbst wie ein kleiner Junge. „Das wäre eine witzige Abwechslung!"

„Ja, ja, und du planst den plastischen Märchenpark als Innenausstattung. Bruder, du bist einfach krank!" Allein die Vorstellung bringt Dirk zum Grinsen. „Bye, bis gleich."

Eine knappe Stunde später sitzen Collin und Dirk in einem ihrer Konferenzräume. Nach kurzer Besprechung mit einem Kollegen arbeiten sie die vorbereitete Korrespondenz des Tages ab und gehen anschließend zurück in Collins Büro. In geschäftlicher Kurzform berichtet Dirk von seinem Besuch beim Notar, wobei er Sara nur ganz am Rande erwähnt.

„Keine Ausflüchte jetzt!", fordert Collin prompt. „Läuft was oder nicht?" Allein Dirks Anblick spricht für ihn Bände.

„Ab wann hättest du gesagt, dass mit Josi was läuft?", versucht Dirk auszuweichen.

„Hm", brummt Collin. „Mag kitschig klingen, aber der Blitz hat mich schon bei der ersten Begegnung getroffen." Nachdenklich legt er den Kopf schief und fixiert Dirk durchdringend. „Na jetzt sag schon! Wann gibt es das erste Familientreffen?"

„Ha, Familientreffen." Dirk schnaubt ironisch. Er beugt sich im Stuhl nach vorne und reibt sich mit den Händen übers Gesicht. „Seltsam, für mich beschränkte sich dieses Wort vor Kurzem noch auf die Personenkonstellation hier im Raum."

„Für mich auch, Dirk", versichert Collin ernst. „Für mich auch!" Erneut wirft er seinem Gegenüber einen prüfenden Blick zu, der mit gerunzelter Stirn dahockt und ins Leere starrt. „Kann es sein, dass du Angst hast?"

„Ja", gesteht Dirk leise. „Ich glaube, das habe ich." Einen Moment lang schauen sie sich wortlos an, dann verzieht sich Dirks Miene zu einem schiefen Grinsen. „Wir hören uns schon an wie ein altes Ehepaar! Los, Mütterchen, mach den Computer aus, Papa fährt dich nach Hause."

Um halb neun machen sich die beiden auf den Weg ins Loft. Dort angekommen verbringen sie weitere zwei Stunden mit Fachsimpeln und einer Flasche alten schottischen Whisky auf der Galerie. Anschließend verabschiedet sich Collin müde und träge in sein Reich. Er trabt die Wendeltreppe hinunter und hält auf sein Apartment zu, stockt jedoch und dreht sich im Durchgang noch einmal um.

„Habe ich erwähnt, dass die beiden das Wochenende von Lukas´ Geburtstag in München sind?"

„Sara und Lukas?", fragt Dirk überrascht. Allein bei dem Gedanken an sie spürt er das eigenartige Gefühl im Bauch. „Woher weißt du das?"

„Von Amy natürlich. Es ist Lukas´ Geburtstagsgeschenk. Sie hat die beiden nach München eingeladen und plant einen Besuch auf dem Oktoberfest. Klasse Idee, oder?" Ohne eine Antwort abzuwarten, dreht Collin sich um und verschwindet in seiner Wohnung.

18

„Collin, hör auf damit und setze dich gefälligst hin!", knurrt Dirk, der selbst Mühe hat, ruhig zu bleiben. „Du läufst seit zehn Minuten unentwegt hin und her."

Sie wissen beide, dass die Maschine, mit der Collins Vater fliegen wollte, bereits gelandet ist. Also kann es nicht mehr lange dauern, bis er hier eintrifft. Collin fühlt sich wie ein kleiner Junge, der bei einer Dummheit erwischt wurde. Es macht ihn rasend! Dirk geht es nicht anders, auch wenn er sich besser im Griff hat. In den letzten Jahren hatte Collin in regelmäßigen Abständen mit seinem Vater telefoniert. Wobei sich diese ‚Regelmäßigkeiten' auf Anstandstelefonate zu Weihnachten, Ostern und Geburtstag beschränkten. Nach seinem vor vier Jahren getroffenen Entschluss, zu Dirk nach München zu ziehen und überdies als Hauptstudium Architektur statt Jura zu wählen, hatte es im Hause Christensen einen riesigen Krach gegeben. Collins Vater hatte mit allen Mitteln versucht, ihn daran zu hindern, der Familiensippe und dem eigenen Unternehmen den Rücken zu kehren. Bereits zwei Jahre zuvor hing der Haussegen schon einmal monatelang extrem schief. Nämlich, als Dirk unter dem Vorwand, in München bessere Studiengänge zu haben, seine Koffer gepackt hatte. Obendrein bekam Dirk jegliche Unterstützung gestrichen, die ihm zuvor in England zur Verfügung stand, ganz gleich ob finanziell oder mental. Bevor Collin sich endgültig aus England verabschiedete, pendelte er ein bis zwei Mal im Monat zu Dirk nach München. Selbst diese Situation war seinem Dad ein Dorn im Auge. Letztendlich kam Collin ohne einen Cent in der Tasche nach Deutschland. Er hatte es geschafft, dass man ihm das Studium mit Auslandsaufenthalt bewilligte. Wobei das Schwierigste darin bestand, die Beziehungen seines Papas zu umgehen, auf die er ohnehin noch nie Wert gelegt hatte. Um den Kontakt zu seinem Vater möglichst zu meiden, verbrachte er die wenigen Termine, die er fürs Studium vor Ort sein musste, direkt auf dem College-Campus. Und in der Zwischenzeit unterstützte er Dirk in München bei ihrem Unternehmensaufbau.

„Denkst du, es war richtig, ihn hierher zu holen?", richtet sich Collin nervös an Dirk.

Inzwischen zweifelt er an der Entscheidung, seinen Vater ausgerechnet zu ihnen nach Hause bestellt zu haben. Seit ihrem Verschwinden aus England ist es der einzige Ort, der sie voll und ganz von ihrer Vergangenheit abschirmt. Nur hier fühlen sie sich wirklich sicher. Was, wenn er nun ausgerechnet ihren stärksten Gegner hierher eingeladen hat? Denn genau darum geht es! Sie brauchen endlich Gewissheit, woher die ganzen Intrigen kommen und wer hinter den unzähligen Übergriffen steckt.

„Es ist egal, was ich denke. Es lässt sich nicht mehr ändern."

Dirk klingt heiser und verärgert. Eine Reaktion, die Collin noch mehr verunsichert. Er runzelt die Stirn und wirft ihm einen unruhigen Blick zu.

„Soll ich allein mit ihm reden?", fragt er leise.

„Auf keinen Fall!", kontert Dirk barsch. „Meinst du, ich lasse zu, dass er dir die Haut über die Ohren zieht und ich weiß im Anschluss nicht einmal, ob du es verdient hast?"

Dirks Versuch, die explosive Stimmung zu entschärfen, gelingt. Collin schnaubt erleichtert und nickt ihm mit zusammengepressten Lippen zu. Beiden ist klar, dass sie in der kommenden Stunde einen klaren Kopf behalten müssen. Sich vor Collins Vater verbal zu zerfleischen, wäre wahrscheinlich ein gefundenes Fressen für ihn.

„Schön zu sehen, dass es euch gut geht", säuselt Marcus Christensen in übertrieben freundlicher Tonlage.

Er steht breitbeinig und mit eisigem Gesichtsausdruck im Raum, was Collin dazu veranlasst, ebenfalls den Rücken durchzudrücken. Intuitiv richtet er sich zu seiner vollen Größe auf, nur um seinem Vater gewachsen zu sein. Dirk reagiert schneller. Er bietet Marcus einen Platz am Küchentresen an.

Collins und Dirks einzige Absprache besteht darin, den Besuch von Marcus wie eine ihrer geschäftlichen Angelegenheiten abzuarbeiten: rational handeln und möglichst wenige Emotionen zeigen. Allerdings verändert sich Marcus Christensens Miene plötzlich. Er öffnet den Mund, doch bevor er zu reden beginnt, stockt er und betrachtet die beiden mit seltsam sanftem Gesichtsausdruck.

„Ich gehe nicht davon aus, dass ihr mich wegen eines plötzlich aufkommenden Familiensinns eingeladen habt. Also schlage ich vor, nicht lange um den heißen Brei herum zu reden. Wieso habt ihr mich hergebeten?"

Collin hält ein paar Sekunden regungslos dem Blick seines Vaters stand. Dann erhebt er sich und öffnet sein Hemd. Zum Vorschein kommt die abheilende, aber noch stark gerötete Brandwunde des Amuletts. Es ist totenstill im Raum, daher entgeht den beiden nicht, wie Collins Vater beim Anblick des Brandmals leise keucht.

„Kein Ritual!", erwähnt Collin sachlich. „Stattdessen mitten auf der Straße, wie alle anderen Überfälle auch. Wieso das Ganze? Und vor allem, warum an dieser Stelle?"

Der Blick seines Vaters verharrt noch einen Moment lang auf der Brandwunde. Dann beginnt er zu blinzeln und mit einem tiefen Atemzug richtet er seine Augen auf Collin.

„Die Stelle deines Großvaters", bemerkt er sichtlich erschüttert.

„Richtig", bestätigt Collin.

„Nun gut." Marcus seufzt und erhebt sich. „Dann werde ich nicht mehr umhinkommen, euch aufzuklären." Die folgenden Minuten gleichen einer Berichterstattung oder der geschichtlichen Erzählung eines Lehrers. Während seiner Ausführungen läuft Marcus unentwegt im Raum umher. Die Hände auf dem Rücken verschränkt, leicht gebeugt und den Blick stur vor sich gerichtet.

„Mein Dad, also dein Großvater", er räuspert sich und macht eine beiläufige Handbewegung, „begann bereits in jungen Jahren mit äußerst undurchschaubaren Geschäften der unterschiedlichsten Art. Ich habe ihn irgendwann einmal gefragt, ob er ein Mitglied der Mafia sei! Worauf er mich verspottete und anschrie: Ich hätte keine Ahnung und wäre niemals in der Lage, seine Nachfolge anzutreten usw." Marcus fuchtelt theatralisch mit der Hand herum. „Ihr erinnert euch an seine verbalen Wutausbrüche wahrscheinlich noch." Nachdenklich bleibt er stehen und seufzt tief. „Als ich schließlich selbst in seine Tätigkeiten involviert wurde, erhielt ich einen kleinen Überblick über seinen Wirkungskreis. Vater tätigte Geschäfte in allen möglichen Bereichen und Branchen. Dabei agierte er stets nur als Berater und Mittler der ganz Großen, die hinter den einzelnen Geschäften standen. Es waren legale Abwicklungen ohne kriminellen Hintergrund - zumindest überwiegend! Er hatte ein Händchen dafür, immer die richtigen Personen zur richtigen Zeit miteinander bekannt zu machen, Verbindungen herzustellen und als Mittelsmann zu fungieren. Dass er selbst nebenbei mit begünstigt wurde, war für alle Beteiligten völlig in Ordnung. Unter seinen Geschäftsfreunden hatte dein Großvater schnell einen ganz eigenen Spitznamen, der gerade dir, Collin, nur allzu geläufig sein dürfte." Damit dreht Marcus sich um und sieht seinen Sohn genau an.

„Childshair! Wegen seiner auffälligen Haare", stimmt Collin emotionslos zu. „Den ich auch habe!"

„Vater wollte, dass jemand aus der Familie seine Tradition weiterführt. Tradition! Tz." Marcus schnalzt verächtlich mit der Zunge und schüttelt den Kopf. „So nannte er es immer. Ich kam von Anfang an nicht infrage, das gab er mir immer wieder zu verstehen. Als jedoch erst dein Bruder und anschließend auch du mit dem gleichen Merkmal wie er selbst geboren wurde, war klar, wer sein Erbe einmal antreten sollte."

Die Erwähnung seines Bruders versetzt Collin einen Stich. Außerdem registriert er im Augenwinkel, dass Dirks Hände sich verkrampfen.

„Das Amulett und die Zeichnung mit dem Brandmal begann dein Großvater wohl irgendwann in einem Anflug von Größenwahn!", spottet Marcus weiter. „Er war der Ansicht, seinen Kunden und Gefolgsleuten eine ganz spezielle Betreuung bieten zu müssen. Sozusagen einen Deckmantel, unter dessen Schutz Geschäfte getätigt wurden. Und dieser betreuende Part sollte sich auch der unliebsamen und zwielichtigen Abwicklungen annehmen. Was schließlich auch geschah! Zeitgleich entstanden andere Gruppierungen, die versuchten, dieser Art Business, wie sie dein Großvater so gut beherrschte, gegenzusteuern. Damals begannen auch die Überfälle und Demütigungen auf dich und deinen Bruder." Marcus Christensens Blick ruht einige Sekunden abwartend auf Collin, dann drehte er sich Dirk zu. „Du, mein Lieber, wärst in den Augen von Vater immer ein hervorragender Kandidat für seine Geschäfte gewesen. Dein Geschick im Business fand er geradezu brillant. Es gab nur ein einziges Manko: Du gehörst nur halb zur Familie!"

„Wieso halb?", geht Dirk kritisch dazwischen. „Ich war doch gar nicht mit ihm verwandt!"

„Oh doch!", raunt Marcus entschieden. „Das warst du! Deine Mutter war meine Schwägerin, daher stand sie lediglich mit mir in einem familiären Verhältnis. Dein Vater allerdings ...", er hält einen Augenblick inne und sieht Dirk seltsam an, „dein Vater bin ich! Ihr seid Halbbrüder."

Diese Bombe trifft beide eiskalt. Dirk keucht gequält und steht mit offenem Mund da. Sein Gesicht ist aschfahl, während er Marcus entgeistert anstarrt. Collin schnappt nach Luft und blickt einige Male mit weit aufgerissenen Augen zwischen Dirk und seinem Vater hin und her.

„Moment!" Er schüttelt sich, um wieder klar denken zu können. „Dirk ist knapp drei Monate nach Tommy geboren. Du meinst, während Mum mit Tommy schwanger war, bist du zu ihrer Schwester ins Bett gestiegen?", zischt er und zieht langsam die Brauen zusammen. „Wow, das ist harter Tobak!"

„Warum hast du nie etwas gesagt?" Dirks Stimme ist kaum hörbar, dabei atmet er rasend schnell. „Ich habe bei euch gelebt wie in einer Familie, ohne zu wissen, dass ich zur Familie gehöre!" Langsam erwacht er aus seiner Starre und seine Stimmgewalt nimmt rapide zu. „Warum jetzt?", brüllt er heiser.

Marcus geht auf ihn zu und legt ihm sachte die Hand auf den Arm, den Dirk sofort widerwillig wegreißt.

„Warum erst jetzt?", wiederholt er halb erstickt.

„Weil ich es deiner Mutter versprochen habe", gesteht Marcus. „Sie wollte nach deiner Geburt nach Deutschland zurück, was letztendlich durch ihre Krankheit nicht mehr möglich war. Als sie starb, versprach ich ihr, auf dich aufzupassen wie auf Tommy. Aber sie wollte nicht, dass du erfährst, wer dein Vater ist." Marcus zögert und sieht verlegen zu Boden. „Und ich war zu feige, nach dem Grund zu fragen", fügt er schuldbewusst hinzu.

Inzwischen ist Collin an Dirks Seite gekommen. Er schiebt ihn auf einen Barhocker und drückt ihm ein Glas Whisky in die Hand. Ohne zu zögern, trinkt Dirk den Inhalt auf einen Zug aus und atmet anschließend tief durch.

„Was war mit Mum?", hakt Collin nach. „Wusste sie Bescheid?"

„Von Anfang an", versichert sein Dad mit einem steifen Nicken. „Sie bestand darauf, Dirk auch rechtlich anzunehmen, sodass er bei uns aufwachsen konnte und unseren Familiennamen bekam." Marcus´ Augen wandern zu Dirk zurück. „Sie hatte diese Entscheidung schon getroffen, bevor ihre Schwester starb. Für sie gab es nie einen Unterschied zwischen ihren Söhnen."

Einige Minuten herrscht betretenes Schweigen. Schließlich erhebt sich Dirk und schenkt allen drei ein Glas Whisky ein.

„Guter Tropfen", stellt Marcus Christensen nach dem ersten Schluck anerkennend fest. „Den Geschmack habt ihr wohl von mir geerbt!"

Zum ersten Mal an diesem Tag entspannt sich die Stimmung, und alle drei geben sich gelassen ihren Drinks hin.

„Da nun hoffentlich alle familiären Verhältnisse abgehakt sind", Collin sieht fragend zu seinem Vater hin, der zustimmen nickt, „bleibt zu klären, warum man uns unentwegt nachstellt und ich immer wieder überfallen werde? Wieso zünden sie meine Haare an? Und warum, zum Teufel, trage ich das Brandmal an der gleichen Stelle wie Grandpa?"^

„Nun", Marcus öffnet den Mund, stockt jedoch und überlegt kurz. „Vorweg solltet ihr mir eine Frage beantworten: Hat sich in der letzten Zeit etwas geändert? Häuften sich die Angriffe, wurden gravierender?"

Collin sieht rasch zu Dirk, dann nickt er matt.

„Darüber hinaus sind Außenstehende betroffen", fügt Dirk ergänzend hinzu.

„Ich hoffe, ihr konntet SIE schützen!" Auffordernd schaut Marcus seine Söhne an.

Collin nickt steif. Der Gedanke an das verängstigte Gesicht seiner Amy, nachdem sie sie in der Tiefgarage gefunden hatten, versetzt ihm einen Hieb in den Magen.

„Als ich von deinem erfolgreichen Examensabschluss hörte, habe ich in gewissen Kreisen Köder ausgeworfen." Marcus runzelt die Stirn und nippt erneut an seinem Glas. „Ich wollte wissen, welche Personen und Verbindungen von den Tätigkeiten eures Großvaters noch übrig sind. Ehrlich gesagt war das, was mir zugetragen wurde, nicht gerade beruhigend! Daher kam es mir entgegen, dass ihr euch gemeldet habt. Auf meine Bitte hin wärt ihr wohl kaum zu einem Gespräch gekommen. Das habt ihr in den letzten Jahren schließlich auch nicht getan", erwähnt Marcus und der mitschwingende Vorwurf ist nicht zu überhören. „Der Bund der ‚Childshair' scheint wieder mächtig aktiv zu sein. Überraschend ist nur, wer sich inzwischen alles zu den Mitgliedern zählt! Offenbar handelt es sich dabei größtenteils um sehr angesehene Geschäftsleute quer durch Europa. Der Hintergrund ist unverändert. Nach außen dreht sich alles um das Knüpfen von Kontakten und die interne Vergabe lukrativer Geschäfte."

„Und was hat das mit uns zu tun?", geht Dirk unbeeindruckt dazwischen. „Solche Business-Netzwerke gibt es überall."

„Das ist sicher richtig. Aber einige Mitglieder wünschen sich wieder einen Kopf für das Ganze!"

„Da komme dann wohl ich ins Spiel", stellt Collin bissig fest.

„So ist es", bestätigt Marcus. „Unabhängig deiner Erbfolge und perfekten Optik, seid ihr mittlerweile geschäftlich sehr erfolgreich und dies sogar auf internationaler Basis, wie man hört." Bei dieser Erwähnung zeigt sich ein stolzes Lächeln auf Marcus Gesicht.

„Das letzte Glied in der Kette sind dann wohl die Überfälle", wirft Dirk unbeeindruckt ein.

Sein Vater nickt und dreht sich mit einem tiefen Seufzer zu Collin um.

„Die Überfälle verfolgten stets ein einziges Ziel: dich am Platz des Geschehens zu halten oder besser, dahin zurückzuholen. Scheinbar will man euch unter Kontrolle bekommen."

Collin richtet den Blick auf seinen Bruder. Dirk rührt sich nicht. Doch mit ihrer ganz eigenen wortlosen Kommunikation stimmt er Collins unausgesprochener Frage zu.

„Gut", schnaubt Collin. „Was können wir tun, um gewissen Personen kräftig die Suppe zu versalzen?"

„Ha, das ist gut", lacht Marcus höhnisch. „Glaubt mir, darüber habe ich mir lange den Kopf zerbrochen. Aber so einfach ist das nicht."

„Davon gehen wir auch nicht aus", antwortet Dirk mit eisiger Miene.

„Die einfachste Lösung wäre, ihr kommt nach Hause und spielt das Spiel", erklärt ihr Vater mit einem Achselzucken. „Es wäre sicher nicht das Schlechteste. Schließlich lässt sich eure Firma von jedem Standort aus führen."

„Das wäre dann wohl deine Art, die Sache anzugehen, habe ich recht?", kontert Collin nahezu gereizt.

„Und die Alternative?", hakt Dirk ein.

„Ihr schlagt sie mit ihren eigenen Waffen!" Marcus unterzieht seine Söhne einem prüfenden Blick. „Dies birgt für euch und euren ‚Anhang' allerdings auch ein großes Risiko. Außerdem werdet ihr noch härter arbeiten müssen als bisher. Wenn ihr es schafft, den Mitgliedern der Childshair auf legaler Ebene ein paar wichtige Geschäfte vor der Nase wegzuschnappen, werden sich gewiss einige von ihnen trennen, um ihr ‚Netzwerk', wie du es vorhin so schön nanntest, mit neuen Geschäftspartnern zu spinnen." Abermals sieht Marcus seine Söhne kritisch an. Ihm ist längst klar, für welchen Weg sie sich entschieden haben. „Ich bitte euch, seid auf der Hut", fügt er in einem sanfteren Ton hinzu. „Keiner wird kampflos aufgeben!" Damit steht Marcus Christensen auf, nimmt sein Jackett und läuft zur Tür. „Ich melde mich, sobald ich Neuigkeiten habe. Schließlich funktioniert auch MEIN Netzwerk!"

19

„Süße, endlich!" Hastig schlinge ich meiner Schwester die Arme um den Hals und begrüße sie mit einem dicken Kuss auf die Wange. „Komm rein! Ich bin so happy, dass du angerufen hast."

„Yippie, meine Gebete wurden erhört!", juchzt Sara. „Ein Frauen-Wochenende mit Weggehen, ohne auf die Uhr zu gucken."

Ich schiebe sie in meine Wohnung, schließe die Tür und wir drücken uns erneut so fest, als hätten wir uns seit Jahren nicht mehr gesehen.

„Wow, neue Frisur!", staunt Sara. Um mich bewundern zu lassen, drehe ich mich einmal um die Achse. „Sieht klasse aus!"

Den eigentlichen Grund für meine Haarverkürzung habe ich Sara bisher nicht erzählt und habe es auch weiterhin nicht vor. Seit dem ungeplant eingeschobenen Friseurbesuch am vergangenen Dienstag, sind meine Haare nun zu einem im Nacken stark angeschnittenen Pagenkopf frisiert, wobei die Seitenpartien bis knapp unters Kinn reichen. Gleichzeitig ließ ich mir viele hellblonde Strähnchen verpassen, um meine sonst so fade und langweilig wirkende blonde Haarfarbe etwas aufzupeppen. So entpuppte sich das Ganze zu einer äußerst gelungenen Styling Aktion. Selbst Collin war positiv überrascht. Ihn hatte ich direkt am Dienstagabend angerufen, um mitzuteilen, dass er seine Baseballmütze wieder abholen könnte. Nach genauer Musterung gestand er sogar, es gefiele ihm besser als zuvor.

„Dein Besuch mit Lukas nächste Woche bleibt doch aber trotzdem, oder?" Mit bittendem Hundeblick schaue ich Sara an.

„Na klar! Lukas redet seit Tagen nur noch vom Oktoberfest und dass er Tante Josi besucht!" Sara stöhnt und verdreht gespielt die Augen. „Ich dachte, wir starten wie heute. Nach dem Frühstück zu Hause los und sonntags um die Mittagszeit wieder zurück. Ist das okay für dich?"

„Bestens!" Ich strahle begeistert. „Da können wir den ganzen Samstag auf die Wiesn gehen, und er kann so viele Fahrgeschäfte ausprobieren, wie er will."

Sara hatte sich nach der Verabschiedung des reizenden Herrn, der im Auftrag seiner Firma unsere Blockhütte gekauft hat, sofort telefonisch bei mir gemeldet. Aufgeregt berichtete sie von dem außergewöhnlichen Notartermin. Bei der Erwähnung, wir seien nun ganz offiziell die Eigentümer unserer geliebten Hütte, war ich erst einmal sprachlos gewesen. Gestern entschied Mama dann, ihre Töchter müssten ein solch tolles Geschenk unbedingt gebührend feiern. Kurz entschlossen verbringt Lukas dieses Wochenende bei Oma und Sara versprach, am heutigen Samstag bis spätestens neun Uhr bei mir in München einzutreffen. Sie ist überpünktlich! Schließlich steht für heute eine ausgedehnte Shoppingtour an.

Die Neuigkeit über meinen Besuch wollte ich Collin gestern Abend telefonisch mitteilen. Leider erreichte ihn mein Anruf auf dem Weg zu einer Besprechung und es blieb keine Zeit für ein längeres Gespräch. Ich erwähnte lediglich, dass ich kurzfristig Besuch aus der alten Heimat bekäme, der über Nacht bliebe. Nicht jedoch, wer kommt. Von Collin und Dirk wusste ich bereits, dass ihnen für Samstag ein sehr wichtiger Termin bevorsteht, der keinen Aufschub zulässt. Aus diesem Grund kam eine Verabredung für diesen Tag ohnehin nicht infrage. Collins Stimme klang seltsam, als er von ihrem Treffen sprach. Offensichtlich steht ihm etwas sehr Unangenehmes bevor. Seine Tonlage hielt selbst meine Neugier von weiteren Fragen ab. Allerdings versprach Collin, sich am Sonntagabend bei mir zu melden.

Sara bringt eilig ihre Tasche in mein Schlafzimmer. Zehn Minuten später befinden wir uns auf dem Weg in die City, um die Läden der Innenstadt zu erkunden. Es ist eine Ewigkeit her, seit wir zuletzt unbeschwert Kleider und Schuhe anprobiert haben, quatschend im Café saßen und sprichwörtlich den Herrgott einen guten Mann sein ließen. Den ganzen Tag bummeln wir von einem Geschäft in das nächste, bis wir unsere Shoppingtour gegen halb sieben am Abend in einer kleinen Tapas-Bar beschließen.

„Eines will mir einfach nicht in den Kopf", komme ich zum x-ten Mal auf den Notartermin zurück. „Wieso erwirbt jemand ein Grundstück mit Blockhütte, wenn er kein Interesse daran hat? Und wieso schenkt er sie dann zurück? Das ergibt doch keinen Sinn, oder?"

„Nein, für mich auch nicht", erwidert Sara abwesend. Sie ist bereits in die Speisekarte vertieft.

„Hast du deinen ... äh Dirk?" Sara nickt zustimmend. „Hast du ihn gefragt, warum sie das getan haben?"

Bereits nach dem Makler-Termin, als Sara mir den Namen des Käufers genannt hatte, waren mir natürlich Collin und Dirk in den Sinn gekommen. Allerdings wusste ich von den beiden inzwischen, dass ihr Arbeitsgebiet nur größere Projekte umfasst. Wahrscheinlich klassifizierten sie einen solcher Besitz in die Kategorie <Abriss – Neubau> oder <Areal zu klein – Ablage P>!

„Klar hab ich ihn gefragt! Die Antwort bekämen wir zu einem späteren Zeitpunkt. Und", sie grinst mit einem schmachtenden Blick hinter der Karte hervor, „dass er an Silvester trotzdem mit uns auf der Hütte feiern möchte!"

„Süße, dich hat es ganz schön erwischt", seufze ich.

„Ach, dich wohl nicht, wie? Lerne ich deinen Collin eigentlich dieses Wochenende kennen?"

„Nein, leider nicht", der nächste Seufzer. „Vielleicht klappt es ja nächste Woche. Und du? Hast du deinem Dirk gesagt, dass du übers Wochenende in München bist?"

„Nein. Unser letztes Telefonat war, bevor Mamas Vorschlag kam, auf Lukas aufzupassen. Außerdem wäre er heute ohnehin geschäftlich verhindert. Frauen-Wochenende; basta!", verkündet Sara und klopft entschieden mit der Hand auf die Tischplatte.

20

Nach diesem turbulenten Besuch ihres Vaters hätte Collin den Abend am liebsten zuhause und allein in seine Arbeit vertieft verbracht. Doch Dirk hat ihn breitgeschlagen und sie befinden sich nun gemeinsam auf dem Weg in den Club. Gegen halb zwölf fahren die beiden mit Dirks Werbe-Audi am Hintereingang vom House-Club vor. Im verspiegelten Büro oberhalb der Tanzfläche angekommen, greift Dirk zum Haustelefon und bestellt an der Bar eine Flasche Champagner.

„Hör endlich auf, Trübsinn zu blasen!", beschwert er sich. „Du hast deinem Vater ..."

„*Unserem* Vater!", korrigiert Collin und grinst.

„Ja, ja!" Amüsiert verdreht Dirk die Augen. „Du hast ihm die Stirn geboten und, falls er es nicht schafft bei der Sippe die Fronten zu glätten, ihm notfalls den Kampf angesagt. Ergo, wir haben etwas zu feiern, Brüderchen!"

Dirk nennt Collin nicht zum ersten Mal *Brüderchen* oder *Kleiner*. Doch in diesem Augenblick wiegt diese innige Bezeichnung unendlich viel mehr. Sie schauen sich einen Moment lang schweigend an, dann lachen beide los.

„Mann, wer hätte das gedacht!" Collin geht auf Dirk zu und klopft ihm beschwichtigend auf die Schulter.

Kurz drauf wird der Champagner gebracht. Dirk schenkt ein und gesellt sich mit den Gläsern neben Collin hinter die Spiegelscheibe. Von hier aus verschafft er sich allabendlich einen Überblick und startet seine Arbeit im Club. Beiläufig hält er Collin ein Glas entgegen, da stockt er plötzlich.

„Das glaube ich jetzt nicht!", keucht er, da irgendetwas auf der Tanzfläche seine Aufmerksamkeit erregt hat. „Collin, dieser Tag steht unter einem guten Stern." Ohne zu zögern, nimmt er seinem Bruder das Glas wieder aus der Hand und zieht ihn hinter sich aus dem Büro.

„Was ist denn?" Collin stöhnt genervt und trottet unwillig hinter Dirk die Stufen hinunter.

„Wart's ab! Du wirst dich wundern."

Sie betreten den zentralen Bereich der Diskothek durch die versteckte Tür hinter der Bar. Somit stehen sie nun einige Meter vom Rand der Tanzfläche entfernt. Sobald Dirk im Club erscheint, prasselt es stets unzählige Begrüßungen und Handschläge, weshalb es einen Moment dauert, bis er sich seinem eigentlichen Vorhaben widmen kann. Schließlich zieht er Collin vor sich, dreht ihn in die entsprechende Richtung und deutet auf die mit Menschen fast überquellende Tanzfläche. Suchend schweift Collins Blick über die Köpfe, bis ...

„Ist das Josi?" Er kneift die Augen zusammen und schaut noch einmal genauer hin. „Bist du sicher?"

„Ganz sicher! Zusammen mit Sara", strahlt Dirk. „Von oben waren sie besser zu sehen. Warte kurz!"

Er dreht sich zu einem Kollegen hinter der Bar um und gestikuliert etwas. Mit einem Nicken bestätigt der Barmann die Order und binnen Sekunden stehen zwei Drinks neben Dirk und Collin.

„Café, Heustadel oder hoch ins Büro?", erkundigt sich Dirk bei seinem Bruder, gleichzeitig winkt er eine Angestellte vom Service zu sich.

„Zuerst ins Büro", entscheidet Collin. Er sieht zu, wie sich auf Dirks Wink hin eine Kollegin mit den Gläsern direkt zur Tanzfläche durchschlängelt. „Meinst du, sie steigen darauf ein und kommen, da sie jemand auf einen Drink einladen will?", überlegt er, ohne den Blick von den Frauen abzuwenden.

Die Antwort erhalten sie umgehend. Mit einem grinsenden Kopfschütteln kehrt Dirks Kollegin allein zurück.

„Gut gemacht, Mädels."

Dirk strahlt vor Stolz und macht sich nun selbst Richtung Tanzfläche auf. Dabei wird er immer wieder angesprochen und aufgehalten, da er im Haus die meiste Zeit präsent und auch als Geschäftsführer bekannt ist. An der Tanzfläche angekommen, lehnt er sich über die Begrenzung, die zum aktuellen Anlass aus einem aus Holz gebautem Oktoberfestzeltgerüst besteht. Er bekommt Sara am Arm zu fassen und zieht sie langsam zu sich her.

„Hey, loslassen!" Sträubend dreht sich Sara um. Doch in der Sekunde, als sie Dirks Gesicht vor sich hat, beginnen ihre Augen zu leuchten.

Die tanzende Menge ist so dicht, dass ich das Tippen auf meiner Schulter erst gar nicht beachte. Dann wird es energischer, und ich rausche reflexartig herum. Vor mir steht Dirk, der breit grinst. Er deutet mir an, dass ich ihm folgen soll, und im gleichen Moment sehe ich Sara an seiner Hand. Offenbar ist mir meine Verwirrung anzusehen, denn Sara grapscht mich am Arm und zieht mich mit sich. Dirk schlängelt sich Richtung Bar durch. Dabei erweckt es den Eindruck, als wohne er in diesem Laden, denn scheinbar kennt ihn hier außer halb München auch die gesamte Belegschaft! Langsam wird das Gedränge erträglicher, und ich erhalte kurz einen freien Blick zur Bar. Collin lehnt einige Meter weiter am Tresen und sieht mir direkt in die Augen. Mein Puls beschleunigt sich und es kribbelt im Bauch. Noch bevor wir ihn erreichen, öffnet er uns den Weg hinter die Theke und schiebt dahinter eine etwas verborgene Tür mit dem Schild ‚Personal' auf. Sara und ich werfen uns einen verwunderten Blick zu, während wir Dirk und Collin durch die privaten Flure des Clubs und eine Treppe hinauf folgen. Wir betreten ein Büro, und Dirk schließt die Tür hinter uns. Wo sind wir? Und was läuft hier eigentlich? Sara steht ebenso verwirrt da wie ich. Seit Verlassen der Tanzfläche hält Dirk ihre Hand. Doch als er sie nun komplett in die Arme schließt und sie zu ihm aufsieht, verklären sich ihre Augen, und die beiden verschmelzen zu einem leidenschaftlichen Kuss. Collin gewährt mir eine Sekunde länger zum Umsehen. Er steht direkt bei mir und genießt meine Verwirrung sichtlich. Mit Argusaugen verfolgt er, wie ich mich umschaue und mich zu orientieren versuche. Schließlich nimmt er meine Hand, setzt sich in einen Sessel am Fenster und zieht mich auf seinen Schoß. Seine Augen funkeln, als ich in seine Arme sinke, und für die Länge eines sinnesraubenden Kusses vergessen wir den Rest der Welt.

„Kann mich bitte mal jemand aufklären!" Sara ist die Erste, die reagiert.

„Fang du an!", fordert Collin und tippt mir in die Seite.

„Ich?" Überrumpelt blinzle ich in die Runde.

Womit soll ich anfangen? Schließlich haben sie uns doch durch die Katakomben des House-Clubs geschleift und ohne Zweifel sind sie nicht zum ersten Mal in diesem Raum.

„In Ordnung", beginne ich zögernd und entscheide mich für ein paar Tatsachen, die sowieso auf der Hand liegen.

Als erstes stelle ich Sara *meinen* Collin vor, dann Dirk, als seinen Cousin und Geschäftspartner. Anschließend werfe ich meiner Schwester einen fragenden Blick zu.

„Sara, ist das *dein* Dirk, der in Garmisch unsere Hütte gekauft hat?"

Sie nickt heftig, worauf ich mich aufrechter auf Collins Schoß setze und unsere Männer mit vor der Brust verschränken Armen abschätzend beäuge.

„Was ist hier los?", beginne ich und versuche möglichst streng zu wirken. „Wie kommt ihr hier rein - insbesondere in dieses Büro? Und zum Teufel auch, wieso kauft und schenkt ihr uns unsere Blockhütte?"

Schallendes Gelächter bricht aus.

„Touchée!" Collin hebt ergebend die Hände, während er noch immer übers ganze Gesicht strahlt. „Erst zu der Frage, wie wir hier ins Büro kommen: Nun, als Geschäftsführer und Inhaber des Clubs hat Dirk hier so ziemlich alle Rechte. Hoffe ich zumindest! Schließlich ist das Büro eines seiner Arbeitsplätze." Collin sieht mit einem Augenzwinkern in Dirks Richtung. „Was meine Wenigkeit betrifft", säuselt er beiläufig, „der Club gehört zur Firmenmasse, daher bin ich Mitinhaber. Außerdem habe ich das Ganze entworfen und von der ehemals alten Lagerhalle zum Club umbauen lassen."

Sollten sie beabsichtigt haben, Sara und mich sprachlos zu erleben, ist ihnen dies gelungen. Mit aufgerissenen Augen starren wir die beiden an.

„Und was ist mit der Hütte?", fiept Sara schließlich. Sie löst sich aus Dirks Umarmung und dreht sich zu ihm um.

„Also die ...", Dirk hebt unschuldig die Hand, „daran ist Josis schuld!"

„Bitte was bin ich?", japse ich.

„Natürlich!", behauptet er grinsend. „An dem Abend, als wir dir die Sache mit Nomes aus der Nase gezogen haben, hast du auch von dem Gespräch mit eurer Mutter erzählt, und dass der Verkauf der Blockhütte unumgänglich sei. Collin meinte, ich soll mich darum kümmern!" Dirk zuckt arglos mit der Schulter. „Die Schenkung kam mir allerdings erst nach der Besichtigung der ‚kleinen' Hütte in den Sinn." Nun tritt ein verträumter Blick in seine Augen, als er sich Sara wieder zuwendet. „Ich konnte ja nicht ahnen, was oder wer mich vor Ort noch alles erwartet."

Sachte schiebt Collin mich neben sich auf die Sessellehne, steht auf und geht zum Schreibtisch. Er zieht die Champagnerflasche aus dem Eiskübel und hält sie leicht schräg. „Der ist abgestanden", erklärt er und rümpft die Nase. „Los, verschwinden wir hier und machen zur Feier des Tages eine Flasche in unseren heiligen Hallen auf." Auffordernd schaut er in Dirks Richtung. „Lässt sich das mit deinem Arbeitsplan in Einklang bringen, Chef?"

Ohne zu zögern, greift Dirk zu seinem Autoschlüssel. Wir verlassen den Club durch den Hinterausgang. Der offizielle Gäste-Parkplatz liegt auf der anderen Seite des Gebäudes, und ich sehe mich suchend nach dem Weg dorthin um. Dabei fingere ich in meiner Hosentasche nach meinem eigenen Schlüssel. Collin bemerkt es und schüttelt den Kopf.

„Lass dein Auto auf dem Parkplatz stehen. Er kommt in die Werkstatt, und die Tür wird neu lackiert. Das wollte ich letzte Woche schon erledigen. Schließlich sind die Kratzer auf meinem Mist gewachsen." Damit hält er mir die Fondtür des weißen Q7 auf.

„Nein!", lehne ich entschieden ab. „Ich brauche den Wagen. Sonst wird es momentan noch später, bis ich abends zu Hause bin. Außerdem lässt du das gefälligst bleiben. Wofür bin ich versichert?"

„Vergiss es, Amy", hält er dagegen. „Ohne Anzeige bei der Polizei zahlt die Versicherung gar nichts. Und das mit der Arbeit geht klar. Ich sorge dafür, dass du mobil bist." Um weitere Proteste zu umgehen, schiebt er mich sachte neben Sara auf den Rücksitz und schließt eilig die Wagentür.

Während der Fahrt versuche ich zu erkennen, welche Gegend Münchens wir passieren. Aber schon nach wenigen Minuten sind mir die Straßen völlig fremd. Einige Häuser und Ecken, die im Scheinwerferlicht auftauchen und wieder verschwinden, sehen ziemlich verlassen aus, und ich spüre ein mulmiges Gefühl im Bauch. Mir wird bewusst, dass ich im Grunde nichts Privates über Collin und Dirk weiß. Wie oft kommt es wohl vor, dass zwei junge Männer einerseits geschäftlich recht erfolgreich sind, zumindest erweckt es bei diesen beiden den Anschein, aber andererseits nichts über sie bekannt ist? Wie leitet man eine Firma, ohne in den entsprechenden Branchen publik zu sein? Falsch! Wahrscheinlich sind sie es sogar! Woher will ich das wissen? Bisher war es mir doch egal, wie und womit die beiden ihre Brötchen verdienen. Wieso bekomme ich gerade jetzt, da alles so gut läuft, ein solch komisches Gefühl? Seltsam ist nur, dass Sara meine Unruhe nicht bemerkt. Sonst registriert sie jede meiner Stimmungsschwankungen, noch bevor ich den Mund aufmache. Aber ausgerechnet jetzt scheinen ihre Antennen nicht auf Empfang zu sein. Nach etwa zwanzig Minuten bremst Dirk und biegt rechts in ein Grundstück ein. Ein großes Metalltor öffnet sich automatisch und ebenso gespenstisch schließt es hinter uns wieder. Ich fühle, wie Panik in mir aufsteigt, und zwinge mich, ruhig sitzen zu bleiben. Sekunden später taucht im Scheinwerferlicht ein Gemäuer auf, bei dem es sich eindeutig um ein altes Fabrikgebäude handelt.

„STOPP!" Ohne Vorwarnung schreie ich los. „Sofort anhalten!"

Dirk geht abrupt in die Eisen und bremst so stark, dass es Sara und mich gegen die Vordersitze drückt und Collin ohne Gurt sicher gegen die Frontscheibe gedonnert wäre. Alle schnappen nach Luft und glotzen mich entgeistert an.

„Was ist?", quietscht Sara, während Dirk das Licht im Wagen einschaltet.

„Du bist schneeweiß im Gesicht!", bemerkt Collin besorgt. „Willst du das letzte Stück lieber laufen? Wir sind gleich da."

„Was ...? Laufen?" Ich keuche, als hätte ich einen Hundertmeterlauf hinter mir. „Ja ..., laufen."

Hastig öffne ich die Tür und springe aus dem Wagen. Collin steigt auf der Beifahrerseite aus und kommt eilig um das Fahrzeug. Denkt er vielleicht, ich haue ab? Nein, er macht sich nur Sorgen!, rauscht es mir wirr durch den Kopf. Selbst wenn ich wollte, ich könnte gar nicht weglaufen. Meine Knie haben die Konsistenz von Pudding, und ich zittere am ganzen Leib. Collin positioniert sich ganz dicht vor mir, legt seine Hände auf meine Schultern und beugt sich mir entgegen. Mit einem letzten Blick in den Wagen sehe ich, wie Sara zu Dirk nach vorne klettert.

„Wir fahren in die Garage", erklärt Dirk aus dem Seitenfenster.

„Geht klar!", nickt Collin, ohne sich umzusehen. „Mach bitte das Außenlicht an, sonst stolpern wir hier im Dunkeln herum!" Er schaut mich prüfend an, dann zieht er mich sacht an sich und gibt mir einen Kuss auf die Stirn. „Geht es dir besser, Amy?" Zaghaft legt er mir den Zeigefinger unters Kinn und hebt mein Kopf etwas an. „Was ist denn ...?" Collin stockt.

Augenblicklich flammt ein schummriges Licht hinter dem alten Lagerhaus auf. Collin schaut mir noch einmal genauer ins Gesicht. Plötzlich löst er seine Umarmung. Seine Hände schweben einen kurzen Moment in der Luft, dann berührt er mich kaum spürbar an den Oberarmen.

„Du hast Angst!", haucht er. Seine Augen huschen unruhig und verwirrt über mein Gesicht. „Angst vor mir?"

„Ich ... ich ..." Kopfschüttelnd fasse ich mir an die Kehle. Meine Panik ist perfekt und durch mein Krächzen nicht mehr zu verbergen.

Unvermittelt tritt Collin einen Schritt zurück. „Wieso? Amy, was ist denn plötzlich los?" Er scheint mit sich zu ringen und wirkt total verwirrt.

Ich schaue ihn flehend an und schüttle abermals den Kopf, da meine Stimme noch immer versagt.

„Amy!" Collin packt meine Schultern und rüttelt mich grob. „IAN!", krächze ich heiser hervor. „Hör auf, du tust mir weh!" Er lässt sofort los. Keuchend steht er vor mir und sieht aus, als hätte ich ihm mitten ins Gesicht geschlagen. Sekundenlang wagt keiner, etwas zu sagen. Dabei dröhnt mir der Puls in den Ohren und Collin atmet rasend schnell.

„Ian!", schaffe ich es jetzt sanfter und gehe langsam auf ihn zu. „Collin, bitte, ich habe keine Angst vor dir!", versichere ich und hoffe, überzeugend zu klingen.

„Das darfst du auch nicht", fleht er, und in seinem Blick liegt die pure Verzweiflung.

„Als wir den Weg hierher gefahren sind ...!", ich schlucke und deute auf das alte Fabrikgebäude. „Plötzlich habe ich Panik bekommen! Collin, was weiß ich denn schon von dir?" Entschuldigend senke ich den Kopf. „Ich kenne nicht einmal deinen Nachnamen, geschweige denn, wo du wohnst!" Erleichtert sinke ich mit dem Kopf gegen seine Brust.

„Oh, Amy!" Er seufzt und schließt mich fest in seine Arme. Ich spüre sein Zittern, schaue zu ihm hoch und sehe, dass er die Augen geschlossen hat. „Es tut mir leid, Amy", flüstert er. „Aber bitte, glaube mir, es ging nicht anders." Er atmet tief durch, dann nimmt er mein Gesicht in beide Hände und hält meine Augen mit seinem durchdringenden Blick fest. „Josephine", beginnt er ruhig und eindringlich, „du darfst keine Angst vor mir haben! Bitte sag, dass du mir vertraust und dass du keine Angst vor mir hast!"

Allein die Erwähnung meines richtigen Vornamens verdeutlicht, wie wichtig ihm diese Bitte ist.

„Nein, Collin", antworte ich ebenso fest und entschlossen wie er. „Ich habe keine Angst!"

Dankbar sehe ich mit an, wie sich seine Mimik verändert. Seine Gesichtszüge werden weich, seine Schultern entspannen sich, und das Strahlen in seinen Augen kehrt zurück. Er kommt mir entgegen und küsst mich zärtlich. Dann hebt er mit dem Zeigefinger mein Kinn an und räuspert sich.

„Mein voller Name ist Collin Jonathan Christensen. Ich bin zwar in Deutschland geboren, jedoch in England aufgewachsen." Jetzt dreht er sich etwas zur Seite und zeigt in die Richtung, aus der die Beleuchtung kommt. „Meine Wohnung befindet sich in einem alten umgebauten Fabrikgebäude hinter diesem hier. Ich weiß, dass die Gegend gerade in der Nacht nicht sehr einladend aussieht, aber genau das war mit ein Grund, unser Zuhause in einem solch abgelegenen Gebäude zu schaffen. Das Gelände lässt sich nämlich sehr gut überwachen." Collins Atem hat sich beruhigt, obgleich sein Rücken noch immer spürbar verkrampft ist.

Dankbar lächle ich ihn an. „Komm, gehen wir. Die beiden warten bestimmt schon."

Sara und Dirk sitzen Arm in Arm auf der obersten Stufe einer breiten Metalltreppe, die etwa zehn Stufen hochgeht. Mit dem Rücken lehnen sie an einer großen verrostet aussehenden Tür. Die Treppe ist mindestens drei Meter breit, und das gleiche Ausmaß hat der Eingang. Sobald sie uns bemerken, stehen sie auf und Dirk dreht sich zur Tür um. Ein Schloss suche ich vergeblich, stattdessen tippt Dirk einen Code in ein kleines Metallkästchen, das in die Wand eingelassen ist. Leises Surren und ein minimales Klicken sind zu vernehmen, dann entriegelt die Tür. Eigentlich erwarte ich jetzt ein schwerfälliges Quietschen, was zum Aussehen dieser immensen Tür passen würde. Doch der Schein trügt. Lautlos und völlig leichtgängig schiebt Dirk sie in die Mauer zurück. Wir treten ein und im Halbdunkel lässt sich lediglich ein großer offener Raum ausmachen, was bei dem Äußeren des Gebäudes nicht sonderlich überrascht. Collin schließt den Eingang hinter uns und betätigt nebenbei einen Schalter. Wie von Geisterhand erhellt sich ein Licht nach dem anderen, sekundenversetzt, verteilt durch den ganzen Raum. Sara scheint ebenso zu staunen wie ich, denn als Collin sich kurz zu uns umsieht, erwähnt er beiläufig:

„Danke für die Blumen! Es war mein Bewerbungskonzept fürs Studium."

Das Innere des Gebäudes ist atemberaubend! Zumindest der Teil, der sich augenblicklich vor uns ausbreitet. Ein Loft, das sich nach dem Eingangsbereich, in dem wir immer noch stehen, mit zwei Stufen nach unten zu einem riesigen Raum öffnet. Die Deckenhöhe muss mindestens sieben bis acht Meter betragen. Einige Teile der Wände bestehen aus Mauerwerk, andere sind glatt verputzt. Aber alles ist in hellen, warmen Farbtönen gehalten und auf der rechten und linken Seite mit raumhohen Fenstern begrenzt. Zur rechten Glasseite hin befindet sich ein von allen Seiten einsehbarer Kamin, dem sich eine in den Boden vertiefte Wohnlandschaft, bestehend aus zwei großen Eck-Sofas sowie drei Sesseln und einem tiefen Tisch, anschließt. Die linke Glasfront beginnt etwas nach hinten versetzt. Hier ist ein Durchgang, der scheinbar zu weiteren Zimmern führt. Der größte Punkt besteht aus einer riesigen, komplett zentral stehenden Küche, die in dunklem Marmor gehalten ist und die Form eines alten amerikanischen Diners hat. Rundum stehen Barhocker, auf denen sicher eine komplette Fußballmannschaft Platz hätte. Einige Meter hinter der Küche begrenzt eine freigelegte Steinmauer das Loft. Hier gehen vier Türen zu weiteren Zimmern ab, wobei sämtliche Türen im Moment offenstehen. Etwa fünf Meter gegenüber dem Durchgang, auf der linken Seite, erhebt sich eine alt aussehende

Metallwendeltreppe, die auf eine Galerie führt. Aus der Entfernung scheint es, als sei die komplette Estrade zu einer gemütlichen Bibliothek umfunktioniert. Unzählige vollgestopfte Bücherregale, Couch, Leseecke etc., alles ist vorhanden. Dazwischen verteilen sich weitere vier Zimmertüren in gleichmäßigem Abstand. Tatsächlich, sämtliche Türen im Gebäude stehen offen! Unser perplexes Betrachten hat sicher einige Minuten in Anspruch genommen. Währenddessen sind die Hausherren in verschiedenen Richtungen verschwunden und derweil im Loft zugange. Dirks Jacke liegt inzwischen über einem Barhocker. Er steht in der Küche und entkorkt mit einem lauten Plopp eine Flasche Champagner. Im selben Moment kommt Collin aus dem Durchgang zu unserer Linken.

„Los, setzt euch", fordert er und weist mit einer einladenden Handbewegung auf die Barhocker. „Sonst wird aus dem Prickeltropfen noch die gleiche fade Brause wie im Club." Entschieden schiebt er mich auf einen Platz an der Küchentheke und setzt sich neben mich.

Wir stoßen an und nippen wortlos an unseren Gläsern. Anschließend kreise ich einmal mit erhobenem Zeigefinger, um auf den Raum anzuspielen.

„Männer-WG?", erkundige ich mich neugierig. „Oder wie viele Personen leben noch hier?"

„Ich denke, Männer-WG trifft es eher, falls man es so nennen mag", gibt Collin schulterzuckend Auskunft. „Hier wohnen nur Dirk und ich. Wobei sich mein Bereich auf das Apartment hier drüben beschränkt." Er deutete auf die Durchgangstür, aus der er zuvor gekommen ist. „Aber wie man sieht, stehen hier ohnehin sämtliche Luken offen, und unser Treffpunkt ist meistens hier." Zur Verdeutlichung tippt er vor sich auf die Theke der Diner-Küche.

„Und was feiern wir gerade?", erkundigt sich Sara und hebt erneut ihr Glas.

„Zum einen, dass ihr da seid." Dirk strahlt übers ganze Gesicht. „Zum anderen fand heute ein wichtiges Gespräch statt, das endlich mehr Klarheit in unsere verworrene Familiensippe gebracht hat."

„Euer Amulett!", platze ich dazwischen.

Collin lächelt und nickt entspannt. Er hält meine Hand, und zum ersten Mal spüre ich keinen verkrampften Ruck als Reaktion auf seine Kette. Ein gutes Zeichen.

Wie gebannt sitze ich neben ihm und verfolge jedes Wort, das er und Dirk uns über den Besuch ihres Vaters erzählen. Wobei Dirks Ego bei der Erwähnung ihres tatsächlichen Familienverhältnisses sichtlich wächst! Langsam ergeben einige Kleinigkeiten in Bezug auf ihre bisherige Verschwiegenheit und die Sorge um ihre Sicherheit einen Sinn. Trotz allem finde ich die Zusammenhänge in Sachen Familie, Business und Collins Überfällen weiterhin schrecklich und mit nichts zu rechtfertigen. Nach Beendigung ihrer Neuigkeiten sind wir uns in einem Punkt jedoch alle einig: Die nächsten Wochen müssen die Christensen-Brüder besonders vorsichtig sein. Außerdem beharren Dirk und Collin darauf, dass dies nicht mehr nur sie beide betrifft. Selbst mich sowie Sara und Lukas wollen sie dabei nicht außer Acht lassen. Wobei Sara bei der Erwähnung von Lukas mächtig zu schlucken beginnt.

Gegen halb vier in der Früh machen wir uns auf den Weg zu mir nach Hause. Collin besteht darauf, mir für die Reparaturdauer meines Polos seinen eigenen Wagen zur Verfügung zu stellen. Folglich fahren wir mit zwei Fahrzeugen in die Stadt zurück, und auf meinem Tiefgaragenplatz parkt nun ein schwarzer Audi TT. Insgeheim hoffe ich, dass sich die Lackierung meines kleinen VWs etwas in die Länge zieht, so freue ich mich auf diesen sportlichen Flitzer. Ich kann meine Begeisterung kaum verbergen. Collin grinst amüsiert, während wir uns verabschieden und er mir den Schlüssel in die Tasche schiebt. Anschließend fährt er mit Dirk zurück ins Loft. Sara und ich hingegen schlüpfen eilig in die Federn, liegen aber noch lange wach. In vertrauter Schwesternmanier ziehen wir Resümee über die vergangene Nacht. Anschließend begleitet uns ein einziger Gedanke in einen sehr kurzen Schlaf: Trotz aller Enthüllungen zögert keine von uns, sich auf eine Beziehung mit Collin und Dirk einzulassen.

Um zwei am Mittag macht sich Sara auf den Weg zurück nach Garmisch. Am gestrigen Abend hatte Dirk, ohne einen Widerspruch zu akzeptieren, entschieden, er selbst würde sie und Lukas am kommenden Freitag abholen und nach München chauffieren. Unnötige Fahrstrecke, hatte ich ihm auf seine sture Beharrlichkeit erwidert. Schließlich war er damit gezwungen, die beiden am Sonntag auch wieder zurückzubringen. Dirks Reaktion: eben darum! Und ein funkelndes Strahlemann-Grinsen. Kaum ist Sara weg, empfinde ich Sehnsucht nach ihr. Wie immer, wenn wir uns verabschieden. Sie ist eben nicht nur meine ältere Schwester. Wir sind Seelenverwandte, die meist schon durch einen raschen Augenkontakt oder bloßes Hinhören wissen, was in der anderen vorgeht. Allerdings dachte ich bisher, eine solche Beziehung sei dem weiblichen Geschlecht vorbehalten. Eine falsche Annahme, wie ich inzwischen weiß. Schließlich konnte ich schon mehrfach miterleben, wie Dirk und Collin ihre wortlose Verständigung in einer Vollendung zelebrieren, die mich fast vor Neid erblassen lässt. Den Rest des Tages verbringe ich damit, die Dinge zu erledigen, die durch Saras Spontanbesuch liegen geblieben sind. Einzig Collins Anruf, der wie versprochen am späten Nachmittag bei mir eingeht, zwingt mich zu einer genüsslichen und ausgedehnten Pause, die ich nur zu gerne einschiebe.

21

Die kommende Woche zieht sich sprichwörtlich wie Kaugummi. Meine Kollegin, deren Arbeit ich in den letzten Wochen stellvertretend übernommen habe, ist schneller genesen als erwartet. Daher füge ich mich aufs Neue meiner öden und langweiligen Sachbearbeiter-Tätigkeit. Fast jeden Abend verlasse ich deprimiert und mit hängenden Schultern die Firma. Die einzigen Lichtblicke des Tages sind die Telefonate mit Sara. Collin und Dirk verabschiedeten sich am Montag kurzfristig, mittels Anrufes vom Flughafen, für drei Tage geschäftlich nach Rom. Also bleibt mir viel Zeit, um nach der Arbeit endlich mein brachliegendes Sportpensum wieder zu erhöhen. Schließlich will ich die kommende Wintersaison nicht ebenso untrainiert beginnen, wie dies die meisten unserer Kursteilnehmer in der Skischule tun. Durch eine alte, aber oft schmerzende Verletzung meines rechten Schienbeins hatte ich dieses Jahr komplett auf ein Lauftraining verzichtet. Als Ausgleich schwimme ich und will die Häufigkeit meiner Wassereinheiten schon lange erhöhen. Und genau dies setze ich nun voller Eifer in die Tat um. Schon am Mittwoch bin ich das zweite Mal in dieser Woche im Hallenbad. Da sich das Schwimmbad in unmittelbarer Nähe meiner Firma befindet, lässt sich dies prima mit dem Heimweg verbinden. Ein genialer Grund, meiner Vernunft vorzugaukeln, dass ich dafür extra mit Collins Wagen fahren muss. Während der Arbeit liegt meine Sport-Tasche griffbereit im Auto, und ich kann zu jeder Zeit in den Feierabend starten. Das lästige Fahrplänechecken und auf die Uhr sehen bleibt mir damit erspart. Als ich an diesem Morgen mit Collins TT in der Nähe der Firma einparke, passt Lisa mich ab und löchert mich unverzüglich mit Fragen.

„Hast du im Lotto gewonnen? Oder wieder geerbt?", tönt sie direkt, als ich den ersten Fuß aus dem Fahrzeug setze.

„Weder – noch!", antworte ich so ruhig wie möglich. Wobei mir der Sinn mehr nach ‚Neidische Kuh, das geht dich nichts an!', steht. Ihre Frage ist schlichtweg unverschämt und mehr als unpassend. Stattdessen zwingt mich die von Mama anerzogene Höflichkeit zu einer ehrlichen Auskunft. „Mein Wagen ist in der Werkstatt und wird lackiert, das ist alles. Der Audi ist geliehen."

„Geliehen, von wem? Das ist doch kein Leihwagen", bemerkt sie frech.

Lisa steht wie eine Mauer vor mir. Die Fäuste in die Hüften gestemmt richtet sie ihren durchdringenden Blick auf mich.

„Sag mal, was willst du eigentlich von mir?", nörgele ich so laut, dass sich zwei Passanten auf der anderen Straßenseite zu uns umdrehen. „Nein, es ist nicht mein Wagen!"

Schluss mit nett! In der Hoffnung, endlich Ruhe vor weiteren löchernden Fragen zu haben, unterstreiche ich meine ablehnende Haltung mit vor der Brust verschränkten Armen. Dazu lege ich abschätzend den Kopf schief und blitze sie aus zusammengekniffenen Augen an. Samt Schuhen überrage ich Lisa mindestens um zehn Zentimeter, was meiner Entschlossenheit zur Nichtauskunft noch mehr Nachdruck verleiht. Es scheint zu wirken, zumindest was den Wagen betrifft.

„Du warst auch schon mal redseliger.", Empört schnappt Lisa nach Luft und ihre Miene verwandelt sich in ein beleidigtes Kindergesicht. „Aber wenn du etwas zu verheimlichen hast, bitte!"

Hocherhobenen Hauptes macht sie kehrt und stampft Richtung Eingangstür unserer Firma davon. Prompt habe ich ein Bild von Miss Piggy vor Augen und kämpfe gegen den Drang, lauthals loszulachen. Bereits bei den letzten abfälligen

Bemerkungen, als Lisa mit ansah, wie ich zu Collin ins Auto einstieg, hatte ich mir vorgenommen, mich nicht mehr aus der Reserve locken zu lassen. In den letzten Wochen bemerke ich immer häufiger, dass sie nur dann zu den umgänglichen Personen gehört, solange sich alles nur um sie selbst dreht. Dass mir diese Erkenntnis erst nach knapp drei Jahren kommt, ist kein Wunder. In Lisas Augen gehöre ich zu den sogenannten ‚Landeiern‘, deren Leben sich auf Arbeit, Wohnung und die verschneiten Berge ihrer Heimat reduziert. Ergo, nichts Interessantes, das ihre geschätzte Aufmerksamkeit verdient. Und im Grunde hat sie sogar recht. Mein bisheriges Stadt-Leben birgt nichts, worüber Lisa sich auslassen könnte. Überdies entpuppt sie sich zunehmend als unverbesserliches Ratschweib, das absolut nichts für sich behalten kann. Damit werde ich mich abfinden und dazu übergehen, ihr nur noch solche Dinge mitzuteilen, die ohnehin jeder weiß.

„Reg dich ab, Lisa. Nächste Woche fahre ich wieder meinen kleinen Polo", rufe ich ihr nach und versuche, nicht allzu hämisch zu klingen. „Dann ist alles wieder beim Alten!" Scheinbar ist dies die beste Lösung, mit ihrer Neugier umzugehen. Denn für den Rest der Woche ist das Thema geliehener Wagen bis auf ein, zwei spitze Bemerkungen bei Kollegen vom Tisch.

Am Donnerstag erhalte ich eine Nachricht auf meinem Handy.

‚Müssen einen Flug später nehmen und kommen
erst am Abend zurück. Ich melde mich morgen bei dir.
Kuss Ian‘

Endlich ein Lebenszeichen! Collin meinte, dass er selten im Voraus sagen kann, wie sich der Ablauf ihrer Geschäftsreisen ergibt. Daher wollte er sich nur melden, um ihre zeitlich geplante Rückkehr mitzuteilen. Ich hatte zugestimmt. Leider ohne zu ahnen, wie sehr ich ihn vermissen würde und wie lange ein paar Tage sind, wenn man auf eine Nachricht wartet.

Um erneut einen Grund zu haben, Collins Wagen zu benutzen, packe ich auch heute meine Sportsachen ein. Ich beschließe, das dritte Mal in dieser Woche, nach der Arbeit schwimmen zu gehen. Bereits um halb fünf verlasse ich die Firma und fahre ins Hallenbad. Um diese Uhrzeit ist der Parkplatz nur mäßig besetzt, und selbst im Inneren herrscht ungewöhnliche Ruhe. Nur gelingt es mir nicht, meinen Kopf freizubekommen. Ich quäle mich durch jede einzelne Bahn. Nach knapp 20 Runden im Wasser beende ich mein Sportpensum und trotte völlig geschafft unter die Dusche.

Gegen achtzehn Uhr verlasse ich die Schwimmhalle und steuere direkt auf den Wagen zu. Bereits beim Näherkommen weiß ich, dass irgendetwas nicht stimmt. Mehrfach schaue ich mich um. Aber außer ein paar Leuten, die entweder ins Hallenbad hineingehen oder gerade herauskommen, ist nichts Ungewöhnliches auszumachen. Nichts, was mein unruhiges Gefühl erklären könnte. Ich verlangsame meine Schritte und achte darauf, dass mir niemand zu nahekommt. Mit flauem Magen verstaue ich meine Tasche auf dem Beifahrersitz, dann umrunde ich das Auto, um einzusteigen.

„Himmel!" Erschrocken zucke ich zusammen.

Mein Atem kommt ächzend und ich starre mit aufgerissenen Augen und den Händen vorm Mund auf den Audi. Es trifft mich wie ein Schock und sekundenlang bin ich wie gelähmt. Die komplette Fahrerseite ist beschädigt. Mehrere breite Kratzer, beginnend vom Heckflügel über die Seitenwand und die Fahrertür bis hin zum Kotflügel. Die Schrammen sind so tief, dass das blanke Metall zwischen dem schwarzen Lack aufblitzt. Ängstlich nähere ich mich der Fahrertür und schaue gezielt auf die Stelle unterhalb des Türschlosses. Das Symbol des Amuletts sticht mir regelrecht in die Augen. Das Zeichen der Childshair, tief und unübersehbar eingekratzt.

„Hallo?" Eine Frau mit einem kleinen Mädchen an der Hand steht einige Meter entfernt und mustert mich. „Ist alles in Ordnung?"

Ich muss getaumelt sein, sodass sie auf mich aufmerksam wurde.

„Wie ... oh ja, danke. Ich bin gestolpert", lüge ich.

Ich versuche zu lächeln und warte, bis die Frau weitergegangen ist. Dann fische ich mit zitternden Händen nach meinem Telefon und drücke Collins Nummer. Augenblicklich ist es mir gleichgültig, wo er sich gerade befindet. Ich muss wissen, ob es ihm gut geht! Mir kommt es vor, als würde es endlos lange dauern, bis das Freizeichen ertönt und endlich jemand rangeht.

„Hallo, Josi", kommt Dirks heitere Stimme aus dem Handy. „Du hast Glück! In fünf Minuten sind wir im Flieger, dann hättest du uns nicht mehr erreicht."

„Dirk, wo ist Collin?"

In meiner Stimme schwingt hörbar Panik mit, obwohl ich versuche, möglichst ruhig und verständlich zu sprechen. Doch Dirks Antennen schlagen prompt an. Er weiß sofort, dass etwas nicht in Ordnung ist.

„Was ist los, Josi? Collin steht neben mir. Er telefoniert, daher ging dein Anruf an mich weiter", erklärt er schnell. „Rede schon, was ist passiert?"

„Der Wagen! Collins Auto, es ... es ist auch zerkratzt! Und ... und er hat das Zeichen auf der Tür. Genau wie meiner", plappere ich durcheinander.

„Josi, ganz langsam!", raunt Dirk beruhigend, dabei entgeht mir seine eigene Aufregung nicht. „Sag mir nur, ob dir etwas passiert ist?"

„Nein! Nein, mir nicht. Nur das Auto. Die ganze Fahrerseite ist zerkratzt."

Ich höre, wie Dirk im Hintergrund mit jemandem redete. Dann ist Collin am Telefon.

„Amy, ist alles in Ordnung mit dir?", erkundigt er sich sofort.

„Ja, mit mir ist nichts", versichere ich schnell. Ihn zu hören, tut gut, dennoch überschlagen sich meine Gedanken. „Dein Wagen - Collin, ich habe ordentlich geparkt! Und ... und als ich rauskomme, ist die komplette Seite zerkratzt. Es ... es tut mir leid! Collin, bist du okay?"

„Hör zu, Amy!" Er holt tief Luft und redet dann ruhiger aber eindringlich auf mich ein. „Wenn es dir gut geht und du glaubst, fahren zu können, dann steige ein und fahre nach Hause. Mir geht es gut. Bitte, Amy, fahr direkt in deine Wohnung zurück! Es ist belanglos, wie der Wagen aussieht. Hauptsache, dir ist nichts passiert! Ich melde mich, sobald wir in München gelandet sind, alles klar?"

„Ja, ist gut. Bis später dann." Widerwillig, aber nicht mehr ganz so verkrampft, lege ich auf und wispere ein leises „Guten Flug" vor mich hin. Einen Moment zögere ich noch, dann steige ich ein. Ich starte gerade den Wagen, als erneut mein Handy klingelt.

„Rausch?" Ohne auf die Nummer zu achten, gehe ich ran.

„Süße, wo bist du?", poltert mir Saras aufgeregte Stimme entgegen.

„Oh gut, du bist es", seufze ich erleichtert. „Ich mache mich gerade auf den Nachhauseweg. Was gibt's?"

„Das wollte ich dich fragen! Dirk hat gerade angerufen, während du mit Collin telefoniert hast. Josi, was ist passiert?"

In knappen Sätzen und möglichst sachlich gebe ich ihr die Ereignisse der letzten Minuten wieder. Sobald Dirk sein Handy an Collin weitergereicht hatte, rief er bei Sara an. Er wollte wissen, ob bei ihr und Lukas etwas Ungewöhnliches vorgefallen sei.

„Mir ist nichts passiert", versichere ich Sara fest. „Ich fahre nach Hause und stelle den Audi in die Tiefgarage. Fertig, aus!"

„Bitte ruf an, wenn du in deiner Wohnung bist", fordert sie und wird leiser. „Ich muss mit dir über Lukas´ Geburtstag reden."

In meinen Ohren klingt Saras Bitte einen Tick zu bedrückt, als dass sie nur den Wochenendablauf klären möchte. Trotzdem entscheide ich, erst später in Ruhe mit ihr zu telefonieren und mit einem rasch genuschelten „Bye, bis später", fahre ich los.

Eine knappe Stunde später parkt der TT in der Tiefgarage, die Schwimmsachen hängen im Bad zum Trocknen und ich hocke mit einem doppelten Espresso und meinem Telefon in der Hand auf der Couch.

„Hallo Süße!", meldet sich Sara schon nach dem ersten Läuten. „Bist du gut zu Hause angekommen?"

„Alles bestens. Leg los, was ist mit Lukas´ Geburtstag? Deiner Erwähnung nach, schwelgst du nicht gerade in ekstatischer Hochstimmung."

„Nein, nicht wirklich." Sara schnaubt leise und ich sehe sie geknickt und mit hängenden Schultern vor mir. „Über Lukas´ Euphorie, mit dir aufs Oktoberfest zu gehen, und meine eigene Freude auf das kommende Wochenende, habe ich eine Sache glatt vergessen. Weißt du noch, wer sich einmal im Jahr, immer pünktlich zu Lukas´ Geburtstag meldet?"

„Oh, Shit!", entfährt es mir.

„Ganz genau!", seufzt sie niedergeschlagen. „Der liebe Peter hat sich angedroht."

„Pah! Der ehrwürdige Herr Papa gibt sich mal wieder die Ehre", spotte ich bissig. „Aber Lukas´ Geburtstag ist am

Samstag. Heißt das, ihr kommt nicht? Nur wegen Peter? Der bleibt doch nie länger als eine Stunde!"

„Josi, langsam", lenkt Sara ein. „Peter weiß Bescheid, dass er Lukas nur morgen Nachmittag sehen kann. Am Samstag sind wir definitiv nicht da!"

„Du kannst ihm wohl kaum verbieten, Lukas an seinem Geburtstag zu besuchen, oder?", erkundige ich mich zaghaft.

„Ich will es ihm gar nicht verbieten!", erklärt sie entschieden. „Auch wenn ich inzwischen froh bin, dass Peter uns im Großen und Ganzen in Ruhe lässt, er ist und bleibt Lukas´ Vater! Eventuell fahren wir eine Stunde später als geplant, nur ...", Sara wird leiser und beginnt zu kichern, „hältst du es für ratsam, dass Dirk uns wie geplant abholen kommt?"

Wir prusteten lauthals los.

„Oh nein, auf keinen Fall!", kichere ich und schüttle heftig den Kopf. „So wie Peter jedes Mal auf mögliche Nebenbuhler reagiert, wäre das echt nicht zu empfehlen."

„Richtig, Josi, so sehe ich das auch."

„Dann verrate mir doch mal, wie du Dirk klar machen willst, dass er dich und Lukas morgen NICHT abholen soll?" Der nächste Platzhirsch taucht vor meinem inneren Auge auf. „Wenn Dirk den Braten riecht, und das wird er, tut er sicher sehr Verständnisvoll. Dafür steht er dann noch eine Stunde früher vor der Tür!" Allein die Vorstellung, wie Dirk und Peter aufeinandertreffen, ist erschreckend, trotzdem kichern wir erneut los.

„Hör auf, Josi", japst Sara schließlich. „Sag mir lieber, was ich machen soll!"

„Bleibe bei den Tatsachen. Du hast ohnehin keine andere Wahl", schlage ich vor. „Vielleicht erledigt sich das Ganze ja von selbst. Dirk und Collin waren einen Tag länger in Rom, als geplant. Und im House-Club laufen ebenfalls die

Oktoberfesttage. Möglicherweise schafft er es gar nicht, nach Garmisch zu kommen."

„Hoffentlich hast du recht", brummt Sara. „Ich gebe dir morgen per SMS Bescheid, sobald wir losfahren. Dann hast du eine ungefähre Zeit, wann wir eintreffen."

„Prima, Süße. Gib meinem Lieblingsneffen einen dicken Kuss, und wir sehen uns morgen." Damit verabschiede ich mich.

Eine halbe Stunde später geht ein Anruf ohne Nummer bei mir ein.

„Hallo?", melde ich mich zaghaft.

„Amy, ich bin's", höre ich Collins vertraute Stimme und mein Herz setzt einen Moment aus.

„Hey, seid ihr schon in München?"

„Gerade gelandet. Bist du gut zu Hause angekommen?" Er klingt noch immer besorgt.

„Ja, das Auto steht auf meinem Stellplatz. Collin, es tut mir leid", entschuldige ich mich zerknirscht. „Ich hätte deinen Wagen in der Garage lassen sollen. Aber ich ..."

„Hör sofort mit diesem Blödsinn auf!", unterbricht er mich entschieden. „Vergiss nicht, dass dein Polo wegen mir in der Werkstatt steht, und nicht umgekehrt! Also spar dir diesen Mist! Ist das klar?!"

„Ja, Papa. Vollkommen klar", gebe ich brav zurück und verkneife mir ein Kichern.

„Amy, bitte, ich meine es ernst", brummt er, allerdings viel gelassener. „Nimmst du es mir sehr übel, wenn ich es heute nicht mehr schaffe, zu dir zu kommen?"

„Ja, sehr!", tue ich übertrieben beleidigt und fange erneut an zu kichern. „Collin, ich vermisse dich! Dennoch werde ich es überleben und es gerade noch bis morgen schaffen. Erzählst du mir wenigstens, wie es in Rom war? Steht der Vatikan noch, oder hast du den Neubau schon veranlasst?" Endlich habe ich es geschafft, Collins Besorgnis zu bezwingen und ihm ein Lachen zu entlocken.

„Amy, ich liebe dich", seufzt er sanft. „Es war super stressig. Doch um zu vermeiden, dass wir aus dem Rennen sind, bevor wir richtig angefangen haben, müssen wir heute noch unsere abschließende Präsentation beginnen. Ich bin todmüde, aber ein paar Stunden Arbeit stehen uns noch bevor."

„Gut, dann hätte ich einen Vorschlag für euch!" Mir kommt Saras Anruf in den Sinn. „Dirk soll Sara Bescheid gegeben, dass sie morgen selbst mit Lukas nach München fährt. Erstens war es ohnehin so geplant, und zweitens habt ihr dann zeitlich mehr Luft. Sobald ihr unser Geschnatter ertragen könnt, meldet ihr euch. Dann lässt sich immer noch entscheiden, wie es fürs Wochenende aussieht."

Ich höre Collin mit Dirk diskutieren, der mürrisch brummt. Letztendlich gibt Dirk sich aber geschlagen und willigt ein. Inzwischen sind die beiden über 36 Stunden wach, und bis sie heute ins Bett kommen, sollten noch einige Stunden vergehen. Grund genug, nicht binnen Kürze erneut hinterm Steuer zu sitzen.

Saras SMS erreicht mich zwanzig nach vier am Nachmittag. Gegen vier wird sie mit Lukas nach München starten. Also werde ich es heute den meisten meiner Kollegen gleichtun und meine Gleitzeit ausnutzen, um an diesem Freitag zeitiger als gewohnt ins Wochenende zu starten. Kurz nach 16 Uhr packe ich meine Tasche und schalte den Rechner an meinem Arbeitsplatz aus. Gut gelaunt schlendere ich Richtung Ausgang.

„Frau Rausch, haben Sie noch einen kurzen Moment Zeit?" Mein Chef kommt mir bis in den Fahrstuhl nachgelaufen. „Kommen Sie bitte mit in mein Büro."

Ohne eine Antwort abzuwarten, macht er kehrt und geht voraus. Im Türrahmen seines Büros bleibt er stehen und bittet mich mit einer Handbewegung hinein. Zögernd gehe ich an ihm vorbei und bleibe abwartend im Zimmer stehen. Er schließt die Tür hinter uns und bietet mir mit einem weiteren Wink einen Platz vor seinem Schreibtisch an. Mit flauem Gefühl im Magen setze ich mich und schaue Herr Keinbach erwartungsvoll an. Mein Chef hingegen blickt beharrlich auf den Boden und stapft unentschlossen im Zimmer umher. So sehr ich auch meine grauen Zellen durchforste, ich habe nicht die geringste Ahnung, warum ich hier bin. Dabei fühle ich mich, als säße ich auf der Anklagebank.

„Frau Rausch", beginnt er nervös und sackt in den zweiten Besucherstuhl neben mir, statt hinter seinem Schreibtisch Platz zu nehmen. „Da Sie bereits auf dem Weg ins Wochenende sind, möchte ich Sie nicht lange aufhalten." Er räuspert sich. „Frau Rausch, ich habe erfahren, dass Sie sich intern auf eine andere Stelle beworben haben, ist das richtig?", bemerkt er und sieht dabei unbeirrt auf seine Hände.

„Da Sie mich so direkt danach fragen, ja, das habe ich", gestehe ich ehrlich. „Auf die Stelle der Stadtmarketing-Assistentin. Die gleiche Position, auf die ich mich bereits vor drei Jahren beworben habe, als ich hier anfing. Damals wurde sie zwar öffentlich ausgeschrieben, anschließend jedoch intern neu besetzt."

„Das ist richtig, Frau Rausch, ganz richtig", spricht er weiter, ohne aufzusehen. „Nun, ich weiß natürlich, allein durch die zeitweise Krankenvertretung, die Sie in diesem Bereich bereits getätigt haben, dass Sie sich gut für diese Stelle eignen würden! Mit Herrn Hanisch, dem Sie während dieser Zeit unterstellt waren, habe ich ebenfalls gesprochen. Er äußerte sich nur positiv über Ihre Arbeit ..."

„Aber?", unterbreche ich ihn unhöflich. Inzwischen habe ich eine ungefähre Ahnung, worauf dieses Gespräch hinausläuft, und ich bin nicht gewillt, mir länger irgendwelche Ausreden anzuhören. „Warum erhalte ich die Stelle nicht?"

„Ich merke, Sie wissen bereits, was ich Ihnen mitteilen soll. Es tut mir leid, Frau Rausch. Ich wäre zwar enttäuscht, Sie in meiner Abteilung zu verlieren, schließlich schätze ich Ihre Arbeit ebenfalls. Aber die gehobenere Stellung hätte ich Ihnen natürlich gegönnt! Gerade da ich weiß, dass Sie eigentlich aus dem Bereich Stadtmarketing kommen." Nun blickt er mich entschuldigend an.

„Können Sie mir wenigstens sagen, warum ich die Stelle nicht erhalten habe und wer das Rennen gemacht hat?", frage ich mit zunehmend erstickter Stimme.

„Warum man Sie nicht berücksichtigt hat, entzieht sich meiner Kenntnis", erklärt er bedauernd. „Ich habe selbst keine nähere Auskunft erhalten. Die Stelle ging jedoch an Frau Münster."

„Was?", keuche ich. „An Lisa?" Mit einem Satz bin ich auf den Beinen. „Oh ... ähm, gut. Also ... dann wünsche ich ihr dafür alles Gute", lüge ich unverkennbar. „Wenn das alles ist, Herr Keinbach, würde ich jetzt gerne gehen."

Mein Chef nickt rasch und steht ebenfalls auf. „Ihnen trotzdem ein schönes Wochenende. Bis Montag, Frau Rausch."

In weniger als einer Minute verlasse ich die Firma, was gut ist, da ich es kaum noch schaffe, die Tränen aus Wut und Enttäuschung länger zurückhalten. Während ich in der U-Bahn-Station auf meine Verbindung warte, geht mir nur eins durch den Kopf: Lisa, ausgerechnet Lisa! Sie ist sicher die ungeeignetste Person für diesen Posten. Wieso ausgerechnet Lisa? Und wieso bewirbt sie sich überhaupt auf diese Stelle? Nach weiteren 25 Minuten schließe ich meine Wohnung auf.

Noch immer verärgert und frustriert gehe ich hinein und schiebe achtlos die Tür hinter mir zu. Doch bevor sie ins Schloss klickt, drückt von außen jemand dagegen.

„Halt, warte, darf ich mit rein?"

Erschrocken fahre ich herum und Collins strahlend blaue Augen funkeln mir entgegen.

„Wo kommst du denn so plötzlich her?", krächze ich noch, dann folgt ein ausgewachsener Heulkrampf.

Collin starrt mich überrascht an, kickt die Tür zu und fängt mich auf. Einen Moment lang hält er mich wortlos fest, dabei streicht er mir sachte über den Rücken. Schließlich hebt er mich an, trägt mich zur Couch und lässt uns gemeinsam darauf sinken. Ich kauere zusammengesunken auf seinem Schoß und schluchze.

„Amy, was ist denn los?", erkundigt er sich sanft. „War ich tatsächlich so lange weg, dass du vor Sehnsucht schon in Tränen ausbrichst?"

Für den Versuch, mich aufzuheitern, bringe ich ihm ein scheues Lächeln entgegen und ein weiteres Mal zieht er mich fest an sich. Ich schmiege mich dankbar in seine Umarmung und spüre, wie seine Nähe mich beruhigt. Mit einem letzten holprigen Durchatmen setze ich mich auf. Collin neigt den Kopf und hebt abwartend die Brauen. Ein einziger Blick in seine Augen reicht und ich platze ohne Umschweife mit der Unterredung bei meinem Chef heraus.

„Hm", brummt Collin anschließend. „Gegen diese Entscheidung lässt sich doch sicher etwas tun!"

Ich runzle die Stirn. Offensichtlich ist gerade der Jurist in ihm erwacht.

„Das glaube ich kaum. Mein Chef konnte mir nicht einmal sagen, wer genau die Stelle vergeben hat. Nur, dass Lisa den

Posten erhält. Diese bescheuerte Kuh!", schimpfe ich zum wiederholten Mal.

„Wahrscheinlich stellen sie schnell fest, dass sie den falschen Entschluss getroffen haben!"

„Ach was, dann müsste doch jemand einen Fehler eingestehen", erwidere ich enttäuscht. „Einer solchen Blöße gibt sich in unserer Firma niemand hin."

Leise seufzend nimmt Collin mein Gesicht in seine Hände. Magisch ziehen mich seine stahlblauen Augen in ihren Bann. Alles andere ist plötzlich unwichtig. Er kommt mir entgegen und wir küssen uns, erst zärtlich, dann immer begieriger. Unverzüglich reagieren unsere Körper und ich erwidere sein leidenschaftliches Drängen. Der Druck unter mir nimmt merklich zu und seine Lippen verziehen sich zu einem verschmitzten Grinsen.

„Ausgeschlafen?", hauche ich ihm ins Ohr.

Er nickt sacht und mit einem Ruck liege ich neben ihm auf der Couch.

„Für dich brauche ich keinen Schlaf", raunt er heiser und beugt sich über mich.

„Mach schnell, Ian!", bettle ich atemlos. Mein Körper steht bereits in lodernden Flammen.

„Worauf du dich verlassen kannst."

Ich komme gerade aus dem Bad, als Dirk mit Sara und Lukas im Schlepptau eine halbe Stunde später vor der Wohnungstür steht.

„Das ist doch kein Zufall, oder?", wende ich mich an Sara, die mir ins Schlafzimmer folgt. Ich gehe nicht davon aus, dass sich die drei zufällig auf der Straße getroffen haben.

„Nein, kein Zufall", lacht sie. „Dirk hat mich angerufen, als ich gerade auf der Autobahn war. Wir haben uns vorab getroffen und unsere Sachen zu ihnen nach Hause gebracht. Angeblich wollte Collin dich auch abholen! Scheint, als sei etwas dazwischengekommen!" Sie grinst frech und klimpert kokett mit den Wimpern.

„Schon möglich", gebe ich unschuldig zum Besten.

Unsere Männer haben entschieden, auf das lästige Pendeln zwischen meiner Wohnung und ihrem Haus verzichten zu wollen. Sehr praktisch, wie ich finde. Also packe ich rasch ein paar Sachen zusammen, um das Wochenende im Loft zu verbringen.

„Was ist mit dem Audi in der Tiefgarage?", erkundige ich mich bei Collin, während ich meine Wohnungstür abschließe.

„Lass ihn stehen. Ich nehme ihn beim nächsten Mal mit. Hier!" Collin hält mir seinen Schlüssel entgegen. „Fährst du bitte mit Sara in meinem Wagen! Ich steige zu den Männern nach vorne. Sorry - Arbeit", erklärt er und seufzt.

„Aha!" Skeptisch drehe ich den Anhänger zwischen den Fingern. „Und was fährst du momentan?" Schließlich steht der TT auf meinem Stellplatz.

„Etwas Kleines und Unauffälliges", flüstert er und zwinkert geheimnisvoll.

Vorm Haus wartet bereits Sara mit Dirk, der gerade Lukas in seinem Kindersitz anschnallt. Wie vereinbart fährt Collin mit Dirk und Lukas, und Sara kommt zu mir. Das kleine unauffällige Auto entpuppt sich als ein weiteres Werbefahrzeug des House-Club. Nur die Farbe ist eine andere. Das baugleiche Modell in Weiß mit schwarzem Logo und Aufschrift kenne ich bereits. Mit diesem sind die Männer vor uns unterwegs. Sara und ich sitzen nun in einem schwarzen Q7 mit weißer Werbung.

„Hast du schon einmal erlebt, dass so viele Leute sich nach dir umdrehen, wenn du mit dem Wagen unterwegs bist?", staunt Sara, als wir das erste Stück durch die Innenstadt fahren.

„Träume weiter, Süße." Ich kichere und schüttle verständnislos den Kopf. „Die gaffen auf die Werbung!"

„Ach, da wäre ich nie von selbst draufgekommen!", tönt Sara und versieht mich mit einem entrüsteten Seitenblick.

Während wir uns im Schneckentempo durch die Münchner Straßen bewegen, fällt mir auf, dass Sara abwesend vor sich hin lächelt.

„Was gibt's denn so Erfreuliches, Schwesterchen?" Ihr Grinsen ist ansteckend.

„Mir ist Lukas´ Reaktion gerade eingefallen, die er zum Besten gab, als wir eben in deiner Wohnung eingetroffen sind" Sie lächelt nervös und errötet prompt. „Lukas wusste bisher nur, dass Dirk einen Bruder hat."

„Stimmt!", pflichte ich ihr bei. „Er kannte Collin ja noch gar nicht!"

„Dirk hatte Lukas auf dem Arm, als wir in deiner Wohnung auf Collin gestoßen sind." Saras Gesicht ist inzwischen puterrot. „Lukas hat die beiden erst stumm in Augenschein genommen. Als Collin sich dann mit demselben strahlenden Gesicht bei ihm vorgestellt hat, wie Dirk das zu Hause getan hat, dreht sich Lukas prompt zu mir um und fragt, wann er endlich einen Bruder bekommt."

Ich pruste lauthals los.

„Du Arme!", lache ich. So wie ich Sara kenne, wäre sie vor Scham am liebsten im Erdboden versunken. „Was hast du ihm denn geantwortet?"

„Ich habe ihm gesagt, dass mir ein Mädchen lieber wäre!", strahlt Sara. „Schon war das Thema erledigt."

„Und wie hat Dirk reagiert?" Darauf bin ich noch mehr gespannt.

Sara sieht mich verlegen von der Seite her an und abermals schießt ihr die Farbe ins Gesicht.

„Ein breites Grinsen und die gelassene Info: Ich nehme beides!"

Im Fahrzeug davor gehen Dirk und Collin derweil zum Tagesgeschäft über. Kurz vor ihrer Abreise nach Rom hatten sie den Wink bekommen, dass es sich bei diesem Auftrag um ein wichtiges Projekt mit weitreichenden Reverenzen handelt. Vorausgesetzt natürlich, sie erhalten den Zuschlag. Dies ist durchaus noch nicht geklärt, da vor Ort erst die Anforderungen, Kundenwünsche und Örtlichkeiten mitgeteilt wurden. Davon abgesehen setzt der Auftraggeber einen äußerst kurz bemessenen Zeitrahmen voraus. Aus diesem Grund erwartete der Kunde binnen 24 Stunden eine erste Ausarbeitung oder einen groben Plan, was Dirk und Collin zwang, einen Tag später nach München zurückzufliegen. Obendrein soll das endgültige Konzept nun möglichst zeitnah vorgelegt werden. Daher haben die beiden gestern noch weitere vier Stunden in ihrem Büro daheim gearbeitet.

Kaum startet Dirk den Wagen, da läutet auch schon das Telefon. Mit einem Blick aufs Display erkennt Collin die Nummer ihres Büros und geht ran.

„Hallo Melanie, was gibt's?", spricht er Dirks Assistentin direkt an.

„Guten Tag Collin. Vor wenigen Minuten haben die italienischen Kunden angerufen. Sie erbitten dringen Ihren Rückruf. Scheinbar soll diese Woche noch die Auftragsvergabe entschieden werden und sie bestehen auf einem abschließenden Präsentationstermin."

„Was?", platzt Dirk dazwischen und wirft Collin mit aufgerissenen Augen einen Blick zu. „Melanie, hat man Ihnen mitgeteilt, wann und wo die Präsentation stattfinden soll?"

„Sie wollen zu uns kommen. Bezüglich der Terminabsprache habe ich ihnen einen Rückruf zugesagt, sobald ich mit Ihnen sprechen konnte. Wenn Sie mir einen Termin nennen, erledige ich das."

„Nein, Melanie, das machen wir von hier aus", entscheidet Dirk. „Die Nummer unseres Ansprechpartners habe ich dabei. Danke und ein schönes Wochenende."

Collin wählt vom Handy aus bereits die Nummer des italienischen Kunden. Nach kurzem Gespräch ist man sich einig, dass die abschließende Präsentation am morgigen Samstag um 14 Uhr stattfindet.

„Weißt du, was das heißt?", seufzt Dirk, sobald sein Bruder das Gespräch beendet hat.

„Noch ganz viel Arbeit", stöhnt Collin und reibt sich mit der Hand übers Gesicht. Anschließend dreht er sich zu Lukas um, der hinter ihm auf dem Rücksitz thront. „Du bist mir dahinten viel zu still, weißt du das? Alles okay bei dir?", erkundigt er sich und strahlt den Kleinen an.

„Mama sagt, ich soll nicht reinreden, wenn jemand telefoniert!", verkündet Lukas mit erhobenem Zeigefinger. „Aber ich mach's trotzdem manchmal", gluckst er und hält sich eilig den Mund zu.

„Lukas, du bist super! Bleib so – hörst du?", lacht Dirk und zwinkert dem Jungen über den Rückspiegel zu.

„Also …" Schnaubend greift Collin ihre geschäftliche Unterhaltung wieder auf. „Wie weit sind wir bis jetzt?"

„Deine Pläne und die Kostenrechnung stehen grob, und die Erstkalkulation kann mit den endgültigen Zahlen überarbeitet werden", beginnt Dirk zusammenfassend. „Eine extreme Veränderung ist ausgeschlossen, sonst passt es nicht zu den bereits vorgelegten Entwürfen."

„Gut, fehlt nur noch die endgültige Präsentation. Ich hoffe das schaffen wir heute Nacht", murmelt Collin leise.

„Ein anderer Punkt beunruhigt mich mehr als unsere Präsentation", knurrt Dirk. „Warum muss es plötzlich so schnell gehen? Denke an den Hinweis, den wir erhalten haben: dass bei diesem Projekt noch einiges mehr dahinterstecken soll. Der Auftrag wäre eine erstklassige Referenz und außerdem ein riesiger Dorn im Auge der alten Childshair-Anhänger."

„Und der beste Einstieg in unsere eigene Liga!", ergänzt Collin, ohne zu zögern.

Kurz nach sieben sitzen wir gemeinsam am Küchentresen beim Abendessen. Lukas gähnt permanent und bei den letzten Bissen kämpft er schwer gegen den Schlaf. Um zu verhindern, dass er versehentlich vom Hocker rutscht, nimmt Dirk ihn sachte auf den Schoß. Nach weiteren fünf Minuten hängt Lukas angekuschelt in Dirks Armen und schlummert. Während Collin und ich das Geschirr wegräumen, bringen Sara und Dirk den Kleinen nach oben in Dirks Schlafzimmer. Zu gerne würde ich es Lukas gleichtun. Mich an Collin anschmiegen und einfach in seinem Arm einschlafen. Das Haus strahlt eine solche Ruhe und Sicherheit aus, dass ich wahrscheinlich in kürzester Zeit in Tiefschlaf versinken würde. Offensichtlich liest mir Collin meine Gedanken und Wünsche schon im Gesicht ab. Er dirigiert mich zu der riesigen Wohnlandschaft hinüber, lässt sich auf eine cremefarbene Couch fallen und zieht mich neben sich. Genüsslich schmiege ich mich in seine Arme und schließe ein paar Sekunden die Augen. Kaum zehn Minuten später kommen Sara und Dirk wieder von der Galerie herunter und gesellen sich zu uns.

„Ist Lukas noch einmal aufgewacht?", erkundige ich mich bei Sara, die mit einem glücklichen Lächeln den Kopf schüttelt.

„Er liegt mit einem solch zufriedenen Gesichtsausdruck im Bett, wie ich es schon lange nicht mehr bei ihm gesehen habe."

Sie seufzt selig und sinkt neben Dirk auf das Sofa gegenüber.

„Kaum zu glauben, nach diesem verpatzten Nachmittag."

Den letzten Satz hatte sie eher beiläufig zu sich selbst gemurmelt, dennoch entging er keinem von uns.

„Wieso verpatzter Nachmittag?", reagieren Dirk und ich gleichzeitig.

Sara wird sofort verlegen. Sie kaut auf ihrer Unterlippe und hantiert nervös an ihren Fingern herum. Unverzüglich hebt Dirk ihr Gesicht an und beäugt sie fragend.

„Was war los?", erkundigt er sich erneut.

Sara holt Luft und wirft mir einen unsicheren Blick zu.

„Lukas' Vater taucht einmal im Jahr zu seinem Geburtstag auf. Ausnahmsweise hat er sich dieses Mal vorher telefonisch angemeldet. Daher wusste er, dass er Lukas nur heute antrifft."

Dirks Miene verfinstert sich. Sein mürrischer Blick verrät eindeutig, dass ihm etwas nicht passt, doch er äußert sich nicht.

„Josi, du kennst Peter", richtet sich Sara an mich. „Besonders einfühlsam kann man ihn nicht nennen."

„Gewiss nicht, nein!", stimme ich Sara kopfschüttelnd zu.

„Jedenfalls, sobald Peter in der Tür stand, hat Lukas ihm direkt zu verstehen gegeben, dass er seinen Geburtstag dieses Jahr nicht nur mit Mama und Tante Josi verbringt. Stattdessen ...", Sara schluckt und sieht beschämt auf ihre Finger, „stattdessen geht er mit Papa und Onkel Collin aufs Oktoberfest!" Zerknirscht und mit zusammengepressten Lippen wirft sie Dirk einen Seitenblick zu, dessen Miene sich schlagartig aufhellt. Alles Weitere versinkt in lauthalsen Prusten.

„Das ist Klasse!", lacht Collin begeistert. „Lass mich raten: Das Fass ist übergelaufen!"

„Und ob!", gesteht Sara. „Peter wurde sofort laut, und letztlich haben Mama und ich ihn rausgeschmissen. Aber Lukas war danach ziemlich durcheinander und hat sich nur langsam wieder beruhiget."

„Na, welch ein Glück, dass Papa Dirk nicht auch noch als Chauffeur vor der Tür stand!", foppt Collin.

Dirk hingegen strahlt übers ganze Gesicht. Mit einem seufzenden „Schade!" und einem gelassenen Achselzucken gibt er Sara rasch einen Kuss.

Bei der nächsten Espresso-Runde kommt Dirk erneut auf Lukas zu sprechen.

„Verfallen Mamis zum Geburtstag ihrer Sprösslinge nicht alljährlich in Wehmut und erzählen, wie es war, als der Nachwuchs das Licht der Welt erblickte?" Erwartungsvoll schaut er Sara an, die bei dieser Erwähnung regelrecht zusammenzuckt.

„Das war nicht ganz so schön", antworte ich und werde dafür mit einem bösen Blick meiner Schwester bestraft.

„Prima, jetzt will ich es erst recht wissen!" Neugierig dreht sich Dirk nach vorne und nimmt nun mich ins Visier.

„Josi, hör auf!", brummt Sara. „Wie man sieht, ist alles gut gegangen."

Wahrscheinlich denkt sie, das Thema damit zu beenden. Nur kennt sie die Beharrlichkeit unserer Männer noch nicht!

„Tja, Pech Süße", mischt sich Collin nun ein. „Schieß los, Amy. Wir sind ganz Ohr!"

Sara verschränkt die Arme vor der Brust und sinkt ins Polster zurück. Abwartend hebe ich die Augenbrauen und schließlich erteilt sie mir mit einem knappen Achselzucken die Freigabe.

„Ich mach es kurz", schiebe ich vorweg. „Sara und Lukas wären bei der Geburt beinahe draufgegangen. Und das wäre dann voll auf das Konto des lieben Peter gegangen!", verkünde ich hart und schaue dabei unentwegt in Saras verbissenes Gesicht.

„Wieso das denn?", hakt Collin nach, während Dirk leise ein „Der Typ wird mir mit jeder Minute unsympathischer" knurrt.

„Nun …", ich zögere kurz. Sara sitzt unverändert da, entspannt sich jedoch sichtlich, als Dirk ihr den Arm um die Schultern legt. „Sara war bereits mehr als eine Woche über dem errechneten Geburtstermin. Da sollte man denken, dass die werdenden Eltern auf alle Anzeichen achten und direkt ins Krankenhaus fahren, sobald sich etwas tut. Der nette Peter hingegen hat es vorgezogen, an diesem Abend, ohne Vorankündigung, auf eine Junggesellenabschiedsfeier zu verschwinden. Wenn er zuvor wenigstens Bescheid gesagt hätte, dann wäre ich bei Sara geblieben. Aber nein!" Meine Aversion gegen Lukas´ leiblicher Vater ist nicht zu überhören. „Nachts haben die Wehen eingesetzt und Sara war allein. Wie oft hast du versucht, Peter zu erreichen, bevor du mich angerufen hast?", richte ich mich an sie, obgleich ich die Antwort natürlich kenne.

„Mindestens zehn Mal binnen der ersten Stunde", gesteht sie leise.

„Als sie dann endlich bei mir anrief, konnte sie vor Schmerzen kaum noch reden", berichte ich weiter. „Ich habe den Notruf verständigt und war binnen zehn Minuten bei ihr. Der Krankenwagen kam zwei bis drei Minuten nach mir an. Glücklicherweise hatte ich einen Zweitschlüssel. Denn als ich eintraf, lag Sara bewusstlos am Boden, inmitten einer großen Blutlache. Ein Anblick wie im besten Krimi im Fernsehen."

Saras Gesichtszüge werden allmählich weicher und sie bedankt sich mit einem scheuen Lächeln.

„Beim Eintreffen im Krankenhaus hatte sie bereits zwei Liter Blut verloren. Außerdem waren von Lukas keine Herztöne mehr zu hören. Somit hat er per Not-OP und direktem Abtransport in die nächste Kinderklinik das Licht der Welt erblickt." Mit einem tiefen Seufzer beende ich meinen Bericht.

„Puh", raunt Collin und runzelt die Stirn. „Kein Wunder, dass du dich daran nicht gerne erinnerst."

„Und wann ist dieser Peter aufgetaucht?", grollt Dirk und schüttelt fassungslos den Kopf.

„Man hat ihn am nächsten Tag aus der Ausnüchterungszelle entlassen", murmelt Sara kleinlaut. „In die Klinik kam er dann erst am Abend darauf."

Sara schämt sich, dies zu erzählen. Und der rasche Augenkontakt zwischen den Männern verdeutlicht, dass sie mein Wissen darüber teilen. Collin reagiert, indem er gekonnt zu einem belangloseren Thema übergeht. Eine halbe Stunde später verabschieden sich die Hausherren schließlich in ihr Büro, um die Arbeit für den morgigen Termin fertigzustellen.

„Falls ihr noch ausgehen wollt, nehmt euch aus dem Zimmer da vorne einen Autoschlüssel", bietet Dirk an. „Im Club ist heute Livemusik. Ich gebe gern Bescheid, dann könnt ihr zum Hintereingang rein."

Nach kurzer wortloser Verständigung, lehnen wir das Angebot ab.

„Danke, aber wir genehmigen uns lieber hier noch etwas zum Trinken und quatschen ein bisschen", entscheide ich, dabei unterdrücke ich ein Gähnen.

„Außerdem steht Lukas morgen bestimmt um sechs auf der Matte und will sein Geburtstagsgeschenk aufmachen." Auch Sara reibt sich bereits die Augen.

Nach zwei Gläsern Martini und einem Gespräch über alles Mögliche, verschwinden Sara und ich gegen elf Uhr ins Bett. Als Collin sich leise zu mir legt, ist es halb drei in der Früh. Ich blinzle verschlafen und kuschle mich in seinen Arm, während er mir sachte auf die Stirn küsst.

Die tägliche Gewohnheit, um sechs Uhr aufzustehen, veranlasst meine innere Uhr, dies am Wochenende auch annähernd zu tun. Kurz vor halb sieben schlage ich die Augen auf und stelle fest, dass ich allein im Bett liege. Noch leicht verschlafen und nur mit T-Shirt und Slip bekleidet, mache ich mich auf die Suche nach Collin. Nach kurzem Umsehen finde ich ihn oben in seinem Arbeitszimmer. Frisch geduscht, mit schwarzer Hose und einem cremefarbenen Hemd bekleidet, steht er an seinem Schreibtisch und blickt kritisch auf einen riesigen Computermonitor. Als er mich im Türrahmen bemerkt, ändern sich seine Gesichtszüge und er beginnt zu lächeln.

„Guten Morgen, Amy, gut geschlafen?", erkundigt er sich und bittet mich mit einem Wink zu sich.

Ich nicke zustimmend und gehe auf ihn zu. Nach einem ausgedehnten Kuss schaue ich Collin in seine noch müden Augen.

„Wenn du diesen Schlafrhythmus beibehältst, wirst du auf Dauer wohl kaum gut arbeiten können", stelle ich fest und hoffe, nicht allzu tadelnd geklungen zu haben.

„Glaube mir, das war so auch nicht gedacht." Er seufzt und fängt prompt an zu gähnen. „Vielleicht hält die Nacht zum Sonntag ja etwas mehr Schlaf bereit. Wieso bist du schon auf?"

„Meine innere Uhr und ein kaltes, verlassenes Bett waren Grund genug", gebe ich wahrheitsgemäß zu.

„Trinkst du einen Kaffee mit mir? Ich will in einer halben Stunde los."

Ohne eine Antwort abzuwarten, nimmt Collin mich mit aus dem Apartment zur Küche hinüber. Von der Galerie dringt eine Stimme herunter, die unverkennbar klarstellt, dass Lukas ebenfalls schon wach ist. Kaum ist die Kaffeemaschine in Betrieb, kommt er eilig die Treppe herunter geflitzt.

„Hey, Lukas, alles Liebe zum Geburtstag!" Ich drücke ihn fest und hebe ihn vor mir auf die Theke.

„Alles Gute, mein Großer", schließt sich Collin mit einem Wuscheln durch Lukas´ blonden Lockenkopf an.

„Danke", grinst Lukas. „Josi, darf ich jetzt auspacken?" Er trippelt ungeduldig auf der Stelle und deutet auf das Sideboard, auf dem wir am Vorabend seine Geschenke drapiert haben.

„Warte noch, bis deine Mama aufgestanden ist. Sonst weiß sie doch gar nicht, was du alles bekommen hast", versuche ich ihn hinzuhalten.

„Was magst du zum Frühstück?", lenkt Collin ein.

„Cornflakes!" Lukas´ Antwort kommt wie aus der Pistole geschossen.

Überrascht stelle ich fest, dass Collin bereits eine Schüssel samt Löffel in der Hand hält. Dieser eigenwillige Männerhaushalt scheint wirklich mit allem ausgestattet zu sein. Während Collin seinen Kaffee trinkt, diskutiert er mit Lukas über Autos und andere Fahrzeuge. Anschließend geht er zurück ins Apartment, um Schuhe anzuziehen, sein Jackett sowie MacBook und Handy zu holen.

„Wartest du nicht, bis Dirk soweit ist?", erkundige ich mich überrascht, da von der Galerie inzwischen auch die Stimmen unserer Geschwister auszumachen sind.

„Nein, auf keinen Fall!" Collin grinst, schüttelt aber entsetzt den Kopf. „Wenn es um die Arbeit geht, kann ich ihn in der ersten Stunde nicht gebrauchen. Außerdem ist er vor zwölf meist ungenießbar."

Bis Collin endlich das Haus verlässt, verabschieden wir uns mindestens drei Mal und lösen uns dennoch äußerst ungern voneinander. Mit wehmütigem Blick stehe ich am Fenster und schaue zu, wie er Richtung Garage verschwindet. Wenig später braust er in einem schwarzen Sportwagen davon.

Gegen halb zehn macht sich Dirk ebenfalls auf den Weg ins Büro, und für uns startet Lukas´ Wunschwochenende mit einem Besuch im Sea Live Aquarium. Mit Collin und Dirk sollen wir uns am Nachmittag in ihrer Firma treffen. Der Kundentermin ist auf 14 Uhr angesetzt, daher sollen wir zwischen halb vier und vier vor Ort sein. Dirk gibt mir die Adresse, die, wie ich feststelle, wirklich nur ein paar Hundert Meter von meinem Büro entfernt liegt. Trotz Collins Erwähnung, ihr Firmensitz befinde sich nur ein paar Straßen weiter, kannte ich bisher weder die Adresse noch den Firmennamen.

„Nehmt bitte den weißen Audi. Erstens ist der Kindersitz noch drinnen und zweitens ist er für Werbezwecke da", verkündet Dirk praktisch. „Und nicht, um unnütz in der Garage zu stehen."

Anschließend gibt er Sara einen Abschiedskuss und geht vor Lukas in die Hocke, um ihm etwas ins Ohr zu flüstern. Mit strahlendem Gesicht nickt er Dirk an und umarmt ihn schnell.

„Was hat er denn gesagt?", will Sara wissen, als auch der zweite Hausherr aus der Tür verschwunden ist.

„Verrat ich nicht!", lehnt Lukas entschieden ab.

Ohne weiter auf die Frage seiner Mutter einzugehen, flitzt er zu seinen Geschenken zurück, die aus diversen Spielzeugautos, einem großen Bagger und zwei Kinderbüchern bestehen. Ich tätschle meiner verdutzt dreinschauenden Schwester die Schulter und schiebe sie an die Theke zurück. Bevor unser Ausflug startet, bleibt noch genügend Zeit für einen weiteren Espresso.

„Hast du mitgekriegt, wie lange die beiden heute Nacht noch gearbeitet haben?", erkundige ich mich beiläufig.

„Und ob", antwortet Sara mit hochgezogenen Augenbrauen. „Wie kann man permanent bis früh morgens ackern und nur wenige Stunden später wieder gut gelaunt an die Arbeit gehen?"

„In Dirks Fall kann das nur an deiner Anwesenheit liegen!",
necke ich und grinse sie frech an. Sara hingegen wird
nachdenklich.

„Eines allerdings ist mir weiterhin ein Rätsel." Sie deutet mit
dem Kopf zu Lukas hinüber. „Dirk vergöttert Lukas so sehr, dass
es mich fast schon ängstigt. Und Lukas! Ausgerechnet Lukas,
der die letzten zwei Jahre keinem Mann auch nur die Hand zum
Gruß gegeben hat, geht mit ihm um, als sei endlich sein Papa
nach Hause gekommen."
Wortlos schauen wir Lukas beim Spielen zu. Dabei erinnere
ich mich an das Gespräch vom letzten Samstag.
„Dirk weiß, wie es ist, wenn man sich einen Vater wünscht!",
erwähne ich leise. „Vielleicht liegt da das Geheimnis begraben."

Den Mittag im Sea Live genießen wir in vollen Zügen. Es ist
herrlich, mit Lukas die vielen unterschiedlichen Aquarien zu
bestaunen und dabei seine leuchtenden Augen zu sehen.
Abschließend sitzen wir auf der Olympiawiese, schlemmen Eis
und lassen uns die Herbstsonne aufs Gesicht scheinen.
„Schau bitte mal auf die Uhr und bring mich in die
Wirklichkeit zurück." Ich seufze genüsslich und sinke der Länge
nach auf den Rasen.
„Erst halb drei. Wir haben noch gut eine Stunde Zeit", erklärt
Sara.
„Prima, dann lass uns in meine Wohnung fahren!", hastig
springe ich auf die Füße und strecke Lukas und Sara auffordernd
die Hände entgegen. „Ich will für morgen andere Klamotten
mitnehmen."
In meiner Bude angekommen, tauschen Sara und ich gleich
noch unsere Jeans und Turnschuhe gegen ein passenderes
Outfit für das Oktoberfest. Sara ist nur einen Zentimeter größer
als ich. Dazu ist unsere Statur fast identisch und wir besitzen die

gleiche Kleider- und Schuhgröße. Somit können wir uns problemlos beide aus meinem Kleiderschrank bedienen. Ich entscheide mich für eine weiße Dirndlbluse, dazu dunkelblaue Jeans und passende Schuhe mit einem kleinen Keilabsatz. Saras Wahl fällt auf die gleiche Bluse in Rot, kombiniert mit einem schwarzen Rock und passenden Trachtenschuhen. Wie zu Teenagerzeiten stehen wir Arm in Arm vorm Schlafzimmerspiegel und beäugen uns kritisch. Wir werfen uns gegenseitig einen Handkuss zu und strahlen übers ganze Gesicht. Unser Outfit passt perfekt, es gibt nichts zu beanstanden. Schließlich steht heute noch ein Besuch der' Wiesn' auf dem Programm.

Exakt Viertel vor vier biegen wir auf den Parkplatz der CDC Holding ein. Beim Anblick der Parkfläche, die zum Firmengelände gehört und für Mitarbeiter reserviert ist, werde ich neidisch. Hier suchen die Angestellten vor Dienstantritt wohl kaum endlos nach einem Parkplatz. Wobei? Mein Blick fällt auf das moderne Bauwerk vor uns. In Anbetracht dessen, was sich vor uns auftürmt, kann dieser Parkplatz durchaus als unzureichend angesehen werden. Je nachdem, wie viele Personen hier tagtäglich ihre Arbeitsstelle antreten. Das Gebäude selbst ist schon außergewöhnlich genug, um stehen zu bleiben und staunend an den vier Stockwerken hinaufzusehen. Hatte Collin eigentlich erwähnt, ob sich ihre Firma dieses Haus mit weiteren Unternehmen teilt? Die Bezeichnung ,unsere Firma' involviert wohl kaum das komplette Areal. Saras Gesichtsausdruck lässt ähnliche Gedanken vermuten. Ebenso wie ich, steht sie reglos vorm Wagen und starrt auf das große Konzernschild unmittelbar neben dem Eingang. Es sind diverse Firmierungen aufgeführt, doch scheinen alle dem Mutterkonzern anzugehören. Dieser Name prangt mit großen schwarzen Lettern an oberster Stelle: CDC Holding. Noch einmal wandert mein Blick an der Fassade nach oben. Der nächste, für mich kaum vorstellbare Gedanke rauscht mir durch den Kopf: ob Collin dies wohl selbst geplant hat? Ich nehme mir vor, ihn später danach zu fragen. Am heutigen Samstag ist der Firmenparkplatz etwa zu einem Viertel belegt. Darunter entdecke ich den schwarzen Sportwagen, mit dem Collin heute Morgen gefahren ist. Unmittelbar daneben parkt Dirks silberne BMW-Limousine, die Lukas sofort wiedererkennt. Etwas schüchtern betreten wir die Eingangshalle des Unternehmens, die zur Hälfte aus Glas besteht. Unverzüglich kommt uns eine dunkelhaarige Dame, etwa Mitte 40, entgegen.

„Hallo, mein Name ist Michaela", begrüßt sie uns mit einem freundlichen Lächeln. „Sie sind sicher Josephine und Sara Rausch."

„Äh, ja. Guten Tag!" Ich nicke verdutzt. „Wir sind hier mit Collin und Dirk Christensen verabredet."

„Die Herren haben mir gesagt, dass Sie kommen. Leider zieht sich der Termin von heute Mittag noch hin. Hier entlang, bitte!" Mit einem Wink fordert sie uns auf, ihr zu folgen. „Ich bringe Sie in eines der Büros. Es sollte nun rasch beendet sein."

Im obersten Stockwerk angekommen, verweist sie uns zu einem der hinteren Räume, bei dem die Tür offensteht. Als wir den langen Flur entlanglaufen, werden meine Augen immer größer. Die wenigen Bürotüren auf dieser Etage gehen allesamt rechts ab. An der Wand zur linken Seite sind in gleichmäßigen Abständen Gebäudemodelle auf Steinsäulen aufgereiht. Darüber hängen jeweils zwei gerahmte Aufnahmen. Ein Bild während der Bauphase, das zweite zeigt das fertiggestellte Bauwerk. Allesamt sehr speziell und ausgefallen. Die letzten beiden Modelle, die wir kurz vor der offenen Bürotür erreichen, erkenne ich. Es sind die Konstruktionen des Lofts und vom House-Club. Ich schüttle den Kopf. Collin ist 26 und hat gerade erst sein Examen beendet! Bei diesen Gebäuden kann es sich wohl kaum um Entwürfe von ihm allein handeln. Wobei ich weiß, dass zumindest die letzten beiden aus seiner Feder stammen. Einen Moment lang stehe ich da und sehe ein weiteres Mal staunend die Wand entlang.

„Hey, my dears", dringt Collins Stimme aus der offenen Tür hinter uns. „Kommt rein!"

Wir betreten ein Büro, das im Stil perfekt zum Rest des Gebäudes passt. Jedenfalls zu dem, den wir in den letzten Minuten passiert haben. Alles sehr modern und chic. Collin steht hinter einem riesigen, massiven Holzschreibtisch. Sein Blick ist kritisch auf einen Bildschirm gerichtet. Lukas saust an uns vorbei zu einer gemütlichen Sitzecke, die sich vor einer großen Fensterfront befindet. Er plumpst ins Polster, packt den mitgebrachten Bagger sowie einige Legosteine aus seinem Rucksack und schaufelt emsig auf dem Beistelltisch herum. Es handelt sich um Dirks Geburtstagsgeschenk, daher war Lukas nicht zu bewegen, für unterwegs ein kleineres Spielzeug einzustecken. Sara und ich schauen uns kurz um, dann gesellen wir uns zu Collin an der Schreibtisch.

„Sind die alle von dir?" Ich deute Richtung Tür, zu den Modellen hinaus.

„Hmm", brummt er und nickt abwesend.

Mir kommt ein bewunderndes „Wow!" über die Lippen, worauf Collin jedoch nicht reagiert. Stattdessen zeigt er auf den Monitor. Wir sehen Dirk, der offensichtlich noch voll in den Verhandlungen steckt.

„Sie sind im Nebenraum. Die Präsentation lief einwandfrei und es ist alles besprochen." Collin schnaubt frustriert und schüttelt unverständlich den Kopf.

„Aber?", hake ich nach.

„Er unterschreibt einfach nicht!"

Neugierig schiebe ich mich zu Collin hinter den Schreibtisch, um mir die Szene im Nebenzimmer genauer zu betrachten. Collin zischt ein leises „Shit! Wieso dauert das so lange?", dabei drischt er knurrend mit der Hand auf die Tischplatte. Plötzlich fällt mir etwas auf.

„Sind das die italienischen Kunden?", frage ich unnötigerweise. Schließlich haben Dirk und Collin erzählt, wen sie heute zu einer Präsentation erwarten.

„Ja." Collin runzelt die Stirn. „Warum?"

„Welcher ist der, der unterschreiben soll?", frage ich weiter.

„Der ältere von beiden."

„Sara, schau dir das an! Der ist vollkommen abgelenkt!" Eilig ziehe ich sie neben mich. „Kein Wunder, dass er den Stift nicht in die Hand nimmt."

„Ja, sieht so aus", stimmt sie zu.

„Wann gehst du wieder hinein?", erkundige ich mich bei Collin.

„Sobald die Unterschriften geleistet werden. Normalerweise bin ich durchgehend dabei, während der Präsentation und der kompletten Verhandlung. Heute bin ich auf Dirks Wink hin raus, gerade weil sich alles so hinzieht. – Warum fragst du?"

Ohne zu antworten, drehe ich mich zu Collin um und drücke ihm einen schnellen Kuss auf die Wange. Hiernach steuere ich auf die Bürotür zu und während ich hinausgehe, rufe ich Lukas an meine Seite.

„Komm, Lukas, wir begrüßen Dirk!"

Entschlossen trete ich auf den Flur hinaus und wende mich nach rechts zum nächsten Zimmer, dessen Tür geschlossen ist. Bevor sich mein Mut verflüchtigt, greife ich zur Klinke und öffne sie. Der Überraschungseffekt liegt voll auf meiner Seite. Drei Männer befinden sich im Raum: Dirk und die beiden Italiener. Alle drehen sich überrascht zu mir um. Bevor ich jedoch etwas

Erklärendes von mir geben kann, drückt Lukas sich an mir vorbei und saust mit heller Begeisterung direkt auf Dirk zu. Aus purem Reflex geht der in die Hocke, fängt ihn auf und nimmt ihn hoch. Ich selbst bleibe mit schüchterner Unschuldsmiene in der Tür stehen. In tadellosem Italienisch entschuldige ich mich für die Störung, doch Lukas sei nicht mehr zu bremsen gewesen. Die Herren erheben sich und erwidern meine Begrüßung mit einem freundlichen Lächeln. Der ältere der beiden kommt schnellen Schrittes auf mich zu und stellt sich mir als Herr Bertonello vor. Voller Begeisterung, in seiner Muttersprache angesprochen worden zu sein, redet er so schnell auf mich ein, dass ich Mühe habe, ihm zu folgen. Plötzlich steht Collin an meiner Seite. Seine Hand spüre ich auf meinem Rücken - ganz sachte nur. Kein Druck, der mir signalisiert, dass er mich zum Schweigen bringen will. Eilig erwähne ich meinem Gegenüber mit einer weiteren kurzen Entschuldigung, dass Lukas Geburtstag habe und er ganz ungeduldig auf Dirk warte. Offensichtlich war dies der richtige Knopf. Nahezu empört, aber lächelnd, dazu mit ausladenden Gesten begleitet, kehrt Herr Bertonello zum Schreibtisch zurück. Eilig stellt er mir den jüngeren Herrn, der inzwischen neben Dirk steht, als seinen Sohn Giovanni vor. Gleichzeitig greift er nach dem Stift auf dem Tisch und unterschreibt, ohne zu zögern, den vorbereiteten Vertrag. Die Verhandlung war zuvor auf Englisch geführt worden. Daher überrascht uns Herr Bertonello nun ebenfalls, als er sich plötzlich in sehr gutem Deutsch an uns wendet.

„Vergessen Sie nicht, meine Herren Christensen, das Wichtigste im Leben ist die Familie!", verkündet er mit erhobenem Zeigefinger und einem herrlich italienischen Akzent. „Für wen lohnt es sich sonst, so hart zu arbeiten?"

Nach Erledigung aller Formalitäten, einem kurzen Handschlag zur Verabschiedung und einem kecken

Augenzwinkern für mich, dreht sich Herr Bertonello an der Tür noch einmal um.

„Ich denke, wir werden gut zusammenarbeiten, meine Herren. Sie können sicher sein, dass ich Sie positiv weiterempfehle!" Ein knappes Nicken, und weg sind sie.

Ich stehe wie angewurzelt da und starre vor mir auf den Boden. Schlagartig ist mir bewusst, dass ich zum wiederholten Mal einem meiner blitzartigen Gefühlseinfälle gefolgt bin, ohne auch nur eine Sekunde an mögliche Folgen oder an eine passende Entschuldigung zu denken. Ich schmunzle leicht beschämt, obgleich die andauernde Stille immer unangenehmer wird. Ich spüre Collin und Dirks Blicke wie Stiche auf meiner Haut. Nur eine Erklärung für mein Handeln will mir einfach nicht einfallen. Glücklicherweise ist Lukas die prekäre Situation gleichgültig, sonst hätte Minuten später wahrscheinlich noch immer niemand ein Wort gesprochen.

„Gehen wir jetzt aufs Oktoberfest?", quengelt er ungeduldig, als er gefolgt von Sara wieder ins Besprechungszimmer kommt.

In Erwartung eines donnergleichen Rüffels drehe ich mich langsam und mit reuevoller Miene zu Dirk um. Schließlich habe ich seine komplette Verhandlung von einer auf die nächste Sekunde über den Haufen geworfen. Seit der Verabschiedung ihrer Kunden steht er unmittelbar hinter mir, inzwischen jedoch breitbeinig, mit vor der Brust verschränkten Armen und erhobenen Hauptes. Schüchtern sehe ich zu ihm auf und blicke direkt in ein zusammengekniffenes Augenpaar. Aber er grinst! Dann beginnt er zu lachen, winkt ab und schaut kopfschüttelnd zu Collin hin, der direkt neben ihm steht.

„Josi, du hättest zu keinem besseren Zeitpunkt reinplatzen können", erklärt er, und ich seufze erleichtert. „Ein paar Minuten länger und ich hätte das Handtuch geschmissen. Die Präsentation lief tadellos und ich habe keine Ahnung, was ihm zur Unterschrift noch gefehlt hat!" Er drückt mir einen raschen Kuss auf die Stirn, dann läuft er zu seinem Schreibtisch zurück.

„In der Kamera sah es aus, als sei er abgelenkt und mit den Gedanken völlig wo anders", bringe ich nun doch eine Entschuldigung zustande. „Ich glaube, er hat deinen Ausführungen nicht einmal zugehört."

„Lass es gut sein, Amy", geht Collin dazwischen und legt mir einen Arm um die Schultern. „Du hast was gut bei uns!"

„Ach, wirklich?", vielsagend geht mein Blick zu Sara hin und sie zwinkert minimal. „Lässt sich das vielleicht sofort einlösen?"

Damit katapultiere ich mich erneut ins Visier unserer Männer. Wenigstens ist die Stimmung gut, denn ich fühle ich mich plötzlich wie ein Schulmädchen, das beim Spicken erwischt wurde.

„Aha", raunt Collin und wirft Dirk einen fragenden Seitenblick zu. „Was gibt's denn so Dringendes?"

„Ähm, na ja", verlegen kaue ich auf meiner Unterlippe herum. „Wir bräuchten eine Unterschrift von unserem Architekten", gestehe ich kleinlaut und ziehe vorsichtig einen Umschlag aus meiner Handtasche, den ich Collin hinstrecke.

„So, so", fiept er mit gespitzten Lippen und nimmt das Kuvert entgegen. „Und wofür braucht ihr einen Architekten, wenn ich fragen darf?" Er unterdrückt eindeutig ein Grinsen.

„Für den Umbau unserer Blockhütte", antworte ich ehrlich. „Sonst können wir den Bauantrag nicht einreichen."

„Was stimmt denn nicht mit der Blockhütte?", hakt Dirk nach, während Collin den Umschlag öffnet und die Unterlagen durchgeht. „Wolltet ihr sie nicht genau so behalten, wie sie ist?"

„Natürlich, die Hütte bleibt!", versichert Sara eilig. „Nur würden wir die kleinen modernen Annehmlichkeiten wie Stromanschluss, Heizung und fließendes Wasser dort auch gerne genießen."

„Wisst ihr eigentlich, wie schwer es ist, in einer solchen Gegend einen Bauantrag durchzuboxen?", bemerkt Collin beiläufig. Er ist zum Schreibtisch gegangen und blättert die Unterlagen durch. Gelegentlich runzelt er nachdenklich die Stirn und rechnet. Dann fügt er in Windeseile einige schriftliche Randvermerke an. „Ich hoffe, ihr habt etwas Zeit eingeplant." Mit einem frechen Grinsen sieht er mich an. „Ich durfte selbst schon erfahren, wie eigensinnig manche Einheimischen auf den Behörden sind."

„So, so", tue ich ebenso hochtrabend, wie er zuvor. „Typisches Denken geduldeter Städter mit Langzeitvisum!"

„1:0 für Josi", lacht Dirk und klopft Collin auf die Schulter.

In gleicher Sekunde, als Collin seine Unterschrift unter den Antrag setzt, zückt Sara ihr Handy und wählt eine Nummer.

„Hallo, Josef, ich bin's, Sara!", säuselt sie ins Telefon. „Hör mal, ich hab dir doch vom Umbau an Papas Hütte erzählt. Wenn ich dir den Antrag mit der Unterschrift unseres Architekten durchfaxe, kannst du mir den bis Montag fertigmachen? Es ist ziemlich eilig. Wir brauchen die Hütte schnellstmöglich für Kunden. Wie? – Ja, prima! Danke. Liebe Grüße auch von Josi und Lukas, und gib unserem Tantchen einen dicken Kuss. Servus, wir sehen uns am Montag im Büro." Zufrieden lächelnd legt sie auf.

„2:0 für Sara!", schiebe ich nach und mustere sehr auffällig meine Fingernägel.

Dirk gafft Sara mit offenem Mund an, die ihn triumphierend anstrahlt. Collin sitzt inzwischen mit angewinkeltem Bein auf dem Schreibtisch und schüttelt ungläubig den Kopf.

„Ihr seid einzigartig", staunt er und zieht mich an sich, „und raffiniert obendrein."

„Besser noch", meint Dirk. „Sie passen zu uns!"

Wenig später ist unser Umbauantrag durchgefaxt und Lukas' verteilte Spielsachen wieder in seinem Rucksack verstaut. Derweil packen Collin und Dirk ihre Unterlagen samt Mac und Laptop zusammen. Mit der Bitte, sie noch einen Augenblick zu entschuldigen, verschwinden die beiden in einem Nebenraum. Kurz darauf kehren sie in perfekter Freizeitgarderobe, Jeans, Poloshirt und Sweater, zurück.

„Zwar können wir mit eurem Glanz natürlich nicht mithalten", schmeichelt Dirk, als Reaktion auf unser anerkennendes Pfeifen, „aber für ‚die Wiesn' sind Hemd und Anzug zu unbequem."

Kurz nach fünf starten wir in das verbleibende Wochenende und Lukas´ heiß ersehnte Geburtstagstour. Auf dem Weg zur Theresienwiese greift Dirk das Thema Umbau unserer Hütte noch einmal auf.

„Rein interessehalber: Wie war der Hinweis, die Hütte für Kunden zu verwenden, zu verstehen?"

„Du vermutest richtig, mein Schatz!", grinst Sara und streicht ihm über den Arm. „Wir dachten, es käme unseren Gönnern vielleicht entgegen, bei bestimmten Verträgen als Bonus eine Skihütte in den Bergen anbieten zu können, die ganz zufällig in der Nähe der Zugspitze liegt! Läge dies ihn Ihrem Geschäftsinteresse, meine Herren?"

„3:0 für die Damen!", posaunen Collin und Dirk gleichzeitig.

Der Nachmittag auf dem Oktoberfest entpuppt sich als einziger Angriff auf unsere Lachmuskeln. Der tatsächliche Kindergeburtstag mit Lukas Kita-Freunden ist eigentlich für nächste Woche an einem Nachmittag geplant. Aber das, was unsere drei Jungs hier zusammen für einen Quatsch abziehen, fällt eindeutig unter die Kategorie Kids-Party. Binnen zehn Minuten hat jeder von uns einen extrem schrägen Hut auf dem

Kopf sowie Popcorn, Mohrenköpfe oder Eis in der Hand. Überdies ist kein Fahrgeschäft schräg genug, um es nicht auszuprobieren zu müssen. Unsere Annahme vom Vormittag, Lukas´ Augen könnten kaum mehr heller strahlen, wird permanent getoppt. Er sitzt wechselweise bei Dirk und Collin auf den Schultern und saugt alle Eindrücke auf wie ein Schwamm. Während die drei gerade bei der nächsten Attraktion verweilen, die ihr Interesse geweckt hat, sehe ich mich suchend zu Sara um. Sie steht einige Meter hinter uns, doch ihr betrübter Gesichtsausdruck entgeht mir auch aus der Entfernung nicht.

„Süße!", rede ich sie leise an. „Was ist denn los?"

„Lukas", flüstert sie und schluckt schwer. „Fällt dir nichts auf?"

Möglichst unauffällig sehe ich zu meinem Neffen hin, der augenblicklich vor Dirk auf dem Tresen einer Schießbude steht.

„Er ist happy, würde ich sagen!?" Fragend drehe ich mich zu meiner Schwester um, da mir nicht ganz klar ist, auf was sie anspielt.

„Richtig, absolut selig!", keucht Sara erstickt. „Außerdem redet er Dirk seit heute Mittag nicht mehr mit Namen an! Für ihn gibt es nur noch Papa und Onkel Collin!" Sie stellt sich vor mich und wendet somit unseren Männern den Rücken zu. Ihre Augen glitzern und die ersten Tränen rinnen ihr übers Gesicht. „Josi, das geht doch viel zu schnell! Was ist, wenn es nicht so bleibt? Ich ... ich meine ..."

„Hör auf, Süße!", unterbreche ich sie und nehme sie tröstend in die Arme.

Mit einem Blick über ihre Schulter sehe ich, dass Collin sich suchend nach uns umschaut. Sobald er uns entdeckt, verneine ich minimal. Collin versteht sofort und schließt sich Dirk und Lukas auf eine weitere Runde beim Schießen an.

„Sara, erspar dir Gedanken über Dinge, die möglicherweise nie eintreffen! Davon abgesehen ist es ohnehin zu spät." Ich küsse sie auf die Stirn und streiche ihr beruhigend über die Arme. „Nimm es, wie es ist, und genieße jeden Augenblick! Versprochen?"

„Versprochen", stimmt sie verhalten zu und nach einem letzten Schniefen kommt ein zaghaftes Lächeln zum Vorschein. „Aber du auch!", brummelt sie mir entgegen und drückt mich fest.

Gegen halb neun treten wir den Heimweg an. Lukas ist überglücklich und total müde. Und das nicht nur, weil er sonst um diese Uhrzeit längst im Land der Träume weilt. Bereits nach den ersten Minuten im Auto sinkt er in seinem Kindersitz zusammen und schläft ein. Wir machen einen kleinen Umweg zur Firma zurück. Hier steigen Collin und ich in den Wagen, mit dem er heute Morgen fuhr. Dirks silberne Limousine bleibt stehen.

„Was war denn vorhin?", erkundigt sich Collin, sobald wir allein sind. Verlegen schaue ich auf meine Hände und überlege, was ich ihm erzählen soll. „Wovor hat Sara Angst?" Er legt mir einen Finger unters Kinn und hebt meinen Kopf an, damit er mich ansehen kann.

„Vor etwas, das vielleicht nicht eintritt", druckse ich herum.

„Also, ich denke zwar zu wissen, was du meinst. Aber Amy, ich habe die letzten Nächte kaum geschlafen", Collins Gesicht verzieht sich zu einem bettelnden Hundeblick, „würdest du bitte Klartext mit mir reden!"

Ich muss unweigerlich lachen.

„Gut, kurz und bündig: Sara hat Angst, dass es mit Dirk auf Dauer nichts werden könnte. Einfach nur, weil alles so perfekt ist", fasse ich grob zusammen. „Außerdem hat ihn Lukas bereits als Papa adoptiert."

Collin sieht mir eine Weile in die Augen, dann gibt er einen erleichterten Seufzer von sich. „Prima, dann haben wir alle vier etwas gemeinsam!"

Auf meinen verblüfften Gesichtsausdruck reagiert er mit einem flüchtigen Kuss. Dann setzt er sich im Fahrersitz zurück und startet den Motor. Wie war das? Seine Bemerkung erinnert mich an Collins und Dirks anfängliche Zurückhaltung in Bezug auf ihre Familie. Natürlich machen sie sich Gedanken! Allein die Erklärungen vom letzten Wochenende verdeutlichen doch, dass für die beiden mehr auf dem Spiel steht als eine nette Liebelei! Mein Blick ist unverändert auf Collins Profil gerichtet, und ich lächle verstohlen, während ich zufrieden in den Sitz sinke. Schön zu wissen, dass sich dieser atemberaubende Mann neben mir tatsächlich Gedanken über unsere Zukunft macht!

„Collin", richte ich mich nach einigen stillen Minuten an ihn.

„Hm?", brummt er und hebt abwartend die Augenbrauen.

„In was für einem Wagen sitzen wir gerade?"

Collin versieht mich mit einem raschen Seitenblick und prompt sehe ich mich seinem geheimnisvoll strahlenden Ian-Schmunzeln gegenüber.

„In einem GT", antwortet er knapp.

„Hübsch!", bemerke ich spitz. Dieses Spiel beherrsche ich auch. Ich liebe sportliche Fahrzeuge und interessiere mich auch dafür, daher hege einen Verdacht. Aber sicher bin ich mir nicht. „Was für ein GT? Es ist keine Marke oder Emblem zu sehen."

„Ein Maserati GT. Und ja, es war mir wichtig, dass alles entfernt wird."

„Ah ja!" Ein paar Sekunden sitze ich steif und ehrfürchtig in meinem Sitz. Himmel, ein echter Dreizack! „Collin!" Der nächste Versuch.

„Hm?" Sein Mund zuckt und formt sich langsam zu einem Grinsen.

„Wie viele Fahrzeuge habt ihr?"

„Och, so viele sind das nicht. Ich selbst habe nur vier." Dabei zuckt er arglos mit der Schulter. „Dirk, soweit ich weiß ..." Er tut tatsächlich, als müsse er überlegen! „Drei. Und zwei Motorräder. Außerdem gehören zum House-Club momentan fünf Werbefahrzeuge. Aber wie groß die Konzernflotte gegenwärtig ist, übersteigt meine Kenntnis. Hat mich auch noch nie interessiert, wenn ich ehrlich bin."

„Alles klar! Und mit wie viel Jahren habt ihr eure erste Bank ausgeraubt?" Wie so oft schlüpft mir der erste Gedanke ungefiltert über die Lippen.

„Amy, du bist wirklich einzigartig!" Collin prustet los, und ich überlege, ob meine nächste Frage nicht schon zu indiskret ist.

„Ähm ... Collin?"

„Wow", er beginnt erneut zu lachen. „Was denn noch?"

„Nur noch eins!", verspreche ich kleinlaut und räuspere mich verlegen. „Wegen der Holding. Wie lange ist Dirk in Deutschland? Sechs Jahre?"

Collin nickt und hebt erneut fragend die Augenbrauen. Ich bin fest entschlossen, meinen wirren Gedanken ein paar Antworten hinzuzufügen. Zumindest so lange, wie er bereit ist, mir Antworten zu liefern.

„Wie habt ihr es fertiggebracht, in so kurzer Zeit ein solches Unternehmen auf die Beine zu stellen? Du hast jetzt erst dein Studium beendet, und Dirks Abschluss liegt angeblich auch erst drei Jahre zurück. Außerdem hat Dirk erzählt, ihr wärt beide ohne finanzielle Unterstützung nach München gekommen. Wie geht so was?"

„Harte Arbeit, erstklassiges Verhandlungsgeschick und Mut zum Risiko!", kontert Collin, ohne zu zögern.

Ich gebe ein verwirrtes „Hä?" von mir und mustere Collin mit gerunzelter Stirn. Sein Lachen ist verschwunden, stattdessen wirkt er ernst und vor allem ... stolz! Ich schnappe nach Luft, um erneut nachzufragen, da kommt Collin mir zuvor.

„Mit ‚harter Arbeit' meine ich die ersten Projekt-Entwürfe zu Beginn meines Studiums", klärt er mich auf. „Mit erstklassigem Verhandlungsgeschick gelang es Dirk, aus diesen ersten Projekten unser Startkapital zu erzielen. Und durch seinen Mut zum Risiko vervielfachte er anschließend unsere Finanzmittel an der Börse und schuf so die Grundlage für die Holding."

„An der Börse?", keuche ich. „Dirk zockt an der Börse?"

„Nicht mehr." Collins Gesichtszüge werden weicher und er grinst wieder. „Das war eher ein Hobby von ihm, mit dem er während des Studiums seine Einnahmen aufgebessert hat."

„Puh!", fiepe ich staunend. „Nettes Hobby!"

„Übrigens", bemerkt Collin interessiert. „Wieso sprichst du eigentlich so gut Italienisch?"

„Ach das!" Ich drehe mich im Sitz zu ihm um. Scheinbar bin ich nun an der Reihe, mit Fragen gelöchert zu werden. „Im Grunde habe ich die Sprache nur gelernt, weil ich sie genauso schön finde wie das Land", gestehe ich ehrlich. „Außerdem ist es von Vorteil, als Skilehrer mehr als eine Sprache zu sprechen. Nur mit meinem Englisch hapert es an allen Ecken und Enden."

„Du bist Skilehrerin?"

„Ja, genau wie Sara. Nur betreut sie überwiegend die Kinderskischule, wogegen ich die meiste Zeit mit Snowboard-Gruppen eingedeckt bin. Hab ich dir nicht erzählt, dass ich meinen Urlaub absichtlich im Winter nehme?"

„Doch, schon." Er nickt knapp, klingt aber komisch. „Denkst du dabei auch an das Eisen in deinem Bein? Ohne vorherige OP ist eine weitere Saison sicher nicht ratsam."

Ich neige den Kopf und beäuge ihn prüfend. Seine Sorge um mich schmeichelt mir, dennoch werde ich das Gefühl nicht los, dass ihm ein weiterer Punkt missfällt.

„Was ist noch?", hake ich nach.

Er brummt und wirkt eingeschnappt. „Heißt das, du wirst die meiste Zeit in Garmisch sein?"

„Das musst du Sara fragen! Sie kümmert sich um meine Kurseinteilung." Ich warte, aber seine Miene ändert sich nicht. „Collin, ich liebe den Skirummel zu Hause sehr und freue mich das ganze Jahr darauf. Hättest du nicht die Möglichkeit, mich in Garmisch zu besuchen oder ab und zu ein paar Tage bei mir zu Hause zu verbringen?"

„Mal sehen, was sich machen lässt."

„Fährst du eigentlich Ski oder Board?" Mir fällt ein, dass ich das gar nicht weiß.

„Beides", raunt er unverändert. „Und ich weiß auch, wie ‚nett' und ‚ungezwungen' es manchmal in den Skikursen und beim Après-Ski zugeht."

Endlich fällt der Groschen auch bei mir. Mit aller Kraft versuche ich, ein seriöses Gesicht zu bewahren. Am liebsten hätte ich ihn gefragt, in welchen Skigebieten er bisher unterwegs war. Was mich betrifft, so habe ich nach den meisten Kursen selten Zeit und Lust auf Après-Ski und ausschweifende Partynächte. Doch eine andere Sache interessiert mich mehr.

„Collin?"

„Hm." Dieses Mal grinst er nicht.

„Bist du eifersüchtig?"

Er nickt sofort, hält seinen Blick aber stur auf den Verkehr gerichtet.

„Ein Grund mehr, mich zu begleiten!", stelle ich bedingungslos fest und hoffe, ihn aufzumuntern. „Am besten, du buchst alle Kurse bei mir, dann hast du mich ganz für dich allein. Vielleicht kann ich dir sogar noch etwas beibringen!"

Collin scheint besänftigt zu sein, da er mir ein kleines Lächeln schenkt. Die verbleibenden Minuten verbringen wir schweigend nebeneinander im Wagen. Dirks Audi steht bereits dunkel und verlassen vor der Eingangstreppe, als wir ankommen, und im Haus brennt Licht. Collin betätigt den Torsensor und parkt seinen GT direkt in der Garage. Wobei diese ‚Garage' wohl eher den Namen ‚Halle' verdient hätte. Auf Anhieb zähle ich weitere fünf Fahrzeuge und trotzdem bekäme auch ein ungeübter Fahrer hier keinerlei Schwierigkeiten beim Ausparken. Collin stellt den Motor ab und ich fasse an die Beifahrertür, um auszusteigen, da hält er mich an der Hand fest.

„Amy, es ist nur …", er stockt und scheint zu überlegen, „mir ist noch nie jemand auch nur annähernd so nah gekommen wie du. Ich will dich am liebsten den ganzen Tag um mich haben."

„Ich dich doch auch!", lächle ich und küsse ihn schnell. Langsam sinke ich in den Sitz zurück und schaue ihm forschend ins Gesicht. „Aber erklär mir bitte noch eins: Du sagtest letzte Woche, ich dürfte keine Angst vor dir haben. Collin, warum? Gibt es einen Grund, weshalb ich Angst haben müsste?"

Er zieht scharf den Atem ein und lehnt sich ebenfalls im Sitz zurück. Seine Augen wandern zu meiner Hand, die er unentwegt in seinem Schoß festhält. Dabei streicht er unsicher mit dem Daumen über meinen Handrücken.

„Nein, es gibt keinen Grund. Ganz sicher nicht", versichert er ernst. „Nur lief es bisher stets nach dem gleichen Schema ab, egal ob Schule, College oder privat. Sobald Näheres über mich bekannt wurde, ging jeder auf Abstand. Privat war es meist am schlimmsten. Wer sich durch mein Umfeld nicht abschrecken ließ, nahm spätestens nach dem nächsten Überfall, der sichtbare

Blessuren hinterließ, Reißaus und ich stand wieder allein da - bis auf Dirk natürlich."

„Und dennoch hast du dich entschieden, gerade nach einer solchen Attacke, direkt zu mir zu kommen! - Warum?"

„Ich weiß es nicht", gesteht er leise. „Ich wollte an diesem Abend zu dir, ganz egal wie. Und du hast getan, was du konntest, ohne Fragen zu stellen oder die Polizei zu verständigen. Kannst *du* mir sagen, warum?" Erwartungsvoll dreht er mir den Kopf zu. Dabei wirkt er angespannt, während ich standhaft in seine stahlblauen Augen blicke.

„Ich hatte vor IAN keine Angst. Und ich habe vor COLLIN keine Angst!", erkläre ich mit fester Stimme. „An diesem Abend war ich über das, was man dir angetan hat, entsetzt, aber Angst hatte ich nicht!" Sachte beginne ich zu lächeln. „Es gibt nur zwei Dinge, die ich bei dir empfinde: Liebe und Stolz!"

Er zieht mich an sich und ich spüre nur noch seine Lippen auf meinem Mund. So innig, als wolle er nie mehr aufhören.

Als wir ins Loft kommen, steht Sara am Tresen und räumt Lukas´ kleinen Rucksack aus. Unzählige Spielsachen, kleine Kuscheltiere und Süßigkeiten liegen bereits herum.

„Wo ist Dirk?", erkundigt sich Collin, während er ein undefinierbares gelbes Stofftier zwischen den Fingern hin und her dreht.

„Ich habe Lukas ins Bett gelegt", ertönt Dirks Stimme, der gerade die Wendeltreppe der Galerie heruntertappt. „Er hat einmal kurz die Augen aufgemacht und sich umgesehen. Dann ist er sofort wieder eingeschlafen."

„Was machen wir jetzt mit dem angefangenen Abend?", frage ich in die Runde.

„Ich muss mich heute auf jeden Fall noch im Club sehen lassen", entschuldigt sich Dirk mit einem Achselzucken. „Sonst verärgere ich einige Stammkunden. Wegen des Trips nach Rom war ich die komplette Woche nicht dort."

„Prima, dann machst du dir mit Sara einen schönen Abend im Club. Amy und ich passen hier auf Lukas auf", verkündet Collin, und ich stimme eilig nickend zu.

„Also, ähm, wenn das okay für euch ist?" Saras Augen weiten sich vor Begeisterung. „Ich hätte durchaus Lust, noch ein bisschen tanzen zu gehen." Strahlend dreht sie sich zu Dirk um. „Gib mir zehn Minuten!", verkündet sie und ist bereits auf dem Weg nach oben.

Dirk betrachtet grinsend seinen Pullover. Er ist mit Majo- und Ketchup-Spritzern übersät, die als Überbleibsel von Lukas' Pommes auf ihm gelandet sind.

„Ich ziehe mir besser auch etwas anderes an", lacht er und erhebt sich ebenfalls.

Collin und ich lümmeln auf der Couch, als Dirk einige Minuten später, in frischen Jeans und einem bedruckten T-Shirt, die Treppe wieder herunterkommt.

„Hoffentlich geht es heute im Club ruhiger zu als beim letzten Oktoberfest", erwähnt er, an Collin gewandt.

„Wieso, was war letztes Jahr?" Neugierig schaue ich die beiden an.

„Nicht der Rede wert", tut Collin übertrieben gelassen. „Man hat uns nur den halben Laden auseinandergenommen."

„Ja, ja, du hast gut lachen!", protestiert Dirk und wird genauer. „Anschließend fiel die Hälfte des Personals wegen Schrammen und Verletzungen aus. Von dem entstandenen Sachschaden und zwei Wochen Schließzeit mal abgesehen."

„Reg dich ab!", grinst Collin frech. „Du wolltest doch ohnehin nach dem Oktoberfest umbauen, schon vergessen?"

„Na und?", mault Dirk und lässt sich uns gegenüber in einen Sessel fallen. „Die Entscheidung, was und wann verändert wird, treffe ich aber immer noch selbst!"

„Solltest du tatsächlich mit Krawallen rechnen", mischt sich Sara plötzlich ein, „wirst du doch sicher gut auf mich aufpassen!" Sie steht komplett gestylt auf der Galerie und sieht zu uns herunter. Gefolgt von unseren Blicken schwebt sie geschmeidig wie eine Katze die Treppe herunter. „Nimmst du mich so mit?", erkundigt sie sich bei Dirk.

„Nein!" Er schüttelt heftig den Kopf. „Auf keinen Fall!" Noch bevor Sara ganz bei uns ist, spritzt er auf und nimmt sie charmant in Empfang.

Collin pfeift anerkennend und zwinkert ihr zu.

„Brüderchen, ich hoffe, du hältst Taschentücher bereit. Heute werden im Club unzählige Frauenherzen brechen."

Sara sieht umwerfend aus. Sie trägt ein verführerisches türkisfarbenes Kleid, dessen Länge knapp oberhalb der Knie endete. Der zarte Stoff umschmeichelt ihre grazile Figur und bringt ein atemberaubendes Dekolleté zum Vorschein. Dazu kommt ihre blonde, leicht gewellte Mähne, die offen bis fast zu Hüfte reicht, und ein männerbezwingender Wimpernaufschlag, dem sich Dirk augenblicklich gegenübersieht. Sara seufzt leise, und mit einem zufriedenen Lächeln schaut sie an sich hinab.

„Stimmt, so kann ich nicht gehen", pflichtet sie Dirk bei. „Die hier fehlen noch!"

Hinter ihrem Rücken kommt die Errungenschaft unserer Shoppingtour vom letzten Samstag zum Vorschein: ein Paar schwarze High Heels! Da die Christensen-Brüder, im Gegensatz zu Saras 1,71 und meinen 1,70 Meter, beide 1,88 Meter messen, ist es kein Wunder, dass Sara, trotz der zusätzlichen zehn Zentimeter, noch immer zu Dirk aufschauen muss, was ihm unverkennbar schmeichelt.

„Mm", brummt Dirk leise und gibt Sara einen sanften Kuss auf den Hals. „Ich werde dich an mich ketten müssen, wenn wir im Club sind", flüstert er ihr ins Ohr. „Falls wir es überhaupt bis dorthin schaffen."

„Ach, und du glaubst, unbeachtet an den weiblichen Gästen vorbei zu gehen?", schmunzelt Sara kokett und legt Dirk die Arme um den Hals.

„Entweder ihr macht euch jetzt auf den Weg in den Club, oder ihr verschwindet oben im Schlafzimmer", nörgelt Collin und bringt die beiden in die Gegenwart zurück.

„Schon gut, schon gut! Wir stören euch nicht länger", spottet Dirk und grinst spöttisch. „Aber das seid ihr ja gewöhnt, oder?"

„Raus jetzt!", blafft Collin und weist lachend zur Tür. Um seinen Rausschmiss zu beschleunigen, holt er aus und wirft Dirk ein Kissen in den Rücken.

Erwartungsvoll lauschen wir, bis Dirk und Sara mit dem Wagen davonfahren. Anschließend widmen wir uns unserem eigenen Abendprogramm.

„Und was tun wir nun mit diesem angefangenen Samstag?", erkundige ich mich absichtlich naiv.

„Nun, mir würde da schon etwas einfallen", säuselt Collin, dabei zieht er mich über sich.

„Ich habe noch eine Revanche offen", hauche ich und versuche, tadelnd zu klingen. „Fürs lange Hinhalten, am Abend, als du Fieber hattest."

„Oh! Du denkst, das war lange, ja?" Er presst die Lippen zusammen und schüttelt bedauern den Kopf. „Dann solltest du wissen, dass wir heute noch viel mehr Zeit haben!"

Nach ausgiebigem Knutschen auf der Couch hebt Collin mich hoch. Auf dem Weg ins Apartment ziehe ich ihm sein Shirt über den Kopf und lasse es fallen. Anschließend folgen meine Schuhe. Kurz darauf bleiben Collins Schuhe und meine Bluse auf der

Strecke. Im Schlafzimmer lässt er mich sachte auf die Füße ab. Unser Küssen wird immer drängender, während wir uns gegenseitig die verbliebenden Kleider ausziehen.

„Langsam, Ian!", hauche ich und halte ihn sachte davon ab, mir auch noch meinen Slip abzustreifen. „Komm mit!"

Seine Augen weiten sich überrascht, er lässt sich aber bereitwillig auf mich ein, als ich ihn hinter mir aus dem Schlafzimmer ziehe.

„Du hast eine wunderschöne große Dusche." Ich steuere direkt auf das gegenüberliegende Bad zu.

Genüsslich rekelnd lasse ich mich vom heißen Wasser berieseln. Wohl wissend, dass sein Blick mich verfolgt, streife ich mir nun mein inzwischen durchgeweichtes Höschen ab und wende mich ihm zu.

„Oh Amy", keucht Ian erstickt. „Du treibst mich in den Wahnsinn."

Ich schiebe seine Shorts abwärts und richte mich ganz langsam wieder zu ihm auf. Dabei streife ich mit den Fingernägeln seinen Oberschenkel nach oben.

„Gut so", hauche ich, „das ist meine Absicht."

Er greift nach meinen Händen und hält sie mir auf dem Rücken fest. Ich schließe die Augen und gebe mich völlig seinen zärtlichen Berührungen hin. Ich bin kurz davor, um Gnade zu winseln, da hebt mich Ian ein Stück an. Er drückt mich mit dem Rücken gegen die Wand, schiebt sich zwischen meine Beine und dringt quälend langsam in mich ein. Ich zerspringe innerlich, während ich ihn immer schneller und drängender in mir spüre. Laut stöhnend schließe ich die Beine hinter seinem Rücken, um zu verhindern, dass er noch fester zustößt.

„Amy, nicht!", raunt er erstickt. „Ich kann nicht länger ..."

„Mach schnell!", bettle ich und komme ihm entgegen.

Wie Strom durchflutet es uns, als wir gemeinsam unseren Höhepunkt erreichen. Schwer atmend sinken wir auf den Boden und ergeben uns dem langsamen Abebben unserer Gefühle. Das Badezimmer steht voller Dampf und die Hitze schürt unser Beben erneut an. Wenig später liegen wir im Bett und Ian zieht mich an sich.

„Erwähntest du nicht etwas von mehr Zeit heute Nacht?", fordere ich mit einem unschuldigen Augenaufschlag.

„Sehr viel Zeit!", schmunzelt er und seine Hände gleiten langsam über meine Brust.

22

Es ist halb neun am Morgen, als ich verschlafen auf die Uhr schaue. Collin liegt entspannt neben mir und schläft noch tief und fest. Um ihn nicht zu wecken, schiebe ich mich vorsichtig aus dem Bett und verschwinde lautlos im Bad. Eilig brause ich mich ab, schlüpfe in frische Unterwäsche und nehme mir Collins T-Shirt, das über einem Stuhl in der Ecke des Zimmers hängt. So verlasse ich das Apartment Richtung Küche. Mit einem seligen Grinsen hebe ich nach und nach die gestern verteilten Kleidungsstücke auf, die als stumme Zeugen unserer Liebesnacht noch unverändert auf dem Boden verstreut liegen.

„Guten Morgen Süße", begrüßt mich Sara, die im gleichen Augenblick mit Lukas auf dem Rücken die Wendeltreppe herunterkommt.

„Auch guten Morgen. Gut geschlafen?", wende ich mich in erster Linie an Lukas.

Meiner Vermutung nach ist Saras Schlafpensum in der letzten Nacht ohnehin vernichtend gering ausgefallen. Als Collin und ich uns erschöpft und aneinandergeschmiegt unseren Träumen hingegeben hatten, war es nach drei Uhr nachts gewesen. Und bis dahin waren Sara und Dirk noch nicht zurück.

„Ich habe gaaaaanz lange geschlafen", berichtet Lukas voller Stolz. „Bis eben! Aber Papa schläft immer noch." Zur Verdeutlichung flüstert er plötzlich und hebt warnend den Zeigefinger vor die Lippen.

„Das kann ich mir vorstellen", kichere ich und Sara fängt prompt an zu gähnen.

Wir setzen Lukas mit seinem mitgebrachten Memory-Spiel auf die Küchen-Theke. So ist er auf gleicher Höhe wie wir.

„Josi, spielst du mit mir?" Ohne eine Antwort abzuwarten, packt er die Spielkarten aus.

„Vorausgesetzt, du lässt mich auch mal gewinnen!", fordere ich, wobei Lukas entschieden den Kopf schüttelt. „Wann wart ihr zurück?", erkundige ich mich bei Sara.

„Gegen vier." Sara durchsucht die Küchenschränke gerade nach Tassen. „Ach, Süße, danke noch mal fürs Aufpassen. Das war sicher der schönste Abend seit ewigen Zeiten", schwärmt sie und wirft mir einen Handkuss zu.

„Keine Ursache, Schwesterherz, unser Abend war auch schön", grinse ich zurück.

Nach der ersten Runde Memory, bei der natürlich Lukas gewinnt, nehmen wir die Kaffeemaschine in Betrieb.

„Ich habe einen Bärenhunger", sagt Sara. „Wie sieht es mit euch aus?"

„Kaiserschmarrn!", platzt Lukas heraus.

„Was? Zum Frühstück?" Diese Leckerei gehört zu Saras Pflichtprogramm, sobald ich in Garmisch zu Besuch bin.

„Klasse Idee!", stimme ich Lukas begeistert zu. „Für mich bitte eine Riesenportion."

„Na gut", gibt sich Sara geschlagen. „Schließlich hieß es, wir sollen uns fühlen wie zu Hause! Mal sehen, was diese Unmenge an Schränken alles zutage befördert."

Erneut arbeitet sie sich durch die Küchenschränke und kurz darauf sind alle benötigten Zutaten beisammen.

Inzwischen steht Collin unbemerkt im Durchgang zum Apartment. Mit einem Blick zur Galerie hoch entdeckt er Dirk, der gleichfalls, ohne einen Ton von sich zu geben, im Türrahmen zu seinem Schlafzimmer lehnt. Sobald er Collin sieht, winkt er ihn zu sich nach oben. Collin wartet, bis wiederholt das Mahlwerk der Kaffeemaschine brummt. Dann schleicht er unbeobachtet die Treppe hinauf. Der Einzige, der Collins Bewegungen bemerkt, ist Lukas. Rasch hebt Collin den Zeigefinger an die Lippen und schüttelt wortlos den Kopf. Lukas nickt beiläufig und vertieft sich wieder in sein Spiel. Derweil machen es sich Dirk und Collin auf der Galerie bequem. Sie verfolgen das Treiben in der Küche interessiert und spielen sprichwörtlich Mäuschen.

„Gibst du mir bitte ein Küchentuch und ein paar Eiswürfel aus dem Gefrierfach!", bitte ich meine Schwester.

„Eiswürfel?", überrascht runzelt Sara die Stirn. „Wofür brauchst du Eiswürfel?" Sie stellt die Rührschüssel beiseite, kramt im Froster und reicht mir alles über die Theke.

„Mein Bein ist geschwollen und tut höllisch weh." Mit schmerzverzerrtem Gesicht hieve ich mein rechtes Bein auf den nebenstehenden Barhocker. „Als Strafe fürs lange Rumlaufen gestern."

Mein Schienbein pocht und fühlt sich heiß an. Außerdem ist es stark gerötet. Ich beiße die Zähne zusammen und ziehe scharf die Luft ein, während ich das Tuch mit den Eiswürfeln darumbinde.

„Himmel, Josi, spinnst du!", stößt Sara entsetzt aus. „Dein Bein ist komplett entzündet!"

„Was soll ich denn machen? Du weißt genau, dass ich alles tue, was der Arzt gesagt hat. Und regelmäßig zur Kontrolle gehe ich auch!" Ich schlucke schwer und habe das Gefühl, mich verteidigen zu müssen. „Schließlich warst du bei den letzten Untersuchungen dabei."

„Ja, das war ich", zischt Sara grimmig. „Und wann gehst du endlich in eine Klinik statt zu diesem Metzger von Arzt?"

Saras Einstellung zu meiner nicht besser werdenden Sportverletzung kenne ich. Ihrer Ansicht nach zieht sich der Heilungsprozess schon viel zu lange hin. Aus diesem Grund reitet sie unentwegt auf dem Thema herum und fordert mich ständig auf, eine zweite medizinische Meinung einzuholen.

„Was bringt das schon?", fauche ich eingeschnappt zurück. „Bei der letzten Kontrolle hieß es nur, der Knochen sei noch nicht stabil verwachsen." Ich seufze leise und reibe mir frustriert über den Unterschenkel. „Dabei hab ich das Gefühl, dass es zunehmend schlimmer wird. Außerdem hieß es im Frühjahr ...", der Kloß in meinem Hals nimmt zu und ich schlucke erneut. „Als ... der OP-Termin hätte stattfinden sollen ... - Sara, sie haben gesagt, dass ... dass ich mir die Arbeit auf der Piste abschminken müsste." Meine Augen füllen sich mit Tränen und meine Stimme ist nur noch ein klägliches Jammern. „Es wäre besser, wenn ich den Wintersport komplett an den Nagel hängen würde!"

Diese Nachricht hatte ich bisher noch niemandem erzählt. Während der letzten Monate hatte ich mir eingeredet, es sei doch alles nicht so schlimm, lediglich die zunehmenden Schmerzen erinnern mich ständig daran. Es Sara nun endlich zu beichten, ist zwar erleichternd, bringt aber gleichzeitig eine lange verborgene Gefühlswelle mit sich. Schluchzend sinke ich auf der Theke zusammen und vergrabe mein Gesicht in den Armen.

„Nicht weinen, Tante Josi", versucht Lukas, mich zu trösten, und streicht mir beruhigend über den Rücken. „Das wird schon wieder." Eine liebevolle Geste, mit der unser kleiner Mann stets unsere Herzen in der Hand hält.

„Lukas hat recht, Josi. Es findet sich sicher ein Weg. Aber so kann es nicht länger bleiben!"

„Bitte Sara, fang du nicht auch noch an! Mir reicht, dass Collin sich Sorgen macht."

Der Morgen hatte so schön begonnen, daher will ich nicht länger in jämmerlicher Stimmung versinken. Ich wische mir die Tränen weg und versuche eilig, das Thema zu wechseln.

„Erzähle mir lieber, wie es gestern Abend im Club war."

Sara mustert mich noch einen Moment lang, dann brummt sie leise. „In Ordnung!" Prompt beginnt sie zu lächeln. „Es war sehr, sehr schön. Davon abgesehen kenne ich jetzt wahrscheinlich halb München." Saras Gesichtsausdruck spricht Bände und dennoch hüllt sie sich in Schweigen.

„Ist im Club alles heil geblieben?", starte ich den zweiten Versuch, etwas zu erfahren.

„Ja, alles unversehrt. Es gab zwar ein paar Unstimmigkeiten, allerdings vor der Tür. Der Club war bereits brechend voll, als wir gegen elf ankamen. Daher wurden nur noch einzelne Stammgäste eingelassen."

„Viel Diskussionsstoff für die Türsteher", werfe ich ein und Sara nickt zustimmend.

„Dirk nahm's gelassen und gab kurzerhand eine Lokalrunde für die Gäste, die keinen Einlass erhielten. Damit ließen sich die Gemüter beruhigen", erzählt Sara. Indessen landet die erste Portion duftenden Kaiserschmarrns vor uns auf den Tellern.

„Habt ihr euch unter die Leute gemischt oder seid ihr gleich im Büro verschwunden?", stochere ich frech grinsend nach.

„Von wegen! Im Gegensatz zu euch mischen wir uns gerne unter die Gäste", stellt Sara in belehrender Große-Schwester-Manier klar. „Für alles andere ist zu Hause immer noch Zeit, oder?" Ihre ernste Miene kippt, und sie errötet prompt.

Auf der Galerie steht Dirk mit stolzem Blick am Geländer. Er strahlt förmlich, als er sich zu Collin umdreht und zu ihm auf die Couch setzt.

„Oh Mist, Sonntagmorgen!", reagiert Sara plötzlich. „Josi, wir müssen dringend ein paar E-Mails bearbeiten. Das hätte ich beinahe vergessen. Lukas, bitte hole mein Laptop aus der Tasche. Aber sei leise, damit Dirk nicht wach wird."

Sara hebt ihren Sohn von der Theke und Lukas flitzt sofort die Treppe zur Galerie hinauf. Vor Collin und Dirk bleibt er abrupt stehen, die beide tonlos den Kopf schütteln und abwehrend mit den Händen wedeln. Dirk nimmt Lukas an die Hand und geht mit ihm ins Schlafzimmer.

„Nicht verraten, dass wir wach sind, okay, mein Großer?"

Lukas nickt, nimmt den Rechner entgegen und Dirk drückt ihn schnell, bevor er summend die Stufen wieder hinunterläuft.

„Super, danke, mein Schatz", lobt Sara und setzt Lukas mit einem Kuss auf die Wange wieder neben mir auf die Arbeitsplatte.

„Kriege ich noch eine Revanche?", fordere ich meinen Neffen auf.

Bisher hat Lukas alle Spiele gegen mich gewonnen, und das findet er natürlich großartig. Nebenbei nehme ich Saras Rechner in Betrieb und logge mich kurz darauf in ihren E-Mail-Account ein.

„Alles klar, kann losgehen", verkünde ich. „Du meine Güte! 25 Reservierungen für den Zeitraum Januar/Februar, weitere 19 für Anfang März. Alles Anfragen binnen der letzten 24 Stunden. Bearbeitung wie gehabt? Oder gab es Änderungen?"

Es ist Monate her, seit ich zuletzt mit meiner Schwester direkt zusammengearbeitet habe. Umso euphorischer mache ich mich an die Arbeit. Gelegentlich klären wir einige Aufträge und Kundenanfragen übers Telefon oder per E-Mail, insbesondere wenn es um Fragen und Reservierungen für die Skischule geht. Allerdings ist dies nichts im Vergleich zu der Zeit, als wir Hand in Hand in einem Büro schufteten. Das bekannte Gefühl von Heimweh überkommt mich, das stets mitschwingt, wenn ich an unsere Arbeit in Garmisch denke.

„Alles beim Alten. Du bearbeitest die Onlinereservierungen. Ich kümmere mich um die telefonischen Rückfragen. Aufi!", treibt Sara uns an. „Das packen wir in einer halben Stunde." Sie selbst schreitet mit dem Handy zur Tat und arbeitet gleichzeitig die erste Hotelreservierung ab.

Zur gleichen Zeit sitzen Collin und Dirk auf dem großen Sofa, das auf der Galerie zwischen den bibliotheksähnlichen Regalen steht. Auch ihre technischen Gerätschaften, in Form von Laptop und MacBook, sind im Einsatz.

„Geburtstag im Schnee. Das wäre doch eine prima Sache, oder?", überlegt Dirk mit einem Augenzwinkern. „Zumal es heuer auf ein Wochenende fällt."

„Du willst deinen Dreißigsten feiern?", erkundigt sich Collin, der den Wink seines Bruders verstanden hat. „In welcher Größenordnung denn?"

„Wenn ich feiere, dann richtig!", stellt Dirk klar. Er legt den Kopf schief und beginnt zu rechnen. „Ich dachte an die Stammmannschaft vom House-Club! Mit der Holding machen wir alljährlich unser Sommerfest. Aber die Leute vom Club kommen diesbezüglich immer zu kurz. Das wären dann ... etwa 40 Personen mit Begleitung. Dazu uns fünf. Ergo 85, plus/minus", lautet seine grobe Kalkulation.

„Gut, dann werde ich gleich mal eine entsprechende Anfrage starten." Collin schnaubt amüsiert, dann richtet er sich online mit einer Buchungsanfrage an die entsprechende Stelle der Stadt Garmisch-Partenkirchen.

Anschließend legen die Männer ihre Sachen beiseite und lehnen sich ans Geländer der Galerie. Mit zufriedenen Gesichtern verfolgen sie das Treiben im Haus. Schweigend stehen sie nebeneinander, bis Collin Dirks seltsamer Blick auffällt. Er stößt ihn an. Ein rascher Blickkontakt reicht jedoch, um seinen verklärten Ausdruck zu deuten.

„Was hat unsere Nanny immer gesagt?", flüstert Dirk schließlich. „Wenn die Richtige kommt ...,"

„... wird auf einmal alles anders!", antworten beide, wie aus einem Mund.

Es handelt sich um eine Behauptung ihres alten Kindermädchens. Ein Satz, den besonders Dirk oft belächelt und mit genervtem Kopfschütteln abgetan hat. Doch in diesem Augenblick zweifelt keiner von beiden an dem sonst so belanglos verkündeten Spruch.

„Bing! Da kommt die nächste Anfrage", informiere ich meine Schwester, als gerade eine weitere E-Mail im Posteingang auftauchte. „Oh, für die brauche ich deine Unterstützung. Ich befürchte, dafür reicht mein Englisch nicht", gestehe ich und drehe Sara ihren Laptop zu.

„Ups!", Sara macht große Augen. „Jetzt haben wir wohl ein kleines Problem. Oder besser, eine etwas aufwendigere Arbeit. Außerdem fällt das in dein Spezialgebiet!", kichernd deutet sie auf den Bildschirm.

„Um was geht es denn?", drängle ich neugierig.

„Eine Buchungsanfrage für drei Nächte, ab Freitag 12. Februar. Der Anlass ist ein 30. Geburtstag." Saras Augen weiten sich erneut und sie hält sich kurz die Hand vor den Mund.

„Was ist denn? Jetzt rede schon!", fordere ich noch einmal mit Nachdruck.

„Wie gesagt, der Anlass ist ein Geburtstag. Die Gesellschaft hat eine Größenordnung von circa 85 Personen. – Halt! Sag noch nichts", Sara hebt schnell die Hand, um meine Reaktion zu ersticken. „Gleichzeitig wünschen sie eine Betreuung durch unsere Skischule. Es wird explizit darum gebeten, dass die Schwestern Rausch darunter sein sollen!"

Mit offenstehenden Mündern starren wir uns an.

„Wer ist das?" Die E-Mail-Signatur gibt leider keinerlei bekannte Auskünfte über den Absender. „Woher kennen die uns denn?", frage ich und schüttle verwirrt den Kopf.

„Ich habe keine Ahnung! Aber offensichtlich haben wir in der Vergangenheit bei irgendjemandem mächtig Eindruck hinterlassen", stellt Sara lachend fest.

Collin und Dirk genießen es, dass im Loft reges Leben herrscht. Sie amüsieren sich über die haarsträubenden Diskussionen ihrer Liebsten, schaffen es dabei aber kaum noch, sich still zu verhalten. Es dauert nicht lange, da kichern sie so laut, dass Lukas grinsend nach oben sieht.

„Boa, seid ihr gemein!", rufen Sara und ich gleichzeitig, da wir Lukas´ Blick gefolgt sind. „Kommt sofort runter zu uns!"

In bester Laune und laut lachend kommen die beiden die Treppe herunter.

„Wie lange steht ihr schon da oben?", will ich wissen, als Collin hinter mich tritt und mir seine Arme um die Schultern legt. Seine Berührung verleiht mir eine wohlige Gänsehaut. Er trägt lediglich eine Sporthose und sein Amulett.

„Schon eine Weile", gesteht er mit einem Lächeln und gibt mir einen sanften Kuss in den Nacken.

Sara hingegen hält Dirk mit ausgestrecktem Arm auf Abstand. „Moment, mein Lieber!" Sie versieht ihn mit einem kritischen Blick. „Die E-Mail mit der Geburtstagsfeier, die kommt von dir, oder?"

Dirk gibt sich betont unschuldig, dabei schiebt er Saras Hand mit einem Griff beiseite. „Die E-Mail hat er geschrieben", verteidigt er sich mit einem Kopfnicken zu Collin hinüber, gleichzeitig zieht er Sara beherzt an sich.

„Ist diese Anfrage denn ernst gemeint? Oder wolltet ihr uns nur schwitzen sehen?", hakt Sara unbeirrt nach.

„Die nackte Wahrheit!", stöhnt Dirk übertrieben. „Ich kann es nicht ändern, ich bin wirklich schon so alt. Das Wochenende soll mit den Leuten vom Club gefeiert werden. Daher die Anzahl der Personen. Und, da die meisten von uns versierte Pisten-

Rowdys sind, brauchen wir natürlich erfahrene Ski- und Snowboard-Begleitung!", erklärt er. Weitere Fragen oder Proteste erstickt Dirk mit einem langen und zärtlichen Kuss. Anschließend löst er sich nur Millimeter von ihren Lippen und schaut Sara durchdringend in die Augen. „Ich hätte euch stundenlang zusehen können", säuselt er frech.

„So, so", raunt Sara. „Na dann erzähl doch mal, seit wann ihr da oben steht?"

„Hm." Kurz gibt Dirk vor, als müsse er überlegen. „Ich bin wach geworden, als du mit Lukas aufgestanden bist. Und Collin kam beim ersten Kaffeemahlen zu mir hoch", gesteht er und sein Bruder stimmt heftig nickend zu.

„Um genau zu sein, ihr habt jedes Wort mit angehört!", bemerke ich kleinlaut.

„Oh ja!" Collins Miene ändert sich, als er sich mir zuwendet. Sein Ton klingt plötzlich nicht mehr ganz so entspannt. Er löst seine Umarmung und kommt neben mich.

Vorsichtig hebt er das Tuch von meinem Bein, worauf ich leicht zusammenzucke. Kommentarlos läuft zum Kühlschrank und nimmt ein paar frische Eiswürfel aus dem Gefrierfach. Ebenso schweigsam kehrt er zurück, lässt sich auf dem Barhocker vor mir nieder und legt das Tuch wieder sachte auf die geschwollene und rotglühende Stelle meines Schienbeins. Allein sein abgeklärter Gesichtsausdruck reicht, um zu kapieren, dass das Thema damit noch nicht erledigt ist.

„Zu deiner Kenntnis", beginnt er sachlich. „Du wirst morgen nicht zur Arbeit gehen! Stattdessen fahren wir heute Abend in deine Wohnung, damit du ein paar Sachen zusammenpacken kannst. Wir haben morgen einen Termin in London. Stelle dich bitte darauf ein, dass du umgehend operiert wirst."

Seine Miene und der entschiedene Tonfall verdeutlichen unmissverständlich, dass augenblicklich alle anderen Optionen gestrichen sind. Ich schlucke und schaue Hilfe suchend in die Runde. Sara scheidet aus, ihre Meinung kenne ich. Doch auch Dirk nimmt gerade denselben unerbittlichen Ausdruck an wie sein Bruder. Somit fällt jeglicher Beistand flach. Ein paar Sekunden hocke ich verdattert auf meinem Barhocker und verdaue Collins rigorose Ankündigung. Schließlich gebe ich mich geschlagen und bringe ein zaghaftes Nicken zutage. Für Collin offensichtlich eine annehmbare Reaktion und die Sache vorerst vom Tisch. Sein Gesicht hellt sich auf und er dreht sich zu Lukas um. Augenzwinkernd stiehlt er ihm ein Stück Kaiserschmarrn vom Teller.

„Mm, lecker!", schwärmt er und grinst bereits wieder wie ein frecher Schuljunge. „Gibt's noch mehr? Ich bin kurz vorm Verhungern."

„Kommt sofort!", tönt Sara und macht sich erneut in der Küche zu schaffen.

Ich seufze leise und kehre zu der geöffneten E-Mail-Anfrage zurück.

„Wie sehen denn deine Wünsche für das Geburtstags- wochenende aus? In Bezug auf Hotel, Ablauf und so?", wende ich mich an Dirk. „Und vor allem, an welchem Tag ist dein Geburtstag überhaupt?"

„Samstag", lautet Dirks knappe Auskunft.

„Also ... am 13. Februar, richtig?"

„Na wenigstens ist es kein Freitag", stöhnt er. „Das wäre ja noch schlimmer! Der 30. an einem Freitag dem 13., bäh! – Obwohl!", plötzlich grinst er und dreht sich zu Collin um. „Vielleicht sollte ich im House-Club anschließend eine Ü-30- Party ansetzen!" Worauf er von allen Seiten nur ein gedehntes „Hähä!" zu hören bekommt. Lachend wendet er sich wieder an mich. „Über Hotel und Ablauf dürft ich euch selbst den Kopf zerbrechen. Lasst es mich wissen, sobald ihr Vorschläge habt. Ich ..."

„Ich weiß, ich weiß!", unterbreche ich ihn. „Du sagst uns schon, ob es dir passt oder nicht!" Wohl wissend, dass er den Wink zur Konzept-Erstellung für den Club versteht.

„Ganz genau!", stimmt er zu und tätschelt mir beschwichtigend die Schulter.

„Collin, wann hast du eigentlich ..."

„Erst nächsten Sommer wieder", platzt er heraus, ohne dass ich meine Frage nach seinem Geburtstag aussprechen konnte. „Ich sag dir rechtzeitig Bescheid."

Ich bin so überrumpelt, dass ich ihn mit offenem Mund anstarre. Sara und Dirk fangen sofort an zu lachen, während Collin so tut, als sei nichts gewesen.

„Du glaubst jetzt aber nicht, dass ich dir meinen Geburtstag verrate, oder?", blaffe ich beleidigt.

„Der 12. Mai, und Sara hat am ersten Weihnachtsfeiertag, am 25. Dezember. Das weiß ich schon!"

Zufrieden stelle ich fest, dass er wenigstens Mühe hat, seine vorgegeben unschuldige Miene aufrechtzuerhalten. Ich drehe mich zu Sara um, forme tonlos das Wörtchen ‚Angeber' und schüttle augenrollend den Kopf.

„Josi, denke nach!" Sara lacht immer noch. „Es stand alles in den Notar-Unterlagen", klärt sie mich auf und macht eine Handbewegung zu unseren Männern. „Nur der Käufer war die Firma, daher erhielten wir keine genaueren Angaben."

„Stimmt!", gebe ich ihr recht und hoffe inständig, nicht zu erröten. Sara muss es schließlich wissen. Im Gegensatz zu mir liest sie solche Unterlagen nämlich durch!

Binnen der nächsten halben Stunde gehen weitere drei riesige Portionen köstlich duftenden Kaiserschmarrns wortwörtlich über die Theke.

Anfangs beteiligt sich Lukas an unserer ausgelassenen Unterhaltung und quatscht lauthals mit. Mit der Zeit wird er jedoch immer ruhiger. Inzwischen sitzt er mit Collin neben der Küchentheke auf dem Boden. Beide malen Autos, Häuser und Schiffe. Wobei Collins Zeichnungen für mein ungeschultes Auge wie halbe Konstruktionspläne aussehen.

„Hey, Großer", murmelt Collin leise. „Alles klar bei dir?" Er legt seinen Stift beiseite und setzt sich vor Lukas in den Schneidersitz. Lukas schaut blinzelnd zu ihm auf, dann kommt er auf die Füße und ist somit nur wenig kleiner als Collin im Sitzen. „Na los, erzähl schon!", ermutigt er den Jungen. „Was ist mit dir?"

Lukas steht einige Sekunde lang reglos vor ihm. Plötzlich bricht er in herzerweichendes Schniefen aus und fällt Collin um den Hals. Völlig perplex drehen wir uns zu den beiden um. Sara will sich gerade fragend einmischen, wovon Dirk sie jedoch eilig abhält. Collin streicht Lukas beruhigend über den Rücken und langsam lässt Lukas´ Weinen nach. Schließlich hebt er den Kopf und hantiert nervös an Collins Kette herum.

„Sei ehrlich, es sind die Fahrzeugräder!", seufzt Collin in gespielter Selbstkritik. „Viel zu groß und absolut unbrauchbar, oder? Tut mir leid, aber ich kritzle immer einen solchen Mist."

Collins ironische Anspielung auf seine angeblich misslungenen Kunstwerke zeigt Wirkung. Lukas lächelt verlegen und nach einem letzten Schluchzer teilt er ihm seine Sorgen mit.

„Ich will heute nicht nach Hause! Und ... und in den doofen Kindergarten will ich morgen auch nicht!", platzt er heraus und verzieht grimmig das Gesicht. „Die ... die ... sind alle so gemein!"

„Ach so!", brummt Collin und spitzt nachdenklich die Lippen. „Wer ist denn so gemein? Und warum?"

„Die Maria!", gibt Lukas sofort preis. „Bloß, weil ich erzählt hab, dass ich jetzt auch ein Papa hab."

Mit zusammengepressten Lippen schweift mein Blick zu Sara hinüber. Augenblicklich habe ich das blanke Entsetzen vor Augen. Sie stiert kreidebleich und mit offenstehendem Mund zu Lukas hin. Dirk geht in die Hocke und streckt Lukas auffordernd die Arme entgegen, der unverzüglich zu ihm stürmt. Er drückt ihn fest an sich. Gleichzeitig tauscht er über Lukas Schulter hinweg mit Collin einen Blick.

„Maria?", quietschen Sara und ich gleichzeitig.

„Wer ist das?", erkundigt sich Dirk, während er sich mit Lukas auf dem Arm aufrichtet.

„Maria ist seine Erzieherin, beziehungsweise eine davon", komme ich Sara zuvor.

„Außerdem die neue Freundin von Peter", vervollständigt sie bedeutend leiser.

„Wie bitte?", brüllen Dirk und Collin gemeinsam.

„Moment!" Collin erhebt sich und hält Dirk mit offener Hand von einer Reaktion ab. „Ihr meint also, dass Lukas von einer Erzieherin betreut wird, die seit Neuestem die Freundin von Lukas' leiblichem Vater ist! Und der wiederum ist noch immer auf jeden Kerl eifersüchtig, der Sara auch nur ansieht?"

„Das könnte man so sagen, ja", bestätige ich, während Sara schwer seufzend zu nicken beginnt.

„Ihr zieht nach München um!", grollt Dirk barsch. „Oder ich zeige jemandem, wie tief Maulwurflöcher sein können."

„Dirk, lass den Stuss!", erwidert Sara entschieden.

„Das ist kein Stuss! Sara, ich meine es ernst. Willst du Lukas etwa weiterhin täglich in die Obhut dieser Maria geben?"

„Das geht trotzdem nicht", verteidigt sie sich. „Ich muss morgen erst klären, was genau vorgefallen ist."

In Gedanken gebe ich Dirk völlig recht. Andererseits kenne ich meine Schwester und weiß, dass sie selten eine unschöne Tatsache einfach hinnimmt. Um das Ganze vor Lukas nicht noch mehr aufzubauschen, äußere ich meine Bedenken ruhig und eher als Vorschlag.

„So wie ich Maria kenne, wird ein Gespräch mit ihr aber nicht sachlich und friedfertig verlaufen. Wahrscheinlich bekommt Lukas anschließend sogar ihre schlechte Laune ab. Egal was sich ergibt, lass ihn wenigstens morgen bei Mama."

Collin lässt Lukas in der Zwischenzeit nicht aus den Augen. Während wir über ihn diskutieren, beobachtet er den Kleinen ganz genau. Dabei entgeht ihm nicht, dass ihm scheinbar noch etwas auf der Seele brennt.

„Lukas, schau mich mal an!", bittet er leise. „Ist noch was?"

Lukas nickt heftig und verkündet dann prompt: „Sie hat gesagt, Mama ist ein Fitschen!"

„Ein Flittchen?", verbessere ich Lukas, der erneut nickt.

Hastig greife ich über die Theke und halte Sara, in weiser Voraussicht, dass das, was jetzt kommen würde, nicht für Lukas´ Ohren bestimmt ist, den Mund zu. Mit warnendem Blick fixiere ich meine Schwester und verneine ganz langsam. Erst dann wage ich es, meine Hand wieder von Saras Lippen zu nehmen. Sie hat die Augen weit aufgerissen und japst mit hochrotem Kopf nach Luft.

„Kann ich die Maulwurf-Variante noch mal hören?", faucht sie giftig.

„Sachte bitte!", geht Collin dazwischen. „Vorschlag: Lukas bleibt die nächsten Tage entweder bei seiner Oma oder bei Dirk. Josi und ich fallen leider aus, da wir nicht da sind. Du, Sara, sprichst morgen mit dieser Maria und der Leitung des Kindergartens. Aber lass dich nicht provozieren und bleibe sachlich." Collins Blick richtet sich auf seinen Bruder, dazu tippt er ihm mit dem Finger auf die Brust. „Im Gegensatz zu dir habe ich mein langweiliges Jura beendet, schon vergessen? Außerdem stehen einige Anwälte auf unsere Gehaltsliste. Notfalls sollen die sich darum kümmern."

Um das Thema zu beenden und Sara und Dirks Gemüter zu beruhigen, greife ich eilig zum Telefon.

„Ich rufe Mama an und gebe ihr wegen morgen Bescheid. Dann ist sie auf jeden Fall zu Hause."

Dirk steht in der offenen Tür und schaut Sara und Lukas hinterher, als sie sich kurz nach vier am Nachmittag auf den Heimweg nach Garmisch-Partenkirchen begeben. Bis er sich losreißt und die Tür schließt, ist der Wagen längst außer Sichtweite. Er wirkt unglücklich und besorgt. Letztendlich verschwindet er wortlos nach oben in seine Zimmer. Collins Augen verfolgen ihn, während er nebenbei die Malsachen vom Vormittag wegräumt.

„Komm, Amy, wir machen uns ebenfalls auf den Weg", erklärt er. Sachte nimmt er mich an die Hand und wir gehen ins Apartment, um meine Sachen zu holen.

Auf der Fahrt in meine Wohnung sitze ich beklommen im Wagen. Collins Ankündigung, in Bezug auf den nächsten Morgen, war alles andere als informativ. Und nicht zu wissen, was mich erwartet, beschert mir ein äußerst unbehagliches Gefühl.

„Wie stellst du dir das eigentlich vor?", erkundige ich mich aus heiterem Himmel. „Ich kann doch nicht einfach der Firma fernbleiben! Zumindest nicht, ohne eine Krankschreibung vom Arzt abzugeben."

„Mach dir darüber keine Gedanken, Amy. Das wird geregelt. Dirk meldet sich morgen früh bei deinem Chef. Unser Flug geht bereits um halb sechs, daher habe ich ihn gebeten, dies zu erledigen. Ansonsten hätte ich es selbst getan."

Collins sachliche Tonlage und die Tatsache, dass er sich beim Reden nicht zu mir umsieht, verdeutlicht, wer gegenwärtig neben mir sitzt. Der geschäftstüchtige Businessman, der bei solchen Dingen nichts dem Zufall überlässt. Nur vergisst er gerade, dass es sich um mich dreht! Und ich lasse mich gewiss nicht mit ein paar angedeuteten Fakten abspeisen.

„Flug um halb sechs, wie?", grolle ich eingeschnappt. „Collin, wärst du bitte so nett, mich über ein paar Einzelheiten aufzuklären!"

Meine Kritik entgeht ihm nicht.

„Natürlich", brummt er und sieht kurz zu mir her. „Ich kenne in London einen Arzt, der auf solche Sachen spezialisiert ist." Dabei zeigt er kurz auf mein Bein. „Zu meiner Vergangenheit gehören leider ebenfalls ein paar Knochenbrüche, die nicht dem normalen Arztstandard zuzuordnen sind. Als ich heute Morgen mit anhörte, dass bei dir offensichtlich schon längere Zeit keine Heilung vorangetrieben wird, habe ich in der Klinik angerufen und einen Termin vereinbart."

„Sonntagsmorgens", raune ich gedehnt, „rufst du in einer Klinik an und kriegst einen Termin bei einem Spezialisten - am drauffolgenden Tag - dazu noch im Ausland! Das soll ich dir tatsächlich ..."

Während ich meine Bedenken aufzähle, drehe ich mich langsam zu Collin um. Seine Miene bringt mich augenblicklich zum Schweigen. Äußerlich ist er ruhig. Mit schmalen Augen ist sein Blick auf den Verkehr gerichtet. Sein verbissener Ausdruck jedoch wirkt, als hätte er mit diesem Anruf etwas getan, was er vermeiden wollte. Offensichtlich suchen ihn gerade einige verdrängte Erinnerungen heim, denn seine Gedanken scheinen ganz weit weg zu sein.

„Will ich es wissen?", erkundige ich mich leise und mit flauem Gefühl. Collin verneint und den Rest der Fahrt verbringen wir schweigend.

Da selbst Collin nicht beurteilen kann, was mich am nächsten Tag erwarten wird, entscheide ich, zwei Taschen zu packen. Eine, die ich mit nach London nehme. Sie beinhaltet das Nötigste, falls tatsächlich ein mehrtägiger Aufenthalt im Krankenhaus notwendig ist. Die zweite enthält Kleider, die ich im Loft deponieren werde. Für alle Fälle sozusagen. Ich hoffe inständig, auf den Gebrauch der ersten Tasche verzichten zu können. Ganz gleich, welches Ergebnis diese Untersuchung bringt, vielleicht ist eine Besserung von zu Hause aus zu erzielen. Collins Reaktion im Wagen ängstigt mich inzwischen mehr als die eigentliche Untersuchung und ich bete insgeheim, nach dem Termin direkt zurückfliegen zu können.

Als wir ins Loft zurückkehren, steht Dirks Werbe-Audi vom House-Club nicht mehr in der Garage.

„Bruder, du bist heute viel zu früh dran", murmelt Collin mit einem Blick auf die Uhr. Es ist erst zehn nach sieben.

Der Abend verläuft ziemlich wortkarg. Wissentlich, dass die Nacht kurz sein wird, verabschiede ich mich bereits gegen neun ins Schlafzimmer. Collin hingegen entscheidet, in seinem Büro darüber noch einige Arbeiten fertigzustellen. Ich spüre, wie er in der Nacht zu mir unter die Decke kriecht. Wie von selbst schmiege ich mich im Halbschlaf an ihn, ohne auch nur ein Auge zu öffnen.

23

Der Flug nach London ist eine ganz neue Erfahrung für mich. Die Vorzüge, per Business-Class zu fliegen, hatte ich bis zum jetzigen Zeitpunkt nie genießen können. Davon abgesehen lenkt es mich etwas von dem bevorstehenden Termin ab.

„Warst du noch wach, als Dirk nach Hause kam?", erkundige ich mich kurz nach dem Start bei Collin.

Meine Frage dient dem Versuch, ein Gespräch in Gang zu bekommen. Die bedrückende Stimmung vom gestrigen Nachmittag hat sich nicht geändert, und ich fühle mich mit jeder Stunde lausiger, in der sie anhält. Innerlich flehe ich meinen blonden Engel an, endlich mit mir zu reden.

Collin schüttelt den Kopf. „Ich bin gegen zwei ins Bett. Da war er noch nicht zurück."

Dirk hatte uns vor einer Stunde, ebenfalls wortkarg, zum Flughafen gefahren. Er verabschiedete sich bei mir mit einem Kuss auf die Wange und einem schmunzelnden Kommentar auf Collins Kosten.

„Pass mir bloß auf den Kerl auf, dass er keine Dummheiten anstellt." Dirks Lächeln war eindeutig aufgesetzt.

Die Verabschiedung von Collin fiel um einiges sachlicher und besorgter aus, als ich es sonst von den beiden gewohnt bin.

„Sei ja vorsichtig! Du begibst dich direkt in die Höhle des Löwen. Und wenn du mich nicht auf dem Laufenden hältst, sitze ich in der nächsten Maschine, kapiert, Kleiner?"

„Schon klar", brummte Collin leise und umarmte seinen Bruder rasch. „Gib Bescheid, sobald du etwas Neues von Sara erfährst."

Unbehaglich fingere ich an meinen Händen herum. Dirks Worte hallen mir permanent im Kopf wider.

„Was hat Dirk gemeint, als er von der ‚Höhle des Löwen'
gesprochen hat?", frage ich zögernd.

Es kostet mich Überwindung, Collin danach zu fragen. Denn
sein stummes und angespanntes Verhalten trägt nicht gerade zu
meiner Beruhigung bei. Collin lässt sich Zeit für seine Antwort.
Einige Sekunden lang schaut er nur vor sich auf den Boden. Sein
Gesicht wirkt viel zu schmal und an seinen Wangen zeigt sich,
dass er die Kiefer fest aufeinanderpresst. Dann hebt er den Kopf
und sieht mich an. Doch statt sich zu äußern, zieht er sich
langsam die Baseball-Mütze vom Kopf und greift nach seiner
Kette. Gut sichtbar platziert er das Amulett auf seinem T-Shirt.

„Oh!", stoße ich aus und schlucke heftig. *Diese* Höhle!"

Dennoch bewirkt diese Offenbarung von ihm, dass die
Spannung sich etwas legt und wir den Flug ruhiger bewältigen.
Scheinbar lässt sich geteiltes Leid doch besser ertragen als
allein. Nach der Landung nimmt Collin meine Tasche und hält
mich fest an der Hand. Mir fällt auf, dass er beim Aussteigen den
Rücken durchdrückt und sich voll aufrichtet. Eine Tatsache, die
mich veranlasst, das Gleiche zu tun.

„Lass mich raten", bemerke ich leise, mit einem Blick zu ihm
hoch. „Ian und Amy sind eingestiegen, aber Collin und
Josephine steigen aus."

„Du hast es erfasst, Süße", antwortet Collin. Seine Lippen
verziehen sich zu einem warmen Lächeln und ich schaffe es, ein
wenig tiefer durchzuatmen.

Unmittelbar nachdem wir die Zollkontrollen des Londoner
Flughafens Heathrow passieren, läutet Collins Handy.

„Wir sind privat hier! Und nein, ich bin nicht davon
ausgegangen, unbemerkt einzureisen", knurrt er, ohne eine
Begrüßung oder nach dem Anrufer zu fragen. „Steht mein
Schwarzer bereit? ... Danke. Ich melde mich, bevor wir
abfliegen, bye." Damit legt er auf. „Komm, unser Wagen wartet

bereits", erklärt er knapp und deutet in die Richtung vor uns. „Außerdem soll ich dich von meinem Vater grüßen."

„Deinem Vater? - Aber, woher ..."

„Mach dir keine Gedanken, das läuft meistens so ab", versucht mich Collin zu beruhigen. „Man hat uns längst entdeckt. Davon abgesehen standen unsere Namen natürlich auf der Passagierliste. Es hätte mich überrascht, wenn es nicht so gewesen wäre."

Wir verlassen das Flughafengebäude durch eine Seitentür. Collin steuert direkt auf eine wenig entfernt geparkte schwarze Mercedes-Limousine zu. Zu meiner Verwunderung greift er direkt an die Beifahrertür, öffnet sie und bittet mich mit einer hofierenden Geste einzusteigen. Perplex tue ich es, ohne ein Wort zu verlieren. Anschließend verstaut Collin unser Gepäck im Kofferraum, läuft zur Fahrerseite, steigt ein und startet den Motor.

„Du sagst mir jetzt bitte, dass du wenigstens den Schlüssel eingesteckt hast", keuche ich eingeschüchtert. „Ich weiß, dass es bei manchen Modellen reicht, in der Nähe des Fahrzeuges zu sein, dass der Schlüssel erkannt wird. Bitte, Collin, das ist alles NICHT normal!"

„Ja, das habe ich", bekomme ich endlich wieder sein Lachen zu hören. „Zerbrich dir nicht deinen hübschen Kopf, Amy. Es ist mein Wagen." Er beugt sich zu mir und küsst mich sanft. „Ich habe dir doch gesagt, dass ich mehrere Fahrzeuge fahre. Das heißt aber nicht, dass alle in München in der Garage stehen. Diesen hier", er tippt auf das Lenkrad, „fahr ich immer, wenn ich in London bin. Und da mein Vater ohnehin über meine Ankunft informiert wird, steht er dann hier."

„Natürlich!", säusle ich hochtrabend. „Und gleich wache ich auf und befinde mich inmitten der Dreharbeiten zum neuen James Bond Film!"

1A-Filmstoff, entscheide ich und sehe kopfschüttelnd zu Collin hin. Er grinst, richtet seine Hand wie eine imaginäre Pistole auf mich und formt mit den Lippen ein tonloses „Peng!".

Vom Flughafengelände aus fahren wir Richtung City und der Verkehr wird immer dichter. Nach einem Blick auf die Uhr bringt mich Collin nun auf den aktuellen Tagesstand.

„Der Termin ist um halb neun. Wir haben noch genügend Zeit, es ist nicht mehr weit. Alles Weitere wird sich vor Ort ergeben."

Ich senke den Kopf, um zum hundertsten Mal an diesem Morgen an meinen Fingern zu reiben. Ohne hinzusehen, fasst Collin über die Mittelkonsole und umschließt meine Finger mit seiner Hand.

„Ich habe Angst!", gestehe ich, dabei klingt meine Stimme leicht erstickt.

„Geht mir ähnlich, Amy", gibt er ohne zu zögern zu.

„Versprichst du mir etwas?", flehe ich und Collin nickt kurz. „Lass mich bitte nicht allein! Während der Untersuchung und so, meine ich."

„Keine Sorge. Ich weiche nur von deiner Seite, wenn du sagst, dass ich gehen soll!", versichert er ruhig. „Und gib sofort Bescheid, falls du etwas nicht verstehst. Heute fallen sicher einige Fachbegriffe, die nicht im Englisch-Schulbuch stehen."

„Ja, bestimmt sogar", seufze ich. „Ich dachte aber nicht nur an die Sprache." Collin runzelt die Stirn und wirft mir einen überraschten Seitenblick zu. „Du stärkst mir den Rücken, und ich fühle mich sicher, wenn du da bist", vertraue ich ihm an. „Außerdem bist du mein Glücksbringer!"

„Wow!", staunt Collin und hebt die Augenbrauen. „Bisher waren sich die meisten einig, ich brächte Unglück."

„Ist jemand, der mich glücklich macht, denn kein Glücksbringer?", frage ich allen Ernstes.

Collin hebt meine Hand an seine Lippen und küsst sie. „Danke, Amy, du machst mich auch glücklich!"

Wir treffen fünf Minuten vor dem vereinbarten Termin im Krankenhaus ein. Unverzüglich führt man uns von der Anmeldung aus in ein Arztzimmer. Eine Krankenschwester, die sich mir mit Namen Cathrin vorstellt, teilt uns mit, dass sie vorab einige Angaben notieren müsse. Der Professor wäre dann gleich bei uns. Überall das Gleiche, denke ich, während ich bereitwillig alle Details zu Gewicht, Größe, momentan eingenommene Medikamente und bisherigen Operationen preisgebe. Es folgt eine Blutentnahme und die Messung der Temperatur. Wie versprochen, ist Collin dicht bei mir und verfolgt alles mit Argusaugen.

„Seit wann hast du Fieber?", erkundigt er sich besorgt, als er den Vermerk der Krankenschwester sieht.

„Bestimmt nur die Aufregung." tue ich seine Frage mit einem Schulterzucken ab.

Abschließend bittet mich Schwester Cathrin, ihr in den Röntgenraum zu folgen. Die Erstellung aktueller Aufnahmen sei zwingend notwendig. Hiernach seien alle benötigten Unterlagen komplett. Collin soll währenddessen im Zimmer warten, was ihm unverkennbar missfällt.

„Das geht schon in Ordnung, Collin", beruhige ich ihn mit einem Lächeln. „Beim Röntgen kannst du eh nicht mit rein. Warte hier, ich glaube, das schaffe ich allein."

„Wie du willst", gibt er nach und wirft der Schwester einen grimmigen Blick zu. „Notfalls schrei laut, ich finde dich schon", scherzt er und zwinkert mir zu.

Sobald Collin allein im Raum ist, geht er zum Fenster und sieht hinaus. Die sich fast lautlos öffnende Tür zum Nebenzimmer registriert er, regt sich jedoch nicht.

„Mister Christensen, schön, Sie zu sehen. Vor allem in einem Stück und ohne Knochenbrüche."

Neben Collin taucht ein Mann Mitte 50 mit grau meliertem Haar und Arztkittel auf, der ihm zur Begrüßung die Hand entgegenstreckt.

„Professor Simmens!" Collin lächelt über die spitze Bemerkung und dreht sich um. Mit einem Nicken reicht er dem Arzt die Hand. Dabei entgeht ihm nicht, dass Simmens minimal stockt, als dessen Blick flüchtig über seine Kette huscht. „Danke, dass Sie so kurzfristig Zeit für uns hatten", spricht er ungerührt weiter. „Sie sehen richtig, heute komme ich nicht als Patient zu Ihnen."

Mit einer auffordernden Handbewegung wendet sich der Arzt seinem Schreibtisch zu und bietet Collin einen Platz davor an. Sie setzen sich und Professor Simmens widmet sich zuerst dem Krankenblatt, das von der Schwester vorbereitet wurde. Dann nimmt er seine Lesebrille ab und mustert Collin prüfend.

„Handelt es sich bei der jungen Dame um Ihre Lebensgefährtin oder eine Freundin?", fragt er direkt.

„Ersteres! Behandeln Sie sie bitte wie meine Frau", fügt Collin zur Verdeutlichung hinzu, wobei er dem durchdringenden Blick des Professors unbeirrt standhält.

„Ich verstehe! Dann sagen Sie mir bitte, was passiert ist."

„Es handelt sich um eine Sportverletzung, die etwa eineinhalb Jahre zurückliegt. Scheinbar wurde vor Ort falsch behandelt", fasst Collin zusammen. „Alles Weitere sollten Sie Josephine selbst fragen."

Die Aufnahmen sind schnell erledigt, und wenige Minuten später kehre ich mit Schwester Cathrin ins Arztzimmer zurück. Kaum trete ich ein, erheben sich Collin und ein Mann, der sich unverzüglich als Professor Simmens vorstellt.

Die Gesichtszüge des Arztes wirken streng, seine Begrüßung und die tief brummende Stimme empfinde ich jedoch beruhigend und angenehm. Etwas seitlich zum Fenster hin steht eine Untersuchungsliege. Hier bittet mich der Professor Platz zu nehmen und mein Bein freizumachen. Etwas schwerfällig entledige ich mich meiner Hose und schiebe mich auf die Bank. In dem Moment bringt Schwester Cathrin die entwickelten Röntgenaufnahmen sowie ein Schriftstück, das sie dem Professor direkt aushändigt.

„Möchten Sie, dass wir die Untersuchung in Deutsch führen, Miss Rausch?", erkundigt sich Professor Simmens beiläufig mit einem Blick auf die gerade erhaltenen Unterlagen.

„Danke, nein", lehne ich ab. „Ich werde nachfragen, wenn ich etwas nicht verstehe." Ich antworte auf Englisch und hoffe inständig, mich nicht zu sehr zu blamieren. Mein rascher Blick zu Collin bestätigt, dass er meine Entscheidung befürwortet.

„Gut, Miss Rausch. Dann werde ich mir Ihr Bein einmal genauer ansehen, und Sie erzählen mir währenddessen, wie es zu der Verletzung kam."

In kurzen Sätzen fasse ich den Unfall, der während einer Skikursstunde passiert war, sowie die darauffolgende Behandlung und medizinische Nachsorge zusammen. Inzwischen tastet der Professor vorsichtig an der Narbe und dem sichtbar unter der Haut befindlichen Eisen entlang. Immer wieder beiße ich die Zähne zusammen, um die Schmerzen zu unterdrücken. Dann seufzt der Professor, legt kurz die Hände in den Schoß und steht schließlich auf. Er geht zum Schreibtisch, nimmt die Röntgenaufnahmen und befestigt sie an einem Leuchtschrank, der hinter ihm an der Wand hängt. Als das Licht die Röntgenbilder deutlich sichtbar macht, sehe ich, wie Collin mit aufgerissenen Augen auf die Aufnahmen starrt. Der Arzt steht erst mit verschränkten Armen vor den Ablichtungen, dann greift er plötzlich zu seinem Pieper und drückt den Knopf. Binnen weniger Sekunden läutet das Telefon. Er nimmt ab, gibt einige Anweisungen durch und legt auf.

„Nun", er räuspert sich, „das erklärt natürlich Ihr Fieber und die Entzündungswerte im Blut. Bitte verzeihen Sie, Miss Rausch, dass ich es nun doch in Ihrer Sprache ausdrücke, aber ich denke, es ist so für Sie verständlicher: Das war Stümperei!" Dabei deutet er auf die Röntgenbilder. Er schnaubt und schüttelt empört den Kopf.

Collins Aufmerksamkeit richtet sich inzwischen auf mich und ich weiß, er bemerkt mein Zittern ebenso wie die Tatsache, dass mir Tränen in den Augen stehen.

„Bitte sehen Sie hier", spricht Professor Simmens auf Englisch weiter und zeigt auf einen Spalt in meinem Knochen. „Diese Lücke müsste längst verwachsen sein. Durch die Fehlstellung der Schiene wurde jedoch genau das Gegenteil bewirkt. Möglicherweise war der Spalt direkt nach der Verletzung gar nicht so breit. Ohne die alten Röntgenaufnahmen ist dies allerdings eine reine Vermutung."

„Lässt sich dieser Fehler korrigieren?", geht Collin dazwischen.

„Die Schiene muss sofort entfernt werden!", bestimmt der Professor. „Wir werden versuchen, das Bein in seine Normalstellung zu rücken und durch ein erneutes Implantat zu stabilisieren. Überdies wird der Heilungsprozess mittels Stimulation des Stoffwechsels beschleunigt. Dann bleibt nur zu hoffen, dass der Spalt nicht zu breit ist und der Knochen doch noch verwächst. Genaueres wird sich während der OP zeigen."

Verwirrt schaue ich zu Collin hin. Ihm ist klar, dass meine Sprachkenntnisse ihre Grenzen erreicht haben, und kommt mir unverzüglich zu Hilfe.

„Angenommen es verläuft alles wie gewünscht", hake ich heiser nach. „Wie lange kann es dauern, bis alles verwachsen ist?"

„Schwer zu sagen. Es handelt sich um eine Schiene, die erneut direkt am Knochen fixiert wird. Somit ist der Heilungsprozess nach dem Eingriff recht kurz. Vielleicht sechs Wochen, bis Sie wieder gut laufen können", erklärt Professor Simmens. „Der Fortschritt muss jedoch ständig kontrolliert werden. Spätestens nach einem Jahr sollte die Heilung soweit fortgeschritten sein, dass die Schiene entfernt werden kann."

Ich vergewissere mich bei Collin, dass ich alles richtig verstanden habe. Dann gebe ich einen resignierten Seufzer von mir und sinke leicht zusammen. Collin sieht mich einen Moment fragend an. Wir wissen beide, dass es keine Alternative gibt, also stimmt er in meinem Namen zu.

„Eine Frage noch, da ich weiß, dass es Josephine sehr wichtig ist", setzt Collin erneut an. „Inwieweit kann sie anschließend wieder Sport betreiben?"

Für diese Frage würde ich ihm am liebsten auf der Stelle um den Hals fallen. Weil ich selbst nicht den Mut aufgebracht habe, es anzusprechen.

„Da Sie explizit danach fragen, gehe ich nicht davon aus, dass es sich hierbei um Golf oder etwas Derartiges dreht?", bemerkt der Arzt belustigt.

„Nein", schnaubt Collin und schüttelt ebenfalls amüsiert den Kopf. „Aktiven Wintersport, trifft es eher."

„Nun, vorausgesetzt Operation und Heilung verlaufen wie geplant, dann spricht gewiss nichts dagegen, wenn Sie im nächsten Jahr wieder die verschneiten Berge unsicher machen", erklärt der Professor und zwinkert mir zu. „Nur in diesem Winter sollten Sie es langsamer angehen!"

Ich strahle erleichtert und nicke dankbar, dann falle ich Collin um den Hals.

Nach einem weiteren Telefonat bringt man uns in ein Patientenzimmer. Während Collin seine mitgebrachte Arbeitsausrüstung auf einem Tisch aufbaut und in Betrieb nimmt, schaue ich mich staunend um. Der Raum und die Ausstattung ähneln mehr einem Hotel- als einem Krankenzimmer. Von der Schwester erhalte ich ein paar Instruktionen, um mich für die OP vorzubereiten. Anschließend sind wir endlich einige Minuten allein.

„Wie geht's dir?", erkundigt sich Collin und setzt sich zu mir aufs Bett.

„Gut!", seufze ich, gebe ein betrübtes Ächzen von mir und schüttle den Kopf. „Angst habe ich schon noch", gestehe ich ehrlich. „Aber es ist beruhigend, dass etwas unternommen werden kann. Vielen Dank, Collin." Ich lächle ihn an und unterstreiche alles mit einem äußerst gekonnten Augenaufschlag.

„Hör auf", grinst er und zwinkert frech. „Mir fällt sicher etwas ein, womit du dich revanchieren kannst."

„Ach, und ich dachte, Ian sei in München geblieben!"

„Nicht in München! Nur vorübergehend im Gepäck verstaut."

Er schlingt die Arme um mich und seine Lippen umschließen meinen Mund zu einem zärtlichen Kuss, dem ich leidenschaftlich entgegenkomme.

24

Dirk war in den frühen Morgenstunden, gegen halb vier, vom Club aus ins Loft zurückgekehrt. Er hatte beschlossen, wach zu bleiben, da er Collin und Josi eine Stunde später zum Flughafen bringen wollte. Außerdem hatte er zugesagt, sich morgens bei Josis Chef zu melden. Der Flieger ist vor wenigen Minuten gestartet und die Zeit, die ihm nun bleibt, überbrückt er mit zwei Tassen Kaffee in der Lounge der Abflughalle. Anschließend wird er direkt in die Stadt fahren. Dirk ist ein ebensolcher Workaholic wie Collin und schleppt fast überall sein Notebook mithin. Die verbleibende Zeit will er produktiv nutzen, stellt jedoch spätestens beim zweiten Kaffee fest, dass sich seine Gedanken mehr um das vergangene Wochenende drehen, als dass er sich halbwegs auf etwas Geschäftliches konzentrieren kann. Letztendlich schreibt er eine einzige E-Mail, die er an Collin richtet.

> *<... und plötzlich ist alles anders!>*
> *Halte mich bitte auf dem Laufenden.*
> *In Gedanken bin ich bei euch.*
> *Dein Bruder*

Das Gespräch mit Herrn Keinbach ist schnell erledigt. Offensichtlich wirkt Dirks persönliches Erscheinen auf Josis Chef sehr effektiv. Zumindest hakt er nicht weiter nach, als Dirk ihm mitteilt, dass Frau Rausch wegen einer kurzfristig notwendig gewordenen Operation in den nächsten Tagen nicht zum Dienst erscheinen könne. Herrn Keinbachs verdattertes Gesicht übergeht Dirk mit der Ankündigung, er habe bis morgen ein entsprechendes Attest auf dem Tisch. Im Anschluss fährt Dirk ins Haus zurück. Mittels eines rasch geführten Telefonats mit seiner Assistentin in der Holding, bespricht er einige wichtige Punkte und sagt gleichzeitig die Teilnahme an der allwöchentlich montags stattfindenden Besprechung ab. Kurz nach neun liegt er endlich in seinem Bett, wohl wissend, dass der Wecker ihn in drei Stunden wieder aus den Federn treiben wird.

Um halb zwölf läutet Dirks Telefon und reißt ihn unsanft aus dem Schlaf. Ohne die Augen zu öffnen, tastet er nach seinem Handy, das wie immer unmittelbar neben ihm am Kopfende liegt.

„Ja?", knurrt er.

„Guten Morgen! Ausgeschlafen?", dringt ihm Saras heitere Stimme ins Ohr.

Dirk brummt leise. Mit dem iPhone am Ohr rollt er sich auf den Rücken und blinzelt lächelnd zur Decke hoch.

„Sara, würdest du mich bitte jeden Tag anrufen und mit dieser Stimme wecken!", seufzt er zufrieden. „Jeder andere, der es heute gewagt hätte, vor zwölf bei mir anzurufen, hätte wohl eher seine Entlassungspapiere erhalten. Aber so ..."

„Gut, wird erledigt! Weckdienst pünktlich um zwölf Uhr mittags. Wie lange hast du geschlafen?", erkundigt sich Sara fröhlich.

„Warte mal", murmelt er und wirft einen Blick auf die Uhr. „Zweieinhalb Stunden."

„Wie bitte?", quietscht Sara. „Was hast du denn ...? - Nein, schon klar!" Ihr fällt ein, dass Dirk ihr erzählt hat, er würde Collin und Josi nach dem Club noch zum Flughafen bringen. „Sorry, Schatz, ich hätte später anrufen sollen. Hast du von den beiden schon etwas gehört?" Saras Ton klingt unverkennbar besorgt.

„Nein. Collin hat die Unart, erst anzurufen, wenn alles erledigt ist. Und dafür ist es sicher noch zu früh", versucht Dirk sie zu beruhigen. „Zumal es in London ohnehin eine Stunde später ist als bei uns."

„Wahrscheinlich hast du recht", seufzt Sara leise.

„Wie lief es bei dir und Lukas?" Dirk schiebt die Beine aus dem Bett und sitzt nach vorne gebeugt auf der Kante. „Hattest du schon ein Gespräch mit dieser netten Dame?"

„Aus diesem Grund rufe ich an! Ich bin gerade raus und laufe jetzt ins Büro zurück." Sara wirkt plötzlich aufgeregt. „Dirk, du wirst es nicht glauben! Als Erstes sei natürlich alles nicht wahr, was Lukas uns erzählt hat. Und zweitens, das bekam ich von Maria nach dem Gespräch mit der Kita-Leiterin zugeflüstert, würde sich Peter momentan überlegen, ob er beim Jugendamt das Sorgerecht für Lukas beantragen solle!"

Eiswasser hätte Dirk nicht schneller wach bekommen als das, was er gerade zu hören bekommt.

„Bitte sage mir, dass dies ein Scherz ist!", fordert er und kämpft innerlich die aufsteigende Wut nieder.

„Nein! Kein Scherz", beharrt Sara.

„Wie kannst du nur so ruhig bleiben?", braust Dirk auf. „Wäre ich bei dir, beginge ich jetzt wahrscheinlich einen Mord!" Inzwischen läuft Dirk aufgebracht im Zimmer umher und rauft sich mit der Hand durch die Haare.

„Ja, das kann ich mir bildlich vorstellen." Sara räuspert sich, um sich ein Kichern zu verkneifen.

„Sara, spinnst du?", brüllt Dirk. „Der Kerl will dir Lukas wegnehmen und du bist bester Laune!"

Bevor Sara antwortet, atmet sie tief und gut hörbar durch.

„So, mein Lieber", beginnt sie absichtlich langsam und mit ruhiger, aber fester Stimme. „Du setzt dich jetzt gefälligst hin und hörst mir ganz genau zu!" Sie sieht Dirk regelrecht vor sich, wie er mit sich ringt. „Eines vorweg: Wenn ich nicht zweifelsfrei wüsste, dass Peter keine Möglichkeit hat, mir Lukas wegzunehmen, würde ich gewiss nicht so reagieren. Meinst du vielleicht, ich hätte nach unserer Trennung nicht an so etwas gedacht und entsprechende Vorkehrungen getroffen? Nur zu deiner Kenntnis: Ich bekomme von Lukas' Vater, seit der Geburt des Buben, keinen einzigen Cent. Er hat von Anfang an jede Zahlung abgelehnt sowie eine Vaterschaft bestritten. Da kann ihm jetzt nicht plötzlich einfallen, so mir nichts dir nichts einen auf Familie zu tun." Saras Rüffel kommt deutlicher als beabsichtigt, und nun herrscht Stille in der Leitung. Sie hört Dirk nach Worten suchen, kommt ihm jedoch zuvor. „Entschuldige, ich wollte nicht laut werden. Aber ich kann dir versichern, dass das Ganze nicht einfach an mir abprallt, auch wenn es vielleicht so geklungen hat."

„Sara bitte, ich ... ich bin so bescheuert", presst Dirk hervor. Er steht mit geschlossenen Augen im Zimmer und schüttelt fassungslos den Kopf. „Ich bin es gewöhnt, mich grundsätzlich selbst um alles zu kümmern", rechtfertigt er sich kleinlaut. „Es ist mir nicht in den Sinn gekommen, jemand anders müsste dies vielleicht auch tun. Sara, ich wollte dich nicht angreifen. Aber irgendwie fühlt es sich an, als würde mir Lukas gerade selbst weggenommen." Sein Gefühlsleben befindet sich im Ausnahmezustand und ihm ist schleierhaft, wie er darauf reagieren soll.

„Oh, das ist gut so!" Saras Stimme klingt besänftigt und sie schmunzelt hörbar. „Denn das Nächste, was ich dir zu sagen habe, wird dich vielleicht noch mehr überraschen."

„Ich bin ganz Ohr", seufzt Dirk. „Was kann denn jetzt noch kommen?"

„Also mein Schatz! Unser lieber Lukas - und dieses Mal sage ich absichtlich ‚unser' - kam heute Morgen zu mir ins Bad und verkündete, dass es überhaupt nicht infrage käme, heute nicht in den Kindergarten zu gehen. Es sei ihm vollkommen egal, was die doofe Maria sagt. Schließlich - ich hoffe, du sitzt - würde sein ‚Papa' auch keinen geschäftlichen Termin platzen lassen, nur weil es ihm vielleicht gerade nicht in den Kram passt! Und Onkel Collin auch nicht!" Sara lässt ihre Mitteilung absichtlich etwas nachklingen, um Dirk Zeit zum Durchatmen zu geben. „Und als er eine Stunde später hoch erhobenen Hauptes in seine Gruppe ging, gab er mir ganz beiläufig zu verstehen, dass er sich zu Weihnachten auf jeden Fall so ein cooles Handy wünscht, wie du eines hast!"

Dirk schnappt nach Luft und bezweifelt, ob er Sara richtig verstanden hat. Dann kommt ihm ein leises „Shit!" über die Lippen und beide prusten lauthals los.

„Sara, ich liebe dich! Ich liebe euch beide!", versichert er. „Auch wenn ich keine Ahnung habe, was es bedeutet. Es fühlt sich einfach nur gut an."

„Ich liebe dich auch, Dirk", antwortet Sara sacht. „Und Lukas sowieso."

25

Dirk sitzt in seinem Büro in der Firma, als gegen 14 Uhr eine private Nachricht auf seinem Smartphone eingeht. Collin gibt bekannt, dass er für die nächsten ein bis zwei Stunden telefonisch erreichbar ist. Unverzüglich wählt Dirk seine Nummer.

„Hey, Kleiner, alles in Ordnung bei euch?", will er wissen, sobald sein Bruder rangeht.

„Hm, soweit schon", seufzt Collin. „Amy wird gerade operiert." In Kurzfassung rafft er die Ereignisse des Morgens zusammen und bringt Dirk auf den aktuellen Stand.

„Okay, das klingt doch gut, oder?", bemerkt Dirk anschließend. „Hat sich dein Vater bei dir gemeldet?"

„Nein, nicht MEIN Vater, sondern UNSER Vater!" Collin weiß genau, dass Dirk es nicht vergessen hat. Stattdessen scheut er sich weiterhin, es auszusprechen. „Ja, er hat angerufen, unmittelbar, nachdem wir die Kontrollen passiert hatten. Die Buschtrommeln funktionieren einwandfrei, wie immer. Aber sonst ist alles ruhig, zumindest bis jetzt. Gibt es bei dir Neuigkeiten? Hast du etwas von Sara gehört?"

Dirk fängt prompt an zu lachen. Anschließend versucht er, Saras Infos so wortgetreu wie möglich wiederzugeben. Lukas Begründung, warum er nicht zu Hause bleiben wollte, verblüfft Collin ebenso wie Dirk.

„Cool, wir haben Eindruck hinterlassen", staunt Collin. „Spricht etwas dagegen, dass ich mich trotzdem über die rechtliche Situation für oder gegen Lukas´ leiblichen Vater erkundige?"

„Nein, Herr Anwalt, ganz im Gegenteil", fordert Dirk nachdrücklich. „Tu das bitte!"

„Danke übrigens für deine E-Mail heute Morgen." Damit kommt Collin auf den gestrigen Abend zu sprechen. „Ich gestehe, ich habe mir Sorgen gemacht, als du nach Saras Heimfahrt ohne jeden Kommentar abgezogen bist."

„Tja, mir war nicht nach reden", erklärt Dirk. „Eigentlich hatte ich vor, ein paar Stunden zu schlafen und dann erst in den Club zu fahren. Hat leider nicht geklappt."

„Oh ja, ich denke, du solltest dir dringend Gedanken über deinen momentanen Tagesablauf machen!", moniert Collin und lenkt direkt zum Geschäftlichen über. „Hast du heute schon einen Blick in deinen Rechner geworfen? Wir werden gerade mit Arbeit zugeschüttet. Wenn jetzt einer von uns ausfällt, können wir alles begraben, was wir uns vorgenommen haben!"

„Ja, ich weiß", stöhnt Dirk. „In Sachen Arbeit hätte ich übrigens eine Anregung, die du dir überlegen solltest!"

„Ach! Die da wäre?"

„Ich konnte mir heute Morgen ganz nebenbei Josis Arbeitsstätte ansehen. Beim Betreten der Firma bin ich auf einen Bekannten vom Club gestoßen. Den konnte ich ein wenig ausgefragt. Eines kann ich dir versichern: Wenn Josi noch länger diese stupide Arbeit machen muss, packt sie unweigerlich ihre Koffer und kehrt nach Garmisch zurück. Außerdem hat mir Sara bestätigt, dass Josi in ihrem Job vor Langeweile stirbt."

„Hab's kapiert, Brüderchen", brummt Collin nachdenklich. „Was schlägst du vor?"

„Sie könnte mir einen großen Teil der Organisation des Clubs abnehmen. Nur müsstest du klären, ob sie überhaupt für uns arbeiten will!" Dirk hört, dass Collin leise vor sich hin gluckst, worauf er mit einem verständnislosen „Was ist?" reagiert.

„Nichts, nichts. Du hast recht, der Vorschlag ist gut", stimmt Collin zu. „Schließlich bleibt dir nichts anderes übrig. Du musst im Club kürzertreten. Gleich alles abzugeben, wäre dennoch nicht sinnvoll." Er kichert erneut los. „Ich stell mir nur gerade vor, wie du Josi einen Vertrag vor die Nase legst und sie ihn, ohne ihn eines Blickes zu würdigen, zerreißt. Nur um klarzustellen, dass sie nicht auf unsere Hilfe angewiesen ist."

Allein die Vorstellung ringt Dirk ein Schmunzeln ab. Die beiden müssen sich eingestehen, dass Josis eiserner Wille dem ihren in nichts nachsteht. Letztendlich sagt Collin aber zu, mit ihr zu reden. Nicht zuletzt aus eigenem Interesse.

Mir ist speiübel und alles schmerzt, als hätte mich ein Panzer überrollt. Dazu brennt meine Kehle wie Feuer. Vorsichtig versuche ich, die Augen zu öffnen und blinzle minimal. Wo bin ich? Es riecht komisch, steril und ist grässlich hell.

„Hey, endlich!", vernehme ich Collins leise Stimme und kehre allmählich in die Realität zurück. „Ich dachte schon, du willst bis Weihnachten schlafen."

Seine Hand streicht mir sachte über die Wange und schiebt mir eine Haarsträhne aus dem Gesicht. Einige Sekunden lang ist noch alles im Nebel und meine Erinnerung erwacht ziemlich langsam aus ihrem narkotischen Tiefschlaf.

„Wie?", quäle ich es hervor. „Wie lange war ich denn weg?"

Schwerfällig öffne ich meine Lider nun ganz, dabei fühle mich noch leicht benommen. Nach Collins Auskunft war ich sechs Stunden weg. Die Operation selbst habe über vier Stunden gedauert, mit anschließender Beobachtung auf der Wachstation.

„So lange?", stöhne ich leise. „Kein Wunder, dass mir schlecht ist. Diese bescheuerten Narkosemittel. Weißt du schon was?"

„Erst hieße es, ich bekäme keine Auskunft, da wir nicht ...", Collin verdreht genervt die Augen und schüttelt verständnislos den Kopf. „Doch bevor ich zu toben anfangen konnte, haben sie den Professor gerufen. Er meinte, die OP sei komplizierter verlaufen, als zuvor angenommen. Trotz allem ist er mit dem Ergebnis zufrieden."

„Getobt, wie?", hake ich nach und Collin grinst. „Lass mich raten: Du hast die Vollmacht, die ich dir gegeben habe, nicht benutzt!"

„Natürlich nicht! Meinst du, ich bringe dich hierher, um mir dann sagen zu lassen, dass ich keine Auskunft bekomme?"

„Oh Collin!", seufze ich. „Du bist und bleibst ein Sturkopf." Seine Augen sind dicht über mir und ich schaffe ein schwaches Lächeln „Und dafür liebe ich dich."

Er beugt sich mir ganz entgegen und gibt mir einen sanften Kuss auf meine ausgetrockneten Lippen.

„Wie fühlst du dich?", erkundigt er sich besorgt.

„Davon abgesehen, dass mir hundeelend ist und jetzt alle Knochen wehtun statt nur das Bein – blendend!" Ich lüge unverkennbar. „Was hast du die ganze Zeit getan?"

„Außer sehnsüchtig auf dich zu warten? Nicht viel." Vorsichtig lässt er sich neben mir auf dem Bett nieder. „E-Mails beantwortet, Entwürfe bearbeitet, telefoniert etc. etc. Wäre dies hier mein Büro, ginge es fast als normaler Arbeitstag durch." So seine Zusammenfassung. „Ich soll dir liebe Grüße von Dirk, Sara, Lukas und deiner Mutter ausrichten. Dirk meinte, du sollst dich bei Sara melden, sobald du dich fit genug fühlst."

Mit Sara zu telefonieren, ist eine prima Idee. Sie lenkt mich sicher von diesem Krankenhausmief ab.

„Au - Mist!", schimpfe ich leise und zucke verbissen zusammen. Der Versuch, mich zum Telefon umzudrehen, endet mit einem höllischen Stechen.

„Liegen bleiben!" Collin drückt mich mit sanftem Druck ins Kissen zurück. „Es reicht, wenn du morgen anrufst. Ich bring dich auch so auf den neuesten Stand."

Mein Bein pocht, und die Schmerzen gleichen einem permanenten Hammerschlag auf meinen rechten Unterschenkel. Ich atme flach und versuche, mich möglichst wenig zu bewegen. Mit zusammengepressten Lippen nicke ich steif.

„Amy, bitte, ich will auch so schnell es geht wieder hier raus. Es nützt aber nichts, um jeden Preis die Heldin zu spielen. Und der Professor sagte, dass du etwas gegen die Schmerzen bekommst. Dafür musst du aber Bescheid geben!" Als Abschluss seiner Standpauke richtet er den Zeigefinger direkt auf die Klingel und wartet darauf, dass ich ihm signalisiere, sie zu drücken. „Selber Sturkopf!", motzt er nach einigen Sekunden und sein Finger sinkt wieder.

Ich habe beschlossen, es vorerst ohne zusätzliche Medikamente zu versuchen. Collin geht dazu über, mir von Dirks Telefonat zu erzählen. Doch mit jeder Minute verstärken sich die Schmerzen, und mein Puls wummert dermaßen laut in meinem Kopf, dass ich kaum noch zuhören kann. Gleichzeitig nimmt die Übelkeit zu. Ich öffne den Mund, bin aber nicht mehr fähig, etwas zu sagen. Mein jämmerlicher Anblick scheint Collin jedoch auszureichen, und er ruft von sich aus nach der Krankenschwester. Sekunden später erhalte ich Abhilfe in Form einer Infusion mit starkem Schmerzmittel. Wie im Nebel verfolge ich das Ganze und sinke kurz darauf in Tiefschlaf.

Der Raum ist lediglich durch eine kleine Tischleuchte erhellt, als ich erwache. Es muss Nacht sein. Behutsam stütze ich mich auf die Ellenbogen auf. Dieses Mal gelingt es. Es schmerzt zwar weiterhin, doch es lässt sich ertragen. Langsam sehe ich mich im Zimmer um. Collin liegt auf einer Liege, die unmittelbar neben meinem Bett steht. Offensichtlich ist er beim Arbeiten an seinem Mac eingeschlafen. Der Rechner liegt aufgeklappt auf seinem Schoß und läuft im Stand-by. Direkt neben ihm ruht wie immer sein iPhone. Ich setze mich so gut es geht im Bett auf und betrachte Collin eine Weile. Seine hellblonden Haare, sein Gesicht, das mir in diesem Moment noch kantiger vorkommt als sonst, die vollen Lippen sowie das wunderschöne Amulett auf seinem weißen T-Shirt. Sein schwarzes Jackett, das er über Tag getragen hat, hängt ordentlich über einem Stuhl, ein paar Meter weiter. Seine langen Beine stecken in dunkelblauen Jeans und liegen ausgestreckt auf der Couch. Immer wieder wandert mein Blick über ihn und mit jeder Minute steigt die Sehnsucht, ihn zu berühren und festzuhalten.

„Wenn er aufwacht, wird er dir den Kopf abreißen, Josi", rede ich mit mir selbst.

Vorsichtig greife ich zuerst nach seinem iPhone, dann nach dem MacBook. Beides platziere ich auf dem schmalen Krankenbetttisch, zu meiner anderen Seite. Anschließend ziehe ich mich sehr langsam in Collins Richtung. Am Tag stand die Liege mindestens einen Meter vom Bett entfernt. Also gehe ich davon aus, dass Collin sie näher herangeschoben hat. Augenblicklich trennen Bett und Liege maximal zehn Zentimeter und die Höhe stimmt ebenfalls annähernd. Ich halte die Luft an und ziehe vorsichtig mein rechtes Bein nach. Es gelingt mir erträglicher als erwartet, mich zu Collin hinüberzuschieben. Wie von selbst dreht er sich im Schlaf zu mir um und legt beschützend den Arm über mich. Ich hauche ihm einen sanften Kuss auf den Hals, schmiege mich an seinen warmen Körper und nach wenigen Minuten wiegt mich sein ruhiger Atem erneut in den Schlaf.

„Guten Morgen Amy", weckt mich Collins Stimme leise an meinem Ohr. „Du siehst aus, als hättest du gut geschlafen."

Ich liege unverändert in seinen Armen. Lächelnd drehe ich ihm den Kopf zu und nicke.

„Du auch?"

Als Antwort runzelt er die Stirn und brummt kritisch, während er leicht gequält seinen Rücken durchdrückt. „Du hättest den Gesichtsausdruck der Krankenschwester sehen sollen, als sie uns gerade eben so vorfand." Dabei beginnt er zu grinsen.

„Ist das schlimm?", frage ich und kichere.

„Für mich nicht, nein!" Collin schüttelt amüsiert den Kopf. „Nur im Gegensatz zu dir bin ich angezogen!"

„Ups, diese blöden OP-Hemden." Über Nacht war die Bettdecke weggerutscht und offenbart nun einen freien Blick auf meine enthüllte Rückseite. „Gib mir schnell etwas anderes zum Anziehen", bettle ich, „bevor noch jemand meinen entblößten Hintern zu Gesicht bekommt."

„Also ich sehe ihn liebend gern!" Collin grinst frech und während er gemächlich aufsteht, neckt er mich mit einem leichten Klaps auf meinen nackten Po. „Dein Glück, dass ich diesen Anblick für mich alleine beanspruche!", verkündet er gespielt streng.

Collin sucht meine Kleider zusammen und hilft mir beim Umziehen. Ich genieße seine liebevolle Fürsorge und jede seiner Berührungen kribbelt auf meiner Haut. Schließlich hebt er mich an und setzt mich vorsichtig ins Bett zurück. In dieser Sekunde ändert sich sein Ausdruck. Die herrliche Ruhe und unser entspannter Umgang weichen einer geschäftsmäßigen Nüchternheit.

„Glaubst du, ich kann dich heute Nachmittag für zwei Stunden allein lassen?", kommt es unverzüglich.

„Ja, natürlich! Inzwischen sollte ich klarkommen."

Meine Augen huschen unruhig über sein Gesicht. Insgeheim hoffe ich auf nähere Informationen, doch Collin nickt nur in Gedanken versunken.

„Es ist doch alles okay, oder?", höre ich flüsternd nach. Sekundenlang erfolgt keine Reaktion, dann nickt er erneut - mehr nicht.

Ein typisch langweiliger Krankenhaustag erwartet uns. Am Nachmittag steht für mich das erste Bewegungstraining auf dem Programm, gleichzeitig verabschiedet sich Collin mit ernster und verschlossener Miene. Inzwischen weiß ich, dass eventuelle Auskünfte über geschäftliche Termine, wenn überhaupt, bei Collin erst im Nachhinein erfolgen. Daher habe ich es mir erspart, mich genauer nach dem Grund für seine angespannte Haltung zu erkundigen. Außerdem bin ich mir gar nicht sicher, ob ich wissen will, was Collin in den nächsten zwei Stunden zu erledigen hat.

Kurz nach vier am Nachmittag ruft Dirk bei mir an.

„Hallo Josi, wie geht's dir?" Seine Frage kommt schnell und viel zu steif.

„Gut soweit. Dirk, was ist los?", schieße ich sofort zurück.

„Ähm – ich ... ist Collin zu sprechen?"

Mein Radar schlägt also zurecht aus. Wenn Dirk stockt, steht zwangsläufig die Tür zur Hölle offen.

„Nein, ist er nicht! Und das weißt du sicher auch. Wahrscheinlich hast du es schon zigmal auf seinem Handy probiert. Dirk, WAS IST LOS?", fordere ich nun bedeutend schärfer und gebe ihm höchstens zwei Sekunden für seine Antwort. Es kommt nichts. Nichts, außer betretenem Schweigen. „Entweder du sagt mir jetzt, was du weißt", fauche ich in den Hörer, „oder ich heize dir bei unserer nächsten Begegnung dermaßen ein, dass ... dass ... jetzt rede endlich!"

Wenn meine Stimme es zuließe, würde ich Dirk anschreien. Stattdessen kommt ein klägliches Betteln aus meiner Kehle. Obendrein nistet sich zum ungünstigsten Zeitpunkt mal wieder ein dicker Kloß in meiner Kehle ein. Es dauert weitere unerträgliche Sekunden, bis Dirk sich zu einer Antwort bequemt.

„Mal davon abgesehen, dass ich dein Einheizen gerne erleben würde", bemerkt er spitz und klingt sogar belustigt, „es stimmt, Josi, ich habe Collin nicht erreicht", gesteht er und sein Ton dämpft sich wieder. „Deshalb rufe ich bei dir an. Allerdings ... Josi, mache dir keine Gedanken. Wenn Collin in England ist, kommt es öfters vor, dass er vorübergehend nicht erreichbar ist. Nämlich immer dann, wenn ihn unser Vater zu sich zitiert. Und genau davon gehe ich aus. Wann ist er los?"

Möglich, dass Dirks Versuch, gelassen zu klingen, auf Außenstehende wirkt. Mir hingegen verrät seine Stimmlage eindeutig, dass er sich Sorgen macht.

„Gegen halb drei ist er weg und er meinte, es würde circa zwei Stunden dauern." Mit tiefen Atemzügen versuche ich, die aufsteigende Panik zu bekämpfen. „Was meinst du damit, dass er bei eurem Vater nicht erreichbar ist?", presse ich gequält hervor. „Wieso nicht?"

„Nicht jetzt, Josi! Tut mir leid. Du wirst sehen, Collin ist binnen der nächsten halben Stunde zurück. Ich melde mich später wieder." Ein Klicken, und Dirk ist weg.

Spätestens jetzt ist meine Angstattacke perfekt. Ich zittere am ganzen Körper. Um nicht wahnsinnig zu werden, lege ich den Kopf aufs Kissen zurück und versuche, mich auf meinen Atem zu konzentrieren. Der Kloß in meinem Hals ist so groß, dass ich röchle und zu husten beginne. Tränen rinnen mir über die Wangen und mein Magen verkrampft sich. Unweigerlich rolle ich mich zur Seite und grapsche nach der

Brechschale, die vom Vortag noch auf dem kleinen Beistelltisch steht. Wenigstens schaffe ich es, mich nicht zu übergeben. Ich fühle mich hilflos und wimmere leise in meine Decke, bis ich vor Erschöpfung die Augen schließe und zusammengekauert einschlafe.

Das Klingeln eines Telefons schreckt mich auf. Ich fahre abrupt hoch und der stechende Schmerz in meinem rechten Bein lässt mich zusammenzucken. Binnen einer Sekunde fluche ich, blicke zur Uhr und schaue mich suchend nach Collin um. Es ist bereits nach fünf, doch außer mir ist das Zimmer menschenleer. Schnell greife ich zum Handy und nehme mit zitternden Fingern den Anruf an.

„Collin?", japse ich ängstlich.

„Sorry, Amy, es dauerte länger als erwartet", keucht er gehetzt. „Ich bin gleich bei dir."

Noch bevor ich begreife, was er gesagt hat, ist der Anruf beendet. Als Collin kurz darauf ins Zimmer geeilt kommt, sitze ich unverändert im Bett, halte das Handy in der Hand und stiere schnaubend ins Leere.

„Amy?" Collin stockt und starrt mich entsetzt an. „Was ist passiert?"

„DU!", blaffe ich ihn an. Meine verweinten Augen brennen, als ich langsam zu ihm aufsehe. „DU bist mir passiert!" Um Beherrschung ringend, hole ich aus und schmeiße ihm das Smartphone entgegen, das er mühelos mit einer Hand abfängt.

„Was bin ich?" Ohne wegzusehen, legt er mein Handy und alles andere, was er in der Hand hält, beiseite. „Nun mal ganz langsam", raunt er. Sachte sinkt er neben mir auf die Bettkante, dabei fixiert er mich mit zusammengekniffenen Augen. „Du erklärst mir jetzt gefälligst, was hier los ist!"

Collins Gesicht ist aschfahl, dennoch erweichen seine Züge sich von der gerade noch eisernen Starre in Besorgnis. Ein erneuter Heulkrampf löst den Kloß in meinem Hals und ich falle bebend in seine Arme. Ich spüre, wie schwer er atmet, während er mir beruhigend über den Rücken streicht und einen sachten Kuss auf die Stirn haucht.

„Geht es wieder?", flüstert er nach ein paar Minuten und ich nicke steif. „Gut! Dann sagst du mir jetzt bitte, was los ist! Und warum du mir seit Neuestem Gegenstände an den Kopf wirfst?" Er hält mich an beiden Oberarmen ein kleines Stück von sich weg und sein Blick durchbohrt mich regelrecht.

„Es tut mir leid, Collin", entschuldige ich mich schniefend. „Das wollte ich nicht. Aber ich hatte solche Angst, dass etwas passiert ist!" Mit zitternder Stimme berichte ich ihm von Dirks Anruf. „Collin, wenn du mir nicht endlich eine Erklärung für euer permanent geheimnisvolles Verhalten lieferst, dann ..."

Sein Anblick bringt mich zum Schweigen. Während ich versuche, die richtigen Worte zu finden, rührt er sich nicht. Und doch scheint sein Innerstes gerade zusammenzufallen.

„Oh Collin!", hauche ich verzweifelt. „Ich kann doch längst nicht mehr zurück! Egal was es ist, wir müssen einen Weg finden, es gemeinsam durchstehen. Sonst schaffe ich das nicht!"

Zögernd beginnt er zu nicken. Er sieht mich unbeirrt an, doch seine Miene entspannt sich etwas. Erst jetzt begreife ich, wie verkrampft und bleich er schon bei seiner Rückkehr gewesen ist. Er seufzt leise und während wir uns mustern, zeigt sich ein verstohlenes Lächeln auf seinen Lippen.

„Du hast recht. Wir können beide nicht mehr zurück", gesteht er leise. „Ich verspreche, dir alles zu erkläre - zu Hause." Er beugt sich vor und haucht mir einen Kuss auf die Wange. „Da weiß ich, dass die Wände keine Ohren haben!", flüstert er, steht auf und geht zum Tisch hinüber, auf dem er seine Sachen abgelegt hat. „Unser Flug geht am Freitagmorgen."

26

Lediglich mit einer Krücke und einem erleichterten Seufzer steige ich am folgenden Freitagmittag um halb eins in München aus dem Flugzeug. Während der letzten Tage im Krankenhaus hatte ich so sehr an meiner Genesung und Mobilität gearbeitet, wie es vom Arzt gerade noch erlaubt war. Stets das Ziel vor Augen, schnellstmöglich wieder nach Hause zu kommen. Dirk erwartet uns bereits, als wir in die Ankunftshalle des Flughafengebäudes gelangen.

„Endlich wieder Leben in der Hütte", begrüßt er uns mit strahlendem Gesicht. Nach einer festen Umarmung mit Collin verfolgt er staunend, wie ich ihm die letzten Meter entgegenhumple. „Hochachtung, Süße! Ich wette, du läufst nächste Woche den Stadtmarathon mit." Er zwinkert mir anerkennend zu und begrüßt mich mit einem Kuss auf die Wange. „Los, lasst uns verschwinden!"

Dirk nimmt Collin einen Teil unseres Gepäcks ab und bittet uns mit einer viel zu hofierenden Verneigung Richtung Ausgang. In bester Laune überhäuft er uns mit sämtlichen lustigen Anekdoten, die sich in den vergangenen Tagen in der Holding, dem Club oder sonst wo zugetragen haben. Seine euphorische Stimmung ist ansteckend und ich strahle schon genauso wie er. Augenblicklich fallen mir unzählige Gerüchte über den angeblich so ‚kaltschnäuzigen' und ‚großspurigen' Macho-Geschäftsführer des House-Clubs ein, die mir in der Vergangenheit zu Ohren gekommen sind. Pure Fassade und neidisches Weibergehetze, nichts weiter! Aber schön, zu wissen, dass ich ihn besser kenne. Durch Dirks unglaubliches Glück, was die stetige Parkplatzsuche anbelangt, parkt sein Wagen direkt vor einem der Ausgänge. Somit bleibt mir wenigstens die

Schmach erspart, mir länger seine spaßigen Kommentare über meinen entengleichen Wackelgang anhören zu müssen.

„Josi, wenn es dir recht ist, fahren wir direkt ins Loft, statt erst in deine Wohnung", erwähnt Dirk und startet den Motor. „Sara und Lukas sind ebenfalls auf dem Weg nach München."

„Mir ist heute so ziemlich alles egal", verkünde ich und sinke genüsslich auf den Rücksitz des weißen House-Club-Audi. „Hauptasche, es gibt noch etwas Anständiges zum Essen. Wirklich Jungs, es ist mir vollkommen schleierhaft, wie ihr bei dieser Möchtegern-Nahrung so groß werden konntet."

Zum Dank für meine spitze Bemerkung belohnen mich meine Begleiter laut lachend mit diversen Verteidigungen der englischen Küche.

Im Haus angekommen, bringen Collin und ich unsere Taschen in sein Apartment.

„Ah, herrlich! Das eigene Bett und die passende Frau dazu. Was braucht man mehr?", grinst Collin anstößig.

Er schlingt die Arme um mich, und wir fallen mit einem erleichterten Seufzer aufs Bett. Collin schiebt sich auf mich und ich spüre seinen Puls ebenso hämmern wie meinen. Die ganze Woche hatten wir Seite an Seite verbracht und uns schweren Herzens auf reines Knutschen beschränkt. Ein frustrierendes Gefühl, das lodernde Feuer unentwegt in Schach halten zu müssen. Jede einzelne Zelle in mir sehnt sich nach ihm. Begierig fingere ich an seinem Shirt und versuche, es aus der Hose zu ziehen. In diesem Moment klingelt es an der Eingangstür und beschert uns die nächste imaginäre kalte Dusche.

„Ahhrg!" Resigniert stöhnend sinkt Collins Kopf neben mir ins Kissen.

„Zeit!", jammere ich enttäuscht. „Die braucht man."

„Nur dass du mich richtig verstehst!", knurrt Collin und taucht mit glühendem Blick vor meinen Augen auf. „Wir fahren später zwar in deine Wohnung, aber komme ja nicht auf die Idee, das Wochenende dort bleiben zu wollen! Es reicht, wenn wir uns ab Montag wieder kaum zu Gesicht bekommen." Zur Verdeutlichung tippt er mir sachte mit dem Zeigefinger auf die Nase, dann erhebt sich und stellt mich ebenfalls auf die Füße.

Ich bin nicht gewillt, die Krücke auch zu Hause zu benutzen. Daher parke ich das Ding in der nächsten Ecke und trotte langsam zurück ins Loft. Kaum verlasse ich das Apartment, stürmt Lukas auf mich zu.

„Tante Josi, ist dein Bein rapiriert?", verheddert er sich vor Aufregung und eifert kichernd meinen humpelnden Gang nach.

„Hallo Lukas", umständlich gehe ich in die Hocke und drücke ihn zur Begrüßung. „Ja, das Bein ist repariert, aber noch lange nicht heil."

„Hey Großer! Wie war die Geburtstagsfeier mit deinen Freunden?", will Collin wissen, der ebenfalls sofort stürmisch begrüßt wird.

„Voll stark!", prahlt Lukas. Von wilden Gesten begleitet, sprudelt er sofort mit seiner Berichterstattung los. „Wir sind ganz arg viel geklettert und gerutscht und haben Eis gekriegt! Aber der Michi, der hat sich superdoll verletzt. Der durfte gestern und heute nicht in den Kindergarten!"

Collins Brauen heben sich in luftige Höhe und wir schauen beide fragend zu Sara hinüber. Im Gegensatz zu Dirk, der auf einmal kreidebleich wird, steht sie mit zusammengepressten Lippen neben ihm und unterdrückt eindeutig ein Kichern.

„War wohl doch schlimmer als es anfänglich aussah?", erkundigt sich Dirk schuldbewusst, und Sara nickt.

„Ein verstauchter Knöchel und eine Woche zu Hause", antwortet sie ohne Umschweife.

Ich tippe Collin in die Seite. „Dirk hat mich beim Kindergeburtstag vertreten. Fünf Jungs im Indoor-Spielplatz", kläre ich ihn grinsend auf und richte mich dann an Dirk. „Was war denn los?"

„Rauferei auf der Rutsche", nuschelt er zerknirscht. „Zwei konnte ich abfangen, der Dritte ist mir zwischen den Beinen durch und dafür unsanft unten angekommen", bringt Dirk zu seiner Verteidigung vor.

Sara streicht ihm tröstend über den Arm. „Gewöhne dich besser daran. Mit zunehmendem Alter werden die Unfälle seltener ..." Ihr verkniffen grunzendes Kichern kippt und sie lacht los.

„... dafür spektakulärer!", beende ich den Satz, den unser Pa immer gesagt hatte.

„Ach", mischt sich Collin sarkastisch grinsend ein, „und in welchem Alter hören sie auf?"

Ein klassisches Eigentor, wie Sara und ich sofort kapieren.

„Shit!", entweicht es mir, und bei Lukas tadelndem Blick halte ich mir schnell die Hand vor den Mund.

„Süße, endlich!" Sara kommt eilig auf mich zu und drückt mich nun auch so fest sie kann. Dann bringt sie sich mit ausgestreckten Armen auf Abstand und beäugt mich kritisch. „Du siehst aus, als hätte man dich gleichzeitig auf Diät gesetzt. Du bist nur noch Haut und Knochen."

„Und ein Stück Metall!", lenke ich ab und nehme sie abermals in die Arme.

Am späten Nachmittag fährt Collin mit mir in die Wohnung. Es ist noch keine Woche her, dass ich das letzte Mal meinen Schlüssel ins Schloss gesteckt habe. Dennoch kommt es mir wie eine Ewigkeit vor. Es wirkt, als springe ich gegenwärtig zwischen zwei parallel verlaufenden Leben hin und her. Wahrscheinlich zögere ich kurz, denn Collin legt mir sofort eine Hand auf den Rücken und sieht mich an.

„Ist alles in Ordnung mit dir?", fragt er leise und rüttelt mich aus meinen Gedanken.

„Es ist nur ... ach nichts." Ich winke ab und schließe die Wohnungstür auf.

Wir treten ein und Collin schiebt die Tür sachte hinter uns zu. Dann lehnt er sich mit dem Rücken dagegen und bleibt stehen. Als ich mich überrascht zu ihm umdrehe, neigt er den Kopf und mustert mich auffällig direkt. Langsam hebt er die Hand und winkt mich mit dem Zeigefinger zu sich. Ich mache kehrt und bleibe ganz dicht vor ihm stehen. Er kommt mir nicht entgegen, stattdessen wartet er, bis ich zu ihm aufsehe.

„Hallo Ian", hauche ich und seine Augen funkeln mystisch, als er mein Gesicht in beide Hände nimmt.

„Ganz richtig, Amy!", flüstert er sanft und küsst mich. Langsam und vorsichtig hebt er mich hoch und trägt mich ins Schlafzimmer. „Endlich allein", keucht er, während wir uns gegenseitig die Kleider ausziehen.

Zärtlich küssend wandert sein Mund über meinen Hals nach unten und unterzieht mich einer leidenschaftlichen Folter.

„Ian, bitte, ich brauche dich", bettle ich bereits, als seine Lippen meine Brüste berühren.

Mein ganzer Körper brennt vor Hitze und Sehnsucht. Ich will und kann nicht mehr länger warten. Ich muss endlich Erlösung finden und ihn in mir spüren. Langsam wandert er tiefer und schiebt meine Beine auseinander.

„Ian!" Mit erstickter Stimme bettle ich um Gnade. „Bitte hör auf damit."

„Wirklich?" Er verharrt und ich spüre an der Innenseite meines Oberschenkels, wie er lächelt.

„NEIN!", presse ich hervor. „Nicht aufhören!"

Meine Finger krallen sich in seine Haare und schieben ihn dahin zurück, wo er aufgehört hat. Keuchend und laut stöhnend erreiche ich meinen Höhepunkt. Seine Finger streichen mir über den ganzen Körper, dabei hält er sich noch einen Moment lang selbst zurück. Nur solange, um mich erneut zu entzünden und mit mir gemeinsam den Gipfel zu erreichen. Schwer atmend und nass geschwitzt liegen wir auf dem Bett. Versunken in unsere eigene Welt und nicht bereit, in die Wirklichkeit zurückzukehren.

Frisch geduscht und angezogen humple ich zwischen meinem Kleiderschrank und der Tasche auf meinem Bett hin und her. Ich packe gerade neue Kleidung zusammen, als auf Collins Handy eine E-Mail eingeht.

„Wir treffen uns um sechs Uhr mit Dirk, Sara und Lukas beim Italiener", informiert er mich mit einem Blick auf sein iPhone.

„Wie spät ist es jetzt?"

„Viertel nach fünf", bringt mich Collin auf den aktuellen Stand. „Allerdings sollten wir eine halbe Stunde Fahrzeit einrechnen."

Als ich ins Wohnzimmer komme, steht er in der offenen Balkontür und sieht zu den benachbarten Häusern hinaus. Ich schmiege mich gegen seinen Rücken und lege meine Arme um seine Taille.

„Alles klar bei dir?"

„Hm", brummt er zustimmend. Dabei wirkt er nachdenklich. „Meinst du, Sara begleitet Dirk heute Abend in den Club, wenn Lukas schläft?" Er dreht sich zu mir um und ich zucke unwissend mit den Schultern.

„Gegenfrage: Hast du heute Abend etwas vor?" Abwartend lege ich den Kopf schief und linse zu ihm hoch.

„Ich denke, es ist an der Zeit, mein Versprechen einzulösen", seufzt er. „Zwar betrifft es Dirk und Sara gleichermaßen, trotzdem möchte ich vorher mit dir allein reden." Sein Blick geht einen kurzen Moment gedankenverloren an mir vorbei. Dann blinzelt er und seine Aufmerksamkeit ist wieder bei mir.

„Los, gehen wir!" Entschieden ziehe ich Collin ins Zimmer, um die Balkontür zu schließen. „Du hast noch eine halbe Stunde Zeit, dir zu überlegen, ob wir Sara anbieten, auf Lukas aufzupassen oder Dirk bitten, allein in den Club zu fahren."

Nach einem entspannten und köstlichen Essen bei Carlos, dem Stammitaliener der Christensen-Brüder, teilt Collin Sara mit, dass sie Dirk beruhigt in den Club begleiten könne. Seine Entscheidung ist also gefallen. In dieser Sekunde ist mein Augenmerk auf Dirk gerichtet und das minimale Stirnrunzeln bei Collins Erwähnung entgeht mir nicht. Bereits auf der Rückfahrt ins Loft schläft Lukas im Wagen ein. Zu Hause angekommen schält Dirk ihn vorsichtig aus seinem Kindersitz und bringt ihn ins Schlafzimmer. Vor zehn werden Sara und Dirk heute nicht in den Club fahren, daher sitzen wir noch gemütlich an der Küchentheke zusammen. Collin bespricht mit Dirk ein neues Baukonzept und die Entwürfe, die er in der vergangenen Woche vom Krankenhaus aus vorbereitet hat. Ich sitze auf einem Barhocker, stütze den Kopf mit den Händen ab und schaue Sara dabei zu, wie sie jeden von uns mit einem doppelten Espresso versorgt. Anschließend platziert sie sich in gleicher Weise wie ich direkt vor meiner Nase. Unsere Gesichter trennen nur wenige Zentimeter, und ihre großen dunklen Augen fixieren mich sorgenvoll.

„Sprich, Süße!", fordere ich leise. „Was hast du auf dem Herzen?"

„Du liegst mir am Herzen", erklärt sie bereitwillig. „Ich zermartere mir schon die ganze Woche den Kopf."

„Wegen der OP?"

„Nicht wegen der OP." Mit gespielter Entrüstung verdreht sie die Augen. „Ich habe Collin letztes Wochenende angedroht, dass ich ihn enthaupte, wenn er nicht ordentlich auf dich achtgibt."

Welch nettes Geständnis, kommt es mir in den Sinn, und ihre Fürsorge schmeichelt mir. Doch darum geht es offensichtlich nicht.

„Josi, wegen deiner Arbeit", raunt sie ernst. „Was willst du denn jetzt machen, sobald dein Bein wieder fit ist? Jetzt, da die ausgeschriebene Stelle erneut anders besetzt wurde. Du versauerst doch mit dieser stupiden Arbeit, das hast du im Frühjahr schon gesagt! Willst du dich nicht langsam nach etwas anderem umsehen?"

„Wollen schon!" Ich schlucke bei Saras nüchternen Worten. „Nur liegen entsprechende Jobs nicht gerade auf der Straße." Mit einem kleinen Wink in Collins Richtung werde ich leiser. „Aber die Hintertür, nach Garmisch zurückzugehen, wurde vor Kurzem abgeschlossen." Wir kichern gleichzeitig los und stoßen dabei fast mit den Köpfen aneinander. „Ich gebe die Hoffnung nicht auf, Schwesterchen", erkläre ich tapfer. „Irgendetwas findet sich schon. Schließlich stehe ich nicht ohne Job da."

Saras Bemerkung bringt mir in Erinnerung, dass Collin mich in England gebeten hatte, Dirk noch einmal bei einer Event-Ausarbeitung behilflich zu sein. Normalerweise erledigt Dirk diese Arbeit selbst oder lässt sich gelegentlich durch einzelne Marketing-Mitarbeiter der CDC Holding unterstützen. Durch Collins Examen und die erneute ungeplante Abwesenheit in der vergangenen Woche, kam nun einige Mehrarbeit auf Dirk zu. Aus diesem Grund scheint sein Zeit-Pensum für den Club aus dem Rahmen zu kippen. Collins Bitte hatte ich mit heller Begeisterung zugestimmt. Und dies nicht nur, weil ich außer meinem Reha-Training nichts Besseres zu tun hatte. Schon die Planung der Oktoberfesttage hatte mir das Gefühl gegeben, endlich etwas Produktives zu leisten. Ich hatte schon befürchtet, dass sich mein kreativer Gehirnpart durch die langweilige Aktenbearbeitung ins Nirvana verabschieden könnte.

„Dirk, ich habe noch etwas für dich!"

Umständlich schiebe ich mich vom Barhocker und humple ins Apartment. Sara hüpft gerade die Wendeltreppe hinauf, als ich mit meinem Laptop zurückkomme. Sie will nach Lukas sehen und sich für den Club umziehen. Ich schiebe mich zwischen unsere Männer und platziere meinen eingeschalteten Rechner vor ihnen auf den Tresen.

„Collin meinte, du hättest wegen der Mehrarbeit ein Zeitproblem mit der Halloween-Planung. Sorry für die Umstände, aber schau dir das mal an", mit einem entschuldigenden Gesichtsausdruck deute ich auf den Bildschirm. „Vielleicht kann ich mich damit etwas erkenntlich zeigen."

Dirk mustert mich verwundert. „Es gibt nichts, wofür du dich erkenntlich zeigen musst, kapiert?", erklärt er energisch.

Interessiert lugt Collin über die Schulter seines Bruders, während Dirk sich mit gespitzten Lippen meinem Party-Konzept widmet und alles in Windeseile überfliegt.

„Hast du den kurzfristigen Zeitrahmen berücksichtigt?" Binnen eines Augenaufschlages switcht er zum Geschäftlichen. Als er nachhakt, ist seine Stimme sachlich und emotionslos.

„Natürlich!", versichere ich schnell. „Die Lieferanten sind informiert, dass eine Entscheidung bis Mitte nächster Woche als schriftlich Bestellung, an sie raus geht. Die Reservierungen stehen so lange." Durch Dirks Business-Manier angespornt, schaffe ich meine Erläuterung sogar ohne Zappeln und ebenfalls sachlich.

„Wie sieht es mit dem veranschlagten Budget aus?"

„Die Kosten liegen knapp unter deinem vorgegebenen Rahmen."

„Prima, eine Sorge weniger", seufzt Dirk erleichtert. „Damit ersparst du mir eine ganze Nacht Arbeit! Echt klasse, Josi! Bitte erledige die Order am Montag von der Firma aus." Er grinst, schenkt mir ein Zwinkern und kehrt zu seiner gewohnt gelassenen Laune zurück.

Viertel vor elf machen sich Sara und Dirk auf den Weg in den Club. Dirk ist ein Nachtmensch und wirkt um diese Uhrzeit meist, als würde der Tag gerade erst beginnen. Heute ist dies anders. Er erscheint ungewöhnlich ruhig und nachdenklich. Collin und ich sitzen unverändert am Küchentresen, während Dirk die Tür des Lofts aufzieht und Sara den Vortritt lässt. Bevor er selbst mit einem gemurmelten „Bis morgen" aus der Tür verschwindet, zögert er kurz und schaut sich noch einmal nervös zu Collin um. Mir stockt der Atem. Zum ersten Mal, seit ich die beiden kenne, verstehe auch ich ihre wortlose Unterhaltung. Nur in dieser Sekunde zeugt es von Unsicherheit und Selbstzweifel. Ausgerechnet in Dirks Gesicht einen solchen Ausdruck zu erkennen, jagt mir einen Schauer über den Rücken und wie von selbst schlinge ich schützend die Arme um mich. Sobald die Tür hinter Dirk ins Schloss klickt, schüttle ich rasch den Kopf und bin mir nicht mehr sicher, ob es nicht doch reine Einbildung war. Verwirrt drehe ich mich zu Collin um. Der Barhocker neben mir ist leer. Stattdessen steht er nun knapp einen Meter von mir entfernt. Wann war er aufgestanden? Sein Augenmerk ruht noch auf der inzwischen geschlossenen Tür. Bei Collins Anblick überläuft mich die nächste Gänsehaut. Nicht aus Angst, gewiss nicht! Nur, der Mann, der augenblicklich neben mir steht, offenbart nichts mehr von dem, was mir anfänglich bei Ian stets auffiel. Die durch die Überfälle hervorgerufene schreckhafte und eher zurückhaltende Art, gemischt mit dem frechen jungen Kerl, ist in diesem Moment verschwunden. Neben mir steht ein zu allem entschlossener Mann, diszipliniert und Respekt einflößend. Seine Ausstrahlung verströmt Macht und eine ganz besondere Anziehungskraft. Collins ohnehin beachtliche Größe wirkt in diesem Moment noch beeindruckender. Nur in seinen Augen, die mich inzwischen fest ins Visier nehmen, lodert unverändert die gleiche Leidenschaft.

„Setz dich bitte auf die Couch", fordert er sacht. „Ich bin gleich bei dir."

Mir kommt es vor, als hätte er sich für diese Worte eine Ewigkeit Zeit gelassen. Tatsächlich hatte es nur Sekunden gedauert. Sekunden, die wir beide zum Durchatmen nötig hatten. Auffordernd hält er mir die Hand entgegen und hilft mir beim Aufstehen. Anschließend läuft er lautlos hinter den Tresen. Bis ich langsam die Wohnlandschaft erreiche und auf ein Sofa sinke, ist Collin bereits hinter mir. Er reiht zwei Paar Gläser, je eine Flasche Wasser und Whisky auf den niedrigen Glastisch, schenkt ein und nimmt mir gegenüber in einem Sessel Platz.

„Damit sind wir wohl beim geschäftlichen Teil des Abends angelangt", bemerke ich und versuche ein scheues Lächeln.

„Ich habe versprochen dir alles zu erklären, sobald wir wieder zu Hause sind. Nun, Josephine, das muss ich jetzt auch, da es dich zwangsläufig involviert!"

Collin spricht ruhig und sachlich, wenn auch nicht ganz so reserviert und geschäftsmäßig wie Dirk bei meiner Party-Ausarbeitung. Viel gewichtiger jedoch ist die Tatsache, dass er mich nicht Amy nennt! Mit noch mehr Nachdruck könnte er meine Aufmerksamkeit wohl kaum fordern. Ich spüre, wie meine Hände zu zittern anfangen, und ich schiebe sie hoffentlich unbemerkt unter meine Oberschenkel.

„Der Termin letzten Dienstag in London hat eine Entscheidung mit sich gebracht, mit der ich zuvor nicht gerechnet habe." Collin hält die ganze Zeit sein Whisky-Glas in der Hand. Nun unterbricht er kurz und nippt daran. „Während deiner Operation rief mein Vater an und informierte mich über diesen Termin. Auferlegte Anwesenheitspflicht, ohne jegliche Option, fern zu bleiben. Der gleiche Anruf ging an Dirk raus, für den zu diesem Zeitpunkt bereits ein Flug gebucht war, um ihn pünktlich nach London zu holen."

„Aber sein Anruf bei mir war ..."

„Warte bitte", unterbricht er mich. „Dazu komme ich gleich." Er räuspert sich und schnaubt leise. „Vor Ort angekommen, erwarteten mich neben meinem Vater weitere 15 Geschäftsmänner, die mir allesamt als Childshair-Mitglieder bekannt sind. Dirk traf einige Minuten nach mir ein, und offen gesagt, mir war bedeutend angenehmer zumute, als er neben mir Platz nahm." Er nimmt einen weiteren Schluck aus seinem Glas und atmet anschließend tief durch. „In der darauffolgenden Stunde erhielt ich von zwei der Anwesenden einen groben Umriss über die momentanen geschäftlichen Tätigkeiten des Childshair-Bündnisses. Darüber hinaus das Für und Wider des Netzwerkes. Ich gestehe, der Wirkungskreis ist bedeutend weitreichender, als ich es bisher erahnen konnte. Anschließend verkündete mein Vater, dass intern die Ernennung einer neuen Führung gefordert wurde. Dieser neue Kopf solle über den Fortbestand und die weitere Richtung des Bundes urteilen. Eine Entscheidung ohne Aufschub und ohne jegliche Bedenkzeit!"

Es ist still im Loft, als mir ein leises Keuchen über die Lippen kommt, da ich den Atem angehalten habe. Stocksteif sitze ich da und versuche, mein Zittern zu unterdrücken. Collins Blick liegt unverändert forschend auf mir und keine meiner Regungen entgeht ihm. Allmählich werden seine Gesichtszüge sanfter und er bestätigt meine Vorahnung mit einem minimalen Nicken.

„Ja, Amy, deine Vermutung trifft zu!" Er klingt fast zärtlich, als er mich anspricht. „Dieser Kopf ... bin ich! Ich habe angenommen!"

Meine Kiefer sind angespannt und schmerzen, so sehr beiße ich die Zähne aufeinander. Ich selbst habe ihn gebeten, mir reinen Wein einzuschenken, und nun bin ich verwirrter denn je. Seltsam ist nur, dass das, was er mir augenblicklich offenbart, mich nicht ängstigt! Im Gegenteil. Seine entschlossene und ruhige Art wirkt wie Balsam auf mein aufgewühltes Inneres. Noch weiß ich nicht, was dies alles für mich oder uns bedeutet, doch meine Fragen können warten. Sachte nicke ich ihm zu und verdeutliche damit, dass er weiterreden soll.

„Mein Urteil über den weiteren Fortbestand und die Tätigkeiten oder besser die geschäftlichen Beziehungen der Childshair dürften dir klar sein. Wie in unserem eigenen Unternehmen habe ich die Bedingung gestellt, den Teil des Bundes rigoros auszuschließen, der mit illegalen und undurchsichtigen Geschäften in Verbindung steht. Überdies wird eine Art Kontrollfunktion geschaffen. Sie wird darauf achten, dass zukünftig keine zweigleisigen Aktionen mehr getätigt werden." Collin fasst sich kurz in die Hosentasche und nimmt etwas heraus, verbirgt es jedoch in seiner geschlossenen Hand. „Nun zu dir, Josephine - genauer zu uns beiden. Der Gründer unseres Netzwerkes war mein Grandpa. Wegen ihm lebte unsere gesamte Familie in der Nähe des Haupt- und Gründungssitzes und daher auch unter permanenter Aufsicht, unser goldener Käfig, wie ich es immer nenne. Das wird zukünftig nicht der Fall sein! Ich habe meine Zusage mit einigen Bedingungen verbunden. Eine davon ist, dass Dirk und ich weiterhin von hier aus unserer normalen Arbeit nachgehen und nur zu bestimmten Terminen persönlich zur Verfügung stehen. Alle sonstigen Informationen, Rücksprachen etc. bekomme ich direkt zugeleitet. Josephine, auch wenn wir weiterhin vorsichtig sein müssen, speziell in den kommenden Monaten, so bedeutet dies nicht, dass wir wie in England leben werden."

Er beugt sich ein Stück näher zu mir und hebt behutsam meinen Kopf an. Ich entspanne mich ein wenig, da ich spüre, dass auch sein Körper nicht ganz so standhaft regiert, wie seine ruhige Stimme vermuten lässt, zumindest mir gegenüber. Wir sehen uns unverwandt an, doch das sachte Zittern seiner Finger fühle ich auf meiner Haut.

„Um dich in all dies einweihen zu können, brauchte ich Gewissheit, ob du zweifelsfrei zu mir hältst und wie du zu mir stehst! Die Antwort hast du mir anschließend im Krankhaus geliefert." Das erste Lächeln seit Collins schonungsloser Aufklärung zeigt sich nun auf seinen Lippen. „Dirks Anruf war eine Anweisung von mir. Als ich meine Bedingungen bekannt gab, wurden von einigen Anwesenden Zweifel und Protest geäußert. Ich wollte sichergehen, dass du dort bist, wo du warst. Es tut mir leid, wie es bei dir ankam. Aber letztendlich hat es zu der Reaktion geführt, die mir für meine Entscheidung noch gefehlt hatte." Collin erhebt sich und setzt sich dicht neben mir auf die Couch.

„Was ist mit Dirk und Sara?", erkundige ich mich, da mir Dirks besorgter Ausdruck wieder einfällt.

„Dirk spricht im Club ebenfalls mit Sara. Nur weiß ich, dass er sich ihrer Entscheidung nicht ganz so sicher ist wie ich mir deiner." Einen Augenblick lang sieht er mich noch schweigend an, dann hebt er seine Faust an und öffnet sie. „Würdest du die für mich tragen?" Er offenbart mir eine kleinere Ausführung seiner Kette mit dem wunderschönen Amulett der Childshair.

„Moment!", ich keuche vor Aufregung und umschließe seine Finger schnell mit meinen Händen. „Eines muss ich noch wissen!"

Collin runzelt verwundert die Stirn, nickt dann aber.

„Ich habe deine Reaktion gesehen, als ich im Krankenhaus vorm Röntgen nach einer möglichen Schwangerschaft gefragt wurde. Nun, zufällig wusste ich an diesem Morgen genau, dass ich nicht schwanger bin!" Er presst die Lippen zusammen und seine Augen schimmern eigenartig. Eilig nehme ich sein Gesicht in meine Hände, um zu verhindern, dass er mir ausweicht. „Collin, du sahst aus, als wärst du enttäuscht!" Unbeirrt lässt er zu, dass ich ihn anstarre. Er regt sich nicht. „Oh, Collin", seufze ich schließlich. „Findest du nicht, dass das alles ein bisschen zu schnell geht? Besonders jetzt?"

Seine Antwort zeigt er mir durch eine langsame aber entschiedene Verneinung. Kein Schmunzeln. Kein Zucken. Es ist sein voller Ernst.

„Wenn ich es vermeiden wollte, würde ich es tun", erklärt er und sein Blick verändert sich plötzlich. „Dass du nichts dagegen unternimmst, macht es nur leichter", gesteht er kleinlaut und neigt frech grinsend den Kopf.

Ich starre ihn ungläubig und mit offenem Mund an. Warum eigentlich? Mein Gewissen peinigt mich, seit wir das erste Mal miteinander geschlafen haben. Ohne zu zögern, hatten wir uns auf dieses Risiko eingelassen und tun es noch. Collin beendet mein Gefühlschaos mit einem weiteren Kopfschütteln. Ohne eine Reaktion abzuwarten, öffnet er den Verschluss der Kette und legt sie mir um. Dabei flüstert er ein paar Worte. So leise, dass ich sie nicht verstehe. Ich spüre die Berührung seiner Lippen hauchzart in meinen Nacken. Dann dreht er mich zu sich um und gibt mir einen langen zärtlichen Kuss.

„Ich bring dich ins Bett, Amy. Mal sehen, wie der Rest der Familie morgen so drauf ist." Damit hebt er mich vom Sofa auf und trägt mich ins Apartment.

Am darauffolgenden Morgen höre ich Lukas in aller Früh die Wendeltreppe der Galerie herunterkommen. Er trällert ein Lied, das er im Kindergarten gelernt hat. Ich setze mich im Bett auf und horche, dann sehe ich mich zu Collin um. Er liegt wach neben mir auf dem Rücken und mustert mich mit entspannter Miene und strahlenden Augen.

„Hör zu, Amy!", beginnt er unvermittelt. „Sicher kommen in der nächsten Zeit einige Änderungen auf uns zu. Trotz allem gibt es keinen falschen Zeitpunkt, eine Familie zu gründen. Argumente dafür oder dagegen finden sich immer. Die Entscheidung liegt einzig bei uns!"

Während ich mich noch über seine höchst eindrucksvollen Prinzipien wundere und mich frage, wo meine geblieben sind, versieht er mich mit dem gleichen schelmischen Grinsen wie am gestrigen Abend. Blitzschnell schnappt er mich an der Hand und zieht mich über sich.

„Und wer nichts dagegen unternimmt, ist zwangsläufig damit einverstanden!"

Gegen acht sitzen wir alle fünf an der Küchentheke beim Frühstück. Um Saras Entscheidung, über eine weitere Beziehung mit Dirk zu erfahren, reicht ein rasches Hinsehen. Nicht, dass ich daran gezweifelt hätte! Doch dieser kleine Funke in ihren Augen beruhigt mich trotzdem. Dirks und Collins Verständigung läuft gleichermaßen kommentarlos und wie immer kaum merklich ab. Somit sitzen wir nun beisammen, als sei nichts geschehen. Und doch ist heute alles anders. Dirk unterhält uns beiläufig mit den Ereignissen des gestrigen Clubabends. Wer sich hatte blicken lassen, welche Neuigkeiten es von der Münchner In-Szene gibt und dass er nun entschieden hätte, demnächst einige Umbaumaßnahmen anzugehen. Dabei unterdrückt er gelegentlich ein Gähnen und reibt sich müde die Augen. Anschließend kommt Sara auf Dirks 30. Geburtstag und die geplante Feier zu sprechen.

„In der kommender Woche muss ich wissen, ob du mit meinem geplanten Ablauf und den Örtlichkeiten einverstanden bist. Alle Anfragen und Vorreservierungen stehen bereits", informiert sie Dirk. „Da das Ganze aber zeitlich sehr knapp ist, brauche ich dringend die Rückinfo, was gebucht oder geändert werden soll!"

Dirk nickt zustimmend und deutet vielsagend auf seinen vollen Mund.

„Josi!", wendet sich Sara nun zu mir um. „Ab wann bist du einsatzfähig?" Mit kritischem Blick deutet sie auf mein Schienbein, das lediglich noch von einem Stützverband geziert wird. „Ich gehe davon aus, dass du dich vor der OP danach erkundigt hast, oder? Darfst du in der kommenden Saison auf die Piste?"

„Ich darf schon fahren", nuschle ich und vermeide es dabei absichtlich, zu Collin hinzusehen.

„Hm, schon. Die NÄCHSTE Saison!", brummt er, und ich spüre seinen tadelnden Blick in meiner Seite. „Laut Professor muss sie dieses Jahr aber langsamer angehen. Vorausgesetzt, die Heilung verläuft einwandfrei!"

Sara spitzt sehr übertrieben die Lippen, schaut von mir zu Collin, bekommt riesige Augen und fängt dann lauthals zu lachen an. Dirk und Collin mustern sie verwundert. Ich hingegen würde mein Brötchen liebend gerne als Knebel für ihr Plappermaul benutzen. Denn was nun kommt, ist mir vollkommen klar.

„Josi, soll das heißen, dass Collin darüber nicht Bescheid weiß?", gluckst sie los und klimpert mich unnötigerweise mit ihren Wimpern an.

Ich beiße die Zähne zusammen und funkle sie sauer an. Warum kann sie dieses elende Thema nicht einfach ruhen lassen?

„Worüber sollte ich denn Bescheid wissen?", kommt es prompt von meinem Nebenmann.

„Nichts!", gehe ich künstlich lächelnd dazwischen und versuche Schadensbegrenzung. „Wie du gesagt hast, ich muss es dieses Jahr langsam angehen."

„Sara, was weiß ich nicht?", fordert Collin nun noch deutlicher.

Ich sitze zwischen Collin und meiner Schwester. Mit beherztem Griff schiebt mich Sara ein Stück zur Seite und lehnt sich höhnisch grinsend zu Collin hin.

„Das bedeutet, dass du deine Josi noch gar nicht richtig kennst!", verkündet sie feierlich und, wie ich finde, in einem absolut unpassend verschwörerischen Tonfall. „Collin, bist du eifersüchtig?", fragt sie geradeheraus.

Dirk verschluckt sich an seinem Kaffee und fängt sofort an zu husten, was Collin ihm mit grimmig zusammengekniffenen Augen dankt.

„Sara, hör sofort auf damit!", lamentiere ich lautstark. „Das ist total übertrieben, was du immer loslässt."

„Hey – how! Beruhigt euch mal wieder", geht Dirk dazwischen.

„Von wegen übertrieben, meine Süße", wendet sich Sara giftig an mich. „Es ist nun mal eine Tatsache, dass du dich auf der Piste grundsätzlich benimmst, als wollte dir jemand den Rang streitig machen. Sobald du in die Skiklamotten steigst, schaltet dein Gehirn um, und du kriegst einen ebensolchen

Geschwindigkeitsrausch wie beim Autofahren!" Zur Verdeutlichung tippt sie sich an den Kopf und schaut anschließend wieder zu Collin hin. „Versteh mich bitte nicht falsch, Collin! Josi gibt dir sicher keinen Grund zur Eifersucht. Nur ist es die Realität, dass sie jedes Jahr von diversen Kursteilnehmern Zimmerschlüssel zugesteckt bekommt!"

Urg! Ich schlucke. So wie ich Sara gerade anstiere, müsste sie eigentlich tot umfallen. Im Augenwinkel sehe ich Collins Gesichtsausdruck und verspüre den Drang, mich verteidigen zu müssen.

„Aber dafür kann ich doch nichts!", kommt es lauter als geplant. „Sara du weißt, wie sehr ich das hasse und ich bin auch nie darauf eingegangen!"

„Oh, oh! Armes Brüderchen", tätschelt Dirk Collins Schulter. Er kann sein Lachen kaum noch zurückhalten und versucht währenddessen, Lukas mit einem Würfelspiel anderweitig zu beschäftigen. „Ich sehe harte Zeiten auf dich zukommen", prophezeit er und prustet doch los.

„Oder auf Josi", erklärt Collin und zuckt gelassen mit der Schulter.

„Auf mich?", quieke ich und drehe mich entsetzt zu ihm um. Er sitzt entspannt da und wirkt völlig unbekümmert.

„Entweder du hast nur noch einen Kursteilnehmer oder keine Kurse mehr", stellt er rigoros fest, und ich bin kurz vor der Schnappatmung.

„Wie wär's mit einem Wechsel in die Kinderskischule?", bietet Dirk amüsiert ein.

„So, das hast du nun davon!", zische ich scharf und fuchtle mit erhobenem Zeigefinger vor Saras Nase herum. „Jetzt kannst du dich umschauen, wer meine Kurse übernimmt! - Und du", damit tippe ich Collin an, „kannst im Winter viel Zeit investieren. Glaube ja nicht, dass ich ab sofort nicht mehr auf die Piste gehe. Basta!"

Umständlich schiebe ich mich vom Barhocker, um beleidigt davonzuhumpeln. Mit einem Griff schnappt Collin mein Handgelenk und zieht mich an sich.

„Wer weiß, was bis dahin noch passiert!", säuselt er und grinst mir verschmitzt ins Gesicht.

Meine aufbrausende Reaktion versinkt in den Tiefen seiner betörenden Augen. Er hält mich im Nacken fest, kommt mir entgegen und küsst mich zärtlich.

„Wie sieht die Planung fürs Wochenende aus?", will Dirk wissen und beendet damit das Wintersport-Thema.

„Ich muss in die Stadt", seufzt Sara. „Lukas braucht dringend neue Hosen. Und Schuhe sind auch fällig. Er wächst momentan schneller, als ich für Nachschub sorgen kann."

„Ich komme mit", melde ich eilig und bemerke Saras überraschten Blick. „Mit Lukas im Schlepptau planst du wohl kaum eine Marathon-Shoppingtour, oder?"

„Wir müssen in die Holding", erklärt Collin seinem Bruder. „Normalerweise arbeite ich um diese Uhrzeit schon seit zwei Stunden."

„Gut", stimmt Dirk zu. „Dann treffen wir uns in der Firma, sobald ihr fertig seid!"

27

Collin sitzt im Büro hinter seinem Schreibtisch und blickt gedankenverloren ins Leere. Er registriert, dass Dirk hereinkommt und sich ihm gegenüber hinsetzt, schaut jedoch nicht auf. Dirk kennt diese versunkene Haltung seines Bruders. Seit ihrem unplanmäßigen Zusammentreffen in London hatten sie noch keine Möglichkeit gehabt, allein und ungestört miteinander zu reden. Daher ahnt er, um was sich sein Bruder gerade Gedanken macht. Dirk schmunzelt und sieht Collin erwartungsvoll an. Allerdings ist er nicht gewillt, den Anfang zu machen. Es dauert einige Minuten lang, bis Collin mit einem leichten Seufzer ins Hier zurückkehrt und sein Augenmerk auf Dirk richtet.

„Wieso grinst du so?", nörgelt Collin und beginnt selbst zu lächeln.

„Nur so", brummt Dirk und winkt ab. „Klärst du mich endlich auf, was in London vor sich ging, oder muss ich noch länger warten?"

„Es gibt nichts, worüber ich dich aufklären könnte", stellt Collin klar. „Du hast jedes Wort mit angehört. Ich traf keine fünf Minuten vor dir ein und über den Grund des Treffens wurde ich erst in Kenntnis gesetzt, als du anwesend warst!"

„Soll das heißen ...?"

„Ja!", unterbricht Collin seinen Bruder. „Das soll heißen, meine Entscheidung fiel in der Sekunde, als man mich vor die Wahl gestellt hat."

„Hochachtung, Kleiner!" Dirks Augen strahlen vor Stolz und er neigt huldigend den Kopf.

„Hör bitte auf!" Collin sieht einen Moment zur Seite und schnaubt leise. „Glaube mir, ich wäre um jede Sekunde dankbar gewesen, in der ich zuvor hätte mit dir reden können." Er lehnt sich nach vorne auf seinen Schreibtisch und nimmt Dirk scharf ins Visier. „Zwei Fragen, Bruder – und keine Ausflüchte! – Erstens, hättest du die gleiche Entscheidung getroffen wie ich? - Und zweitens, hältst du weiterhin zu mir wie bisher?"

„Ja und ja! - Du Idiot!" antwortet Dirk, ohne zu zögern. „Denkst du echt, ich könnte dich hängen lassen? Kleiner, du beleidigst mich!", feixt Dirk und sein Grinsen wird noch breiter. „Was bist du denn ohne mich?"

Dirks Reaktion beruhigt seinen Bruder sichtlich. Er beugt sich ihm zu und streckt Collin den Arm entgegen, der direkt zugreift. Mit festem Druck umschließt jeder das Handgelenk des anderen.

„Danke, Mann!", keucht Collin erleichtert.

„Nun habe ich aber zwei Fragen!", beginnt Dirk, während sich beide wieder in ihren Stühlen zurücklehnen. „Wie stellst du dir vor, dass es jetzt weiter geht? Und zwar – erstens: geschäftlich - und zweitens: privat?"

„Ha, gute Frage", lacht Collin ironisch und rauft sich kurz mit der Hand durch die Haare. „Geschäftlich liegen wir nun vollends im Fadenkreuz unsere Mitstreiter, soviel steht fest. Ergo - noch härter arbeiten! Gespickt wird das Ganze durch zusätzliche Pflichten und Aufgaben der Childshair." Collin stockt und schnaubt erneut. „Über das Ausmaß wird man uns wohl in Kürze informieren!"

„Und privat?" Dirk legt erwartungsvoll den Kopf schief. Er bemerkt das fahrige Hantieren von Collin an seiner Armbanduhr. Ein untrügliches Zeichen, dass er nervös und unruhig ist.

„Da ich abgelehnt habe, uns nach den alten Kriterien beaufsichtigen zu lassen", überlegt Collin mit gerunzelter Stirn, „müssen wir privat noch vorsichtiger und misstrauischer sein als bisher. Außerdem betrifft es nicht mehr uns alleine! Nur, wie lässt sich das umsetzen, ohne unseren eigenen goldenen Käfig zu schaffen? Genau darüber zerbreche ich mir den Kopf."

Dirk nickt und trommelt nachdenklich mit den Fingern auf seinem Bein herum.

„Wir müssen mit den beiden reden", erklärt er. „Heute Abend. Ungeschönt und ohne Umschweife!"

28

Nach erfolgreichem Kurz-Shopping in der Stadt entscheiden wir uns für einen Abstecher ins Starbucks. Ich muss Sara endlich über ihr Gespräch mit Dirk aushorchen, und hier bietet sich endlich die passende Gelegenheit.

„Und wie geht es jetzt bei euch weiter?", komme ich unverzüglich zur Sache. „Dauerhaftes Pendeln, oder wie?"

„Vorerst schon", antwortet Sara zaghaft. „Momenten bleibt uns wohl nichts anderes übrig. Schließlich kann ich zu Hause schlecht alles hinschmeißen und ..."

„Schade", nuschle ich eilig dazwischen. Sara erwidert nichts, wirft mir aber einen ihrer belehrenden Schwesterchen-sei-doch-vernünftig-Blicke zu.

„Und Dirk kann aus München erst recht nicht weg!", beendet sie unbeirrt.

„Mal von Dirk und München abgesehen", seufze ich und gehe schonungslos zum nächsten wunden Punkt über. „Ich weiß, dass du mit Lukas finanziell am Limit stehst. Und wenn Mama demnächst auszieht, hast du zu Hause noch mehr Arbeit. Hast du dir mal überlegt, das Ferienhaus aufzugeben und es zu verkaufen?"

Sara zögert und schaut wehmütig zu Lukas, der gerade in der Sahne seiner heißen Schokolade rührt.

„Eigentlich möchte ich es nicht hergeben", gesteht sie ehrlich. „Ich habe in den letzten zwei Jahren so viel Arbeit und Zeit hineingesteckt. Aber ich kann rechnen, soviel ich will, es wird mir kurz über lang nichts anderes übrigbleiben. Schon gar nicht, wenn jetzt noch der Umbau der Blockhütte dazukommt."

„Hör zu, Süße!", flüstere ich und beuge mich ganz nah zu ihr hin. „Ich möchte, dass du mir Bescheid gibst, wenn etwas fehlt, okay! Und zwar nicht erst, wenn es zu spät ist. Du bist nicht allein! Wir kriegen das zusammen hin! Versprich mir das, Sara!"

Sie schenkt mir ein dankbares Lächeln. Dabei stehen ihr verräterisch glänzend die Tränen in den Augen.

Als wir am Nachmittag auf dem Parkplatz der CDC Holding vorfahren, ist es halb drei. Dirk hatte uns erneut den weißen Club-Audi zur Verfügung gestellt - rein zu Werbezwecken natürlich. Im Gegensatz zur vorigen Woche ist das Gelände vorm Firmengebäude an diesem Samstagnachmittag fast leer. Außer Dirks BMW stehen lediglich eine Handvoll weitere Fahrzeuge auf dem großen Areal. Eines davon lässt mein Herz höherschlagen, und ich verweile einen Moment fast schon sentimental schmachtend daneben. Es handelt sich um einen alten und stellenweise leicht verbeulten Land Rover Defender. Leider lässt mich dieser Anblick sofort meine Trauer um Pa spüren. Immer, wenn er für die Bergwacht unterwegs war oder mit uns zur Hütte hinaufgefahren war, hatten wir unseren ebenso alten und verbeulten Landy genommen. Nach Papas Unfall hatte ich erfolgreich darauf bestanden, dass diese alte ,Schüssel', wie sie Mama stets nennt, mir anvertraut wurde. Seither steht sie in der Scheune neben unserem Elternhaus und steht mir jedes Jahr pünktlich zur Wintersaison zur Verfügung. Sobald ich mehrere Tage in meiner alten Heimat verbringe, tausche ich meinen Stadt-Polo gegen den Landy ein.

„Josi, komm endlich!"

Saras Stimme schreckt mich auf und ich drehe mich suchend nach ihr um. Sie steht mit Lukas an der Hand vor dem Eingang des Firmengebäudes und winkt mir zu. In der Eingangshalle sitzt ein Mann hinter einer monströsen Empfangstheke aus Metall und Milchglas.

„Guten Tag, die Damen!" Er lächelt, spritzt auf und kommt eilig hinter der Theke hervor. „Sie werden bereits erwartet.

Kennen Sie den Weg nach oben?" Mit einer Handbewegung verweist er Richtung Fahrstühle.

„Ja, danke", versichert Sara und ich nicke freundlich.

Im vierten Stock angekommen, schieben sich lautlos die Fahrstuhltüren auf. Unmittelbar davor stehen Dirk und Collin, die uns schon ungeduldig erwarten. Mit einem fröhlichen Schrei reißt sich Lukas von Saras Hand los und hüpft direkt in Dirks Arme.

„Hey, da seid ihr ja endlich", begrüßt dieser ihn mit einem strahlenden Gesicht.

Collin hingegen steht mit verschränkten Armen da und beäugt mich kritisch, wie ich leicht hinkend auf ihn zugehe.

„Ich hoffe, ihr habt zwischendurch Pausen eingelegt", erkundigt er sich besorgt.

„Mit riesigem Latte Macchiato und einem leckeren Schoko-Cookie!" Ich nicke zustimmend.

„Hmm, klingt nach Starbucks", brummt Collin genüsslich. Er legt mir zufrieden einen Arm um die Taille und begrüßt mich mit einem schnellen Kuss.

Die folgende halbe Stunde verbringen wir gemeinsam in Collins Büro. Mein Vorschlag, die eingegangenen Angebote für die Halloween-Party des House-Clubs heute bereits zu erledigen, lehnt Dirk entschieden ab. Stattdessen beharrt er darauf, dass dies, trotz des zeitlichen Engpasses, bis nach dem Wochenende warten könnte. Gleichzeitig plant er mich in seinem Terminkalender für Montag, elf Uhr, als festen Besprechungstermin ein. Durch einen weiteren Kontrolltermin bei einem hiesigen Arzt am Montagmorgen ist somit der Plan, mich als vorzeitig genesen in meiner Firma zu zeigen, ebenfalls abgehakt. Davon abgesehen hatte allein meine Erwähnung, kommende Woche wieder arbeiten zu gehen, bei Collin für heftige Kritik gesorgt.

„Was müssen die eigentlich noch alles anstellen, dass du diesem Laden endlich den Rücken kehrst?", hatte er unmissverständlich reagiert. „Jeder normale Mensch geht nach einem solchen Eingriff entweder in eine stationäre Reha oder verbringt wenigstens einige Zeit zu Hause!" Nach mehrfachem Versichern, dass ich fit bin, beschließen wir, diesen Nachmittag mit einer Runde über die Theresienwiese zu beenden. Ein Entschluss, den speziell Lukas mit heller Begeisterung aufnimmt. Es handelt sich um das letzte Wochenende des Oktoberfestes. Allerdings sind die tummelnden Menschenmassen an diesem Samstag unüberschaubar, und letztendlich reduziert sich unsere Runde auf eine knappe halbe Stunde. Dass im Anschluss mindestens ebenso viel Zeit für das Verlassen des Parkplatzes nötig ist, nimmt Dirk gewohnt gelassen und zählt die Wartezeit als pure Werbung für den Club. Kurz nach sieben verabschiedet sich Lukas mit einem ansteckenden Gähnen ins Bett. Gerade noch fähig, sein Lieblingskuscheltier festzuhalten, hängt er schlapp in Dirks Armen, als er sich von ihm ins Schlafzimmer verfrachten lässt. Zwischen Dirk und Lukas herrscht eine geheime Männerabsprache, die besagt, dass Dirk der Einzige ist, der Lukas im Loft ins Bett bringen darf. Vorausgesetzt natürlich, er ist irgendwie verfügbar. Für Sara eine durchaus angenehme Abwechslung, die diese kleine Routineabweichung ebenso genießt wie ihre beiden Männer.

Während Collin mit „Ich hab etwas im Wagen vergessen" Richtung Garage verschwindet, mache ich es mir mit Sara auf den Sofas bequem. Kurz darauf kehrt Collin mit zwei kleinen Päckchen zurück. Er deponiert sie ungeöffnet auf der Küchentheke und gesellt sich zu uns. Um mein Bein hochzulegen, habe ich mich der Länge nach auf einer Couch breitgemacht und Collin schiebt sich nun direkt hinter meinen

Rücken. Er zieht mich in seine Arme und ich lehne mich entspannt bei ihm an. Dabei fällt mir auf, dass er mit den Fingern immer wieder unruhig an seiner Armbanduhr hantiert. Beiläufig lege ich meine rechte Hand auf seine und halte sie fest. Collin reagiert prompt mit einem verstohlenen Grinsen, das ich in meinem Nacken zu spüren bekomme. 15 Minuten später sitzt Dirk ebenfalls in unserer Runde. Seine Miene hat sich verändert, als er neben Sara Platz nimmt und Collin minimal zunickt.

„Es gibt eine Sache, die wir mit euch besprechen müssen", erklärt Collin und atmet tief durch.

„Ähm ..., prima", räuspert sich Sara und blinzelt hektisch. „Wir, oder besser ich, mit euch nämlich auch!"

„Ach ja?", überrascht hebt Dirk die Augenbrauen. „Dann fang an!"

„Ich hätte eine Bitte!", beichtet Sara verlegen. „Könntet ihr den Verkauf des Ferienhauses für mich übernehmen? Ihr habt mehr Erfahrung mit solchen Geschäften. Außerdem kann ich dann schlecht einen Rückzieher machen."

„Warum willst du das Haus verkaufen?", fragt Collin interessiert.

Nervös und Hilfe suchend schaut Sara zu mir her. Dann strafft sie ihren Rücken und wendet sich Collin zu.

„Ab Ende des Jahres kommt zusätzlich die komplette Arbeit für unser Elternhaus auf mich zu. Daher wird mir das alles etwas zu viel."

Sara war schon immer die schlechteste Lügnerin, die ich kenne. Somit wundert es mich nicht, dass unsere Männer diese fadenscheinige Ausrede sofort durchschauen.

„Zuviel an was?", hakt Dirk rigoros nach. „Zeit oder Geld?" Dabei beugt er sich näher zu Sara hin und fixiert sie abwartend.

„Na, beides natürlich!", platze ich genervt heraus, da mir meine Schwester unter den unerbittlichen Blicken der beiden leidtut. „Oder was denkt ihr, wie eine alleinerziehende Mutter, die trotz Vollzeitjob aus finanziellen Gründen eine Zweitarbeit von zu Hause bewältigt und am Wochenende zwischen zwei Städten pendelt, das wohl auf die Reihe kriegen soll, hm?"

Sara schluckt bei meiner ungeschönten und, wie ich selbst finde, etwas zu heftig hingedonnerten Aufzählung.

„Wir haben uns schon gefragt, wie lange es dauert, bis ihr endlich damit rausrückt", gibt Dirk ernst zu. „Das war schließlich nicht schwer zu erraten, da wir die Geschichte um die Berghütte schon kennen."

„Mach dir keine Sorgen, Sara", versucht Collin, sie zu beruhigen. „Bevor hier überstürzt etwas verkauft wird, schau ich mir das Haus erst einmal an. Und der Rest wird auch geregelt."

Ich schnappe nach Luft, um ,zu dem Rest' noch eine Anmerkung über unsere eigenen Angelegenheiten los zu werden. Doch Collin ist schneller und hält mir den Mund zu.

„Spar dir deinen Protest, Amy! Das hättet ihr euch früher überlegen müssen." Er tippt sachte auf die Kette, die er mir am Vorabend umgelegt hat. „Wobei wir übrigens beim Thema sind, weshalb wir mit euch sprechen müssen", ergänzt er und steht auf.

Er läuft zur Theke und bringt die Päckchen, die er zuvor aus seinem Wagen geholt hat. Eines reicht er an Dirk weiter, das andere behält er und setzt sich wieder neben mich. Doch statt die Schachteln zu öffnen, räuspert sich Dirk und fängt zu reden an.

„Ihr wisst, dass wir uns in der nächsten Zeit auf mögliche Reaktionen ehemaliger Childshair-Mitglieder einstellen müssen. Es wird nicht allen in den Kram passen, auf Collins Entscheid hin einige ihrer Geschäfte beenden zu müssen oder gar vollends ausgeschlossen zu werden. Am wahrscheinlichsten ist es, dass sie nach Schwachstellen des neuen Erben suchen, und dies nicht nur geschäftlich!"

„Ihr rechnet also damit, dass sich die Überfälle nicht mehr gegen Collin richten, stattdessen gegen mich oder möglicherweise uns beide?", versuche ich Dirks Ausführungen zu präzisieren und zeige dabei von mir auf Sara. „Wäre ja nicht das erste Mal."

Collin seufzt leise und nickt kurz, als er mich ansieht. „Es tut mir leid, Amy."

„Moment mal!" Sara fuchtelt abwehrend mit den Händen und schüttelt verwirrt den Kopf. „Josi, was meinst du mit: Das wäre nicht das erste Mal?"

Ich presse die Lippen zusammen und drehe verlegen eine Haarsträhne um meinen Zeigefinger. Bei diesem Wink reißt Sara die Augen auf und schnappt nach Luft. Hektisch starrt sie von mir zu Collin und dann zu Dirk. Eine zustimmende Reaktion der beiden ist jedoch nicht nötig. Ihre betroffenen Mienen reichen vollkommen aus.

„Was ist mir Lukas?", keucht Sara heiser.

„Keiner von euch ist allein und unbewacht, dafür ist gesorgt", informiert uns Collin sachlich. „Das ist für die kommenden Wochen leider unumgänglich! Es ist gegenwärtig die einzige Möglichkeit, um unser aller Leben und Arbeiten nicht komplett einzuschränken. Sonst hätten wir auch nach England zurückgehen können."

„Von der Holding einmal abgesehen", führt Dirk weiter aus, „stehen wir in der nächsten Zeit durch zusätzliche Arbeit der Childshair erheblich unter Druck. Man wird uns ganz genau unter die Lupe nehmen." Plötzlich beginnt er zu schmunzeln und sieht stolzen Blickes zu Collin hin. „Schließlich wollen die

Mitglieder sichergehen, dass sie sich für den richtigen Boss entschieden haben."

„Die hier", Collin hebt das Päckchen in seiner Hand an, „bitten wir euch, permanent dabei zu haben." Er nimmt den Deckel ab und offenbart ein nagelneues iPhone. „Damit ist gewährleistet, dass wir alle vier zu jeder Zeit greifbar sind. Sobald Termine, Meldungen oder sonstige Informationen über diese Handys geschrieben werden, erreichen sie stets jeden von uns."

„Und was soll daran Besonderes sein?", erkundige ich mich und versuche, nicht zu lachen. „Das kann doch jedes Smartphone, oder?"

Ich zapple vor Begeisterung, während Collin mir das Kästchen aushändigt und Dirk seines an Sara weiterreicht. Bisher hatte ich mich mit einem kleinen Slider-Handy ohne viel Schnickschnack begnügt. Trotzdem kenne ich einige Funktionen dieser beliebten Telefone durch Kollegen und liebäugle schon eine ganze Weile mit diesem kleinen mobilen ‚Apfel'.

„Ja, das stimmt schon", grinst Collin. „Aber bei denen hier ist ohne entsprechende Software nicht das Geringste zurückzuverfolgen!"

„Also keine lästige Werbung?", flüstere ich in spaßiger Verschwörermanier.

„Keine Werbung!", versichert er ebenso gespielt.

„Ihr dürft das nicht falsch verstehen", unterbricht Dirk unser Schäkern. „Auch wenn es vielleicht nach der absoluten Kontrolle klingt, darum geht es nicht! Es soll lediglich zu eurer Sicherheit beitragen."

Collin grinst, als er meine Euphorie beim Auspacken beobachtet.

„Los, mach an! Einer unserer Kunden hat mir eine E-Mail geschickt, die explizit an dich gerichtet ist. Ich habe sie dir weitergeleitet."

„An mich?" Ich stocke und sehe ihn verblüfft an. „Von einem eurer Kunden?" Ohne näher darauf einzugehen, erteilt mir Collin eine Kurzeinweisung. „Oh, auf Italienisch!", stelle ich überrascht fest, als er mir die E-Mail präsentiert.

„So ist es!", grummelt Collin plötzlich. „Also lass mich bitte nicht dumm sterben und erzähl mir, welche Avancen dir der gute Signor Bertonello macht. Ich mag es nämlich gar nicht, wenn Post bei mir eingeht, die ich nicht selbst lesen und bearbeiten kann."

Collins Ton verrät, dass er gerade wieder beim Geschäftlichen angelangt ist. Ich bin mir sicher, dass seine Bemerkung durchaus auf ihn zutrifft und nicht einfach nur spaßig gemeint ist, daher erspare ich mir einen scherzhaften Konter über Neugier und Eifersucht. Davon abgesehen ist seine Einstellung nachvollziehbar, geht mir schließlich nicht anders.

„Wow", entfährt es mir, während ich die Mail überfliege. „Das ist eine Einladung - für uns alle vier! Mit den besten Grüßen von Signor Bertonello und seiner Familie. Er würde sich freuen, uns am Samstag dem 24. Oktober, bei einer Sonderaufführung in der Mailänder Scala als Gäste begrüßen zu dürfen. Wobei die Einladung für das komplette Wochenende, von Freitag bis Sonntag, gilt. Sobald wir ihm den Termin bestätigen, erhalten wir genauere Details." Staunend sehe ich auf und bemerke Collins stolzen Blick neben mir.

„Gut gemacht, Süße!", zwinkert Dirk zufrieden.

„Was ist das eigentlich für ein Auftrag, den ihr für Signor Bertonello umsetzen müsst?", wage ich meiner Neugier nachzugeben.

„Ein Firmengebäude für seinen neuen Verwaltungssitz in Rom", erklärt Collin. „Das Schwierige daran ist eigentlich nur die Örtlichkeit. Das Bauwerk muss in ein recht enges Areal eingefügt werden, und ab der fünften Etage weitet es sich dann über zwei benachbarte Gebäude nach rechts und links aus", fasst er grob zusammen.

„Optisch ähnelt es einem T", verdeutlicht Dirk.

„Sollte ein Architekt denn nicht anwesend sein, wenn gebaut wird?", hakt Sara nun interessiert nach.

„Doch, schon!", versichert Collin. „Während der Bauphase werden die Projekte auch permanent durch einen unserer Kollegen vor Ort betreut. Schließlich bin ich nicht der einzige Architekt bei uns. Und je nach Gebäude, Bauabschnitt und Kundenwünschen bin ich ebenfalls auf der Baustelle. In Rom wird das ganz sicher der Fall sein. Die Unterstützung meiner privaten Dolmetscherin wäre hier sicher sehr dienlich!"

Grinsend neigt er den Kopf, und sein Blick ähnelt einem Buben, dem gerade der perfekte Streich eingefallen ist. Erschwerend kommt hinzu, dass ich seinen strahlenden Augen ohnehin keinen Wunsch abschlagen kann.

„Vielleicht", säusle ich standhaft. „Wenn es meine Zeit erlaubt."

Collin haucht mir einen Kuss auf den Hals und flüstert mir dabei leise ins Ohr:

„Ich werde dafür sorgen, dass du Zeit hast!"

Ich spüre, wie mir die Röte ins Gesicht steigt. Eine Sekunde hoffe ich noch, dass mir Collins Augen nicht für den Rest des Abends den Verstand vernebeln, da fällt mir auf, wie sein glühend freches Ian-Grinsen sekundenschnell in ein gelassenes Collin-Schmunzeln wechselt. Gemeiner Schuft, betitele ich ihn in Gedanken. Für diese Gabe beneide ich Collin ebenso wie Dirk, der dies in gleicher Vollendung beherrscht. Wenigstens ist die

Businessmiene in der Versenkung geblieben, und alle Enthüllungen für diesen Abend scheinen abgehakt zu sein.

„Sara, das Wochenende in Mailand ist in drei Wochen", richte ich mich an meine Schwester. „Meinst du, Mama könnte auf Lukas aufpassen? Bis wann ist denn ihr Umzug geplant?"

„Die Wohnung steht ihr ab Anfang November zur Verfügung. Der genaue Umzugstermin steht aber noch nicht fest", antwortet Sara.

Auffordernd hält Dirk ihr das Telefon entgegen. „Frage wegen Lukas nach. Das mit dem Umzug wird anderweitig erledigt."

Sara seufzt und nimmt mit einem resignierten Kopfschütteln den Telefonhörer entgegen. Wenigstens erspart sie sich einen Kommentar in Bezug auf einen problemlos organisierten Umzug von Mama. Dirk hat ja keine Ahnung! Während des Gesprächs heitert sich Saras Miene auf. Rasch wird alles besprochen und nach einigen zustimmenden „Hm", „Ja, Mama", „Alles klar, Mama", legt sie auf und kichert los.

„Was war denn?", will ich wissen.

„Also, das mit dem Wochenende geht klar", erklärt Sara grinsend. „Sie freut sich schon, Lukas mal wieder ganz für sich zu haben. – Nur ...", sie beugt sich zu mir vor und schwenkt hochtrabend den Zeigefinger. „Meine liebe Josi! Ich soll dir ausrichten, dass du dich gefälligst zeitnah mit Collin bei ihr blicken lassen sollst. Schließlich will sie wissen, mit wem ihre Töchter verkehren! Dirk kennt sie ja schon."

Genervt verdrehe ich die Augen. Mamas Tadel gab Sara sicher ungefiltert weiter. Der Ton allerdings war bei Mama sicher nicht ganz so nett ausgefallen.

„Gut!", entscheidet Collin arglos und schnappt sich mein iPhone. „Wir wollten ohnehin nächste Woche bei dir vorbeikommen." Eilig platziert er einen Eintrag in meinem

Timer: <Auftragsabwicklung Geburtstagsfeier Dirk – Termin Dienstag vor Ort>. Anschließend drückt er auf Senden, und binnen weniger Sekunden piepsen drei weitere Handys. „Du musst nur noch die Uhrzeit nachtragen", erklärt er Sara und legt das Handy beiseite. Damit ist die Sache erledigt.

Dirk steht auf, läuft in die Küche und nimmt die Kaffeemaschine in Betrieb.

„Wie sieht euer weiterer Samstagabend aus?", fragt Collin und dreht sich zu ihm um.

Dirk hebt die Schultern und schiebt mit einem Kopfnicken Sara die Entscheidung zu.

„Nichts da", wehrt Sara ab. „Ihr müsst nicht schon wieder Babysitter spielen."

„Du tust, als sei das eine Strafe!", mault Collin und versucht, ernst zu bleiben. „Glaube mir, die Zeit wurde kreativ umgesetzt!" Bei der Erwähnung ‚kreativ' prustet Dirk prompt los und selbst Collins Unschuldsmiene droht zur kippen. „Okay, dann sind wir jetzt für die nächsten Stunden weg", verkündet er daher rasch. „Ihr könnt später immer noch in den Club fahren." Collin steht auf und hält mir die Hand entgegen.

„Wohin gehen wir?", erkundige ich mich, während er mich vorsichtig auf die Füße stellt.

„Nur Geduld! Du brauchst nur deine Schuhe."

Collin verschwindet in einem kleinen Zimmer neben dem Eingang und kehrt mit einem Autoschlüssel zurück. Derweil humple ich ins Apartment, ziehe meine Schuhe an und schnappe eilig meine Handtasche. Man kann ja nie wissen! Mit einem knappen „Bis später!" verabschieden wir uns und verlassen das Loft Richtung Garage.

„Halt, nicht so schnell! Mein Lauftraining beginnt erst nächste Woche", protestiere ich, da Collin mich mit schnellen Schritten hinter sich herzieht.

„Sorry", nuschelt er. Ohne sein Tempo zu verlangsamen, hebt er mich hoch und befördert mich direkt auf die Beifahrerseite seines Maserati GT. In bester Laune umrundet er den Wagen und gleitet geschmeidig hinters Steuer.

„Wohin fahren wir?", frage ich, obgleich es mir augenblicklich egal ist.

Das in diesem Moment aufheulende Motorengeräusch ist atemberaubend und verleiht mir einen wohligen Schauer.

„Überall und nirgends!", grinst Collin. „Dafür so schnell und so laut es geht!" Seine Augen leuchten wie die eines Jungen, der gerade ein neues Spielzeug bekommen hat.

„O K A Y !?!" Während Collin aus der Einfahrt fährt und Richtung Autobahn abbiegt, sinke ich entspannt tiefer in den Sitz.

„Also", raunt er geheimnisvoll und legt seine Hand auf meinen Oberschenkel. „Zum einen war die Stadtrundfahrt nach unserem Picknick im Olympiapark einfach genial, ist aber schon viel zu lange her. Zum anderen hörte ich von Sara heute Morgen, dass du ‚angeblich' ein Geschwindigkeitsfreak sein sollst. Da dachte ich mir, wenn ich ausgerechnet in dir eine Gleichgesinnte gefunden habe, machen wir die Straßen heute in einem anderen Tempo unsicher."

„Hat dir schon jemand gesagt, dass du total irre bist, Ian!" Lachend gebe ich ihm einen Kuss auf die Wange.

„Gut, Amy, dann passen wir ja zusammen!"

29

Montagmorgen, neun Uhr. Pünktlich auf die Minute sitze ich im Untersuchungszimmer eines Herrn Dr. Johann. Bei der Abschlussuntersuchung von Professor Simmens hatte er mir einen ausführlichen Bericht sowie eine Zweitausfertigung meiner Röntgenbilder mitgegeben. Darüber hinaus ließ mich der Professor wissen, dass alles Weitere bereits telefonisch mit seinem deutschen Kollegen besprochen sei. Dr. Johann sei ein alter Freund und Studienkollege von ihm und genieße sein vollstes Vertrauen. Doch offensichtlich hatten auch Collin und Dirk mal wieder alles Machbare im Voraus arrangiert. Denn ohne jegliche Angaben über Krankenkasse, Versichertenkarte etc. gelange ich direkt von der Anmeldung aus in das Arztzimmer. Dr. Johann selbst stellt sich als sehr netter und äußerst sportlicher Mann heraus, was für mich nur von Vorteil sein kann. Er studiert meine mitgebrachten Unterlagen ausführlich und kritisch, bevor er sich einen Überblick über den aktuellen Stand der Heilung verschafft. Anschließend sieht er mich an und nickt anerkennend.

„Professor Simmens erwähnte, dass Sie sehr daran interessiert sind, schon in der kommenden Saison wieder aktiv Wintersport zu betreiben. Ich gebe zu, der Heilungsprozess verläuft sehr zufriedenstellend. Außerdem ist die Beweglichkeit nach gerade mal einer Woche wirklich hervorragend! Wie oft absolvieren Sie die Ihnen vorgegebenen Übungen?"

„Mindestens drei Mal am Tag", gebe ich wahrheitsgemäß Auskunft.

„Oh ja, das glaube ich aufs Wort", versichert der Arzt. „Wissen Sie, Frau Rausch, eine solche Regeneration kostet Kraft und Ausdauer. Ich betreue unter anderem diverse Profisportler und wäre froh, wenn einige meiner Patienten nur zur Hälfte einen solchen Willen an den Tag legen würden wie Sie", erklärt er lobend. „Ich bitte Sie jedoch das Bein sofort hochzulegen und zu kühlen, wenn während oder kurz nach Ihren Übungen ein Stechen oder Ziehen zu spüren ist. In diesem Fall sollten Sie sich umgehend bei mir melden, versprochen?" Dr. Johann beäugt mich mit einem väterlichen Kontrollblick.

„Versprochen!", stimme ich energisch nickend zu.

„Gut, dann erhalten Sie an der Anmeldung ein Rezept sowie eine Adresse für ein unterstützendes Reha-Training. Und wir sehen uns in einer Woche wieder." Dr. Johann erhebt sich und streckt mir zur Verabschiedung die Hand entgegen.

„Ähm, ich hätte noch eine kurze Frage", bemerke ich eilig. „Oder besser zwei."

„Oh, Verzeihung", mit einem entschuldigenden Lächeln lässt er sich erneut neben mir auf die Liege sinken. „Bitte, um was geht es?"

„Ich wollte wissen, ob ich die Krücke weiterhin benutzen muss, ob ich Auto fahren darf und arbeiten gehen kann?", fasse ich zusammen.

„Nun, die Gehhilfe sollten Sie vorerst noch mitnehmen, wenn Sie länger unterwegs sind. Für alle Fälle sozusagen. Auto fahren und arbeiten sind die nächsten zwei Wochen auf jeden Fall noch tabu! Bitte lassen Sie sich von der Kollegin eine entsprechende Krankmeldung mitgeben." Dr. Johann sieht mich prüfend an und schmunzelt leicht. „Gibt es sonst noch Fragen?"

„Nein, vielen Dank. Bis nächsten Montag dann."

Ich hatte Collin am Vorabend gebeten, mich in meine Wohnung zu fahren, einzig aus dem Grund, meinen Wäscheberg in Angriff zu nehmen und nach dem Rechten zu sehen. Die reinste Idiotie, wie ich mir kaum zehn Minuten, nachdem ich allein war, eingestehen musste. Zum einen wacht Tanja während meiner Abwesenheit mit Argusaugen über meine vier Wände. Zum anderen herrschen im Loft sonderbare Wichtelverhältnisse, die meine Schmutzwäsche ebenso flink und unbemerkt erledigen wie die der Hausherren. Collin gab meiner Bitte nur ungern nach, und kaum war er weg, spürte ich, wie sehr mir seine Nähe fehlt. Ich vermisse ihn schrecklich. Für ihn und Dirk steht um sieben Uhr an diesem Montagmorgen eine Telefonkonferenz auf dem Programm. Fast entschuldigend gestand mir Collin, dass ihm durch den kurzfristigen Englandaufenthalt bisher die Zeit gefehlt hätte, sich entsprechend vorzubereiten. Um dies nachzuholen und die kommende Woche nicht vollkommen ahnungslos zu beginnen, wollte er den Sonntagabend nutzen und diese Nacht zu Hause verbringen. Allerdings ist mir schleierhaft, wie Dirk einen Termin um sieben Uhr in der Frühe auf die Reihe bekommt - zumal er nach Saras und Lukas Heimfahrt wieder Ablenkung in der Club-Arbeit suchte. Wahrscheinlich ging er erst gar nicht zu Bett.

Collin hatte sich um 21 Uhr auf den Heimweg gemacht. Nicht jedoch, ohne mich noch einmal an unser Vierergespräch vom Vorabend zu erinnern. Er beschwor mich regelrecht, bedacht und sehr aufmerksam auf andere Leute zuzugehen. Außerdem bekam ich mal wieder einen Fahrer verpasst, der mir für den heutigen Arztbesuch sowie alle weiteren Termine der kommenden Woche zur Verfügung steht. Insgeheim hoffte ich, Collin würde vor meiner Tür erscheinen, wie beim letzten Mal. Leider war dies nicht der Fall. Hingegen rief er kurz vor acht bei mir an. Er meinte, die Telefonkonferenz sei gut verlaufen, und er befände sich inzwischen auf dem Weg ins Büro. Hier stand die nächste Besprechung um neun an, ihr allwöchentliches Meeting mit einigen Kollegen.

„Wage ja nicht, nach deinem Termin mit Dirk die Firma zu verlassen, ohne bei mir gewesen zu sein! Ganz gleich, was sonst noch ansteht", verlangte er zur Verabschiedung am Telefon. Als ob ich mir das hätte nehmen lassen!

Thorsten springt sofort aus dem Wagen, sobald ich die Arztpraxis verlasse. Unverzüglich öffnet er die Tür und nimmt mir Tasche und Krücke ab. Wenn ich schon chauffiert werden muss, bestehe ich darauf, wenigstens auf der Beifahrerseite und nicht im Fond Platz zu nehmen. Sobald Thorsten hinterm Steuer der schwarzen Audi A6 Limousine sitzt, erkundigt er sich nach meinem nächsten Ziel. Mit einem Blick auf die Uhr, nenne ich ihm die Adresse der Reha-Praxis, die ich gerade erhalten habe. Mein vereinbartes Treffen mit Dirk ist erst in gut einer Stunde. Also bleibt noch Zeit, vor Ort meine Trainingszeiten zu vereinbaren.

Thorsten hatte sich heute morgen rasch als angenehmer Gesprächspartner herausgestellt, der bereitwillig all meine neugierigen Fragen beantwortet. Während der Fahrt erfahre ich, dass das Fahrzeug zur Firmenflotte der CDC Holding gehört und als Servicefahrzeug für sämtliche Dienstfahrten zur Verfügung steht. Er selbst übernimmt jedoch nur Fahrten für die Firmeninhaber und untersteht ausschließlich der Order der Herren Christensen. Darüber hinaus ist Thorsten ein sehr witziger Typ, der für jede Situation einen passenden Spruch parat hat. Sein Alter schätze ich etwa auf Mitte 30, und obwohl er sehr seriös tut, wirkt sein Gesicht irgendwie leicht verwegen. Sein absichtlich übertrieben höfliches Benehmen erinnert mich an den Film ‚Miss Daisy und ihr Chauffeur'. Und da mein vorlautes Mundwerk es sich nicht verkneifen kann, platze ich unbekümmert damit heraus. Worauf mich Thorsten laut lachend auf den Rücksitz verbannen will. Schließlich hätte Miss Daisy auch immer hinten gesessen.

20 Minuten vor elf erreichen wir das Firmengelände der Holding. Der riesige Parkplatz ist brechend voll. Thorsten hält unmittelbar vor dem Eingang des Gebäudes und ist mir beim Aussteigen behilflich. Beiläufig fallen mir einige Personen auf, die mich neugierig beäugen. Mein Blick hingegen geht zu den Stellplätzen, auf denen Collins und Dirks Fahrzeuge an den letzten Samstagen geparkt waren. Beide Parkflächen sind leer. Keiner der mir bekannten Wagen sind zu entdecken. Einzig der alte Land Rover, der mir schon am vergangenen Wochenende hier aufgefallen war, steht unverändert auf dem gleichen Platz.

Langsam betrete ich die Eingangshalle und melde mich am Empfang an.

„Hallo Frau Rausch, schön, Sie wiederzusehen", saust Dirks Assistentin Michaela mit einem freundlichen Strahlen auf mich zu. „Kommen Sie, ich soll Sie in Dirks Büro bringen. Er bittet um Nachsicht, da er sich ein paar Minuten verspätet. Sie wüssten jedoch Bescheid und sollten alles vorbereiten." Sie wirkt verlegen, während wir in den Fahrstuhl steigen. „Ich hoffe, Sie wissen, was er meint! Genaueres hat er nämlich nicht gesagt."

„Ja danke. Ich habe alles mitgebracht." Beiläufig weise ich auf meinen Laptop, den ich unterm Arm trage.

Dirks Büro befindet sich unmittelbar vor Collins Arbeitszimmer. Bei meinen bisherigen Besuchen hatte die Tür stets offen gestanden. Heute ist dies nicht der Fall.

„Ist Collin in seinem Büro?", erkundige ich mich bei Michaela, da auch seine Tür zu ist.

„Nein, das Wochenmeeting dauert noch an", informiert sie mich, während sie Dirks Zimmer öffnet und mich eintreten lässt. „Es findet heute im zweiten Stock statt. Je nach Teilnehmerzahl variiert dies. Nehmen Sie bitte Platz und bedienen Sie sich. Es dauert sicher nicht mehr lange." Damit verweist sie auf die Sitzecke am Fenster, die bestens mit Kaffee und sonstigen Getränken bestückt ist.

Der Raum sowie die Einrichtung gleichen Collins Büro fast wie eine Kopie. Nur die Farbe unterscheidet sich. Wie im Zimmer nebenan sind die Wände in Weiß gehalten. Neben dem schweren Holzschreibtisch, der hier ebenfalls steht, sind bei Collin alle Möbel in einem hellen Grauton mit blauen Accessoires und ein dazu passender blauer Boden. Dirks Ausstattung ist identisch, jedoch in Weiß mit grünen Accessoires und Boden. Wer wohl für die Innenausstattung der Firma verantwortlich ist? Vielleicht greifen sie hierfür ausnahmsweise auf externe Firmen zurück! Was mir jedoch an beiden Büros am meisten gefällt, ist die Größe. Jedes Arbeitszimmer nimmt es problemlos mit der Quadratmeterfläche meiner kompletten Wohnung auf. Und ich bin immerhin stolze Besitzerin einer 68-Quadratmeter-Wohnung, bestehend aus zwei Zimmern mit Küche und Bad! Nach einem ausgiebigen Rundumblick nehme ich auf einem der Besucherstühle vor Dirks Schreibtisch Platz. Ich schnaube amüsiert, als ich feststelle, dass ich aufgeregt bin. Ein seltsames Gefühl, aber angenehm! Die Zuarbeit für Dirk bereitet mir unendlich viel Spaß, und seine lobende Resonanz ist die wohltuende Bestätigung, die mir in meinem jetzigen Job so fehlt. Leise seufzend starte ich meinen Laptop und rufe die vorbereiteten Schreiben auf. In diesem Moment piept mein iPhone und weist auf einen Kalendereintrag hin. Freudig lese ich Saras Meldung, mit der sie den morgigen Termin in Garmisch-Partenkirchen für zwei Uhr fixiert. Nun bleibt nur zu hoffen, dass diese Zeit auch unseren schwer beschäftigten Männern in den Tagesplan passt.

„Guten Morgen Josi!"

Erschrocken zucke ich zusammen und sehe mich zur Tür um.

„Hast du Saras Eintrag schon gesehen?" Im Eiltempo rauscht Dirk herein und hinter seinen Schreibtisch. „Morgen, 14 Uhr vor Ort - wenigstens ein Mensch, der mir etwas Schlaf gönnt." Er grinst, dabei legt Handy, Notebook und Schlüssel ab und läuft in gleichem Tempo zur Sitzgruppe weiter. „Trinkst du einen Kaffee mit mir, bevor wir anfangen?" Ohne eine Antwort abzuwarten, befüllt er zwei große Tassen und kehrt mit den Pötten zum Schreibtisch zurück. Derweil verändert sich seine Miene und er mustert mich ernst. „Wie war's heute Morgen beim Doc?" Er sinkt in seinen Chefsessel und beugt sich erwartungsvoll zu mir vor.

„Prima!" Ich strotze vor Stolz und zurecht, wie ich finde. „Die Genesung verläuft nach Plan. Dr. Johann ist sehr zufrieden."

„Braves Mädchen, das wollte ich hören." Er zwinkert und lehnt sich entspannt zurück. „Können wir anfangen? Im Anschluss folgt ein Einstellungsgespräch."

„Klar, es dauert nicht lange", verspreche ich und mache mich begeistert an die Arbeit. „Zuerst bräuchte ich die E-Mail-Adresse, von der die Bestellungen aus weiterversendet werden sollen, und zur Kontrolle sollten wir die Schreiben noch einmal durchsehen. Dann kann alles raus."

Binnen zehn Minuten sind sämtliche Orders erledigt und sogar die erste Lieferanten-Bestätigung wieder retour.

„Dirk, ich weiß, ihr geht eigentlich unter vor Arbeit", beginne ich schüchtern, während ich meinen Rechner abmelde und zuklappe. „Darf ich trotzdem etwas Kritik loswerden?"

„Gegen gesunde Kritik ist nichts einzuwenden." Mit der Tasse in der Hand lehnt er sich zurück und hebt gespannt die Augenbrauen. „Was gibt's denn?"

„Wenn die Events für den Club weiterhin auf den letzten Drücker geplant werden, wird der erste größere Patzer nicht lange auf sich warten lassen!", äußere ich meine Bedenken und hoffe, nicht allzu streng zu klingen. „Zum Glück war die Werbung für Halloween schon geschaltet. Das hätte binnen der letzten zwei Wochen nämlich nicht mehr gereicht!"

„Danke dir, Josi", stöhnt Dirk. „Die Moralpredigt ist angekommen."

„Obendrein ist es nicht die Erste!", mischt sich Collin plötzlich ein, der in diesem Moment im Türrahmen auftaucht. Er tritt ein, schließt die Bürotür hinter sich und gesellt sich zu uns. „Super!", schnaubend sinkt er neben mir in den zweiten Besucherstuhl und reicht Dirk einige Unterlagen über den Schreibtisch hinweg zu. „Es ist gerade erst halb zwölf und ich sitze in meiner dritten Besprechung, dazu ist es nicht die letzte heute." Nach einem raschen Kuss zur Begrüßung schaut er mir prüfend in die Augen. „Lief alles glatt beim Arzt?"

„Alles bestens!", versichere ich und beginne erneut zu strahlen. „Dirk sagt, ihr habt jetzt ein Bewerbungsgespräch. Um was für eine Stelle geht es denn?" Beiläufig verstaue ich meinen Laptop in der Tasche und wappne mich zum Aufbruch.

„Um deine!", schallt es gleich von beiden Seiten.

„Ähm ..." Ich stocke, mitten in der Bewegung und runzle die Stirn. „Wie bitte?"

Während ich langsam wieder zu mir finde, legt Dirk die Unterlagen, die er zuvor von Collin erhalten hatte, vor mir auf den Schreibtisch.

„Halt, Josi!" Dirk stoppt mich vor einem unüberlegten Konter, zu dem ich tatsächlich gerade ansetzen will. „Du solltest mir wenigstens die Chance geben zu erklären, um was es geht."

Er sieht mich einige Sekunden lang an, bevor er seine Hand von den Papieren nimmt. Sein Ton hat sich verändert: ruhig und sachlich. Hier geht es eindeutig ums Geschäft. Verlegen räuspere ich mich und wage einen raschen Seitenblick zu Collin.

Die gleiche Businessmiene wie sein Bruder. Automatisch setze ich mich aufrechter hin und nicke matt.

„Auch wenn ich es äußerst ungern zugebe, so trifft deine Bemerkung von eben zu. Es ist zeitlich nicht mehr machbar, dass ich die gesamte Organisation für den House-Club allein erledige. Ich brauche Verstärkung. Daher ist dieses Gespräch nicht als Gefälligkeit anzusehen, falls du dies vermutest. Die Stelle beinhaltet den vollständigen organisatorischen Part des laufenden Betriebes ebenso wie die komplette Planung und Umsetzung sämtlicher Events des House-Clubs. Die Ergebnisse, die ich in der letzten Zeit von unserer Marketing-Abteilung vorgelegt bekam, entsprachen nicht gerade dem, was ich mir vorstelle. Somit warst du bereits das zweite Mal mein rettender Engel. Wobei ich gestehen muss, dass es sich bei der Ausarbeitung fürs Oktoberfest mehr um einen Test handelte. Die Planung war bereits unter Dach und Fach. Nur habe ich nachträglich einige Änderungen durch deine Kontakte vorgenommen", räumt er augenzwinkernd ein. „Die Präsenz im Club sowie die abschließende Entscheidung bleiben unverändert bei mir. Ebenso wie heute wird vor jeder Freigabe stets eine Besprechung stattfinden. Alle Arbeiten dazwischen würden in dein Ressort fallen." Er verharrt kurz und sieht mich scharf an. „Du wärst nur mir unterstellt, sonst niemandem!", erklärt er eindringlich. „Es wäre deine Entscheidung, von welchem Büro aus du arbeitest. Hier im Haus oder im Büro im Club. Allerdings gibt es eine zwingende Voraussetzung!" Ein Schmunzeln umspielt Dirks Lippen und einen Augenblick kehrt der gelassene Ton zurück.

„Das wäre?", erkundige ich mich neugierig, worauf Dirks Grinsen breiter wird.

„Du fährst Werbung, auch privat!"

Während ich ein erleichtertes Schnauben von mir gebe, verändert sich seine Ausstrahlung erneut, und der Firmenboss übernimmt wieder die Führung. Schließlich tippt er auf die Papiere, die vor mir liegen.

„Dies wäre dein Vertrag. Lies ihn bitte genau durch. Deine Entscheidung erwarte ich im Anschluss."

„Wir sind nebenan", erwähnt Collin mit einem Wink zu seinem Büro hinüber. Daraufhin erheben sich beide und lassen mich allein.

Falls es ihre Absicht war, mich sprachlos zu erleben, haben sie ihr Ziel erreicht. Ich schlucke heftig und versuche, einen halbwegs klaren Gedanken zu fassen. Meine Finger krallen sich noch immer in die Stuhllehne, und ich rege mich erst, als sie den Raum verlassen haben. Mein aufgeregtes Zittern möchte ich lieber für mich behalten. Scheu hebe ich die Hand und nehme den Vertrag vom Schreibtisch. Wie ein kostbares Pergament liegt es in meinen Fingern und ich zwinge mich, den Inhalt nüchtern und konzentriert durchzulesen. Jeden Punkt gehe ich zwei Mal durch und mit jedem Absatz glaube ich, einem üblen Scherz zu erliegen. Zeitgleich verbrüdert sich meine innere Stimme mit meiner sonst so verschlafenen Vernunft und beide meldet sich überdeutlich zu Wort: ‚Du wärst absolut bescheuert, diesen Vertrag nicht zu unterschreiben!' Recht haben sie. Die eingetragenen Konditionen wie Gehalt, flexible Arbeitszeit und Zusatzleistungen, worunter ein Firmenwagen, Handy sowie ein bereitstehender Laptop fallen, sind mehr, als ich im städtischen Bereich je erwarten könnte. Überdies kommen weitere Annehmlichkeiten, wie Absicherungen durch die CDC Holding im Bereich der Kranken- und Rentenversicherung hinzu.

„Tja, Josi!" Ich grinse wie das sprichwörtliche Honigkuchenpferd und während ich noch gegen ein freudiges Juchzen ankämpfe, kommt mir der einzige Haken in den Sinn, der gegenwärtig zu finden ist. „Wenn es mit der Beziehung zu Collin tatsächlich nicht klappt, ist dein Seelenleben ohnehin im Arsch und München auch!" Nach diesem zusammenfassenden Resümee ziehe ich meinen Kugelschreiber aus der Tasche und unterschreibe den zweifach ausgestellten Vertrag.

Mit den Papieren in der Hand gehe ich hinüber in Collins Büro. Die Tür steht offen, dennoch zögere ich, bevor ich es wage, hineinzugehen. Die beiden stehen am Fenster mit dem Rücken zu mir. Sie sehen hinaus und unterhalten sich. In meinen Gedanken herrscht das absolute Chaos, und seit Tagen rauschen mir immer wieder die gleichen Worte durch den Sinn: Was, zum Teufel, ist nur geschehen? Welchen Schalter habe ich umgelegt, um hier zu landen und nicht mehr zu wissen, ob ich träume oder nicht? Wortlos gehe ich zum Schreibtisch und lege die Verträge ab. Sobald ich aufschaue, bemerke ich, dass Dirk sich inzwischen zu mir umgedreht hat. Er steht hoch erhobenen Hauptes und mit verschränkten Armen da und erwartet meine Entscheidung.

„Du musst nur noch gegenzeichnen und mir mitteilen, wann und wo ich anfangen soll", erläutere ich mit fester Stimme.

„Gut!" Unverzüglich kommt er zu mir und signiert seinerseits die Unterlagen. „Vertragsbeginn ist, sobald dein Arzt dir die Freigabe erteilt und wo, entscheiden wir kurzfristig. Die ersten Tage werden wir ohnehin gemeinsam unterwegs sein, da ich dich mit den wichtigsten Personen im Club und hier selbst zusammenbringen muss."

Inzwischen ist auch Collin bei uns und sitzt hinter seinem Schreibtisch.

„Die Kündigung bei deiner alten Firma übernehmen wir", offeriert er in seiner gewohnt kühlen Art, die er immer dann an den Tag legt, sobald etwas Wichtiges zu erledigen ist. „Wir haben heute Nachmittag sowieso einen Termin bei einem der

Vorstände." Damit schiebt er mir ein Papier zu, das sich als vorbereitetes Kündigungsschreiben entpuppt.

Ein grobes Überfliegen der Zeilen stellt klar, dass hier Collins Jurastudium Anwendung fand. Ich kapiere nicht einmal die Hälfte der aufgeführten Punkte für meine Kündigung samt sofortiger Freistellung.

„Ein Anwaltsschreiben?", erkundige ich mich überrascht.

„Lass ihm seinen Spaß", brummt Dirk, und winkt in Collins Richtung ab.

„Im Geschäft gibt es für euch keine Zufälle, oder?" Ich puste resigniert, greife nach Collins bereitliegendem Stift und setze meine Unterschrift an die entsprechende Stelle. Die Antwort auf meine Frage erhalte ich umgehend und unmissverständlich: ernste Mienen und entschiedenes Kopfschütteln.

„Da dies nun erledigt ist", setzt Dirk an, „will ich dir eine Kleinigkeit nicht vorenthalten. Deine Kollegin oder besser Ex-Kollegin Lisa hat die Beförderung nur erhalten, weil sie mit einem eurer Prokuristen ins Bett gestiegen ist. Ebenso lief es bei ihrer Vorgängerin. Du siehst, auf normalem Wege wärst du nie an diese Stelle gekommen!"

Mir bleibt der Mund offenstehen und ich keuche entsetzt.

„Woher weißt du das?"

„Von Chris, dem Prokuristen, mit dem sie geschlafen hat. Er ist Stammkunde im House-Club, daher kennen wir uns. Als ich letzte Woche wegen deiner Krankmeldung dort war, ist er sofort mit der Neuigkeit hausieren gegangen."

Ich starre Dirk fassungslos an. Diese Nachricht muss erst einmal verdaut werden. Doch wenn ich ehrlich darüber nachdenke, passt dieses Verhalten zu Lisa. Stets auf der Suche nach der größten Aufmerksamkeit und dem schnellen Erfolg.

„Und weshalb habt ihr heute einen Termin dort? Doch sicher nicht nur wegen meiner Kündigung, oder?" Ich frage mehr aus

Neugier. Das Thema Stadtmarketing werde ich schnellstens ad acta legen. Besser, ich konzentriere mich auf mein bevorstehendes Arbeitsleben.

„Nein! Wir sollen eine Filiale planen und umsetzen. Mal sehen, was sie sich vorstellen", murmelt Collin, während er auf seine Armbanduhr schaut. „Gehst du mit mir zum Mittagessen? Der nächste Termin ist in einer Stunde, und der Rest muss warten."

Erwartungsvoll sieht er zu mir auf, und da ist es wieder: das blitzartige Switchen zwischen Businessman und seinem heiteren, privaten Collin-Grinsen. Ein Grund mehr, seiner Bitte augenblicklich nachzukommen.

„Wie geht das?", frage ich erstaunt und fuchtle zur Verdeutlichung vor meinem Gesicht herum. „Wie springt man binnen einer Sekunde so gekonnt zwischen Geschäft und privat hin und her, wie ihr das tut?"

„Das ist angeboren!", meint Dirk achselzuckend, und beide beginnen zu lachen.

30

Der Dienstag startet extrem trüb, mit Nebel und Regen. Dennoch lasse ich mir von einer solchen Lappalie heute nicht die Laune verderben. Das Wissen, dass um zwölf Uhr Dirk und Collin vor meiner Tür stehen und wir gemeinsam in meine alte Heimat fahren, stimmt mich regelrecht euphorisch. Zuvor habe ich jedoch noch einen anderen Termin. Pünktlich um halb zehn wartet Thorsten vorm Haus. Er bringt mich zu meinem ersten Reha-Training. Dr. Johann hatte mir ein etwas anderes Aufbauprogramm verordnet als die sonst üblichen Gymnastikübungen der Physiotherapie. Was zur Folge hat, dass ich am Ende der ersten Stunde völlig erschöpft auf den Beifahrersitz sinke. Außerdem werde ich mich in Kürze vor Muskelkater nicht mehr rühren können. Allerdings trifft dies wohl eher auf meinen Rücken, statt auf mein operiertes Bein zu. Zumindest warnte mich der Therapeut entsprechend vor. Nach kurzer Inspizierung meiner momentanen Mobilität fiel ihm auf, dass ich durch meine voreilige Humpelei eine schiefe Gangart angenommen habe. Zurück in meiner Wohnung quäle ich mich leise stöhnend unter die heiße Dusche. Schadensbegrenzung für meine geschundenen Muskeln. Anschließend mache ich mich für den Termin bei Sara fertig.

„Wir sind in einer Minute bei dir", meldet sich Dirk telefonisch und erwartungsgemäß pünktlich. „Komme bitte nach unten, wir fahren gleich weiter."

Als ich das Haus verlasse, stehen Dirk und Collin neben einem schwarzen Coupé - ein Volvo C70, wie ich bei genauerem Hinsehen feststellte. Ein Wagen, den ich bei ihnen bisher noch nicht gesehen habe. Sobald ich näherkomme, hält Collin mir die Beifahrertür auf und lässt mich im Fond Platz nehmen. Er haucht mir einen schnellen Kuss auf die Lippen, murmelt eine rasche Begrüßung und klappt den Sitz nach hinten. Anschließend lässt er sich mit grimmiger Miene neben Dirk auf dem Beifahrersitz nieder.

„Ist allen Audis der Sprit ausgegangen?", scherze ich gut gelaunt und beuge mich zu meinen Begleitern nach vorne. „Oder weshalb fahrt ihr heute eine andere Marke?"

„Eine Testfahrt", gibt mir Dirk zu verstehen, während er den Motor startet.

„Einige Kollegen hätten dieses Modell gern als Firmenfahrzeug", raunt Collin und richtet sich dann an seinen Bruder. „Wenn du mich fragst: abgelehnt! Amy hätte auch ohne Bein-OP Probleme beim Einsteigen gehabt, und selbst hier vorne ist er viel zu eng!", beschwert er sich mit einem Wink in den Fußraum vor sich. „Außerdem geben wir die komplette Bandbreite dreier Marken vor. Wer sich hierunter nicht für einen Wagen entscheiden kann, der braucht keinen!", motzt er weiter.

„Achtung, Josi!", grinst Dirk mich über den Rückspiegel an. „Dein Liebster ist heute mit dem falschen Fuß aufgestanden. Bisher war ihm noch nichts recht zu machen."

„Danke für die Vorwarnung", murmle ich und sinke gemütlich in den Sitz zurück.

Da ich die etwas mehr als einstündige Fahrt sonst immer selbst hinterm Steuer verbringe, genieße ich es, heute einfach nur aus dem Fenster zu schauen. Gelegentlich dringen Bruchstücke einer geschäftlichen Unterhaltung meiner Begleiter an mein Ohr. Dann versinke ich wieder in meinen eigenen Gedanken. Die gleichmäßigen Fahrgeräusche tun ihr Übriges und auf halber Strecke fallen mir die Augen zu.

„Hey, Amy, aufwachen! Wir sind da", höre ich es leise und blinzle leicht.

Der Beifahrersitz ist nach vorne geschoben und Collin sitzt mit einem Fuß im Wagen vor mir in der Hocke. Ein entspanntes Lächeln umspielt seine Lippen und ich blinzle erneut, um mich an die inzwischen strahlende Sonne zu gewöhnen. Dann setze ich mich langsam auf, lege meine Arme um seinen Hals und küsse ihn sanft auf den Mund.

„Wenn Engel reisen lacht der Himmel", flüstere ich und streiche durch seine blonden Haare. „Ach, Collin!" Ich seufze leise und hauche ihm einen weiteren Kuss auf. „Du fehlst mir in jeder Minute, in der ich allein bin."

„Geht mir auch so, Amy!", schmollt er. „Mein Bett ist verlassen und kalt. Keiner da, der mich zum Lachen bringt oder sonst wie ablenkt. Wer würde da nicht mit schlechter Laune aufstehen!" Er sieht aus wie ein kleiner bettelnder Hundewelpe. „Komm, Amy, lass uns reingehen. Dirk ist schon vorgegangen." Damit reicht er mir die Hand und ist mir beim Aussteigen behilflich.

Nach Saras stürmischer Begrüßung sitzen wir zu viert in ihrem Büro. Ein beiläufiger Rundumblick zeigt mir, dass sich seit Verlassen meiner alten Arbeitsstätte kaum etwas verändert hat. Sara entgeht mein leicht wehmütiger Gesichtsausdruck nicht und sie zwinkert mir verständnisvoll zu. Anschließend widmet sie sich dem Geschäftlichen.

Die ausgearbeiteten Unterlagen für Dirks Geburtstagswochenende hatte Sara mir bereits am letzten Sonntag in einer ruhigen Minute gezeigt. Davon abgesehen hatte ich ihr in der Woche zuvor meine einigen Anregungen mitgeteilt. Ich bin mir sicher, dass Dirk mit ihren ausgewählten Highlights, zu denen unter anderen ein Hundeschlittenrennen und eine Tour mit Schneemobilen am späten Abend zählen, durchweg zufrieden sein wird. Gleiches gilt für die Auswahl des Hotels sowie der perfekt abgestimmten Kombination zwischen

Skifreizeit und organisiertem Wochenende. Und dennoch rutscht sie nervös auf ihrem Stuhl herum. Kaum merklich zwar, für mich jedoch nicht zu übersehen. Für gewöhnlich ist Sara diejenige, die für externe Besprechungen und persönliche Kundentermine herangezogen wird. Sie mag es, ihre Arbeit zu präsentieren und vor Ort zusätzliche Ausführungen und Wünsche abzuklären. Mir hingegen liegt der organisatorische Part im Hintergrund mehr. Dass Sara ausgerechnet heute so verlegen ist, kann somit nur an ihrem ganz speziellen Kunden liegen. Wobei Collin und Dirk so tun, als bemerkten sie es nicht. Eine halbe Stunde später sind alle Aufträge unterschrieben, und diesem ganz speziellen Geburtstag steht nichts mehr im Wege. Bei Saras Entscheidung, mich trotz Bedenken als Snowboard-Begleitung einzuplanen, juble ich innerlich. Und noch erfreulicher sehe ich mit an, dass selbst von Collin keinerlei Protest kommt.

Saras hatte im Büro mit ihrem Chef geklärt, dass sie im Anschluss an unseren Termin ihr Überstundenkonto etwas schmälern würde. Gemeinsam mit Dirk fährt sie nun zum Kindergarten, um Lukas abzuholen. Währenddessen machen Collin und ich uns auf den Weg in mein Elternhaus. Als pflichtbewusste Tochter, die ich laut meiner Mutter jedoch nicht bin, komme ich ihrem Wunsch nach und stelle ihr den Mann an meiner Seite vor. Zu meiner eigenen Überraschung verläuft der Nachmittag in meinem alten Zuhause sogar ungewohnt entspannt und lustig. Wir hocken alle in Mamas großer Wohnküche zusammen, trinken Kaffee und beratschlagen den Ablauf ihres bevorstehenden Umzugs. Irgendwann erkundigt sich Collin, wann er die Möglichkeit hätte, sich das Ferienhaus anzusehen. Das Gebäude befindet sich nur zwei Straßen entfernt und gegenwärtig ist nur ein Apartment vermietet. Daher wird die Besichtigung unverzüglich in die Tat umgesetzt. Lukas jubelt vor Begeisterung und besteht darauf, mit ins Ferienhaus zu dürfen. Kaum sind die drei aus der Tür, richtet sich Mama direkt an Dirk und mich.

„Stimmt es, dass Lukas' leiblicher Vater aus heiterem Himmel versucht, Ansprüche auf das Sorgerecht geltend zu machen?", fragt sie frei heraus.

Dirks Miene versteinert kurz, daher bestätige ich Mamas Frage mit einem steifen Nicken.

„Dirk, bitte seien Sie so nett und bringen Sie mir aus dem Nebenzimmer den blauen Ordner, der ganz oben auf dem Regal liegt", bittet sie ungerührt.

„Vorausgesetzt, Sie reden mich nicht länger mit ‚Sie' an, Frau Rausch", flachst er und verschwindet im angrenzenden Raum.

Sekunden später kehrt er mit dem gewünschten Ordner zurück. Verwirrt verfolgen wir, wie meine Mutter suchend darin herumblättert. Letztendlich zieht sie einen Zettel mit einer handschriftlich notierten Nummer heraus.

„Schau nicht so, Josi! Ich klär dich gleich auf", erwähnt sie beiläufig und greift zum Hörer.

Mamas Anruf geht an eine ehemalige Schulkameradin, die zufälligerweise Peters Mutter ist. Darin teilt sie ihrer alten Freundin mit, dass sich Unterlagen in ihrem Besitz befinden, die ohne Weiteres beweisen, dass Peter nicht das leibliche Kind seines Vaters ist. Und wenn sie verhindern wolle, dass dies nach 31 Jahren nicht doch noch ans Licht kommt, soll sie unverzüglich dafür sorgen, dass ihr Sohn endgültig alle Rechte an Lukas abgibt.

Dirk und ich stehen perplex und mit aufgerissenen Augen da. Keiner von uns bringt ein Wort über die Lippen. Mama hingegen präsentiert sich mit einem Gesichtsausdruck, als hätte sie gerade eine Katalogbestellung aufgegeben!

„Wann lernt ihr Mädchen endlich, dass es auch Vorteile hat, über manche Probleme zu sprechen, statt immer alles allein durchboxen zu wollen!", nörgelt sie mich an.

„Meine Hochachtung, Frau Rausch!" Dirk räuspert sich und langsam kommt wieder Farbe in sein Gesicht. „Sie gehen davon aus, dass dies zum gewünschten Ziel führt?" Unsere Blicke treffen sich kurz, während er sich skeptisch mit der Hand über die Stirn reibt.

„Oh, da bin ich mir ganz sicher!", versichert Mama und nickt heftig. „Schließlich kenne ich nicht nur Peters Mutter, sondern auch seinen angeblichen UND den leiblichen Vater. Glaube mir, keiner der beiden sollte jemals erfahren, von wem Peter wirklich ist", antwortet Mama geheimnisvoll. „Es wäre mir jedoch sehr recht, wenn Sara von diesem Telefonat nichts erfährt. Zumindest heute noch nicht. Ihr könnt ihr davon erzählen, wenn sie das nächste Mal in München ist. Dann hat sie sich beruhigt, bis sie wieder nach Hause kommt, und ich muss mir keine Moralpredigt von ihr anhören." Mama kichert amüsiert und verstaut den Zettel wieder im Ordner.

Gegen halb neun treten wir die Heimfahrt nach München an. Es ist nicht zu übersehen, wie schwer es Dirk jedes Mal fällt, sich von Sara und Lukas zu verabschieden. Collins Ablenkungsmanöver während unserer Rückfahrt ist einfach und rationell: Er fasst in groben Zügen die Vor- und Nachteile des Ferienhauses zusammen, wobei mir schleierhaft ist, was er damit bezweckt! Um zu vermeiden, dass Sara in finanzielle Schwierigkeiten gerät, muss das Gebäude früher oder später verkauft werden. Darüber hinaus hatte sich Collin die kompletten Bau- und Grundstückspläne von Sara mitgeben lassen.

„Wozu brauchst du das alles?", will ich wissen.

Collin wiegt nachdenklich mit dem Kopf hin und her. „Mal sehen", brummt er. „Ich weiß noch nicht genau."

Die restliche Woche vergeht im Schneckentempo. Lediglich durch meine Reha-Termine abgelenkt, bleibt mir jede Menge Zeit, mich meiner in den letzten Wochen etwas vernachlässigten Wohnung zu widmen. Ich schaffe es sogar, meine sogenannten Sammelkisten aufzuarbeiten, die aus drei alten Schuhkartons bestehen. Schmunzelnd sortiere ich die Unmengen an Adressen- und Telefonzetteln sowie Visitenkarten und Fotos, die sich durch die vielen Bekanntschaften meiner Ski- und Snowboard-Kurse in den vergangenen Jahren angesammelt haben. Mit einigen Wenigen von ihnen halte ich sogar weiterhin Kontakt und pflege diese netten Freundschaften. Am Donnerstagabend steht überraschend Collin vor meiner Tür. Ich schaue ihn verwundert an, da er geklingelt hat. Immerhin besitzt er inzwischen einen Schlüssel von mir.

„Wer weiß, in welcher Situation ich dich erwische, wenn ich, ohne zu läuten, einfach reinplatze!", erklärt er gespielt verständnisvoll. Er schiebt die Tür hinter sich ins Schloss und zieht mich mit einem tiefen Seufzer in seine Arme. „Hast du einen starken Doppelten für mich?"

„Endlich eine Abwechslung, und eine so schöne noch dazu", schwärme ich, als wir nach ausgedehnter Begrüßung in der Küche stehen. Ich stelle Collin seinen Espresso hin und mustere ihn abwartend. „Was ist?", fordere ich, da mir ein einziger Blick in seine Augen reicht, um zu wissen, dass er etwas mitzuteilen hat.

„Amy, es ist wegen des kommenden Wochenendes. Ich muss mit Dirk für zwei Nächte nach London", beichtet er und lässt müde die Schultern hängen. „Normalerweise würde ich fragen, ob du mitkommen magst. Aber leider wäre nicht einmal Zeit für ein gemeinsames Frühstück drin. Außerdem bist du momentan hier besser aufgehoben. Sorry, Süße."

„Ach, Collin, hör auf, dich zu entschuldigen. Das ist schließlich kein Weltuntergang", wiegle ich ab und versuche, nicht allzu enttäuscht zu klingen. „Hauptsache, ihr passt auf euch auf."

In diesem Moment piept bei Collin und mir fast zeitgleich das iPhone.

„Wahrscheinlich hat Dirk gerade die genauen Flugdaten erhalten." Collin zieht sein Smartphone aus der Hosentasche und ruft die Nachricht ab. „Abflug morgen Vormittag, Viertel nach elf", seufzt er. „Und voraussichtliche Rückankunft in München am Sonntag gegen 17 Uhr. Prima Wochenende."

„Schluss mit dem Gejammer, Herr Christensen!", befehle ich und zwinge mich selbst zu einem Lächeln. „Vielleicht hast du zwischendurch Zeit, mal anzurufen?"

„Ich werde es versuchen. Da ich aber weiß, was auf dem Plan steht, solltest du lieber nicht darauf warten. - Und, Amy, bitte denke daran, wir werden notfalls nur per Nachricht hierüber erreichbar sein!" Zur Verdeutlichung hebt er sein iPhone an.

Als er sich anschließend über meinen heutigen Tagesablauf erkundigt, kommt mir die rettende Idee für mein einsames Wochenende.

„Collin, ich hätte eine Frage und eine Bitte an dich."

„Ach!", er grinst. „Was gibt es denn?"

„Zuerst die Frage: Bleibst du über Nacht?"

„Jaaa", erklärt er gedehnt und sein Grinsen wird noch breiter. „Und deine Bitte?"

„Also eigentlich sollte ich die wohl an Dirk richten", nuschle ich verlegen, „aber du weißt darüber sicher auch Bescheid. Kannst du mir ein paar Eckdaten zum Club-Umbau nennen? Dann könnte ich mir Gedanken über die Neueröffnung oder die

Weihnachtszeit machen." Mit betörendem Bettelblick flehe ich um Arbeit. „Ich weiß sonst echt nicht, was ich übers Wochenende anstellen soll!"

„Klar!", nickt Collin, leert rasch seine Espressotasse und greift erneut zum Handy. „Also, der normale Clubbetrieb endet mit der Halloween-Party. Ab dem ersten November ist dann für zwei Wochen zu. Wobei der Umbau wegen des Feiertages erst ab dem zweiten November startet. Ich glaube, der Erste fällt ohnehin auf einen Sonntag." Beiläufig kontrolliert er seine Angaben im Timer. „Oh, das wird knapp!"

„Was wird knapp?"

„Die Neueröffnung ist für Freitag, 13. November, angesetzt. Das sind gerade mal neun Arbeitstage! Besser, ich telefoniere morgen noch mit den Firmen. Sie sollen sich darauf einstellen, das Wochenende komplett durchzuziehen", bemerkt Collin, und ich schaue zu, wie er eine entsprechende Notiz in seinem Handy vornimmt.

„Moment mal!" Entsetzt reiße ich die Augen auf. „Das sind ja nur fünf Wochen bis zur Eröffnungsfeier! Weißt du, ob Dirk hier schon mit der Planung begonnen hat?"

Mit einem Wisch übers Display wechselt Collin die Einstellung und ruft Dirk auf dessen Handy an. Er betätigt die Freisprechfunktion und legt sein iPhone zwischen uns auf den Küchentresen.

„Hey, Kleiner! Hast du Sehnsucht nach mir?", schallt uns Dirks amüsierte Begrüßung entgegen.

„Wohl kaum", entgegnet Collin. „Wo bist du gerade?"

„Vor fünf Minuten zu Hause angekommen. Habt ihr die Daten fürs Wochenende erhalten?"

„Ja, sind da. Deine neue Angestellte hat mich gerade auf ein paar Punkte in Sachen Club-Umbau aufmerksam gemacht", entgegnet Collin scharf. „Ist dir klar, dass wir nur neun Arbeitstage zur Verfügung haben?"

„Wenn du das sagst". Ist schließlich deine Baustelle", schiebt Dirk den Schwarzen Peter an Collin zurück. „Meine nächste Aktion ist die Neueröffnung."

„Apropos Eröffnungsfeier", mische ich mich ein. „Hi, Dirk!"

„Hallo Josi. Was gibt's?"

„Steht deine Planung für die Eröffnung schon? Schließlich sind es nur noch fünf Wochen bis dahin."

„Oh, echt? Nur noch fünf Wochen?", murmelt er mehr zu sich selbst. „Verdammt, darum wollte ich mich eigentlich dieses Wochenende kümmern."

„Lass es, Dirk. Sende mir vor eurem Abflug deine Vorstellungen und den Budget-Rahmen per E-Mail. Dann schau ich, was so kurzfristig machbar ist. Schließlich habe ich dieses Wochenende eh nichts Besseres vor. – Aber!", ich schnaube vernehmlich und schiebe gleich einen Tadel hinterher, „auch wenn ich jetzt mit meinem neuen Chef spreche, lass dir ja nicht einfallen, dass alle zukünftigen Veranstaltungen so kurz vor knapp laufen dürfen!"

„Ganz meine Rede", kommt mir Collin unterstützend zu Hilfe.

„Vielen Dank, ihr beiden! Ich werde darauf zurückkommen, wenn ich euretwegen mal wieder alles von einem auf den anderen Tag umschmeißen muss!", kontert Dirk mit einer gelassenen Retourkutsche. „Ach, Josi, soll ich Sara etwas ausrichten? Wir telefonieren, bevor ich in den Club fahre."

„Nicht nötig, wir haben heute schon geklönt. Nur liebe Grüße!"

Wie gewohnt verliert Collin keine weiteren Worte über den bevorstehenden Termin in London. Und ich mache mir nicht die Mühe, ihn danach auszufragen. Stattdessen gehen wir zu einem herrlich entspannten und gemütlichen Abend über, den wir trotz kaltem Herbstwind, in eine Decke gehüllt, auf meiner Balkonliege verbringen.

Passend zu meiner leicht melancholischen Stimmung, entscheidet sich das Wochenendwetter für graue Wolken und kübelweise Regen. Selbst ein Blitzbesuch von Sara und Lukas steht an diesem Wochenende nicht zur Debatte. Schon vor Wochen hatte sie ihre Mithilfe bei einer Feierlichkeit in Lukas´ Kindergarten zugesagt, das an diesem Samstag stattfindet. Dies hätte sie auch getan, wenn Dirk und Collin nicht geschäftlich verreist wären. Wahrscheinlich sollte ich froh sein, dass unsere Männer ausgerechnet an diesem Wochenende im Ausland sind. Ansonsten hätte sich Dirk mit ziemlicher Sicherheit, ohne eine Mütze Schlaf, in den Wagen gesetzt und wäre nach Garmisch gefahren. Und ebenso sicher wäre er am selben Abend wieder retour gekommen, um sich nachts im Club zu zeigen. Keine sonderlich beruhigende Regelung, die Sara und Dirk durch ihr gegenwärtiges Pendeln betreiben. Nun gut, wenn nicht zufällig meine Nachbarin Tanja klingelt, werde ich mein Wochenende allein verbringen, und der zeitliche Ablauf für die bevorstehenden Tage steht auch schnell fest: Den Samstag starte ich damit, die Vorräte meines fast leeren Kühlschranks aufzufüllen. Anschließend widme ich mich meiner neuen Arbeit. Bei Durchsicht der vielen Adressen und Visitenkarten meiner ehemaligen Kursteilnehmer waren mir einige interessante Telefonnummern in die Hände gefallen. Eventuell helfen mir einige davon weiter, und um genau diese werde ich mich heute kümmern.

31

In den Londoner Geschäftsräumen des Childshair-Hauptsitzes läuft eine kaum enden wollende und kräfteraubende Mammutsitzung. Einige Vorstände, zu denen auch Collins und Dirks Vater Marcus Christensen gehört, haben damit begonnen, die Brüder über den Status Quo des Netzwerkes zu informieren. Die eigentlichen Tätigkeiten sind den beiden natürlich bekannt. Doch in der Zeit, in der sich Collin und Dirk von England abgeschottet hatten, war das Bündnis immens angewachsen. Die Örtlichkeit in London, die den beiden seit ihrer Jugend bekannt ist, wurde inzwischen durch diverse Standorte in den unterschiedlichsten Metropolen Europas ergänzt. Die Mitglieder kommen aus den verschiedensten Branchen und es gibt kaum einen Wirtschaftszweig, dem dieses ganz spezielle Netzwerk nicht bekannt ist. Durch Collins Entscheidung, rigoros gegen illegale und unlautere Machenschaften vorzugehen, schuf er sich jedoch in den eigenen Reihen auch starke Gegner. Um diese zur Strecke zu bringen, müssen Mittel gefunden werden, um sie auf legalem Weg zu überführen und der Justiz zu übergeben.

Collin und Dirk erreichen ihr Hotel am Samstag gegen 23.30 Uhr. Beim Betreten der Lobby richtet Dirk nur eine einzige Frage an seinen Bruder:

„Womit verschaffen wir uns nun für die restliche Nacht einen freien Kopf?"

„Whisky!", antwortet Collin, ohne zu zögern.

Nach einer weiteren halben Stunde und zwei Runden eines 18 Jahre alten schottischen Goldes, stehen sie nebeneinander auf dem Balkon ihrer Suite. Der Versuch, durch beeindruckende Londoner Skyline auf andere Gedanken zu kommen, ist nicht von Erfolg gekrönt. Doch ein Seitenblick zu seinem Bruder lässt Dirk schmunzeln.

„Kann es sein, dass du gerade an deiner Entscheidung von vor zwei Wochen zweifelst?" Da Collin weiterhin regungslos vor sich hinstarrt, wird Dirk deutlicher. „Lass die ständigen Grübeleien, Collin! Du hast die richtige Wahl getroffen und das weißt du auch. Es war doch zu erwarten, dass es in der nächsten Zeit hart zur Sache geht. Schließlich will jeder wissen, wo genau du stehst und was sie von dir zu erwarten haben!"

„Ha", lacht Collin ironisch und schüttelt zweifelnd den Kopf. „Was sie von mir zu erwarten haben! Das ist treffend formuliert. Nach den letzten beiden Tagen bin ich mir nicht mehr sicher, was unsere eigenen Angestellten noch von mir zu erwarten haben", kontert Collin, ohne seinen Bruder anzusehen.

„Moment!", unterbricht Dirk scharf. „Du machst dir tatsächlich Gedanken um unsere eigene Firma? Junge, manchmal bist du mir echt ein Rätsel!"

Collin schnaubt resigniert. „Wenn ich allen Erwartungen der Childshair-Mitglieder gerecht werden soll, bleibt mir keine Zeit mehr für etwas anderes, soviel steht fest!"

„Und WER sagt, dass du das tun sollst?" Dirks absichtlich langsame und überdeutliche Bemerkung zeigt Wirkung. Collin dreht sich um und mustert ihn skeptisch. „Sind wir etwa nach München abgehauen, um nun von dort aus nach der Pfeife unseres Vaters und dessen Befürworter zu tanzen?", stellt Dirk die alles entscheidende Frage.

„Nein, ganz sicher nicht!", reagiert Collin barsch.

„Gut, dann handle entsprechend!", fordert Dirk entschieden. „Lass dir nicht auf der Nase herumtanzen. Du selbst entscheidest über deine Verfügbarkeit. Wollte man eine Marionette als neuen Kopf, hätten sich die Mitglieder bestimmt für unseren lieben Daddy entschieden."

Seit dem Tod ihres Großvaters vermuten beide, dass genau dies der Grund ist, weshalb man ihren Vater nicht an dieser Stelle haben will. Der Gründer selbst hatte es vereitelt, dass sein Sohn den alleinigen Vorsitz des Netzwerkes übernimmt. Immer wieder waren Gerüchte laut geworden, Marcus Christensen ließe sich zu sehr beeinflussen.

Einige Sekunden lang steht Collin vor seinem Bruder, und sein Blick geht nachdenklich durch ihn hindurch. Collins Gedanken arbeiten auf Hochtouren. Doch plötzlich schärft sich sein Blick und er grinst Dirk verwegen an.

„Was ...?", auffordernd fuchtelt Dirk mit den Händen herum, um Collin zum Reden zu bewegen.

„Buche unseren morgigen Flug auf eine frühere Uhrzeit um. Ich verlege die Abschlussbesprechung zwei Stunden nach vorne." Während Collin nun selbst zum Handy greift und Marcus Christensen anruft, schaut er beiläufig auf seine Armbanduhr. Inzwischen ist es kurz vor eins in der Nacht.

Am nächsten Morgen beginnt Collin bereits um sieben Uhr mit dem abschließenden Teil der Konferenz und somit zwei Stunden früher, als ursprünglich angesetzt. Da alle anwesenden Herren sich über die nächtliche Umplanung wundern, teilt Collin den insgesamt 41 Bündnis-Mitgliedern mit, dass ihn eigene, betriebsinterne Geschäfte zu dieser zeitlichen Änderung gezwungen hätten. Zu seiner Verwunderung nimmt dies die Mehrheit mit verständnisvoller Zustimmung auf. Allerdings geht Collin noch einen Schritt weiter. Er fordert alle Vorstände der einzelnen Standorte und Wirtschaftszweige auf, sich in Kürze gesondert mit ihm in Verbindung zu setzen. Überdies werden Rücksprachen und einzelne Besprechungen zukünftig auf direktem Wege, mittels Telefonkonferenz oder, falls erforderlich, in der Münchener Außenstelle erfolgen. Collin verdeutlicht, dass er permanent über die Tätigkeiten der einzelnen Standorte auf dem Laufenden sein will und bei Problemen oder Entscheidungen immer zur Verfügung steht. Dies sei jedoch kein Grund, den eigentlichen Gedanken außer Acht zu lassen, durch den die Childshair einst zusammengefunden haben. Nämlich Kontakte zu knüpfen, um Geschäfte und Handel zu betreiben.

Viertel nach zwölf am Mittag besteigen Collin und Dirk die kleine Privatmaschine, deren Verfügbarkeit ihr neues Tätigkeitsfeld involviert.

„Deine Predigt letzte Nacht hat mir mal wieder die Haut gerettet!", seufzt Collin, als sie in der Luft sind. „Danke fürs Kopf zurechtrücken, Brüderchen."

„Keine Ursache, gerne wieder", nimmt Dirk die Anerkennung dankend an. „Hast du trotz Aufregung die positive Resonanz auf deine Rede heute Morgen mitbekommen?"

„War wohl ziemlich deutlich, dass ich selbst Angst vor meiner eigenen Courage hatte, oder?"

Innerlich wappnet sich Collin schon auf ein vernichtendes Urteil. Doch stattdessen schürzt Dirk die Lippen und schüttelt den Kopf.

„Ich gestehe, ich habe dich selten so sicher und überzeugend erlebt", behauptet er stolz. „Allerdings kenne ich dich auch schon dein ganzes Leben. Da fällt einem so eine Kleinigkeit wie dein nervöses Fingerspiel eher ins Auge", erklärt er offen. „Ich hoffe, du willst unsere Kunden-Präsentationen zukünftig nicht auch noch übernehmen. Sonst bin ich bald arbeitslos."

Auf Dirks Frotzeln reagiert Collin mit verdrehten Augen und einem angedeuteten Vogel.

„Ach, übrigens", bemerkt Dirk amüsiert, „das mit dem Fingern, das macht Josi auch, wenn sie nervös ist."

„Da du gerade unsere Süßen ansprichst", greift Collin das Thema auf. „Kann ich dich wegen Sara etwas fragen?"

„Fragen kannst du", lacht Dirk. „Ob du eine Antwort erhältst, bleibt abzuwarten."

„Im Ernst! Habt ihr euch endlich Gedanken gemacht, wie es mit eurer Pendelei weitergeht?"

„Gegenfrage!", kontert Dirk ausweichend. „Hast du mit Josi schon über die Option des Zusammenlebens gesprochen?"

„Versuch nicht, dich rauszureden!", wehrt sich Collin entschieden. „Amys Wohnung liegt nur 20 Minuten von uns entfernt, das ist eine andere Strecke als bei euch. Außerdem switche ich nicht zwischen einem Tag- und Nacht-Job hin und her." Collin wird ruhiger und runzelt besorgt die Stirn. „Ich will dich nicht irgendwann wegen Übermüdung aus dem Straßengraben kratzen."

Dirk presst die Lippen zusammen und senkt leise seufzend den Kopf. „Wenn es nach mir ginge, würde ich Sara und Lukas mit Sack und Pack nach München holen", gesteht er kleinlaut. „Aber ich kann wohl schlecht von ihr verlangen, dass sie ihr gesamtes Leben aufgibt. Schon gar nicht nach so kurzer Zeit."

„Aha!" Collin schmunzelt und lehnt sich entspannt im Sitz zurück. „Wenn ich dich richtig verstehe, hast du sie aber noch nicht darauf angesprochen, oder? Und du glaubst nicht, dass sich in den letzten Wochen schon so viel für Sara und Lukas verändert hat, dass das vielleicht gar kein so großer Schritt mehr wäre?"

Collins gelassener Tonfall macht Dirk stutzig und lässt ihn aufblicken.

„Mal davon abgesehen, dass du vollkommen recht hast. Nein, ich habe sie noch nicht darauf angesprochen", brummt Dirk und betrachtet seinen Bruder mit einem abschätzenden Blick. „Collin, was führst du im Schilde, und bloß keine

Ausreden jetzt!" Schnaubend verschränkt er die Arme vor der Brust und sinkt ebenfalls in seinen Sitz zurück.

„Möglich, dass ich einen Käufer für Saras Ferienhaus hätte. Oder genauer, es geht um das Grundstück, auf dem das Haus steht."

„Und weiter?", fordert Dirk mit zusammengekniffenen Augen.

„Nun ja, dieses Geschäft würde Sara mit einem Schlag aller Geldsorgen entheben, und für ihre weitere Zukunft wäre auch noch eine Kleinigkeit übrig. Um es verständlicher zu sagen: Sie wäre finanziell nicht von dir abhängig! Ich bin mir sicher, allein das Wissen, dass es so ist, würde sie beruhigen." Nun senkt Collin den Kopf und nuschelt den Rest seiner Informationen absichtlich leise vor sich hin. „Außerdem hätten wir den Abriss sowie den Neubau eines Sporthotels in der Tasche."

„Du ... du ...", Dirks Augen werden immer größer, „du bist so was von ... ach, was weiß ich." Er fängt an zu lachen und schüttelte ungläubig den Kopf. „Um wie viel handelt es sich?"

„Das Grundstücksangebot steht bei zwei Millionen. Laut Saras Auskunft beläuft sich ihre Belastung auf etwas mehr als Hunderttausend, in Form eines Hypothekendarlehen auf dem Haus. Mit ihren momentanen Einnahmen und der Zinsbelastung: Tendenz gleichbleibend bis steigend, was zusätzlich für einen Verkauf spricht." Collin zögert, scheint aber noch nicht fertig zu sein.

„Hm, okay. Was noch? So wie du guckst, ist das noch nicht alles!"

Achselzuckend fährt Collin fort. „Dank deiner Verbindungen zu den Behörden habe ich mir auf dem Grundbuchamt genauere Auskünfte eingeholt. Gleichzeitig habe ich mich über das Elternhaus unserer beiden Süßen erkundigt. Ergebnis: Das Elternhaus ist schuldenfrei. Somit stehen hier nur die laufenden

Kosten und Instandhaltungsmaßnahmen an. Ergo, diese Immobilie sollten sie ebenso behalten wie die Blockhütte."

Collin kneift zynisch die Augen zusammen und beugt sich zu seinem Bruder vor. „Die ich im Übrigen noch immer nicht gesehen habe, schon vergessen?"

„Sag mir doch mal, wann wir das hätten erledigen sollen, hm?", entgegnet Dirk ebenso spitz. Einige Sekunden lang herrscht Ruhe, bis Dirk auffällt, dass Collin ihn immer noch anstarrt. „Was denn noch?"

„Der einzig ersichtliche Grund, der gegen einen Umzug spricht, wäre ...?" Erwartungsvoll wedelt Collin mit der Hand, um Dirk zu einer Antwort zu bewegen.

„Sara und Josis Mutter vielleicht - oder Lukas?", erkundigt sich Dirk verwirrt.

„Nein!", bellt Collin und schüttelt gelangweilt den Kopf. „Für Lukas ist eine Entscheidung vor der Schule wichtig. Das solltest du doch wissen!"

„Mensch, Collin!", protestiert Dirk. „Wegen dir bin ich heute Morgen um fünf Uhr aufgestanden. Also lass diese Spielchen gefälligst!"

„Saras Job!", verkündet Collin.

„Oha, stimmt, ihre geliebte Arbeit", murmelt Dirk. „Ähm ..." Er runzelt die Stirn, denn es dämmert ihm langsam. „Was meinst du mit: Das mit der Schule müsste ich doch wissen?"

„SCHULE!", wiederholt Collin gehässig. „Du erinnerst dich? Das Gebäude, in dem sich viele Kids zum Lernen treffen! Für mich gab es so etwas nicht! Zur Erinnerung: Du bist wegen Dauerrandalen in den ersten zwei Klassen gleich vier Mal rausgeschmissen worden. Und daraufhin gab's für uns erst den Privatlehrer und anschließend das Internat!"

Dirk zieht verschmitzt eine Augenbraue in die Höhe und fletscht die Zähne.

„Ja, ja, grins du nur!", wettert Collin weiter. „Du bist der Einzige, den ich kenne, der vor seinem zehnten Geburtstag die ersten ausgeschlagenen Zähne hatte." Er holt aus und mit einem leisen „Buff" verpasst er Dirk einen angedeuteten Hieb ins Gesicht, der nicht einmal mit der Wimper zuckt.

„Heute Abend, 22 Uhr, Treffpunkt im Keller!", befiehlt Dirk, und Collin nickt zustimmend. „Zurück zum Thema. Wir sind immer noch bei Saras Job. Hast du eine Idee?"

„Schon seltsam, offensichtlich sind wir nicht imstande, über unsere eigenen Frauen vernünftig nachzudenken", bemerkt Collin erstaunt. „Bei Amy haben deine grauen Zellen sich eingeschaltet. Jetzt scheint es anders herum zu sein."

„Ja, mag sein", wehrt Dirk genervt ab. „Außerdem sind meine grauen Zellen immer an! Und jetzt teile mir bitte endlich deine Erkenntnis mit."

„Marketing, Organisation und Pressearbeit", zählt Collin auf.

„Das haben wir schon!", Dirk legt die Stirn in Falten. „Willst du jemand entlassen?"

„Nein, natürlich nicht", widerspricht Collin schnell. „Ich dachte dabei auch nicht an die Holding." Mit der Hand fasst er sich an den Hals und zieht seine Kette mit dem Amulett unter dem Hemd hervor.

Dirk schüttelt resigniert den Kopf. „Klär mich auf!"

„Ganz einfach. Ab sofort wird es in München einen neuen, größeren und vor allem wichtigeren Standort der Childshair geben. Und wie ich heute Morgen so schön verkündet habe, werden viele Treffen und Besprechungen von hier aus gesteuert. Darum muss sich doch auch jemand kümmern!" Collin macht eine ausladende Geste und strahlt Dirk mit großen Augen an. „Sara wäre nur mir unterstellt und hätte die Möglichkeit, zu flexiblen Zeiten zu arbeiten, was ihr mit Lukas sicher entgegenkommt. Was hältst du davon?"

„Hm ... bis wann brauchst du eine Entscheidung?"

„Wovor hast du Angst? Sie hat sich doch längst für dich entschieden." Plötzlich reißt Collin die Augen auf. „Oder ... willst du womöglich nach Garmisch umziehen?"

„Nein, im Gegenteil. Sara hat mir sehr deutlich erklärt, dass diese Option für sie nicht infrage kommt." Dirk windet sich wie ein Aal unter Collins abwartendem Blick. Unruhig weicht er ihm aus und schwenkt letztendlich einfach zu einem anderen Thema. „Was ist mit dir? Du kannst mir nicht erzählen, du hättest dich mit Josi schon über ein mögliches Zusammenziehen geeinigt!"

„Mein liebes Brüderchen", beginnt Collin sehr ruhig. Er beugt sich Dirk entgegen und fixiert ihn scharf. „Diesen Punkt habe ich dir voraus. Amys Wohnung ist für mich wie die Flucht in eine andere Welt. Selbst wenn sie sich entscheidet, mehr Zeit im Haus zu verbringen, die kleine Stadtwohnung werde ich sicher nicht so schnell aufgegeben. Und Amy weiß das!"

In dieser Sekunde erhalten sie die Information, dass sie in Kürze landen werden, und das Gespräch ist damit beendet.

Müde und abgespannt passieren die Brüder die Zollkontrollen. Sie erreichen gerade den Ankunftsbereich der privaten Fluglinien, da geht bei beiden eine E-Mail-Nachricht auf ihren Smartphones ein.

<Termin heute 15:11 Uhr, zehn Meter weiter rechts.>

„Das ist in einer Minute", stellt Dirk fest und sieht sich beunruhigt um. Collin hingegen entscheidet, nachzusehen, wer oder was zehn Meter weiter auf sie wartet. Allerdings kommt er nicht weit.

„Papa! Onkel Collin!", brüllt es plötzlich und wie aus dem Nichts rennt Lukas auf sie zu.

Eilig geht Dirk in die Hocke und fängt ihn auf. Während Collin noch suchend in die Richtung schaut, aus der Lukas gekommen ist, spürt er, dass ihm jemand von hinten um die Taille fasst. Erschrocken fährt er herum und blickt direkt in ein strahlendes Lächeln.

„Amy!"

Wie immer versinke ich in den Tiefen seiner stahlblauen Augen, bevor er mir entgegenkommt und mich küsst. Dirk und Sara offenbaren das gleiche Bild, wie wir, lediglich mit Lukas im Arm.

„Wieso seid ihr hier?", erkundigt sich Collin. „Wir sind zwei Stunden früher geflogen als geplant. Woher wusstet ihr, wann wir laden?"

„Tja, die totale Kontrolle!", posaune ich theatralisch und zücke mit einem bühnenreifen „Tata!" mein iPhone aus der Jeans. „Nein, stimmt nicht, das war viel einfacher", gestehe ich dann ehrlich. „Thorsten hat mich angerufen. Dirk hat sich heute Morgen wegen der geänderten Uhrzeit bei ihm gemeldet."

„Seit wann ruft Thorsten bei dir an, wenn er von mir die Order erhält, uns am Flughafen abzuholen?", reagiert Dirk grantig.

„Er hat sich nach deinem BMW erkundigt, ob er in der Holding steht oder in der Garage im Loft", kläre ich ihn eilig auf. „Thorsten hat nämlich das Problem, dass in diesem Moment der Stadtmarathon bei ihm vorbeiläuft. Als dein Anruf ihn erreicht hat, war der komplette Bereich verkehrstechnisch schon abgeriegelt und der Dienstwagen steht im abgesperrten Teil. Daher wollte er auf den BMW zurückgreifen. Um Thorsten dieses Hin und Her zu ersparen, hab ich ihm kurzerhand freigegeben und entschieden, selbst zu kommen. Und da Sara sich gestern Abend doch noch dazu durchringen konnte, den Rest des Wochenendes in München zu verbringen ...!" Ich deute mit offener Hand auf Sara und das nächste „Tata!" kommt von ihr. „Ich habe Thorsten aber versprochen, dass ihr ihm keinen Ärger macht!", verdeutliche ich Dirk mit erhobenem Zeigefinger. „Er wäre bei ursprünglich geplanter Ankunftszeit auch pünktlich hier gewesen."

Collin beugt sich weiter über mich und nimmt mein Gesicht in beide Hände.

„Umwerfend schön, schlau und unberechenbar. Und vor allem MEIN!", flüstert er und haucht mir einen Kuss auf den Hals.

Gut gelaunt schlendern wir Richtung Ausgang. Doch kurz bevor wir den Parkplatz erreichten, stockt Dirk und bleibt stehen.

„Josi!", richtet er sich hörbar kritisch an mich. „Davon abgesehen, dass du noch gar nicht fahren darfst, du bist hoffentlich nicht mit deinem winzigen Polo gekommen!"

„Keine Sorge!" Seine Boss-Manier übergehe ich und winke gelassen ab. „Sara hat sich erweichen lassen, mit meinem Zweitwagen nach München zu kommen. Der braucht gelegentlich Bewegung, sonst ist im Winter die Batterie wieder leer."

„Du hast einen Zweitwagen?", erkundigt sich Collin überrascht. „Was ist das, wenn du ihn im Winter für die Berge brauchst? Ein Unimog?"

„Nö, das nicht gerade."

In diesem Moment erreichen wir eine große Glastür, durch die wir das Flughafengebäude verlassen wollen. Mit dem Finger deute ich auf den Wagen, der unmittelbar davor geparkt ist.

„Sag mir bitte, dass ich träume." Dirk ist erneut stehen geblieben und schüttelt fassungslos den Kopf. „IHR beide setzt jede Regel außer Kraft! Zwei gleich gepolte Magnete, die sich trotzdem anziehen." Er schnaubt abfällig, während er sich zu Collin umsieht. „Noch so eine Schrottschüssel."

„Hey, das ist keine Schrottschüssel!", protestiere ich. „Mein Landy ist tadellos in Schuss. Außerdem, was heißt hier ‚noch eine'?"

Dirk verdreht die Augen und deutet zum Wagen hin. Collin steht bereits draußen und umrundet mit strahlendem Gesicht meinen Land Rover Defender 110.

„Wahrscheinlich hast du den Land Rover auf unserem Parkplatz vor der Firma schon gesehen", seufzt Dirk. „Das ist seiner! Der musste sogar von England geholt werden."

„Prima, dann weiß er ja, wie man eine solche Karre fährt."

Saras Ton ist ebenso abfällig wie der von Dirk gerade. Ich weiß, dass sie diesen Wagen als unnötigen Luxus ansieht. Zumal er die meiste Zeit in unserer Scheune in Garmisch herumsteht. Außerdem kommt sie mit der Schaltung meines geliebten Landy nicht sonderlich zurecht. Wobei dies wohl eher am nicht Wollen als am nicht Können liegt. Allein aus diesem Grund hatte ich einiges an Überzeugungskunst auffahren müssen, um sie dazu zu bewegen, die Strecke nach München tatsächlich mit meinem Land Rover zu bewältigen. Wir folgen Collin nach draußen, und ich halte ihm freudig lächelnd den Schlüssel hin. Er nimmt ihn entgegen und belohnt mich mit einem Kuss auf die Wange. Dabei strahlt er, als dürfte ein kleiner Junge seinem Repertoire gerade ein neues Spielzeug hinzufügen.

„Der muss in München bleiben!", verkündet Collin auf der Heimfahrt und nickt begeistert.

„Falsch!", kontert Dirk, der neben ihm auf dem Beifahrersitz hockt. „Deiner geht nach Garmisch. Da hat er wenigstens seine Berechtigung."

„Ha!", blafft Collin laut. „Ausgerechnet du sagst etwas über Sinn und Berechtigung eines Wagens. Dass ich nicht lache!"

„RUHE DA VORNE!", schreien Sara und ich gemeinsam. Kopfschüttelnd sehe ich zu meiner Schwester hin und tuschle hinter vorgehaltener Hand. „Wenn es um Autos geht, spinnen die immer so rum."

Sara hingegen kichert und deutet neben sich auf Lukas. „Alles nur große Jungs!"

Um Collin und Dirk nach zweieinhalb Tagen Daueraufenthalt in voll besetzten Konferenzräumen eine kleine Frischluftkur zu vergönnen, entscheiden wir kurzerhand, den Nachmittag mit einem Spaziergang im Olympiapark ausklingen zu lassen. Wobei nicht nur Lukas die Toberei im Park sichtlich genießt. Da sich die Außentemperatur an diesem Sonntagnachmittag, jedoch nicht über die Zehngradmarke bewegt, erreichen wir kurz nach sechs, ausgefroren und hungrig, das Loft. Sara hatte sich mit ihrem Wochenendgepäck darauf eingerichtet, mit Lukas erst am Montagmorgen direkt nach Garmisch in den Kindergarten und zur Arbeit zu fahren. In meinem Fall handhabt Collin es zwischenzeitlich ebenso praktisch und gründlich, wie er es im Business praktiziert. Um auf alle Eventualitäten eingerichtet zu sein, wurden jeweils einige Kleider im Schrank des anderen deponiert. Als weiteres stehen in beiden Apartments komplette Sortiments unserer Kosmetikutensilien bereit.

Nach unserer Ankunft verschwindet Dirk mit Lukas in einem Zimmer auf der Galerie und Collin im Apartment, um ihr Reisegepäck auszuräumen. Derweil machen Sara und ich uns in der Küche auf die Suche nach etwas Essbarem, aus dem in Kürze ein Abendessen herzustellen ist, was lediglich die Frage aufwirft, wofür wir uns entscheiden sollen? Bei unserem ersten gemeinsamen Wochenende im Loft hatte Dirk erwähnt, dass regelmäßig jemand für Reinigung, Wäsche und Einkäufe im Haus zugange sei. Außerdem hätte er die bisherige

Grundausstattung ihrer Lebensmittel etwas erweitert. Eine sehr praktische Einrichtung, wie ich finde. Erst recht, wenn ich an die für mich meist extrem nervige Tortur des Supermarktingelns denke. Nur weiß ich von Collin, dass diese kleinen Annehmlichkeiten in ihrem Zuhause noch nicht lange in Kraft sind. Bei einem unserer gemütlichen Espresso-Gespräche an der Küchentheke unserer kleinen Stadtwohnung, wie Collin mein Apartment nur noch nennt, erzählte er, dass er anfangs mit Dirk zusammen nur eine kleine Studentenbude bewohnt hatte. Erst als Dirk mit viel Verhandlungsgeschick die ersten Bauentwürfe und Planungen von Collin vermarkten konnte, war die finanzielle Grundlage für ihr eigenes Unternehmen gelegt. Damals stand Collin am Anfang seines Studiums, und es war sogar unumgänglich, für eine zusätzliche Gegenzeichnung seiner Konzepte auf ein befreundetes Architekturbüro zurückzugreifen. Dies kostete die beiden ihre kompletten finanziellen Reserven. Collin hatte mir allen Ernstes zu verstehen gegeben, dass ihnen selbst die Option, unter einer Brücke schlafen zu müssen, lieber gewesen wäre, als länger in seinem Elternhaus zu bleiben. Und finanzielle Unterstützung von seinem Vater anzunehmen, kam ohnehin nie infrage. Folglich habe ich es hier wohl mit zwei sogenannten ‚Selfmade ...‘ zu tun. Was auch immer dahinter stehen mag.

Eine dreiviertel Stunde später sitzen wir schweigend am Küchentresen und genießen unsere leckere Pasta mit Lachs.

„Mama, ich mag nicht heimfahren“, unterbricht Lukas aus heiterem Himmel und unter großem Gähnen die Stille.

„Wir fahren heute nirgends mehr hin. Für dich gibt es jetzt noch eine Geschichte aus deinem Buch und dann wird geschlafen.“ Damit denkt Sara, Lukas’ Feststellung befriedigt zu haben.

„Nein!", protestiert Lukas trotzig. „Auch nach dem heute nicht!"

Collins Blick richtet sich für einen winzigen Moment auf seinen Bruder. Mehr Verständigung benötigen sie nicht.

„Was meinst du damit?" Offensichtlich braucht Sara mehr Nachhilfe.

„Ich will da bleiben!" Zur Verdeutlichung schiebt sich Lukas von seinem Stuhl auf Dirks Schoß hinüber und drückt sich an ihn. „Josi bleibt doch auch da, und die Oma zieht auch um!"

Lukas so entschiedene Erklärung trifft Sara eiskalt. Einige Sekunden hockt sie mit offenem Mund da und sucht nach Worten. Diese Gelegenheit nutzt Dirk.

„Wir klären das schon, mein Großer." Zur Beruhigung nimmt er Lukas auf den Arm und gibt ihm einen Kuss auf die Haare. Er erhebt sich und auf dem Weg zur Treppe richtet er sich mit einem leisen, aber unmissverständlichen „Nachher!" an Sara.

Als er 20 Minuten später wieder die Galerie herunterkommt, schaut er besorgt drein. Leise seufzend gesellt er sich zu uns und schiebt sich neben Sara auf einen Barhocker.

„War noch was?", erkundigt sie sich sofort.

„Wusstest du, dass Lukas' bester Freund Eric in Kürze auch wegzieht?"

Sara nickt. „Erics Vater ist aus Südtirol. Er wird dort das Hotel seiner Eltern übernehmen, da der Opa von Eric vor Kurzem gestorben ist. Und um die Skisaison nicht zu verlieren, ziehen sie bereits im November weg."

Dirk brummt kurz und nickt kaum merklich. Eine Äußerung, die scheinbar an Collin gerichtet ist. Er steht auf und verschwindet wortlos im Apartment. Wenige Sekunden später erscheint er wieder im Durchgang. In den Händen hält er die Unterlagen des Ferienhauses, die Sara ihm letzte Woche mitgegeben hat. Er rauscht an uns vorbei, legt die Papiere auf den Tisch inmitten der Wohnlandschaft und mit der Aufforderung: „Bringt mir bitte einen doppelten Espresso mit!", zitiert er uns zu sich. Collin wartet, bis wir uns um ihn geschart haben. Dann beginnt er ohne Umschweife, sämtliche Zahlen über Saras Belastungen und die möglichen, zukünftigen Einnahmen durch das Ferienhaus darzulegen. Was alles in allem nicht sonderlich rosig klingt. Saras finanzielle Aussichten so rigoros vor Augen geführt zu bekommen, versetzt mir einen Hieb in den Magen. Das Haus wurde kurz vor Lukas´ Geburt erbaut. Das Grundstück hierfür hatte Sara von unserer Oma bekommen. Es ist ziemlich großflächig, liegt am Ende einer Sackgasse und durch seine leichte Hanglage bietet es einen herrlichen Ausblick. Die Hypothek, die auf das Haus läuft und für die Größenordnung des Gebäudes eigentlich relativ gering ist, wurde erst zu einem Problem, als Sara sich von Peter getrennt hatte und dieser alle Zahlungen einstellte. Trotz Unterstützung von Mama und mir gelang es Sara bisher nur, die Zinsen zu tilgen und somit eine Erhöhung ihrer Schulden zu vermeiden.

Sara kauert nach vorne gebeugt über den Papieren. Für ihre Verhältnisse ist sie augenblicklich ziemlich blass.

„Mit ähnlichen Zahlen habe ich gerechnet", pflichtet sie Collin zaghaft bei. „Und was schlägst du nun vor?"

„*Du* unterschreibst das hier!" Collin schaut Sara fest in die Augen, während er von weiter unten ein Schriftstück hervorzieht. „Und *wir* übernehmen den Abriss!"

Sara schnappt entsetzt nach Luft.

„Lies es erst!", unterbricht sie Dirk. „Dann reden wir weiter."

Ich schiebe mich rasch neben meine Schwester und überfliege ebenfalls das vorgelegte Schriftstück. Vor uns liegt ein Kaufangebot. Ich schlucke und starre Collin mit aufgerissenen

Augen an. Tonlos wiederhole ich die Zahl, die auf dem Angebot steht und ein winziges Lächeln umspielt seine Lippen.

„Scheiß auf das Haus", keucht Sara plötzlich. „Dann eben ein Abriss." Sie streckt Dirk die offene Hand entgegen, der ihr unverzüglich einen Kugelschreiber hineinlegt.

„Collin!", beginne ich, wie immer, wenn ich etwas Bestimmtes wissen will.

„Hm?" Er grinst, ohne aufzusehen. Stattdessen räumt er in aller Ruhe die Unterlagen zur Seite.

„Wieso übernehmt ihr, ohne mit der Wimper zu zucken, einen kompletten Hausabriss?"

„Och!" Er zuckt belanglos mit der Schulter und macht eine Unschulds-Schnute. „Zum einen hatte Dirk in den letzten Wochen wohl etwas Langeweile. Daher hat er sich die Zeit damit vertreiben, eine neue Firma zu kaufen und in die Holding einzugliedern. Zufällig fällt das gerade in deren Bereich."

„Und zum anderen?", haken Sara und ich gemeinsam nach.

„Zum anderen", mischt sich Dirk ein, während Collin erneut ein Papier hervorzieht, „war Saras Unterschrift die Voraussetzung für einen Neuauftrag. Die Planung und komplette Umsetzung dieses Sporthotels!" Damit zeigt er auf einen Bauplan, den Collin gerade feierlich ausbreitet. „Wie ihr euch denken könnt, sind die Kosten für den Abriss einkalkuliert."

Sara gafft mich mit offenem Mund an, und ich schüttle mit verdrehten Augen den Kopf.

„Bestimmt nur ein Film", mutmaßt sie.

„Ja, sicher", stimme ich nickend zu. „Oder eine Seifenblase. Gleich macht es ‚Plopp' und alles ist weg."

Ich bemerke, dass Collin sich kurz zu der großen Uhr umdreht, die an der Wand zum Apartment hängt. Anschließend folgt ein rascher Seitenblick zu Dirk. Ohne ein Wort sammelt er die Blätter zusammen und steht auf.

„Amy, wir haben etwas zu erledigen", verkündet er, streckt mir auffordernd die Hand entgegen und zieht mich mit sich. „Um zehn im Keller!", ruft er Dirk auf halbem Weg ins Apartment zu, dann schließt er die Durchgangstür hinter uns.

Eine geschlossene Tür zu Collins Apartment! Das kann nur bedeuten, dass entweder Dirk und Sara ihre Ruhe haben wollen, oder Collin etwas im Schilde führt. Ich tippe auf beides! Mit verschränkten Armen bleibe ich in der Tür zu Collins Arbeitszimmer stehen und schaue mit an, wie er die Unterlagen bei seinem MacBook auf dem Schreibtisch verstaut.

„Was haben wir denn zu erledigen, Ian?", säusele ich liebreizend.

„Hmmm." Genüsslich brummend läuft er auf mich zu und schließt mich eng in die Arme. „Du meist, außer meinen Entzug nach dir zu stillen? Nichts!"

„Soso. Aber sicher ist die Tür nicht nur aus diesem Grund zu, oder?"

Einen Moment hoffe ich noch, Näheres zu erfahren. Collin hingegen presst mich sachte in den Türrahmen und kommt mir mit leuchtenden Augen entgegen. Kurz bevor sein Mund meine Lippen umschließt, lächelt er und antwortet mit einem minimalen Verneinen. Er hebt mich an, trägt mich ins Schlafzimmer und in der nächsten Stunde denken wir an nichts anderes mehr, außer uns selbst.

Kurz vor zehn löst sich Collin unwillig aus unserer Umarmung. Er schiebt sich aus dem Bett und schlüpft lediglich in Boxershorts und eine Sporthose. Seine Uhr und die Kette legt er neben mir ab.

„Um zehn im Keller, wie?", bemerke ich neugierig. „Was ist denn in eurem Keller?"

„Stimmt, du warst noch gar nicht unten!", stellt er fest. „Das wird sich ändern, sobald du dein Reha-Training beendet hast. Dann kannst du dort weitermachen."

„Ihr habt Trainings-Geräte im Keller?" Ich quietsche begeistert. „Bitte sag, dass ein Laufband dabei ist!"

„Ja, das auch." Eilig drückt er mir einen Kuss auf die Stirn und wendet sich zum Gehen. „Ich lasse die Durchgangstür offen. Dauert sicher nicht länger als eine Stunde."

Sehnsüchtigen Blickes verfolge ich, wie er barfuß und mit nacktem Oberkörper aus dem Schlafzimmer verschwindet. Leise seufzend sinke ich in die Kissen zurück und starre gedankenversunken an die Decke. Wie konnte sich meine Welt nur in kürzester Zeit so sehr verändern? Ist es tatsächlich erst drei Monate her, dass dieser scheue und geheimnisvolle Fremde in meiner Wohnung stand?

„Muss ich alleine drüben ausharren, oder gesellst du dich zu mir?"

Erschrocken fahre ich hoch. Sara lehnt mit strahlendem Gesicht im Türrahmen unseres Schlafzimmers und hält eine Champagnerflöte in der Hand.

„Magst du auch ein Glas?"

Ohne eine Antwort abzuwarten, dreht sie sich um und geht aus dem Apartment. Grinsend streift mein Blick im Zimmer umher. Die Kleider von Collin und mir sind quer über den Boden verteilt. Wie eine Spur lässt sich unser Weg vom Arbeitszimmer, die Stufen hinunter bis hierher ins Bett verfolgen. Ich summe leise, während ich aufstehe und unsere verstreute Garderobe aufsammle. Dann schlüpfte ich in ein frisches Höschen und Collins T-Shirt, das mir fast bis zu den Knien reicht. Wenn mich meine Erinnerung nicht trügt, ist Sara inzwischen ebenfalls spärlicher bekleidet als noch vor einer Stunde. Gemütlich trotte ich zu meiner Schwester ins Loft hinüber. Sie steht erhobenen

Hauptes in der Diner-Küche und gießt ein weiteres Glas Champagner ein.

„Nur so? Oder welchen Anlass begießen wir?" Ich nehme das zweite Glas in Empfang und halte es Sara zum Anstoßen entgegen.

„Findest du einen Immobilienverkauf in Höhe von zwei Millionen nicht Anlass genug?" Damit erinnert sie mich an den geschäftlichen Teil des Abends. Dennoch lässt sie einen tiefen Seufzer hören. „Himmel, Josi, was mach ich mit so viel Geld?"

„Nun mal schön langsam!" Beruhigend tätschle ich Saras Schulter und bringe sie auf den Boden der Tatsachen zurück. „Erstens geht davon noch so einiges ab: Bank, Steuern, Gebühren, etc.. Mamas Haus und den Umbau der Blockhütte tragen wir hälftig und sollte auch ohne den Verkaufserlös machbar sein. Aber ...", belehrend hebe ich den Zeigefinger, „solltest du dich ganz zufällig entschließen, in München eine kleine Immobilie zu erwerben, wird zum Schluss nicht mehr viel übrigbleiben." Ich stocke, da mir eine weitere Option einfällt. „Oder frage doch mal, ob du dich geringfügig an der Holding beteiligen kannst!"

Sara verschluckt sich. Sie keucht, hustet, schnappt nach Luft und fängt gleichzeitig zu lachen an. Dirks und Collins Reaktion auf die letzte Vorstands- und Geschäftsführersitzung, die noch keinen Monat zurückliegt, ist uns noch überdeutlich in Erinnerung. Es hatte doch tatsächlich jemand die Dreistigkeit besessen und angeregt, die Holding umzufirmieren und Geschäftsführer und Vorstände durch einen Aufsichtsrat wählen zu lassen, oder so ähnlich. Dem guten Mann wurde anschließend klar gemacht, dass es neben den beiden Inhabern des Konzerns, also den Herren Christensen, auch zukünftig kein Mitspracherecht in der obersten Führungsebene geben wird.

Überdies wurde sehr zeitnah ein Geschäftsführerposten neu besetzt.

Nachdem Sara sich von ihrem Hustenanfall beruhigt hat, sitzen wir eine Weile schweigend nebeneinander und nippen verträumt an unserem Champagner. Dabei fällt mir auf, dass sie zunehmend unruhiger wird. Sie fingert nervös an ihrem Glas und gelegentlich runzelt sie verbissen und angespannt die Stirn.

„Deine Kopfarbeit kann ich fast hören. Was gibt's denn?"

„Dirk hat mich gefragt, ob ich mit Lukas nach München komme", stößt sie hervor. Zu allem Elend fängt sie auch noch zu zappeln an. „Ganz, meine ich. Also, hierherziehen, verstehst du?"

„Und? Was ist so schlimm daran?", frage ich unbeeindruckt. „Es war doch klar, dass diese Frage früher oder später kommt. Ich hab dich doch auch schon darauf angesprochen."

„Ja, ich weiß. Aber jetzt, da er tatsächlich gefragt hat ..." Mit zitternder Stimme bricht sie ab.

„Blöde Kuh", reagiere ich und tue, als würde ich schmollen.

„Was? Spinnst du! Wieso bin ich jetzt eine blöde Kuh?"

Und schon habe ich Sara da, wo ich sie haben will!

„Ich habe mich so darauf gefreut, dass wir bald wieder näher zusammenwohnen", spiele ich auf beleidigt. „Sei doch ehrlich! Was hält dich denn noch zu Hause? Jetzt, da Mama auszieht und das Ferienhaus bald weg ist."

„Was mich noch hält? Na ... unser ... unser Elternhaus und ... meine Arbeit!"

„Netter Versuch!", reagiere ich auf ihre kläglich gescheitere Verteidigung. „Hör auf, dir etwas vorzumachen! Das lässt sich alles regeln und das ist dir längst klar. Es geht nur noch um eins: Liebst du Dirk?"

„Ja!", prescht sie mir mit voller Überzeugung entgegen und atmet erleichtert auf. Offensichtlich wird ihr diese Erkenntnis gerade selbst erst richtig bewusst. „Ja, das tue ich", wiederholt sie bedeutend ruhiger. „Und zwar, mehr, als ich es mir bisher vorstellen konnte."

„Perfekt!", triumphierend reiße ich die Arme in die Luft. „Ihr zieht nach München, basta!" Ich schlinge Sara stürmisch die Arme um den Hals, drücke ihr einen lauten Schmatz auf die Wange und pieke ihr neckend in die Seite. „Boa, nicht zu glauben, dass dieses kitschige Gefasel bei dir immer noch Wirkung zeigt! Hoffentlich weiß das außer mir niemand."

Mit gespielter Entrüstung schiebt sie mich weg und verpasst mir einen Hieb in die Rippen.

„Los, lass uns nachsehen, wo unsere Männer abgeblieben sind." Sara deutet zur letzten Tür auf der rechten Seite. „Da, durch die sind sie verschwunden."

„Aha!", murmle ich und gleite vom Barhocker. „Wenn das der Kellerabgang ist, erklärt das auch, weshalb diese Tür als einzige nicht permanent offen steht!"

Über eine lange und mit einer Kehre versehene Treppe gelangen wir nach unten. Der Weg ist lediglich an den Stufen selbst beleuchtet, was jedoch ausreicht. Das Ganze endet mit einem breiten Flurstück, von dem aus wir erneut vor zwei Türen stehen. Wir testen beide: Die Rechte ist abgeschlossen, die Linke nicht. Der Zugang wirkt wie eine Feuerschutztür und lässt sich mindestens ebenso schwer aufdrücken wie erwartet.

„Wow!", hauche ich leise.

Staunend betreten wir einen Fitnessraum, nach dessen Ausstattung sich so manches öffentliche Sportstudio die Hände reiben würde. Der Raum ist großzügig und im Stil eines Spa- und Wellnessbereichs eingerichtet, wie man sie in erstklassigen Hotels erwartet. Zur rechten Seite befindet sich eine Glastür, die einen herrlichen Saunabereich erkennen lässt.

„Ich habe mich schon gefragt, wie die beiden es schaffen, bei ihrem Arbeitspensum so fit zu bleiben! Geschweige diese Bodys zu behalten", bemerke ich, und Sara nickt zustimmend.

„Aber wo sind sie?" Sie zuckt verwundert mit den Achseln, nachdem sie einen raschen Blick in den Saunabereich geworfen hat. „Hier ist niemand. Es sind drei Saunakabinen und eine davon ist an, aber keiner da."

„Sei mal still!", wispere ich mit dem Finger vor den Lippen. „Hörst du das?" Seltsam leise Zurufe wie Kommandos sind vernehmbar und dumpfe Schläge. „Das kommt von da hinten." Ich deute auf die gegenüberliegende Seite des Raumes, auf eine Tür mit einem kleinen Sichtfenster im oberen Bereich. „Das glaube ich jetzt nicht!" Perplex reiße ich die Augen auf, als wir durch die Scheibe linsen.

Hinter der Tür befindet sich ein noch größerer Raum, der etwas abgesenkt zu sein scheint. Neben einem Vierbahnen-Schwimmbecken, das ich auf mindestens 15 Meter Länge schätze, befindet sich auf der rechten Seite ein Box- oder, was in diesem Fall sicher eher zutrifft, ein Kampfring. Und genau dort sind Collin und Dirk zugange. Da keiner der beiden Boxhandschuhe, Kopfschutz oder sonstige Protektoren trägt, tippe ich laienhaft auf einen Freefight. Trotz meiner recht weitreichenden Sportbegeisterung bin ich in dieser Sparte ahnungslos, und eine genauere Eingrenzung scheidet aus. Doch es scheint eine Absprache zu geben. Selbst von unserem Standpunkt aus ist nicht zu übersehen, dass keiner vorhat, es dem Ringpartner leicht zu machen. Beide tragen bereits Blessuren, an denen sie sicher noch ein paar Tage knabbern werden. Allerdings ausschließlich am Rumpf.

„Sollen wir für Entspannung sorgen?", Sara tippelt aufgeregt auf der Stelle und grinst frech.

„Du nimmst die Sauna, ich das Schwimmbad", entscheide ich. Augenzwinkernd drücke ich die Klinke und schiebe leise die Tür auf.

Dirk bemerkt uns zuerst und durch sein Stocken dreht sich auch Collin zu uns um. Keiner sagt etwas, dafür mustern sie uns scharf. Die Halle senkt sich fünf Stufen ab. Sara folgt mir, bleibt jedoch auf dem untersten Absatz stehen. Derweil gehe ich langsam auf der Seite des Schwimmbades entlang, die vom Ring am weitesten entfernt liegt - fest gefolgt von Collins Blick. Auf halber Höhe des Beckens setze ich mich an den Rand und lasse meine Beine ins Wasser baumeln. In diesem Moment dreht sich Sara zur Tür um und tänzelt die Treppe wieder nach oben - stets darauf bedacht, dass Dirks Augen ihr folgen. Auf der obersten Stufe zwinkert sie ihm über die Schulter hinweg zu, zieht sich ihr T-Shirt über den Kopf und verschwindet, nur mit einem Tanga bekleidet, aus der Tür. Sobald Sara die Klinke drückt, tue ich es ihr gleich. Mit einer fließenden Bewegung streife ich mir das Shirt ab, drehe Collin augenzwinkernd den Rücken zu und gleite lautlos ins Becken. Zwei Sekunden später ist Collin im Wasser und Dirk auf dem Weg in die Sauna.

Collin erreicht mich tauchend, zieht mich fest an sich und küsst mich. Langsam treiben wir zur Oberfläche und ich schnappe aufgeregt nach Luft. Plötzlich löst sich Collin von mir und schwingt sich mit einem Satz auf den Beckenrand.

„Komm raus da", knurrt er heiser und holt auch mich mit beherztem Griff aus dem Wasser. „Dass du auch ja nichts verpasst, was ich jetzt mir dir anstelle!"

Mit einer Hand presst er mich mit dem Rücken auf den Boden, mit der anderen zerreißt er meinen Slip und schiebt meine Beine auseinander. Gleichzeitig zerre ich hektisch an seiner nassklebenden Sporthose herum, um sie nach unten zu schieben. Entschieden greift er nach meinen Händen und hält sie links und rechts neben meinem Kopf fest. Mit einem festen Stoß dringt er in mich ein. Ich stöhne auf, während er mich wieder und wieder seine ganze Kraft und Härte spüren lässt. Rasend schnell treibt er mich zum Höhepunkt und folgt mir nur Sekunden später. Zitternd und schwer atmend liegen wir da und ergeben uns dem nur langsamen Abebben unserer Gefühle.

„Es ... sorry, Amy", dringt es leise an mein Ohr. „Aber ich ..."

„Sei still, Ian!", unterbreche ich ihn flüsternd und drehe ihm verführerisch schmunzelnd den Kopf zu. „Genau das war meine Absicht."

Er liegt noch halb auf mir und ich sehe, wie er lächelnd den Kopf schüttelt. „Du bringst mich noch um den Verstand!"

„Oh! Dann sollten wir dies zukünftig wohl besser bleiben lassen", erkläre ich gespielt und seufze enttäuscht.

„NEIN!"

Collin fletscht die Zähne und seine großen blauen Augen funkeln mich begierig an. Nach einem langen Kuss dreht er sich auf den Rücken. Dabei stöhnt er leise und verzieht schmerzverzerrt das Gesicht.

„Collin!" Sachte bette ich meinen Kopf auf seine Brust und male mit dem Finger kleine Kreise auf der nackten Haut.

„Hmm?"

„Mal davon abgesehen, dass das richtig gut aussah", nuschle ich und deute kurz Richtung Kampfring, „kannst du mir das beibringen?"

Collin hebt den Kopf an, blinzelt erst in die Richtung, in die ich gezeigt habe, anschließend mustert er mich prüfend und legt sich entspannt zurück.

„Mal sehen!", brummt er zur Decke hoch. „Vielleicht kann ich dir damit den sportlichen Entzug nach der Wintersaison etwas lindern. Und schaden kann es auch nicht." Er schürzt die Lippen und grinst dann schief. „Wohin sind die anderen eigentlich verschwunden? Nicht, dass wir in etwas reinplatzen. Aber ehrlich gesagt beginne ich zu frieren und gegen ein paar trockene Klamotten oder ein warmes Bett hätte ich jetzt nichts einzuwenden."

„Die sind in der Sauna", informiere ich Collin, unternehme aber keinerlei Anstalten, mich von ihm zu erheben.

„Das ist auf jeden Fall bequemer, als hier auf den Fliesen", stöhnt mein Kopfkissen und versucht, uns unter leichtem Rekeln aufzurichten.

„Bequemer vielleicht. Aber Dirks Blessuren werden durch die Hitze morgen schlimmer aussehen als deine. Oder hast nur du Prügel bezogen?"

„Gewiss nicht!", lacht Collin. Er schält sich unter mir hervor, erhebt sich und stellt mich ebenfalls auf die Beine. „Komm, Amy. Ich kann mir zwar Schlimmeres vorstellen, als mit dir zusammen eine Woche krank im Bett zu verbringen, aber das wäre zum jetzigen Zeitpunkt nicht ratsam." Entschieden nimmt er mich an der Hand und wir machen uns auf den Weg nach oben.

32

Am nächsten Morgen sitzen wir müde und wortkarg am Küchentresen. Es ist kurz vor sieben. Sara und Lukas müssen binnen der nächsten halben Stunde auf dem Weg nach Garmisch-Partenkirchen sein. Dank Gleitzeit steht ihr zwar frei, bis spätestens neun Uhr ihren Dienst anzutreten, doch die Staumeldungen im Radio verheißen nichts Gutes. Völlig uneigennützig hatte ihr Collin während des gestrigen Abendessens angeboten, sie solle heute mit Dirks BMW zurückfahren. Dirk nutze derzeit ohnehin fast ausschließlich eines der Club-Fahrzeuge, und für den Notfall fände sich in der Firma bestimmt noch ein anderes Fahrzeug für ihn. Taktisch klug, da er gleichzeitig angeboten hat, sich in der kommenden Woche meinen Landy näher anzusehen. Schließlich will er mir nicht zumuten, dass er im bevorstehenden Winter liegen bleibt! Dirks Reaktion auf Collins so selbstlose Landy-Check-Up-Aktion, fiel mit einem brummenden ,Dafür hast du keine Zeit!' bedeutend nüchterner aus. Die Verabschiedung von Sara und Lukas fällt Dirk heute Morgen sichtlich leichter, wozu Saras Entscheidung, einem Wohnungswechsel nach München nicht abgeneigt gegenüberzustehen, sicher entschieden dazu beiträgt. Eine Neuigkeit, die auch Collin beruhigt aufnimmt.

Nach erster, noch inoffizieller Amtshandlung meiner neuen Tätigkeit hatte ich am Samstagabend mittels E-Mail um einen Besprechungstermin bei meinem neuen Boss angefragt. Seine Antwort enthielt ich von England aus, und der Termin

<Monday, 1 p. m. Office CDC>

befand sich am Sonntag in aller Frühe in meinem Posteingang. Dirk hatte seine Order um 0.58 Uhr Londoner Ortszeit abgeschickt. Also hatte sich Collins Vorahnung bewahrheitet, dass sie wohl kaum eine Minute zum Durchatmen bekämen.

Für mich bedeutet das Treffen mit Dirk, dass mein heutiges Tagesprogramm sich immerhin auf zwei Termine summiert! Ein Kontrolltermin bei Dr. Johann um 9.00 und meine erste Besprechung mit Dirk um 13.00 Uhr. Bedenkt man meinen nervigen Krankenstand, klingt dies nach einem halbwegs annehmbaren Wochenstart. Von Collin weiß ich, dass er selten später als acht Uhr in der Firma erscheint. Dennoch bietet er an, mich heute in Dr. Johanns Praxis abzusetzen, da sein erster offizieller Termin ebenfalls um neun Uhr ansteht. Ein Angebot, das ich liebend gern annehme, da es mir weiterhin unangenehm ist, extra mit einem ihrer Firmenfahrzeuge chauffiert zu werden. Obgleich Thorstens lustige Art in der vergangenen Woche durchaus für angenehme Abwechslung gesorgt hatte.

Kurz vor eins erreiche ich den vierten Stock der CDC Holding. Die Fahrstuhltüren öffnen sich und in gleicher Sekunde zucke ich erschrocken zusammen. Bis zum heutigen Tag habe ich weder Dirk noch Collin wirklich wütend oder gar schreiend erlebt. Obwohl ich bei Dirk schon einige geschäftliche Diskussionen am Telefon mitverfolgen durfte, die sehr energisch und mit entschieden strengem Ton einhergingen. Doch diese lautstark tobende Stimme, die im Moment über die komplette Etage zu hören ist, gehört eindeutig Collin und schallt direkt von seinem Büro her. Zögernd und wie ein eingeschüchtertes Tierchen schleiche ich aus dem Aufzug und lausche. Es dauert ein paar Sekunden lang, bis mir auffällt, dass Collin seine Schreierei auf Englisch austrägt. Außerdem verteidigt sich niemand! Glücklicherweise steht Dirks Zimmertür ebenso offen wie Collins. Daher hege ich die Hoffnung, ihn direkt anzutreffen und gleich zu unserer Besprechung übergehen zu können. Bei Collin wollte ich ohnehin erst im Anschluss den Versuch auf eine kurze Begrüßung starten. Vielleicht verziehen sich die Sturmwolken bis dahin wieder. Auf Zehenspitzen tripple ich den Flur entlang und luge in Dirks Büro. Mist, er ist nicht da! Er muss aber hier sein, sonst würde die Tür nicht offen stehen. Was, wenn er nebenan ist und auf mich wartet, ich aber nicht pünktlich erscheine, weil ich mich nicht traue, bei Collin zu klopfen? Sehr übel und extrem peinlich! Während ich noch mit mir hadere, gehe ich leise weiter. Lautlos lehne ich mich an den äußeren Rand des Türrahmens und wage einen Blick ins Innere. Collin steht am Fenster, hält den Telefonhörer am Ohr und streitet sich weiterhin lautstark brüllend mit dem Anrufer am anderen Ende, was die Einseitigkeit der Stimme erklärt. Mit seiner freien linken Hand gestikuliert er mehrfach wild und stemmt sie dann wieder als Faust in die Hüfte. Er ist dem Fenster zugewandt und in seiner Rage bemerkt er mich nicht.

„So hast du ihn sicher noch nicht erlebt, oder?"

Vor Schreck fahre ich herum und lasse dabei fast meinen Laptop fallen. Unmittelbar hinter mir steht Dirk. Mit ausdruckslosem Gesicht wirft er einen raschen Blick zu Collin hin, dann fasst er mich am Arm und nimmt mich mit in sein Büro.

„Nein ... nicht wirklich", stottere ich und spüre, wie mein Puls vor Aufregung und Unbehagen rast. „Ich habe zuerst bei dir nachgesehen, aber dein Büro war leer", verteidige ich mich eilig, weil ich das Gefühl habe, ertappt worden zu sein.

Dirk schiebt mich in sein Arbeitszimmer, schließt kommentarlos die Tür und deutet mir an, mich an den Schreibtisch zu setzen. Er selbst lässt sich dahinter in seinem Chefsessel nieder.

„Mach nicht so ein besorgtes Gesicht, Josi. Du glaubst doch sicher nicht, dass bei uns immer alles glatt läuft." Dirk macht eine Kopfbewegung zu Collins Büro hinüber. „Es gehört zu seinem Job, sich um Probleme zu kümmern, die nicht durch die Kollegen vor Ort geklärt werden können. Das hier ist die harmlose Variante, das versichere ich dir."

„Ach ja?", ächze ich und schlucke kräftig. „Und wie bist du so als Chef, wenn etwas nicht nach deinem Kopf geht?"

„Grauenhaft!"

Dirk lächelt zwar, doch seine Antwort ist eindeutig und sicher nicht spaßig gemeint. Wobei ich vermute, dass er nicht ganz so leicht aus der Reserve zu locken ist wie sein jüngerer Bruder. Dennoch will ich nicht der Auslöser sein, wenn ihm wegen Unstimmigkeiten der Kragen platzt. Wir vertiefen das Thema nicht weiter. Stattdessen gehen wir zu den Planungen für die Eröffnung nach dem Club-Umbau über. Dirks Vorgabe für den Eröffnungsabend bestand in einem Live-Event. Ob es sich hierbei um eine Band oder einen Solokünstler handelt, überließ er mir. Bedingt durch den Termin im November, steht der Außenbereich, der im Sommer für solche Veranstaltungen genutzt wird, nicht zur Verfügung. Je nach Bühnenaufbau oder Sonstigem verringert sich daher zwangsläufig die mögliche Gästezahl. Ich hatte mir lange überlegt, welche Musikrichtung infrage käme und vor allem, welche Größenordnung nicht überschritten werden durfte. Allein schon um meinen Budget-Rahmen einzuhalten. Als Ergebnis lege ich Dirk nun drei Varianten vor. Zur Auswahl steht eine in diversen europäischen Ländern erfolgreiche Pop-Musik-Gruppe oder zwei in München und Umgebung recht bekannte Solokünstler. Die abschließende Entscheidung liegt jetzt bei Dirk. Insgeheim halte ich eine Wette gegen mich selbst. Ein riesiger Schoko-Muffin, wenn er sich für die Band entscheidet. Meine Planung berücksichtigt sämtliche Kosten, die über den normalen Clubbetrieb hinausgehen. Beginnend bei den Künstler-Gagen, über Werbung, bis hin zur

Kostenkalkulation für zusätzlich benötigtes Personal. Dirk sitzt entspannt und mit überschlagenen Beinen in seinem Drehsessel. Die ausgedruckten Konzepte hält er in Händen und liest alles wortlos und mit versteinerter Miene durch. Für meine Verhältnisse lässt er sich dafür entschieden zu viel Zeit, was meine Nervosität kräftig in die Höhe schraubt. Nach einigen Minuten hantiere ich unruhig an meinen Fingern herum und kaue auf der Unterlippe. Auf einmal fixiert er mich, ohne den Kopf anzuheben.

„WEN hast du mit WAS bestochen, um die Budget-Vorgabe einhalten zu können?", erkundigt er sich sachlich und legt anschließend die Unterlagen vor sich auf den Schreibtisch.

„Niemanden!" Ich schüttle hastig den Kopf.

„Und über wen bist du an diese Musiker gekommen?" Sein Blick durchbohrt mich.

„Über das Management", gebe ich wahrheitsgemäß Auskunft. „Ich wüsste nicht, wie das sonst funktioniert!"

„Josi", Dirk seufzt tief und verschränkt die Hände im Genick, „wo ist der Haken bei der Sache?" Weder ein Grinsen noch ein Zucken. Nichts, das mir verraten könnte, wie er mein Konzept aufnimmt.

„Ähm ...", ich schlucke und blicke verlegen auf meine Finger.

„Also doch!" Laut klatschend schlägt seine Hand auf der Tischplatte auf. „Ich wusste es!"

„Nein, kein Haken!", widerspreche ich schnell. „Zumindest nicht direkt. Ich habe nur in Aussicht gestellt, dass die Musiker, die nicht für den Eröffnungsabend gebucht werden, für ein folgendes Event in Betracht kämen." Abermals nehme ich mein nervöses Fingerkratzen auf.

„Ach so!", tönt er verständnisvoll. „Du meinst, um eine Planung mal frühzeitiger zu starten als zwei bis drei Wochen im Voraus!"

„Das kam jetzt aber von dir", entgegne ich kleinlaut, und wir fangen beide an zu lachen.

„Im Ernst, Josi! Das ist allererste Sahne." Dirk unterstreicht sein Lob mit einem anerkennenden Nicken. „Bitte fixiere die Band für den Eröffnungsabend und schalte schnellstmöglich die Werbung. Wir arbeiten mit einem Radiosender zusammen. Die Kontaktdaten unseres Ansprechpartners sende ich dir zu. Sprich mit ihm, vielleicht können sie eine bestimmte Anzahl an Karten verlosen oder Ähnliches. Wegen des zusätzlichen Personals reden wir nach der Halloween-Party mit Nicki. Er ist für die Personaleinteilung zuständig. Die beiden Solokünstler kannst du für die Vorweihnachtszeit buchen." Einen Moment mustert er mich schmunzelnd. „Vielleicht verrätst du mir deine Quelle bei einer anderen Gelegenheit."

Dirk widmet sich seinem Rechner und schickt mir die Kontaktdaten des Senders auf meinen E-Mail-Account. Endlich entspanne ich mich etwas, und meine vor Aufregung rauschenden Gedanken kehren in ruhigere Gefilde zurück. Ich genieße den Triumph, meiner kleinen inneren Stimme bewiesen zu haben, dass die Zweifel an meinem Jobwechsel unbegründet waren. Ich habe die richtige Wahl getroffen. Außerdem freue ich mich über den gewonnenen Schoko-Muffin, den ich mir im Anschluss bei meinem Lieblingsbäcker besorgen werde. Zufrieden lächelnd hebe ich den Kopf und ... - schaue direkt in Dirks Gesicht. Er sitzt nach vorne gebeugt am Schreibtisch, hat die Ellenbogen aufgestützt und tippt sich abwartend mit den Fingern gegen die Lippen. Es wirkt, als würde er in meine Miene lesen.

„Also, meine Quelle, wie du sie nennst, wirst du bei der Eröffnung persönlich kennenlernen." Ich weiche seinen durchdringenden Augen immer wieder verlegen aus. Dann räuspere ich mich und hebe entschieden den Kopf. „Es ist der

Manager der Musiker. Er war in der vergangenen Saison gemeinsam mit seinem Sohn ganze drei Wochen Snowboard-Schüler bei mir." Ich deute mit dem Zeigefinger auf die Event-Planung. „Und hierfür habe ich nur das Angebot angenommen, mich bei ihm zu melden, wenn er sich für die abwechslungsreichen und lustigen Kurstage revanchieren könnte."

„Langsam wird mir bang vor euch beiden." Dirk lächelt verhalten, dabei klingt seine Stimme nachdenklich. „Sara schüttelt auch ständig neue Trümpfe aus dem Ärmel."

„Wahrscheinlich lernen wir nur schnell." Damit klappe ich meinen Laptop zu und erhebe mich. „Ach, Dirk", auf halbem Weg zur Tür stocke ich und bleibe stehen, „könntest du mir am Eröffnungsabend einen Gefallen tun? Ich bin mir sicher, dass über den guten Herrn Musikmanager noch weitere Kontakte möglich sind. Allerdings wäre es gut, wenn hierfür jemand in anderer Position als ..."

„Hm, geht klar, Josi", murmelt Dirk beiläufig und ist bereits in eine andere Arbeit vertieft.

Ich erinnere mich an Dirks Bemerkung in Bezug auf Collins Zuständigkeit. Offensichtlich habe ich gerade einen Part angesprochen, der unbestritten zu Dirks Job gehört. Auf dem Flur zögere ich einen Moment. Collins Tür ist inzwischen geschlossen.

„Gehe zu ihm!", ruft Dirk hinter mir. „Er weiß, dass du im Haus bist."

Ich atme tief ein, drücke meinen Rücken durch und wende mich dem nächsten Büro zu. Sachte klopfe ich an und warte ab. Wenige Sekunden später geht die Tür auf und Collin steht vor mir. Er hält noch immer den Telefonhörer am Ohr, bittet mich jedoch mit einem Wink herein und schließt die Tür hinter uns. Wortlos gibt er mir zu verstehen, dass ich mich setzen soll. Seine angedeutete Frage, ob ich einen Kaffee möchte, lehne ich kopfschüttelnd ab. Anschließend nimmt er selbst hinter seinem Schreibtisch Platz. Es ist nicht zu übersehen, wie angespannt er ist. Seine Tonlage ist weiterhin scharf, aber wenigstens schreit er nicht mehr. Als er einige Minuten später das Gespräch beendet, donnert er frustriert den Hörer auf den Tisch, lehnt sich im Stuhl zurück und lässt den Kopf in den Nacken fallen.

„Eine dreiviertel Stunde Diskussion, ohne Ergebnis!", stöhnt er genervt, schließt einen Moment die Augen und flucht leise vor sich hin. Anschließend blickt er mich mit abgespannter aber ruhiger Miene an.

„Wie geht es deinen Rippen?" Um das Thema zu wechseln, erkundige ich mich nach den gestrigen Kampfüberbleibseln.

Sichtlich erleichtert über diese kleine Nebensächlichkeit, entspannt er sich etwas und seine Mundwinkel verziehen sich unweigerlich nach oben.

„Halb so wild. Danke der Nachfrage. Wie war dein Arztbesuch heute Morgen?"

„Bestens! In einer Woche darf ich wieder hinters Steuer und mich voll in die Arbeit stürzen", verkünde ich freudig.

„Prima, wenigstens eine gute Nachricht für heute."

Collin wirkt müde und gestresst. Schweigend stehe ich auf und umrunde den Schreibtisch. Ich schiebe mich auf seinen Schoß, nehme sachte sein Gesicht in meine Hände und küsse ihn zärtlich.

„Energie für den Nachmittag!", erkläre ich leise. Ein letztes Mal streiche ich mit dem Daumen über seine Wange, dann erhebe ich mich und will ihn nicht länger von der Arbeit abhalten.

„Warte, Amy!", eilig greift er nach meiner Hand. „Ich fliege morgen für ein bis zwei Tage nach Rom. Ich muss versuchen diesen Mist hier wieder geradezubiegen." Dabei deutet er aufs

Telefon. „Hast du Lust, mich zu begleiten? Dein Trainingstermin lässt sich sicher verlegen. Spätestens Mittwochabend sind wir zurück."

„Warum nicht?" Ich lächle und nicke ihm erfreut zu.

Collin begleitet mich zur Tür. Doch bevor er mich gehen lässt, legt er mir eine Hand in den Nacken und zieht mich an sich.

„Ich hole dich heute Abend in der Wohnung ab. Alles Weitere schicke ich dir aufs Hardy."

Unser Flug nach Rom geht um halb sieben am folgenden Morgen. Mir ist klar, dass ich den Aufenthalt vor Ort überwiegend allein verbringen werde. Die Zeit im Flieger und während der Nacht ist jedoch mehr, als wir sonst unter der Woche zusammen verbringen. Ich kenne Rom bereits durch zwei frühere Städtetrips. Allerdings hatte ich die italienische Gastfreundschaft noch nie in einem solch elitären Hotel genießen dürfen. Somit beschließe ich, mich einzig diesem wundervollen Ambiente hinzugeben und die Stunden mit guter Lektüre und herrlich aromatischem Espresso auf der Dachterrasse unserer luxuriösen Unterkunft zuzubringen. Umso größer ist die Überraschung, dass Collin am Dienstag bereits um 17 Uhr in unserem Hotelzimmer auftaucht. Als er zudem noch verkündet, wir müssten dringend unsere Garderobe aufbessern, bin ich vollends verwirrt. Am Nachmittag hatte sich Signore Bertonello bei ihm gemeldet und uns zu einem gemeinsamen Essen am heutigen Abend eingeladen. Collin versicherte mir, nicht mit einem Treffen seines Kunden gerechnet zu haben, da dieser sich vorwiegend am Firmenhauptsitz in Mailand aufhält. Seiner besorgten Miene nach zu urteilen, scheint er dennoch über den eigentlichen Grund dieser Einladung Bescheid zu wissen.

Binnen einer Stunde ist unsere Garderobe für den Abend perfekt. Ziemlich aufgeregt und mit spürbar weichen Knien steige ich vor dem verabredeten Restaurant aus dem Wagen. Collin verliert keine Silbe darüber. Seine mentale Unterstützung spüre ich durch einen verstärkten Druck an meiner Hand und den flüchtigen Kuss, bevor wir eintreten.

„Che bella sorpresa! Vielen Dank, dass Sie beide meiner Einladung gefolgt sind", begrüßt uns Signor Bertonello herzlich. Die ersten Minuten überhäuft mich der Signore geradezu mit Komplimenten. Gleichzeitig erklärt er Collin mit einem Augenzwinkern, in welche Gegenden von Rom er mich ausführen soll. Doch allmählich legt sich die Hochstimmung unseres Gastgerbers. Er wird ruhiger und wendet sich dem hauptsächlichen Grund des Abends zu.

„Als ich erfuhr, dass Sie nach Rom kommen, Herr Christensen, wollte ich mir die Gelegenheit nicht entgehen lassen, persönlich mit Ihnen zu sprechen. Und zwar bevor wir uns in Mailand treffen."

Eins steht fest: Dieses Gespräch sollte unter vier Augen stattfinden. Mit einem raschen Blick gebe ich Collin zu verstehen, dass ich mich zurückziehe, worauf er mir mit einem winzigen Nicken zustimmt. Etwas mehr als fünf Minuten verstreichen, bevor ich mich wieder an den Tisch geselle. Offensichtlich war die Zeit ausreichend, was ich der wiedererlangten, heiteren Gestik unseres Gastgerbers entnehme. Wir genießen ein vorzügliches Essen und der weitere Abend verläuft sehr angenehm und humorvoll. Letztendlich ist es nach ein Uhr in der Nacht, bis Collin und ich endlich in unserem Bett liegen. Genüsslich schmiege ich mich in seinen Arm und mustere ihn. Wie gewohnt vermeide ich es, Collin auf seine geschäftliche Unterredung anzusprechen. Daher überrascht es mich, als er heute von sich aus damit anfängt.

„Signor Bertonello betreut als Vorstand den Hauptsitz der italienischen Childshair", beginnt er nüchtern und sieht gedankenverloren zur Decke hoch. „Er informierte mich über ein paar ehemalige Mitglieder, die scheinbar versuchen, uns zu schaden."

„Meinst du mit ‚uns‘ euer Netzwerk? Oder Dirk und dich?"

„So wie es aussieht, richtet sich das Ganze gegen unsere Firma. Anders sind die ungewöhnlichen Vorkommnisse auf der Baustelle nicht zu erklären. Aber ohne etwas Handfestes ..." Collin zuckt nachdenklich mit der Schulter.

„Ich vermute, Dirk weiß Bescheid?", erkundige ich mich zaghaft, da er offensichtlich wieder in seine Grübeleien versinkt.

„Mm", brummt er und nickt. „Nach dem Telefonat gestern hatte ich bereits einen Verdacht in dieser Richtung. Das Gespräch vorhin war lediglich eine Bestätigung für mich."

„Und nun?"

„Es wurden einige Leute ausgewechselt, die direkt am Bau oder besser mit den Bauvorbereitungen beschäftigt sind. Außerdem sicherte mir Signor Bertonello zu, dass einige Personen, denen er persönlich vertraut, weitere Nachforschungen anstellen und mich auf dem Laufenden halten werden. Darauf muss ich mich fürs Erste verlassen." Collin schnaubt leise und dreht sich zu mir um.

Mit einem gequälten Lächeln und sorgenvoller Miene schaut er mich an. Sein Anblick schnürt mir fast die Kehle zu und ich schlucke heftig.

„Wenn dieses Projekt schief geht oder der Zeitrahmen mehr als geringfügig abweicht, machen wir einen großen Schritt rückwärts", gesteht er offen. „Ich muss dir sicher nicht erklären, dass uns dies zum jetzigen Zeitpunkt übel zusetzen würde."

Meine Augen huschen ängstlich über sein Gesicht, und ich spüre ein flaues Gefühl im Magen.

„Collin, ich finde, du bist viel zu ruhig für das Ganze."

„Oh, gut!" Er lächelt matt und seufzt leicht. „Bitte sage mir sofort Bescheid, wenn sich das ändert. Dann passieren Fehler!"

33

Die restliche Woche verbringen Dirk und Collin von früh bis spät in der Firma, wodurch ein weiteres Treffen in diesen Tagen Collins Arbeitspensum zum Opfer fällt. Nach unserer Ankunft in München hätte ich ihm am liebsten das Versprechen abverlangt, sich zumindest einmal täglich bei mir zu melden, entschied jedoch, es bleiben zu lassen. Er war anfangs so erpicht darauf, mich aus ihren geschäftlichen Angelegenheiten fernzuhalten, dass ich ihm nun auch die Entscheidung überlassen will, wie viel und wie schnell er mich doch einbezieht. Dabei muss ich mir insgeheim eingestehen, dass Collins erster Schritt, in dem er mir von den Problemen in Italien erzählte, mich mehr beschäftigt, als ich es vermutet hätte.

Bei einem seiner ersten Besuche in meiner Wohnung erwähnte Collin, dass es für ihn stets zwei Seiten im Leben gibt: Geschäft und privat. Ihm ist durchaus bewusst, dass es keine Möglichkeit gibt, beides komplett zu trennen. Dennoch hofft er, durch ein harmonisches und ausgeglichenes Privatleben das Geschäftliche ebenfalls besonnen und gut durchdacht handhaben zu können. ‚Keine schlechte Theorie!', hatte ich ihm damals geantwortet. Und genau diese Theorie ist es nun, die mich davon abhält, meinem sonst so neugierigen und ungestümen Tun nachzugeben. Außerdem habe ich seit unserem Gespräch in Rom kapiert, dass sich innerhalb einer Familie nicht alle über die gleichen Dinge die Köpfe zermartern sollten.

Am Samstag überschreitet mein Sorgenpegel das Höchstmaß, und allen guten Vorsätzen zum Trotz entscheide ich, meinem flauen Gefühl etwas Linderung zu verschaffen - zumindest durch einen Kurzbesuch. Als Vorwand für mein unangemeldetes Vorbeischneien in der Holding habe ich Dirk auserkoren. Schließlich muss geklärt werden, wann und wo meine neue Tätigkeit am folgenden Montag beginnt.

Den ersten Dämpfer erhalte ich bereits auf dem Parkplatz vor dem Firmengebäude. Keines der mir bekannten Fahrzeuge ist zu sehen. Die Bestätigung bekomme ich schließlich von Pförtner. Keiner der Chefs ist im Haus. Dazu teilt er mir mit, dass die Herren Christensen geschäftlich verreist seien. Mit einem kratzig hingemurmelten ‚Danke' verlasse ich die Eingangshalle der Holding wieder und trabe niedergeschlagen zum Wagen zurück. Dabei schlucke ich kräftig gegen die aufkommende Panik und den dicken Kloß im Hals an. Mit zitternden Fingern suche ich in meiner Handtasche nach dem Handy. Ich atme tief durch, um halbwegs ruhig und normal telefonieren zu können. Dann wähle ich Collins Nummer.

„Bist du okay?", flüstert Dirk bereits nach dem ersten Freizeichen.

„Ja! Ich ..."

„Schlechter Zeitpunkt!", unterbricht er mich. „Ich melde mich heute Abend!" Das Gespräch ist weg.

Während ich noch fassungslos japsend dastehe und mein Handy angaffe, piept es, und eine Nachricht geht ein.

<Sorry Süße – Collin ist okay!>

„Dein Glück", keuche ich mein Smartphone an.

Offensichtlich hatte Dirk sich erinnert, welche Sorgen ich mir im Krankenhaus in London nach seinem Anruf gemacht hatte. Am liebsten würde ich jetzt umgehend Saras Nummer wählen, nur um zu erfahren, ob sie vielleicht Näheres von Dirk weiß. Da ich meine Schwester aber nicht auch noch in Aufregung versetzen will, begnüge ich mich mit Dirks angekündigtem Rückruf und fahre in meine Wohnung zurück. Wenigstens muss ich mir nun keine Moralpredigt von unseren Männern anhören. Wenn ich Collin oder Dirk in der Firma angetroffen hätte, wäre ihre erste Frage sicher nach meinem fahrbaren Untersatz gewesen. Meine offizielle Genesung und die Erlaubnis zum Autofahren gilt nämlich erst ab kommendem Montag, und gerade Dirk ist bei solchen Kleinigkeiten sehr penibel. Das zugesagte Telefonat lässt länger auf sich warten, als mir lieb ist. Erst gegen halb zehn am Abend klingelt endlich mein Handy.

„Collin?"

„Nein, Josi, ich bin es", meldet sich Dirk.

„Dirk, wo ist er und ...", pfeifend hole ich Luft und muss mein verängstigtes Krächzen kurz unterbrechen.

„Auf dem Weg nach Rom", kommt er meiner Frage zuvor. „Er ist nicht allein im Flieger, daher melde ich mich bei dir."

„Und wo bist du gerade?"

„Eben aus London zurück. Ich muss noch in die Firma, um ein paar Unterlagen einzusehen. Dann fahre ich maximal für eine Stunde in den Club. Entschuldige, Josi, dass ich nicht frage, ob du mitkommen magst. Aber anschließend will ich sofort ins Bett." Seine Stimme klingt gequält und rau.

„Dirk, was ist los? Du klingst heiser!"

„Stimmt auch. In den letzten zwei Tagen bin ich mindestens fünf Mal klatschnass geworden, dazu die verflixte Klimaanlage im Flieger. Das ist wohl das Ergebnis."

„Oh Mann, das hört sich echt übel an! Bitte sag Bescheid, wenn ich dir helfen kann. Soll ich Sara vielleicht als Krankenschwester rekrutieren?"

Mein Versuch, ihn aufzuheitern, gelingt zumindest einen kleinen Moment. Leider endet sein erleichtertes Lachen direkt in einem erbärmlichen Hustenanfall, der allein beim Zuhören schon schmerzt.

„Schone deine Stimme und schicke mir die Infos für Montag einfach per E-Mail. Aber bitte versprich mir, dass mit Collin wirklich alles okay ist, ja? Er hat sich seit Donnerstag nicht gemeldet."

„Was?", krächzt Dirk sauer. „Der spinnt wohl! Wieso ruft er dich nicht an? Den muss ich mir dringend zur Brust nehmen."

„Sag mir einfach, ob alles in Ordnung ist!" Ich schließe schnell die Augen, um meine aufsteigenden Tränen zurückzuhalten.

„Ja, Josi, es ist alles bestens!", röchelt er. „Collin will seine Ruhe, wenn er mit dir telefoniert. Und in den letzten Tagen waren wir keine fünf Minuten ungestört, das ging bis spät in die Nacht. Aber ich dachte, er hätte dir wenigsten eine Nachricht geschrieben. Mach dir keine Sorgen, bis Sonntagabend sollte er zurück sein. Ich melde mich morgen Mittag bei dir, notfalls per E-Mail." Dirks gewohntes „Bye, bye" zur Verabschiedung erstickt im nächsten Hustenkrampf.

Die angekündigte E-Mail erreicht mich kurz nach 13 Uhr am Sonntag. In Bezug auf meinen morgigen Arbeitsbeginn ist Dirks Nachricht mit einem zwinkernden Smiley versehen. Um vorab geleistete Überstunden abzubauen, soll ich erst um 14 Uhr bei ihm im Büro erscheinen. Bis dahin hätte er geklärt, von wo aus ich die ersten Tage arbeite. Von Collin weiß ich, dass beim Umbau ein zweites Büro eigens für mich eingeplant wurde. Dieses ergibt meinen eigentlichen Arbeitsplatz, sobald die Club-Renovierung abgeschlossen ist. Eine Ankündigung, auf die ich mich ganz besonders freue. Abschließend entschuldigt sich Dirk, dass er heute nicht persönlich mit mir reden kann. Doch seine Stimme hätte sich bis zum heutigen Morgen gänzlich verabschiedet. Eilig gehe ich auf Antworten und biete erneut an, mich um benötigte Medikamente zu kümmern oder ihn notfalls zum Arzt zu fahren.

Aus purer Ablenkungsnotwendigkeit widme ich mich dem Ausmisten meines Kleiderschranks. Eine Sache, die ich immer dann in Angriff nehme, wenn ich vor Nervosität und Unruhe nicht mehr sitzen, geschweige denn meine Hände stillhalten kann. Irgenwann klingelt es an meiner Wohnungstür. Ein Hoffnungsschimmer blitzt auf. Eilig flitze ich aus dem Schlafzimmer und reiße, ohne nachzusehen, die Tür auf. Wahrscheinlich ist mir die Enttäuschung deutlich im Gesicht abzulesen, Denn Tanja schaut mich entsetzt an.

„Ist alles okay mit dir?", fragt sie besorgt.

„Tanja!", fiepe ich verdattert, und mein Lächeln ist unverkennbar aufgesetzt. „Äh, ja. Hallo, komm doch rein."

„Ein anderes Mal", wehrt sie ab und räuspert sich verlegen. „Ich bin auf dem Sprung zur Arbeit." Tanja runzelt angestrengt die Stirn und deutet Richtung Fahrstuhl. „Ich war gerade in der Tiefgarage, da ist mir etwas aufgefallen. An deinem Wagen! Hättest du einen Moment Zeit, um mit nach unten zu kommen?"

„Klar", antworte ich knapp.

Verwirrt über ihre seltsame Reaktion schlüpfe ich eilig in die Schuhe und stecke meine Wohnungsschlüssel ein. Drei Minuten später stehen wir gemeinsam in der Tiefgarage. Ich zittere und mir ist speiübel. Es fühlt sich an, als hätte mir jemand mit aller Wucht in den Magen getreten. Einige Sekunden lang bin ich nicht fähig, einen klaren Gedanken zu fassen. Wir stehen wortlos nebeneinander und betrachten fassungslos das, was vor wenigen Stunden noch mein Auto gewesen war. Mechanisch setzen sich meine Füße in Bewegung. Mit weit aufgerissenen Augen und offenem Mund umrunde ich das Fahrzeug. Vor mir steht ein Schrotthaufen! Ein rundum zerkratzter und an diversen Stellen verbeulter Wagen, dessen Kennzeichen behauptet, mein ehemals schwarzer VW Polo zu sein. Ich schüttle unentwegt den Kopf und halte mir mit einer Hand den

Mund zu, um nicht laut loszuschreien. Vor der Fahrertür bleibe ich stehen, und wie von selbst suchen meine Augen nach dem zuletzt eingekratzten Zeichen. Das Zeichen, das ich inzwischen selbst als Kette um meinen Hals trage. Es ist nicht da. Tanja sieht, wie geschockt ich bin, dennoch schaffe ich es, sie zum Gehen zu bewegen. Mehrfach sichere ich ihr zu, dass ich okay bin und unverzüglich die Polizei anrufen werde. Nur durch diese Zusage lässt sie sich überzeugen, ihren Dienst im Krankenhaus anzutreten. Tanja hat keine Ahnung und dies muss auch so bleiben. So viel rationales Denken bringt mein Gehirn gerade noch zustande.

Das Adrenalin hält mich auf den Beinen, bis ich im dritten Stock wieder vor meiner Wohnungstür stehe. Mit zitternden Händen hantiere ich am Türschloss herum und spüre, wie ich innerlich zusammenbreche. Der Schlüsselbund gleitet mir durch die Finger und fällt klimpernd zu Boden. Meine Beine geben nach, und ich sinke mit tränenüberströmtem Gesicht im Türrahmen zusammen. Leise wimmernd kauere ich auf den Fliesen, schlinge mir die Arme um den Körper und verberge meinen Kopf zwischen den Knien. Eine Gefühlswelle purer Hilflosigkeit überrollt mich. Keine Ahnung, wie lange ich so ausharre, bis plötzlich jemand neben mir in die Hocke geht. Sachte berührt mich eine Hand an der Wange, streicht meine Haare aus der Stirn und hebt mir dann mit vorsichtiger Berührung den Kopf an. Fast teilnahmslos lasse ich es geschehen. Schwach blinzle ich gegen die Tränen an, und langsam erkenne ich die Gestalt neben mir. Ohne ein Wort öffnet Collin die Wohnungstür, nimmt mich behutsam in seine Arme und trägt mich hinein. Er schiebt leise die Tür hinter uns ins Schloss, lehnt sich mit dem Rücken dagegen und gleitet langsam auf den Boden. Dabei hält er mich in schützender Umarmung auf seinem Schoß fest. Verkrampft kauere ich an seiner Brust, während er mir tröstend über den Arm streicht und die Stirn küsst. Er drückt mich einfach nur an sich und lässt mir Zeit, mich zu beruhigen. Irgendwann hebe ich den Kopf und schaue ihm direkt in die sorgenvollen Augen. Sein strahlend blauer Blick ist einem ausdruckslosen und matten Ausdruck gewichen.

„Amy, ich will, dass du mit mir kommst!" Seine Stimme klingt ruhig aber bestimmt. „Es tut mir leid, aber hier bist du nicht mehr sicher."

Ich nicke steif, ohne nachzufragen oder etwas zu entgegnen.

„Bitte packe nur das Wichtigste zusammen. Um den Rest kümmert sich in den nächsten Tagen jemand."

„Mein Wagen ...", krächze ich, „er ist ..."

„Ja, ich weiß", seufzt er leise. „Später, Amy."

Mechanisch und wie im Nebel nehme ich Kleider und Schuhe aus dem Schrank, die ich für die nächsten ein bis zwei Tage als passend empfinde. Die Sportsachen, die ich fürs Reha-Training benötige, verschwinden ebenfalls in meiner Tasche. Zuletzt besinne ich mich auf einige mir wichtige Kleinigkeiten, darunter das Foto von Sara und mir, das am Kühlschrank hängt. Derweil legt Collin mein Handy, Laptop sowie meine bestückte Handtasche samt Geldbeutel und Papieren bereit. Schließlich stehe ich inmitten meines Wohnzimmers und vergewissere mich mit einem letzten Umschauen, dass ich nichts Wichtiges vergessen habe. Ein seltsames Gefühl beschleicht mich. Die letzten drei Jahre meines Privatlebens fanden überwiegend in dieser Wohnung statt. Und doch gibt es nur sehr wenige Dinge, an denen ich wirklich hänge. Die meisten davon verbinde ich in irgendeiner Form mit Sara und meiner alten Heimat. Oder es sind Kleinigkeiten, die erst in den letzten Wochen durch Collin hinzukamen und dadurch einen sentimentalen Erinnerungswert besitzen.

„Lass uns nach Hause fahren", sagt er leise, als ich ihm mit einem Seufzer zu verstehen gebe, dass ich fertig bin.

Zu meinem Erstaunen steht Thorsten mit dem Dienstwagen vorm Haus. Eilig kommt er uns entgegen und verstaut meine Taschen im Kofferraum, während Collin mir die Fond-Tür öffnet.

„Wieso der Geschäftswagen?", erkundige ich mich leise, sobald Collin neben mir Platz genommen hat.

„Ich komme direkt vom Flughafen", berichtet er. Erst jetzt fällt mir auf, dass er Anzug und Hemd trägt. „Dirk hat mir per E-Mail Bescheid gegeben, dass er Thorsten schickt. Er könne heute nicht selbst zum Flughafen kommen." Collin hantiert nervös an seiner Armbanduhr, und als ich seine Hand berühre, sind seine Finger total verkrampft. „Es ist das erste Mal, dass Dirk nicht selbst kommt. Wenn ich ehrlich bin, ist das nicht gerade beruhigend!"

Nach dieser Nachricht drehe ich mich sofort zu Thorsten um. „Wir müssen bei einer Apotheke anhalten, die Wochenenddienst hat!" Mittels iPhone suche ich eilig nach dem entsprechenden Dienst und nenne Thorsten eine Adresse, die annähernd auf unserem Weg liegt.

„Ähm ...", Collin schüttelt verwirrt den Kopf. „Wieso ... fehlt dir was?"

„Mir nicht, aber Dirk!", erkläre ich rasch. „Er bekam bereits gestern, nach seiner Rückkehr aus London, kaum noch ein Wort heraus. Und wegen meiner Arbeit kam heute nur noch eine Info per E-Mail, gespickt mit einer Entschuldigung, dass er nicht mehr telefonieren könnte." Ich runzle die Stirn, als ich Collins überraschtes Gesicht sehe. „Willst du mir ernsthaft sagen, ihr hättet seit eurem Abflug aus England nicht miteinander gesprochen?"

Collins langsames Kopfschütteln treibt mir einen Schauer über den Rücken. Wie schlecht mag es Dirk tatsächlich gehen? Dass er sich nicht in der Lage fühlt, zum Flughafen zu fahren, ist eine Sache. Aber sich nicht bei Collin zu melden? Womöglich kämpft er inzwischen gegen eine mörderische Lungenentzündung. Eine Lappalie, wie ein Infekt oder eine Erkältung, würden ihn nicht davon abhalten, sich mit Collin in Verbindung zu setzen. Niemals! Ich gebe einen tiefen Seufzer von mir. Außerdem trommle ich unruhig mit dem Zeigefinger auf Collins Oberschenkel herum. Grundgütiger! Kaum hat sich mein banges Gefühl um Collin gelegt, mache ich mir Sorgen um den nächsten Christensen-Mann! Das sind ja schöne Aussichten. Collin mustert mich die ganze Zeit über. Meine Besorgnis entgeht ihm nicht. Doch seltsamerweise scheint mein Mitgefühl ihn wiederum zu beruhigen! Wahrscheinlich aus dem Grund, dass er mit seiner Sorge nicht alleine ist. Er presst die Lippen zusammen, schmunzelt leicht und sinkt etwas entspannter in den Sitz. Mit dem Ellenbogen schiebt er die Armlehne zwischen uns zurück und fordert mich auf, mich bei ihm anzulehnen.

„Sorry, fürs nicht Melden", flüstert er mir ins Ohr, während ich mich dankbar bei ihm anschmiege. „Wir reden später."

Knapp zehn Minuten vergehen, dann erreichen wir die Apotheke. Ich weiß zwar, dass irgendwo im Loft eine Hausapotheke existiert, allerdings habe ich keine Ahnung, wie gut sie bestückt ist. Also entscheide ich mich bei der zu besorgenden Medikamentenauswahl für das Maximum. Ich nehme alles mit, was die Sparte Erkältung bis starke Grippe abdeckt. Entsprechend randvoll ist die Tüte, mit der ich zum Wagen zurückkehre und Collin reißt entsetzt die Augen auf, sobald ich ihm den Beutel ins Auto reiche.

„Vorrat!", beruhige ich ihn rasch. „Für alle Fälle."

Es schüttet aus Kübeln, als wir die Stufen zur Eingangstür des Lofts hocheilen. Inzwischen ist es halb neun. Unser Gepäck lassen wir unmittelbar hinter der Tür stehen und schlüpfen nur hastig aus unseren Schuhen und triefenden Jacken. Das Haus ist fast komplett dunkel und wirkt gespenstisch still. Außer der Nachtbeleuchtung, die im Boden um die Diner-Küche läuft, dringt lediglich gedämpftes Licht von der Galerie herunter. Es kommt aus der offenstehenden Tür zu Dirks Schlafzimmer.

„Hey, Brüderchen!", ruft Collin quer durch den Raum.

Keine Reaktion. Binnen Sekunden sind wir oben. Dirk liegt nass geschwitzt in seinem Bett und glüht sichtlich vor Fieber. Auf den ersten Blick ist jedoch nicht auszumachen, ob er schläft oder durch das Fieber vielleicht schon nicht mehr bei Bewusstsein ist. Collin eilt hinaus und kehrt kurz darauf mit einem Thermometer zurück. Das Ergebnis der Messung, die ich zur Sicherheit noch einmal wiederhole, ist mehr als beunruhigend. Die Anzeige endet beide Male bei 40,2 Grad.

„Versuche, Dirk wach zu bekommen", fordere ich Collin auf. „Er muss etwas Trockenes anziehen. Ich bin gleich wieder oben."

Ich rase aus dem Schlafzimmer, die Treppe hinunter und in die Küche. Zuerst besorge ich mir eine Schüssel und fülle sie mit Eiswürfeln. Dann schnappe ich die komplette Medikamententüte und bringe alles zu Dirk und Collin nach oben. Die Eiswürfel fülle ich im angrenzenden Bad mit kaltem Wasser auf und nehme gleich noch mehrere Handtücher mit. Als ich ins Schlafzimmer zurückkehre, hat Collin es geschafft, seinen Bruder zu wecken, und ich ernte ein mattes Lächeln von Dirk.

„Hey, Großer", spreche ich ihn ruhig an. „Nicht erschrecken, aber jetzt wird's kalt! Und zur Info: Wenn ich es nicht schaffe, in der nächsten halben Stunde dein Fieber zu senken, bringen wir dich direkt ins Krankenhaus!"

Ich reiche Collin ein Tuch mit Eiswürfeln für Dirks Stirn. Anschließend tränke ich die Handtücher im Eiswasser und umwickle damit Dirks Unterschenkel. Binnen weniger Minuten beschert es ihm einen heftigen Schüttelfrost. Doch nach zweimaligem Wiederholen sinkt das Fieber. Zusätzlich verabreiche ich ihm ein recht starkes Fieber- und Schmerzmittel sowie Saft für seinen Hals. Trotz starker Schluckbeschwerden lässt sich Dirk von Collin dazu bewegen, eine komplette Wasserflasche auszutrinken. Als ich nach einer halben Stunde erneut das Fieber kontrolliere, ist es bereits um ein Grad auf 39,2 zurückgegangen.

„Versuche zu schlafen", rede ich Dirk beruhigend zu. „Ich schaue alle halben Stunden nach dir."

Himmel, nun fasle ich schon die gleichen Worte wie sonst meine Mutter! Ich sitze mit Collin noch ein paar Minuten an Dirks Bett. Es dauert nicht lange, bis er einschläft und sein Atem sich beruhigt. Schließlich erheben wir uns leise und gehen nach unten. In der Küche angekommen stelle ich mich vor Collin auf die Zehenspitzen. Mit prüfendem Blick beäuge ich ihn kritisch.

„Ich bin fit, Amy!" Er grinst frech und drückt mir einen raschen Kuss auf die Stirn.

Anschließend baut er sich noch größer vor mir auf und kommt meiner Begutachtung keinen Zentimeter entgegen. Im Gegenteil, er hebt sein Kinn absichtlich an und versieht mich von oben herab mit einem schelmischen Augenzwinkern.

„Ach ja? Du hast Augenringe, als ob du eine Woche keinen Schlaf bekommen hättest", stelle ich missbilligend fest. „Du lieferst mir jetzt bitte ein paar Antworten und zwar kurz und knapp! Dann verschwindest du ebenfalls ins Bett. Ausführliche

Erklärungen haben Zeit bis morgen." Zur Verdeutlichung tippe ich ihm mit spitzem Zeigefinger auf die Brust.

Collins Grinsen wird noch breiter, und auf meine Androhung reagiert er mit einem blitzartigen Griff nach meinem Handgelenk. Er schließt mich fest in die Arme und bedient sich seiner eigenen Forderung in Form eines langen und leidenschaftlichen Kusses. Danach platziert er mich auf einen der Barhocker und setzt sich daneben.

„Also ...", ich räuspere mich schnell. „Wieso wart ihr in London? Und warum bist du gleich darauf nach Italien geflogen?"

„Beides wegen des Projekts in Rom", gibt Collin unverzüglich Auskunft. Sein Ton ist schlagartig ernst, und er schnaubt schwer. „Der Termin in London war eine Besprechung am Hauptsitz, da die Probleme auf der Baustelle das komplette Childshair-Bündnis betreffen. Bis wir hier in München soweit sind, finden diese Termine weiterhin in England statt. Den anschließenden Flug nach Rom habe ich auf Signor Bertonellos Wunsch hin angehängt. Hier ging es aber lediglich um einige Bauänderungen, die er haben will. Alles Weitere ist bisher ruhig", erklärt Collin und legt abwartend den Kopf schief. „Was noch?"

„Wer hat mein Auto demoliert? Und ...", ich schlucke, da meine Stimme wieder heiser zu kratzen beginnt, „wieso bin ich in meiner Wohnung nicht mehr sicher?"

Collin reagiert sofort auf mein gequältes Keuchen und während er antwortet, läuft er hinter die Theke und besorgt mir ein Glas Wasser.

„Jemand hat mir ein Bild von deinem Wagen aufs Handy geschickt!"

„Was?", keuche ich. „Von wem ...?" Mit den Fingern auf meinem Mund unterbricht er mich.

„Dem Bild war die Nachricht beigefügt, dass Nomes wieder im Land sei und eine Rechnung mit mir offen hätte. Aus diesem Grund bin ich direkt vom Flughafen aus zu dir gefahren."

„Nomes?", wiederhole ich verständnislos.

Diese Botschaft befördert mich beinahe vom Barhocker. Collin greift mir schnell an den Arm und hält mich fest. Seine Miene verändert sich schlagartig. Er fixiert mich eindringlich und mit leicht gesenktem Kopf.

„Amy, ich habe dir versprochen, dass du vor ihm keine Angst mehr haben musst, und ich stehe zu meinem Versprechen!", bekräftigt er energisch. „Es wurde bereits alles an entsprechende Stelle weitergeleitet. Dieses Mal wird er verurteilt. Du bist nicht die Erste, die er belästigt und bedroht hat." Er wartet einen Moment, bis ich ihm mit einem Nicken zu verstehen gebe, dass ich ihn verstanden habe und ihm glaube. „Ich bitte dich trotzdem, deine Wohnung aufzugeben." Seine Stimme wird sanfter. „Bitte, Amy, ich will nur sichergehen. Wenn du willst, suchen wir etwas anderes in der Stadt. Aber es sollten wenigstens einige Wochen vergehen."

„Puh! Viel Stoff für einen Abend", kommt es mir schwer atmend über die Lippen.

Eine Viertel Stunde später habe ich mich wieder gefasst und fülle für unseren Patienten gerade Tee in eine Kanne, als sich Collin nach meinem geplanten Tagesablauf für morgen erkundigt.

„Eigentlich hätte ich Dirk um zwei in seinem Büro treffen sollen", erwähne ich und zucke unschlüssig mit den Schultern. „Wann musst du morgen antreten?"

„Montags findet unser Wochenmeeting in der Holding statt, immer um neun", informiert mich Collin gelassen. Dann grinst er plötzlich und deutet mit einem Wink zur Galerie hoch. „Das ist der einzige Tag in der Woche, an dem Dirk Termine vor elf oder zwölf Uhr legt."

„Tja, diese Woche wirst du euer Meeting alleine bestreiten müssen." Ich mache mich auf den Weg nach oben, und Collin gähnt und reibt sich müde die Augen, als ich an ihm vorbeilaufe. „Du solltest endlich schlafen gehen. Ich schau nach unserem Patienten und räume anschließend meine Sachen aus."

Collins Nachricht und die beängstigenden Ereignisse des Abends lassen mich nicht zur Ruhe kommen. Ich fühle mich aufgekratzt und durcheinander. Geschäftig hantiere ich an meinen Sachen herum und werfe in regelmäßigen Abständen einen Kontrollblick in Dirks Schlafzimmer. Glücklicherweise steigt sein Fieber nicht mehr an. Um Collin nicht zu wecken, schleiche ich auf Zehenspitzen ins Apartment und verstaue meine Kleider im Schrank. Später setze ich mich mit dem Laptop auf eines der Sofas und versuche, mich mit meinen gespeicherten Bildern abzulenken. Langsam gehen meine Gedanken auf Reisen. Die unzähligen Fotos der letzten Wintersaisons zaubern mir unwillkürlich ein zufriedenes Lächeln ins Gesicht. Die meisten Bilder sind lustige Momentaufnahmen, mit Sara und Lukas zusammen. Aber auch viele Erinnerungsfotos ehemaliger Kursteilnehmer, alte Kollegen und Freunde von daheim sind darunter. Bei der letzten Aufnahme angekommen brennen mir vor Müdigkeit die Augen. Trotzdem zieht mich dieses Bild völlig in seinen Bann. Ich verweile mehrere Minuten regungslos davor. Es ist das letzte Foto, das von meinem Pa aufgenommen wurde. Er trägt seinen alten Blaumann, steht mit Werkzeug beladen vor unserer Scheune und werkelte an meinem alten Landy herum. Seine Hände sind ebenso mit schwarzen Ölflecken verschmiert wie seine Hose, und selbst die rechte Wange und die Nase haben etwas abbekommen. Sein Gesicht wirkt überrascht, aber er schaut mit fröhlichen Augen in die Kamera. Ich hatte mich angeschlichen, ihn gerufen, und sobald er sich zu mir umdrehte, ist dieses Bild entstanden. Drei Monate später war er tot.

Ich bemerke die Tränen. Sie rinnen mir über die Wangen und der Kloß in meiner Kehle schwillt immer mehr an. Mein Puls rast und unaufhörlich wimmere ich die gleichen Worte. „Verzeih mir Papa, das wollte ich nicht. Bitte verzeih mir, ich wollte es nicht!" Irgendwann siegt die Müdigkeit über meine Trauer.

Es ist dunkel. Ich spüre wieder die Wände, sie kommen näher. Der stechende Schmerz in meiner Brust kehrt zurück und wird mit jedem Atemzug stärker. Ich sehe mich selbst, wie ich versuche, zu schreien. ‚Hier unten bin ich! - Holt mich hier raus!' doch meine Stimme bleibt stumm. Ich kratze panisch mit den bloßen Fingern gegen mein eisiges Gefängnis, fühle, wie die Haut reißt und das Blut rinnt. Die lähmende Angst nimmt mich vollkommen ein. Mein Kopf hämmert, mir wird schwindlig ...!

„Ich hab dich!" Es dringt ganz leise an mein Ohr. „Schhh, beruhige dich. Ich hab dich."

Erschrocken fahre ich hoch und japse nach Luft. Mit aufgerissenen Augen und verstörtem Blick sehe ich mich um.

„Ich hab dich." Collins Stimme. Er hält mich fest in den Armen und spricht leise auf mich ein. Ganz langsam entspanne ich mich und werde allmählich ruhiger. „Es ist alles okay, es war nur ein Traum", flüstert er. Seine schützende Umarmung bringt mich ins Hier zurück, und irgendwann löst er sich und legt sachte seine Hände auf meine Wangen. „Du hast gesagt, ich müsste nur fragen, wenn ich etwas über dich wissen will. War es der gleiche Traum wie bei unserem ersten Treffen?"

Ich nicke matt.

„Erzähl mir davon!"

Ich zögere erst, dann nicke ich erneut. Innerlich zwinge ich mich, ihm weiter in die Augen zu sehen. Mit einem tiefen Atemzug raffe ich meinen Mut zusammen und fange zu reden an.

„Eine Lawine!", keuche ich und schlucke. „Es war der Ausläufer einer Lawine." Noch einmal atme ich tief durch, und allmählich löst sich der Kloß in meinem Hals. „Ich … ich war verschüttet. Nicht tief, aber ich kam nicht allein raus." Nervös und ängstlich blinzle ich ihn an. Ich kralle meine Finger in Collins Arm, als sei er mein Rettungsseil. „Sie haben mich gesucht und meinen Namen gerufen. Aber ich konnte nicht antworten!" Weinend fasse ich mir an die Kehle. „Es kam kein Ton. Es war das erste Mal! Kein einziger Ton."

Collin hat längst verstanden. Er sitzt da, hält mich fest an sich gedrückt und wartet ab. Ihm ist klar, dass ich noch nicht am Ende bin, und er wird solange ausharren, bis ich ihm alles erzählt habe.

„Die Suchhunde haben angeschlagen, und ich wurde rausgeholt. Da war ich bereits bewusstlos." Ich schaffe es nicht länger, seinem Blick standzuhalten, und meine letzten Worte zwinge ich flüsternd hervor. „Als ich im Krankenhaus wach wurde, war Papa tot. Die Bergwacht hat ihn gerufen und ihm gesagt, dass ich verschüttet wurde. Er ist den Berg rauf, um bei der Suche zu helfen. Es war eisig und er viel zu schnell."

Collin stößt leise die Luft aus, schließt einen kurzen Moment die Augen und schüttelt den Kopf.

„Josephine, du bist NICHT schuld an seinem Unfall!"

Er weiß genau, welcher Vorwurf an meiner Seele frisst. Dennoch erspart er sich weitere Mitleids- und Erklärungsversuche. Ihm reicht es, dass ich es ausgesprochen habe, und seltsamerweise mir auch. Meine Tränen versiegen und auch das Zittern ebbt ab. Wir sitzen einfach nur schweigend da.

„Komm!", fordert Collin irgendwann und steht auf. „Wir sollten versuchen, noch eine oder zwei Stunden zu schlafen." Entschieden fasst er mich an der Hand und nimmt mich mit sich ins Schlafzimmer. Seine Nähe und Wärme lassen mich geborgen die Augen schließen und den Rest der Nacht tief und ruhig schlafen.

34

Um halb sieben steht Collin an der Küchentheke. Seine Haare sind noch feucht von der Dusche. Er trägt eine anthrazitfarbene Anzughose und einen dünnen dunkelroten Rollkragen-Pullover. Das passende Jackett hängt über dem nebenstehenden Barhocker. Sein iPhone, Mac sowie die Autoschlüssel liegen auf dem Sideboard an der Eingangstür bereit. Mit der Kaffeetasse in der Hand lehnt er an der Theke und blättert in der Zeitung. Zehn Minuten später komme ich aus dem Apartment und halte direkt auf die Küche zu. Ebenso wie Collin bin ich für die Arbeit zurechtgemacht und trage eine schmale schwarze Stoffhose samt weißer Bluse.

„Dirk geht es etwas besser", teile ich ihm mit, während ich mir einen doppelten Espresso bereite. „Das Fieber ist knapp unter 38."

„Hmm, ich weiß", brummt er, ohne von der Zeitung aufzublicken. „Ich war gerade bei ihm. Er will mit ins Büro."

„Das ist ein Scherz, oder?" Ich stocke mitten in der Bewegung und drehe mich fassungslos zu Collin um.

Er grinst und schüttelt den Kopf. Mit dem nächsten Schluck aus seiner Tasse sieht er langsam auf und mustert mich beiläufig.

„Und wo willst du hin?", erkundigt er sich weiterhin selenruhig. „Sieht aus, als wolltest du ebenfalls mit in die Firma."

„Unser Termin ist um zwei", raunt es gequält und mit kratziger Stimme von der Galerie herunter.

Collin und ich werfen uns einen Blick zu, dann schauen wir ganz langsam nach oben. Dirk lehnt hustend und leichenblass am Geländer. Im Augenwinkel sehe ich, wie Collin seinem Bruder mit grimmiger Miene den Vogel zeigt.

„Ich fahre mit dir in die Firma", verkünde ich hoch erhobenen Hauptes. Damit richte ich die Aufmerksamkeit wieder auf mich. „Euch stehen sämtliche technischen Raffinessen zur Verfügung, die man sich denken kann", erkläre ich und wende mich mit verschränkten Armen an Dirk. „So wird es doch möglich sein, dass du heute mittels Telefonkonferenz an der Sitzung teilnimmst. Wenn du schon der Ansicht bist, unentbehrlich zu sein."

Genüsslich hebe ich meine Tasse an und ziehe mit geschlossenen Augen das herrliche Aroma des frisch gebrühten Schwarzen in mich ein. Nach dem ersten Schluck werfe ich Dirk erneut einen Blick zu, der unverändert am Geländer steht.

„Sage mir bitte, welche Unterlagen du für heute Morgen und die nächsten Tage brauchst. Die Sachen lasse ich mir im Büro geben und bringe sie dir hierher. Mein erster Arbeitstag kann sicher auch von hier aus starten, oder etwa nicht?" Ein undefinierbares Brummen kommt von oben. „Außerdem", ergänze ich mit einem verstohlen Ginsen, „will ich mir von Sara nicht auch noch anhören, ich hätte nicht richtig auf euch aufgepasst!"

„Amy hat recht, Brüderchen. Los, verschwinde bis neun zwischen den Kissen. Ein Vampir hat mehr Farbe im Gesicht als du", kommt mir Collin zu Hilfe. Dann beugt er sich zu mir vor, grinst mich mit großen Augen spitzbübisch an und stiehlt mir meinen doppelten Espresso direkt aus der Hand. „Mach schon, Süße", säuselt er, küsst mich rasch und verpasst mir einen leichten Klaps auf den Hintern. „Wenn du vor der Sitzung zurück sein willst, müssen wir früher los."

Mit gespielter Entrüstung strafe ich ihn mit einem arroganten Wimpernaufschlag. Dann wende ich mich ab und laufe ins Apartment, um meine Schuhe sowie Mantel und Handtasche zu holen.

Kurz bevor wir die Firma erreichen, bitte ich Collin, Thorsten Bescheid zu sagen, dass er mich rasch wieder ins Loft zurückbringt.

„Wolltest du nicht unbedingt wieder selbst fahren, sobald der Doc grünes Licht gibt?" Collin runzelt überrascht die Stirn.

„Natürlich will ich das!", genervt schaue ich aus dem Seitenfenster. „Und mit welchem Wagen soll ich fahren? Mein Polo steht kaputt in der Tiefgarage, und die Batterie vom Landy hast du selbst ...", ich stocke, da Collin zu kichern beginnt. „Warum lachst du?" Mein beleidigtes Motzen kommt halbherzig, weil er so komisch aussieht, beim Versuch trotz Lachen auf den Verkehr zu achten. Außerdem steckt mich seine gute Laune immer an.

„Amy, das ist klasse!", gluckst er. „Du überraschst mich immer wieder aufs Neue. Hast du deinen Vertrag denn nicht durchgelesen, bevor du ihn unterschrieben hast?"

„Meinen Vertrag? Natürlich habe ich ihn gelesen!"

„Du kriegst einen Firmenwagen, schon vergessen?"

„Nein, das habe ich nicht!", belle ich und verschränke trotzig die Arme vor der Brust. „Dirk hat letzte Woche aber gesagt, dass wegen deiner Sonderwünsche, was auch immer das für welche sind, der Wagen im Lieferrückstand ist."

„Na und! Josi, glaubst du wirklich ..."

„Nein!", unterbreche ich ihn barsch und starre abermals beleidigt aus der Seitenscheibe.

Collin biegt auf das Gelände der Holding ein und parkt den GT auf seinem Stellplatz vor dem Eingang. Dann dreht er sich zu mir um und seufzt leise.

„Ach, Amy", brummt er sanft. „Hoffentlich schaffst du es noch lange, dir über Dinge wie einen Wagen den Kopf zu zerbrechen. Für mich gehört so etwas wohl schon zu den belangloseren Kleinigkeiten. Bitte tu das für mich, ja? Sonst verlier ich vielleicht irgendwann den Boden unter den Füßen."

„Belanglose Kleinigkeiten, wie?" Ich schnaube und schüttle verächtlich den Kopf. Mein Frust verpufft schneller, als er sich zusammengezogen hat. Ich lege ihm eine Hand in den Nacken und ziehe ihn näher zu mir her. „Gut! Dann hier gleich die nächste Belanglosigkeit!" Ich halte ihn ganz nah vor meinen Augen fest und fixiere ihn durchdringend. „Du musst dringend zum Friseur, Ian!"

Collin versteht meine Anspielung auf die hoffentlich endgültig ausbleibenden Überfälle auf ihn. Außerdem ist es beruhigend, festzustellen, dass er nicht mehr bei jeder meiner zufälligen Berührungen an seinen Haaren wie ein verschrecktes Tier zusammenzuckt. Ein zufriedenes Strahlen breitet sich auf seinem Gesicht aus, und langsam umschließt er meine Lippen zu einem zärtlichen Kuss.

Für die Übergangszeit, bis mein Firmenwagen geliefert wird, verpasst mir Collin seinen Audi TT. Eine Entscheidung, die ich liebend gern und voller Begeisterung annehme. In der Woche, in der mir dieser Wagen schon einmal zur Verfügung stand, hatte es mir riesigen Spaß bereitet, dieses spritzige Sportcoupé zu fahren.

„Avant und Limousine stehen dir nicht", lautet Collins Feststellung, während er mir den Schlüssel in die Hand drückt. „Seit ich den Wagen bei dir abgeholt habe, wurde er nur von der Lackiererei hierhergebracht. Es wird Zeit, dass er endlich wieder gefahren wird."

„Um welche Sonderwünsche geht es bei meinem zukünftigen Dienstfahrzeug eigentlich? Oder viel mehr, was werde ich denn fahren, wenn er da ist?"

Im Grunde hatte ich damit gerechnet, eines der vorhandenen Werbefahrzeuge des House-Clubs zu benutzen. Je nach

Verfügbarkeit natürlich. Momentan handelt es sich hierbei um fünf baugleiche Audi. Davon sind drei an Mitarbeiter verteilt, die restlichen zwei fahren Dirk und Collin. Wobei gerade Collins schwarzer Q7 die meiste Zeit in der Garage steht. Daher empfinde ich es im Grunde als unnötig, noch ein weiteres Firmenfahrzeug anzuschaffen.

„Also ...", Collin mimt die perfekte Unschuldsmiene, „genau genommen war es deine eigene Entscheidung. Du hast mir im Sommer ganz nebenbei von deinem Wunschauto für die Stadt erzählt."

„Einen Mini?", platze ich dazwischen. „Ihr habt tatsächlich einen Mini bestellt?"

„Ja!", betätigt er mit leuchtenden Augen. „Klein – Stark - Schwarz! Wie unser Espresso! Und somit genau richtig für dich. Aber ...", in belehrender Dirk-Manier fuchtelt er mit dem Zeigefinger vor meiner Nase herum, „mit Club-Werbung versehen!"

„Collin, du spinnst", erkläre ich feierlich und falle ihm stürmisch um den Hals. „Und dafür liebe ich dich!"

Uns bleibt gerade noch Zeit für eine rasche Verabschiedung. Anschließend packe ich eilig die vorbereiteten Unterlagen zusammen, stecke den TT-Schlüssel ein und mache mich summend auf den Weg zurück ins Loft.

Bepackt mit drei Ordnern, einer Aktentasche, einem Notebook sowie der privaten Tagespost und einem kleinen Paket, treffe ich eine gute Stunde später wieder im Haus ein. Dirks Büro befindet sich im unteren Teil des Lofts, hinter der zweiten Tür auf der linken Seite. Erleichtert atme ich auf, als ich die schwere Last auf seinem Schreibtisch ablege. Im gleichen Augenblick höre ich, wie Dirk die Wendeltreppe herunterkommt. Ich mustere ihn aus den Augenwinkeln heraus, wie er durch die Tür und zu mir an den Schreibtisch läuft. Er ist frisch geduscht, hat sich rasiert und trägt Jeans und einen dicken schwarzen Wollpullover.

„Im Trainingsanzug kann ich nicht arbeiten", führt er sofort zu seiner Verteidigung an. Mein Schmunzeln entging ihm also nicht.

„Geht mir genauso", pflichte ich ihm bei. „Schaue bitte nach, ob alles dabei ist, was du haben wolltest. Ansonsten bringt es Collin heute Abend mit " Ich verweise auf die Unterlagen vor ihm und gehe aus dem Raum.

„Bitte lass die Tür offen", murmelt Dirk. Ich fasse gerade an die Klinke, um sie hinter mir zuzuziehen. „Und den ekligen Saft, den du mir gestern Abend eingeflößt hast, könntest du mir auch bringen. Zu allem Elend scheint er zu wirken." Angewidert verzieht er das Gesicht und schüttelt sich kurz.

Ein paar Minuten später komme ich mit Hustensaft, Lutschbonbons und einer großen Tasse Tee in Dirks Büro zurück. Die Leitung zur Holding steht bereits und der Freisprecher ist eingeschaltet. Da ich nicht stören will, platziere ich das kleine Tablett lautlos an den Rand des Schreibtisches. Auf Zehenspitzen wende ich mich ab, um Dirk allein zu lassen, da fasst er mir eilig ans Handgelenk.

„Du kannst ruhig zuhören, wenn es dich interessiert", wispert er mit kratziger Stimme.

Ich blinzle überrascht zu ihm auf, gehe aber gern auf sein Angebot ein. Ohne ein Wort, nehme ich Dirk gegenüber Platz und höre gespannt den unterschiedlichsten Personen zu. Dabei erfahre ich, dass noch weitere Mitarbeiter nicht persönlich, sondern ebenso wie Dirk mittels Konferenzschaltung am Meeting teilnehmen. Scheinbar Leute, die einzelne Projekte vor Ort betreuen. Die wenigen Dinge, die mir nicht vollends wie Böhmische Dörfer vorkommen, handeln von Planungszahlen einzelner Konzepte oder Zeitplänen der Bauphasen. Wobei das erste sicher zu Dirks Ressort und das zweite in Collins Bereich gehört. Gelegentlich notiert sich Dirk Details, und einige Male schüttelt er nachdenklich den Kopf. Abschließend hören wir Collins Stimme durchs Telefon. Ich stutze minimal und ziehe einen kurzen Augenblick die Stirn kraus. Dirk beäugt mich fragend und fordert mich mit einer Handbewegung auf, ihm mitzuteilen, was mir aufgefallen ist. Da ich es jedoch nicht sagen kann, zucke ich lediglich mit den Schultern und winke ab.

„Was?", hakt er flüsternd nach.

„Keine Ahnung", erwidere ich ganz leise. „Seine Stimme klang so seltsam."

Dirk scheint meine Auskunft zu genügen, sieht mich aber noch einen Moment lang nachdenklich an. Schließlich lehnt er sich ohne weiteren Kommentar wieder in seinen Schreibtischstuhl zurück. Das komplette Meeting dauert circa eine Stunde. Die ganze Zeit über kämpft Dirk gegen einen Hustenreiz, was ihm dank Tee und Halsbonbons auch gelingt. Die Strafe folgt, sobald die Leitung getrennt ist und er das erste Mal tief Luft holt. Ein beängstigendes Röcheln begleitet seinen Atem. Er schlingt die Arme um den Brustkorb und beginnt zu husten. Dabei krümmt er sich nach vorne und sein pfeifendes Keuchen schmerzt allein schon beim Zuhören.

„Du bellst lauter als eine ausgewachsene Dogge", stelle ich mit ernster Miene fest.

„Und scheiße weh tut es auch", gibt Dirk kehlig quietschend zu.

„Alles klar, Boss! Zieh dir bitte eine Jacke über und schwing dich auf meinem Beifahrersitz. Ich bring dich zum Arzt", verkünde ich entschieden. „Widerstand zwecklos!"

Collin taucht mit genervtem Gesichtsausdruck im Loft auf. Stöhnend donnert er seinen Autoschlüssel auf das Sideboard neben der Eingangstür. Es ist gerade erst fünf Uhr nachmittags und im Grunde keine Uhrzeit für seinen Feierabend. Zielstrebig marschiert er in die Küche und hantiert am Kaffeeautomaten. Binnen Sekunden brummt das Mahlwerk und er schiebt seine Tasse für einen doppelten Espresso unter den Auslauf. Mürrisch brummt er vor sich hin und lehnt mit vor der Brust verschränkten Armen und zusammengekniffenen Augenbrauen an der Arbeitsplatte.

„Hey, Kleiner, schon zurück?", krächzt Dirks Stimme, der plötzlich hinter ihm steht.

„Mann, du klingst ja immer noch nicht besser!"

„Was bist du denn so giftig?", beschwert sich Dirk und versucht sein Grinsen mit einem Räuspern zu vertuschen.

„Wieso glaubt die komplette Firma, ich erledige deinen Job mit, nur weil du einen einzigen Tag nicht da bist?", mault Collin lautstark. „Keine fünf Minuten, ohne dass jemand angerufen, reingelaufen oder eine Nachricht geschickt hat. Wenn ich heute noch etwas Produktives erledigen will, muss ich das hier machen."

„Willkommen in meiner Welt, Brüderchen", lacht Dirk.

„Wo ist Amy?", erkundigt sich Collin. „Ich hab ihren Wagen nicht gesehen."

„Im Club", seufzt Dirk. „Sie hat mich nach der Sitzung heute Morgen erst zum Arzt verfrachtet, dann hier wieder abgesetzt. Anschließend habe ich Niki angerufen. Er hat sich mit Josi im Club getroffen, um ihr vor Ort alles zu zeigen." Dabei schaut er auf die Uhr. „Seit drei ist sie weg."

Collin nickt kurz und blickt noch einen Augenblick gedankenverloren ins Leere. Dann nimmt er die Tasse sowie sein mitgebrachtes MacBook und verzieht sich ins Arbeitszimmer seines Apartments.

Mit Saras telefonischer Verstärkung gelingt es mir, dass Dirk bis einschließlich Mittwoch von seinem Büro zu Hause aus arbeitet. Für meinen geschäftlichen Neustart der reinste Glücksgriff. Absolut genial, um ihn für jegliche Rückfrage parat zu haben. Durch Nikis Kompletteinweisung erhalte ich einen groben Überblick über mein zukünftiges Tätigkeitsfeld. Niki selbst hatte sich mir begeistert als Kollege und Verantwortlichen für alle personellen Fragen vorgestellt. Darüber hinaus agiert er stellvertretend, sobald der Chef selbst nicht im Haus ist. Er wirkt happy, endlich eine Verstärkung an seine Seite zu bekommen, die Dirk notfalls ‚die Hölle heißmachen kann', wenn es mal wieder zeitlich brennt. So zumindest hatte er es mir mit strahlendem Gesicht zu verstehen gegeben. Auf Dirks Geheiß hin nahm ich am Montag sämtliche wichtigen Unterlagen aus seinem Büro im Club mit ins Loft. Folglich arbeite ich mich in den kommenden zwei Tagen durch den gesamten Verwaltungsapparat, der zum Club gehört. Mit jedem Schriftstück oder Formular, das ich in die Hände bekomme und das verdeutlicht, welche Arbeit hinter einem solchen Unternehmen steckt, wird mir rätselhafter, wie Dirk dies bisher alles nebenbei, nachts im Club oder zwischendurch, erledigen konnte. Anfangs vermute ich noch, Dirk besäße einfach ein brillantes Händchen für dieses Business. Wie sonst hätte der House-Club in den letzten beiden Jahren als reinste Erfolgsrakete aus dem Boden schießen können? Doch meine Vermutung trifft nur ganz am Rande zu, und über Dirks Fähigkeiten werde ich schnell eines Besseren belehrt. Durch die direkte Anwesenheit meines neuen Chefs erlebe ich live mit, in welcher Art und Weise er selbst arbeitet. Bisher empfand ich die Vorgehensweise meines alten Abteilungsleiters als sehr gut strukturiert und durchdacht. Doch das, was ich durch Dirks Tagesgeschäft der CDC Holding ansatzweise mitverfolge, ist einfach unglaublich! Zumindest für mich. Kein einziges Schriftstück wird zwei Mal in die Hand genommen. Jede zu erledigende Aufgabe wird binnen Sekunden eingesehen, entschieden und abgehakt. Dabei jongliert er mit Beträgen in einer Größenordnung, bei deren Erwähnung mir schon schwindlig wird. Vereinzelt schicke ich ein Stoßgebet zum Himmel, in der Hoffnung, wenigstens einen kleinen Teil dieser Arbeitsweise zu erlernen. Sonst gehe ich in meinem neuen Job wahrscheinlich in Kürze mit Pauken und Trompeten unter. Dummerweise bemerkt Dirk aber, dass ich ihn gelegentlich staunend angaffe. Allerdings übergeht er es taktvoll, und sein Blick schenkt mir lediglich ein aufmunterndes und wissendes Lächeln.

Auf meine Bitte hin fährt Collin am Mittwochabend noch einmal mit mir in die Wohnung. Inzwischen bestehe ich darauf, mein kleines Eigenheim weiterhin zu behalten.

„Versprich mir aber, die kommenden Monate nicht allein in die Wohnung zu fahren!", verlangt Collin zum wiederholten Mal, während wir uns auf dem Weg in die Stadt befinden.

„Ja, fest versprochen", willige ich ein. „Ich brauche lediglich meine restlichen Kleider. Ansonsten reicht es, wenn wir einmal wöchentlich nach dem Rechten schauen."

„Wieso verkaufst du die Wohnung nicht?"

Da mir keine passende Erklärung einfällt, lasse ich traurig den Kopf hängen und spiele unbehaglich an meinen Fingern herum. Keine sonderlich zufriedenstellende Reaktion für Collin, daher wirft er mir einen seltsamen Seitenblick zu.

„Mach dir keine Hoffnungen, du wirst mich nicht mehr los!"

„Nein, alles, nur das nicht!" Ich lächle verlegen und schüttle den Kopf. „Ich glaube ...', verzweifelt suche ich nach den richtigen Worten, „ich habe wohl Angst, dass Ian dabei verloren geht. Es läuft alles so normal, wenn wir dort sind. Einfach so, als ginge die Tür hinter uns zu, und jeglicher Stress und Ärger blieben draußen." Seufzend hebe ich den Kopf und sehe ihn an. „Bitte versteh mich nicht falsch. Ich weiß nur nicht, wie ich es anders sagen soll."

Collin legt seine Hand auf meine Finger und drückt sie sacht.

„Ich versteh dich nicht falsch, Amy. Ganz im Gegenteil. Einzig aus diesem Grund habe ich dich bisher nicht gebeten, komplett ins Haus umzuziehen. Dass Ian auf der Strecke bleibt, darüber mach ich mir keine Gedanken. Für mich war die Wohnung bisher auch so etwas wie der Ausstieg aus meinem alltäglichen Durcheinander." Collin streicht mir über die Hand, und seine Gesichtszüge erhellen sich etwas. „Vorschlag: Ich sorge dafür, dass die Wohnung beaufsichtigt wird. Es wird sich jemand darum kümmern und instand halten. Wenn du etwas brauchst, besorgen wir es gemeinsam. Wahrscheinlich dauert es eine Weile, bis wieder Ruhe einkehrt. Die Räder des Gesetzes kann man zwar antreiben, aber manchmal drehen sie sich doch etwas langsam."

Erleichtert strahle ich Collin an. Sein Angebot beruhigt mich und mit einem raschen Kuss auf die Wange bedanke ich mich bei ihm.

35

Ungeduldig und gewiss ebenso aufgeregt wie Dirk, erwarte ich Saras Ankunft. Es ist später Donnerstagabend und ich weiß, dass sie unterwegs nach München ist. Sie hatte Lukas versprochen, ihn vor ihrer Abfahrt noch selbst ins Bett zu bringen und erst loszufahren, wenn er schläft. Unser Flug nach Mailand ist für Freitagmorgen kurz nach neun terminiert. Daher bestand Dirk darauf, dass Sara schon heute Abend kommt. Völlig zurecht, wie ich ihr diese Woche am Telefon erklärte. Erwartungsgemäß ist Lukas vor dem Oma-Wochenende so aufgeregt, dass er bei Weitem nicht so zeitig einschläft, wie gewohnt. Somit ist es bereits halb zehn, bis Sara endlich im Loft eintrifft.

„Hey, Süße, da bist du ja!", begrüße ich sie stürmisch.

„Endlich da!", stöhnt Sara und drückt mich fest. „Ich dachte schon, die Woche geht gar nicht mehr vorüber." Während ich die Eingangstür schließe, sieht sie sich im Loft um. „Bist du allein?"

„Dirk und Collin sind noch einmal in die Firma gefahren. Es kam ein Anruf wegen der Baustelle in Rom. Sie sollten aber gleich zurück sein."

Wir bringen Saras Sachen in Dirks Schlafzimmer und machen es uns anschließend zum Tratschen auf der Galerie bequem. Gemütlich in eine Decke gekuschelt sitzen wir auf der großen Couch und tauschen die Ereignisse der letzten Wochen aus. Letztendlich kommen wir zu unserem mit Spannung erwarteten Wochenende in Mailand.

„Hat dir Collin auch gesagt, dass du außer Handgepäck nichts mitnehmen sollst?" Dirk hatte Sara die Info gestern noch telefonisch mitgeteilt.

„Ja, hat er", versichere ich. „Es wäre für alles gesorgt. Dirk und Collin nehmen auch nur das Nötigste mit."

„Ob die beiden sich vorstellen können, was ich unter dem Nötigsten verstehe?", bemerkt Sara trocken und wir kichern gemeinsam los.

Sekunden später geht die Eingangstür auf und die Herren des Hauses kehren zurück. Von unserer Position aus sind sie gut zu sehen. Allerdings gehen wir nicht davon aus, dass sie uns auf Anhieb entdecken. Pure Absicht. Sich in diesem riesigen Gemäuer suchen zu lassen, muss einfach spaßig enden. Wir verhalten uns mucksmäuschenstill und beobachten die beiden, wie sie eintreten. Einen Augenblick später erstirbt mein freudiges Grinsen. Eiseskälte kriecht mir über den Rücken. Ein rascher Seitenblick zu Sara und ich weiß, dass auch ihr die gespannte Stimmung nicht entgeht. Dirk und Collin reden nicht miteinander. Doch ihre wortlose Kommunikation ist mir inzwischen so sehr in Fleisch und Blut übergegangen, dass mir ihre wenigen Blicke ausreichen. Es versetzt mir einen Stich ins Herz. Allein die Haltung unserer Männer verrät, dass irgendetwas nicht in Ordnung ist und dass es sich hierbei nicht einfach nur um eine simple Unstimmigkeit handelt. Dirk stöhnt resigniert und feuert mit einem zischenden „Shit!" voller Wucht den Autoschlüssel in das kleine Überwachungszimmer neben dem Eingang. Er rauft sich die Haare und lehnt anschließend mit hängenden Schultern im Türrahmen. Collin zieht die Haustür ins Schloss und drückt sich mit flachem Rücken dagegen.

„Ich Idiot!", beschimpft er sich und fletscht wütend die Zähne. „Wie konnte ich nur so bescheuert sein?" Mit einem festen Tritt gegen die geschlossene Tür verleiht er seinem Frust Nachdruck.

„Wieso du?", reagiert Dirk sauer. „Wir hängen da beide mit drin, schon vergessen?"

„Das macht das Ganze nur noch schlimmer! Nicht genug, dass ich meinen eigenen Kopf aufs Spiel setze, jetzt reite ich dich auch noch rein."

„Oh, keine Angst, das nächste Mal trete ich dir vorher in den Hintern, das verspreche ich dir."

Die beiden keifen sich an wie zwei beißwütige Bluthunde.

„Hör auf mit den Witzen!", brüllt Collin und rauscht wild fuchtelnd auf Dirk zu. „Wenn ich dieses Wochenende keine Beweise in die Hände bekomme, sind wir alle im Arsch! Dann gibt es kein nächstes Mal mehr. Ist dir das klar? Hier hängt nicht nur die Firma drin!"

„Sei nicht so laut, Mann!", erteilt Dirk ihm einen Dämpfer. „Spätestens nach diesem Wochenende erfahren Sara und Josi sowieso alles. Lass sie wenigstens die beiden Tage genießen."

Während Dirk und Collin streiten, halten Sara und ich uns an den Händen. Stocksteif vor Entsetzen harren wir aus. Als sich die beiden endlich vom Eingang lösen, deute ich Sara schnell an, dass wir uns besser schlafend stellen sollten. Es ist gewiss sinnvoller, unseren Männern die Chance zu geben, selbst mit der Sprache herauszurücken, statt sie direkt auf ihre Probleme anzusprechen. Collin und Dirk sind Meister darin, ihre Gefühle zu verbergen und nach außen die perfekte Fassade zu wahren. Doch als sie uns Minuten später auf der Galerie aus unserem vorgetäuschten Schlaf wecken, stehen ihnen ihre Probleme unübersehbar ins Gesicht geschrieben. Beide sind aschfahl. Sie wirken unruhig, und ihr sonst so sicheres und starkes Auftreten ist einer geknickten und gebrochenen Haltung gewichen. Möglich, dass mir gerade diese ungewohnten Gesten bei ihnen auffallen, weil ich sie in den letzten Monaten in den unterschiedlichsten Situationen erleben durfte. Vielleicht ist ja alles nicht so schlimm! Und wenn doch? Setzt es ihnen dermaßen schwer zu, dass es jedem auffällt? Oder sind Collin und ich uns tatsächlich so nah, wie Dirk immer behauptet, und ich sehe es ihm nur deshalb an. Sara erweckt den Eindruck, als spiele sie die Rolle der Ahnungslosen besser als ich. Schon bei Collins erster Berührung habe ich das Gefühl, er durchschaut mich sofort. Eine entsprechende Reaktion von ihm bleibt jedoch aus. Es ist grauenhaft, sich gegenüber den liebsten Menschen, denen man vertraut und bei denen man sich geborgen fühlt, absichtlich verstellen zu müssen. Trotzdem spricht keiner ein Wort. Jeder tut, als sei alles in bester Ordnung und wir seien alle nur müde.

Die Nacht zum Freitag geht ohne Weiteres als Folter durch. Collin liegt wach und wälzt sich hin und her. Ich bin ebenfalls wach und bleibe so ruhig ich kann. Permanent gebiete ich mir Einhalt, um ihn nicht doch direkt auf die Situation vom Abend anzusprechen. Saras und Dirks Anblick am Morgen verdeutlicht, dass sich bei ihnen das Gleiche abgespielt hat. Auf dem Weg zum Flughafen sowie während des kompletten Prozederes vorm Abflug fällt kein einziges Wort, von keinem von uns. Wir trotten nebeneinander die Flure entlang, als seien wir Fremde, die zufällig denselben Weg gehen. Es dauert nicht lange, bis mein Magen sich gegen dieses Verhalten wehrt. Beim Betreten der kleinen Privatmaschine sind die Krämpfe so stark, dass ich mich kaum noch gerade halten kann. Sara reagiert, indem sie mich eilig unterhakt, bevor Dirk oder Collin sich zu uns umdrehen.

„Das halten wir nicht durch", zischt sie mir leise ins Ohr.

„Nicht jetzt!" Ich schüttle sachte den Kopf. „Nicht, bevor wir oben sind."

20 Minuten später sind wir in der Luft und sitzen uns gegenüber. Sara und ich auf der einen, Collin und Dirk auf der

anderen Seite. Lediglich durch einen kleinen Tisch getrennt. Ginge es mir momentan nicht derart erbärmlich, würde ich bei Saras Anblick sicher laut loslachen. Sie positioniert sich kerzengerade in ihren Sitz, verschränkt die Arme vor der Brust und nimmt Dirk und Collin mit gespitzten Lippen und geneigtem Kopf ins Visier. Ich kenne Sara bis ins kleinste Detail und weiß, was diese Pose zu bedeuten hat. Jeder, der sich ihr oder ihrer Familie gegenüber nicht korrekt verhält, erwartet in kürzester Zeit eine gehörige Standpauke. Und genau dies steht nun unseren Männern bevor.

„So, ihr zwei", beginnt sie grimmig. „Wenn ihr jetzt nicht auf der Stelle mit einer Erklärung rausrückt, was gestern Abend passiert ist, könnt ihr euch für das Wochenende und die Zukunft gleich zwei neue Begleiterinnen suchen", faucht sie und wird immer lauter. „Habt ihr tatsächlich geglaubt, wir hätten von eurer Unterhaltung nichts mitbekommen? Für wie blöd haltet ihr uns eigentlich?"

Collins eiserne Maske kippt zuerst, wenn auch nicht sofort. Er blinzelt einige Male und sieht dann fragend zu Dirk hinüber, der Sara weiterhin abschätzend mustert. Doch auch sein Blick ändert sich langsam. Er wirkt bei Weitem nicht mehr so kalt und undurchdringlich, wie noch vor Saras unmissverständlichen Worten.

„Rede, Kleiner", richtet Dirk sich an Collin, ohne Sara aus den Augen zu lassen. „Wir sind längst durchschaut." Er fixiert Sara weiterhin regungslos, doch seine Mundwinkel zucken leicht. „Offensichtlich kennen sie uns bereits zu gut, als dass wir ihnen so etwas verheimlichen könnten."

„Und wage es ja nicht, um den heißen Brei herumzureden", mische ich mich nun ein.

Collin überlegt einen Moment lang, dann beugt er sich auf dem Tisch nach vorne. Sein Blick ist stechend scharf auf mir gerichtet, dennoch wirkt er nervös.

„Ohne Umschweife?", brummt er ernst. „Wie ihr wollt!" Er schluckt und atmet noch einmal tief durch. „Der Bau in Rom wurde gestern gestoppt. Alle Arbeiten ruhen bis auf Weiteres. Bei diesem Geschäft hängen jedoch Verbindungen dran, die für uns sehr wichtig sind und die ich um jeden Preis haben wollte. Aus diesem Grund habe ich mich auf sämtliche Vorleistungen eingelassen, und wir stecken dieses Mal mit allem, was wir haben, in der Haftung. Ich habe Dirk sogar überredet, mit unserem kompletten Privatvermögen einzusteigen." Collin schnaubt resigniert, dann wird er ruhiger. „Wer als Drahtzieher hinter den Problemen steckt, wissen wir bereits. Aber wenn wir bis Anfang nächster Woche keine Beweise vorlegen können, ist alles weg. Und damit, meine liebe Josephine, meine ich auch ALLES!"

Allein durch die Erwähnung meines richtigen Vornamens unterstreicht er den Ernst der Situation. Außerdem verbirgt er seine Sorgen nicht mehr. Er lässt zu, dass ich seine Wut und seine Ängste spüre und teile. Es ist ihm ins Gesicht geschrieben. Ich muss ihn nur ansehen. Keine Ahnung, welche Reaktion Collin und Dirk von uns erwarten. Mit dem, was nun kommt, rechnen sie aber gewiss nicht. Ebenso wie Collin beuge ich mich ihm entgegen und unsere Augen sind nur noch Zentimeter voneinander entfernt. Meine inzwischen gefasste und beutend ruhigere Haltung bringt ihn zunehmend durcheinander. Im Augenwinkel registriere ich Saras Seitenblick, der mir ihre Zustimmung versichert.

„Egal was passiert", reagiere ich endlich, „aber ALLES ist NICHT weg!"

Collin runzelt verblüfft die Stirn, und Dirk schaut ungläubig zwischen uns hin und her.

„Und was wollt ihr mit zwei armen Schluckern wie uns?", brummt Dirk und kassiert für seine abfällige Bemerkung von Sara umgehend einen Hieb auf die Schulter. „Hey!", protestiert er grinsend. „Wofür war die denn?"

„Für die ‚armen Schlucker' natürlich!" Auch Sara schmunzelt schon.

„Also …", beginne ich absichtlich ruhig. „Nun hört mal genau zu! Wenn es tatsächlich dazu kommen sollte, was schließlich noch gar nicht sicher ist, wäre das ganz sicher kein Grund, euch hängen zu lassen. Schlimm genug, dass ihr so von uns denkt", bemerke ich tadelnd. „Und falls es doch eintritt, brauchen wir eure hübschen Köpfe zum Arbeiten. Denn euer Grips ist wohl kaum mit in der Haftung, oder?" Ich tippe mir absichtlich an den Kopf, und meine provokative Anspielung zeigt unverzüglich Wirkung.

„Wie meinst du das?", reagieren beide gleichzeitig.

„Das ist doch ganz einfach!", führt Sara weiter aus. „Möglich, dass es dann keine CDC Holding mehr gibt und auch kein Loft in München. Dafür existieren weiterhin ein großes Haus und ein zu einem äußerst guten Preis verkauftes Baugrundstück in Garmisch. Das, wie ihr wisst, absolut nichts mit eurer Firma zu tun hat. Der Abriss des Ferienhauses kann durch jedes andere Unternehmen erledigt werden. Zusätzlich gibt es noch die Wohnung in München, die notfalls verkauft werden kann."

Betretenes Schweigen breitet sich aus. Wir sitzen da und verfolgen, wie es in den Köpfen unserer Männer auf Hochtouren arbeitet. Ich kann regelrecht zusehen, wie Dirk die Zahlen durch den Sinn rauschen.

„Hm!" Collin legt den Kopf schief und dreht sich zu Dirk um. „Neuanfang mit der Rausch GmbH?"

„Klingt reizvoll, Kleiner", stimmt Dirk zu und hebt nachdenklich eine Augenbraue. „Und lässt uns mit freiem Kopf die kommenden drei Tage angehen."

Collin seufzt erleichtert, während er aufsteht und sich neben mich setzt. Gleichzeitig packt Dirk Saras Hand und zieht sie zu sich hinüber. Nach einem innigen und zärtlichen Kuss schmiege ich mich in Collins Arm und schließe die Augen. Diesen aufmunternden Moment muss ich genießen und für den Rest des Fluges Kraft tanken.

„Au!" Collin reibt sich schmerzverzerrt das Kinn. „Was ist denn los?"

Ich bin so abrupt hochgeschreckt, dass ich mit meinem Schädel gegen seinen Unterkiefer gedonnert bin.

„Hast du nicht gesagt, ihr wisst, wer den Baustopp und den Ärger in Rom verursacht hat?" Collins Bemerkung trifft mich wie der Blitz.

„Ja, wissen schon", versichert Collin. „Aber beweisen können wir es nicht!"

„Wer ist es?"

Collin zögert mit seiner Antwort und wirft Dirk einen raschen Blick zu. „Der Kopf hinter dem Ganzen ist ... Marcus Christensen, unser Vater!"

Sara und mir bleibt der Mund offen stehen, und wir gaffen uns entsetzt an.

„Du liebe Güte!", entfährt es mir. „Wie schrecklich müsst ihr euch zu Hause benommen haben, dass euer eigener Vater so etwas aussheckt."

„Volltreffer, Süße!", reagiert Dirk bissig.

„Was meinst du mit Volltreffer?", will Sara wissen.

„So ergeht es jedem, der dem guten Marcus Christensen nicht nach der Pfeife tanzen will", klärt er uns auf. „Und wir haben schon recht zeitig damit angefangen."

Ich starre immer noch geschockt von Dirk zu Collin und fordere ihn mit einer Handbewegung auf, deutlicher zu werden.

„Dich interessiert, woher wir es wissen?", erkundigt sich Collin sachlich.

„Ja! Und wie er euch dazu kriegen konnte?"

„Nun, genau genommen erhielten wir die letzten Hinweise über dich, Amy!"

Eilig hält er mir die Hand vor den Mund und mein halb hysterischer Aufschrei geht in einem erstickten „Arg" unter.

„Warte, ich erklär es dir gleich." Collin setzt sich aufrechter hin, nimmt meine Hand und umschließt sie in seinem Schoß. „Vorweg das Warum: weil ich es bin, den die Childshair-Mitglieder wollten, und nicht ihn! Er wusste schon länger, dass viele seine Einstellung und Methode ablehnen, und scheinbar dachte er, man würde sich doch für ihn aussprechen, wenn Dirk und ich nicht mehr zur Verfügung stehen."

Für meinen Geschmack klingt Collin gerade viel zu ruhig, was mein Gefühl zweifelsfrei als Warnzeichen wertet.

„Die Information, dass hinter dem Projekt in Rom einige europaweite Verbindungen und wichtige Kontakte stehen, war sein Köder für mich. Und ich bin blind darauf eingestiegen." Er seufzt enttäuscht und presst kurz die Lippen zusammen. „Schließlich wollten wir ursprünglich unser eigenes Netzwerk spinnen."

„Was ist mit Signor Bertonello?", erkundige ich mich besorgt. „Spielt der ebenfalls mit?"

Ich will einfach nicht glauben, dass dieser charmante Italiener ein solcher Intrigant sein soll. Zu meiner Erleichterung schüttelt Collin heftig den Kopf.

„Ganz im Gegenteil! Sein Bauvorhaben wurde ganz gezielt für uns ausgewählt, da speziell der Signore sich als einer meiner größten Befürworter ausgesprochen hat. Ihm und seiner Firma ergeht es ebenso wie uns, wenn wir nicht umgehend Beweise in die Hände bekommen. Diese Botschaft erfuhr ich allerdings erst letzte Woche, als ich von London aus nach Rom geflogen bin."

„Und wie komme ich jetzt ins Spiel?"

„Den Wink, dass er dich benutzt, um mich zu schwächen, kam ebenfalls von Signor Bertonello. Und zwar bei unserem Essen mit ihm. Der Signore erwähnte zum Schluss viel zu eindringlich, dass man stets auf seine Familie achten muss. Er sah dabei auf dich, Amy! Letztendlich war es aber dein liebreizender Nachbar Nomes, der durch seine ekelhafte Arroganz alle Hinweise zusammenbrachte."

„Nomes?", keuche ich und fluche leise. „Dieses stinkende Stück Abschaum!"

Collin übergeht meine Reaktion.

„Dirk hat es geschafft, dass die seltsamen Mails und SMS zurückverfolgt werden konnten, die immer dann bei uns eingingen, sobald ein Übergriff auf dich verübt wurde. Sie führten über Umwege immer zu Nomes. Er gehört zu den Menschen, die für Geld alles tun. Er wurde bezahlt und auf dich angesetzt, Amy. Allerdings hat Nomes am Anfang einen Fehler gemacht. Nur fiel mir das erst nach Dirks Info wieder ein." Collins Haltung ist angespannt, und er wirkt verbissen. Dennoch schenkt er mir einen entschuldigenden Blick. „Nomes hat mich im House-Club einmal direkt mit Childshair angesprochen, um mir gleich im Anschluss den ‚geilen Hintern' seiner Nachbarin unter die Nase zu reiben."

„So ist es!" Dirk nickt zustimmend. „Collin ist voll ausgeflippt und hat somit unwissentlich zugegeben, dass du, Josi, der Punkt bist, der ihn auf privater Ebene angreifbar macht. Und genau das war es, worauf der liebe Marcus gewartet hat!"

„Aber ihr hattet doch angeblich ein gutes und klärendes Gespräch mit eurem Vater, als er bei euch zu Hause war!", mischt sich Sara verwirrt ein.

„Stimmt. Im Grunde hat es uns auch einige wichtige Antworten geliefert", erklärt Dirk weiter. „Aber gleichzeitig war es ein Auskundschaften gegen uns."

„Und was jetzt? Kann denn niemand etwas unternehmen?" Meine nüchtern denkende Gehirnhälfte will einfach nicht einsehen, dass diesem Mistkerl niemand das Handwerk legen kann.

Collin verneint. „Uns bleibt nur die Hoffnung, dass er dieses Wochenende einen Fehler begeht."

„Das heißt, er ist auch da? Morgen Abend?"

„Ja, Amy", brummt Collin. „Und noch einige Weitere, die eingeweiht sind und auf unserer Seite stehen."

36

Wir treffen Viertel nach zwölf am Freitagmittag in unserem Hotel ein. Giovanni und Signor Bertonello warten bereits in der Lobby und nehmen uns herzlich in Empfang. Der Signore fordert mit einem schelmischen Grinsen, dass wir den heutigen Nachmittag in vollen Zügen genießen und uns die Stadt ansehen sollen. Gleichzeitig empfiehlt er Sara und mir augenzwinkernd ein paar hervorragende Adressen zum Einkaufen. Für Freitagabend bittet er uns, seine Gäste zu sein. Dabei unterstreicht er durch seine Gesten die wohlwollenden Worte über das angeblich beste Restaurant Mailands und seine Vorliebe für gutes Essen. Dirk und Collin wissen, wie sehr Sara und ich uns auf dieses Mailand-Wochenende gefreut haben. Dazu ist es uns gelungen, die beiden von ihrer beschützenden Heimlichtuerei zu befreien. Allein aus diesem Grund wollen sie ihrem Vorhaben endlich nachkommen und uns mit diesen Tagen ein unvergessliches Erlebnis bereiten. Beide sind nicht zum ersten Mal in Mailand und wissen ziemlich genau, was in der kurzen Zeit eines einzigen Nachmittages Sehenswertes erledigt werden muss. Nämlich nichts! Nichts, außer ein paar erstklassigen Schuh- und Modegeschäften.

„Für alles Weitere ist die Zeit viel zu knapp und absolut zwecklos", entscheidet Dirk, als wir uns auf den Weg in die Altstadt machen. „Vielleicht bekommen wir die Möglichkeit, dies ein anderes Mal nachzuholen."

Mit diversen Tüten bepackt, die mindestens ebenso viel Herren- wie Damenausstattung enthalten, kehren wir gegen halb sieben ins Hotel zurück.

„Wann treffen wir uns mit Familie Bertonello?" Ich gähne und strecke meine verspannten Glieder auf dem riesigen Bett aus.

„In zwei Stunden. Ach, übrigens, heute Abend wirst du das beste italienische Essen erleben, das du je hattest", schwärmt Collin in Aussicht auf das angekündigte Restaurant. Nebenbei öffnet er den Kleiderschrank, um unsere Shopping-Errungenschaften zu verstauen. Plötzlich stockt er und pfeift anerkennend. „Willst du dir ansehen, welch edle Robe morgen die Ehre hat, deine Schönheit zu unterstreichen?" Betont langsam und mit strahlenden Augen dreht sich Collin zu mir um. Dabei präsentiert er mir mit angedeuteter Verneigung das Innere des Kleiderschranks.

„Wow! Ist das schön", staunend springe ich aus dem Bett und trete an Collins Seite. „Und du machst die wundervollsten Komplimente." Ich hauche ihm einen sanften Kuss auf die Wange und er bedankt sich mit einem Augenzwinkern und einem Blick zum Dahinschmelzen aus seinen stahlblauen Augen.

„Los, probiere es an. Obwohl ich keine Zweifel habe, dass es dir passt."

„Muss ich fragen, wer meine Maße weitergegeben hat?"

Collin hebt unschuldig die Hände und schüttelt in gespielter Ahnungslosigkeit den Kopf.

„Nun mach schon, bevor dich die Neugierde auffrisst", treibt er mich lachend an. „Aber sehen will ich dich erst morgen Abend!"

„Oh, wie romantisch, Herr Christensen!" Ich schmunzle und verschwinde mit meiner erlesenen Robe im Bad. „Wie maßgeschneidert", rufe ich Collin Minuten später durch die verschlossene Tür zu, während ich mich vor dem Spiegel bewundere.

„Das dachte ich mir", antwortet er leise wie zu sich selbst.

Collin macht es sich mit seinem MacBook auf dem Bett bequem. Indessen ziehe ich mich erneut um und öffne lautlos die Badezimmertür. Absichtlich langsam gehe ich ein paar Schritte auf ihn zu, sodass er mich gut sehen kann.

„Möchtest du dir vielleicht schon die Verpackung ansehen, die du heute Abend enthüllen darfst?", frage ich mit betörender Stimme.

Lediglich mit einem schwarzen Spitzenbody und halterlosen Strümpfen bekleidet schreite ich ein paar Schritte näher auf Collin zu. In Zeitlupe drehe ich mich um, versehe ihn über die Schulter hinweg mit einem liebreizenden Wimpernaufschlag und spaziere anschließend auf Zehenspitzen ins Bad zurück.

„Stopp, Süße! Du kommst sofort hierher!" Selenruhig legt Collin seinen Mac zur Seite und tippt mit dem Zeigefinger aufs Bett. Seine Augen funkeln, während ich betont unschuldig auf ihn zugehe und mich sittsam neben ihm niederlasse. „Wie gesagt, wir haben noch fast zwei Stunden", haucht er leise. Mit sanftem Druck befördert er mich auf den Rücken und dreht sich über mich.

Weder der Signore noch Collin übertreibt mit seinem Lob über das Restaurant, in dem uns die Familie Bertonello am heutigen Abend empfängt. Seit vielen Jahren bin ich ein Fan der italienischen Küche und gerade im Land selbst durfte ich schon unzählige Male die vorzüglichsten Köstlichkeiten genießen. Doch nichts ist vergleichbar mit diesen Delikatessen, die uns an diesem Abend serviert werden. Das Einzige, was mich davon abhält, vollends über die Stränge zu schlagen, ist der Gedanke an das bezaubernde aber auch hautenge Kleid, das im Hotel für den folgenden Abend bereit hängt. Außer Signor Bertonello begrüßen uns seine Frau und ihr ältester Sohn Giovanni, der auch in München und bei unserem Empfang am Nachmittag dabei war. Darüber hinaus ist ein Paar zu Gast, das ebenfalls in geschäftlicher Beziehung mit unserem Gastgeber sowie durch den Bau in Rom zur CDC Holding steht. Erleichtert stelle ich fest, dass die Gespräche an diesem Abend nicht wie befürchtet in Englisch, sondern in Deutsch geführt werden. Lediglich Signora Bertonello ist unsere Sprache nicht ganz so geläufig, was mir ihre zögernde Geste recht schnell verrät. Ich begrüße sie unverzüglich in ihrer Landessprache, und sie bedankt sich mit einem erleichterten Lächeln. Auch während des Abends unterhalten wir uns immer wieder sehr angeregt und nett miteinander. Auf dem Weg zurück ins Hotel klärt uns Collin über den morgigen Tag auf. Der überwiegende Teil der geladenen Gäste reist noch in dieser Nacht an. Somit steht Sara und mir beim Frühstück ein Treffen mit einem erlesenen Teil der Childshair-Mitglieder bevor. Darunter wird sich auch Dirks und Collins Vater befinden. Collin verdeutlicht, dass wir die totale Unwissenheit vorgeben müssen. Und dennoch darf uns nicht das geringste Detail entgehen. In der folgenden Nacht finden wir kaum Ruhe. Einige Zeit geben wir uns unserer ganz eigenen, körperlichen Ablenkung hin. Dann liegen wir wach und reden oder halten uns einfach nur fest. Dabei spüre ich Collins Unruhe ganz deutlich.

„Ich habe Angst vor morgen", gestehe ich ehrlich.

„Ich weiß, Amy", raunt er und streicht mir beruhigend über den Rücken. „Tröstet es dich, dass mir auch nicht ganz wohl bei der Sache ist?"

„Ein wenig. Aber egal was passiert, so schnell wirst du mich nicht los! Klar soweit?" Mein Versuch, ihn aufzuheitern, gelingt, denn er lacht amüsiert auf.

„Ja, klar soweit!", antwortet er gehorsam und haucht mir sachte einen Kuss in den Nacken.

Punkt acht Uhr am folgenden Samstagmorgen befinden wir uns auf dem Weg in den Frühstücksraum. Der eigens für die geladenen Gäste des Signor Bertonello reservierte Saal ist bereits mit Leben erfüllt und schon beim Näherkommen sind Unterhaltungen in diversen europäischen Sprachen zu vernehmen.

„Irgendwelche Anweisungen?", erkundigt sich Sara, bevor wir den Saal erreichen.

Collin schüttelt den Kopf. „Nein, nichts."

Er atmet scharf ein, zwinkert mir zu und mit einem rasch absichernden Blick zu Dirk betreten wir den Speisesaal durch eine offenstehende Seitentür. Mir entgeht nicht, dass Collin intuitiv den Rücken anspannt und hierdurch seine ohnehin stattliche Größe noch mehr unterstreicht. Dirk offenbart die gleiche souveräne Haltung. Eine Wandlung, die den beiden mühelos gelingt, sobald es die Situation verlangt. Hinzu kommt ein seriöser Gesichtsausdruck, dem kaum jemand eine verräterische Regung entlockt. Erleichtert fällt mir auf, dass bei unserem Eintreten die Gespräche nicht abrupt verstummen. Wir werden auch nicht direkt von allen angegafft. Eine für mich sonst nahezu unerträgliche Manier, wenn man einen vollen Raum betritt. Zwar wird es etwas ruhiger und einige Begrüßungen werden gemurmelt, völlig still wird es jedoch erst, als ein Herr sich uns nähert, der sich aus einer Gruppe von fünf Männern löst. Collin und Dirk gehen unbeirrt auf ihn zu. Mit reservierter Miene bleibt Collin vor ihm stehen und begrüßt den Herrn lediglich mit einem Nicken und einem knappen „Dad". Dann dreht er sich etwas zur Seite und wendet sich Sara und mir zu.

„Josephine und Sara Rausch – Marcus Christensen", stellt uns Collin vor.

Mister Christensen begegnet uns mit einem affektierten Lächeln und einem intensiven Blick. Überraschenderweise spricht er mich zur Begrüßung auf Italienisch und Sara auf

Französisch an. Folglich hat er Erkundigungen über uns eingeholt. Überdies befördert er uns somit noch mehr ins prüfende Visier aller Anwesenden. Unbeirrt und mit unserem schönsten Lächeln erwidern wir die Begrüßung. Jedoch lasse ich es mir nicht nehmen, das gleiche Spiel wie Mister Christensen zu spielen, und antworte ungeniert in meiner eigenen Muttersprache. Collins bisher einzige Erwähnung über seine Mutter besteht darin, dass sie Deutsche ist, und dies genügt mir, um auf die weiteren Sprachkenntnisse seines Vaters gespannt zu sein.

„Es freut mich, sie beide endlich kennenzulernen", erwidert Marcus Christensen anschließend auf Deutsch. Er spricht nicht ganz so akzentfrei wie seine Söhne, allerdings um einiges besser, als ich es von meinen Englisch-Fähigkeiten behaupten kann. „Meine Söhne haben es lange genug vermieden, uns einander vorzustellen."

„Sie hätten es sicher früher getan, wenn sich die Gelegenheit ergeben hätte", antworte ich mit ruhiger Stimme und schaffe es, ihm weiterhin standhaft in die Augen zu sehen.

Ich hatte versucht, mir Collins und Dirks Vater vorzustellen, und ging dabei einfach von einer älteren Ausgabe der beiden aus. Nun sehe ich, dass dies nicht zutrifft. Zwar passt die Größe annähernd, Mister Christensen ist nur wenig kleiner als seine Söhne, doch seine braunen Augen haben kaum Ausstrahlung, und selbst die markanten und schmalen Gesichtszüge der Brüder sind beim Vater lange nicht so ausgeprägt. Collin sagt, seine hellblonden Haare seien das Erbstück des Großvaters, das eine Generation übersprungen habe. Nur ist durch das überwiegend ergraute Haar auch nicht mehr auszumachen, ob Dirk vielleicht ein Detail seines Erzeugers, so nennt er ihn inzwischen, in die Wiege gelegt bekam.

„Ihr erlaubt, dass ich euren hübschen Damen einige unserer Geschäftspartner vorstelle?", richtet sich Marcus Christensen nun der Form halber an Collin und Dirk. „Danke, Dad", erteilt Collin ihm eine ernüchternde Abfuhr. „Aber das werden wir selbst tun." Er nimmt meine Hand, nickt seinem Vater noch einmal steif zu und zieht mich Richtung Frühstücksbuffet.

Dieses Vorstellen, wie es Collins Vater tituliert hatte, geschieht auf eine Art und Weise, die mir vollkommen neu ist. Je nachdem, wie wir auf die einzelnen Personen treffen, begrüßen sie uns von sich aus. Kein einziges Mal ist es notwendig, dass Collin dies selbst übernimmt, und meist geht es mit einem kurzen und angenehmen Gespräch einher. Je nach Nationalität der einzelnen Gäste geschieht dies in deren Landessprache oder in Englisch. Offensichtlich ist jedem Anwesenden bekannt, welche Sprachen wir beherrschen und welche nicht! Collin zwinkert mir verstohlen zu, als ich dabei ganz zufällig erfahre, dass er neben Deutsch und Englisch auch fließend Französisch spricht. Dirk hingegen beherrscht Spanisch als dritte Sprache. Doch auch Sara und ich beeindrucken unsere Männer mit einer neuen Erkenntnis. Durch unsere Arbeit in der Skischule hatten wir uns einige holländische Sprachkenntnisse angeeignet, die hier nun ebenfalls sehr von Nutzen sind.

Nach über einer Stunde sitze ich endlich an einem Tisch. Sara nimmt rechts von mir Platz, und während wir unseren ersten Espresso des Tages genießen, lässt meine Anspannung allmählich nach. Dirk und Collin stehen ein paar Meter entfernt und unterhalten sich mit einigen Gästen. Doch plötzlich bemerke ich eine Gestalt ganz dicht neben mir. Ich erstarre und wage nicht aufzusehen, so nahe baut sich diese Person zu meiner

Linken auf. Es handelt sich unverkennbar um einen Mann, was der durchdringende Duft seines Aftershaves verrät.

„Do legst di nieda'", dröhnt es auf einmal in herrlich bayrischem Dialekt an meine Ohren. „Wenn das nicht die Töchter vom Oliver sind, fress i an Besen!"

Ruckartig fahren Sara und ich herum. Neben mir steht ein mittelgroßer, leicht untersetzter Mann, der uns frech ins Gesicht grinst. Völlig entgeistert starren wir ihn an und bekommen keine Silbe über die Lippen. Ausgerechnet einen alten Bergsteigerfreund unseres Vaters hier anzutreffen, verschlägt uns definitiv die Sprache. Im gleichen Augenblick erscheint Dirk in unserer Runde.

„Dachte ich mir's doch, dass wir euch nicht vorstellen müssen." Dirk strahlt und hebt seinem Gegenüber zur Begrüßung die Hand entgegen. „Hallo, Michel, schön, dich zu sehen."

„Ganz meinerseits, Dirk", antwortet dieser und erwidert den Gruß mit einem Handschlag. Anschließend richtet sich Michel wieder an uns. „Würdet ihr zwei Hübschen mich endlich ordentlich begrüßen! Oder seid ihr zu Eis gefroren?", lacht er und lässt sich sofort von uns drücken.

Dirk bittet Michel, sich zu uns zu setzen und wenige Minuten später gesellt sich auch Collin zu uns.

„Michel, endlich!", empfängt ihn Collin ebenso freundschaftlich. „Ich dachte schon, du kommst gar nicht."

Während die Männer einige Worte wechseln, hocke ich weiter verwundert da und starre sie gedankenversunken an.

„Josi, schau mich nicht so überrascht an!", reagiert Michel Bahlmann, da ich ihn offensichtlich zu auffällig mustere. „Ich weiß selbst, dass ich seit unserer letzten Begegnung zugenommen habe. Aber so viel ist es jetzt auch nicht!" Laut lachend fasst er sich an den leichten Bauchansatz.

„Wie ...? Oh nein", verlegen winke ich ab. „Das hast du nicht. Ich habe mich nur gefragt, wann wir uns das letzte Mal gesehen haben. Du warst mit Papa in den Sommermonaten immer bergsteigen!"

„Du hast recht, Josi. Aber seit Olivers Beerdigung bin ich nicht mehr in Garmisch gewesen." Michel wirkt plötzlich zerstreut und stockt kurz. „Tut mir leid, aber ich hätte mich melden müssen. Wie geht es eurer Mama?"

„Prima! Sie passt dieses Wochenende auf Lukas auf", antwortet Sara rasch und mit einem Wink zu unseren Männern lenkt sie die Unterhaltung geschickt in eine andere Richtung. „Und woher kennt ihr euch so gut?"

„Mit einigen Mitbewerbern hegen wir durchaus ein freundschaftliches Verhältnis", erklärt Dirk in gestellter Entrüstung.

„Genau!" Endlich fällt es mir wieder ein. „Du hast ein Architekturbüro in München!"

„So ist es", nickt Michel. „Nur wissen die beiden erst seit Kurzem, dass ich seit Jahren auch diesem Haufen hier angehöre." Zur Verdeutlichung macht Michel eine Handbewegung, mit der er die Gäste im Raum einschließt.

Während der restlichen Zeit unseres Frühstücks ergeben sich entspannte und angenehme Unterhaltungen, denen sich weitere Gäste anschließen. Offenbar kennen Collin und Dirk einige hier nicht nur auf geschäftlicher Basis.

„Und vergesst nicht", Michel ist gerade aufgestanden und wendet sich abschließend noch einmal flüsternd an unsere Männer, „ihr wisst, dass ihr bei mir immer offene Türen antrefft." Nach beiderseitig zustimmendem Nicken verabschiedet er sich.

„War das gerade ein Jobangebot?", frage ich Collin, als wir kurz darauf auf dem Weg nach oben sind.

„Schon möglich", bemerkt er trocken. „Es war nicht das erste heute."

„Wie bitte?", ich schreie entsetzt auf. Glücklicherweise sind wir allein im Aufzug. „Gehen die alle davon aus, dass ihr nächste Woche pleite seid?"

Collins ungerührter Blick erschreckt mich und treibt mir einen Schauer über den Rücken.

„Sie kennen unseren Vater, Amy."

37

„Sind wir das wirklich?" Ich seufze und lege schmachtend den Kopf schief.

„Falls es ein Traum ist, lass mich bitte weiterschlafen", schwärmt Sara.

Wir stehen nebeneinander im Bad und bewundern unsere Spiegelbilder. Perfekt gestylt und mit hochgesteckten Haaren wirkt unsere Abendrobe noch eindrucksvoller als am Tag zuvor bei meiner Anprobe.

„Meinst du, wir gefallen ihnen?", zwinkert Sara keck in den Spiegel.

„Nun, meine Beste", säusle ich hochnäsig, „das werden wir gleich wissen!"

Wir drücken uns gegenseitig einen Kuss auf die Wange, schnappen die kleinen passenden Handtaschen und verlassen voller Stolz das Badezimmer. Inzwischen haben sich unsere Männer im Bad der benachbarten Suite, die Dirk und Sara bewohnen, für den Opernabend umgezogen. Die Verbindungstür unserer luxuriösen Räumlichkeiten steht weit offen und wir finden die beiden im angrenzenden Wohnbereich. Dirk steht mit dem Rücken zu uns am Fenster und Collin sitzt seitlich in einem Sessel. Er spielt mit einem Gegenstand in seiner Hand und schaut verträumt vor sich ins Leere.

„Wir wären so weit", erkläre ich scheu, da sie uns weiterhin nicht zu bemerken scheinen.

Dirk dreht sich um und Collin steht unverzüglich auf. Dabei zögern sie kurz und tauschen einen raschen Blick. Einen Moment herrscht verlegene Stille. Wir stehen schüchtern da und lassen uns mustern. Schließlich lächelt Dirk und macht eine huldigende Verbeugung.

„Die Töchter des Olymp."

Mit einem Wink fordert er Sara auf, zu ihm zu kommen. Als sie seiner Bitte mit strahlendem Gesicht nachkommt, sehe ich ihr stolz hinterher, wie sie auf ihn zu schreitet. Dirk hat recht. Sara ist wunderschön. Sie bewegt sich so würdevoll und trotzdem natürlich, als sei es für sie alltäglich, ein solches Kleid zu tragen. Sollte diese Anmut nur im Geringsten auf mich zutreffen, kann ich mich glücklich schätzen. Collin steht unverändert da und sieht mich an. Als sich unsere Blicke treffen, blinzelt er und lächelt versonnen. Ich nehme all meinen Mut zusammen, hebe den Kopf an und gehe leichten Schrittes auf ihn zu. Ganz dicht vor ihm bleibe ich stehen und blicke zu ihm auf. Seine Augen schmeicheln mir mehr, als es Worte könnten. Es ist Ian, der vor mir steht. Diesen zärtlichen und glühenden Ausdruck sehe ich immer, wenn er, vollkommen sorglos und nur auf uns beide bedacht, mit mir zusammen ist.

„Verzeih bitte, dass mir ausgerechnet jetzt kein passendes Kompliment einfällt", flüstert er mit heiserer Stimme. „Du bist so schön, dass mir die Worte fehlen."

„Küss mich, Ian!", bitte ich leise.

Unser Blick verschmilzt, während er mir langsam entgegenkommt, und seine Lippen zärtlich meinen Mund berühren. Auffordernd gewähre ich seiner Zunge Einlass und spüre, wie mich seine Wärme und Leidenschaft einhüllt. Das berauschende Gefühl und die brennende Erregung überkommen mich, wie ich sie bei jeder Berührung von ihm empfinde. Dennoch ist dieser Augenblick viel intensiver, und es schwindet alles um uns. Es scheint ewig zu dauern, bis wir uns voneinander lösen.

„Ich habe etwas für dich, Amy."

Er räuspert sich und wirkt plötzlich verunsichert. Ich verfolge überrascht, wie er nervös die kleine Schachtel aus seiner Hosentasche zieht, mit der er zuvor gespielt hatte.

„Ich denke, das fehlt noch." Seine Hand zittert, als er mir das kleine schwarze Kästchen in der offenen Handfläche anbietet.

„Mach es bitte auf."

Vorsichtig nehme ich es entgegen und öffne es.

„Himmel, Collin!" Überwältigt reiße ich die Augen auf. Ein atemberaubender Solitär-Ring glitzert mir entgegen. Der große gefasste Brillant schimmert durch das einfallende Licht in allen Farben. „Der ist wunderschön!"

Collin mustert mich unentwegt und sieht zu, wie ich mit großen Augen den Ring bestaune. Er hält mich mit einem Arm um die Taille fest an sich gedrückt und ich spüre seine nervöse Aufregung. Mit einem tiefen Atemzug versucht er sich zu beruhigen und zögernd löst er seine Umarmung. Mit weiterhin zitternden Fingern nimmt er das Schmuckstück aus dem Kästchen, greift nach meiner linken Hand und steckt mir den Ring an. Dann hebt er meine Hand an seinen Mund und küsst sie sanft. Es fällt mir schwer, die Tränen zurückzuhalten, und ich schließe eilig die Augen, um wieder Herr über meine Gefühle zu werden.

„Ich liebe dich!", hauche ich kaum hörbar.

Langsam öffne ich meine Augen wieder und sehe Collin mit einem weichen und zärtlichen Lächeln vor mir. Er nimmt mein Gesicht in beide Hände und wischt mir vorsichtig die Tränen weg.

„Ich liebe dich auch!", flüstert er sanft und küsst mich noch einmal gefühlvoll auf den Mund.

Ein leises Räuspern unterbricht uns und bringt uns in die Realität zurück.

„Wir sollten uns beeilen", bemerkt Dirk leise. Er steht mit Sara bereits an der Tür. „Ich glaube kaum, dass sie mit der Oper auf uns warten."

Collin nickt, ohne seinen Blick abzuwenden.

„Gehen wir, Amy." Er lächelt und richtet sich stolz vor mir auf.

„Ihr seht umwerfend aus!", bemerkt Sara anerkennend, als wir auf dem Weg nach unten sind.

Beide tragen einen schwarzen Smoking mit schneeweißem Hemd und Fliege. Mit einer angedeuteten Verbeugung bedanken sie sich für das Kompliment. Erneut streift mein Blick in die Runde, und ich beginne unweigerlich zu schmunzeln. Der Gedanke, wir würden gegenwärtig die perfekte Besetzung in einer modernen Al Capone Neuverfilmung abgeben, kommt mir in den Sinn. Jedem von uns liegt ein verschmitztes Grinsen auf den Lippen, und offensichtlich bin ich nicht allein mit diesem lustigen Hirngespinst. Augenblicklich richtet Dirk eine imaginäre Pistole auf mich, sein Strahlemann-Grinsen wird breiter und mit einem tonloses „Peng!" feuert er ab.

Die meisten Gäste des Signore hatten wir am Morgen getroffen und begrüßt. Somit dachte ich, am Abend nicht mehr ganz so nervös zu sein. Ein Trugschluss, wie ich mir schnell bewusst werde. Allerdings bin ich mit meiner Unsicherheit nicht allein. Auf unserem Weg zur Scala sitze ich neben Sara im Wagen und die sachte Berührung ihrer eiskalten Hand reicht, um zu wissen, dass es ihr ebenso ergeht. Dazu ist während der kompletten Fahrt weder von Collin noch von Dirk eine Silbe zu vernehmen. Ein Punkt, den ich als untrügliches Zeichen ihrer Anspannung werte. Denn für gewöhnlich schafft es Dirk stets, uns abzulenken. Ich erhasche nicht mehr als eine einzige Verständigung der beiden, und diese findet mittels Augenkontakt beim Betreten des Opernhauses statt.

„Manege frei", flüstert Dirk anschließend und dieses Stichwort scheint Collin auszureichen. Ihre Mienen versteinern und keine Regung verrät mehr, welche Stimmung sich tatsächlich hinter dieser Fassade verbirgt.

Unter normalen Umständen würde ich die Oper sicher als absoluten Hochgenuss erleben. Vorausgesetzt, dieses seltsam in der Luft hängende Knistern überschattete nicht alles. Schon vor Beginn der Aufführung verschaffen sich Collin und Dirk einen Überblick über ihre Umgebung und die anwesenden Gäste. Wir sitzen in einer reservierten Loge, von der aus die Bühne sowie das Orchester perfekt zu sehen ist. Und dennoch ist mir bewusst, dass unsere Männer mehr an den Personen und dem Geschehen um uns interessiert sind als an dem, was auf der Bühne geboten wird. Nach Beendigung der Oper erhebt sich Collin mit einem entmutigten Seufzer. Seine Vorahnung scheint sich zu bewahrheiten, dass sich nicht der geringste Anhaltspunkt oder gar ein Fehler seitens Marcus Christensens ergeben wird. Unauffällig streife ich seine Hand und drücke sie sacht, in der Hoffnung ihm so meine Unterstützung zuzusichern. Obgleich ich keine Ahnung habe, wie genau diese aussehen könnte.

Als gesellschaftlicher Ausklang des Abends ist in unserem Hotel ein Treffen im Kaminzimmer organisiert. Beim Betreten des Raumes bemerke ich abermals, dass ungewöhnlich wenige Frauen ihre Männer begleiten. Es fiel mir bereits am Morgen auf. Einige Gäste waren jedoch erst in der letzten Nacht angereist, und ich ging einfach davon aus, dass die Damen das Frühstück auslassen würden. Eine falsche Annahme, da sich die Gästezahl am heutigen Abend nur gering erhöht hatte. Sobald sich die Gelegenheit ergibt, Collin einige Sekunden allein zu sprechen, nutze ich sie, um meiner Neugier nachzugeben.

„Kannst du mir sagen, warum höchstens ein Viertel der anwesenden Gäste Frauen sind?", erkundige ich mich direkt.

„Nun, das liegt wohl daran, dass die meisten Frauen gar nicht wissen, welche Verbindungen ihre Männer neben der täglichen Arbeit pflegen", teilt er mir offen mit. „Und das ist, zumindest von den älteren Mitgliedern, auch so gewollt." Collin wirkt weiterhin kühl, und selbst während wir reden, schweift sein Blick unentwegt über die anwesenden Personen.

„Ach ja?" Ich schiebe mich ganz dicht an ihn und schmunzle verlegen zu ihm auf. „Dann kann ich mich wohl glücklich schätzen, oder?" Damit knacke ich einen kurzen Moment seine Schutzmauer, und er nimmt mich lachend in den Arm. Der erste entspannte Augenblick an diesem Tag.

„Sicher, dass du dies immer als Glück ansiehst, Amy?", vergewissert er sich anschließend.

„Ganz sicher!", bestätige ich unverzüglich.

Collin steht direkt hinter meinem Rücken und drückt mich mit einem Arm um die Taille fest an sich. In dieser Art positioniert er sich stets, wenn wir nicht allein und ungestört beisammen sind. Er ist meine schützende Mauer, an der ich mich stets geborgen anlehnen kann. Ich befinde mich voll und ganz in seiner Obhut und dennoch hat er alles und jeden um uns im Blickfeld. Eine sehr beruhigende Geste, die ich seit unserer ersten Verabredung im Olympia-Park genieße. Auch in diesem Moment stehen wir nur da und nehmen die Szenerie im Raum in uns auf: Ich interessiert und neugierig. Collin sicher ebenso interessiert, aber noch mehr auf der Suche nach den dringend benötigten Beweisen.

„Was ist mit deinem Vater?" Es dauert etwas, bis ich wage, nachzufragen. „Warum ist er allein gekommen?" Ich vermeide es absichtlich, mich direkt nach Collins Mutter zu erkundigen, da er bisher nie selbst von ihr sprach.

„Ha", Collin lacht ironisch auf. „Er würde es nicht wagen, mit einer seiner Gespielinnen vor meinen Augen zu erscheinen!" Er senkt den Kopf, schnaubt verächtlich und wirft seinem Vater einen vernichtenden Blick zu. „Außerdem ist gerade ihm jede geschäftstüchtige Frau ein Dorn im Auge." Ich spüre, wie er sich verkrampft und scharf die Luft einzieht. „Und falls du mich jetzt nach meiner Mutter fragen willst, Josephine, bitte ich dich damit zu warten, bis wir wieder zu Hause sind."

„Natürlich", murmle ich leise.

Für Collin ist das Thema durch seine entschiedene Mitteilung beendet. Dennoch klingt er verärgert und gekränkt, und dieser plötzlich ungewohnt heftige Ton lässt mich erschrocken zusammenzucken. Eingeschüchtert wage ich einen Blick zu ihm auf und sehe mich grimmig zusammengezogene Augen gegenüber. Nicht mehr als ein kurzes Zucken, dann entspannt er sich wieder, und seine Aufmerksamkeit kehrt zum Treiben vor uns zurück. Kurz darauf widmet sich Collin seinen Plichten und mischt sich unter die Menge. Ich hingegen geselle ich mich zu Sara an die Bar. Mitten im Raum findet sich eine Traube Männer zusammen, die sich teils angeregt einer politischen Debatte hingeben oder über finanzstarke Börsenaktivitäten diskutieren. Dirk hierunter zu entdecken, wundert mich nicht. In den wenigen Tagen, die ich nun für ihn arbeite, habe ich schnell begriffen, dass mein neuer Boss ein Finanzgenie ist. Daher ist es keine Überraschung, dass er sich mit Aktiengeschäften und Börsenkurse auskennt, als sei es sein Tagesgeschäft. Collin steht ebenso inmitten dieser Gruppe wie ihr Vater. Sie sind jedoch in ein anderes Thema involviert. Worüber sie reden, kann ich nicht auszumachen, da die Lautstärke der anderen sie übertönt.

„Ich hoffe, den Schönheiten hat die Oper gefallen!" Signor Bertonello ist unbemerkt zu uns getreten.

„Vielen Dank, Signore, es war wundervoll", lobe ich unseren Gastgeber für den gelungenen Abend.

„Mille grazie, mia stellina!" Er lächelt mich an und neigt den Kopf.

Ich spüre, dass mich seine Geste verlegen macht, und ich erröte. Es ist nicht das erste Mal, dass er mich ‚sein Sternchen' nennt. Ich mag es sehr und es schmeichelt mir zutiefst, ausgerechnet von einem solch ruhigen und besonnenen Gentleman wie dem Signore mit einer solchen Ehre bedacht zu werden.

„Es ist ein wunderschönes Wochenende", ergänzt Sara mit strahlenden Augen und auch ihr dankt er mit einem Lächeln.

Plötzlich erstarrt er und sein Ausdruck versteinert. Sein Gesicht verliert jegliche Farbe. Völlig reglos stiert er an Saras Kopf vorbei. Möglichst unauffällig folge ich seinem Blick. Seine Aufmerksamkeit ist auf den Barkeeper gerichtet, der gerade mehrere Whiskygläser befüllt. Eine Order, die auf Anweisung von Marcus Christensen erfolgt. Sara sitzt mit dem Rücken zur Bar und durch eine kaum merkliche Bewegung fordere ich sie auf, eine Unterhaltung zu fingieren. Ich selbst stehe unmittelbar neben dem Signore, und unsere Position lässt es zu, dass wir dem Treiben hinter der Bar unbemerkt folgen können. Aufmerksam sehe ich dem Barmann bei seiner Tätigkeit zu. Dabei fällt mir nichts Sonderbares auf. Ich schwöre, dass sämtliche Gläser aus der gleichen Fasche befüllt werden. Obwohl ein Glas sich etwas unterscheidet. Es wirkt, als schimmere der Inhalt anders. Aber nur einen winzigen Moment, während eingeschenkt wird. Wahrscheinlich eine optische Täuschung. Oder das Glas steht in anderer Weise unterm Licht als die restlichen. Ich erkenne nichts, was Signor Bertonello derart schockieren konnte. Die Gelegenheit, ihn darauf anzusprechen, bekomme ich leider nicht mehr. Denn just in diesem Moment fordert ihn ein Herr auf, sich zu der Gruppe zu gesellen, bei der auch Collin und Dirk sich befinden. Ich wage es nicht, meinen Blick abzuwenden und verfolge, wie die Gläser vom Barkeeper auf ein Tablett gestellt und über die Theke gereicht werden. Insgesamt neun Whiskys werden verteilt. Mein Augenmerk haftet stur auf dem Glas, das zuvor geringfügig anders geschimmert hatte. Es endet in Collins Hand. Ich agiere, ohne zu überlegen, lasse Sara stehen und begebe mich zu der Gruppe Männer. Am Rande bleibe ich stehen und warte, bis sie die Drinks erheben und sich zuprosten. In dieser Sekunde trete ich direkt vor Collin und nehme ihm das Whiskyglas aus der Hand. Unverzüglich richten sich alle Blicke auf mich und das Gemurmel verstummt. Collin runzelt die Stirn und sieht mich fragend an. Eilig weiche ich seinem Blick aus und vermeide es auch, Dirk ins Gesicht zu sehen. Stattdessen drehe ich mich zu ihrem Vater um und biete ihm das Glas mit ausgestrecktem Arm an.

„Der hier ist besser! Würden Sie tauschen?"

Entrüstet schüttelt er den Kopf und wehrt mein Angebot entschieden ab. Einen weiteren Moment stehe ich da und hoffe auf eine Reaktion von Marcus Christensen. Nichts passiert. Ich ernte lediglich einen hochnäsigen und verächtlichen Augenaufschlag. Langsam sinkt meine Hand und ich drehe mich ängstlich zu Collin um. Mein Puls hämmert so laut in meinen Ohren, dass mir schwindlig wird. Rasch wage ich einen Blick in Collins verständnisloses Gesicht und hoffe, jetzt nicht den Mut zu verlieren. Dann hebe ich das Whiskyglas an meine Lippen und trinke den Inhalt bis auf einen kleinen Rest aus.

„Euer Beweis", raune ich kaum hörbar und halte Collin das Glas entgegen.

Mechanisch greift er danach und reicht es weiter. Er starrt mich völlig entsetzt und mit weit aufgerissenen Augen an, während um uns die Hölle losbricht. Laute Schreie, Getrampel, zerberstendes Glas registriere ich, als sei alles weit entfernt. Meine Kehle schnürt sich zu, ich beginne zu keuchen und mit jedem Zug fällt mir das Atmen schwerer. Der Boden unter meinen Füßen schwankt und meine Glieder werden schwer wie Blei. Ein grauenhaft stechender Schmerz breitet sich in meiner Brust aus und verkrampft schlinge ich die Arme um meinen Körper. Es brennt! Ich brenne! Innerlich. Meine Knie geben nach, und ich sacke zusammen. Zwei Hände fangen mich auf und legen mich sachte auf den Boden. Dann ist es still und langsam schließen sich meine Augen.

38

Laut schreiend schießt Collin auf seinen Vater los. Den Versuch, zu entkommen, unternimmt Marcus erst gar nicht. Er ist von mehreren Personen umringt, die ihn festhalten. In letzter Sekunde wirft sich Dirk vor seinen Bruder. Mit aller Kraft stemmt er sich gegen ihn und hält ihn davon ab, seiner Wut freien Lauf zu lassen.

„Nein, Collin!", brüllt Dirk. „Er ist es nicht wert!" Immer wieder redet er auf ihn ein. „Er ist es nicht wert!" Er hat alle Mühe, seinen Bruder zurückzuhalten, stemmt sich ihm mit aller Macht entgegen. Collins schmerzerfüllten Wutausbruch nimmt er unnachgiebig hin. Brüllend und tobend drischt Collin auf Dirk ein, bis er innerlich gebrochen an Kraft verliert. „Er ist es nicht wert", wiederholt Dirk leise und mehr zu sich selbst.

„Raus!", kreischt Collin. „Alle raus hier!" Er bebt und ringt keuchend nach Luft.

Seiner Anweisung wird unverzüglich Folge geleistet und der Raum leert sich schnell. Alle lassen ihn allein. Alle, außer Dirk und Sara. Collin steht unverändert an gleicher Stelle. An genau der Position, an der sein Bruder ihn von der versuchten Attacke gegen ihren Vater abhielt. Er ächzt, ringt nach Atem und seine Hände liegen verkrampft zu Fäusten geballt auf Dirks Schulter. Langsam wagt Dirk es, seinen festen Griff zu lösen und Collin loszulassen. Zögernd sinken seine Hände von Collins Armen, und ein weiterer verzweifelter Hieb trifft ihn kaum noch spürbar auf der Brust. Dirk steht so dicht vor Collin, dass sich ihre Schultern fast berühren. Collins steifer und leerer Blick ist auf die Tür gerichtet, aus der man Sekunden zuvor ihren Vater hinausgebracht hat. Er zittert und wagt nicht, sich umzudrehen. Allein die Angst vor dem, was hinter ihm ist, zerreißt ihm das Herz. Er schließt die Augen und schüttelt unentwegt den Kopf.

„Nein, Amy, bitte nicht! Geh nicht!", bettelt er, und sein Flehen ist kaum noch zu hören. „Amy, warum?"

Halbherzig und kraftlos landet Collins Faust ein letztes Mal auf der Schulter seines Bruders. Dirk rührt sich nicht. Keinen Millimeter weicht er zur Seite. Collins Schlag fängt er ohne Gegenwehr ab. Entgeistert und vollkommen machtlos starrt er auf das, was vor seinen Augen passiert. Seine geliebte Sara kniet am Boden und beugt sich weinend über den reglosen Körper ihrer Schwester. Unaufhörlich rüttelt sie an ihr und versucht, Josi zu wecken.

„Süße, mach endlich! Raus damit, hörst du?", Sara schimpft und bettelt mit tränenerstickter Stimme. „Josi, bitte, bitte, bitte! Spuck es wieder aus, hörst du mich?" Pausenlos zerrt sie an dem leblosen Körper, und ihr Wimmern wird immer lauter. „Josephine, wach endlich auf!" Laut schluchzend sinkt Sara auf der Brust ihrer Schwester zusammen.

Gedämpfte Stimmen dringen zu mir durch, finster und ganz weit weg. Im Dämmerzustand nehme ich wahr, wie mein Körper auf die Flüssigkeit reagiert, die Sara mir in den Mund gekippt hatte. Sie hat es geschafft, dass ich sie schlucke, bevor ich komplett das Bewusstsein verliere. Mein Magen krampft sich zusammen, es schmerzt höllisch. Ich würge, japse nach Luft, würge erneut, huste und stöhne erstickt auf. Es scheint unendlich lange zu dauern, bis mein Körper endlich alles in mir Befindliche ausspeit und meine wässrigen Augen gegen die Helligkeit anblinzeln.

„Josi ... oh Gott, Josi!", krächzt Sara.

Erneut bricht sie aufgelöst in lautes Schluchzen aus. Sie schlingt ihre Arme um mich und wiegt mich sachte hin und her. Meine Glieder wiegen unendlich schwer und mühsam versuche ich, die Lider zu öffnen. Tränen stehen mir in den Augen und mein Sichtfeld klart sich nur sehr langsam auf. Als ich endlich etwas erkenne, sind Collin und Dirk bei uns und sinken neben mir auf die Knie. Ich kann mich nicht bewegen und hänge reglos in Saras Armen. Vorsichtig bettet sie mich in Collins Schoß, der mich zitternd umschlingt. Dirk zieht Sara an sich und sie vergräbt ihr Gesicht an seiner Brust. Ich höre, wie er leise beruhigend auf sie einredet.

„Amy!"

Wispernd und kläglich verzerrt dringt Collins Stimme an mein Ohr. Er beugte sich über mich und wiegt mich so zaghaft in seiner Umarmung, als hätte er Angst, ich könnte zerbrechen. Weich und vorsichtig küsst er mir die Stirn. Dann zieht er mich fester in seine Arme. Sein ganzer Körper umfängt mich und schirmt uns nach außen ab.

„Amy, das darfst du nicht! So geht das nicht, hörst du!" Er redet so leise, dass ich ihn kaum verstehe. „Du hast versprochen, bei mir zu bleiben. Amy, ich brauche dich doch!"

Er streicht mir sachte mit der Hand über die Wange, und ich sehe in seine glasig schimmernden blauen Augen, die ängstlich über mein Gesicht huschen.

„Ich liebe dich, Ian", presse ich gequält hervor.

„Ich liebe dich auch, Amy." Er versucht zu lächeln und küsst mich sacht.

Ich spüre, wie der brennende Schmerz zurückkehrt. Er verstärkt sich, je mehr ich zu mir komme. Trotzdem schaffe ich es, mich zu bewegen. Unwillig und nur sehr langsam lockert Collin seine eisern verkrampfte Umarmung. Behutsam setzt er mich auf und ich lehne mich dankbar an seine Brust.

„Collin, es tut mir leid ..."

„Es tut dir leid?", unterbricht er mich scharf. „Was hast du dir dabei gedacht? Nimmst meinen Ring an und lässt dich am selben Abend vor meinen Augen vergiften!" Seine Strafpredigt folgt, sobald ich ihm klarer in die Augen sehe. „Amy, das kannst du nicht mit mir machen!"

„Collin, hör auf damit!", schreit Dirk dazwischen und zerrt seinen Bruder grob am Arm. Er keucht aufgeregt und blinzelt hektisch, bevor er ruhiger wird. „Gewöhn dich endlich daran! Ich bin nicht mehr der Einzige, der an deiner Seite steht und sich Sorgen um dich macht!" Einen Moment sehen sie sich schweigend an, und Collin seufzt schwach. „Glaubst du, Amy wäre es besser ergangen, wenn DU das Glas ausgetrunken hättest?" Zögernd sinkt Dirks Hand von Collins Arm. Dann steht er auf und geht zur Tür.

Wir hören Stimmen und eilige Schritte. Dann kehrt Dirk zurück und teilt uns mit, dass bereits nach einem Arzt geschickt wurde.

„Was hast du Amy eingeflößt?", erkundigt sich Collin zaghaft bei Sara.

„Milch!" Hastig greift sie nach dem Glas, das neben ihr auf dem Boden steht. „Und den kompletten Inhalt eines Salzstreuers."

„Uah!" Dirk schüttelt sich, und Collin verzieht angewidert das Gesicht. „Wie kommst du denn auf so was?"

„Durch Lukas' Kinderarzt!", erklärt sie zerknirscht. „Wenn Kinder Reiniger oder ätzende Mittel geschluckt haben, soll Wasser die Wirkung abschwächen. Aber da stand kein Wasser!" Zur Verdeutlichung fuchtelt sie mit der Hand Richtung Bar. „Daher hab ich die Milch genommen und durch das Salz hab ich gehofft, dass sie alles wieder ausspuckt. Ich, äh ...", Sara bricht schwer atmend ab. Mit zitternden Händen dreht sie unruhig das Glas hin und her. „Ich wusste doch nicht, was sie vorhat! Erst als Josi dein Glas genommen hat, da ...!" Abermals deutet sie zur Bar hin. Ihre Stimme bebt und erneut rinnen ihr die Tränen über die Wangen.

„Ich habe mich panisch umgesehen. Die Sachen standen bei den Cocktails hinter der Theke und ich ..." Sie schüttelt verzweifelt den Kopf, und Dirk zieht sie tröstend in die Arme.

„Danke, Sara." Ein unendlich erleichtertes Lächeln zeigt sich in Collins Gesicht und langsam senkt sich sein Blick wieder auf mich. „Und dir auch, Amy!"

Die Tür zum Kaminzimmer öffnet sich und Giovanni Bertonello eilt auf uns zu. Ihm folgen der Signore und ein Mann in einem grauen Anzug, der sich rasch als Arzt ausweist. Der Signore ist vollkommen außer sich und besteht darauf, mich in ein Krankenhaus bringen zu lassen. Ich sichere mehrfach zu, dass es mir gut geht. Dennoch lässt Collin sich von seinem Entschluss nicht abbringen, mich persönlich in eine Klinik zu fahren.

Vor Ort ergebe ich mich einer umfangreichen und grauenhaften Untersuchung. Ungeachtet Saras wirkungsvoller Sofortmaßnahme quält man mich mit einer weiteren Magenspülung. Ergänzende Maßnahmen sowie eine Nacht im Krankenhaus bleiben mir jedoch erspart.

Spät in der Nacht kehren wir in unser Hotel zurück. In der Lobby treffen wir auf Dirk, Sara und Giovanni. Sie haben die ganze Zeit hier gesessen und auf uns gewartet. Erleichtert lassen wir uns in ihrer Runde nieder, und es vergeht eine weitere Stunde, bis ich endlich neben Collin im Bett liege und erschöpft einschlafe.

Den Rückflug am darauffolgenden Morgen empfinde ich nahezu als seelische Erlösung. Sicher geht es jedem von uns so. Anfangs sitzen wir gedankenversunken da und sehen beim Abflug auf das immer kleiner werdende Mailand. In der ersten halben Stunde spricht niemand und dies, obwohl eine spürbar entspannte und ruhige Stimmung herrscht.

„Was passiert jetzt mit eurem Vater?", frage ich irgendwann in die Runde.

Das hasserfüllte Gesicht von Marcus Christensen habe ich seit dem gestrigen Abend unentwegt vor Augen.

„Er kommt vor Gericht", erklärt Collin, ohne Umschweife und beinahe gefühlskalt. „Und mit ihm bestimmt zehn weitere Personen, die sich an seinen Machenschaften beteiligt haben."

Dirk schnaubt hörbar.

„Die Beweise dürften ausreichend sein, dass er eine geraume Zeit hinter Schloss und Riegel verschwindet." Er schüttelt verständnislos den Kopf.

„Und wie geht es mit dem Bau und eurer Firma weiter?" Erneut wende ich mich fragend an Collin.

„Laut Giovannis Information von heute Morgen wurden durch die Mailänder Polizei noch in der Nacht einige Aussagen aufgenommen. Offensichtlich hat sich die Festnahme unseres lieben Dads", dabei kneift er verächtlich die Augen zusammen, „recht schnell verbreitet und mehrere der zuvor verhafteten Arbeiter waren plötzlich sehr gesprächig. Es sollte dem Signore ohne Weiteres möglich sein, die Arbeiten am Montag wieder anlaufen zu lassen." Collin atmet ruhig durch und lehnt sich in seinem Sitz zurück. „Darüber hinaus wird das Ganze an entsprechenden Stellen publik gemacht. Somit dürfte selbst eine nochmalige Bauverzögerung für uns keinen wirklichen Schaden nach sich ziehen."

Während seiner Erklärung hatte Collin einmal kaum merklich zu Dirk hingesehen. Die Stimmung hellt sich auf, und in ihren Gesichtern zeichnet sich eine minimale Veränderung ab. Eine Kleinigkeit, die nicht nur mir auffällt. Auch Sara bemerkt es.

„Was noch?", reagieren wir gleichzeitig und fangen sofort an zu lachen.

„Hm ...", Collin grinst und sieht Dirk erneut an. „Wie war das noch, mit der Rausch GmbH?"

* * *

- Weitere Romane - von Diana Hausmann

Childshair - Neue Riege

Gefälschte Unterschriften, Erpresserbriefe und Intrigen, dazu lebensbedrohliche Anschläge – wird so Josis Zukunft aussehen? Collins Machtstellung innerhalb der Childshair und Josis Flucht zwingen ihn fast in die Knie. Sämtliche Probleme der Vergangenheit scheinen ihn einzuholen. Erst in letzter Instanz greift Collin auf seine Neue Riege zurück. Doch ob dies ausreicht, um nicht auch noch seine geliebte Josi zu verlieren?

Childshair vs. Grüner Diamant

Teil 3 der Childshair-Trilogie bringt die Rivalität und das engstirnige Denken des alten Geschlechterkampfes zurück.

Josie gerät als Mittelsperson zwischen die Fronten der Frauenzunft GRÜNER DIAMANT und dem Männerbündnis der CHILDSHAIR. Ein bisher unaufgeklärtes Verbrechen kommt ans Licht und treibt Josi zur Flucht. Um seine Frau zu finden, tritt Collin an ihre Stelle und versucht sich für beide Seiten einzusetzen. Doch gerade seine Position, an ranghöchster Stelle der Männerverbindung, ist heiß begehrt. Als man Collin mit seinem Sohn entführt, scheint alles außer Kontrolle zu geraten. Die Verbindungen sind gezwungen zusammenzuarbeiten, um ein katastrophales Ende zu verhindern.

MARLON

Wie kann es sein, dass eine Kaffeetasse sowohl dem steifen und eiskalten Geschäftsmann Gerrit wie auch dem dahergelaufenen und schulschwänzenden Marlon das Leben erleichtert? Glücklicherweise mischt das Schicksal dieser seltsamen Männerbegegnung noch einige weitere Besonderheiten hinzu. Doch ohne das feenhafte Geschick von Marlons Mum würde sicher alles im absoluten Chaos enden ...

Die Enzian-Wette

Kleine Alltagswetten, um das Taschengeld aufzubessern, sind im Grunde nichts Schlechtes, oder? Erst recht nicht, wenn sie mit einem Minimum an Risiko einhergehen.

Doch was passiert, wenn Alkohol, Feierlaune und Prahlerei sich einem solchen Spiel beimischen? Ein Fehler, den Ruven schwer bereut. Nur ahnt er nicht, dass ausgerechnet eine Wette die Weichen seiner Zukunft in eine unvorhersehbare Bahn lenkt.

Der Glanz des Löwen

Noels Vorfreude auf seinen 18. Geburtstag verderben eingehende Drohbriefe mit animalischen Beigaben, die auf eine ablaufende Frist hinweisen. Gemeinsam mit seinen Brüdern und der anfänglich unliebsamen Klassenkameradin Lani, sucht er die Hintergründe für dieses Ultimatum, das in der Zeit vor seiner Adoption zu finden ist. Sie stoßen auf ein Erbe, das Noel ausgerechnet durch einen Löwen sowie dem Anagramm auf seinen Vornamen zugetragen wird.

Matura im roten Haus

Als der junge Züricher Phil Ciment nach Mannheim kommt, gibt es dort nur ein Thema: Wann schlägt die berüchtigte Mannheimer Katze wieder zu?

Ein Einbrecher, der in Dachwohnungen einsteigt und keinerlei Spuren hinterlässt. Seltsam ist nur, dass die Diebstähle stets in der Nähe von Gebäuden passieren, die zum Verkauf stehen und für die Schweizer Ciment-Werke von Interesse sind. Ein Indiz das Phil verdächtig macht. Um seine Unschuld zu beweisen, begibt er sich auf die Jagd nach dem wahren Täter. Doch die Begegnungen im roten Haus scheinen ebenso gefährlich zu sein, wie seine nächtlichen Streifzüge über die Dächer der Stadt ...